柳美里 自選作品集 第一巻

永在する死と生

Stories
Selected by Yu Miri

1

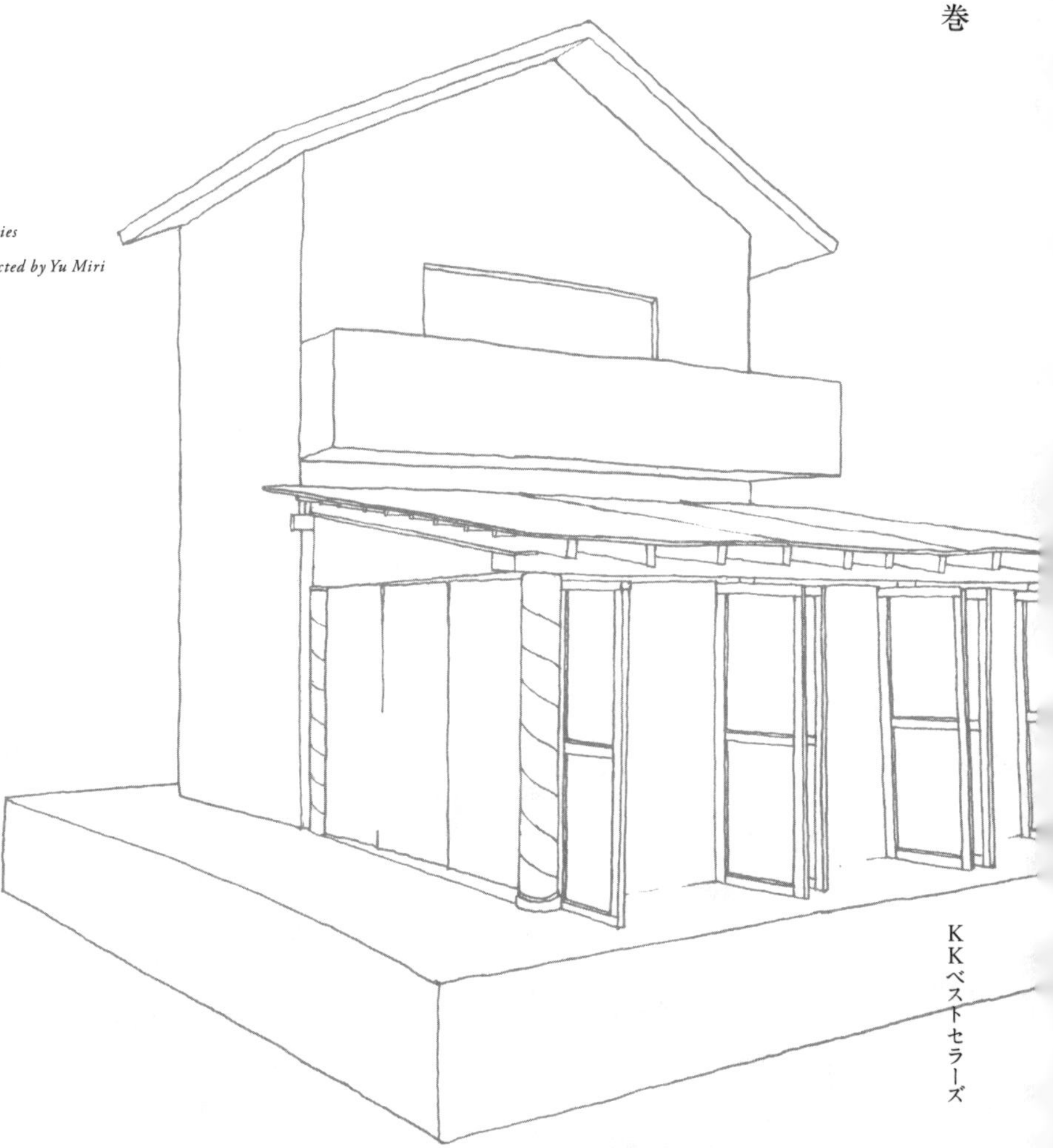

KKベストセラーズ

柳美里 自選作品集 第一巻

永在する死と生

ブックデザイン　原　研哉＋中村晋平（日本デザインセンター）

目次

命　005
魂　151
生　317
声　489
解説にかえて　斉藤由貴〈女優〉　670
初収　677

故・東由多加に捧げる

命

薄明かりのなかで目を醒《さ》ました。

いつものように悪夢にうなされたわけでも、眠りが浅かったせいでも、なにかの物音や尿意《にょうい》によって起こされたのでもなさそうだ。わたしの内部の微《かす》かな気配、なにかが起こっていることを無意識のうちに察知して目醒めたのではないか、そんな気がした。

今日は確か五月二十四日だ。そういえば毎年欠かさず東《ひがし》由多加《ゆたか》に誕生プレゼントを贈っているのに、今年は小説の締切りに追われていたせいで忘れてしまった。壁のコルクボードには〈五月十二日誕生プレゼント〉と書いたメモがピンで留《と》めてある。

わたしは原稿依頼のファックスや、購入したい本の書評、興味を魅《ひ》かれた新聞記事の切り抜き、なぜ欲しいと思ったのかさっぱりわからない商品のカタログなどをコルクボードに留めている。二ヵ月か三ヵ月に一度半分以上は棄《す》て、残りは箱にしまい、年末の大掃除のときに箱のなかの大半を棄てる、というのがわたしの整理法だった。ふと、「肺がんに遺伝子治療」という既《すで》に黄ばみかかった新聞記事の切り抜きに目が止まった。日付は今年の二月二十五日。どういう理由で切り抜いたのだろうか、癌《がん》や遺伝子の情報を必要とする小説の構想はないのに。額にてのひらを当ててみる。熱っぽい。何日か前から微熱がつづいているのだが、締切りに追われているとよくあることなので無視していたのだ。手帳をめくって校了してからの予定を確認しながら、前の月のカレンダーを見てみた。四月二十五日から生理がはじまっている。ということは五月二十一日か二十二日にこなければおかしい。その兆候はまったくない。わたしは凍《こお》りついた。

昼過ぎに目を醒まし、近所の薬局に行って判定薬を買って試してみたが、色は変化しなかった。説明書を読むと、生理予定日から一週間以上経過しないと変化しないと書いてある。わたしはふたたび薬局に出掛け、棚に並んでいるぜんぶをレジ台に置いた。毎日やってみるつもりだった。妊娠したという確信があった。

彼には、なんと伝えよう。伝えないほうがいいのかもしれない。生むにしろ、中絶するにしろ、いわないほうがいい。そしてもしほんとうに妊娠しているのなら、別れることになるのではないかという予感がした。

わたしはテレビ局の報道部に籍を置く三十五歳の男とつ

きあっていた。彼は結婚していた。出逢《あ》ったときは家庭の匂いがいっさいしなかったので独身だと思った。既婚者だということを知ったのは、肉体関係を持った直後だった。ベッドで、「いまつきあっている彼女いるの？」と訊《き》いたら、瞬《まばた》きをくりかえし、「別居している妻がいる」と答えたのだ。わたしは何度か妻子ある男とつきあい、そのたびに相手の妻に辛《つら》い思いをさせていたので、彼には「今日でおしまいにしよう。つきあうと執着《しゅうちゃく》が生まれて苦しくなるから」といった。

しかし、逢ってしまった。別れよう、別れなければという気持ちが、逢いたいという思いに拍車《はくしゃ》をかけ、毎日電話をし、ほぼ毎日逢った。忙しいときは、三十分お茶を飲むだけということもあったし、「どこにでも行くから五分だけ逢って。立ち話でもいいから」とわたしのほうから悲鳴をあげるように懇願《こんがん》することもあった。最初のうちは「妻とは別居している」という言葉を信じていた。だからつきあってすぐに鍵《かぎ》を渡し、下着、靴下、ハンカチ、パジャマ、髭剃《ひげそ》りなどを買い揃《そろ》え、泊まった翌日のために普段着と他所行《よそゆ》きを一着ずつ買わせてほしいと頼んだが、彼は曖昧《あいまい》な返事しかしなかった。パジャマ以外は着てくれなかったことともあって、別居しているというのは嘘《うそ》だったのだなと気づいたが、妻とは五年間セックスをしていない、離婚届が置いてある異常な関係という言葉は信じていた。いや、そのうち離婚に発展し、いっしょに暮らせるようになると信じたかったのだ。

つきあいが深まるにつれ、彼が妻とわたしのあいだを行ったりきたりして絶妙《ぜつみょう》にバランスを取っていることに堪《た》えられなくなり、常用していた睡眠《すいみん》薬の量が増え、一日中うつらうつらしているような状態がつづき、四十キロ切るか切らないかというところまで体重が落ちて行った。

「このままバランスを取りつづけられるとは思ってないけど、ドラスティックには別れられない」という彼の言葉を、わたしは時間をかければ離婚できるという意味に受け取った。

「あなたの子どもを生みたい。あなたに負担をかけるつもりはない。逢いたいと思ったら、一週間に一度とか一ヵ月に一度、子どもに逢いにきて」と他愛のない寝物語をしたこともある。

今後二年間の執筆スケジュールは既に決まっていたし、その初版印税《しょはんいんぜい》の前借りまでしている身なので、子どもを生むなど許されないことだった。

彼は物語をこう引き継いだ。

「自分の子どもが生まれたら、毎日逢いたいし、自分で育てたい。子どもは父親と母親が揃った家庭で育つのが幸せだと思う。週一回とか月一回なんて制限されたら、今度はおれがおかしくなる」

この会話をしたのが四月末、そのひと月後に妊娠するなんて、とわたしは絶句した。

小説を校了した日、試薬《しやく》を使ってみたら色がブルーに変化した。微熱も下がらない。どうしようか迷った挙句《あげく》彼に電話をかけ、話したいことがあるので今晩逢えないだろうか、と頼んだ。彼は「なに？」と訝《いぶか》しげな声で訊いたが、わたしは「逢ってから話す」といって電話を切った。六本木で待ち合わせをしてバーに入ったものの、ソルティドッグを四杯飲んでも打ち明けることはできなかった。

わたしの部屋で並んで横になったときに、

「妊娠したかもしれない」と話した。

「そうじゃないかと思った」

といったっきり彼は黙り込み、その夜はつきあってからはじめてセックスをしないで眠った。

つぎの日に話をした。平日だというのに彼は会社に行かなかった。

「結婚してなかったら、バンザイなのにな」

「わたしは迷ってる。でも生むって決めたら別れるしかないでしょう？」

「妊娠したから別れるっていうのは変じゃないか？」

「でも別れるしかない」

「やっぱりお互いの状況を考えると、中絶するしかないのかもしれない」

わたしはごく普通の若い女のように泣きたいと思った。そして、泣いた。

報道の仕事で難民キャンプを取材したこともある彼は、わたしとはどちらかといえば考えを異《こと》にするリベラルな人権主義者だった。彼が生んでほしいと懇願してくれたなら、中絶を決断していたかもしれない。わたしは滑稽《こっけい》だと思いつつ、子どもを堕《お》ろすことは信条に反するのではないかという論理で非難した。

報道マンとしての倫理が蘇《よみがえ》ったのだろうか、彼はきっぱりといった。

「よくわかったよ。第一に考えなければならないのは子どもの命だ」

陽が落ち、部屋は翳《かげ》っていたがふたりとも電気をつける気にはならなかった。

彼はわたしに背を向けたままいった。

「なんとか離婚するように努力するよ。離婚できなかったらごめん。でも子どもは欲しかったわけだし、いっしょに育てたいし、ずっと離婚しようとあがきつづけるんだろうな」

彼はそのつぎの日も泊まっていった。

「生むと決めたんだから、煙草も酒もだめだし、徹夜で仕事したりしないで。いま、なんの仕事がひっかかってるの?」と訊き、わたしがスケジュール帳を見ながら締切り、打合せ、会食の日時をあげていくと、それは断ったほうがいい、それは問題ない、会食はどうしても断れなかったらアルコールはぜったいにだめだ、とすっかり父親に成り切っていた。

六月十三日日曜日。出血して広尾の〈日本赤十字社医療センター〉に入院した。十四日は『新潮45』誌上で小泉純一郎さんと対談する予定だったが、キャンセルするしかなかった。

原稿のファックスや郵便物や洗濯物や植木の水やりなどを頼まなければならないので妹には妊娠したことを知らせるというと、彼は「まだいわないでくれ。ぜんぶおれがやる。逢わせる顔がないから、いわないで」といい、その日からわたしのマンションに泊まり込んだ。悪阻《つわり》がはじまり、病院の食事が食べられなくなると、彼は毎朝電話をかけてきては、「なに食べたい?」と訊《たず》ね、「ソフトクリーム」というと、溶《と》けないうちにと早足で持ってきてくれた。そして看護婦や医者が回診にやってくると、ごく自然に夫のような態度で振る舞うのだった。

わたしは依然《いぜん》として迷っていたし、一日も早く角川書店と契約している長編小説を書きはじめなければと焦《あせ》っていたが、その一方で生まれてはじめて味わう甘美な生活、好きなひとの子を孕《はら》んだ女の幸福を手放したくないという気持ちに囚《とら》われていた。

彼は以前は電話すらくれなかった土日にも病室にきてくれるので、離婚に向けた話し合いが進んでいるものだとばかり思っていた。あとからわかったことだが、彼の妻は六月初旬から三ヵ月の予定で海外出張のため家を留守にしていたのだ。どんな仕事に就《つ》いているのか詳しい説明はしてくれなかったし、聞きたくもなかった。嘘というのは事実を変えて話すことでもあるが、重要なことを話さないことも嘘である。

六月二十二日はわたしの三十一回目の誕生日で、プライバシー及び名誉棄損《きそん》で告訴《こくそ》されていた処女小説「石に泳ぐ魚」の判決の日だった。外出許可が下りるかどうか心配だったので、主治医には前日まで黙っていた。そして回診のときに事情を説明したのだが、「そういう事情なら、なおさら許可できませんね。出血したらどうするんですか。診断書を書いて渡すからキャンセルしたほうがいい」と強い調子でいわれた。

「わたしにとって不利な判決だと思うんです。記者会見をキャンセルしたら逃げたと思われます」

主治医はとなりの看護婦にいった。

「だったら車椅子だな。看護婦付き添いで」

「すみません。車椅子に乗って記者会見をやるのはいやなんです。タクシーで行って、終わったらタクシーで戻ってきますから」

なんとか記者会見を終えて病院に戻り、病室のテレビで裁判の報道を観《み》た。戦後初の小説の発禁《はっきん》という最悪の判決でショックは受けていたものの、もうひとつ切迫流産《せっぱくりゅうざん》で入院しているという問題を抱えていたわたしは、なんとかだれにも気づかれずに乗り越えられたと安堵《あんど》し、すぐに眠りに就いた。

翌朝新聞を買ってきてくれた彼は写真を見て、「お腹《なか》が膨《ふく》らんでるのがわかる。見るひとが見れば気づくよ」と不安そうな声を出した。

その夜、眠れぬままにこれまでの彼の言葉を繋《つな》ぎ合わせてみると、離婚は難しいということが浮かびあがってきた。彼は相も変わらず物語を紡《つむ》いでいるだけなのだ。わたしは彼にその気がなければ、離婚を求めるつもりはなかった。彼のほんとうの気持ちが知りたいだけだった。わたしを好きかどうか、わたしたちの子どもの誕生を祝福してくれるのか、それともこころの奥底では呪《のろ》っているのか、それだけをはっきりさせたかった。

わたしは禍々《まがまが》しい濁流《だくりゅう》に飲み込まれそうで不安だった。エッセイやインタヴューでは、わたしにとって生きるとは書くことです、などと断言していたが、小説などどうでもいいような気になっていた。ただ、恐ろしかった。支えが欲しかった。

「やっぱり中絶する」

「じゃあ、なんで入院したの？」

「ひとりで育てる自信がない。別れよう。鍵を返して」

「お願いだから、元気な子を生んでくれ。たぶんおれの子どもはその子だけだと思うんだ」

「鍵返して！」

「ぜったいいやだ。返したら中絶するつもりだろ」

という押し問答がつづいた。

「じゃあ、返すよ。返すから中絶しないって約束して」といって彼はポケットからわたしの部屋の鍵を取り出した。

そのときどこからか産声《うぶごえ》があがり、あわただしく廊下を走る看護婦の足音が聞こえた。呱々《ここ》の声はわたしを責《せ》め断罪《ざいだん》しているようでもあり、彼に執着するわたしの煩悩《ぼんのう》を救済してくれるようでもあった。切なく、甘く、力強い赤ん坊の産声がいつまでも響き渡っていた。


クロゼットのなかの冬物をクリーニングに出して夏物に入れ替えたあと、わたしはひさしぶりに東に電話をかけてみようと思い立った。

東由多加は〈東京キッドブラザース〉というミュージカル劇団の作・演出家である。いまやキッドといっても、わたしより若い世代にはほとんど馴染《なじ》みのない劇団かもしれないが、七〇年代から八〇年代にかけて他の追随《ついずい》を許さない観客動員数を誇り、日生《にっせい》劇場、新宿コマ劇場、後楽園大テント、日本武道館などで公演し、アメリカ、ヨーロッパにまで遠征するという人気劇団であった。わたしは一九八四年、十六歳のときに研究生として入団し、二年間在籍した。

東由多加がどのような人物かを説明するのは難しい。怪物的で複雑な内面を持っているようにも、おそろしく子どもっぽい無邪気《むじゃき》さを持ちつづけているようにも見え、彼の周囲のひとびとは孤独でいささか滑稽な小王国の暴君《タイクーン》として遇《ぐう》していた。

わたしは十七歳からおよそ十年間、東と生活をともにしていた。

いっしょに過ごした時間からすれば、親きょうだいより も遥《はる》かに長く、親密な関係を結び、別れてからも月に一、二度は電話したり逢って話をしたりする関係を持続していた。子どもを生むべきかどうかを相談しようと思ったのだが、いつものように最近の出来事についての話で終始《しゅうし》した。

話題が尽きて電話を切ろうとしたとき、

「食べ物が詰《つ》まるようになってね」と東がいった。

「それで？」わたしは全身を強張《こわば》らせて受話器を握りしめた。

「いつもは翌日にはどうってことないのに、今度のは二週間もつづいてるんだ。みんなは医者に診《み》てもらえっていうんだけど、そんな気になれなくてね。それでは、また」と東は明るい声で電話を切った。

わたしは一九九五年二月のことを思い出した。

夕食の最中、東が生姜焼《しょうがやき》の肉片を詰まらせて洗面所に駆け込んだのである。「どうしたの?」と訊くと、手で胸もとを押さえ、「ここらへんで詰まったけど、吐《は》いたからだいじょうぶ」といって顔を顰《しか》めた。

もし、当時〈セゾン劇場〉の芸術監督をしていた俳優で演出家でもある高橋昌也さんの話を伺《うかが》っていなければ、わたしは気にも留めなかっただろう。その二、三ヵ月前、高橋氏はわたしに〈セゾン劇場〉で上演する戯曲を書かせようという企画を考えていたようで、劇場下のレストランでお逢いすることになった。高橋さんは食道癌の大手術を終えられたあとだった。食べ物が喉《のど》に詰まるようになりおかしいと思いながらも一年近く放置したら、なにも食べられなくなり、いよいよおかしいと〈国立がんセンター中央病院〉で診てもらったところ食道癌と告知され、既に手術は困難というところまで進行していたそうだ。手術は奇跡的に成功し、いまなお演劇界の第一線で活躍されている高橋さんだが、一年前に診察を受けていたら、という強い悔恨《かいこん》の念がわたしにも伝わってきた。

その夜、〈友人の東由多加が高橋さんと同じ症状を訴えているので、できれば国立がんセンターで診察を受けさせたいのですが、紹介していただけないでしょうか〉という内容の手紙を書いてファックスしたところ、高橋さんは快《こころよ》く紹介の労を取ってくださった。

ところがそのころ、というより、一年ほど前からわたしたちのあいだはうまくいかなくなっていた。なんといっても東とわたしは演出家と研究生として出逢ったのであり、劇団を離れてからもわたしの師として影響を及ぼしつづける東に威圧感《いあつかん》と束縛《そくばく》を感じないわけにはいかなかった。次第に日々の生活が息苦しくなり、一刻も早く自立したいと考えてはいたものの自分の口から別れを切り出すことはできなかった。その代わり、朝まで飲み明かした勢いで友人や男の部屋を泊まり歩き、束《つか》の間《ま》の自由を得ようとしていたのである。

がんセンターを予約した日の前日、わたしは帰らなければと思いながらズルズルと時間を延ばして飲みつづけ、朝九時に男の部屋で目を醒ました。予約は十時、いまなら間に合う、とあわてて服を身につけタクシーに飛び乗ったが、マンションに着いたのは十時をすこし過ぎていた。

東はリビングのテーブルで本を読んでいた。

「早く支度して」わたしは息を切らしていった。

「何時だと思ってるんだ。いまさら行けるわけがない」東は本から顔をあげずに冷やかにいった。

自分が悪いということはわかっていたので反論はできなかったし、高橋さんに再度お願いすることもできないとあきらめた。

そして五ヵ月ほど経《た》ったある日、わたしはマンションを出てひとり暮らしをはじめたのである。

なぜ前の日に帰らなかったのだろう、癌ではないと軽く考えていたのか、無意識のうちにもし癌だと宣告されれば一生別れられないのではと恐れ、裏切ることで関係を破綻《はたん》させたかったのか、いま考えてもよくわからない。しかし、もしかしたらという恐怖は癌細胞のようにわたしのこころの奥底で進行していたのである。

わたしは受話器を置き、呆然《ぼうぜん》としながらも意識の芯《しん》で今度こそ食道癌だと確信した。


翌朝電話をかけ、「エリア・カザンの『自伝』読んでみない？　上下巻で長いけど、とっても面白いよ」と誘うと、東は午後四時にわたしのマンションにくると約束をした。

どうやって診察の話を切り出そうかと考えつつ、とりとめのない話をしているうちに六時近くなったので、出前のメニューを何種類か取り出し中華に決めて、チャーハン、五目スープ、焼売《シューマイ》を注文した。

しばらくして出前が届けられた。

「よく噛《か》んで食べれば平気なんだ」と東はチャーハンを口に運んだ。三口目を食べたとき、うっと呻《うめ》いてテーブルの上のティッシュペーパーを乱暴に引き抜き、口のなかのものを吐き出した。

そしてうつむいたまま、苦しそうに塊《かたまり》が食道を通過するのを待っているようだった。

「つい噛むのを忘れて飲み込んじゃった」彼は照れたような笑顔を拵《こしら》えた。

「病院に行こう」わたしは立ちあがった。

「そのうちね。だって今日は土曜日でしょ？」

「救急だったらだいじょうぶ。日赤は歩いて五分だし」

東を病院に連れて行くことしか頭になかった。わたしは

〈日本赤十字社医療センター〉に電話をかけ、診察してもらえることを確認した。

わたしたちは無言のまま日赤の門を通り抜け救急受付に向かった。

名前を呼ばれ、東は診察室に入った。

診察室前の長椅子では赤ん坊を抱いた母親、松葉杖《まつばづえ》の若い男、中南米人らしき三人の男女が順番を待っていた。救急病棟の緊張感はなく、地方都市の駅舎の夜の待合所に似ていた。呆けたように彼らを眺めていると、東が診察室から出てきて、「レントゲン」といってわたしの前を通り過ぎ、廊下を歩いて奥に消えた。十分もしないうちにレントゲンの封筒を手に戻ってきた東はふたたび診察室に入り、五分ほどで終了した。

「どうだった？」わたしは病院の外に出てから訊いた。

「月曜日の十時に診察にこいだってさ。きっと癌だよ。医者は食道の潰瘍《かいよう》だろうっていうんだけど、ちょっと苦しいよね。しつこく酒と煙草の量を訊いてたし、まず間違いないと思う」

まるで歯科医院から出てきて、やっぱり虫歯だったよ、とでもいうような軽い口調だった。わたしは黙ってうつむいた。もしべつの病名を口にしていたら、そんなはずはない、もう一度診てもらおう、と叫んでいたかもしれない。

ついこのあいだまで入院していた産科病棟に目をやった。わたしは受胎《じゅたい》し、東は癌を告知されたのも同然だ。いったいなんの符牒《ふちょう》だというのだろう。泣くか笑うかしたい気分だったが、哀《かな》しさもおかしさもこみあげてこなかった。構内にはなまあたたかい初夏の風が吹いていた。わたしたちは帰るための道しるべを失い不気味な森を彷徨《さまよ》うヘンゼルとグレーテルのようだった。

「月曜日の九時に内科受付で待ち合わせということでいい？　起きられる？　迎えに行ったほうがよければ、そうするけど」

「いいよ、かならず行く」

そういって、東はタクシーを止めて乗り込んだ。見送ったあと、わたしは必死になって癌であるはずがない理由を数えてあげようとした。まだ癌だと告知されたわけではない、二十代前半の若い医者だったがインターンかもしれない、すくなくとも癌の専門医ではないはずだ。内視鏡もCTスキャンもしていないのに癌だと断定できるものか。月曜までなにも考えないことにしよう、わたしは疲れているのだ、とても――。

振り返ると、まるで何十人、何百人の患者たちが全身を汗ばませ息を潜《ひそ》めているかのように、病院は暗く静まり返っていた。

わたしが出産を決意したのはこの日だったと思う。生と死がくっきりとした輪郭《りんかく》を持って迫ってきたとき、胎内の子と東のふたつの命を護《まも》らなければならないという使命感にも似た感情に激しく揺《ゆ》さぶられたのだ。東が癌にならなければ、わたしは堕胎《だたい》していたかもしれない。ひとつの命の終わりを拒絶《きょぜつ》した者に、どうしてもうひとつの命のはじまりを奪うことができるだろうか。わたしは胎児と癌というふたつの存在が、命という絆《きずな》で結ばれたような不思議な感覚を持った。そして命の誕生と再生にでき得る限りの力を尽くし献身《けんしん》しようとこころを決したのだった。


七月五日。わたしは東のあとについて〈日本赤十字社医療センター〉の内科診察室に入った。身長は低いが、がっしりした体躯《たいく》の初老の医師がカルテに目を通しながら粗野《そや》とも陽気ともつかぬ大声を出した。

「一時半に内視鏡《ないしきょう》の検査にきなさいッ。いいねッ。予約をちゃんと取っておく、といってもわたしがやるんだがね。お昼は食べちゃだめだッ」

「胃カメラですか?」東が困惑した表情を浮かべてわたしを見た。

「はじめてかい? なに、どうってことないッ」胸をどんと突くような声でいった。

日赤の近くの喫茶店で時間を潰《つぶ》した。

「できるだけ吐いておこう。みっともないことになるからね」と東は何度も洗面所に行き、内視鏡への恐怖でパニックになっているようだった。

約束の時間に検査室に入り、三十分ほどで出てきた。

「やっぱり癌だった。内視鏡の写真を見せられたけど食道はヒドイ状態だ。どうしてこんなになるまで放っておいたんだっていわれたからね。間違いない。それにしても胃カメラにはまいったよ。死ぬかと思った」

まるで癌の告知よりも堪えられない、とでもいうように内視鏡を毒づいてから、

「明日またこいだってさ。インフォームドコンセントって

やつだろう」

と、ほんとうに怖くないの、と訊く気さえ起こさせないほどの快活さでいった。

東と別れたわたしは、すぐに新潮社の担当編集者でもあり友人でもある中瀬ゆかりさんに事情を説明して、〈国立がんセンター中央病院〉に東を入院させなければならないので、至急石井昂《たかし》さんに連絡を取ってほしいとお願いした。石井さんは『新潮45』の元編集長で、四年前に五年生存率七パーセントという肺の小細胞癌を宣告され、見事に克服されたかたである。夕方になっても石井さんと連絡が取れないので、四年前の非礼を顧《かえり》みず、高橋昌也さんに再度、がんセンターの医師を紹介していただきたいという内容の手紙を書きファックスで送った。

夜になってケイタイの留守録を聞くと、「七月七日九時に診察の予約を取りました」という石井さんのメッセージが入っていた。東に電話して了解を取り、ひとまず安心していると、高橋さんからも、「予約を取りました」というファックスが届いたのである。わたしはあわてて高橋さんに電話をかけ、平謝《ひら》りに謝るしかなかった。一刻の猶予《ゆうよ》もできなかったし、日赤で癌を告知されたとしてもセカンドオピニオンは必要だった。そしてなによりも入院するのであれば、がんセンター以外には考えられなかった。高橋さんにはほんとうにお詫《わ》びの言葉もないが、わたしは手段を選べないほど焦っていたのだ。

七月六日、日赤内科診察室の机の上には内視鏡の写真が置かれていた。おそるおそる覗《のぞ》き込むと、腫瘍《しゅよう》で膨れあがり赤く爛《ただ》れたグロテスクな食道が写し出されていた。医学の知識が皆無でも、それがどんな状況を示しているのか想像がついた。

「わたしは手遅れだと思うんだがね。外科の医師に相談したら、手術しかないというんだ。すぐにでも入院して手術を受けてもらうしかない」

前日とは打って変わって、厳粛《げんしゅく》さを帯《お》びているというより、疵《きず》ついているかのような低く細い声だった。

「たいへん申し訳ないのですが、実は友人の紹介でがんセンターに入院することになりました。つきましてはレントゲンと内視鏡の写真、そして紹介状をいただきたいのですが」とわたしはくりかえし練習しておいた言葉を澱《よど》みなくいった。

医師は思いのほかあっさりと、「がんセンターだったら、そっちのほうがいいだろうね。わかりました」とつぶやき、その場で紹介状を書いてくれた。

ずっとあとになって、もしあのまま日赤に入院して手術していたらどうなっていただろう、と東に訊いたことがある。

「確実に死んでただろうね」

東はくすりと笑って、そう答えた。

手術が成功した例が数多くあるというのも事実なのだろうが、医者の世界では内科医より外科医の発言力が強いのではないかと思われる節《ふし》がある。また、極端にいえば外科医の頭には、「手術で治らないのであれば、要するに打つ手がないということだ」という考え方が根本にある気がしてならない。患者は医師から手術を勧《すす》められれば逆《さか》らい難《がた》いものだし、手術さえすれば助かるのではないかという気持ちにさせられてしまう。しかし医師の診断はぜったいではない。わたしも、あのとき手術をしていたら命を失ったか、すくなくともいまでもベッドから起きあがれない状態になっていたと考えている。早期に発見された癌でない限り、手術にはよほど慎重を期すべきであろう。ある医師によれば、症状に関わりなく癌の手術をしたというだけで、およそ十パーセントの患者が死亡しているのだそうだ。医師も患者も、この事実を重く受け止めるべきだと思う。

七月七日午前九時。がんセンターの二階にある消化器《しょうかき》内科の診察室に入る。三十代前半だと思われる室圭《むろけい》先生は持参《じさん》した資料に目を通したあと、「あなたは東さんとどのようなご関係ですか?」とわたしに訊ねた。

「家族のようなものです」

と咄嗟《とっさ》に答えて顔を赤らめた。家族のようなものとはいったいどういうご関係ですか、と問い直されたら説明のしようがないが、いまもってほかに思いつかない。

「そうですか。じゃあはっきりいっていいね」

「どうぞ、なんでもおっしゃってください」

そういった東の首筋を手で軽く押してから、室先生はなんの感情も込めずに告知した。

「食道癌が原発巣《げんぱつそう》で、いま触《さわ》ってわかったけれど、リンパ節《せつ》に転移しています。ほかの臓器は検査をしてみなければわかりませんが、可能性はあると思います。すぐに入院して検査を受けてください。内科治療でいくしかないでしょうね」

「ステージはいくつですか?」

わたしは東が日赤の救急で診察を受けた翌日、書店に行って何冊もの医学書を購入し、食道癌に関する箇所を読み漁《あさ》っていたので、療期分類《ステージング》について質問した。ステージは転移の有無やその箇所《かしょ》などによる癌の進行具合を示す物差しである。

「リンパ節に転移したという段階で、ステージⅣと判断します」

わたしは頭部を思い切り殴打《おうだ》されたような衝撃《しょうげき》を受けた。後に室先生はステージⅢだったと修正したが、ステージⅢであっても五年生存率は十パーセント未満である。ステージⅣであれば、どんな治療を受けても五年生存率はゼロと宣告されたに等《ひと》しい。一年生きられるかどうかというほどの末期なのだ。わたしは叫び出したい衝動《しょうどう》を辛《かろ》うじて抑えた。

「入院は明日。八日でどうかな？　まず徹底的に検査する必要があります。もし個室を希望されるなら、明日をはずすと当分空きが出ません」

東は医師の前ではそうしようと決めているのか、微笑を浮かべて首を傾《かし》げた。

わたしは有無をいわせぬ強い口調で、

「明日入院します。よろしくお願いいたします」

といって、家族のようなものとして深々と頭を下げた。

外に出て、わたしは七月の燦爛《さんらん》たる陽光を浴びてそびえる十九階建ての〈国立がんセンター中央病院〉を誇らしげに見あげた。しかし、闘いはまだはじまったばかりで、単にひとつのハードルを飛び越えたに過ぎない。わたしにはどういうわけかこの病院が治療の最終場所だとは思えなかった。目標は、東の体内の癌をすべて消滅させることだ。医学的にはあり得なくても、かならずそうして見せる。希望という病にかかってなにが悪い！　わたしは胸のうちで叫んだ。

病院の窓ガラスに自分の顔を映していた東が振り返った。

「ね、おれ痩《や》せたかな。癌顔《がんがお》してる？」

わたしは、口もとをほころばせてはいるものの、はじめて見せる東の不安そうな顔から目を逸《そ》らすまいと踏ん張った。目の前の顔はげっそりと頬《ほお》が落ち、死の翳を漂わせて憔悴《しょうすい》し切っている。

「普通だと思う。ぜんぜん痩せてない」

東を初台の自宅に送るタクシーのなかでメモ用紙に、歯ブラシ、石鹸《せっけん》、パジャマ、スリッパ、ティッシュ、箸《はし》、スプーンと入院に必要な物を書き出して渡した。

「ちょっとした引っ越しだな」

と東は窓の外に顔を向けたまま、メモ用紙をポケットにおさめた。

子どもを生むと決心したものの、彼との関係を断ち切ることはできなかった。別れようと思えば思うほど、未練《みれん》、執着心は強まるばかりだった。わたしはこれまで痴情《ちじょう》の果てに狂態《きょうたい》を演じ、男を刺したりする女の気持ちが理解できなかったが、まさか我が身に血腥《ちなまぐさ》い情念が吹き荒れようとは思いもしなかった。

彼は沖縄に撮影しに行くという連絡をくれたが、わたしは撮影というのは嘘で、妻とふたりで旅行に出掛けたのだと思い込んでいた。砂浜で太陽を浴びて寝そべっている夫婦の姿を思い浮かべながら、嫉妬《しっと》に狂って嗚咽《おえつ》を噛み殺した。彼は泳ぎ疲れて眠っているのだ、妻のとなりで——。目を閉じても眠れず、わたしは小説を一行一行書いて行くようにディテールを積み重ね、まるでその場に居合わせているかのように夫婦の夏休みを作りあげて行った。そして朝になるころにはへとへとになっていた。

彼が沖縄に行って五日経った。わたしは片時も妄想のなかの彼の行動から目を離すことができなかった。それにしても「中絶する」といい張り鍵を返してもらったのだから、堕胎しているかもしれないと思っているだろうに、妻と海水浴に興じられる神経がわからなかった。わたしは彼に長文の手紙を書き、最後の何枚かを罵倒《ばとう》と呪いの言葉で埋め尽くして宅配便で会社に送った。

数日後、「戻りました。電話をください」という彼からのメッセージを聞き、ケイタイの電源を入れてしまった。一時間も経たないうちに着《ちゃく》メロが鳴り、電話に出ると、「信じて。妻となんて行ってないから。撮影で忙しかったんだ。今度その番組が放送されるからわかるよ。信じて」と彼は連呼した。

ずっとあとにその番組を観て、ほんとうに撮影に行っていたのだということがわかったが、なぜ、「妻は海外に三ヵ月間出張に行っているから、いっしょに旅行に行けるはずがない」といわなかったのか。そう説明されれば疑いはしなかったのに。なぜ、妻が自宅にいるかのように振る舞いつづけたのだろう。家庭を犠牲《ぎせい》にしてまで、わたしに逢いにきているのだと思わせたかったのだろうか。「妻のいない三ヵ月間はいっしょにいられるけれど、帰国したら、また以前のように土日は連絡できなくなるし、たまにしか泊まれなくなる」とはっきりいってくれれば、その状況を受け容《い》れるか、拒絶するか、最初のうちに選択していただろう。ほんとうは古い歌詞のように、どうせわたしをだますなら、だましつづけてほしかった、のかもしれないが、わたしは彼の曖昧な言葉に妄想を掻《か》きたてられ、自分に都合よく解釈し、その分深く疵ついてしまうのだった。

　そのときはまだ妻が海外出張中だということを知らなかったわたしは、彼との未来にしがみつこうとしていた。彼は受話器越しにわたしの猜疑《さいぎ》が萎《しぼ》んで行くのを感じ取ったのか、「これから行ってもいい？」といった。

　汗っかきの彼は部屋に入るなり服を脱ぎ、シャワーを浴びた。そしてトランクス一枚でマットレスの上に横たわった。

「編集者とか、おれの同僚とかお互いけっこう紹介しちゃったよね。こんなことになるとは思わなかったからなぁ。そのうちどこかに書かれるかもしれない。迂闊《うかつ》だったよな」

　陽に焼けて皮が剝《む》けた彼の顔を見ているうちに無性《むしょう》に腹が立ってきた。

「そんな周囲のことより、わたしのことを気にしたら？　認知《にんち》と養育費を求めたらどうするの？」

「脅《おど》すのか」彼は目を見ひらき、声を緊張《きんちょう》させた。

その言葉にかっとした。

「どうして認知と養育費を求めることが脅しになるの？　当たり前のことでしょう？　本来ならあなたから子どもの将来を考えて申し出るのが筋《すじ》だと思う」

「なにも求めないといったよね？」

「確かにいった。でもあなたが変わったから」

　気まずい沈黙が流れた。

「中絶してくれないかな。もうすぐ四ヵ月でリスクが大きいのはわかってるけど、お願いだ、中絶してくれ」

　わたしは彼の顔に枕を投げつけた。

　枕を顔からどけて、彼はもう一度いった。

「中絶してほしい」

「なんでそんなことというの？　このあいだは生んでくれっていってたのに」

「入院してるときはぜんぜん考えなかったのに、中絶するなんていうから揺《ゆ》れてしまった。それに、いろいろ考えるとやっぱりそのほうがいい」

「ぜったい生む。きちんと話し合いができないのなら、弁護士を通して認知と養育費を求める」

　自分でも思いがけない言葉を口にしたのは、中絶しろといわれたことに取り乱したのか、愛情を確かめるために彼を追い詰めようとしたのかわからなかった。わたしには、いつでもこころの奥に憎悪《ぞうお》の油を蓄《たくわ》えていて、点火すればあっという間に燃えさかるという厄介《やっかい》な性癖があった。

「おれに死ねっていうんだな」

「どうして最低限のことを求めるのが死ねってことになるの？　話にならない。帰って！」

彼は立ちあがってのろのろと服を身につけ、出て行った。内側から鍵をかけたとき、その音がわたしの胸に止《と》めを刺すかのように木霊《こだま》した。

『新潮45』に「『朝日新聞』社説と大江健三郎氏に問う」と題する、両者がわたしの小説「石に泳ぐ魚」の〝プライバシー裁判〟に対して行った論評への批判を六十枚書かなければならなかったが、締切りはとうに過ぎ、落ちるか落ちないかの瀬戸際だった。書かなければ、とワープロの前に座ったが錯乱状態のわたしには一行も書けない。でも書かないわけにはいかない、と気持ちを落ち着かせてワープロを打ちはじめ、腹痛を無視して打ちつづけ、十一時過ぎ、思わずからだが強張るほどの痛みが突き抜けていった。トイレに行くと、下着が血で染まっていた。六月に入院したときとは違って、鮮血《せんけつ》だった。流産しかけている。もう手遅れかもしれない。病院に行ったらすぐ手術ということになるのだろうが、いま手術したら原稿を落としてしまう。そして明日は夕方六時半から、前回の入院でひと月延期した小泉純一郎さんとの対談に出掛けなければならない。日赤の救急受付に電話して分娩《ぶんべん》室につないでもらった。症状を説明すると、入院の支度《したく》をしてすぐくるようにといわれた。わたしは担当の中瀬さんに電話して事情を説明し、入院してもいいかどうか訊ねた。中瀬さんは、「ここは友人としてではなく、編集者として作家柳美里にお願いします。対談と原稿を終えてから入院してください」と苦しげな声を出した。

わたしは子どもの生死だけでも確認してもらおうと、財《さい》布《ふ》と診察券と保険証をポケットに突っ込んでタクシーに乗り、日赤に行った。車椅子で産科病棟の分娩室に運ばれた。夜勤の医者が現れ、超音波で子宮《しきゅう》内の映像を見せられた。

「ほら、ここに、チカチカしてるでしょ？　この星みたいに瞬《またた》いているのが心臓です。しっかりしたビートですよ。でもかなり出血しているから、このまま入院してください」

「仕事があって、入院するわけにはいかないんです」

「赤ちゃんがどうなっても知りませんよ」

「土曜か日曜にかならず入院します」

わたしは帰宅し、ワープロの前に座ってキーを叩《たた》いた。

なによりも胎内《たいない》の子が生きているということがうれしかった。ときどき下腹部に痛みが走ると、てのひらで押さえて、もうすこしだけ我慢《がまん》して、と語りかけながら徹夜し、翌日の午後三時に四十枚の原稿とフロッピーを編集部に送ることができた。一時間だけ横になってタクシーに乗り、対談場所の銀座の中華料理店に向かった。

朦朧《もうろう》としていてなにを話しているかわからなかったが、なんとかやり終えることができた。小泉純一郎さんは政治家らしからぬというより、わたしが欧米の優れた政治家に対して抱いていたイメージ、ユーモアと繊細《せんさい》さと豪気《ごうき》さを併《あわ》せ持ったひとであった。

「今でもおやじの夢をたまに見るよ。（中略）六十五で亡くなったんだけど、夢で話してる。ああ、おやじ死んでなかったんだって思う。でも目が覚めて、ああ、やっぱり死んだんだって」という小泉さんの言葉が印象に残っている。

対談を終えてタクシーで戻り、三時間ばかり眠って原稿を書きはじめ、翌日の夕方にラスト二十枚のフロッピーを送ることができた。

その夜、わたしはふたたび日赤に入院した。

七月十六日。一週間に及ぶ血液、レントゲン、心臓超音波、ＣＴスキャンなどの検査が終了し、十八階の面接室で室先生によるインフォームドコンセントが行われることになった。わたしは主治医に、「父ががんセンターに入院していて、容体《ようだい》が悪化したので」と嘘を吐《つ》いて外出許可をもらい、タクシーで広尾の日赤から築地《つきじ》のがんセンターへ向かった。

紹介していただいた石井さんと、入院の際東の保証人を引き受けてくれた中瀬さんに同席してもらった。わたしひとりでは心許《こころもと》なかったからだ。

室先生は内視鏡とＣＴの写真を示しながら、食道を原発にして肺、肝臓、リンパ節に転移していると説明し、「外科医を交えた医師団で検討した結果、抗癌《こうがん》剤と放射線《ほうしゃせん》による治療しかありません」と明確な方針を述べ、わたしたちの顔を見まわした。

「治療を受けないで、このまま放置したら、どのくらい生きられるんでしょうか」東が訊ねた。

「おそらく一ヵ月で、食事ができない状態になるでしょう」

「それでは治療をしたとして、どのくらい生きられますか？　普通の生活でという意味ですが」

「八ヵ月はだいじょうぶでしょう」

　まるで天気の予想でもしているかのような深刻さの欠片《かけら》もないやりとりに疵ついたのか、中瀬さんの目からどっと涙があふれ、わたしもCTの写真を凝視《ぎょうし》したまま泣いた。こんなときはだれかが泣いたり叫んだりしなければおかしいのだ。淡々《たんたん》と語られ、頷《うなず》き合う場面ではない。そう、もっと前に泣くべきだった、とわたしは挨拶《あいさつ》程度に一度紹介しただけの見ず知らずの他人だといってもいい東のために涙を流してくれている中瀬さんに深く感謝した。

「三週間を一クールとして抗癌剤と放射線治療を行い、二週間休んで、二クール目を三週間行います。一週間の治療は土日は休むので五日間です。はじめるならば、七月十八日からでどうでしょう」室先生はスケジュールを述べた。

「わたしは肺癌をこの病院で手術し、抗癌剤は拒否したんですが、東さんに副作用について説明していただけませんか？」石井さんがいった。

「一般的に吐き気、だるさ、食欲不振、喉の痛みなどがあります。個人差はあるんですが、脱毛、口内炎、食道炎になり、狭窄《きょうさく》感などを訴えるひともいます。それに放射線による白血球《はっけっきゅう》の減少と、それにともなう肺炎などの感染《かんせん》も考えられます。治療を受けられますね？」

　東は黙って室先生の顔を見詰めている。

「くりかえしますが、もし治療をしなければ一ヵ月で食道が塞《ふさ》がって食べ物が喉を通らなくなります。どうしますか？」

「自殺するんでしょうね」東は挑戦するように即答した。

　室先生も石井さんも中瀬さんも当惑したように視線を泳がせて沈黙した。

　しばらくして、東は穏やかな声でいった。

「ごく普通に一年間生きられるなら、治療を受ける意味はあると思うんです。しかし副作用で苦しんだ挙句寝たきりの状態になるんだったら割が合わない。すこし考えさせてください」

　わたしも、東が二ヵ月にわたる闘病をして、せめて一年間、いや三年間は普通に生活できなければ意味がないと思った。治療を受ければ一年間は普通に生きられますよ、と嘘でもいいからいってほしかった。室先生もおそらくどんな患者にもこのような物いいをするというわけではないのだろう。この患者には嘘を吐かないほうがいいと判断したのかもしれないが、あまりに率直《そっちょく》過ぎはしまいか、とわたしは内心の苛立《いらだ》ちを隠せなかった。

「それでは、わたしは席をはずしますから、みなさんで相談して結論を出してください」

室先生は立ちあがって、看護婦とともに部屋を去った。

「ぼくは放射線治療を受けたほうがいい、抗癌剤もやるべきだと思いますよ」石井さんが励ますようにいった。

東は真《ま》っ直《す》ぐわたしの目を見た。

わたしはなにもいえなかった。

選択の余地はないと思うものの、治療が一年程度の延命しかもたらさないのだとしたら、わたしでも自殺を考えるだろう。なにか方法を考えなければ、と焦ってはいたが、具体的な提案など思いつくはずもない。室先生の診断通りだとしたらあまりにも無力だ、わたしは医学も人間の力ももっと逞《たくま》しいはずだと確信に近いものを持っていた。治療を受けるしかない、わたしは東に無言でそう伝えた。

「じゃあ治療を受けます」

東はなにごともなかったかのようにいった。


日赤のベッドに横たわっていても、意識から離れないのはがんセンターで抗癌剤と放射線治療を受けている東のことだった。室先生が説明した副作用が現れるのではないかという不安で胸が塞がれる思いだった。根治する可能性があれば堪えられるかもしれないが、わずか一年程度の延命でしかないのだ。

彼はふたたび毎日のように見舞いにきていた。

退院が近づいたある土曜日、病室でポケベルが鳴り、「だれだろう」と首を傾げながら彼は電話をかけた。応対を聞いて相手は二十代の女だと直感した。つきあいはじめたばかりだから電話番号を記憶していないのだ。電話の相手が性的な関係を持っている女かどうかに関しては勘《かん》が働き、驚くほど正確に当てることができる。妻の妊娠中に夫が浮気《うわき》するという話はよく耳にするが、わたしは妻ではない。妻にしてみれば、わたしも二十代の女も夫の浮気相手であるということには変わりないし、既婚者だということを知りながらつきあっているのだから、ほかの女との関係に腹を立てるのはおかしいと思ってはいても、激しい嫉妬を抑《おさ》えることができなかった。わたしは病室のベッドの上で、混沌《こんとん》とした愛憎に身悶《もだ》える我が身を呪いつづけた。

二週間で容体は安定し、退院することができた。わたしは彼との連絡を絶つためにケイタイの番号を変えた。しかしその夜インターフォンが鳴った。わたしはモニターに映っている彼の顔をしばらく眺《なが》めていたが、ついに堪えきれず解錠《かいじょう》ボタンを押し、待ちかねていたかのように走ってドアを開《あ》けてしまった。

彼が訪れるたびに罵《のの》り合い、夜になると彼が買い物に出掛けて食事を拵え、食べ、また喧嘩《けんか》し、疲れ果てて眠るという既にパターン化していた生活をくりかえし、暦《こよみ》は七月から八月に変わり、わたしのお腹は次第に大きく膨らんでいった。

これで最後だということさえあやふやだったが、とにかく決着をつけなければ精神的におかしくなってしまうと切《せっ》羽《ぱ》詰まって、訣別《けつべつ》の手紙を速達で送った。冷静に読めば、ただ怨嗟《えんさ》を打《ぶ》つけただけの訣別だとはとてもいえない内容で、無人島で救命の烽火《のろし》をあげるような虚《むな》しい行為に過ぎなかった。

翌日の夜、インターフォンが鳴った。わたしはほんとうにこれが最後の話し合いだとこころに決めて、彼を部屋に招き入れた。

「いざとなったら離婚して、お袋と育てるから」と彼がいった。

「おかしなこといわないで。わたしが育てます。その代わり認知と養育費は求める」

わたしにとってはある意味でどうでもいいことだったが、子どもには父親から認知されて養育費を受け取る権利があり、彼にはその義務があると思った。

「じゃあ親権《しんけん》を争うよ」

なによりも妻に知られることを恐れているのに、離婚だの親権だのと口走る彼の真意がわからなかった。自分が吐いた大きな嘘の渦《うず》のなかで、なにかしらの真実を求めてあがいていることだけは理解できたが、虚空《こくう》を両手で必死になって掻きまわしているとしか思えなかった。

「ジャーナリストでしょう、原則として親権は母親に認められるということも知らないの？　それに結婚してるのに、どうして親権を争えると思うの？」

「さぁ、どうかな。送られてきた日記みたいな三冊のノート、あれを調停《ちょうてい》委員に見せたらどうだろうね」

まさしく泥沼の様相を帯びはじめていた。狂気じみた愛情を書きつづった手紙とノートを調停の場に出したからといって、いったいどうなるというのだろう。それにたとえわたしが熱望したとしても、彼が子どもを引き取って育てることなど不可能なのだ。どうぞ親権も養育権もすべて差しあげましょう、といったら、彼はなんと答えるだろうか。ただ時間稼《かせ》ぎをして、事の決着を先送りしているとしか思えなかった。

「出せば。わたしはぜんぜん怖くない。ぜんぶ出せばいい！」

そう叫んだとき、下腹部に激痛が走った。だいじょうぶ？ゆっくり呼吸して。彼の声が遠い。どんどん息が苦しくなって、床の上にくずおれる。ごめん、ごめん、という彼の声がキーンという耳鳴りに掻き消された。

夏はいつもわたしを苦しめる。いい想い出の夏は記憶のなかに一度もない。夏を嫌い憎んでいるから、しっぺ返しを受けるのだろうか。今年の夏は、わたしを断崖《だんがい》ぎりぎりまで追い詰めた。わたしを希望と絶望、生と死に引き裂いた。死の暗闇を覗き込ませたかと思うと、すぐに細くはあるが眩《まばゆ》い光で頭上《ずじょう》を照らした。わたしを混乱させ、喪失《そうしつ》の予感を深めさせるばかりだった。癌と胎児は密約を結び、わたしひとりを置き去りにして光のなかへ消えていくような気がする。お腹の子どもは動く。蹴《け》る。そのたびにおまえと異なる生命体、おまえとはなんの関係もない命だと宣言しているようにも思える。わたしは幸福な妊婦のような胎児との一体感を持てずにいる。

真夏の光から逃れて部屋に閉じ籠《こも》り、薄暗がりのなかで光ではなく答えを、愛されているという確かな証《あかし》を求めていた。

八月、わたしは物狂《ものぐる》っていた。

東の入院生活がはじまった。

東は、知らせるとみんな見舞いにくる、そんな気は使わせたくない、と数名を除いて癌を発病したことを伏せていた。しかしあっという間に知れ渡り、連日見舞い客が病室を訪れているらしかった。

わたしは一日に一度電話をかけることにしていたが、声だけ聞いていると意気軒昂《けんこう》でとても癌患者だとは思えなかった。

妊娠がわかった五月末から、どうすべきか相談したかったのだが、どのように打ち明ければいいか迷っているうちに月日が過ぎてしまった。東が抗癌剤と放射線の治療を受けはじめて一週間が過ぎたある日、わたしは意を決してがんセンターの十八階二一号室に電話をかけた。

「わたし妊娠してるんだけど」

「どうするつもり？」東は驚いた様子もなく、さらりと受け止めてくれた。

「生もうと思ってるんだけど、自信がない」

わたしは今後二年間の執筆《しっぴつ》スケジュールと、既に初版印税を前借りしているので出産育児を理由に休むわけにはいかないことを説明した。

これまでの経緯《けいい》をすべて話すと、東は冷静に判断を下した。彼には離婚してあなたと子どもを育てる意思はないだろう。とにかく認知させて、子どものために養育費を支払わせるべきだ。出産を決意したのなら、仕事のスケジュールをきちんと立てること。ぜったいにあなたひとりでは育てられない。お母さんか妹に手伝ってもらったほうがいい。三年間は過保護に大切に育てなければならない。育児というのは三年間が勝負で、あとは生まれ持った生命力で育つ。

「母も妹も仕事を持ってるから無理だと思う」わたしの声は沈んでいた。

「こんな病気じゃなかったら協力できるんだけど。でも、決断さえすればなんとかなる。いい子が生まれると思うよ」

まるで娘の出産の報告を受けた父親のように朗《ほが》らかにいった。

わたしはますます沈んで黙り込んだ。

「あなたははじめて男に振られて、ショックを受けてるんですよ。そして、自分の子どもを身ごもっているあなたより、妻のほうを選ぶ男の気持ち、価値判断を理解できない。理不尽《りふじん》に思える、許せないんです。おれだって、その男は離婚してあなたと子どもを選択してもいいんじゃないかという気がしないでもないけど、妻としてはいまの女性のほうがいいんでしょう、あなたを妻にしたいとは考えていないんだ。家庭を大事にするカサノヴァっていう役を気に入っているんだろうね。あなたとはうまくいきませんよ、きっと」

東は諭《さと》すようにいって、話題を変えた。

「そういえば、ほら、あなたと研究生のときに同期だった渡辺くんのこと憶《おぼ》えてる？　とんでもないやつで、あちこちに電話しては、おれに逢うと元気がもらえるから病院に行けといってるらしい。多いときは一日に十人もくるからまいるよ」

　言葉とは裏腹にうれしそうだった。

「日記の代わりに寺山修司さんの奥さんだった九條今日子《くじょうきょうこ》さんから勧められて、見舞い客を使い棄てカメラで撮ってるんだ。それにみんなが持ってくる物をメモしてる。スッポンスープの缶詰、梅干《うめぼし》、ワイン、烏骨鶏《うこっけい》の卵、プラスティックのワニ、キューピー、日本地図と世界地図、イルカのガラスの置物、パウロ・コエーリョの小説『アルケミスト』、とにかくビックリする」

「プラスティックのワニって?」

「ワニが好きで集めてるらしい。持ってきたひとにとっては魔除《よ》けの意味でもあるのかな? それにだね、容子さんのお母さんは自分で描き殴《なぐ》った油絵を持ってきたんだ。土《ど》砂降《しゃぶ》りの雨で血だまりができていくような絵なんだ。なんてタイトルだと思う?」

　容子さん、というのは、東の別れた妻である。

「さぁ」

「ベッドでひっくり返りそうになったんだけど、なんと〈絶望〉ってタイトルなんだ。驚いて、『絶望、ですか』って訊いたら、あわてて、『あッ間違えた、〈理由なき反抗〉なんですの』だって!」

　わたしはひさしぶりに声をたてて笑った。

「それにくすりというべきか、癌に効く補助栄養剤ってやつを山ほどもらった。プロポリス、朝鮮人参、松根湯《しょうこんとう》、ビワ茶、アシタバ茶、AHCC、アガリクス、鶏頂山鉄鉱水《けいちょうさんてっすい》」

「なに、鶏頂山鉄鉱水って?」

「温泉水。三浦浩一が持ってきてくれた」

「ぜんぶ飲んでるの?」

「あぁ、片っ端から。室先生が山積みになったくすりを見て、『まぁ害はないけどヤクルト程度の効き目しかありません』というんだ」

　わたしは笑えなかった。ついこのあいだ、『新潮45』編集部の中瀬さんから、「作家の楡周平《にれしゅうへい》さんから教えてもらったんだけど、あと数ヵ月の命だと宣告された肺癌のひとが、ビオチームというのを飲んだら、癌が消えたんだって。医者が、これで五年生存したら学会発表ものだっていってたらしい」という情報を得て購入方法を調べてもらい、一本二万五千円もするビオチームを一ダース注文したばかりだったのだ。そして癌を克服した経験を持つ新潮社の石井さんが欠かさず飲んでいるというので、プロポリスとＡＨＣＣも購入済みであった。効果があるかどうかはだれにもわからない。しかしすくなくとも、ある患者には効いたのだ。現代医学で治せない病に侵された者が、民間に流通しているくすりを服用するのは無理からぬことではないだろうか。

わたしがその話をすると、

「たぶん抗癌剤の成分が含まれているんだと思うよ。ナトリウムとかなんとかがさ」と東はわたしを慰めるかのようにいった。

何日かあとに東の病室を見舞った。気のせいだろうか、入院前に較《くら》べて頰がふっくらとし、血色もよさそうだ。

「生涯はじめてといっていいくらい健康的な生活をしている。八時間はたっぷり眠っているし、一日に二食も食べるなんて中学生のとき以来かな。そうだ、この前花火大会があってね、夕方六時ごろ看護婦さんが、みなさんラウンジでご覧になりますから東さんもどうぞって呼びにきてくれた。行ってみると、椅子がレインボーブリッジのほうにずらっと並べられていて、患者とその家族が二、三十人ぐらいいかな、ガラス越しに花火を観てるんだ。十八階だから、花火を観るには絶好の場所なんだろうね。ところが異様なのは点滴《てんてき》のスタンドがあちこちに林立《りんりつ》してる。うしろのほうのひとは点滴越しに花火を観ることになるんだ。子どもだっているんだけど、シーンと静まり返って、なかには前の椅子の背に顔を伏せてる患者もいる。ポーンと音が鳴ると、ゆっくりと顔をあげて、また苦しそうに伏せるんだ。そのうちにひとり去り、ふたり去るという具合に病室に戻って行く。だれもいなくなって椅子だけが残された窓ガラスの向こうで、盛大に花火が打ちあげられていた。その光景をしばらくひとりで観てたんだけど、花火ってやつは癌患者にはあんまりいいもんじゃないね。残酷《ざんこく》な光景かもしれない」

ノックなしに、二十四、五歳のほっそりとした美しい女性が入ってきた。何年か前に〈東京キッドブラザース〉の芝居を観に行ったとき、劇場で東に紹介された記憶がある。

「Ｉさんっていうんだ。こちらは柳美里さん」

わたしは東の恋人だと直感した。Ｉさんはわたしに会釈《えしゃく》をし、腕に抱えた花束を花瓶《かびん》に生けるために、カーテンの奥の流し台に姿を消した。

「なにかあったらケイタイに連絡ください」とわたしはリュックに手を伸ばし、肩にかけた。

「だいじょうぶ。北村さんが毎日のようにきてくれてるから」

北村易子《やすこ》さんはキッドの女優で長年東の秘書をしているひとである。

わたしは立ちあがった。東はみんなに護られているのだ。あれほど周囲のひとびとを激しい愛憎の葛藤《かっとう》に巻き込んだ東も、いまは愛情につつまれている。ひょっとしたら奇跡は起こるかもしれない。愛情によって奇跡が起こるという意味ではないが、東は彼を思うひとのエネルギーを一身に集めているような気がする。窓際の棚に置いてあるキューピーとワニを見て、わたしはそう思った。

エレベーターに乗ると、点滴に繋がれた四十代半ばの男性とその家族がいた。妻は四十歳前後、息子は六、七歳、娘は四、五歳だろう。

父親は点滴の長い管を両手に持った息子にいった。

「しっかり持ってくれよな。それはお父さんのたいせつなもので、もしはずれちゃうとたいへんなことになるんだからね」

息子はこくりと頷いてチューブを握り直した。

「点滴っていうんだけど、お父さんはこれで元気でいられるのよ。おくすりとか栄養がからだのなかに入っていくのよ」と母親がいった。

「カナちゃんは好き嫌いが激しいから、あんまり食べないと、お父さんみたいに点滴をやってもらったほうがいいかもな」父親がいった。

娘は怯《おび》えたように肩をぴくりと動かした。

「そうよ、それがいいかも。どう？　カナちゃん、やってみる？」

娘はあとずさって母親のスカートに顔を隠してしまった。

エレベーターは一階に着いた。父親の病の深刻さを感じ取っているのだろうか、不安そうな娘、まるで付き従うように点滴を両手に持って父親のあとを追う息子――、抗癌剤はこの家族に救いをもたらすのであろうか。

わたしはこぼれ落ちそうな涙を指で押さえて病院の外へ出た。

タクシーに乗って腕時計を見ると、四時前だったので、区役所に行って母子健康手帳をもらった。部屋に戻って必要事項を記入しようとして、父の欄を空欄にしておくべきかどうか迷ったが、怒りに似た感情に衝《つ》き動かされて彼の名前を書いた。〈結婚年齢〉未婚、〈夫の健康状態〉健康に丸をつけ、〈夫の血液型〉A型と記入してから、〈夫〉という文字を塗《ぬ》り潰し、欄外に父と書き直した。そして〈出産前後の連絡先（知らせてほしい人）〉の欄に彼の氏名とケイタイとポケベルの番号を記入した。

　わたし自身は未婚の母という立場に甘んじるつもりだが、子どもを父親がだれであるかわからない境遇《きょうぐう》に追いやりたくなかった。

　妹から電話があった。

「怖いんだけど、ママ、なんにも話してないのに気づいてるみたいだよ。昨日電話がかかってきて、『美里がたいへんな日に逢《あ》ってる。あんた、なんか知ってるでしょう』って訊くから、お姉ちゃんは元気だよっていったら、夢をみたんだってさ。夢のなかでお姉ちゃんが泣きながら、ママ、ママって呼んでて、声は耳もとで聞こえるのに姿は見えなくて、外に飛び出して捜しても見つからないんだって」

「すごく不吉な夢だね」わたしはぞっとした。

「この前の日曜日、行ったのね、そしたら赤ちゃんの靴下とか、帽子とかおむつカバーとかが揃えてあるの。美里が子どもを生むような気がするって……」

「なんかいったでしょ」

「いうわけないでしょう」

　超能力《テレパシー》の存在を信じているわけではないが、母はときどき勘の域を超えた第六感を働かせる。いずれにしろ両親には打ち明けなければならない。

　結婚して家庭に入ろうかな、と妹がいい出したので、「独身の編集者を紹介しようか」と軽い気持ちでいうと、「それって合コン？　やってみたい！」と大乗り気だった。このことを中瀬さんに話し、二、三人でも独身編集者を集めてもらえないだろうかとお願いすると、「何人かいるので当たってみます。カラオケで合コンやりましょう」と話がまとまった。

　カラオケ店に行く前に、中瀬さんと親しい編集者のHさんと三人で食事をすることになった。偶然なのだが、わたしがつきあっていると彼とHさんとは、妻同士が親友で毎日のように電話で話しているということだった。つきあっているということは伏せて彼の話をした。

「彼はむかしからすごくもてて、いまは五年前にアフリカで出逢った女性ライターとつきあってるみたいだよ。ぜんぜん家に帰らないから奥さんが詰問《きつもん》したら、彼女の存在を話したんだって。で、奥さんはノイローゼ状態になって、日本にいるのが堪えられないこともあって、海外出張に行ってる」

「出張？」わたしは内心の動揺を隠し、さり気なく訊いた。

「六月から、たしか九月まで帰国しないと思うけど」

「ふぅん」先ほどまで場を盛りあげるために早口でしゃべっていた中瀬さんが黙り込んだ。すべての事情を打ち明けていたし、彼にも逢っていたのでショックを受けたのだろう。

わたしは彼女の顔を見て、普通に振る舞おうと目だけで伝えた。

「残念だな。あたしけっこう好みのタイプだったんだけどな。妻がいる上に彼女がいるんじゃねぇ。でもひどい男だよね」と中瀬さんは豚の角煮に箸を伸ばした。

わたしは混乱している頭のなかを整理しようとした。ちょうどわたしの妊娠がわかった直後に彼の妻は海外に出掛けたわけだ。そして九月まで帰国しない。五年間つきあっている女がいるが、わたしの病室での電話の相手はその女ではない、最近つきあいはじめたばかりの二十代の女だ。五年つきあっている女との関係を継続しながら、わたしともつきあい、新しい二十代の女と逢うためには、妻は家にいるとしておいたほうが都合がいいのだ。腕時計を見て、そろそろ帰らなければという素振りをすれば、女たちは妻に遠慮して引き止めることはしないだろう。わたしは深夜に鳴りつづけるケイタイも、ベランダに出てかける電話の相手も妻だと思い込んでいた。

彼にとってみれば、妊娠してセックスができなくなったわたしは不用品で、わたしのなかで育っている子どもは障害物でしかないのだ。わたしにふたりの女を責める資格などありはしない。妻からすれば、どの女も憎むべき愛人に過ぎず、妊娠したわたしが最悪の浮気相手なのだろう。しかし、彼と過ごした時間のすべてを穢《けが》されたという屈辱感と怒りで目が眩《くら》み、血の色をした復讐《ふくしゅう》という文字が滲《にじ》みあがった。彼にわたしと同じ痛みと苦しみを味わわせてやる。復讐。それが未練を、彼を離したくないという思いを煽《あお》りたてるものでしかないということに、そのときはまだ気づいていなかった。いま思えば、恥辱《ちじょく》にまみれていたのは、わたしの執着心にほかならなかったのだ。

カラオケを終えて、妹と部屋に戻ったのは朝五時だった。十年ぶりぐらいだと思う、並んで横になった。わたしはHさんの話を伝えた。

「ぜったいに許せない」

「でも、なにがそんなに許せないの？　子どもが生まれるんだからラッキーじゃん」

「どうしても我慢できない」

妹は寝返りを打って背を向けると、ギザギザした声でいった。

「じゃあ、どうしたいの？」

「彼といっしょに子どもを育てたい。それが実現するのならどんなことでもするけど、離婚を迫るわけにはいかないでしょう。いっしょに育てるのが無理なら週に一度、月に一度でもいいから子どもに逢いにきてほしい——、そうじゃなくて、ただ」

愛されたい、という言葉を飲み込んだ。妊娠すると感情が不安定になるのだろうか、なんでもないことなのに涙があふれ、流れ出すと止められなくなる。

「いくらお姉ちゃんがいっしょに子どもを育てたいと思っても、相手はそうしたくないんだから、しょうがないじゃない。もしかしたら、お姉ちゃんは平凡であたたかい家庭ってやつを夢みてるのかもしれないけど、あたしたちみたいな育ちかたをした人間がそんなこと考えるなんておかしいよ。そんなものから見放されたから、芝居や小説の世界に入るしかなかったんじゃない」

作家としての矜持《きょうじ》が脆《もろ》くも崩れ、底なしの闇に沈んでいくような気がしてからだが震《ふる》えた。

妹の声が遠くで聞こえた。

「ほんとに復讐したいなら、お姉ちゃんの代わりに刺してもいいよ」

目を醒ますと、妹はいなかった。

わたしは彼に女との関係を問う手紙を書き、ポストに投《とう》函《かん》した。

彼はいつものように突然インターフォンを鳴らし、わたしは部屋に入れた。

彼は口をひらいた。

「どうして興信所なんて雇うの？」

「え？　なんのこと？」

「興信所を雇わなければ、先週彼女と逢ったことなんてわかるわけないだろ」

妻にだけではない、ほかの女に対して狂おしいまでに嫉妬している自分の子どもを身ごもった女に、興信所を持ち出して忿懣《ふんまん》を打つける男の感受性のなさに、わたしは話す気力さえ失ってしまった。軽蔑《けいべつ》し別れれば済むことなのに、そうしたい、そうしなければと思いながらどうすることもできなかった。そんなわたしを凝視するもうひとりのわたしの氷柱《つらら》のように冷たく鋭い視線を意識していたが、心臓を貫くことなく跡形《あとかた》もなく溶けてしまい、わたしは痴呆《ちほう》のように彼の優しい言葉を待ち焦《こ》がれた。このまま無様《ぶざま》に求愛のダンスを踊りつづけるつもりだろうか。わたしは自分のストーカーじみた振る舞いに困憊《こんぱい》しながらも、わたしよりさらに醜悪《しゅうあく》な姿をさらけ出しはじめた男に完全に囚われていた。

八月も二十日を過ぎ、夏が終わろうとしていた。海、湖、川、滝、どこでもいい、どこかの水辺で日が暮れるまでぼうっとしたい、と光を反射させて揺らめく水面を想像しながら瞼《まぶた》を閉じた。胎児が臍《へそ》の下あたりを強く蹴った。眠らなければならない。なにも考えずに、ただ穏やかで透明な水をイメージして、眠らなければ——。

夢をみた。死体が埋まっている草一本生えていない湿った土の山を彼と手を繋いでのぼって行く。目の前には鉛色の海がひろがり、波打ち際に小さなプラットホームがある。海岸線の向こうから緑色の電車がやってくる。彼はわたしの手を振り払ってホームに向かう。待って、行かないで、と叫ぼうとするが声が出ない。と突然海が津波のように隆起して、ホームごと波に飲み込まれてしまう。

わたしは自分の絶叫で目を醒ました。目を見ひらいても声が止まらない。両手で口を押さえ、鼓動が規則正しくなるまで深呼吸をくりかえした。

数日後、母からのファックスが届いた。

美里へ。なにごとかありましたら、電話を下さい。できることはします。母

わたしは母に返信をした。

母へ。相談したいことがあるので、できれば今日か明日ここにきてください。美里

折り返しファックスが届いた。

美里へ。今晩八時に伺います。　母

妹に電話して八時に母がくることを伝えると、「この顛《てん》末《まつ》を知ったら、あのひとは相手の家に包丁《ほうちょう》持って乗り込みかねないから、あたしもそっちに行くよ」といった。

夜八時に妹がきて、その五分後に母が現れた。母と逢うのは芥川《あくたがわ》賞の授賞式以来四年ぶりだった。高校を退学処分になってから向かい合って話したことはない。

「悪い話なの？」母は視線をあちこちに泳がせ、わたしと目を合わせようとしない。

「お茶でも淹《い》れてくれる？」わたしは打ち明けるタイミングを計りながら妹に頼んだ。

「ママ、あんたからファックスが届いてからドキドキしちゃって具合が悪くなりそうよ。早くいいなさい」

「いま妊娠していて、五ヵ月の半ば」

「どうするの？」

「五ヵ月の半ばだから、生むしかない」

「生みなさいな」

妹が湯飲茶碗を置いた途端《とたん》、

「バンザイ！」母はけたたましい笑い声をあげた。

わたしと妹は想像だにしなかった母の反応に驚いて顔を見合わせた。

「ママ、そうじゃないかと思ってたのよ。女の子？　男の子？」

「まだわからない」

「女の子がいいわ。いつ生まれるの？」

「二月一日」

「お姉ちゃんが子ども生むんだって！」

「ちょっと相手と揉《も》めてて」

「相手って？」母はきょとんとした表情で訊き返した。

「子どもの父親」

「結婚してるひとなの？」

「うん」

「それは揉めるでしょうよ。子どもは？」

「いない」

「美里、夫婦なんて赤の他人よ。子どもがいないなら、他人同士が同じ家に棲《す》んでるだけの話でしょ。あんたのお腹にいる子は、そのひとの血を引いてるのよ。顔かたちや性格まで似て生まれてくるのよ。生んでみなさいな、放っておいても引き寄せられてくるから。自分の子どもに逢わないでいられる父親なんてこの世にいないわよ。安心しなさい。揉め事なんかしなくてもだいじょうぶ。でも、そのひとも馬鹿ねぇ、揉めたら、自分の子どもに逢えなくなるのに。そんな辛いことってないわよ。まだ生まれてないから、その辛さを実感できないだけ」

かつて愛人の不実な行為に激怒して、ベッドに灯油を撒《ま》いて荒れ狂った母が、物わかりのいいスマートな意見をすらすらと口にしている。わたしも妹も呆然として聞くしかなかった。

あとから妹に教えてもらったのだが、母は駅に向かう歩道橋の上でスキップをしながらバンザイと叫んだそうだ。

翌朝、母からファックスが届いた。

　あれから丸一日が経ちましたが、いま最も必要で大切なのはバランスの良い食事をとることです。顔色も悪くなかったし、表情も穏やかだったのでちょっと意外でした。散歩をしたり、美しいものを見たり、楽しい音楽を聴いたりして、解き放たれた気分になる工夫をしなければなりませんよ。

　この世に生まれて、色んなひとに出逢っても、自分の子どもに巡り逢えないひとほど淋《さび》しいひとはいません。名声や財がなんでしょうか？　自分自身との孤独な闘いをつづけた第一幕が終わり、いままさに人生の第二幕が開こうとしているのだと思います。体勢を整え、知恵の限りを尽くして立ち向かっていって下さい。人生ってやはり苦労しても生きてみる価値はあると実感できるはずです。
追伸　美里のときも飲んだのですが（ほかの子のときは貧乏で飲めませんでした）、若鹿のツノの漢方薬が非常にからだに良い。すごく高価なのですが、自分で煎《せん》じて飲めるので近いうちに送ります。

八月もあと三日を残すだけになった日の夕方、放っておいても引き寄せられてくるという母の言葉を信じようとしたのだろうか、わたしは穏やかに話せばわかり合えるかもしれないと思って、彼に電話をかけた。

「元気？」

「元気？」

虚《うつ》ろな声で訊ね合った。

彼は完全に鬱《うつ》状態で昼からビールを飲みつづけているという。

「ごはん食べない？」わたしが誘った。

「みんなに美里と逢っちゃだめっていわれてるからなぁ」

「冷たいね」

「わかった。行くよ。一時間後に行く」

結局食事をして、帰ろうとした彼を引き止めてカラオケに誘ったのもわたしだった。彼はカラオケボックスで六時間歌いつづけ、タクシーで帰ろうとした彼をさらに引き止め、ふたりでわたしの部屋に帰って眠った。

翌朝、

「あぁ、夏が終わるな。山にでも行こうかな。休み取ってどこかに行かないと頭がおかしくなる」彼が上半身はだかで伸びをした。

「いっしょに行きたい」

「そのからだじゃ行けないだろ？」

「いまは安定期だからだいじょうぶ」

「じゃあ、沖縄に行こう」彼はスポーツマンのような白い歯を見せた。

その日から一週間、沖縄で過ごした。彼が運転する車の助手席に座って海を眺め、泳ぎ、沖縄料理を食べ、冗談をいい合っているうちにわたしはなにがなんだかわからなくなっていた。いったいなにをしようとしているのだろうか。かつてアメリカに〈レディキュラス〉という劇団名の通りただ虚しい行為を延々とつづける芝居を上演する劇団があったそうだが、愚行《ぐこう》を演じるために沖縄の陽光を浴びているのではないかという気さえした。

「どこに行きたい？」彼は右手でハンドルを握ったまま、左手で空港で買ったガイドブックを投げて寄越《よこ》した。

「西表山猫《イリオモテヤマネコ》が見たい」

「西表島に行かなといないよ。美里が山猫みたいなものだからいいでしょう」

「西表島に行く」

「西表島は飛行機に乗らないと行けないから今回は無理。でも約束するよ。いるかかならず連れて行ってやる」

「子どもが生まれるし、もういっしょに旅行することなんてないでしょう」

彼は黙り込んだ。

彼とわたしと子どもの三人で西表島に行く光景を想像することはできなかった。

あっという間に一週間が過ぎ、最後の夜、那覇《なは》のホテルで話し合った。

「ひとりで子ども育てられる？」

「わからない」

「おれはなんにも手伝えないけど、ちゃんと育ててくれ」

「認知は必要だし、子どもにはいつか、事情があっていっしょには暮らせなかったけれど、お父さんはあなたのことをずっと見護っていたし、だから養育費だって払いつづけてくれたのよ、といってやりたい。それなのにあなたは妻に正直に告白することすらしたくないといってる」

「いえないな。彼女には負い目があるから」

「汚いと思わないの？」

「おれだけが汚くて間違ってて、自分だけがきれいで正しい？　男女関係でどちらかが一方的に悪いなんてあり得ないだろ」彼は威嚇《いかく》するように大きな図体を突き出した。

「わたしのどこが悪いかいって！」

「大きな声を出すなよ」彼は歯を剝いて、その隙間から声を出した。

「じゃあ大きな声を出さないで。わたしには逢わなくてもいいけど、子どもには逢ったほうがいい。だって子どもに対するわたしとあなたの責任は同等でしょう？」

「逢いたくないな。逢いたくないっていってるのに、首に縄つけて子どもの前に引き摺《ず》って行くのか？　そんなにいうんなら、認知するし養育費も払うけど、子どもには逢わない」

わたしは彼の頰を平手打ちした。彼の目が憤怒《ふんぬ》で燃え立ち、右手が勢いよく振りあげられ、わたしの顔に振り下ろされた。わたしはよろめいたまま部屋から飛び出した。

外は雨だった。雨で髪と顔が濡れていく。無意識のうちにお腹を護るように両手で抱えて歩いていた。怒鳴り合いをしているときには強く蹴っていた子どもがまったく動かず、下腹部が緊張している。道に迷ってびしょ濡れになり、もし熱を出したとしても風邪薬は飲めない。高熱になったら胎児になんらかの障害が残る可能性もある。わたしは不安に駆られて早足でホテルに戻った。

部屋のドアは開いていて、煙が廊下にまで流れていた。彼は窓際の椅子に座って煙草を吸っていた。

濡れた服のまま横になった。すぐにとなりのベッドから鼾《いびき》が聞こえた。眠気が訪れるのを待ったが、目を瞑《つむ》るとわたしを殴る瞬間の彼の顔が何度も巻き返され、そのたびに波のようにうねる哀しみで呼吸が不規則になり、嗚咽が喉までせりあがってきた。

羽田空港で別れようといったのだが、「荷物が重いだろう」と彼はわたしの部屋までついてきた。

最後の話し合いをした。子どものことだけを確認したかった。

「子どもには逢うよ。でも地方や外国に配転になる可能性もある、というかその可能性が高いんだけど、そしたら逢えないな」

「妹に頼んで、どこであろうが連れて行ってもらう。子どもの名前をつけるって約束したよね？」

「自分が気に入った名前をつけるほうがいいよ。名前呼ぶのはおれじゃないんだから。どうしてもっていうんならつけてもいいけど、ほかには？」彼は投げやりにいった。

「出産のとき、病院にいてほしい」

「それは無理だな」

「いてくれるっていったでしょう。わたしと顔を合わせるのはそれで最後」

「出産まで妻にいわないでいいなら立ち会える。もし認知と養育費を取り下げてくれるなら、一週間のうち一日は子どもの面倒をみてもいい」

「そんなことというならもうおしまい。なにも話すことはない。子どものことは妹と話し合ってもらうしかない。帰って」

彼は放心したような面持ちで立ちあがった。

彼を失ってしまうとおもった瞬間、わたしの内部で風が立ち、激しく吹き荒《すさ》びはじめた。木の葉のように舞いあがり飛ばされそうになったが、胎内の子どもに支えられてなんとか立ちあがることができた。わたしは失ってはならない命を抱えているのだ。

わたしは今度こそ、彼に別れを告げた。


夏の陽射しはわたしの錯乱を煽るように照りつづけ、九月になってもいっこうに衰《おとろ》える気配を見せなかった。九月の十二日で妊娠六ヵ月に入る。そして東由多加の退院は十三日に決まっていた。いつまでもカーテンで遮光《しゃこう》した部屋のなかに隠れていることはできないし、今後の生活から逃げおおせられるはずもない。

退院後東は代々木のワンルームでのひとり暮らしに戻る

のだろうか、そしてわたしはひとりで子育てするつもりなのだろうか。ひとりで暮らすということになんの疑問も持たなかったふたりにとって、そのひとりの生活がとてつもない困難をもたらすことだけは明白だった。すくなくともわたしには、ひとりできちんとした食事を摂《と》る東の姿は想像できない。いまさらのように闘病と出産・育児が家族の絆によって支えられているものだということが身に沁《し》みてわかるが、わたしたちがこれまでの放埒《ほうらつ》な生活に復讐されているのだとしても、悔い改めるより前にしなければならないのは、退院後の東の生活設計だった。

わたしの子育てについては、電話での会話で東がこう洩《も》らしたことがあった。

「いつまで生きていられるかわからないけれど、手伝ってくれる女の子が何人かいると思うから、おれがあなたの子どもの面倒をみてもいいよ。どこか郊外に家を借りて、あなたは週末だけその家で過ごす」

それが儚《はかな》い希《のぞ》みでしかないことを、わたしも東自身も知っていた。東が癌でさえなければ充分に考えられただろうが、いまとなっては実現不可能だ。「三年間、いまのままの状態で生きられると約束してくれたら、お願いするけど」という言葉を口にすることはできなかった。

東の友人たちが相談し、週に一日ずつ世話をするローテーションを組んでいるという話は聞いていたが、東はどうしても受け容れられない提案だとして固辞しているらしかった。無類にひとづきあいがいい反面、他人の世話になることを極端に嫌悪するという面を持っているのだ。プライドが高いというより、幼いときから母親が病気がちで七歳のときに亡くし、母親からの愛情を受けた記憶がないゆえに、母性的な接しかたに異常反応を示すのかもしれない。東が実姉に見舞いにこないでほしいと宣告したのは、しないでもいいといったにもかかわらず、彼女が二度三度にわたって野菜スープやトロの刺身を病室に持ち込んだというのが理由だった。愛情の計りかたが普通のひととは異なり、だからこそ友人たちはいっそう心配するという、わたしには彼らがいささかバランスを欠いたシーソーゲームを演じているように見えた。

「癌になって、こんなにもてるとは思わなかったよ。サンフランシスコに棲んでる古い女友だちがいっしょに暮らそうと電話してきたし、義母や異母兄弟は長崎で暮らそうといい出すし、バリ島で一年くらいのんびり暮らしましょうと誘ってくれる女の子もいる。それにあなたの一期下の佐藤さん憶えてる？　彼女までいっしょに暮らしましょうだってさ。冗談に決まってるけど、つい、お願いしますといいそうになってしまった」

佐藤恵美さんというのは、三年前にキッドを退団した女優で、その後結婚して離婚し、現在はひとり暮らしをしている美しい女性である。

わたしは彼女と同じ舞台を踏んでいた妹に訊いてみた。

「恵美ちゃんは、東さんとハワイのコンドミニアムで暮らしたいんだって。貯金をぜんぶ使ってもいいんだってさ。マインドコントロールから抜けられないんだよ、まったく」

確かに東が希みさえすればだれかがともに暮らし世話をしてくれるにちがいないし、何人かの名前をあげることもできる。しかし東はそのうちのだれかを選択するとは思えなかった。一方的な献身を甘受《かんじゅ》するほど素直でもなければ、屈託のないひとでもない。

ある日、病室を去ろうとしたときに、なんでもないことのように口を衝いた自分の言葉に驚いてしまった。

「いっしょに棲まない？　子どもの面倒をみてもらいたいし、ギブアンドテイクってわけじゃないけど、食事ぐらいは作れるよ」

東の恋人のIさんの姿が過《よ》ぎり、わたしのお腹の子の父親は東なのではないかと疑われるかもしれないと思ったが、きちんと説明すればきっと理解してくれるだろうし、彼女が遊びにきたり泊まったりしてもかまわないのだと思い直した。

東は数秒考えてからいった。

「あなたがひとりで子育てする姿は想像できないな」

「じゃあ、めぼしい物件が見つかったら、資料を持ってくるから」

わたしは『新潮45』の中瀬さんにお願いした。中瀬さんは、不動産オタクといってもいいほど物件を見て歩くのが好きだそうで、「奇妙な家族が暮らす家を捜します」と引き受けてくれた。わたしは条件を箇条書きにしてファックスで送った。

毎日のように物件情報が送られてきた。中瀬さんが太鼓判を押してくれるところならば、見ないで決めてもいいと思っていたが、四つに絞られたマンションを中瀬さんと見て歩き、渋谷のマンションに決定して、東に電話した。

「あぁ、そう」と東はなんの関心もないような口調でいい、引っ越しのために地図が欲しい、とだけいって電話を切った。

東と暮らすことを友人や編集者たちにどう説明しようかと考えたが、べつに考えるほどのことではないのかもしれない。説明というのは、しなければならない場合と、する必要がない場合に分けられるが、往々にして詳しく説明しなければ理解してもらえないだろうと思える場合には、説明しないほうがスムーズに運び、簡単に理解してもらえると思って説明を省くと、事態は複雑化するものだ。

東が妹を病室に呼んで話したところ、わたしたちと同居して子育てを手伝ってもいいといったそうだ。それからしばらく妹はどうかしたのではないかと心配になるほど子育ての計画に熱中したが、ある日突然、〈子どもを生むということを選んだのはお姉ちゃんなのだから、お姉ちゃんが育てなければならない。子育てというのは、おそらく自分自身のなにかを犠牲にすることだと思う〉という素っ気ないファックスが送られてきた。

孤立無援《むえん》の状況がひしひしと迫ってきて、わたしは東の病室に電話して不安を打つけた。

「朝日の記者と話したら、学芸部に記者やりながら子どもをふたり生んで育てた女性がいるんだけどね、ベビーシッター二十人以上替えたんだって。それほど信頼できるひとはいないってことだよ。妹の友だちでベビーシッターのバイトやってる女の子がいてね、家のひとがいなくなった途端に、赤ん坊が泣いてもうるさくないように好きなロックがんがんにかけて面倒なんてみないらしい。これは角川書店の堀内大示《だいじ》さんがいってたんだけど、ゼロ歳児から預けられる保育所もあるにはあるけど、どこもいっぱいで会社勤めの女性優先で、わたしみたいに自宅で仕事してると難しいって」

「おれが手伝う。ふたりで育てよう。おれとあなたで昼夜逆転させて、あなたが眠っているときはおれが面倒をみる。心配しなくてもだいじょうぶだよ」

東は事もなげにいった。

でも、いったいいつまで、といいかけて、わたしは言葉を飲んだ。わたしと東は漫才のボケとツッコミのように交互に楽観論と悲観論を投げ合って、無理にでもバランスを取ろうとしていた。楽観と悲観のどちらかに傾くことを注意深く避けていたのだ。

「子どもが三歳になるまで、ううん、小学校に入るまでは協力してほしい」わたしは楽観のほうにシフトした。

「一年すれば、言葉もしゃべるし、立って歩く。なんとしても、ヒガシサンと発音できるようになるまでは生きるつもりだよ」東はいった。

九月二十四日に引っ越しをした。運送は業者に任せたのだが、新潮社の中瀬さん、矢野優《ゆたか》さん、角川書店の堀内さん、吉良《きら》浩一さん、文藝春秋の森正明さん、山口由紀子さん、リクルート『ダ・ヴィンチ』編集部の細井ミエさんに妹を加えた八人に新居と旧居の二手に分かれて手伝ってもらった。

編集者と作家のあいだには余人《よじん》には窺《うかが》い知れないものがあって、芸能界のプロデューサーとディレクター、ディレクターとタレント、タレントとマネージャーなどとも異なり、いわくいい難い関係なのだ。わたしは勝手に、公私ともに最低、最悪の恥部を曝《さら》しても、なお支えてくれるひとだと考えている。作家のあっと驚く素顔を知っているのは、その家族でも、ましてや評論家などではなく、担当編集者にほかならないのだ。わたしは引っ越しの二週間ぐらい前から彼らを個別に自宅に呼んで、妊娠のこと、なぜ子どもの父親と結婚できないのか、東の癌のこと、東と同居することを打ち明け、力を貸してほしいと頼み、彼らは快く引き受けてくれていたのである。

引っ越しは八時過ぎに終わり、六本木の行きつけの店〈五穀《ごこく》〉で食事をし、すぐ側のカラオケボックス〈ラブネット〉に移動し、帰宅したのは午前四時を過ぎていた。

東は既に眠っているようだった。わたしは椅子に腰かけて、まだ整理がついていない新しい部屋を眺めた。馴染むまでには時間がかかるだろう、と何気なく壁に立てかけておいたコルクボードを見まわした。そして五月末にも、なぜこんなものを残しておいたのだろうと新聞記事の切り抜きに目を止めたことを思い出した。ピンをはずして記事を手に取ってみた。岡山大学の肺癌の遺伝子治療に関するもので、「P53は、がん細胞の異常増殖に対し自殺を命令したり、新しい血管の発生を抑えて栄養補給を絶ったりする作用があり、米国ではがんが縮小、進行が止まったとの報告がある」という内容であった。

記事を切り抜いた理由がはじめてわかった。わたしはこの四年間ずっと東を診察に連れて行かなかったことを後悔し、発病を恐れていたのだ。二月にこの記事を読んだとき、遺伝子治療の可能性にこころを動かされて無意識のうちに切り抜き、コルクボードにピンで留めたにちがいない。無意識までもが癌に繋がっていたということは吉兆《きっちょう》のようでもあり、大きな不幸の塊となってわたしに重くのしかかってくるようにも思えた。これからは間違いのない選択をしつづけなければならない。末期の癌患者は出口が見えない洞穴《ほらあな》を彷徨う仔羊のようなものだ。医師の診断と最新の医学情報を納得いくまで検討した上で、決して後悔しない治療方法を選択しなければならないのだ。

翌朝不慣れな手つきでコーンスープ、オムレツ、トースト、サラダ、紅茶を食卓に並べたあと、その記事を東に読ませてみた。

「遺伝子治療を受けられないかな」わたしは食事をはじめた東を気づかれないように観察しながらいった。

「これは肺癌だし、それにまだ試験的な段階でしょう。だれだって受けられるというものではないと思うよ」

思ったより食が進んでいることにほっとしたが、頭のなかではめまぐるしく遺伝子治療を受ける方法を模索していた。

〈国立がんセンター中央病院〉の室先生によると、七月から二ヵ月間にわたった抗癌剤と放射線治療の結果は、食道の癌はかなり小さくなったものの消えるまでには至らず、肺、肝臓についてはわずかに縮小しているだけでほとんど変化は見られないということだった。そして十月と十一月に五日間の抗癌剤治療を二クール受けることができるといわれていた。では、十二月、いったい来年からはどうすればいいというのだろう。それで治療完了だとしたら、あとは癌が増殖するに任せて対症療法《たいしょうりょうほう》をするしかないのだ。

東は引っ越しして六日目の九月三十日に再入院し、十月八日に帰宅した。

入院中、朝日新聞学芸部を通して科学部の記者に訊いてもらったところ、〈遺伝子治療は一般向けではなく、まだ実験段階で、国の審理（二段階）を経ないと施《ほどこ》せない。あくまで研究を主眼としているのでだれにでも施すということにはならない〉というファックスが届き、講談社出版部の編集者からの返事もほぼ同じ内容で、アメリカでの治療の可能性については、〈癌治療に日米格差はなく、アメリカに行ってまた一からスタートして治療に臨むというのは勧められない〉ということだった。

わたしはこの種の調査は文芸関係者には無理だったのだと思い、数回逢っただけの『週刊ポスト』の飯田昌宏さんにお願いしてみようと考えた。週刊誌の編集者であれば、あらゆるジャンルにまたがって情報を収集するプロフェッショナルだ。必要な情報はどんな手を使っても集めてくれるにちがいない。

長文のファックスを送ったところ、飯田さんは、さっそく調査を開始してくれるとのことだった。

しかしその日、

「エレンがぼくが癌だってことを知って、明日くるらしい」と東が困惑を隠し切れない表情でいった。

〈東京キッドブラザース〉の元女優で現在はスチュワーデスをしている大塚晶子《あきこ》さんがニューヨークにフライトした際、エレン・スチュアートに逢って東の病状を知らせると、エレンはその場で秘書に航空チケットを手配させ、日本に見舞いに行くことを即決したらしい。

エレン・スチュアートは、ロバート・デ・ニーロやアル・パチーノなどの俳優や、サム・シェパードやトム・ホーガンなどの劇作家、演出家を数多く輩出したニューヨークの劇場〈ラ・ママ〉のオーナーというだけではなく、世界の前衛演劇界で知らないひとはいない有名プロデューサーである。キッドは一九七〇年に〈ラ・ママ〉で『黄金バット』というミュージカルを上演し、オフブロードウェイに進出するという大成功をおさめていた。

「エレンは八十四歳なんだよ。ほんとうの年齢はだれも知らないんだけど、心臓が悪いんだ。見舞いにくるなんて無茶だよ」

東は翌日の夕方、エレンの宿泊先の〈ホテルニューオータニ〉に出掛け、夜十二時ごろ帰宅した。

「エレンがニューヨークで治療を受けたらどうかって。スタテンアイランドにレーザー光線だかを使う病院がある。そこに入院しろというんだ」

ただ見舞うためだけに来日し、二日間の滞在で帰国する八十四歳の女性がいること自体驚きだったが、どうやらエレンは東を実の息子のように愛しているらしかった。また東のほうも、行けと命じられればチベットの寺院に籠り経を唱《とな》えかねないほど、エレンには素直に従わなければならないと考えているようだった。

「行くの?」

「しょうがないだろ。エレンがいうんだから」

わたしにとっては、大量の薬を飲まなければ息切れしてしまうほどの心臓病を患《わずら》いながら成田のゲートに車椅子で現れたエレンは神の使者で、「アメリカで治療を受けたらどうか」という勧めは天啓のように思えた。アメリカ!

そうだ、わたしがあの新聞記事でこころ魅かれたのは〈遺伝子治療〉と〈アメリカ〉という言葉であった。

飯田さんはインターネットを使って〈スタテンアイランドユニバーシティホスピタル〉の情報を集め、二十ページ以上の病院紹介を翻訳し届けてくれた。

東は、帰国したエレンにレントゲン、CT写真、カルテ、室先生の紹介状を送った。

室先生は、

「わたしはまだ東さんの治療でやり残したことがあるんです。アメリカというと夢みたいな治療ができると思うでしょうが、わたしたちだって世界的なレベルというか、スタンダードな治療を行なっているんです。理解してもらえないのは残念ですが、どうしてもということならしかたありません」

と反対したが、きちんと英文で紹介状を書いてくれた。

室先生が、やり残したこと、というのはなんだったのだろうか。東は5Fuとシスプラチンという二種類の抗癌剤を投与されていた。室先生はおそらくべつの抗癌剤を考えていたのだろうが、知らされてはいなかった。先述したように十月と十一月に計二クールの抗癌剤投与を行い、十二月のCT検査で効果が現れなければ、がんセンターでは打つ手はない、とわたしは理解していた。アメリカで治療を受けたいと申し出るまで、その先の治療は示されなかったのだ。

問題は抗癌剤の〈薬剤耐性《たいせい》〉で、『ガン遺伝子を追いつめる』（掛札堅著、文春新書）によれば、薬剤耐性には二種類あるそうで、そのうちひとつは〈多薬剤耐性〉で、〈一つの薬に耐性ができるとそれとはまったく違った薬に対しても効果が出なくなるもの〉らしい。つまり、耐性さえできなければ、抗癌剤治療による長期延命も可能なのだが、二回、三回とつづけるうちに効かなくなるのだ。

室先生にアメリカでの抗癌剤治療について質問すると、

「日本では、たとえば肺の癌に認可された抗癌剤であっても、ほかの臓器には使っていけないことになっているんです。その点アメリカでは一箇所に認可されれば、どこに使ってもいいんです」と教えてくれた。

そればかりではなく、患者の自己責任において実験段階の試薬も受けられるそうだ。日本では認可されていない抗癌剤を試み、たまたまその薬が劇的な効果をもたらす可能性もあるのだ。もちろん効果が現れないケースも多いだろう。問題は、患者が望んだとしても、日本では試みることができない抗癌剤が多いということである。患者の側《がわ》からすれば、日本では認可されていないから投与できないといわれて納得できるはずがない。だからこそ、世界の医療現場でどのような抗癌剤が用いられ、どの程度の効果をもたらしているのかということはもっと報じられなければならないのではないだろうか。

すっかり準備を整えて待ったが、残念なことに、エレンの努力は効を奏せず、〈スタテンアイランドユニバーシティホスピタル〉への入院は実現しなかった。

その知らせにショックを受け、わたしはかなり落ち込んだ。精神的な不安がすぐにからだに現れる質《たち》で、七ヵ月で安定期に入っているにもかかわらず出血してしまい、深夜タクシーで〈日本赤十字社医療センター〉に行った。幸い異常はなく、安静にするようにと注意を受けただけで帰宅を許された。

それから数日後、東は青山円形劇場に劇団〈青い鳥〉の公演を観に行き、帰ってきてこういった。

「長井さんがスウェーデンの病院はどうかというんだ」

長井八美《はつみ》さんは、『黄金バット』に出演したあと、〈ゆりあプロジェクト〉という会社を設立して、劇団〈青い鳥〉の制作をしているひとである。

東は終演後、女優の葛西佐紀さんらと食事をした折、葛西さんの姪《めい》にあたるひとがスウェーデンで脳腫瘍の手術を受け全快したという話を聞き、スウェーデンの観光事業も手掛けている長井さんが、アメリカがだめならば、と勧めてくれたらしい。

考えてみれば、日本で行われていない医療を受けられるのであればべつにアメリカでなくても、イギリス、フランス、ドイツ、スウェーデン、どこの国でもかまわないのだ。そしてわたしは何度か大使館に招かれ、来日したスウェーデンの作家と会食し、スウェーデンの出版社と翻訳の契約を結んでいることもあって、確かなコネクションがあった。

翌日飯田さんにスウェーデンの病院に関する調査をお願いしたところ、アメリカの〈メモリアル・スローン・ケタリング癌センター〉はどうだろうか、という返信が届いた。〈メモリアル・スローン・ケタリング癌センター〉は、『USAトゥディ』紙で全米第一位にランキングされている癌の専門病院として世界に知られている。

わたしは室先生がいうようにアメリカであれば、夢のような治療が行われているなどと思っているわけではない。ただ、いまここにある治療に限定する必要はないと考えているだけだ。東由多加には世界の医療の最先端で行われている、あるいはこれから試みられようとしている治療を受けてもらいたいのだ。癌は未来に深く関わっている病であり、明日の出来事こそが治療の決め手になるのだ。

癌は明日の病なのである。

十一月一日、飯田さんからファックスが届いた。

アメリカ国立がんセンター（ＮＣＩ）は、アメリカの癌治療の最高峰で、先端医療の情報が集約されています。このホームページ「Ｃａｎｃｅｒ　Ｎｅｔ」に年齢・性別ほか、「食道癌」「ステージⅢ」などの条件を入力して検索してみたところ、「メモリアル・スローン・ケタリング癌センター」という病院で行われている臨床実験が5件も出てきました。

そして思わぬところでメモリアル・スローン病院との接点が見つかりました。最相《さいしょう》の知人に、ニューヨークのノース・ショア大学病院の医師がいます。彼に連絡したところ、「スローン・ケタリングで診察を受けられるようにトライしてみようか」と返事があったのです。

最相葉月さんは、飯田さんのパートナーであり、大ベストセラー『絶対音感』の著者である。わたしはまさか最相さんが協力してくださるとは思いも寄らなかったので驚き、ただお願いするしかなかった。

最相さんによると、この医師が〈メモリアル・スローン・ケタリング癌センター〉の消化器癌科チーフのデヴィッド・ポール・ケルセン先生を紹介してくれたということだった。

十一月八日から一週間、東は〈国立がんセンター中央病院〉で抗癌剤治療を受けた。退院した翌十五日に、スローン・ケタリングでの治療実現に向けてのミーティングという名目で、最相さん、飯田さんにひとまずマンションにきていただいて簡単な打合せをし、そのあと近くのレストランで食事をすることになった。

最相さんとは初対面だったが、その瞳は世界のすべてを映し出そうとしている無垢《むく》な少女のような輝きを放っていた。わたしがこれまでに逢ったどのタイプとも異なり、知性や才気だけではなく、魂というしかない静謐《せいひつ》な精神を感じさせる女性であった。

心配していたのだが、東と最相さんは気が合ったらしく会話が弾み、最相さん飯田さんのおふたりが東に付き添って渡米してくれるという話にもなり、わたしは数ヵ月ぶりにこころからほっとした時間を過ごすことができた。エレン・スチュアートといい、最相葉月さんといい、東由多加はなにか目に見えない大きな力に守護されているのではないか、そう思いたかった。

翌日から東は、キッドの北村さんや、大塚さんに手伝ってもらってパスポートの申請をしたり、シティバンクに口座を作ったりして渡米の準備を着々と進めて行った。

しかしそれから一週間経っても、スローン・ケタリングから診察日を指定するメールが届かなかったので、もうだめではないかと日に日にあきらめの色が濃くなりはしたが、どんなことがあっても東に渡米してもらいたいというわたしの気持ちは強まるばかりだった。

十一月二十一日、飯田さんと東とわたしの三人で、がんセンターの主治医である室先生に面会し、〈メモリアル・スローン・ケタリング癌センター〉で治療を受ける許可を求めに行った。

「スローン・ケタリングならよく知っています。いつ行くんですか？」

「まだ決まっていないんですが、十二月初旬には渡米できるのではないかと考えています」と東が答えた。

「この前のスタテンアイランドの病院よりは遥かにましだけれど、わたしたちだって決して遅れているわけではないんです。ところで、東さんはどこで死んでもいいんですか？」

まるでニューヨークで治療を受けている期間に死ぬこともあり得るといわんばかりの口調だった。

「死ぬんなら、そうですね、だれもいない南の島がいいかな」

室先生をからかうつもりはないのだろうが、東の顔には笑みが浮かんでいた。室先生が死を持ち出した真意は、常に死を意識しなければならないほど苛烈《かれつ》な状況に置かれているということを自覚すべきだといいたかったのか、あるいは、まだ実験段階にある抗癌剤を投与される危険性を指摘したかったのか、わたしにはよくわからなかった。ただ異国で治療を受ける覚悟のほどを訊きたかっただけなのかもしれない。

四人でミーティングをしたとき、飯田さんに、「柳さんはひとりでアメリカの病院で出産できますか？」と訊かれ、わたしは即座に「できません」と答えた。東はわたしと違って日常会話には不自由しないものの、医師や看護婦と会話できるほどの英語力はなさそうだった。

そのとき東はこういった。

「実験というのは変だけど、いったいアメリカの先端医療がどの程度のものか身をもって体験してみようと考えているんです。柳さんがそのことを書いてくれれば、日本の癌患者にとっては新しい情報になるかもしれない。癌になって癌関係の本を何冊か読んでみたんだけれど、癌に克《か》つとか、癌と共生するとか精神論が多過ぎる気がするんです。ぼくは癌になったら治療すべきだと思う。現代医学の限界がどこまでかがわからないから、みんな補助栄養剤や精神論に頼っているんじゃないかな。すこしは役に立って死にたい」

アメリカの病院に行かなければならないと決意したのは室先生の診断と国立A大学の医師の所見があったからだ。

九月の退院を前にして、いったい今後どのような治療が行なわれるのか不安に駆られていたわたしたちに、室先生は二クール行なった抗癌剤治療の効果が認められなければ、もはや打つ手はなく、月一回来院し検査をするしかないと宣告した。既に記した通り、幸いにも十月と十一月に一クールずつの投与が追加されたのだが、その効果がなければ治療は完了ということになり、癌の増悪《ぞうあく》を待っての対症療法しかないと聞かされていたのだ。わたしと東は、二クール目の結果がおもわしくなかったので、三、四クールで腫瘍が縮小する可能性は低いだろうと判断していた。後にアメリカに行くという話をしてから室先生は、「わたしにもまだやり残した治療があるんです」といったのだが、退院時のインフォームドコンセントの内容はそうではなかったのである。

そして飯田さんに東の症状を癌専門医数人にインフォメーションしてもらった結果、私立有名K大学とA大学医学部の医師から所見が寄せられ、その内容はほぼ同じだった。A大医師の所見を要約すると、多臓器転移の食道癌には局所療法（重粒子線《じゅうりゅうしせん》治療、遺伝子治療、レーザー照射など）

はまったく意味がない。主治医が治療終了と判断したのであれば、もう効果的な抗癌剤もないのかもしれない。もし自分の親やパートナーが同じ症状だったら、対症療法のみを選ばせ、悔いの残らない余生を送らせてあげるだろう、というものだった。

癌の治療法を発見すべく世界中の研究者が日々努力していることについては、わたしが述べるまでもない。そのひとつが遺伝子治療である。多臓器転移に関しては、遺伝子治療といえども効果がもたらされていないということは事実であろう。しかし、明日、世界のどこかの研究所や大学病院で多臓器転移にも治療効果が認められたと発表されないとだれに断定できるだろうか。ヒトゲノム全体が解析されようとしている現在、二年後、三年後に遺伝子治療が、多臓器転移を含めて一般的な治療法として確立される可能性は低くはないと思う。ゆっくりではあるが日々進歩しているのだ。

A大医師は、治る見込みのない治療を延々とつづけることで残された時間がどんどん失《な》くなっていくともいっていたそうだ。わたしにいわせれば、癌患者の大半は治る見込みのない治療を延々とつづけているのである。これを否定するならば、現在行われている抗癌剤治療のほとんどを否定しなければなるまい。そして主治医によって余命いくばくもないと診断された患者が数年間延命したケースも決してすくなくはない。治る見込みのない治療を延々とつづける医師と患者の意志の力こそが医学を進歩させていると断言してもいいと思う。

また、悔いの残らない余生などというが、ほんとうにそんなものが存在すると思っているのだろうか。ましてや親子であろうがパートナーであろうが他人が、悔いの残らない余生を送らせてあげることなどできようはずもない。

わたしは死を受容しつつ、なお、生の可能性を信じて治療をつづけることが、命と正面から向き合う道だと考えている。

またA大医師が、同大学の食道の専門医に質問したところ、食道癌は欧米に比較にならないほど日本の症例数のほうが多いため、欧米にいかなる最先端療法があったとしても、現時点では日本で受ける治療に勝るものはないという回答があったのだそうだ。

主治医がギブアップした時点で治療を終了し、さっさと対症療法に切り替える日本の医療に勝るものはないというのだが、欧米では一般化されているにもかかわらず、日本では使用できない抗癌剤は皆無だといいたいのだろうか？

東とわたしは、権威あるA大医学部の医師の揺るぎない自信に疑念を抱《いだ》き、なんとしてもアメリカでの治療を実現しなければならないと考えるに至ったのである。

それにしても医師と患者の意識のズレは大き過ぎるのではないだろうか。しかも患者にとっては主治医はひとりだが、医師は何人もの患者を担当している。

室先生はいったい何人抱えているのだろう、とぼんやり考えていると、

「なんという医師に診察を受けるんですか？」室先生が訊いた。

「デヴィッド・ポール・ケルセンです」飯田さんが答えた。

「ケルセンなら、学会の発表を聞いたことがありますよ。消化器癌では世界的な権威です。わかりました。来週の月曜までに、英文の紹介状をなんとかしましょう。東さんは血液検査を受けてきてください」

そういわれて、東は診察室を出て行った。

「ニューヨークに行くわけですが、東さんのからだはだいじょうぶでしょうか。とくに気をつけることがあれば教えてください」飯田さんが訊いた。

「東さんだったら世界中どこにだって行けるでしょう。ただ気をつけてほしいのは、まだ実験段階の抗癌剤を勧められたときです。フェーズⅠ、フェーズⅡ、フェーズⅢと分類されるんですが、フェーズⅢの薬は既に多くの患者に試して成果をあげている二、三年後には認可が下りる薬なんですよ。しかしフェーズⅠ、フェーズⅡの薬というのはまだ山のものとも海のものともわからない薬なので、すぐには応じないほうがいい。どの抗癌剤も効果が現れなくなってしまったときに、一か八かでやってみるのはやむを得ないと思うんですが、いまはまだその段階じゃない。副作用もすくないし元気だし、東さんは医者であればそんな薬を試してみたくなる患者なんです。フェーズⅠの薬を勧められたら、メールでも電話でもいいですから、かならずわたしに連絡をください」

室先生は脅しとも励ましともつかない言葉を口にして立ちあがった。

十一月二十三日、最相葉月さんのメールボックスに、〈メモリアル・スローン・ケタリング癌センター〉のインターナショナルセンターから十二月九日午前九時にケルセン医

師の診察が決まったというメールが届いた。

　さっそく最相さんに翻訳してもらった診察カードに記入しはじめたのだが、記入項目がたくさんあって、疑問点を飯田さんとファックスでやりとりしているうちに、ちょっとした言葉の行き違いから東は気分を害してしまった。そして突然、今後は入院手続きほかすべてを自分ひとりでやるので、最相さんにも飯田さんにも関わってほしくないといい出したのである。

「飯田さんは劇団員じゃないんだから、なにもかも自分の思い通りにはならないよ」と怒りを打つけてみたものの、一度決めてしまったら、なにをいっても覆《くつがえ》さないひとである。わたしは説得する気力を失くし、自分の部屋に閉じ籠った。

　その日は十一月二十六日、最相さんの誕生日だった。夜九時にインターフォンが鳴った。せっかくの誕生日を台なしにされたにもかかわらず、最相さんと飯田さんが心配して駆けつけてくれたのである。

　わたしたちはリビングのテーブルに座った。東は強引に辻褄《つじつま》を合わせた理屈を並べたて、遂に飯田さんが根負けし、東はひとりで渡米することになった。

　その瞬間を見計らったように最相さんが口をひらいた。

「わたしの話を聞いていただけますか？」

「どうぞ」といって、東は椅子に座り直した。

「わたしは、柳さんのことは小説やエッセイでしか知らなかったのですが、闘っているひとだという印象を持っていました。そしてわたしもまた書くことで闘っているのだと共感していたんです。柳さんの闘いをすこしでも手伝いたい、そう思ったのがきっかけでした」

　そして最相さんは東を真っ直ぐに見た。

「わたしの前の夫は役者でした。彼の本棚に東さんの本がありました。彼の父が肺癌で闘病している最中に、一方的にわたしが悪いんですが、夫と離婚したんです」

　最相さんの声が崩れ、涙があふれた。

「ですから、東さんのことは他人事《ひとごと》だとは思えないんです」

　思いもかけなかった最相さんの真情の吐露《とろ》に不意を打たれ、わたしも、飯田さんも泣いた。

「なにかのため、だれかのためではなく、ひとにはこころからやってみたい、どうしてもしなければならないことがあると思うんです。その気持ちだけはわかっていただきたいんです。お願いです。ニューヨークにごいっしょさせてください」

女優の演技に魅了された演出家のように最相さんを見詰めていた東は、大きな溜め息を吐いた。

「ぼくの性格は歪《ゆが》んでいるんです。どうしてこうなったかは生い立ちから話さなければわかってもらえないでしょう。これまでもなんとか自分の性格を変えよう、ひとの好意を素直に受け容れなければと努力してきたんですが、最相さん、性格というものはなかなか変えられないものなんですよ」

「変えられます」最相さんが微笑《ほほえ》んだ。

「あなたは若い。でもぼくは歳《とし》を取り過ぎました。変えようにも変えられない」

「変えられます」きっぱりといった。

ふたりは同じ問答をくりかえして沈黙し、東が、負けましたというように笑った。

「それではぼくはどうしたらいいんですか？　いまさらいっしょにニューヨークに行ってくださいとはいい難い」

「黙っていればいいんです」一瞬の間も置かずに、最相さんが答えた。

「ただ黙っていればいいの？」

「黙っていればいいんです」

凛乎《りんこ》として、最相さんがいった。

教祖によって神託を告げられた信者のような面持ちをしている東がおかしくもあったが、予定通り最相さんと飯田さんに同行していただくと話がまとまったわけではなかった。

「ひとりで行くつもりなら、わたしが付き添います」

そういうと、三人はぎょっとしてわたしの顔を見た。

「そんなからだで行けるわけがない。第一、航空会社が乗せてくれますかね？」東は飯田さんに訊いた。

「確か八ヵ月の終わりですよね。はっきりしたことはいえませんが、たぶん無理なんじゃないでしょうか。東さん、ぼくに感情を害されたのでしたら、最相ひとりを連れて行っていただけませんか？」意を決したように、飯田さんがいった。

話の雲行きが怪しくなりかけたので、わたしはこれしかないという結論を口にすることにした。

「本来ならわたしが行くべきなんですが、飛行機に乗れないとしたら、スローン・ケタリングで診療が受けられるようになったのは飯田さんと最相さんのお力ですから、是非おふたりに同行していただきたいんです」

「でもぼくは黙っていていいんだ。そうですよね、最相さん」

いまや東は事の成り行きを面白がっているだけだった。

「黙っていればいいんです」最相さんは大きく頷いた。

それはないでしょう、最相さん！　とわたしはいいたかった。東にはなにもいわせないで、三人ですべての段取りを組むという最相さんの意図もわからないではなかったが、渡米までまだ十日以上あるのだ。今後東は都合が悪くなるたびに、「ぼくは黙っていればいいんです」と逃げるに決まっている。飯田さんが渡米に関してなにか問い合わせてきても、最相さんの言葉を持ち出して飯田さんをからかうことだって充分に考えられる。

様子を窺うように三人を眺めていた東が口をひらいた。

「今日は最相さんの誕生日だったそうですね。ほんとうに悪いことをしました。なにもプレゼントを用意していなかった。その代わりというのもおこがましいんですが、ぼくのほうからお願いします。どうかいっしょにニューヨークに行ってください」東が頭を下げた。

「ありがとうございます。一生忘れることができない誕生日になりました。そうだよね？」

飯田さんがほっとして最相さんに顔を向けると、こういう風に観てしまうのがわたしの変われないところなのだが、彼女は最高の演技を為《な》し遂げて幕を下ろした主演女優のように微笑んだのだった。

しかし、「なにかのため、だれかのためではなく、ひとにはこころからやってみたい、どうしてもしなければならないことがあると思うんです」という最相さんの言葉がわたしのこころに染《し》み透《とお》っていた。癌の根治を願う患者、その家族、友人も、子どもを生み育てようとするひとたちも、それがどういう結果をもたらそうが、「こころからやってみたい、どうしてもしなければならないこと」としてそのことと格闘しているのだと思う。ひょっとしたら、わたしが子どもの父親である彼に抱いた熱病のような執着心も、わたしにとっては必然だったといえなくもない。

「こころからやってみたい、どうしてもしなければならないこと」だったとしたら、それがどんなに滑稽で愚《おろ》かしい行為であっても、決して後悔はしないはずである。

東は最相さんが十日前に持ってきてくれたオレンジ色のカーネーションに目を移した。

「がんセンターに見舞いにくるひとが花束を持ってきてくれるんだけど、こんなに枯《か》れない花ははじめてですよ」

「カーネーションはとても長持ちなんです」

最相さんははにかんだように花の蕾《つぼみ》に指を伸ばした。

「最相さんがこのカーネーションに気を送ってるんじゃないかな、と柳さんと話してたんです」

と東がいった。

「ばれました?」

最相さんが笑い声をあげ、わたしたちも笑った。なんであれ、とてもいい気分の夜だったことだけは間違いない。

そして渡米直前に東が、「あと一週間枯れなかったらサイショウと名づけたい」といっていたカーネーションは、ひと月が過ぎても今日生けたばかりのように生き生きと咲きつづけていた。もしかしたら年を越すかもしれない。東が帰国するまで、子どもが誕生するまで咲いていてほしいと願いながら、わたしは毎日水を取り替えた。


わたしの部屋の仕事机には黒い実がひとつ置いてある。それを目にするたびに、切ないほどの懐かしさと痛みが胸を過ぎる。彼とつきあった時間は短いのに、なぜだろう、肉体の一部を切断されたような喪失感が、日毎《ごと》に実在感を増す胎児とともに大きくなって行く。彼はわたしのこころを奪い、わたしのからだに子どもを与えて去って行った。

別れる一週間前、衝動的にふたりで沖縄に旅立ち、彼がレンタカーを運転して本島の端から端まで走った。見慣れない南国の樹木に緑色の実がなっていた。「ちょっと止めてくれる」といって窓から手を伸ばして実をもぎ取ろうとすると、「いけません。落ちてるのを拾いなさい」彼は父親じみたいいかたをし、わたしは黙ってドアを開け、落ちている実を拾ってオーバーオールの胸ポケットに入れた。

旅の終わりが関係の終着駅になることはわかっていたのに、沖縄から帰ったわたしはその実を、毎日目を止めないわけにはいかないワープロの傍らに置いた。一週間が過ぎた朝、ふと見ると、真っ黒に変色していた。腐ったのか、と思ったが棄てられず、そのまま触れないでおいた。しかし、それからさらに一週間経って手に取ってみると、胡桃《くるみ》のように乾燥して硬く軽くなっていた。

認知と養育費に関する彼との話し合いは、妹がやってくれていた。妹は最初のうちはわたしをなだめていたのだが、次第に怒りを募らせ、「彼」が「あの男」「あいつ」に変わり、話し合いの結果を報告してくるたびに声を震わすほどになっていた。

「詳しく伝えると、お姉ちゃんの精神状態によくないからいわないけど、ほんとうにふざけてるっていうか、あたしらを舐《な》めてるんだよ。女で歳下で中卒だから、なにも知らないと思って！」

叩きつけるように電話を切ったかと思うと、またすぐにかけてくる。

「『誓約書は渡すけど、認知届と出生届にはまだサインしたくない、たいせつなことだから順を追ってゆっくり』なんていうんだよ。『それはおかしいんじゃないですか』といっても、同じことをくりかえすばっかり。まだ妻に話してないんだよ。話してたら、先延ばしする必要なんかないでしょ？『奥さんには話したんですか？』っていったら、『安月給のサラリーマンに妻に内緒で月五万円の養育費を払えるはずがありません。どうしたら信じてくれるのかなぁ。妻はパニックになっていて、うちのなかはメチャクチャです』っていうんだけど、ぜったい嘘だね。嘘吐いて先延ばしすれば、そのうちいやになって認知と養育費を取り下げるだろうって高を括《くく》ってるんだよ」

これ以上、おぞましいやりとりを書き記す気にはなれない。とにかく、妹は九月二十六日に中野の〈ルノアール〉で彼と逢って認知届と出生届に記入させた。そして区役所に提出する際、戸籍謄本《とうほん》を添付しなければならないのだが、彼は忙しくて取りに行けないということだったので、委任状を書いてもらい、妹が彼が暮らしている街の区役所まで取りに行ってくれたのだった。

十月七日、東が〈国立がんセンター中央病院〉に再入院し抗癌剤治療を受けているあいだ、わたしは母親学級なるものに出席してみた。

渋谷区役所の会場に入ると、五十人ほどの妊婦が十の机に分かれて座っていた。自宅に届いた案内には開始時間しか記されていなかったので、一時十五分からはじまって一時間ほどで終わるだろうと思っていたのだが、黒板には四時十五分終了と書かれている。しかも、一時間も「ミーティング」が設定されている。「ミーティング」というのは、同じテーブルの妊婦たちとの情報交換の時間らしい。なんとか相槌《あいづち》を打てていたのは最初の十分だけで、残りの時間はうつむいてパンフレットをめくって読むふりをしたり、余白にイラストを描いたりしてやり過ごした。考えてみれば、わたしは女同士のおしゃべりというものが苦手で、小、中学校と同級生と言葉を交わさず、十四歳のときに精神のバランスを崩して精神科に通い、十六歳で高校を退学処分になったのだった。その後〈東京キッドブラザース〉で役者を目指し、役者を断念して劇作家に転身し、小説を書くようになったものの、バイトをしたり勤めたりした経験は皆無なので、初対面のひとと会話することには恐怖に近いものを抱いている。

「ミーティング」が終わると、「もうじき母親になる、いまの楽しみ」というテーマでひとりずつしゃべらなければならなくなった。彼女たちは、「マタニティスイミングです」とか、「ミシンでベビー服を作ることです」とか、「夫に、てのひらで胎動を感じてもらうことがうれしい」とかいい、わたしのところにもマイクがまわってきた。わたしは真っ赤になって、「楽しいことはなにもありません」とつぶやいてとなりの妊婦にマイクを渡した。浮きあがるつもりはなかったのだが、ほんとうになにも思いつかなかったのだ。

最後に『誕生その歓び』というタイトルのビデオを観させられた。夫婦で出産の際の呼吸法を練習したり、妊婦の母親が家事を手伝ったりする愛の物語が映されていて、クライマックスの出産シーンでは、妊婦の脚のあいだから胎児の頭が出てくる瞬間、会場のあちこちから啜《すす》り泣きの声があがった。ビデオが終了して明るくなったとき、何人もの妊婦がハンカチで目頭を押さえていた。

そのあと、テーブル毎に連れ立って喫茶店に行ったようだったが、わたしはみんなが屯《たむろ》しているエレベーターの前を早足で通り過ぎ、階段を駆け下りてタクシーに飛び乗った。しかし子どもが生まれれば、幼稚園、小学校と彼女たちのような主婦とつきあわなければならないのだ。わたしはそれまで普通の生活者、市民と称されるひとびとの価値観から石もて追われるがごとく逃亡し、自閉的ともいえるわたしひとりの場所を築きあげることに必死になってきたのだった。作家だからといって世間とつきあわないで済むわけではないが、つきあう範囲は極めて限定されている。子どもが生まれたら、世間と向き合わざるを得なくなるのだろうか。〝公園デヴュー〟という目の眩むような言葉とその光景を想像し、わたしは暗澹《あんたん》たる気分に陥った。母親学級はあと四回もあるのだが、参加する勇気を持てそうにない。

十一月八日、〈日本赤十字社医療センター〉に定期検診に行く。体重は六十二キロで、八ヵ月に入ったばかりだというのに、既に妊娠前の体重の十五キロ増であった。浮腫《ふしゅ》があり、妊娠中毒症ということで、一日千八百キロカロリー、食塩を七グラムに制限し、野菜中心の食事に切り替えなければならないという厳しい注意を受けた。

「八ヵ月になったばかりで十五キロ増えたなんてこの病院では聞いたことがありません。最低いまの体重をキープ、できたら三、四キロ痩せてください」と助産婦はカルテを指し示し、「ほら、赤ちゃんの体重は平均以下なんです。あなたの脂肪が増えると、その分赤ちゃんには栄養が行き難くなるんですよ。妊娠中毒症というのは、ほんとうに怖い病気なんです。太れば太るほど、異常出産の確率が高くなるし、あなたと赤ちゃんの命が危険に曝されるんです。いいですか、自己管理できないんだったら入院しかありませんよ」と一気にまくしたて、「あぁひさしぶりに力《りき》が入った」といってわたしの顔を見据え、「母親学級には行ったんですか?」と訊いた。

「一回行ったんですけど、忙しくて……」

「うちの病院でもペアクラスといって、ご主人とふたりで出席するクラスがあるんですけど、今日申し込んでおいてください。お産のときの呼吸法とか、赤ちゃんの沐浴《もくよく》のしかたとか習っておかなければいけないことですからね。何日にしましょうか」

「あの……ひとりじゃだめなんでしょうか」

「みなさん、ご夫婦でいらっしゃってるし、産後一ヵ月はからだを動かせないんだから、ご主人に協力してもらわないとやっていけませんよ。毎週土曜日やっているので、ご主人も一日ぐらいは出席できるんじゃないですか?」

「……帰って相談してみます」

だれに対してもうしろ暗くはないのに、未婚だとはいえなかった。

帰宅して、東の病室に電話し、既婚だということを前提にして話す助産婦を非難した。

「だいたい、ペアクラスって名前自体おかしいよ」

「それはあなたがよくない。はっきり、夫はいません、ひとりで出席させてください、というべきだ。今後もそういうことは起こりつづけるよ」

そう諭されたのだが、東のいう通り、今後つぎからつぎに子どもとの生活に付随するリアルな問題が浮上してくるにちがいない。出生の手続きひとつ考えても、簡単には済まない気がする。生まれてくる我が子の国籍はどうすればいいのだろうか。

ある日、ケイタイが鳴って、妹の声が耳に飛び込んできた。

「いま、渋谷で母親と買い物してるんだけど、行ってもいい？」

ドアを開けると、

「あら、どうしたの、産月《うみづき》みたいなお腹してぇ。あんた、お菓子ばっかり食べてるんじゃないでしょうねぇ」母はわたしの腹を見下ろして眉をひそめた。

そして、バッグのなかから入院のときに着る白いレースのネグリジェと、赤ん坊の靴下とよだれ掛けを取り出し、

「まだ性別わからないの？　名前なんだけどね、女の子だったら、二野《にの》、がいいわよ。予定日は二月一日でしょ、二月の野原って素敵だと思わない？　日本と韓国、ふたつの国という意味もあるしね。男の子だったら、楽《らく》か、楽歩《らくほ》。楽して楽しく生きられるように」と朗らかな笑い声をたててから、茶封筒をわたしの前に置いた。

「考えたんだけど、この子のお父さんは日本人なんだし、日本で生きていかなければならないわけだから、国籍は日本にしたほうがいいわよ。韓国籍を押しつけるのは無理。これ、昨日区役所に行って教えてもらったんだけど、胎児認知の資料なの。簡単にいうと、胎児のうちに、お父さんに認知してもらえば、この子は日本国籍を取得できるのよ」

母の説明によると、出生後に日本国籍を取得するためには、父親の姓を名乗らなければならないのだが、胎児認知さえ済ませておけば、韓国籍にすることも可能だし、日本国籍にするとしても好きな姓を選べるのだという。

「でも、彼はきっとしぶるよ。だって妻に話すのを一日でも先延ばししたいと思っているんだから。認知届を役所に提出したら、すぐにでも話さざるを得なくなる」

「させるんだよ。国籍は一生の問題でしょ」

妹は断固とした口調でいうと、帰り支度をはじめた。

翌日妹から電話があった。彼は、「子どもの一生を左右する重大な問題で、詳しいひとにも相談したいので一週間考えさせてほしい、考えた結果は手紙を書いて送る」といったそうだ。

それを聞いて、わたしは二ヵ月ぶりに彼のケイタイに電話をした。

「もしもし、ユウですけれど」といった途端に言葉を失い、しばらく間を置いて、「元気？」とうすぼやけた声を出した。わたしは胎児認知のことについて説明した。彼は、「自分

は育てられないし、父親としてその子にしてやれることはすくないから、父親の国籍にしないほうがいい。在日韓国人を代表する作家を母親として持つのだから、韓国籍にしたほうがアイデンティティは揺らがないと思う。韓国籍にしてほしい」といった。わたしは、子どもの将来を考えていっているのではなく、妻に告白することを先延ばししたいためだろうと思ったが、口に出してはいわなかった。

それよりも、つきあっていたときは「美里」と呼んでいたのに、「あなた」と呼ばれたことに失望とショックをおぼえた。そして彼に対する思いがまだなまなましいことに気づき愕然《がくぜん》とした。この二ヵ月、こころの底で、わたしは彼からの連絡を待っていた。いっしょに子どもを育てよう、といってくれるのではないかという希望を棄てることができなかったのだ。

電話を切ったあと、母が持ってきてくれた胎児認知の資料をコピーして彼の会社に送った。

生まれてくる子どもの国籍を日本にすることを決断したのは、母の意見に従ったのでも、韓国籍にしてほしいといった彼への反発心からでもなく、わたし自身が韓国籍であることに矛盾を感じ、葛藤してきたからである。わたしは日本語しか話せないし書けないので、当然ながら子どもには日本語で話しかけるしかない。わたしは子どもに継承させる韓国の文化をなにひとつ持っていないのだ。

わたしは父母をパパ、ママと呼んで育ったが、祖父はハンベであり、祖母はハンメ、伯父はサンチュン、母方の叔母はイモ、父方の伯母はコモであったので、場当たり的でしかなかったにしろ、父母には韓国の習慣と言語を伝えようという意識がなかったわけではない。というより、祖国を棄てて日本に帰属してしまうことに強い罪悪感を抱いていたのだ。祖国を風化させてしまうことは、血脈に対する裏切りであり、ルーツを喪失することにほかならない。わたしたちきょうだいに日本人だといっても通用する名前をつけたのは祖父だったが、父母もそれに同意したのだった。

生まれてくる我が子の国籍を日本にすることに痛みを感じていないわけではない。子どもは幼稚園で日本の童謡を歌い、小学校で「君が代」を国歌として斉唱するだろう。わたしと子どもの国籍は別れ、子どもはひとり、新しい戸籍の主になるのだ。しかしいつの日か、わたしの決断を感謝してくれると確信している。そう考えてもなお、いくばくかの喪失感と痛みは消えず、疵となって、わたしのこころにいつまでも残ると思う。

十一月二十二日、定期検診。今日こそ性別を訊こう、と思った。あと二週間で九ヵ月に入るのだから、そろそろ名前を考えたり、産着《うぶぎ》やベビー用品を買い揃えたりしなければならない。これまでの検診で訊くことができなかったのは、性別を知るのが恐ろしかったからだ。彼と胎内の子が、まったくべつの存在だということは頭では理解できるのだが、いまだに彼に対する愛憎に翻弄《ほんろう》されているので、彼に酷似《こくじ》している男の子だったらどうしようと怯えていたのだ。

主治医がわたしの腹に超音波の探触子《たんしょくし》を当てた。

「千六百グラム。いま足を動かしましたね。とても元気ですよ」

「性別は?」

「それらしいところを見せるので、ご自分で判断してください。ここが大腿骨《だいたいこつ》です。このあたりですね」

「わかりません」

「印象ですけどね、多少もっこりしているような」

「男の子ですか」

「次回にもうすこしはっきりすると思いますけれど、まぁ、そう考えて間違いないでしょう」


わたしはふらついた足取りで会計の窓口に向かいながら、ケイタイの電源を入れた。

妹からのメッセージが入っていた。

「お姉ちゃんが直接、手紙か電話で、胎児認知をしてほしいと伝えれば、書類にサインするといってるので、至急あいつのケイタイに電話してください」

わたしは彼のケイタイの留守録に吹き込んだあとに妹に電話した。妹は彼に連絡し、二十四日にサインするという約束を取りつけて折り返し電話をくれた。

「明日は勤労感謝の日で休日だから、これから渋谷区役所に行って認知届もらってきて。じゃあね」と切りそうだったので、わたしはついでのように、「男の子だって」と伝えた。

マンションから渋谷区役所までは徒歩十五分ぐらいだ。タクシーには乗りづらい距離なので歩いて行くことにしたが、歩きはじめて五分も経たないうちに額から脂汗《あぶら》が噴き出し、激しい動悸《どうき》と立ち眩みで倒れそうになり、区役所に着くまでに四十分もかかってしまった。

わたしは区役所の戸籍係の前に立ち尽くした。係のひとがいない。婚姻届、死亡届、出生届の文字を何度も読み返すうちに、ふたたび立ち眩みに襲われ足もとが波打った。

奥のデスクにいた中年女性がわたしに気づき、「早く座りなさい」と手招きしてくれた。

わたしは黙って座り、リュックを肩から下ろして、パスポートと外国人登録証明書と実印を取り出した。

「胎児認知ね。いい？　生まれてからじゃ遅いのよ。お腹の子の父親は認知してくれるといってるのね？　だったら早くしてもらいなさい。生まれる前に認知してもらえば日本国籍が取れるんだからね、いい？」

口をきかなかったわたしも悪いのだが、彼女はわたしが日本語をしゃべれないと思い込んでいるようだった。大きな声で一語一語切り落とすように話し、異国に出稼ぎにきて男に弄《もてあそ》ばれ孕まされた外国人女を憐れむように両眉《まゆ》を下げた。勘違いだと気づかれたら、お互い気まずいので、わたしは沈黙をつづけることにした。「ボールペンでなぞればいいんだからね」と彼女は認知届に鉛筆で記入しはじめ、「その他」の欄にはボールペンで、「胎児を認知する」に印をつけ、「この届出を承諾します」と書いて、わたしの住所を記し、「ここにサインだけして」とボールペンを寄越した。わたしがサインすると彼女は捺印《なついん》し、父親が記入すべき欄を鉛筆で囲んだ。

「日本で生むの？」

わたしは黙って頷いた。

「生んだら帰国するの？」

わたしは首を横に振った。

「お腹の子の父親に書いてもらったらね、またここに持ってきてもらいたいのよ。そのときに必要なものをここに書いといてあげるからね」

彼女はメモ用紙に、〈認知する父の持ってくるもの。戸籍謄本。柳さんの必要なもの。パスポート。母子手帳か病院の診断書〉と書いてわたしに手渡した。

部屋に戻ったわたしは十一月の暦を破り棄て、一九九九年最後の月の暦を眺めた。そしてまだ日が残っているのにカレンダーをめくったことを後悔して目を瞑った。七月頭に八ヵ月の命だと宣告されたのがほんとうだとしたら、東にはあと四ヵ月しか残されていないことになる。もちろん医師が病状から診断した統計的な推測に過ぎないのだが、それ以上の延命は、抗癌剤の効果が劇的に現れるか、本来持っている生命力が医師の所見を超えるほど強いかのどちらかしかない。桜前線が北上しても生存していたら、奇跡が起きたといわなければならないのだろうか。

東の命は三月まで、子どもの誕生は二月――。

暮れになっても二〇〇〇年のカレンダーに取り替えることなどできそうにないし、わたしの内で交錯する死と生から目を逸らさずに揺るぎない死生観を持てそうにも思えない。しかし二月、三月はかならず訪れるのだ。死と生に引き裂かれているわたしの胸に迫ってくるのは、ただ命の儚さだけだ。夜毎、不吉で恐ろしい夢をみては、自分の叫び声で目を醒ます。そしてお腹をさすっては、胎内の子に詫びるのだ。強くなるから、などとはとてもいえない。わたしの意気地のなさを認めてほしかった。

その夜、夢をみた。

わたしは沖縄の民家の庭に敷かれた花ゴザに座っている。となりの男は、彼なのか東なのか――、おそるおそる顔を向けると、東だった。そういえば、とわたしは夢のなかで思い出した。東が幼いころに亡くなった母親は沖縄の宮古島出身だった。

東は、きらきら光るガラスの盃を手に持ち、ふたりの少女に泡盛《あわもり》を注いでもらっている。

飲んじゃだめ、といいたかったが、島の漁師のように日焼けし、白い髭と美しいコントラストをなしている東の顔は健康そのものに見える。癌が治ったのだ、わたしはうれしくなった。

赤瓦の屋根の上では三匹のシーサーが動きまわっている。三線《さんしん》の音がして振り向くと、老婆の傍らの籠《かご》のなかで赤ん坊が眠っている。

わたしの赤ちゃんだ。

民俗衣装を着た四、五十人の若い男女が庭をぐるりと取り囲み、手に手に三線と太鼓を持って身がまえている。月は煌々《こうこう》と庭と庭の背後にひろがるサトウキビ畑を照らし出している。波の音がする。海が近いのだろう。いつか東が、「民家の庭で、ひと晩中沖縄の唄を聞いてみたい」といっていたが、これだったのか、とわたしは納得した。

いっせいに太鼓が打ち鳴らされ、三線と唄が夜空に響き渡ったかと思うと、若者たちは踊り出した。あぁ、これは日出克《ひでかつ》の『神秘なる夜明け』のなかに入っている「ミルクムナリ」だな、とわたしは気づいた。東はくりかえしこの曲を聞き、「もし葬式をやるんならミルクムナリを流してほしい。葬式なんてやってもらいたくないけど」といっていたが、とすると、これは葬式なのだろうか。全身に震えが走ってあたりを見まわすと、老婆も赤ん坊も消えていた。

わたしはサトウキビ畑に分け入っていく。「おばぁちゃーん！　赤ちゃーん！」と叫びながら両手で狂ったようにサトウキビを掻き分ける。腕も足も血だらけになる。遠くで響いていた「ミルクムナリ」が掻き消えると、目の前に東が倒れていた。死んでいる。産声がして近づいて行くと、赤ん坊が眠っていた籠のなかには黒い実がひとつあり、産声はそのなかから響いている。

叫ばずに、目を醒ました。

つい二、三日前、「アメリカから無事帰国して、子どもが無事生まれたら、三人で沖縄に行こう」と東にいったのだが、二〇〇〇年の三月を過ぎるまでは行かないとこころに誓った。

わたしはワープロの傍らに置いてある黒い実をつかんでベランダに飛び出し、思い切り遠くへ放り投げた。黒い実は音もなく暁闇《ぎょうあん》に消えた。

オルフェウスのように振り返ってはいけない。わたしは真っ直ぐ地上からの光だけを見詰めて、三月の先に進まなければならないのだ。


胎児の父親である彼はつくづく面妖《めんよう》なひとだと思う。その言動を負の側面だけで繋ぎ合わせると、三文小説のヒーローに仕立てあげようにも、あまりにも軽薄さと嘘と醜悪さを露呈しているので、ステロタイプの小悪党にしかならず、ピカレスク小説の主人公が持つ悪の魅力にはほど遠い。しかし、考えてみれば、紆余《うよ》曲折はあったものの、こちらが要求した条件はほぼ受け容れてくれた。どの条件にもYESとNOのふたつの回答を準備し、かならず最初にNOを出し、激しく反論されると、しぶしぶYESの札を立て、気がついてみたら、ほとんどすべてがYESだったというのが彼の実感なのではあるまいか。このようなケースで胎児認知を実行するのは、誠実な人間だといっても差《つか》し支えないと思う。出産後にDNA鑑定で自分の子だと確認しなければ認知に応じないという男も決してすくなくはない。わたしはこの一点で、いつか子どもに、「あなたの父親は清いひとだった」と話せると密《ひそ》かに誇りを持っている。

人間ひとついいところがあれば

それでいいのだ

などと色紙に筆でしたためて、落款《らっかん》を押し、草花の絵などをあしらってひとさまに差しあげようとまでは思わないが、うれしいことはほんとうにうれしいのである。

ところがこの胎児認知を受理してもらうに当たっての渋谷区役所の対応には、怒髪《どはつ》天を衝くという慣用句をなんの抵抗もなく使えるほど怒りをおぼえずにはいられなかった。

十一月二十五日、戸籍係の窓口に妹と座っていると、男性職員がやってきたので、認知届と彼の戸籍謄本と、外国人登録証明書とパスポートと母子手帳を机の上に並べた。

「えぇっと、これじゃだめなんですよ。外国人登録済証明書じゃないと」

わたしは二十二日に同じ係の女性職員に書いてもらったメモ用紙を指し示した。

「これは三日前に書いてもらったものなんですよ。どこに登録済証明書が必要だって書いてありますか？」わたしは目を狭めた。

「でも、必要なんですよ」

「わざわざここの窓口にきて、教えてもらったんです。なんでひとによって必要なものが違うんですか？　マニュアルはないんですか？　最初から必要だっていわれてれば、持参してますよ。失礼だと思わないんですか？」

「上の階ですぐ取れますから」職員はわたしの剣幕に驚いて視線を落とし、「母子手帳は必要ありません」といった。

「このメモには必要だって書いてありますよ。二十二日にこの窓口にいた女の職員を、連れてきてください！」

「あッ、必要です。コピー取ってきます」職員は席を離れ、しばらくして母子手帳を手に戻ってきた。

「あなたのお名前は？」とわたしはペンを握りしめた。

職員は小さな声で姓をつぶやいた。

「フルネームですよ」

職員はさらに小さな声で名乗り、わたしは漢字を訊きながら手帳にメモした。

「ここの窓口の正式名称は？」

「戸籍課、戸籍係です」

わたしはそれもメモして、「行こう」といって妹をうながして立ちあがった。

「手続きなさらないんですか？」職員はぽかんと口をひらいた。

「二階で登録済証明書を取ってきます」

「こういう目に遭うから、みんな帰化するんだ」わたしは歩きながら吐き棄てた。

「怖い。きっと子どもがイジメに遭ったら、いまみたいに学校に怒鳴り込むんだ。そして子どもは孤立して転校するしかなくなる」妹は冗談めかしていったが、エレベーターに乗るとしんみり口調に変わった。

「どうしてだろう、なんか悪いことしてるみたいな気持ちにさせられるのは。悪いことなんかなんにもしてないのに」

登録済証明書を発行してもらって窓口に戻ると、先刻の職員はこちらに気づいているはずなのに書類に目を落としたまま立ちあがる気配を見せず、べつの職員がやってきた。

「作家のかたですよね。ご本人ですか？」職員はわたしの顔と大きな腹と認知届を順番に見て、「なるほどぉ」といって咳払いし、「ユウさんの戸籍謄本は？」と訊いた。

「在日韓国人には戸籍がないんです。その代わりに外録があるんじゃないですか」

「韓国の戸籍は？」

「ありません」

「いえ、あの、韓国のかたで、本国に戸籍があるかたもいらっしゃるので」

「それは本国の韓国人でしょ？　在日には戸籍なんかありませんよ。あなたには、たまたま日本に滞在している韓国人と、日本で生まれ育った在日韓国人との区別もつかないんですか？」

職員は胎児の父親である彼の戸籍謄本を手に取った。

「ユウさんは未婚、ですか？」

「はい」

「相手のかたは結婚していらっしゃる？」

「はい」

「あなたは未婚で、お子さんの父親に当たるかたは結婚していらっしゃるんですね？」

「何度いわせるんですかッ！」

となりで黙っていた妹がわたしの膝《ひざ》を膝で押した。

「えっと……ちょっと向こうでお待ちください。お名前を呼びますので」

わたしは黙って席を立ち、うしろの長椅子に移った。

「やめなよ、興奮するのッ！　お腹の子どもも大きな声出すと驚くよ。もういつ生まれてもおかしくないんだから」

三十分待たされて、名前を呼ばれた。

「このですね、外国人登録済証明書ではだめなんですよ。あなたが未婚か既婚かどこにも記されていない。それがはっきりしないと届けを受理することはできません。韓国大使館で、未婚であるという証明書をもらってきてください」

「わたし、ほんとうに怒りますよ！　なんで係のひとが変わるたびに必要な書類が増えるんですかッ！」

「わかりました。ちょっとお待ちください」

ふたたび二十分待たされて名前を呼ばれ、胎児の父親である彼あての受理証明書を渡された。

「大使館の証明書が必要なんですけれど、ね、まぁ、未婚だとおっしゃるんで、サインしてくだされぱけっこうです」

なぜ、こんな対応になるのだろうか。胎児認知自体は、それほどすくないとは思えないのだが、日本人の既婚男性と在日韓国人の未婚女性という組合せが珍しいのかもしれない。韓国ではいまだに姦通罪が生きているのと、日本と韓国の複雑な歴史が絡み合って、こういう場合は中絶するか、女性及びその家族は生まれた子の父親が日本人だということをひた隠しにするのだろう。きっとそうだ、在日韓国人の未婚女性が日本人の既婚男性に胎児認知を求めるのは稀《まれ》なケースなのだ。わたしは胎児認知は、基本的人権に反する制度だろ思う。たとえ嫡出子《ちゃくしゅつし》でなくても、日本人を父親に持って、日本に生まれた子どもは、当然日本国籍を取得する権利を有しているはずだ。胎児のうちに父親に認知してもらわなければ日本国籍を取得することができないというのは、とても理不尽な制度だ。だいたい非嫡出子は、父親が認知を拒めば、家裁の調停の場で話し合うしかない。その場合、出生後にＤＮＡ鑑定をするしかなく、胎児のうちに認知してもらうことは不可能である。外国人の母親と日本人の父親のあいだに生まれた非嫡出子が日本国籍を取得できるかできないかは、父親の一存で決まるのだ。

地方参政権の問題よりも深刻な差別だと思うのだが、なぜ在日本大韓民国民団や在日の政治グループは声をあげないのか――、やはりこのような問題を抱える女性自体を恥とする文化があるからだろう。わたしの妊娠を知った韓国のマスコミからものすごい数の取材依頼があり、すべて断った。いつか応じなければならなくなったとき、叩きに叩かれて祖国での評価は地に落ちるか、あるいははじめて公に認知される未婚の母となるか、どちらかであろうが、後者のような甘い考えを持つべきではないと自戒している。韓日の友好のためならば、どんな小さなことでもしなければならないと考えてきたが、わたしが子どもの国籍を日本にしたことで、韓国民とのあいだに意識と感情の亀裂《きれつ》が生じ、祖国を棄てた者と烙印《らくいん》を押されてしまうとしたら、残念の極みというしかない。

区役所の手続きを終えて、渋谷〈PARCO〉の和食の店で食事をした。

松花堂弁当が運ばれてくると、日本茶をひと口啜って、妹はいった。

「あの男との交渉は、これで終わり」

「でも、まだ養育費のこととか話がついてないでしょ」

「あたしはおりる。これ以上あの男に関わりたくない。あいつは最低の人間だよ。悪人だったら、悪いことをしてるって自覚してるから、自覚がある分許せる。でもあいつはこれっぽちも自分が悪いとは思ってない。中絶しないで、認知と養育費を要求しているお姉ちゃんが加害者で、自分は可哀相《かわいそう》な被害者。求めてるのは、認知と月々五万円の養育費だけなんだよ。なのにどうして、サラ金の取り立てみたいに扱われなきゃならないの？　その子は、あいつの血を分けた子どもなんだよ。本来なら、こっちが求める前にあっちから、子どものことはこうしましょうと提案してくるのが筋でしょ？　なんでこんなに哀しい惨《みじ》めな気分にさせられなきゃならないわけ？　とにかくあたしは下りる。あとは弁護士に頼んでよ。あいつの顔なんか二度と見たくないし、声も聞きたくないから」

〈PARCO〉の前で妹と別れ、タクシーをつかまえようとしばらく道端に立っていたが、空車が一台も通らないので歩いて帰ることにした。

雨が降り出した。十一月の終わり、あと数日で十二月。「あの人なしでは1秒でも生きてはゆけないと思ってた　あの人がくれた冷たさは薬の白さよりなお寒い」と中島みゆきの「肩に降る雨」を口ずさみながら〈東急ハンズ〉に入って傘を買い、そのままふらふらと店内を歩き、写真立てを手に取ってレジに持って行った。なんのために買ったのかわからなかった。子どもが生まれたら写真を入れようと思ったのだろうか。そういえば、彼の写真は一枚も持っていない。八月末にふたりで旅した沖縄にはカメラを持参したのだが、風景を撮っただけで、彼には一度もレンズを向けなかった。一枚くらい並んで撮っておけばよかった。彼ひとりの写真でも——。

わたしは小学生のころ、幼い自分の写真がおさまったアルバムよりも、父と母の結婚式の写真、新婚旅行の写真のアルバムをよくひらいた。韓国の結婚装束《しょうぞく》に身をつつんだ父と母、滝の前で恋人同士のように母の肩を抱いている父、旅館の浴衣姿の母、眠そうな顔と裾から出た素足が子どもの目にもなまなましかった。けれど、その写真を見ると、いがみ合うことが多い父と母が、わたしたちが生まれる前は、男と女として愛し合っていたのだと確認することができた。

父親と母親がいっしょに写った写真がないどころか、父親の写真が一枚もない。子どもはそのことを淋しく、辛く感じるだろうか。写真立てに入れたいのは、子どもを挟んで写っている彼とわたしの写真だったのかもしれない。

窮地《きゅうち》に立たされた人間は、ある一定量の不安という水が入っていなければ安定しないもののようだ。記憶を修正し、想い出をデフォルメしてまで過去からの不安の流水を減少させようと試みる。泣き明かし、許しを乞い、憎しみと恨みに苦しむだけ苦しむと、不安は和らぎ、しばらくのあいだは穏やかな時間がつづくように思われるのだが、国籍、保育園、ベビーシッター、小学校、アルバム……未来の不安が既にひたひたと水位をあげているのだ。

ひとつの例をあげると、わたしは子どもが十一、二歳になるまでのあいだに、なぜひとを殺してはいけないのかをきちんと教えられる自信がない。

過去の疵と未来への恐れを抱えて、どうやって生きていけばいいのか——、わたしは出産のとば口で途方に暮れていた。

東に一度だけこういったことがある。

「東さんが死んだら、わたしが自殺する可能性はないのかなぁ。あるような気がするんだけど」

だから、死なないでほしい、ときどき口にする死を容認するような言葉を慎《つつし》んでほしい、と励ましとも脅しともつかない気持ちでいったのか、ふと浮かんだ考えを素直に声に出しただけだったのか、自分自身にもわからなかった。

「どうしておれが死んだら、あなたが自殺しなければならないの？」

そうだ、理由はない、とわたしも思った。

「それに、あなたにそんなことをさせないために、子どもが生まれてくる。きっとその子が止めてくれますよ」

話はそれで打ち切られたが、わたしは納得したわけではなかった。他人にはどんなに考えても自殺の理由が見出せなくても、自殺者にとっては、すくなくとも命を絶つその瞬間にだけは明確な理由が心に浮かんでいるのだ。

十二月七日、東がニューヨークに旅立った。キッドの大塚さんが同行し、翌日には最相さんと飯田さんが渡米して、ニューヨークのホテルで合流することになっていた。

東を送り出したあと、ひとりでリビングのテーブルに座っていると、帰国するまで対岸からの知らせをただ待つしかないのだという無力感に襲われ、当分のあいだはなにもする気になれないだろうと思った。癌患者の身近にいる者は、無力な自分を呪い、罪の意識に苛《さいな》まれずにはいられない。なんの力にもなれないという悔しさを味わうことなしに癌患者と並走することはできないのだ。アメリカの病院での治療を強く希んだのはわたし自身のはずなのに、もしものことが起こったらどうしようという不安に溺《おぼ》れそうだった。対岸どころではない、遥か遠くに隔絶《かくぜつ》されてしまったのだ。

そして、わたしの体重は増えつづけた。

体重計の針が六十五キロを指したときの惨めな気持ちにはそうなれるものではない。自己をコントロールできないだけではなく、子どもの命まで脅かしているのである。過《か》食《しょく》しているという自覚はないのに、簡単に一日一キロ増えてしまうのだ。

東がいたときは、わたしの好物の生姜焼の量を百五十グラム以内にしろだの、クッキーは二枚しか食べてはいけないなどと制限され、しまいには深刻に目醒めたわたしが食べそうな菓子類やカップ麺《めん》などを東の部屋に隠されていたのだが、自分でもどうしてこれほど体重が増加するのかわからなかった。渡米する前日に、わたしは六十二キロ以内、東は五十キロ以上をキープするという約束を取り交わしたのだが、とても守れそうになかった。

わたしは新聞広告で現代のアメリカを描いた映画を探すようになっていた。

ある日、歩いて渋谷に出て、『ファイト・クラブ』を上映している映画館に入った。ポップコーンとコカ・コーラを買って二階の指定席に座り、やがて暗闇に溶け込んだ。映画の内容などどうでもよく、英語を耳にし、行ったことのないニューヨークの街を観察できさえすればよかったのだ。それで東となにごとかを共有しているという錯覚に陥りたかっただけだった。こんな風に書くと、恋愛感情を吐露していると誤解されそうだが、そういう気持ちは微塵《みじん》もない。それほど無気力だったともいえるし、孤絶感から逃れるために、ポップコーンを口に放り込みながら映画を観るという呆けた時間に身を浸したかっただけなのかもしれない。

　ひとつの命はわたしの内に、もうひとつの命はニューヨークにある。そのどちらともうまくコミュニケーションできないことに、わたしは苛立っていた。

　映画館の帰りに〈マクドナルド〉に入って、ビッグマックとチキンナゲットとフライドポテトとホットアップルパイとシェイクとファンタ・グレープを注文して平らげてしまった。

　店から出てもなんの満足感もなく、こころはボロボロだった。わたしには母親になる資格がない！

　翌日あたり、東から電話かファックスが届くはずだった。いま東京は午後五時二十分だから、ニューヨークは確か午前三時二十分——。

柳美里様　　Date：1999／12／8
ニューヨークの2日目は、最相さん、飯田さん、大塚さんたちと一緒に、「TRIBECA GRILL」でディナーをとりました。ヤッピーを集団で見たのは初めてで、満席でしたが、見事なほどヒスパニック系や黒人などの客はいませんでした。何だか高級なゲイバーか、ゲイのパーティーに紛れ込んだみたいで、食事中、お尻が椅子から浮いているという感じでした。
　明日、ケルセン先生の初診を受けます。どうなるのかさっぱり分かりませんが、出国前に話したように、とりあえず入院して、日本では受けられない抗癌剤を投与されるんじゃないかと思っています。初診料の1200$以外は知らされていません。何、アルマーニでコートから靴下まで揃えるようなものだ、と嘯《うそぶ》いていますが、考えてみれば、そんな買物は一度もした事がないので、怖い！
東由多加

柳美里様　　Date：1999／12／11
　電話で話したように、今日（ニューヨーク・11日）「THE MAYFLOWER HOTEL」を出ました。宿泊代等は、5人の総宿泊数が14日間だったので、予定通り4000$で済みましたが、何と、ぼくの部屋の通話料が（ファックスを含めてです）1300$もかかってしまいました。国際間でも使えるテレフォンカードがあって、ホテルを出て、それを使用してみたところ、30分話しても2000円前後かな、という感じなのに。

しばらくは「THE MAYFLOWER HOTEL」にいて、正月が過ぎて観光客が引き上げたら、もう少し安いホテルを探そうと考えていたのですが、その事を知ったエレンが激怒。「LA MAMA」の2軒隣の「ALEX劇場」の4階に、外国からきた劇団関係者のための宿泊施設があるので、そこを使うように厳命されてしまいました。

ぼくと大塚さんで2部屋空けてもらいました。明日、北村さんがニューヨーク入り。彼女はこれまで全くといっていいほど料理を作ったことがないそうですが、明日から「キタムラ・ジャパニーズレストラン」が開店します。

東由多加

柳美里様

Date：1999／12／19

★話を少し整理しておきます。電話や手紙などと重複する箇所があるのは確認の為だと理解して下さい。

★タキソールによる抗癌剤治療（ケモセラピー）は、既に12月16日に90～120分かけて投与してもらいましたが、23日（木）、30日（木）、2000年1月6日（木）、13日（木）、20日（木）の計6回の予定です。あなたは入院出来なかった事を気に病んでいましたが、アメリカ人の誰に訊いても、「通院でよかったですね」と喜んでくれます。通院ならば費用は安く済むし、時間も自由に使えるというのが彼らの発想です。よくよく考えてみれば、週1日の通院で2時間で済むものを、院内に閉じ込められ、毎日24時間点滴で縛られるのは無意味だものね。ケルセン先生は、「劇場にも美術館にも行けるし、美味しい食事もとれてニューヨーク生活を楽しめます。あなたが望むのなら郊外に家を借りて静かな暮らしを送れますよ」とぼくの肩を叩いて微笑みました。

★6回の投与後にCT検査を行い、もしタキソールが効いていないようであれば、イリノテカンに切り換えるという方針が決定されています。１９９７年に臨床試験段階でおよそ１００名の死者を出して騒がれた、例の危険な抗癌剤です（副作用に関する資料は集めてくれていますよね？）。日本では術後の死者（手術が原因とみられる死亡者）の数については情報公開もされなければ、騒ぎ立てもしないのに、何故か薬害については過剰反応します。その為、現場の医師はなかなか投与に踏み切れないし、また医療行政の側もハードルを高くしているから、ほとんど使用されていない抗癌剤もあるようです。

★ああ、そうだ、ケルセン先生によると、「タキソールもイリノテカンも日本で投与できるはずです。投与できるのだったら、保険も使えないし、不自由をしてまでスローン・ケタリングで治療を受ける必要はないと思います。とにかくもう一度きちんと確かめた方がいいです」とのことです。ぼくは日本では使用できないと思いますが、大至急、国立がんセンターの室先生に確認を取って下さい。お願いします。

★北村さんの食事はマアマア、といっては失礼なほど、毎日本当に美味しく食べています。ところが今朝から、吐き気がするというわけでもないのに食欲不振で、何となく食べる気になれない。この症状はがんセンターに入院中にもあったのですが、少しずつ書き貯めているクリスマスカード兼年賀状に手を出す気力も起きず、一日中ベッドに横たわってうつらうつらしています。

★かなり咳き込んでいるので、心配したエレン・スチュアートが「LA　MAMA」のスタッフに命じて電気ストーブを何台も運び込ませ、寒波のなか屋上に登らせて天窓を修理させ、窓という窓にプラスティック板を貼りめぐらせました。さらに病院に電話して、「ENSURE」なる食事をとれない病人の為の栄養剤を大量に買って来させたりもしています。ぼくはタキソールの副作用だと判断しているのですが、エレンは風邪をひいたせいだと思い込んでいるらしい。

一昨日の夕方、エレンがのしかからんばかりにベッドに這《は》い上がってきて、パジャマと下着を脱げと言い出したので、さすがのぼくも仰天して、「全部？　下もですか？」と恐る恐る尋ねると、エレンは大笑いして、「上だけでいい！」と言って手に持っていた薬瓶の蓋《ふた》を開け、人差し指でたっぷりと掬《すく》い上げた軟膏《なんこう》のようなものを、黒い大きな掌でぼくの胸から肩にかけて塗り付けました。後で北村さんに訊いたら、風邪をひいた子どもがお母さんにやってもらう「ヴィックス・ヴェポラッブ」だそうです。背中にもたっぷり！明日も、多分ぼくが風邪をひいている間はずっと、エレンの仕事になりそうです。というのも、北村さんが、「私がやります」と申し出ても、「Ｎｏ！　Ｔｈｉｓ　ｉｓ　ｍｙ　Ｊｏｂ」とか何とか言って、譲るつもりは毛頭ないようでしたから。

　まさにあなたが言っていた家族のようなものがニューヨークにも存在しているのです。（それに！　話し忘れましたが、エレンには、アメリカ人と韓国人の養女が居て、韓国人女性はミアという名です。彼女のお父さんはソウルでかなり大きな演劇学校を経営しているそうで、姓は何と！　柳というのです。ぼくが「もしかしたら、在日韓国人の柳美里という作家と親戚かもしれませんね」と言ったら、彼女は「柳という姓は韓国では少ないから、その可能性は大ですね」と言っていました）

★中２階のぼくの部屋を訪れたエレンは、バニラ味の「ＥＮＳＵＲＥ」の甘みを抑える為にアイスコーヒーを少し足すように、と北村さんに説明しているのですが、英語がなかなか通じません。ぼくは、まるで甘美で切ないコメディを観ているような気分で、とても愉快でした。９月の草原でハンモックに揺られながら、ありもしない家族の夢を見ているのかしらん！　と思ったほどです。

　その時です、突然険しい表情になったエレンがぼくの顔を覗き込みました。

「ヒガシ、私はクレージーに見える？」

　ぼくは少し考えてから、ゆっくりと首を振りました。

「普通の人より偉大に見えます。神様のすぐ側に住んでいる人のように」

　そう言っても、ちっとも気障《きざ》な表現だとは思えませんでした。ごく正直に、ありのままに感じた言葉が口を衝いて出たのです。

「私は普通の人だけど、クレージーじゃない」とエレンは弱々しく首を振り、大きな嘆息を吐いて立ち上がりました。

多分、エレンは周囲のスタッフから、「何もそこまでしてあげる必要はないんじゃないか。クレージーだ」ぐらいの事は言われたのでしょう。考えてみれば、北村さんも、大塚さんも、あなたも、多くの人たちから「クレージーだ」と思われているに違いありませんね。もし、そうでなければ、何故そこまでしてあげる必要があるのでしょうか？

東由多加

柳美里様

Date：1999／12／26

★晴天の霹靂《へきれき》とか急転直下という言葉はこんな時に用いられるのでしょうか？　本当に驚きましたよ。タキソールとイリノテカンが日本で、しかも国立がんセンターで使えるとは！

室先生の表現には、官僚の文章のような含みが多過ぎて（それほど微妙な立場に立たされるという事でしょうけれど）真っ直ぐ解釈してはいけないのかもしれませんが、ぼくの理解では、癌原発の箇所によってタキソールとイリノテカンの単剤使用は認可されているものの、認可されていない臓器の癌には、何《いず》れも保険適用外となっていて、保険適用外の薬剤は私立病院ならいざ知らず、公的な側面を有する医療機関ではそう簡単には使用出来ないのではないでしょうか？　もし強い副作用が出て死亡するような事態に陥ったら、かなり大きな問題になるからです（事実、室先生はそう書いてますね）。室先生は希望的観測、あるいは医師としての情熱から、使用に踏み切れると判断しているようですが、何と言ってもがんセンターは国立病院です。そこで厚生省の担当官とがんセンターの医事部長が話を進め、癌治療では世界一と評価されているメモリアル・スローン・ケタリング癌センターがタキソールを投与し、目立った副作用が現れなかった事を拠り所にして、とりあえずタキソールの使用を許可したのではないでしょうか。もし、イリノテカン投与を許可出来る状況にならなければ、国内のいくつかの病院でしか許可が下りていないネダプラチンとビンデシンを2剤併用する——というのががんセンター及び室先生の決断ではないかと思うのです。ぼくはイリノテカンの使用が、厚生省の担当官とがんセンターの医事課長の間で合意に達しているとは考えていません。さて、どうすればいいのでしょうか。
★ぼくが渡米した動機の一つは、日本以外の国で（全ての国ではないのでしょうが）使用され、ある程度の効果を確認されている薬剤が、日本の医療行政の様々な歪《ひずみ》によって認可されていない現状は容認し難い――という事でした。結論から先に述べると、4回目（1月6日）でスローン・ケタリングの抗癌剤治療は打ち切らせてもらって、残り2回をがんセンターで継続し、その後CT検査を受けるというのはどうでしょうか？そうすれば、あなたの出産（予定日は2月1日でしたよね）に確実に間に合うし、いざとなれば出産を見届けてアメリカに戻る事だって出来ます。このファックスを読み終えた頃に電話するので、早急にあなたの考えをまとめて下さい。
★クリスマスはエレンがレストランを予約してくれたのですが、食欲が全くないのでキャンセルしてもらうしかありませんでした。ぼくはエレンにシクラメンの鉢を贈りました。エレンは日本料理店でうどんを買ってきてくれて、エレンと北村さんの3人でささやかなクリスマスを祝いました。2人には本当に申し訳なかったのですが、ぼくにとってはこれ以上望めないほどのクリスマスでした。世界中の癌患者がどんなクリスマスを過ごしているのかを想像するだけで、サンタクロースには優先的に訪ねてもらいたいと思います。感傷《かんしょう》が許されるのも癌患者の特権ですよね！　それにしても北村さんのパートナーである峯《みね》のぼるさんは、どのようなクリスマスを過ごしたのだろう、きっと泣きながら酒を呷《あお》ったのでしょうね……。
★それから、遂に髪の毛が抜け始めました。看護婦さんからは、シャンプーしている最中にゴソッと抜けるか、朝起きた時枕カバーにベッタリ――と聞かされていたのですが、ぼくの場合は、何気なく引っ張ったら面白いように抜けるという形で始まりました。
★そう言えば、先週、病院からの帰り道にエレンが急に立ち止まって、「ヒガシ！」と叫びました。
　エレンはワゴン車の前で帽子を振りかざして言いました。

「これを買いなさい」

　近寄ってみると、ＮＹのマークが入った毛糸の帽子でした。

「買わない」とぼくが首を振ると、

「どうして？」エレンは眉を顰《ひそ》めました。

「いい型ではないし……」

値札を見ると、10＄でした。

「安いし、暖かいのに」

動こうとしないエレンが気の毒になって、コートのポケットからドル紙幣を摑《つか》み出そうとした瞬間、エレンは肩を竦《すく》めてさっさと歩き出してしまいました。親孝行だって、けっこう難しいんですよ。

別の日に、北村さんが半日がかりで帽子を探して歩き廻り、イタリア製のチロリアンハット風の定価70＄の帽子を、TAX込みで45＄で買ってきてくれました。
★1月10日前後に帰国するとして、これまでにかかった費用は、

(1)	初診料	1200＄
(2)	薬品代	140＄
(3)	CT検査料	2500＄
(4)	肺の診察料	550＄
(5)	抗癌剤治療費	17500＄
(6)	ホテル代	5000＄
(7)	食事代（外食分）	900＄
(8)	生活費（北村料理・日用雑貨他）	1200＄

おおよそ28990＄かかった事になります。確か昨年7月の入院の時に国立がんセンターに支払った金額は330万円だったはずなので（アメリカではもちろん保険は効かない。だけど日本の病院だって、個室料金は保険外）、法外な金額かどうかは意見が分かれるところでしょう。
★何れにしろ、ぼくは運が良かったと言わなければならないでしょうね。宿泊代だけではなく、通訳も「Inter Arts New York」の仙石紀子《せんごくのりこ》さん、そして「MAGIC WORKS International」の酒井弘樹さんが仕事上のパートナーである瀧上妙子《たきがみたえこ》さんに頼んでくれて、1回につき最低でも500＄はかかると思われる通訳は無料で済みました。それに1食1＄程度の食材で専用コックになってくれた北村さんのおかげで、20000＄以上を使わないで済んだ計算になります。仙石さんは、「明日までに17500＄入金してもらわないと治療は受けられません」と病院側が通告してきた

ので、1000$ものお金を借用書なしで貸してくれました。ニューヨークに30年以上住んでいる人が、たいした面識もない男にこんな大金を貸してくれるなんで――。酒井さんと瀧上さんにしても、グローバルスタンダードの経済感覚では到底やれなかったはずです。死ぬまでにお返しが出来るかどうか、とても心配です。

★初めて言いますが、あなたの赤ちゃんに何をしてあげられるだろうかと考えてきました。ぼくには恐ろしいほど時間がないのですが、出来れば、ですよ、死ぬまでに3人の名前をプレゼントしたいと思っています。赤ちゃんの御守《おまもり》のなかに3人の名前と生年月日と住所と電話番号を書いた紙を入れます。その3人は、赤ちゃんの身に何か困った事が起きた時に連絡すると、必ず役に立ってくれる人です。ぼくに代わって助けてくれます。

あなたは4人見つけて下さい。

そうすれば、あなたの赤ちゃんは7人の使徒に守られる事になります。もしぼくがその3人を見つけられなかったら……54年間生きて、3人の名前をプレゼント出来なかったら……でも、きっとプレゼントします!

東由多加

東がニューヨークに発つ前に、互いの体重を増減しようという以外には、一日一回電話で連絡を取り合おうとか、一週間に一度くらいは手紙かファックスで状況を書き送ろう、といった類の約束は交わさなかった。それでもほぼ毎日どちらかが電話をかけ、事ある毎にファックスを送り合った。

英語をまったく話せないわたしは壁にかけてあるマジックボードに、

「ハロー・アイ・ウィッシュ・トゥ・スピーク・トゥ・ミスターヒガシ」

という編集者に教えてもらった英文をカタカナで書き記し、電話口に出たアメリカ人が英語をしゃべり出そうものなら即座に受話器を置けるよう身がまえて、まるで小学生の口上のように読みあげるのであった。何度か若い男に英語でしゃべりかけられ、「ミスターヒガシ」とくりかえしても東に代わってくれそうにないので、「ノー、ソーリ」

といって切ってしまい、それから数時間は電話する勇気が湧いてこなかった。

　東の便りは、行間から彼のキャラクターが滲み出るような、気取りも衒《てら》いもない独特の文章でつづられていて、読んだあとにかならずうれしくなる。世の中の出来事は気分次第で、なんだって愉快なものなんですよ、と励まされるのだ。

　わたしの友人は、東と話したあとでこういった。

「どうして東さんの身近にはあんなに面白いことが起きるんだろう」

　彼のサービス精神が為せるわざだといってしまえばそれまでだが、ニューヨークのロフトで八十四歳のエレンにヴィックス・ヴェポラッブを塗ってもらっている東の姿を想像しただけで笑いがこみあげてくることにしても、決して彼が誇張したつくり話ではないのだ。幼いころに母親を亡くし、母親から愛情を注がれた記憶を持たない男が、五十数年後にほかのひとが滅多に体験できないような母性につつまれているのだから、人生はどこかで帳尻が合うものだと思わずにはいられない。

　その後のファックスで、エレンのひとり息子がリンパ節と肝臓に転移した胃癌で一九九八年秋に死亡していたということを知らされた。エレンはニューヨークの大きな病院で治療するよう勧めたのだが、息子は棲みなれたウィスコンシン州を離れず、片田舎の病院で息を引き取ったのだそうだ。エレンがあれほど熱心にニューヨークでの治療を勧め、東を自宅に棲まわせたのは、息子を看護してやれなかったという悔恨の念が大きいのかもしれない。東が「親孝行だって、けっこう難しいんですよ」と書いているのは、きっとそういう意味なのだろう。

「エレンと息子さんの仲はそれほどうまく行っていなかったのかもしれません」とも書いてあったが、わたしはふとエレンの孤独を思い、その深遠にこころが痛んだ。

　神の傍らに棲まわせてもらえる幸福なひとなど存在するのだろうか。エレンが東にいった通り、みんなごく普通のひとに過ぎず、ただ抱えてしまった愛情の量が多いかすくないかの差なのではないか、とわたしは思う。

　帰国すべきかどうかの判断はとても難しい。帰国後、残り二回のタキソールを投与しても効果がみられず、さらにイリノテカン、ネダプラチンとビンデシンを試みても無効であれば〈国立がんセンター中央病院〉としてはもはや対症療法以外に打つ手はないのではあるまいか。これは世界中どこの病院で診てもらっても同じなのかもしれないが、「最後まであらゆる手を尽くします」というケルセン先生の言葉にすがりたい気持ちも棄て切れないのである。

しかし正直にいって、陣痛がはじまったとき、わたしを病院に連れて行ってくれるのは、東のほかには思い当たらなかった。東のいう通り、出産後の再渡米も視野に入れた上で帰国することを選択するしかなさそうだ。

それにしても、生まれてくる子どもに七人の名前をプレゼントするという東の言葉は胸に堪《こた》えた。不幸な生い立ちの子どもが、七人のひとに助けられながら苦難を乗り越え成長していく——、愛と冒険をテーマにした児童向けのリアリティのない物語として受け止めることもできるが、では、わたしが子どもの御守のなかにだれかの名前を入れてあげられるかといえば、まるで自信がない、だとすると、わたしにはたったひとりの友人もいないということになってしまう。わたしがあげることができるのは母の名前だけかもしれない。だが母の営んでいる不動産屋が倒産したら孫どころではなくなるのではないか。東とわたしの死後、いったい、この子はどうなるのだろう。

むかし、わたしがキッドで女優を目指していたころの話だ。稽古中、東がある研究生に質問した。

「いったいあなたには何人の友だちがいるんですか?」

「十二、三人だと思います」

「なにをもって友だちというかは難しいですね。たとえば困ったときにかならず助けてくれるひとが友だちだとすると、あなたには何人いますか?」

「……五人、だと思います」研究生は窮地に追い込まれたような表情で答えた。

「じゃあ、いま、あなたがたいへん困っているということにして、ここに呼んでみてください」

「いま、ですか?」彼女は目を丸くした。

「いまです」東の顔は真剣だった。

彼女は稽古場から出て行き、公衆電話があるロビーから、「お願い、きて! ほんとに困ってるの、きて!」という悲鳴のような声が聞こえてきた。

三十分ほど経って、稽古場のドアが開いた。

「三人しかつかまらなかったんですけど……ひとりはこれから彼氏と逢う約束があって……ふたりはバイト中で……だれも……」

「もしあとのふたりに電話がつながったとして、あなたはきてくれると思いますか?」

うつむいた研究生の肩が小刻みに震え出し、静まり返った稽古場に啜り泣きが波紋のようにひろがっていった。

「わかりません……わからない……でも、ほんとに友だちなんです! みんなバイトとかいろいろ事情があるんです!」

「そうですか。友だちよりバイトですか」

東の顔に勝ち誇ったような表情はなく、淋しそうなだけだった。

しばらくは研究生同士で、「自分だったら何人呼べたと思う?」と訊ね合っていたが、そのうちに話題から消え、忘れ去られた。

自分の代わりに子どもを助けてくれる使徒を三人捜し出す——、東の気持ちは痛いほどよくわかるが、わたしが希んでいるのは、そんなことではない。東の代わりなどいないのだ。

わたしが希んでいるのは、東と子どもとわたしの三人で花見をすることだ。月見をすることだ。三人で、真夏の砂浜で波と戯れることだ。雪の降る音に耳を傾けながら露天風呂に入ることだ。

わたしが希んでいるのは、春と夏と秋と冬が、五回、いやせめて三回めぐってくること、ただそれだけなのだ。

東は渡米をする直前に、『新潮45』の中瀬ゆかりさんに、「柳さんが早産する可能性もあるので、何人かの編集者でローテーションを組んで、一日に一度様子を見にきてやってください。それから妊娠中毒症なのに食べるのが止まらないようだから、お菓子やカロリーの高い食べ物を差し入れないように、みなさんに伝えてくれませんか」と頼んで渡米したそうだ。

東が出国した翌日から、中瀬さん、新潮社出版部の矢野優さん、『ダ・ヴィンチ』の細井ミエさんの三人が代わる代わるきてくれていたのだが、クリスマスが近づくと彼らも休みに入り、休み中は自分の家のことで忙しいだろうと気兼ねしないわけにはいかなかった。彼らとは仕事で出逢い、仕事を超えてつきあってはいるが、仕事抜きでは成立しない関係なので、休み中の頼み事は気が引けてしまう。わたしは中瀬さんに、「年末年始の食べ物は宅配業者に注文したからクリスマス以降はひとりでだいじょうぶです」とファックスした。

お歳暮とともに、一昨年出産した細井さんに頼んでおいたベビー用品がつぎつぎに届いた。スイングベッド、乳母車、冬用の布団、毛布、夏掛け、哺乳瓶《ほにゅうびん》、おむつ、ベビー服など――、多くの母親のように赤ん坊の誕生を待ち望むことができなかったわたしは、それらの包装も破かずに、自分の目に触れないよう押し入れにしまい込んだ。「年明けにレンタルのベビーベッド、ベビーバス、チャイルドシートが送られてきます」と細井さんからファックスが届いたが、他所《よそ》の荷物を一時的に預かる約束をしているようにしか思えなかった。

日々わたしのなかで実在感を増す胎児と東の不在、わたしはあまりにも大きな実在と不在の板挟みに堪え切れず、外に出る気力が起きないばかりか、一日中横になってとなりの東の部屋の気配に耳を澄ました。東がいるときは、深夜咳《せ》き込む声がすると、肺の癌が悪化したのではないかと不安に襲われたが、東がいない部屋は、音がしても、しなくても怖かった。完全な鬱状態がつづき、新聞もテレビも音楽も本も、すべてにうっすらと偽善《ぎぜん》の埃《ほこり》がかぶっているように思え、ただひたすら自分の内に縮こまり、パンク寸前まで不安と恐怖を膨らませていった。

そして深夜一時を過ぎると、布団のなかから這い出して、ニューヨークの時間に潜行しようと受話機を握りしめるのだ。

「いま、そっちは何時？」

かならず、この質問で会話がはじまった。何度も時差の計算を教えてもらったのだが、九九《くく》さえ満足にできないわたしにはよくわからなかった。七×三は、と訊かれても、咄嗟には答えられず、もしかしたら三×七だったら正解をいえたかもしれないというほどの計算音痴なのだ。

訊くことは決まっていた。容体、食べたもの、そして髪の毛が抜けていないかどうか。というのは〈メモリアル・スローン・ケタリング癌センター〉で投与されているタキソールはほぼ百パーセントの確率で脱毛すると聞かされていたからだ。〈国立がんセンター中央病院〉のエレベーターや屋上の食堂で、髪を剃りあげた男性やスカーフや帽子で頭を隠している女性や子どもの姿をよく目にした。しかし、渡米した十二月七日の時点では、東の髪の毛はふさふさしていた。もちろん脱毛の副作用が出ないからといって、抗癌剤が効いているというわけではない。副作用がまったく出ないのに効いていない場合も、副作用も強く出るが劇的に効く場合もあり得るのだが、わたしは勝手に、髪の毛が抜けず普通に食事を摂れているうちはだいじょうぶ、と自分を安心させていたのである。

東は十月ぐらいから左肩の痛みを訴え、最初は左手でものを持てない程度だったのだが、次第に歩くと激痛が走るようになり、渡米前には寝返りも打てないという状態にまでなっていた。左腋《わき》の下と首の付け根のリンパ節の転移癌が増大したせいではないか、とがんセンターの室先生に訊ねたのだが、リンパ節の癌は痛まないと断言したので、東とわたしは虫歯が悪化したせいにちがいないと歯医者に通い、痛み止めと抗生物質の錠剤を旅行バッグに入れて渡米したのである。

電話口でライターを擦《す》る音がした。

「煙草、吸わないほうがいいよ」

スローン・ケタリングの検査で、肺に水が溜まっていることが新たに判明していた。

「あなたが過食するのと同じじゃないかな。あなただっていけないとわかってるのに、食べるのをやめられないわけでしょ？　他人に迷惑をかけてない分、おれのほうがマシだといってもいい。あなたは食べることで胎児の命を脅かしているんだからね。そうだな、あなたが体重を六十二キロに戻したら、煙草もやめてもいい。約束しますよ」

東には六十四キロと嘘をいっていたが、実際は六十七キロだったので、五キロ減らすのは不可能に近かった。

「痩せれば、やめるの？」

「六十二キロになった時点でやめる」

「じゃあ、食べない。どうせ外に出られないし、もう編集者はこないから買い物も頼めない。年末年始はコンフレークだけで過ごすよ」

といったものの、不安が高じると円山町の〈ローソン〉に行き、かっぱえびせんやチーズビットや明治の板チョコなどを買っては、食べながらマンションに戻るのだった。

口にものを入れていないと落ち着かなかった。妊娠前はチェーンスモーカーだったのが、妊娠がわかった六月から一本も吸っていないことも影響しているのかもしれない。

食べ過ぎてはいけない、まったく食べないわけにもいかない、一日千八百キロカロリーで食塩七グラムという制限を守るためには自炊するしかないのだが、わたしは料理というものがまったくできなかった。十六歳で高校を退学処分になって〈東京キッドブラザース〉で女優を目指し、十八歳のときに劇団〈青春五月党〉を旗揚げして十本の戯曲を書いて発表し、二十六歳のときに「石に泳ぐ魚」を書いて、以来小説を書きつづけ、日常生活を営む時間がなかったのだ。ワープロを抱えて旅に出て一年の大半を山奥の温泉宿で過ごすという生活を送り、マンションは物置と化していた。しかし、子どもが生まれたら、子連れで放浪するわけにはいかない——。

十二月二十二日午前八時、〈日本赤十字社医療センター〉産科病棟の三階でNST（胎児モニタリング）検査を受ける。受付でもらった用紙に、〈NSTとは、出産にそなえて、赤ちゃんの心拍数の変化と子宮収縮の有無を連続的に監視し、健康状態をみる検査です。約四十分かかります〉と書いてある。

腹に装置を取りつけられて、マッサージ機のような椅子に座った。となりの椅子の妊婦には夫が付き添っていて四十分間ずっとしゃべりつづけていた。わたしは目を瞑って、その会話を聞いていた。

一階外来に移動して超音波検査をすると、三十四週と一日で二千三百十二グラム。十一月の検査のときは平均より小さいといわれたのだが、二ヵ月弱で平均を上まわっていた。

「これからは一週間で平均二百グラム前後増えるので、このまま行くと、そうですね、予定日はいつでしたか？」主治医の杉本先生が訊ねた。

「二月一日です」

「三千五百グラムは超える計算になりますね」

「大きいと難産になるんでしょうか」

「まぁ、そういう場合が多いですね。早く生んだほうがいいかもしれませんね」

「陣痛促進剤は使いたくないんですけど」

「日赤では、基本的に使わない方針です」

「じゃあ、どうしたら早く生まれるんでしょうか」

「歩くとか、軽くからだを動かすといいかもしれません」
運動も減量と同様に自分ひとりではできないということがわかっていた。太り過ぎて、部屋のなかをのろのろと歩くことすらしんどいのだ。

十二月二十四日、たったひとりで過ごすはじめてのクリスマスイヴとなった。わたしは、一ヵ月前に通販で購入したクリスマスツリーを椅子の上に置いた。「子どもは喜ぶんじゃないかな」と東はいったが、生まれてくる子どものためではなく、わたしが欲しかったのだ。

友人から贈られたもうひとつのツリーに飾りをつけ豆電球を点灯させてから、通販のツリーの電源を入れた。

ガラスのドームのなかが吹雪きはじめ、樅《もみ》の木に雪が積もり、サンタクロースを乗せたソリを引いてトナカイが樅の木のまわりをまわった。クリスマスの讃美歌のオルゴールが部屋中に響いた。

わたしが中学、高校時代を過ごした横浜共立学園はミッションスクールだった。毎朝礼拝があり、クリスマス礼拝は何ヵ月も前から全校生で、ソプラノ、アルト、テノールの三パートに分かれて、「ハレルヤ・コーラス」と「アーメン・コーラス」の練習をさせられた。

オルゴールの讃美歌メドレーだったのだが、どの歌の歌詞も憶えていた。

共立の校歌の原曲「樅の木」が流れた。

「雲かとまごう　花の園生《そのお》　かさねし春をかぞえまほし」

高校一年で退学処分になって、十五年が過ぎた。わたしはフローリングの床に座って、泣いた。妊娠中、わたしは三十一年間の人生のなかでいちばん泣いた。ホルモンのバランスが崩れているせいなのか、子どもの父親である彼に棄てられたせいなのか、東の癌の進行が止まらないせいなのか——、オルゴールは鳴りやまず、発泡スチロールの雪は降りやまず、わたしは泣きやむことができなかった。

イヴの夜、泣き疲れて横たわり、聖書をひらいた。鉛筆で線を引いてある箇所に目が止まった。

人は死んでしまえば
もう生きなくてもよいのです

この言葉が頭のなかで何回転かして、余震のような眠気に揺さぶられたとき、胎児が思い切り腹を蹴った。十ヵ月に入るころには胎児が下に下りて、骨盤のなかに頭が固定されるので胎動がすくなくなると聞いていたのだが、わたしの子はもがき苦しんでいるかのように手足を激しくばたつかせた。

十二月二十九日、二週間ほど前、彼に出した手紙の返事が届いた。

いよいよいつ生まれるかわからない状態なので、毎月五万の養育費の支払い方法、そして誓約書には書いてもらわなかったものの、九月四日、別れる直前に口頭で交わした三つの約束を確認したかった。子どもに命名する。どんな状況になろうと一ヵ月に一度子どもには逢う。わたしが彼より早く死亡し、わたしの家族が養育を拒否した場合、子どもを引き取って育てる、ぜったいに孤児院にやるようなことはしない。というのが彼とわたしとの約束だった。

手紙の文面は短かった。

養育費に関しては、子ども名義の口座をひらき、成人するまで毎月五万円入金する。名前は、自分なりに三つほど考えて一月十日までに送るので、ふさわしいと思うものを選択してもらいたい、どれも気に入らないのであればべつの名前をつけてほしい。しかし子どもに逢う件に関しては、ある程度の年齢になり、自分の意思で逢いたいといえば、子どもの気持ちにはできるだけ応えたい、と月一回の面会の約束は無視したも同然で、わたしの死後、子どもを引き取るという約束については触れられてもいなかった。

一読して声も出せないほど弱り果てた。わたしはなにかに逼迫《ひっぱく》すると、痛苦が麻痺《まひ》するのならドラッグでもなんでも使いたい、とすぐに死のイメージを思い浮かべてしまう、まともな人間からすると胸糞悪くなるにちがいない甘えの世界に、からだの芯を簡単に傾斜させてしまう性癖を持っている。

ずっと前に、歳を取った友人から、沖縄で破産した競馬評論家が海を眺めているのを見た、と聞かされたことがある。なんでも競馬関係の事業の拡大に失敗して姿を消し、世を騒がせたひとらしいのだ。友人が目撃した一週間後に、たしかMという姓だったその男性は自殺したそうだ。

友人は訃報《ふほう》に接してまず、やっぱり、と思ったという。「厳しい、だれも寄せつけようとしない厳しい姿だった。考えに考えた上で死を決意したひとの姿は、ほんとうに厳しかった」と友人の眼差しは遠くなった。

あるとき、わたしの母は東由多加にこういった。

「妊娠をはじめて知ったとき、これで美里は簡単には死ねない、ザマアミロ！　と思ったんですよ。なにも初孫ができたのがうれしくて歩道橋の上で万歳したわけじゃないんです。娘が十四、五歳のころから、いつ自殺するか、いつ自殺するかって思いつづけてきた母親の辛さがわかりますか？」母の顔は泣き笑いで崩れていた。

　そんな風に考えていたのか——、意表を衝かれたというより、死なれたら困る、死なないでほしい、という気持ちを十五年以上抱きつづけていたことにショックを受けた。母と暮らしていた十四、五のころ、「死んじまえ！」「殺してやる！」という言葉を何度叩きつけられたことか。包丁で刺されかけたこともあったし、深夜、海を見に行こうと車に乗せられ、埠頭《ふとう》から突き飛ばされそうになったこともあった。

「あんたは生きててもひとさまに迷惑をかけるばかりだから、ママといっしょに死のう。ママはあんたをお腹から出したんだから責任を取らなきゃならないのよ」

　そういわれるたびに、わたしは母の顔をにらみつけた。

「どうしてあなたといっしょに死ななきゃならないの？死ぬときはひとりで死ぬよ」

　一九九九年十二月三十一日。二〇〇〇年のカウントダウンをテレビで観てから、東由多加に電話をした。

「ハロー」北村易子さんが出て、東に代わってくれた。

「もしもし？」東の声には力がなかった。

「具合悪いの？」

「まぁ、よくはないだろうね」

「どんな風に？」

「一日中眠って、なにもやる気が起きない」

「食べてないんだ」

「そうだね」

「こっちはさっき二〇〇〇年になったよ。そっちはまだ大晦日《おおみそか》でしょ。テレビで観たけど、ニューヨークはミレニアムで大騒ぎみたいだね」

「にぎやかなのはタイムズスクエアのあたりだけで、こっちはひと気がない」

「ふぅん……具合悪そうだから、眠ったら？」

「うん」

「じゃあ、切るね」

　わたしは電話を切った。

　東は一月八日に帰国する予定だった。

ニューヨークで目覚ましい治療効果があったわけではないが、室先生の尽力でがんセンターでもスローン・ケタリングと同じ療法でタキソールを投与できることになったのだ。

昨年九月に、もし5Fuとシスプラチンの効果がなければ治療は打ち切られるといわれたことを思い返せば、大進歩といってもいいだろう。『患者よ、がんと闘うな』で有名な近藤誠氏は、抗癌剤はある種の癌、それもせいぜい一割程度にしか効果がないと断言して憚《はばか》らないが、この考えは完全な間違いである。わたしは癌治療における〝統計〟は、なんの意味もないと考えている。抗癌剤は、ある患者には、根治ではなく、目標を達成したという意味において百パーセントの効果があり、またある患者にはまったく効かないのだ。従って統計的に二十パーセントの効果があったと数字を出すことに意味があるとは思えない。つまり大幅な個人差があり、動かし難い事実として、余命半年と宣告された患者が、抗癌剤の投与によって二年、三年延命したという例は存在するのである。近藤氏は、抗癌剤の効果かどうか実証するのは不可能といいたいのだろうが、抗癌剤、栄養補助剤、漢方薬などによって、患者本人が効果を実感しているのであれば、柔道のように「有効！」とか「効果！」としてなにが悪かろう。

「患者が求める限り、最後まであらゆる手を尽くします」というスローン・ケタリングのケルセン先生の言葉を、「金儲け医療にほかならない」と見做《みな》すひとが医師のなかにも存在するようだが、ここまでくると倫理の問題を超えて、医師の品性が問われてくる。

ああ、それにしても、俵万智《たわらまち》さんのように短歌を作れたら、どんなにいいだろう。こんなときに詠《よ》めたら、深い安息を得られるかもしれない。わたしは短歌や俳句を書けないことを悔やみながら、新年の朝の光のなかで眠りに就いた。


二〇〇〇年一月一日、十年来の友人である作家の町田康《こう》さんと敦子《あつこ》夫人に招かれ、タクシーで元旦の夕暮れの街を走った。わたしは滅多に他人の家にあがることはないのだが、互いに小説を書きはじめる以前からのつきあいなので、練馬の家も、国分寺の家も、現在の家も訪ねている。

部屋のドアを開けた途端、食べ物の匂いがして、胃がぎゅっと縮みあがった。東が渡米してから一ヵ月間コーンフレークとスナック菓子しか食べていなかったからだ。

「編集者のひとたちにはないしょにしておいてくださいね。柳さんにカロリーが高いものを食べさせちゃだめだっていわれてるから」と敦子さんはつぎつぎと正月の料理をテーブルに並べた。

　黒豆、鱠《なます》、鮭昆布巻《さけこんぶまき》、八幡巻《やわたまき》、焼鰤《やきぶり》、伊達巻《だてまき》、蒲鉾《かまぼこ》、人《にん》参《じん》と葱《ねぎ》と椎茸《しいたけ》と筍《たけのこ》と鳥肉と芹《せり》と三つ葉と生麩《なまふ》が入った本格的な雑煮《ぞうに》、牛肉照焼、鳥肉団子、出汁巻《だしまき》玉子、筑前煮《ちくぜんに》、牛肉たたき、サラダ、海老と貝柱の炒め物――、箸を伸ばし口に運んでいるうちに、ささくれだった気持ちが慰撫《いぶ》されていった。

　敦子さんは、棄てられた仔猫に魚を丸ごと一匹与え、一心不乱に食べている様子を眺めているような面持ちだった。

「柳さん、子どもが生まれたら、どうするんですか？」敦子さんはわたしと目を合わせた。

　十年前に東と暮らしていたころ、「敦子さんってどんなひと？」と東に訊かれ、「スフィンクスのようなひと」と答えた憶えがあるが、謎《なぞ》をかけ、解けなかったら罰を与えそうな気高い雰囲気は逢ったときから変わらず、敦子さんから質問されると、いまでも緊張が走る。

「どうするというのは？」

「ひとりじゃ無理ですよ。産後はほとんど寝たきりなんだし」

「なんだか、リアリティがなくって」

「リアリティがなくても、今月末か来月頭には生まれるんですよ」

　目の奥の魂の底まで覗き込まれたように感じ、目を逸らしたいと思った瞬間、敦子さんが謎めいた笑みで口もとをほころばせた。

「考えないようにしてるんです。考えると、不安がどっと押し寄せてきて、すべてが破綻しそうだから」わたしは自分の眼差しが頼りなげに揺らぐのを感じた。

　それから御汁粉を食べ、磯辺焼きを食べ、ミルクティーを飲みながらチョコレートケーキを食べ、イチゴをつまむ合間におしゃべりをし、二匹の猫のゆったりとした動きを眺めているうちに眠くなった。話は尽きなかったが、腕時計を見ると、午前二時だったので町田宅をあとにした。

　自宅に戻ったわたしは、「今月末か来月頭には生まれるんですよ」という敦子さんの言葉に急《せ》かされて、『ダ・ヴィンチ』の細井ミエさんに集めてもらった保育園の資料に目を通した。生後五十七日から小学校入学まで預かってくれるのだが、ゼロ歳児の定員はどこも十人前後なので競争率が高いのだ。「保育所入所申込書」「家庭現況届」「確認票」に記入し、「保育ができない状況を証明する書類(両親分)」と「税額を証明する書類」を取り寄せなければならない。

1〈家庭外労働〉保護者が家庭の外で仕事をしている。

2〈家庭内労働〉保護者が家庭で児童と離れて日常の家事以外の仕事をしている。

3〈母親の出産等〉保護者が出産の前後、病気、負傷、心身に障害がある。

4〈看護・介護等〉保護者がその家庭に長期にわたる病人や、心身に障害のある人がいるためその看護・介護にあたっている。

5〈家庭の災害〉火災・風水害・地震などにより住居を失いまたは破損したため、その復旧の間。

わたしの場合、2に入るのだろうが、確定申告書の写しを提出しなければならないので、はねられる可能性が高い。収入が多いのだから、ベビーシッターを雇えばいいじゃないかと思われるのだろう。しかし、この収入は旅館やホテルに何ヵ月も缶詰になり、部屋から一歩も出ず、だれとも口をきかずに書きつづけた結果なのだ。外に出掛ける仕事ではないものの、精神を現実から引き剝がさなければ書くことはできない。ベビーシッターに部屋のなかをうろつかれたら集中できないし、赤ん坊の存在自体を意識から追い出さなければ小説は書けない。

——赤ん坊が生まれたら書けなくなるかもしれない。新しい小説を書きはじめるたびに、もう書けないのではないか、ほんとうに書きたいのだろうか、もう書き尽くしたのではないかと不安になり、一行書き進めるたびに自分の才能のなさに打ちのめされるのだが、今回の不安はそういうレベルのものではない。現実が重過ぎて、空想の世界に羽ばたくことができない、というより羽《はね》をもぎ取られてしまったように感じるのだ。現実から浮きあがることができなければ、現実から足を滑らせて転落するしかない。

わたしは、ニューヨークの東に電話して、保育園に預けるしかないのでは、と相談した。

「あなたがいうように現実的な選択ではあるんだろうね、でも、やめたほうがいいよ。三歳までの記憶というのはほぼ残らない。だけど、その時期、母親、母親じゃなかったら、お祖母《ばあ》さんでも叔母《おば》さんでもいいんだけれど、特定の相手に愛着を持てるかどうかで、その子の性格が決まる。そのときは楽でも、その子が成長していくに従って大きなツケがまわってくるよ。それに審査で落ちるんじゃないかな」

「でも母子家庭だし」

「何時から何時まで預かってくれるの？」

「午前七時半から午後六時半まで」

「送り迎えのことを考えてみなさいよ」

東のいう通り、わたしのように不規則な生活を送っている者に、毎日午前六時半に起きて子どもを保育園に連れて行き、午後六時半に引き取りに行くことなどできそうにないし、運転免許を持っていないので、タクシーで送り迎えするということになるのだろうが、渋滞や雨のときのこと、往復に要する時間と料金を考えると、絶望的な気分になってくる。

「まぁ、おれはだめだと思うけど、書類だけ提出しておいて、万が一審査に通ったら再考するということにしたら？」

わたしは電話を切り、風呂に入った。湯に顎《あご》まで浸かって、自分の腹を見下ろしたとき、わたしの視線を跳《は》ね返すかのように、蹴った。臍の上あたりが足のかたちに突き出て、てのひらで押さえると、胎児はからだ全体で一回転した。


風呂からあがって、電気を消して横になったものの、部屋の闇がのしかかり左右の壁が狭まってくるように感じて起きあがり、ガウンを羽織って外を眺めた。ガラス戸の向こうの夜まで、わたしを閉じ込めようとするかのように迫ってくる。外を歩こうか、三十分ぐらい歩いたら気が鎮《しず》まって眠れるかもしれない、そう思って厚手のセーターに片腕を通したのだが、思い直してワープロの前に座り、子どもの父親である彼に手紙を書いた。

子どもを媒介にして逢うつもりはない。わたしと彼との関係は、どこに破片が飛んだのかわからないほど粉々に砕け散った。妊娠したことで罅《ひび》が入ったのだから、子どもの誕生で関係を修復できるはずがないし、子は鎹《かすがい》という言葉がインチキだということは、幼いころから知っていた。わたしの父と母は四人も子どもを生んで十二年間にわたって生活をともにしたが、別れ、いまは互いに顔も見たくないという間柄になっている。

わたしと彼との物語は終わった。しかし子どもが産声をあげた瞬間から、わたしは母子の物語をはじめなければならないし、と同時に彼と子どもの父子の物語もはじまるのだ。たった月に一日、肩車をして動物園や遊園地に連れて行ってやったり、キャッチボールの相手をしてやったり、海やプールで泳ぎを教えてやったりして父親の役を演じることが、そんなに負担だろうか。

いまでも、小学校では「父親参観」という行事があるのだろうか。参観日は「父の日」の前後だったと記憶している。その日のために、「お父さんの顔」を描かされ、「お父さん、ありがとう」というテーマで作文を書かされた。生まれてくる男の子は白い画用紙を前にして困惑し、まったく空想で原稿用紙を埋めなければならないのだろうか。

「最善を希み、最悪に備えよ」というロシアの格言があるが、わたしには最善を希むことは許されていない。最悪に備えたいだけなのだ。

「いっしょに子どもを育てることはできないし、妻に悪いのであなたには逢えないけれど、月に一度、子どもと過ごす時間はたいせつにする。もしも、あなたが先に死ぬようなことがあったら、責任をもって成人するまで育てる」と彼が約束を守ってさえくれるなら、怒りや恨みは氷解し、穏やかな気持ちで出産に臨めるのに――。

一月八日、二時五十五分、東由多加が帰国する。

ほんとうは成田まで迎えに行きたかったのだが、「臨月なのに、なに考えてるの？」と東に反対され、『週間ポスト』の飯田昌宏さんに迎えに行ってもらった。

夕方、六時に玄関のブザーが鳴り、ドアを開けると、ニューヨークで東の世話をしてくれた〈東京キッドブラザース〉の北村易子さんと大塚晶子さんが、「帰ってきました」と微笑み、飯田さんが東のトランクを運び入れてくれた。三人は部屋にはあがらず、毛糸の帽子をかぶった東だけがはにかんだような表情で靴を脱いだ。

ほぼ毎日電話していたので、一ヵ月ぶりだという感じはしなかったが、日本茶を淹れ、リビングのテーブルに座って顔を合わせた途端に、泣きたいほどの安堵感が押し寄せてきた。黙ってお茶を啜っているうちに、ガラス窓から見える薄雲が残照で染まり、夕映えが部屋のなかにまで差し込んできた。

「毛は全部抜けちゃったの？」わたしは冗談めかして訊いた。

「全部じゃないけど、まだまだ抜けるよ」東は咳き込んだ。

「帽子、脱いだら？」

「いやだ」と東が帽子からはみ出した髪の毛を引っ張ると、房のまま抜けた。

「あんまり抜かないほうがいいんじゃない？」

「どうせ抜けるんだから、ちょっとずつあちこちにばら撒くより、抜いたほうがいいでしょう」

東は咳き込んで立ちあがり、自分の部屋で煙草を吸って戻ってきた。

「からだの調子はどうなの？」今度は東が訊いた。

「このまま予定日までお腹のなかに置いておくと、確実に三千五百グラムは超えるみたい。大きいと難産になるから、早く生んだほうがいいっていわれた」

「どうしたら早く生まれるの？」

「歩けっていわれた」

東は背中を丸めて咳き込み、からだを前後に揺すった。

わたしは堪え切れずに訊いた。

「肺の癌が悪化したのかな？」

「どうだろうね」と東は首を傾げ、「歩かないとだめじゃない」と話題を引き戻した。

「でも外は寒いし、部屋のなかを歩くだけでぜいぜいするし」

「跳ねたら？」

「跳ねるのは子どもによくないよ」

「じゃあ、しこでも踏んだら？」東は咳き込みながら笑い、てのひらで胸を押さえようとして、肩の痛みに顔を歪めた。


数日後に東が注文したウォーキングマシーンが届いたとき、東の気持ちがうれしくて泣きそうになったが、試しに歩いてみたら一分で息が切れ、結局一度も使わないまま物干しと化してしまった。

東はスローン・ケタリングの「ウィークリータキソール」という週一回の通院で二時間タキソールを投与する方法で、〈国立がんセンター中央病院〉で抗癌剤治療を続行した。臨月のわたしの代わりに北村さんと大塚さんが送り迎えと付き添いをやってくれた。東はタキソールの副作用で食欲が落ち、一日の大半をベッドの上で過ごし、眠りつづけた。明け方、となりの部屋から激しい咳が聞こえるたびに、不安が背中いっぱいにひろがり手足が硬直した。


一月九日、彼から返事が届いた。

（前略）子供のことは父親として責任を果たさなければならないと考えています。名前については、私なりに考えたものを送ります。貴女が気に入るかどうか不安ですが、子供が前向きに生きられるような明るい名前を考えましたので、検討してみて下さい。

子供に会う件ですが、貴女が言っていることは理解しています。ただ、貴女が言うように子供の首が座ったころ（当然まだ何も分からない年ですが）から、一ヵ月に一度ずつ会うことが「子供にとって」本当に必要なことでしょうか。

私自身、決して、子供に会いたくない、と言っているわけではありません。子供が物心つく3〜4歳になって、「父親に会いたい」と思うのであれば、できるだけ定期的に会いたいと思います。

それは一ヵ月に一度というような形式的な決め事としてではなく、年に何回程度は最低でも会うことにして、後は子供の状況などの必要に応じて回数なりを増やすというような形が良いと思います。

貴女はきれいごとと思うかもしれませんが、学校のこと、友達のこと、恋愛のこと、就職のことなどで子供の相談相手になれるよう努力していくつもりです。

ずっと色々と考えた結果なのですが、子供が生まれたら、一度は子供に会いたいと思います。かつて私が言っていたことと矛盾しますが、父親の責任ということを自覚するためにもそうすべきだと思うようになりました。会わせてもらえるなら、面会の時期などについてはまた連絡を下さい。

九月頭に別れて以来、はじめてもらった思いやりが感じられる言葉だった。しかし、なぜ、三歳以前の子どもに逢うことを頑《かたく》なに拒絶するのだろうか。彼は〈当然まだ何も分からない年〉と断じているが、ものごころつく以前だからこそ、親に求められているか否か、愛されているか否か、護られているか否かを敏感に察知し、東のいうように、その後の性格を決定づける大切な三年間なのだ。

それに三歳ぐらいの子どもというのはひと見知りが激しく、知らない大人を怖がってあとずさったり泣きわめいたりする。三歳になったときに「お父さんに逢いたい」と思わせるためには、それ以前にしっかりとした父子関係を築いておかなければならないということが、彼にはわからないのだろうか。

彼が考えた名前は五つだった。

●陽太（ようた）＝太陽のように明るく、強くという希望を込めて考えました。

●陽和（はるかず）＝明るく、穏やかに、春のように暖かい気持ちの人になって欲しいという意味です。
※【陽和】ヨウワ＝のどかな春の気候。
●陽光（たかみつ）＝日の光、太陽のように明るく、人を暖かい気持ちにさせるようになって欲しいという願いです。
●陽輝（たかき）＝太陽が輝くように明るく、強く生きて欲しいという意味です。
●陽洋（たかひろ）＝太陽の強さ、大洋の広さや包容力を持つように育って欲しいという気持ちです。

離れて生きる父子の絆として、なるべくなら、この五つのなかから命名したかったのだが、年末に買った姓名学の本で調べてみると、どれもよいとはいえない。

わたしは高麗《こま》神社の禰宜《ねぎ》、高麗文康さんにファックスした。西武池袋線高麗駅から徒歩三十五分の場所にある高麗神社は、高句麗《こうくり》滅亡のとき難を逃れて海に渡ってきた高句麗の王族若光《じゃくこう》の霊を祀《まつ》り、その子孫が代々官司をつとめている。高麗文康さんはなんと六十代目で、夫人は六十一代目の男の子を身ごもっていて、不思議な縁で予定日はわたしと同じ二月一日だった。

高麗文康さんから返信が届いた。

お子様の名前ですが、私の知る判断の限りでは、どれも一長一短といった所です。「陽」の下に来る字を変えて見る方が良いように思いました。そこで勝手とは思いましたが、私なりに良い字を見つけてみました。
「陽」を「はる」と読むなら、
喜（き）貴（き）暁（とし）富（とみ）恵（しげ）
滋（しげ）敬（のり）晴（なり）
「陽」を「たか」と読むなら、
喜（き・はる）貴（き）温（みつ・はる）恵（しげ）
滋（しげ）雄（かつ）勝（かつ）

わたしは東にそのファックスを見せて、「どれがいいだろう？」と訊いた。

東はてのひらを額に当てて、文字をひとつひとつ凝視し、「暁」と「晴」に丸をつけた。

柳陽暁《やなぎはるとし》。柳陽晴《はるなり》。何度も紙に書き、声に出してみた。柳陽暁に決めようと思って、ふとわたしの死後、彼が子どもを引き取る可能性を考えてみた。彼のA姓に変わった途端に運勢が悪くなるようでは可哀想だ。

わたしは再度高麗文康さんにファックスした。

翌日返事が届いた。


まさか「A姓」までお考えとは……。でも親となれば〝もしも〟の事まで考えるのは当然ですね。しかし二つの姓に共通して吉名になるのは、やはり難しいものです。

お選びになった陽暁ですが、「A姓」にしても、ほぼ良い（柳姓は完璧に良い）のですが、一つ気にかかるのは、それぞれの文字の画数による陰陽《おんみょう》（奇数は陽、偶数は陰）配列が不調和で凶相になってしまう事でした。〝陽〟という字を必ず使うという前提に立って〝陽〟の字を一つ下げ、奇数の文字で総画数が吉数となる文字を上に入れてみようと思いました。その結果、三画の文字ならA姓、柳姓共に陰陽配列に問題がなく、総画も「大吉」であることがわかり、その中で、それぞれの文字の持つ五行に凶相が出ない様にする為に、ア行、ヤ行、ワ行、ハ行、マ行の読み方を避け、文字を選んでみました。

その字は次の通りです。

之陽（のぶはる）与陽（ともはる）丈陽（たけはる）

この名前で悔しいのは、柳姓より、A姓の方がより吉相になってしまう事です。


与陽《ともはる》か丈陽《たけはる》だな、と思って、「丈」という字を辞書で引いてみた。「ある限り。全部」という意味があり、「思いの──を打ち明ける」という例文が出ていた。わたしは「丈陽に決めました。どうもありがとうございました」と高麗さんにファックスを送った。

ちょうどその夜、母からファックスが届いた。


体の調子はどうですか。予定日がいよいよ近づいてきましたが、用意は遺漏《いろう》なくできているでしょうか。当日は、私が付き添いたいと思いますので、動きが有る時はすばやく知らせて下さい。名前の候補　宇龍。

母に名前が決まったことを告げれば、きっと口を挟まれる。わたしは母には返信をしないで、彼に手紙を書くためにワープロの電源を入れた。

子どもの名前、高麗神社とやりとりした結果、丈陽（たけはる）に決めました。

「丈」には「思いの丈を打ち明ける」というように、「ある限り。全部」という意味があり、「陽」は太陽の「陽」ですから、「太陽のように、自分のすべて（あらん限り）で周囲を明るく、あたたかくしてほしい」という意味で、あなたの考えた名前の意味と同じで、「陽」＝「はる」という読み方も生かしました。姓名学的にも吉です。

陽の光は明るくあたたかいだけではなく、ときに容赦なく降り注いで、生物を死に至らしめる恐ろしい存在であることと、やがて周囲の星を焼き尽くし、光を失った小さな天体となって生涯を閉じる太陽の運命が頭を過ぎったが、「丈陽」そう呼んで、わたしはお腹を撫《な》でてみた。目を閉じると、陽光の条《すじ》のように、真っ直ぐに立つ男の子の背中が見えた気がした。

夢のなかから悲鳴がせりあがってきた。手が触れている、彼の頰に。わたしの手は彼の両耳を覆《おお》ってから、髪のなかに入って行く。わたしのからだは彼のからだの上にある。わたしが彼を押さえつけているはずなのに、もがき苦しんでいるのはわたしのほうで、彼は静かに瞼と唇を閉じている。死んでいるのかもしれない、と思う。だれかに後頭部を押され、わたしはその力に抗《あらが》いながら、抗い切れずに彼の唇に唇を近づける。唇が重なったとき彼がカラオケでよく唄っていた柳ジョージの古い歌が鳴り響いた。「派手な化粧　振り撒くオーデ・コロン　自慢の胸のペンダント　俺の髪を　撫でまわしながら　開けて見せた写真」だんだんと大きくなり、鼓膜が破れるのではないかというほどになって、音からも彼のからだからも逃れたくて全力を振り絞ったが、唇を引き剝がすことはできない。

絶叫して、目を醒ました。瞬きをくりかえしたが、網膜には彼の顔が焼きついたままで、耳にはまだ彼の声が響いていた。彼の存在はどんなに締め出そうとしても意識の底に重く沈み、夢に浮かびあがっては、わたしの精神を消耗《しょうもう》させた。

東がドアを開けた。

「だいじょうぶ？　すごい叫び声だったけど」

「だいじょうぶ。いま、何時？」体中ぐっしょりと汗をかき、下腹部が緊張していた。

「二時過ぎ」

「仕事しないと」

わたしはからだを起こして、東に訊ねた。

「なんか食べる？」

「いや、吐きそうだから」

東は抗癌剤の副作用に苦しんでいた。昨年七月から四クール投与した5Ｆｕとシスプラチンのときは日常生活を営めないほどの副作用は現れなかったのだが、スローン・ケタリングで投与しはじめ、がんセンターで投与しつづけているタキソールは脱毛のみならず、全身のだるさと吐き気が激しかった。東が点滴で繋がれるのはいやだ、というので入院はしなかったものの、一日のうちでベッドから起きあがっているのは二、三時間しかなかった。腋の下と首の付け根のリンパ節に転移した癌の増大のため、左腕を肘《ひじ》から上にあげることができなくなり、痛みで寝返りも打てず、睡眠薬を何錠飲んでも眠れないという夜もあった。


「イチゴミルク、どう？」

「あなたは、そればっかりだね」東は笑った。

「だって、栄養あるでしょう」

「じゃあ、もらおうか。すこしね。あなたはなんでもいっぱい持ってくるから、見るだけで食べる気が失《う》せる。でも、あなたのほうこそ食べたほうがいいんじゃない？」

「うん、でも、太り過ぎだし」

「コンビニでなんか買ってこようか」

「いいよ。わたしはコーンフレーク食べるから。イチゴミルク作るね」

イチゴを潰し牛乳とハチミツをかけて持って行ったが、東は既に眠っていたので、机の上のライトだけにして電気を消した。帰国してからめっきり食欲が落ち、イチゴミルクや青汁などを部屋に持って行っても申し訳程度に食べるくらいで、翌朝手つかずで残っていることもすくなくなかった。

わたしのほうも臨月に入ってからからだのだるさが増し、一日の大半を横になって過ごすという日々がつづいた。出産までに書けるだけ書いて、産後一ヵ月は書かずに済むようにしたかったので、一日八枚ずつ小説を書くというスケジュールを立てていたのだが、実際は想像を絶するほど体調が悪く一時間以上椅子に座っていることはできなかった。しかし、現在はまだ書けるだけマシなのかもしれない。わたしは出産を恐れていた。痛み、ではなく、その後の状況が恐ろしかったのだ。東の病状がさらに悪化したらどうなるのだろう、赤ん坊と締切りを抱えて身動きが取れなくなるにちがいない。

リビングにあるファックスを見ると、週刊誌のゲラが届いていた。文章がたるんでいて隙《すき》だらけなので、半分以上書き直さなければならない。ワープロの電源を入れたが、気力が湧いてこない。キーの上に指を置いたまま放心していると、胎児の父親とわたしの共通の友人である札幌のIさんからファックスが届いた。

Iさんには妊娠がわかった直後から相談に乗ってもらっていて、深夜二時、三時に電話しても〈命の電話〉の相談員のように応じ、感情の揺れが激しいわたしを諫《いさ》め、慰め、励ましてくれた。〈生むと決めたお子さんが傷つくのは耐えかねます〉〈あなたはただ身体を大事に〉〈ぼくは生まれてくる子供さんの存在が流されすぎていて、いらいらします〉〈ちゃんと寝てね。食べられないのなら、まず寝て。子供が怒るよ〉〈少し歩きなさい。歩かないと筋肉が弱って、骨盤が開かず、死ぬような叫び声が続く長く苦しい出産になるよ。あんまり脅かすと「帝王切開だ」とか言い始めそうだから、このへんでやめます〉〈あなたがまず守らなければならないのは誰?〉と、Iさんはいつもわたしのからだと生まれてくる子どもの存在を心配してくれた。昨年六月から一月までのあいだにIさんから届いたファックスは七十通を超える。

〈出産の準備は整いましたか。私の連れ合いは枕元にバッグを一つ置いて寝ていた記憶があります。早ければ来週後半(28日ごろかな)あたりから臨戦態勢かな。ご病人もいらっしゃるようですから、誰か手が欲しいところですね。産まれたら写真撮ってあげて下さい。忘れずに〉

わたしは、〈かなり痛いので、もっと早く生まれるかもしれません。これから風呂に入って仕事します〉と返信を打った。

風呂から出て、ワープロの前に座った。一枚書いただけで冷汗が出てきて、敷きっぱなしのマットレスの上に横になった。痛みはおさまったかと思うと、ふたたび襲ってきて、それは弱まるどころか、ますます強くなっていった。

もしかしたら、と枕もとに置いてある出産本をひらいて、〈いよいよお産〉という章を読んでみた。妊娠のイラストが三つあって、〈急に冷や汗が出るほどおなかが痛くなったとき〉〈月経のような多量の出血があったとき〉〈破水したとき〉はすぐに入院しなければならないと書いてある。わたしは痛みを堪えてトイレに行き、下着を下ろしてみたが出血はない。

東とわたしは出産に向けて話し合っていた。

出産の一、二週間前から子宮が収縮して日に何度かお腹が張ったり軽く痛んだりする〝前陣痛〟がはじまり、この痛みが規則的に起こるようになったら、入院の準備をしなければならない。最初は一時間から三十分置きぐらいで、その間隔が十五分、十分と狭まっていくそうなので、一時間置きになった時点で、東が『週刊ポスト』の飯田さんと『新潮45』の中瀬さんに電話して車を呼んでもらうという段取りを立てていた。

ワープロの前に座って頭から文章を叩き出そうとしたが、痛みから気を逸らすことができないので、横になって出産本をめくった。予定日は二月一日、今日は何日なのか、机の上の手帳を取ろうとしたとき、さっきよりも強い痛みがからだを走り抜け、痛みから逃れようとからだを捩《よじ》った。枕もとの時計でつぎの痛みまでの時間を計ってみた。五分。そのつぎの痛みもぴったり五分後にやってきた。上昇中のエレベーターががくんと止まったかのように心臓が脈打った。まさか、いきなり五分間隔で陣痛が起きるなんて本には書いてない。時計から目を逸らさず二十分間横になっていたが、やはり五分間隔で痛みがつづく。わたしは机の上に手を伸ばして、手帳をひらいた。今日は一月十七日だ、予定日より二週間も早い、もしかしたら切迫早産かもしれない、六月と七月に二回切迫流産で入院している、切迫流産をすると切迫早産になりやすいという話を聞いたことがある、どうしよう、とパニックの波が押し寄せ、泣いてしまうのではないかと思ったが、動揺するのはいまいちばんしてはならないことだ、とにかく準備しなければ、と気持ちを落ち着かせた。用意しておいたボストンバッグと紙袋をウォークインクロゼットのなかから引っ張り出し玄関に持って行ったとき、痛みが忍び寄ってきて、わたしはバッグの紐《ひも》をつかんだまま蹲《うずくま》った。これはきっと陣痛だ、陣痛じゃなくても病院に行ったほうがいい。わたしは痛みがおさまるまで靴入れに寄りかかって深く呼吸をすることに専念し、痛みが弱まった隙に立ちあがり、入院準備のリストに目を走らせた。必要なものは一昨年出産した『ダ・ヴィンチ』の細井さんに送ってもらってボストンバッグに入れてあるのだが、石鹸やシャンプーなどは風呂場に置いたままだし、母子手帳と保険証はショルダーバッグのなかだ。書きかけの原稿をプリントアウトして、病院はワープロ禁止だから原稿用紙と筆記用具も入れなければ、それに退院時に必要なベビー服は包装を破かないまま押し入れのなかに突っ込んである。わたしは五分置きに蹲りながら部屋のなかを行ったりきたりしていたのだが、激しさを増した痛みに堪えられなくなって、フローリングの上に倒れ、呻き声をあげた。

「どうしたの？」東が起きてきた。

「予定日の二週間前だから、たぶん違うと思うけど、もしかしたら生まれるかもしれない。痛いッ」深呼吸をして、痛みを吐き出そうとしたが、うまくいかない。

「違ったら、戻ってくればいいんだから、病院に行って診てもらったほうがいい」

「電話してみる」

わたしは日赤に電話して状態を説明した。出血の有無を訊かれ、ないといったら、助産婦はしばらく考えてから、「違うと思いますけど、不安でしたら、きてみてください」と判断をこちらに預けた。

電話を切ったわたしは、東の顔を無言で見た。

「行こう。その痛みは尋常《じんじょう》じゃないよ」東は断固とした口調でいった。

飯田さんと中瀬さんに電話したが、ふたりとも留守だった。

東は着替えはじめた。

「いいよ、ひとりでタクシー拾って行くから」

「その荷物、どうやってひとりで持つの？　行くよ」

「いいよ、寝てなよ」といった瞬間、また痛みが襲ってきて、わたしはうしろによろめき、からだを支えるものを求めて手探りした。なにも見つからない。バランスを失い、膝が曲がった。心音がドキンドキンと鼓膜を突きあげる。

「待ってて、タクシーつかまえてくるから」

「まだ、荷物揃ってない」

「あとで持って行くよ。とにかく早く病院に行かないと」

東は黒いボストンバッグを持って外に出た。

わたしは着替えて、ワープロのなかに入っている書きかけの原稿をプリントアウトしてから、紙袋を持って外に出た。

エレベーターのなかで痛みに揺さぶられ、紙袋を枕にして一階エントランスの床に横になった。数十秒後に痛みが去ったので、外に出ると、雨が降っていた。東の姿が見えない。信号が青になって赤になり、また青に変わったが車は一台も通らない。わたしは雨に濡れた階段の上にへたり込んだ。タクシーがつかまらなかったらどうしよう、紙袋が破けたらどうしよう。東が風邪をひいたらどうしよう、ここで生まれてしまったらどうしよう、どうしよう、どうしよう、雨がわたしのパニックに拍車をかけた。

一台のタクシーが止まり、ドアが開いて東が飛び出てきた。わたしは後部座席に横たわり、東が助手席に座って、「広尾の日赤までお願いします」としっかりした口調で行き先を告げた。

タクシーのなかで東に痛みの間隔を計ってもらうと、五分間隔が三分間隔に狭まっていた。

救急受付に着くと、車椅子で産科病棟三階に運ばれ、診察台で助産婦に内診してもらった。

「子宮口が五センチひらいてます」

「こういう状態で、陣痛がおさまって、家に帰って、二月一日ごろ、また陣痛がはじまる、そういう可能性は？」痛みで言葉がぶつ切れになった。

「それはありませんね。子宮口がひらいてるから、このまま出産です。寝巻きに着替えて、分娩予備室のほうへ行きましょう」助産婦はわたしを安心させようと微笑んで、腹を撫でた。

車椅子に乗せられたわたしは廊下の長椅子で待っていた東に、「このまま出産だってよ」といった。

分娩予備室は、細長い小さな部屋だった。

「もう帰っていいよ。からだきついでしょう」

「だいじょうぶ」

「帰って、眠りなよ」

「だいじょうぶだって。飯田さんと中瀬さんに連絡してくる」

東が席を立ったときに、助産婦がやってきた。

助産婦は母子手帳を見ながら訊いた。

「いま付き添われていたかたが赤ちゃんのお父さんですか？」

「いえ、違います」わたしは数秒考えて、「家族です」といった。

「赤ちゃんの父親は、このAさんってひとですよね。連絡しましょうか？」

「いえ。彼は結婚していて、わたしは妻ではないんです。昨年の九月に別れてしまったし、この時間はたぶん眠っていると思うので」

「認知は？」

「胎児認知してくれてます」

「父親だってことを認めてるなら、自分の子どもが生まれるんですから、連絡したほうがいいんじゃないですか？」

助産婦は用紙に記入しながら、わたしの顔を見ずに訊いた。

「いえ、生まれたら、わたしから連絡します」

「養育費はもらえるんですか？」

こんなときにこんな話をしたくはなかった。ちょうどいいタイミングで陣痛がやってきた。「痛いッ」とわたしが背中を反《そ》らしたので、助産婦は膝を折って、腰をさすってくれた。助産婦が話しはじめないうちに話題を逸らさなければならない。

「付き添ってくれているひと、癌なんです。生まれるまでベッドかどこかに横にならせてあげてくれませんか？」

「付き添いのかたのベッドというのは分娩室にはないんですよ」助産婦は気の毒そうにいった。

「どのくらいで生まれるんですか？」

「そうですね、初産《ういざん》の場合、平均十二、三時間だから、夕方ぐらいかな？」

「え？　夕方までこの痛みがつづくんですか？」

「でも普通は子宮口がひらくまでに何時間もかかるんです。もう五センチひらいてるから、早いかもしれない。午前中に生まれる可能性もありますよ」

東が戻ってきた。

「ねぇ、早くても午前中いっぱいかかるって。ほんとうに帰ったほうがいいよ」

「生まれるまでいますよ」東は背もたれのない丸椅子に腰を下ろした。

わたしは痛みの波に持って行かれないようにベッドの端を握りしめる指に力を込めた。

「楽になるんだったら、四つん這いになってもいいですよ」と助産婦がいった。

東の前で四つん這いになるわけにはいかない、声をあげるのも恥ずかしい、わたしは歯を食い縛り、拳を固め、東に背を向けて痛みを堪えた。

助産婦が寝巻きをまくりあげて分娩監視装置の端子を腹に当てると、力強い鼓動が部屋中に響いた。

「ここ、いま右側に頭があるんですね。心臓も右です。まだ赤ちゃんは横向きなんですよ。柳さんの力だけじゃなくって、赤ちゃんが自分の力でからだを横向きから縦向きに変えて半回転してくれないと生まれないんです。縦向きになると、恥骨の上あたりでも心音が聞こえます。そしたら分娩室に移りましょう」

産前食が運ばれてくる。出産本には出産は力仕事なので陣痛の合間に食事をしたほうがいいと書いてあったが、この痛みにはそんな余裕はない。生まれてから一度も経験したことがない、ほかのことを考えて紛らわせることができない痛みだった。

「こんなの堪えられない。想像してたのの十倍痛い」額から汗が噴き出て、髪が湿っていった。

「まだまだ、二割ぐらいなんじゃないかな？　痛いのはこれからだよ」と東は産前食のパンを千切って口に入れ、牛乳で流し込んだ。

だんだんと増してくる痛みに屈して、東の存在を気にすることさえできなくなり、食い縛った歯の隙間から呻き声が洩れ、呻き声が叫び声になった。

「もうだめ！　麻酔！」わたしは拳で壁を叩いた。

東がナースボタンを押した。

「麻酔を打ってあげられないんですか？」

「無痛分娩はやってないんですよ」

「陣痛促進剤！」わたしは叫んだ。

「日赤では基本的に自然分娩なんです。これぱっかりはみなさん痛いんですから、我慢してもらうしかないんですよ」

わたしは布団を蹴り飛ばした。あまりの痛みに意識を失ったが、意識を引き戻したのも痛みだった。からだがばらばらに引き裂かれそうな痛み。逃げたい。痛みに壊される前に。でもどこにも逃げられない。助産婦がカイロを腰のあたりに当ててくれたが、両足をばたつかせた拍子にどっかに行ってしまった。担当の助産婦はとても親切なひとで、わたしが叫び声をあげるたびにやってきて、腰を撫で、額の汗を拭き、ストローで水を飲ませてくれた。「がんばってください」と助産婦が立ちあがったとき、「行かないで」と腕をつかみそうになったが、スチールベッドの端を握りしめて堪えた。もう言葉を発することはできない。目もひらいていられない。いまごろ、彼は妻と眠っているのだろう、と思った瞬間、負の感情に支配されそうになって、こころの手綱《たづな》をぐいと引き締めた。

助産婦には歯を食い縛らず力を抜いてゆっくり呼吸するようにいわれたのだが、わたしはてのひらを痛みの源である胎児の頭あたりに置いて、「長引くとふたりとも苦しいから、早く縦になってね、お願いだから早く生まれて」と無言で語りかけてから、思い切り腹筋に力を入れ、歯を食い縛った。目の眩むような痛みとともに胎児が動いた。縦になった気がする。

「生まれそうッ」わたしは呻いた。

東が助産婦を呼びに行き、助産婦が分娩監視装置を腹に当てた。

「縦になってます。この子はすごく上手《じょうず》、親孝行ですよ。ここまでくるのに、普通は十時間ぐらいかかるんですよ。分娩室に移りましょう」

分娩台の上で下着を脱ぎ、白い足袋《たび》をはめられて足台に両足を固定され、寝巻きを胸の下までまくりあげられた。

「妊娠線のないきれいなお腹ですね」助産婦がわたしの腹をてのひらで撫でた。

不思議なことに分娩台にあがった途端に陣痛が薄れてしまった。わたしはこのまま陣痛が遠のき、また予備室に戻されて延々十時間近く苦しまなければならないのではと不安になった。

「分娩台の上でどれくらいなんでしょうか」

「まちまちですけど、もう胎嚢《たいのう》が出てますから、一時間以内でいけるかも。見ますか？」

「いえ」と短く答え、分娩台の左右のハンドルを握りしめていきんだ。自分のからだからべつの人間が出かかっているところなど見たくなかったし、とにかく一刻も早く〈妊娠〉から解放されたかった。

「無理していきまないで、痛みの波に乗っていきんでください。赤ちゃんと呼吸を合わせて」

わたしはすぐにまたいきんだ。

「ずっといきみつづけているより、うまく痛みをやり過ごして、力を溜めて一気にいきんだほうがいいんです。でも柳さんも赤ちゃんも上手ですよ」

わたしは呼吸を立て直して何度かいきんだが、息が切れて力を持続することができなかった。しばらく待って、今度は目を開け、天井の一点を凝視して、全身の筋肉に力を入れた。

「そう、その調子、頭が見えてきましたよ」

痛みで、助産婦たちの声が遠のいた。狭いところにつかえているのは子どもも苦しいだろう、痛みを共有しているということに一体感ではなく連帯感を感じた。わたしはこの数週間のことを思い返してみた、それからこの数ヵ月のことを。妊娠中、わたしの精神は揺れつづけ、食生活は最低で、眠れない夜も多かった。父親に祝福されずに生まれ、苦痛で充たされた生を生きなければならないのだから、せめて出産の苦しみだけはすくなくしてやりたい。わたしは痛みを無視していきんだ。いつの間にか主治医の杉本先生が駆けつけていて、「午前中いっぱいはかかると思ってたけど、早いですね」といったが、返事をせずに力を入れつづけ、生むことだけに集中した。

「頭が出てきました。からだを起こして見ますか？」

「見ません」

見なくても頭が出ているのはわかったし、それよりも早く生んでやりたかった。頭はうまく出せたのだが、肩がひっかかっている。産声が聞こえない、全身が出ないと産声をあげられないのか、と痛みで痺《しび》れた頭で考え、そんなことを考えている場合ではない、といきんだ。右肩が出て、力を抜かずにつづけていきむと左肩が出て、ぬるっと引っ張り出された瞬間、ふぎゃあ、という頼りなげな産声と、「おめでとうございます。元気な男の子です。二週間も早いのに大きな子ですよ」笑いが籠った杉本先生の声が足もとから聞こえ、突然からだと意識に鬱積《うっせき》した緊張がほどけた。赤ん坊を見せられたはずなのだが、その映像は記憶に残っていない。

「柳さん、赤ちゃん連れてきましたよ」という助産婦の声で目を開けると、コットベッドが分娩台の横に置かれていた。割烹《かっぽう》着のような予防衣を着た東と飯田さんと中瀬さんが赤ん坊を覗き込んでいる。

わたしは枕もとに手を伸ばして、眼鏡をかけた。

「なんか鼻が潰れてるね」わたしは無性に照れ臭かった。

「あなたに似ていないね」と東がいうと、父親の顔を知っている飯田さんと中瀬さんが気まずそうに沈黙した。

「でも、見て、この指、すごく長くて細いでしょ？　指は柳さん似だよ」中瀬さんがいった。

わたしは指を触ってみた。それから全身を確認した。どこにも異常はないようだ。子どもの足にビニールのリングがつけてあり、薄グリーンの紙に〈柳美里　12年1月17日午前9時24分〉と書かれ、わたしの腕にも同じリングがあり、薄オレンジの紙に〈柳美里　12年1月17日午前9時24

分　5925 8〉と書かれていた。しかし、取り違えの心配はない。目鼻立ちや顔の輪郭が父親に酷似していたからだ。

「この子はすごくおとなしいよ。さっき二十分くらい見てたけど、一度も泣かなかった。赤ん坊って普通泣きまくるものでしょ？　安産だったし、母親のたいへんな状況を認識しているのかもしれない」東が赤ん坊から目を逸らさずにいった。

「帰って、眠りなよ」

「あなたと赤ちゃんが病室に移るのを見届けてからね」と微笑んだ東の唇には血の気がなかった。

「二時間は動かないほうがいいので、赤ちゃんとお母さんをふたりきりにしてあげましょう。いっしょに眠ってもいいし、授乳してもいいですよ」と助産婦がタオル地の白い産着にくるまれた赤ん坊を分娩台の上に乗せてくれた。

　わたしたちはふたりきりになった。わたしは薄暗い分娩室で我が子の顔を間近で見詰めた。目が開いていない。頬を指でつついてみると、全身を痙攣《けいれん》させて、薄目を開けた。まだ見えていないのだろうが、見ようとしているかのように瞬きした。赤ん坊を抱こうとしたが、ひどい筋肉痛で動くことができない。わたしはおずおずとボタンをはずし、赤ん坊の唇に乳首をふくませた。赤ん坊はピチャピチャと口を動かしたが、うまく吸うことができないようだ。からだの位置が悪くて押し潰してしまいそうなので、わたしは赤ん坊を持ちあげて、頭を左腕に乗せて腕枕した。わたしたちは目を合わせた。わたしが母親、この子が息子、という感動はまったくなかった。しかし妊娠中の不安は消えていた。彼に対する負の感情も失せていた。ただただ赤ん坊のあまりの小ささ、頼りなさに衝撃を受け、語りかけることさえできなかった。

　わたしはものごころついたときから、誰かに護ってほしい、と願っていた。父と母に保護されていると実感したことはなかった。ふたりとも保護しようと努力はしたが、子どもに与えたのは保護ではなく苦難だった。わたしは護ってくれるだれかを捜しつづけた。彼が、一生護る、といったのでその言葉を信じた。しかし、信じたことによって、裏切られた。彼に裏切られたのではなく、護られたいという自分の願いに裏切られたのだ。わたしは護られたい、救われたいという自分の願望に溺れていた。溺れている人間に手を差し伸ばすときは、自分も溺れるかもしれないという覚悟が必要だ。泳ぎ切る自信もないのに手を差し伸ばした彼も、ともに溺れて沈むかもしれないと予感しながらその手をつかんだわたしも不用意だったのかもしれない。いずれにしろ、あまりに強く手をつかんだので、振り払われたのだろう。彼との関係を壊したのは、彼の言動ではなく、わたしの願望なのだ。そして彼は去ってしまった。わたしに残されたのは、護らなければならない無力で無垢な存在だ。

だれかを抱いて眠るのは、九月頭に彼と別れて以来だった。赤ん坊が瞼を閉じたので、わたしも瞼を閉じた。胸の奥深くからどうしようもない淋しさが湧きあがってきた。この子もひとり、わたしもひとりだ。

二〇〇〇年一月十七日午前九時二十四分。三千六十グラムの男の子が生まれた。

丈陽が生まれる直前に、まるで舞台効果を高めようとするかのように雨が雪に変わったということを、あとになって東から聞いて知った。

「あなたが分娩室に入って、三十分は分娩予備室にいて、それから待合室に移ったんだけどね、待合室にはだれもいない、おれひとりだったんだ」

待合室には、スタンダード映画のスクリーンのような三メートル四方の大きな窓があったそうだ。しばらくすると雪が舞い落ち、ぼんやりと粉雪を眺めているうちに、雪の結晶が天使に見えてきて、「赤ちゃんがぼくを迎えにきた。だれかが生まれて、だれかが死ぬ、世のなかはそういう風にできているんだ」と東はしみじみ実感したという。

そう思った瞬間、産声が聞こえ、東は反射的に立ちあがった。

十分ほど経って分娩室から出てきた助産婦は、「お生まれになりました。男のお子様です。母子ともに健在です」と微笑んで、東に深々と頭を下げた。

「分娩室から待合室までの真っ直ぐな廊下は役者の入退場を華やかに演出する花道のようで、助産婦にもピンスポットが当たっているように見えた」と東はいった。

東はコートと帽子を脱いで予防衣に着替え、助産婦のあとについて廊下を歩いて行った。右手に分娩室、左手に広々とした新生児室があった。

新生児室には、たったひとりの赤ん坊しかいなかった。

湯気こそ出ていないものの生まれたてのほやほやで、必死になって世界と呼吸を合わせている赤ん坊は、光の粒子を身に纏《まと》っているかのように輝いていたそうだ。

「抱いてみませんか?」と助産婦は東に声をかけ、答えを待たずに赤ん坊を抱きあげた。

東は両腕をあげ、助産婦がその腕のなかにそっと赤ん坊を乗せた。

命の重さ。ほかのどんな重さとも比較しようがない三千六十グラムを東は両腕で抱き止めた。

丈陽がこの世で最初に対面したのは、母親でも父親でもなく、血の繋がりがある親戚でもなく、東由多加だったのだ。

それから、わたしと丈陽は分娩台の上で二時間眠り、丈陽はコットベッドに、わたしは車椅子に乗せられて産科病棟六階の六二一号室に運ばれた。

丈陽のコットベッドはわたしのベッドに横付けされた。上半身を起こしたかったのだが、子宮が急速に収縮する後陣痛と会陰裂傷《えいんれっしょう》の痛みで起きあがれそうにない。

「もう一度抱いてみたいな」と東がいった。

助産婦が抱きあげて、東に渡した。東は両腕を強張らせてはいたもののしっかりと抱き、丈陽の顔を覗き込んだ。わたしはまだ一度も赤ん坊らしい泣き声を聞いていなかったので、泣かないかな、と首を傾けて見護ったが、丈陽は東の腕のなかで眠っているようだった。神聖な、と形容したら大仰に聞こえるのかもしれないが、東と丈陽は繭《まゆ》の内にいるように一体となり、母親であるわたしにも割って入れないような侵し難い雰囲気につつまれていた。

「丈陽くん」と東はつぶやき、瞬きもしないで丈陽の顔を見詰めつづけた。

肘から上にあげると激痛が走る左腕が心配で、わたしは、「腕、痛くない?」と控えめに声をかけ、助産婦が「お尻を先に下ろして、頭をそっと下ろしてくださいね」と東に赤ん坊の寝かせかたを教えてくれた。

しばらくして、細井さんが現れ、時間を置かずに母と妹が入ってきた。

妹と逢うのは一ヵ月半ぶりだった。認知、養育費をめぐる彼との交渉で疲れ果ててしまったのと、わたしとのファックスのやりとりで激しい言葉を打つけ合い、最後に、〈あなたのまわりから人はいなくなるでしょう。今後は一切関わりたくありません。TEL、FAX、一切やめてください〉というファックスをもらったので、連絡することを差し控えていたのだ。

病院に向かう途中で泣いていたのだろう、妹は真っ赤な目で病室に入り、コットベッドの頭のほうに突っ立って唇を歪ませていたが、セーターの袖《そで》で目を擦《こす》りはじめ、数分間泣いて出て行ってしまった。

気まずい雰囲気をなんとか変えようと、

「見てください。長くてきれいな指ですよ」と東が母にいった。

「長い指で、女を泣かさないように」と母がいい放った。

その言葉がおかしくて、わたしたちは笑ったが、母はにこりともしなかった。

「女を泣かす男にだけはならないでね」母は丈陽に向かっていうと、ロッカーの横の丸椅子に腰を下ろしていた東のとなりに座り、

「からだ、だいじょうぶなんですか?」と病状について質問をはじめた。

わたしは〈東京キッドブラザース〉の研究生として二年在籍しただけだが、妹は十五歳から二十四歳まで劇団員として在籍し、六本のミュージカルに出演していたので、東と母も単なる知り合い以上の間柄だった。

「抱けば?」わたしは東と話し込んでいる母にいった。

「え?」母はぎくりと背中を伸ばし、「わたしなんかが抱いていいんですか? もったいない」とわけのわからないことをいってあちこちに視線を散らしたが、東が「初孫なんだし、抱けばいいじゃないですか」というと、「そうですか? じゃあ」と丈陽に両手を伸ばして抱きあげ、飯田さんが、「記念に一枚撮りましょう」というと、カメラに向かって笑みを拵えた。

東の顔の疲労が濃くなった気がしたので、「眠らないと倒れちゃうよ」というと、「あなたもすこし休んだほうがいいよ」と東はいい、東と中瀬さんと飯田さんと細井さんは病室をあとにした。

母となにを話せばいいかわからず、母も同じ気持ちだったのだろう、わたしたちは黙って丈陽を見詰めていた。

「じゃあ、お名残惜《なごり》しいけど、あの子が廊下で待ってるみたいだから行くわよ。またくるからね」と母は出て行った。

ひとり残ったわたしは、丈陽に目を戻した。眠っている。まだ髪は胎脂《たいし》でべとつき、鼻の頭にも白いぷつぷつがついていたが、いくら見ても自分の胎内で十ヵ月にわたって育

て出産した我が子だという実感は持てなかった。

わたしは枕もとの電話をとって、丈陽の父親である彼のケイタイの番号を押した。留守番電話だったので、「今朝、出産しました。二週間も早かったけれど、三千六十グラムもある元気な男の子です。とりあえず、ご報告いたします」と吹き込んだ。

助産婦が入ってきた。

「この子、ずっと眠ってるんですけど、だいじょうぶなんでしょうか？　なにか、障害があるとかそういう可能性は？」わたしは訊ねた。

「疲れてるんですよ。母も大仕事ですけど、赤ちゃんもたいへんだったんですよ」

「まだ、おっぱい飲んでないんですけど、だいじょうぶですか？」

「泣いて欲しがったときに、あげてみましょう。最初はわからないだろうから、わたしたちがお手伝いしますよ。おむつは取り替えました？」

「いえ、まだ。泣いてないし」

「泣いてなくても、二時間置きぐらいに見てあげてくださいね」と助産婦は産着の紐をほどき、おむつカバーをはずした。黒緑色のうんこがおむつと性器にべったりついていた。

丈陽は四肢《しし》と唇を震わせ泣き出した。歯が生えていたらカチカチと音が鳴るような泣きかただったので、寒がっているのではないか、とわたしはあわてて枕の横に肘をついた。

「なにも食べていないのに、こんなにうんこが出るなんて変だと思うでしょうが、これは胎便《たいべん》といって胎内で母の栄養をもらっているときに溜まっていた便なんです。二、三日経つと、だんだん黄色っぽい色に変わっていきます」と助産婦は胎脂綿を湯で濡らして絞り、「赤ちゃんの膚《はだ》はデリケートで、ちょっとした刺激ですぐ荒れちゃいますから、擦らないでくださいね。こうやって押すように、洗い流す感じで拭いてやってください」とお尻と性器を拭いて見せ、新しいおむつに替えておむつカバーのマジックテープを留めた。

「そんなに強く留めちゃって、だいじょうぶなんでしょうか？　臍の緒《お》が潰れたりしませんか？」

「指二本分の余裕があればだいじょうぶですよ。あんまりゆるいと、男の子の場合おしっこがお臍にかかっちゃって黴菌《ばいきん》が入る可能性があるんですよ」と助産婦は手早く服を着せた。

「そんなに乱暴に、いやザツに扱ってだいじょうぶなんですか？　腕とか足、折れちゃわないですか？」

狭い胎内でそうしていたのだろう、赤ん坊は眠っていても腕をW型、足をM型に曲げたまま手足を伸ばしてくれないので、着替えが難しそうだった。

「だいじょうぶです」助産婦は笑い声をあげた。

「臍の緒はいつ取れるんでしょうか？」

「赤ちゃんによってだけど、一週間前後ですね」

「え？　どうしよう」

「だいじょうぶですよ。みなさん、はじめての子育てではパニックになるんだけど、すぐに慣れますよ」

「わたしは慣れそうにありません」

「まぁ、慣れないうちは、うんこやおしっこのたびにナールコールを鳴らしてもいいですよ」

「すみませんけど、お願いします」

三時過ぎに町田康夫人の敦子さんが現れた。丈陽の服や帽子を編んで持ってきてくれて、まだ編んでいる途中の上着もあるという。

「抱いてみてください」わたしは敦子さんにいった。

「じゃあ」といって、敦子さんは緊張した面持ちで手を洗った。

「首が座ってないから怖いですね」

「怖いから、わたしはまだ抱いてないんです」

「え？　お母さんの前に抱いちゃっていいんですか？」

「敦子さんには、抱いてもらいたいんです」

わたしは、敦子さんに丈陽の面倒をみてもらうときが訪れるだろう、と勝手に思い込んでいたのだ。

敦子さんはおそるおそる抱きあげ、病室にいた三十分間その手を離すことはなかった。

後に敦子さんはこう語った。

「わたしはそれまで家族や親戚のなかで、赤ちゃんや小さな子どもと接したことがなかったんです。友だちにはみんな子どもがいるけれど、退院してきたときは白い布にくるまれた赤い塊だったのが、つぎに逢ったときには、もうばたばたと駆けまわったり、片言でおしゃべりしたりして、ブラウン管の向こう側や雑誌のグラビアに写っているものを眺めてるのとたいして変わりがなかったんです。子どもは嫌いじゃないけど、『大好き』というわけでもなかった。でも、柳美里というひとに対しては、なんといえばいいんだろう、妹のような、幼馴染みのような懐かしい匂いを感じていて、そのひとのお腹がだんだん膨らんで、ついに〈人間〉を生み出した、そのことはわたしにとっても一大事だったんです。

朝早く細井さんから電話をもらって、『生まれたらしいよ』と聞いたときには、『うれしい』でも『哀しい』でもなくて、なんだかとってもぼんやりしてしまった。とにかく早く病室に駆けつけようと急ぎの仕事をかたづけはじめたんだけど、ますますぼんやりしてしまったのは、小規模なパニックに陥っていたんだと思う。

ドアを開けた瞬間、窓を背にして柳さんの逆光のシルエットにはっとしました。はじめて逢うひとのような気がしたんです。

生まれたばかりの丈陽くんは、わたしがそれまで知っていた赤い塊ではなかった。ちゃんとした〈しるし〉があるというか、目もとや唇のかたち、小さな手や指に柳美里の子だという〈しるし〉があって、ひと目で、わたしにとって懐かしいひとになったんです。

わたしは子どものころから、ひととうまく関係を結ぶことができないと自覚してきたので、逆に『懐かしい』と思ってしまったひととは強く結ばれるんです。

丈陽くんを抱いたときには、緊張で心臓がドキドキして、全身が固まってしまいました。小さくてフニャフニャで、とってもあたたかかった。『わたしはまだ抱いていない』と柳さんにいわれたときは、『しまった』と思ったけれど、と同時に、なにか言葉にし難い、不思議な責任感をおぼえたんです」

両腕でしか計測できない命の重さ、どうやらひとりひとり重さの実感が異なるようだ。まず東由多加が抱き、わたしの母が抱き、町田敦子さんが抱いた。この三人はきっと丈陽にとって重要なひとたちにちがいない、そう直感したので抱いてもらったのだ。丈陽を抱いた三人の感概を聞くたびにその重さは倍加し、母親であるわたしには抱え切れないほどの重さになっていった。

夕方、東に電話をした。

「子どもの顔を見たら、もっと生きていたいと思いましたよ」

「死なないでよ。ぜったいに、ひとりじゃ育てられない。生んでみて、思い知ったんだけど、ぜったいひとりじゃ無理」わたしの声は涙で崩れ、言葉をつづけることができなかった。自己憐憫《れんびん》や無力感で泣いたのではない、ほんとうに東が必要だったのだ。

「その子にはいろいろ教えてやらないといけないし、なんとかがんばってみるよ。その子がおれをはっきりと認識するまで、なんとしても二年は生き延びるよ」

わたしはティッシュを引き抜いて、何度か鼻をかんで、電話を切った。

東もわたしも、がんばる、という言葉が嫌いだった。十五年間つきあって一度も口にしたことがないのに、癌を告知された昨年六月末から、これで二度目だった。一度目は七月に抗癌剤と放射線の治療をはじめる直前、そしていま――。がんばる、と口にせざるを得ない東が堪えている痛苦を思うと、がんばって、とはいえないものの、なんとしても生き延びてほしかった。

東は一月八日に帰国して以来ほとんど食欲はなかったのに、丈陽が生まれた日の夜、〈東京キッドブラザース〉の北村さんにビーフシチューを作ってもらって食べ、深夜ステーキを食べ、早朝に吐き気を催し全部吐いてしまった、と翌朝報告を受けた。

5Fuとシスプラチンの副作用は胸のむかつき、食欲不振程度だったのに、タキソールは東のからだを打ちのめした。脱毛はしかたないにしても、食べることができないのが決定的だった。しかし、癌にもダメージを与えているのだったら投与を打ち切るわけにはいかない。そしてタキソールが効かなくなったら、べつの抗癌剤を試してみる、それが東とわたしとがんセンターの室先生の一致した治療方針だった。スローン・ケタリングのケルセン先生は、タキソールのあとにイリノテカンの投与を考えていたようだったが、室先生は国内のいくつかの病院でしか認可されていないネダプラチンとビンデシンの二剤併用のほうが効果が高いと主張した。東もわたしも単に順番の問題なのでどちらが先でもかまわないと考え、ネダプラチンとビンデシンが効かなかった場合はイリノテカンを投与するということだけを室先生に確認しておいた。

ただ、わたしは東の体力と癌の進行の速度を危惧《きぐ》していた。癌が東の体力に追いつき、追い抜く――、背後の足音に耳を澄ましていたが、恐怖のあまり首をうしろに捻《ひね》ることはできなかった。「赤ちゃんがおれを迎えにきた。だれかが生まれて、だれかが死ぬ、世のなかはそういう風にできているんだ」と東はいったが、わたしにはその考えを受け容れることはできない。なぜなら、わたしと丈陽にとって、東由多加は唯一無二の存在だから。

わたしは病室で丈陽の顔を見護りながら、「神様」とつぶやいた。その言葉は発した途端に雪のように唇の上で溶け、天に舞いあがってくれそうになかった。


出産翌日から授乳の訓練がはじまった。

わたしの乳首は左右ともに陥没《かんぼつ》している。指でつまんで引っ張って乳首をだし、膿《うみ》のように黄色いどろっとした初乳を搾《しぼ》ると、助産婦が丈陽を抱いて吸いつかせてくれるのだが、普通の乳首よりも大きく口を開けて強く吸いつかなければならず――、一時間試みたが、授乳することはできなかった。

「赤ちゃんも疲れたようだから、また二、三時間したらトライしてみましょう」

陽が落ちかかったころ、東が現れた。東は〈西村〉のアイベリーと巨峰と、一本千円もする牛乳を買ってきてくれた。それらを冷蔵庫にしまうと、紙袋のなかから一枚のファックスを取り出した。


丈陽の父親からだった。

母子ともに元気と聞き、安堵しました。出産直後なので、体に気をつけて下さい。今後のことは、落ち着いてから話しましょう。

病院が分からず、携帯も使えないので、FAXしました。


「これだけなんて、変だね。病院なんて調べようと思えば簡単にわかるでしょう。あなたから聞いていた話だと、本来子ども好きなんでしょ?」

「子ども好きだといってたけど、かわいがってるところを見たわけじゃないからね。善《よ》いひとに思われたいっていう意識を過剰に持っているんだけど、彼のなかの〈善いひと〉のイメージがステロタイプなんだよ。戦争は絶対悪だとか、核兵器は廃絶しなければならないとか、すごく単純な平和主義者だしね。それに、子ども好きなひとは、だいたい動物好きだけど、猫や犬は好きじゃなかったから、ほんとうは子ども好きじゃないのかもしれない。彼の妻には子どもがいないし。どっちにしろ、自分のことにしか関心がないひとだよ」

助産婦がドアを開けた。

「授乳、あとにしますか？」

「やってみなさいよ」

と東がいうので、東に背を向けて胸をはだけた。助産婦に手伝ってもらって、丈陽に吸いつかせてみたのだが、吸いつきが浅いために乳は出なかった。

「陥没乳首のひとは、うまくいかない場合もあるんですよ。でも、一度哺乳瓶で与えてしまうと、そのほうが出やすくて楽だから、赤ちゃんが母のおっぱいをいやがってしまうんです。一週間は待てますよ」

「え？　一週間なにも飲ませないんですか？」東の声には驚きと非難が籠っていた。

「ええ、そのあいだは糖水で水分を補給します。黄疸《おうだん》が出たら、人工乳を足すということも考えますけど」

「糖水っていうのは、砂糖水のことですか？」東が眉をひそめた。

「ええ」

「あなた、あきらめなさいよ。あなたの乳首は奇形なんだし、それにずっと母乳っていうのは無理だよ」

「……でも……母乳には免疫が含まれてて……母乳で育てれば半年ぐらいは病気にかかりにくいっていうし……」

「無理だと思いますよ」

「入院しているあいだは、母乳でやってみましょう」といって、助産婦は病室から出て行った。「むずかったら抱こうと思ってるんだけど、なかなか泣かないね」東は立ちあがって丈陽の顔を覗き込み、溜め息とともに腰を下ろした。

「いいよ、抱きなよ」

「寝てるのを起こすのはよくない」

「そろそろおむつ取り替える時間だから、おむつ取り替えたら抱きなよ」

　わたしは痛みを堪えてベッドの端に座り、スリッパに足を突っ込んだ。産着を脱がせた途端に、丈陽は唇をあわあわと震わせ、豚のように鼻を鳴らした。

「見て、あわあわって泣くんだよ。面白いでしょう」

「寒がってるじゃない。面白がらないで、早くやってあげなさいよ」と東は声を尖《とが》らせ、「うちに帰ったらおれもやるんだから、よく見とこう」といったので、わたしは助産婦に教えてもらったばかりの手順を説明した。

「でもさ、これ布おむつなんだよ。うちに帰ったら紙おむつでやんなきゃいけないから、参考にならないよ」

わたしと東はそれからしばらく布おむつと紙おむつのそれぞれの利点と難点について話し合った。昨夜、東が育児本を読んで調べてみたところ、足りないベビー用品があったそうで、東は北村さんに頼んで、赤ん坊専用のバスタオルやガーゼ、肌着、爪切り、哺乳瓶、ウエットティッシュ、ウエットティッシュを温めるウエットティッシュウォーマー、湿度計、耳で測れる体温計を買い揃えるということだった。

「あと、足りないものある？」

「あッ、ベビーベッドが置いてある和室、暖房ついてなかったでしょ？」

東はメモ用紙に、〈電気ストーブ〉と書いてポケットに入れ、十分ほど丈陽を抱いてから病室をあとにした。

産後三日目の深夜一時、個室に助産婦を呼ぶのは悪いのでコットベッドを押して授乳室に行ってみた。三つのソファがコの字に配置され、二十代半ばぐらいの四人の母親たちが胸をはだけて赤ん坊に乳を吸わせ、一人は両乳房に搾《さく》乳《にゅう》器を取りつけ、乳を搾り出していた。どの母親も出産と授乳の疲労でげっそりとやつれ、髪の毛を振り乱して授乳している。よく育児雑誌に載っている微笑みながら乳を与えている母親などひとりもいなかった。出産直後にホルモンのバランスが激変して鬱になるせいもあるのだろうが、だれしも日に何度かは赤ん坊に苛立ちを打つけてしまうのではないだろうか。それは小さな虐《ぎゃく》待《たい》の芽で、もし夫が非協力的でひとりで子育てと家事をこなさなければならなかったり、経済的に困窮していたり、近所づきあいでトラブルを抱えていたりしたら、こころの奥底で、「この子さえいなければ」、「この子がわたしを不幸にしているんだ」と憎しみの水を注いで虐待を芽生えさせ、それが怒鳴る、殴る、家に置き去りにして男やパチンコで遊ぶ、ベランダから投げ棄てるなどの殺人にまで発展するのではないかと思いながら、わたしはパジャマのボタンをはずして上半身はだかになった。ほかのひとはめくりあげたり、片胸だけはだけたりしているのだが、そうすると赤ん坊の顔に布がかかってしまうので、寒ささえ我慢すればはだかのほうが授乳しやすいのだ。

助産婦のかたは根気よく力を貸してくれた。

丈陽が乳の出ない乳首をいやがって泣き出した隙を衝いて、大きくひらいた口をわたしの乳房に押しつけ、「この子はガッツがあるし、吸う力が強いからいけるかもしれませんよ」、「泣かないで吸いなさい。凹《へこ》んでて吸いにくいけど、あなたのおっぱいはこれしかないいんだからね」とわたしと赤ん坊を励ましつつ、この行為を二時間もつづけた。痔《じ》用のドーナツ型の円座に座ってても縫った場所は痛かったし、目を開けていられないほど眠かった。

「もう、限界です。眠ります。糖水あげてください」わたしは挫折して、部屋に引き返した。

助産婦が哺乳瓶に入れた糖水を与えると、丈陽は無我夢中に吸い、三十ccでは足りないといいたげに乳首に吸いついて離れなかった。

わたしのほうも、出口が塞がって乳が出ないために、乳房がバスケットボールのように硬くなり、触れられるだけで痛みが走るような状態になってしまった。

「おっぱい冷やしましょう。このままだと乳腺炎《にゅうせんえん》になってしまいます。柳さん、疲れてるみたいだから朝まで預かりましょうか?」

「お願いします」わたしは頭を下げた。

日赤は基本的には母子同室なのだが、「今日は眠りたい」といえばナースステーションで預かってくれる。夜間の授乳とおむつ替えに慣れておかなければならないので預けるのはやめようと考えていたのだが、産後三日目にして授乳でつまずいてしまった。

わたしは両胸にアイスノンを乗せた。乳房が痛くて寝返りも打てなかった。病室は出版社から届いた祝いの花でいっぱいで、花の匂いが充満していた。花の匂いのせいだろうか、眠ることができない。授乳しているので、睡眠薬をもらうわけにはいかない。

一時間経っても眠れないのでナースステーションに行き、夜勤の助産婦に、「やっぱりいっしょに眠ります」といって、丈陽を病室に連れ帰った。

翌朝、丈陽の体重を測ると三百グラムも落ちていた。

見舞いにきた東にそのことを伝えた。

「あなた、三千グラムの子が三百グラム落ちたってことは、おれの五十キロの体重が五キロ落ちたってことと同じだよ。なんで放って置くの?」

「この病院では、みんな母乳だっていうし……」

「それは母乳がベストだってことは認めるよ。だけど、何回もいうけど、あなたの乳首は奇形なんだし、それに物理的に無理でしょう。退院したら、あなたはすぐ仕事をはじめなくちゃいけないんだから。あなたがいえないんなら、おれが話すよ」

　東はナースボタンを押して、助産婦を呼んだ。

「あのですね、彼女は仕事上、母乳で育てることはできないんですよ。一日十時間以上ワープロに向かわなければいけないし、そのあいだはだれかに預けているしかないんです。この子に人工乳をあげてくれませんか?」

「でも、家でやる仕事だったら母乳のほうが楽なんですよ。脱いであげればいいだけですから。哺乳瓶の場合、瓶と乳首を煮沸《しゃふつ》消毒して粉ミルクを調乳するのに十五分から二十分、授乳するのに十五分から二十分、ゲップを出すのに五分から十分、それから使い終わった哺乳瓶を洗ってまた煮沸消毒。一時間はかかりますすよ。三時間置きに授乳といっても、実質上は二時間置きになってしまうんです。それが一日七、八回。授乳だけで七、八時間はとられます」

　東とわたしは顔を見合わせた。

「柳さんは、退院したらだれに手伝ってもらうんですか?」

　入院時に産科フェイスシートを提出しているので、わたしが未婚の母だということは、主治医も助産婦たちも知っていた。

「わたしと、このひとで」わたしは東に視線を振った。

「無理ですよ。産後一ヵ月は布団を敷きっぱなしで、寝たり起きたりなんですから」

　話が逸れたので、東がいった。

「人工乳をあげてください」

「じゃあ、おっぱいを止める薬を飲みますか?」

　薬で止めるということに抵抗をおぼえ、わたしはアイスノンを押しつけていた手に力を込めた。

「しょうがないじゃない。人工乳を飲んで育って、あとで問題が起こったという話は聞かないし」と東がいった。

　翌日、回診にきた杉本先生に乳房を診てもらった。

　杉本先生はわたしの乳房を搾り、ガーゼで乳を拭き取りながら、

「左は可能性があるけれど、右は無理かもしれません。赤ちゃんがもう少し大きくなれば、口も大きくなって吸う力も強くなるんですけどね。乳腺炎の一歩手前です。残念ですけれど、あきらめましょうか」と乳を止める薬を処方してくれた。

　その日から、わたしは三時間置きにナースステーションに冷えたミルクが入っている哺乳瓶をもらいに行かなければ

ばならなくなった。授乳室にある消毒済みの乳首を取りつけ、魔法瓶の熱湯で湯煎《ゆせん》しながら病室に戻り、ひと膚になったら与えるのだが、ひと膚というのがなかなかわからず何度もてのひらにこぼしているうちに温め過ぎ、今度は水で冷ますという失敗を犯しつづけ、明け方などは適温になる数分のあいだにうつらうつらしてしまい、温めたり冷ましたりを二、三度くりかえしたこともある。

わたしは湯煎用のコップを手に授乳室を横切るたびに、赤ん坊の顔を乳房に押しつけている母親たちを妬《ねた》ましく思った。

初日は一回五十ccだったのだが、わずか数日で八十、百と増えて行き、一週間後には百と五十ccの哺乳瓶をふたつもらわなければならなくなった。丈陽は失った体重を取り戻そうとしているかのようだった。

「すごい。この子だったら陥没乳頭でもいけたかもしれないですね。手足が長くて、骨格がしっかりしてるから、大きくなりますよ。お父さんは大きなひとなんですか？」

「ええ。百八十センチ以上あります」

「この子、ちょっと癖《くせ》っ毛だけど、柳さんはストレートですよね」

「父親が癖っ毛なんです」

なぜ、みんな丈陽とわたしの顔を較べ、似ているところを捜すのだろうか？　普通の夫婦間に生まれた子ならば、他人に顔を見較べられることも、夫と妻とで赤ん坊の顔を覗き込み、似ているところを捜すのも喜ばしいことなのだろうが、わたしはそうではないのだ。

わたしは丈陽の顔を凝視した。彼の写真を一枚も持っていないので見較べることはできないが、父子の顔と体格は酷似していた。わたしは彼の赤ん坊のころの写真を見てみたいと思いながら眠りに就いた。

一月十七日月曜日に出産し、日曜日には退院する予定だったのだが、わたしの場合、退院と同時にひとりで育児をしなければならないので、授乳、おむつ替え、着替え、沐浴などに慣れるために三日延ばすことにした。

彼のケイタイの留守録に病室直通の番号を入れておいたら、電話がかかってきた。

彼は延々と周囲にわたしとの関係がばれたために起こった、そして起こるであろう苦境を訴えた。

「きたくないなら、こなくてもいいよ」

「なんで、すべてを悪く取るの？　手紙に子どもには逢いたいって書いたでしょ？」

「いつくるの？」

「いつだったら、だれもいない？」

「逆に、何日何時にくるって決めてもらえばその時間だれもこないようにはできるけど」

「だれか張ってないよね」

「張ってないと思うよ」

「写真週刊誌に撮られたら、いい逃れできなくなる。念のため、先輩に頼んでついて行ってもらうから、その先輩のスケジュールにもよるんだけど、土曜か日曜だな」というと彼はいい忘れたことを思い出したように、「子どももあなたも元気なの？」と訊いた。

「元気だよ」というと、彼は電話を切った。

　一月二十三日日曜日、午後六時。ちょうどおむつを取り替えている最中だった。ドアが開いた瞬間、心臓がラケットで打たれたボールのように胸を突きあげ、病室がぐらりと傾いた。瞼を閉じて、彼が病室に入ってきたという映像を打ち消してしまいたいと思ったくらいだった。彼は真っ直ぐコットベッドの脇に近づき、丈陽を見下ろした。

「どこも異常ないの？」彼は声を発した。

「うん、とっても元気」乾き切った口からなんとか言葉を絞り出したものの、おむつカバーを留める手は震えていた。ようやく産着を着せたが、丈陽から目をあげることはできなかった。目をあげれば、手が届く距離に彼がいる、そのことが怖かった。

　彼も突っ立ったままだった。

「似てるでしょ？」声が震えないように、こころを抑えた。

「わかんないな」

「わたしにはぜんぜん似てない」

「そんなことないよ」

「だってそっくりでしょう」

「まだ、わかんないよ」と彼は丈陽から目を逸らして椅子にどさりと座ると、一分ほど両腕に頭を埋めた。

　わたしははじめて彼のほうに顔を向け、おそるおそる足もとから上に視線を移した。ベージュ色のセーターにマフラーをかけている。マフラーの線に目が馴染んだので、思い切って顔の下のほうを見てみた。彼は、マスクで口を覆っていた。

「風邪？」

「熱があるんだ」

丈陽が泣き出した。

わたしも彼も弾かれたように丈陽を見た。

「ミルクあげないと、泣きやまない」

「あげれば」

「ナースステーションからもらってこないといけないんだけど、時間ある？」

「母乳じゃないの？」

「うん、断念したの」

「母乳のほうがいいよ」

わたしはひとつだけ深呼吸をして立ちあがり、ナースステーションに行って哺乳瓶をもらい、授乳室で湯煎して病室に戻った。温まるまでに時間がかかるのでテレビの前にコップを置いた。話したい、話すまいと思っていることはたくさんある。しかし頭に綿《わた》を詰め込まれたようで、それをひとつひとつ吟味して、話してもいいことを引き出すことはできなかった。思考も理屈もなく、記憶すら浮かんでこなかった。彼もまた口を閉ざしていた。なにか言葉を発しようとしているのだろうか、それともなにもしゃべるまいと思っているのだろうか。これ以上沈黙がつづいたら、彼が腰をあげてしまう気がしたので、わたしはからだを押しあげるようにして立ち、丈陽を抱いて足を前に踏み出した。

「父親なんだから、抱いてやって」

「手が汚いし、風邪ひいてるからだめ。いま、風邪ひいたらふたりともたいへんなことになる。いうこと聞いて」と彼は背中をうしろに引いた。

「いうこと聞いて」といういいかたが、つきあっていたころとまったく同じ命令口調だったので、一瞬ふたりのあいだの距離をつかみかねて立ち竦んだ。

その隙に彼は立ちあがり、トイレに入って咳き込んだ。わたしはしかたなくベッドに戻り、丈陽にミルクを飲ませた。

「やっぱり、ものごころつくまで逢わないつもり？」丈陽から目を逸らさず、目の端で彼の姿をとらえながら訊いた。

「そういう話、いまはやめよう。手紙書くよ。先輩にそこの待合室で待ってもらってて、あんまり待たせると悪いから、もう行くよ」彼は腰をあげた。そしてミルクを飲む丈陽の傍らに佇《たたず》み、三十秒くらい身じろぎもしないで見下ろしていた。

「じゃあ、行くね」

「うん。じゃあね」

彼は丈陽に背中を向けて、出て行った。結局わたしとは一度も目を合わせなかった。

もしなにも知らないだれかが居合わせたら、ふたりのあいだに諍《いさか》いなどなかったかのように思うだろう。しかし、これが父と子のはじめての対面だと知ったら驚くにちがいない。それほどわたしたちの会話には起伏がなく、温度もなかった。

数日後に助産婦から、赤ん坊は胎内で母親から受け継いだ免疫があるので三ヵ月は病気にかからない、母親が風邪をひいても染《うつ》らないということを聞いて、無理にでも抱いてもらえばよかったと後悔した。丈陽にとっては、この世にたったひとりの父親なのだ。恋人、友人、夫婦関係は絶とうと思えば絶つことができる。しかし、命ある限り、親子関係に終着はない。血の流れを堰《せ》き止めることはできないのだ。


一月二十五日、『週刊ポスト』の飯田さんのところに、わたしの父から電話が入った。父は、「これからいうことを紙に書き留めてほしい」といって話しはじめたそうだ。


柳美里の父が生きているということを、子どもの父親に伝えてほしい。

逢いに行くか、くるか、時間の問題である。

男同士の決着をつけたい。


ずいぶんと時代がかった言葉で笑ってしまったが、と同時に、本気なのかもしれない、とも思った。父はいつも突発的に行動を起こす。六年前、父が釘師として勤めていた横浜黄金町のパチンコ店に呼び出されて行ったところ、父は景品交換のガラスケースにひとさし指で新居の間取りを描いて見せた。母が愛人を作って家を飛び出した二十数年前に一家は離散しているので、単なる父の願望、妄想に過ぎないと高を括っていたのだが、数ヵ月後に家は建ってしまった。しかし、それぞれべつの生活をはじめていた家族はだれひとりその家に寄りつかず、昨年遂にローン未払いで人手に渡った。その時期と前後して、父は三十年以上勤務していたパチンコ店をクビになり、以来車に毛布を積んでの移動生活をしているようなので、こちらから連絡を取ることができなくなった。

父は丈陽の父親である彼を捜し当てることができるだろうか。父に訊ねられても、わたしの各社担当編集者たちはシラを切り通すだろうし、母と妹も決して教えないだろう。仮に捜し当てたとして、父はどのような〈男同士の決着〉をイメージしているのだろうか。彼はわたしの腹が隠し切れないほど大きくなったときにわたしから逃げ、認知しないのだったら会社と家族に知らせざるを得ないと通告してしぶしぶ認知に応じたものの、妻に打ち明けたのはなんと昨年十一月末、妊娠八ヵ月の終わりである。とにかく彼は目の前の現実に背を向け、現在も〈月に一度子どもと逢う〉という約束から逃げている。うしろから追いかければ、追いかける者がだれであろうと、彼は逃げつづけるだろう。父は彼の前に立ちはだかることができるだろうか。

どちらにしろ、父とふたりの弟には機を見て丈陽を逢わせなければならない。母と妹には妊娠中に打ち明けたのだが、性と生殖に関わることは、父と弟といえども、男性には話しづらい。ましてや、きちんとした結婚をして生まれた子どもではないばかりか、父親に逃げられてしまったのだ。彼らは母と妹以上に疵ついているにちがいない。いったい、いつ、どのように逢わせればいいのだろうか――。

一月二十六日、水曜は不動産屋の定休日なので、母が見舞いにきた。

わたしは深夜の授乳で疲れ果てて寝入っていた。からだを起こそうとしたら、「寝てなさい」と制され、母はコットベッドで眠っている丈陽に両手を伸ばして抱きあげた。

ソファに座って丈陽の顔を眺めていた母が鼻を啜りはじめたので、

「風邪？」わたしは肘をついて上半身を起こした。

「ちょっと、風邪気味で」母の声は水っぽかった。

「いま風邪流行《はや》ってるみたいだから、気をつけたほうがいいよ」わたしは三日前に訪ねてきた丈陽の父親がマスクをしていたことを思い出した。

母の横顔が髪で隠れて見えない。わたしは枕の横にはずしておいた眼鏡に手を伸ばした。

――泣いている。母の鼻先から涙が伝い落ち、丈陽の顔を濡らしている。

わたしはなんといっていいかわからず、かけたばかりの眼鏡をはずした。

「可哀相に……こんなにかわいく生まれたのに……。美里ちゃん、この子のお父さんはどうしちゃったの！」と母は鼻を啜りあげ、「なんとかこの子のお父さんとヨリを戻せないの？」と丈陽の顔を拭ったティッシュで鼻をかんだ。

「そんなことというのやめてよ」

「嫌気がさしたの？」

「あんまり荒唐無稽なことといわないで。認知してもらうのだって半年もかかったんだから」

「だって、可哀相じゃない！　この子、お父さんがいなくてどうなるの？　なんとかやり直して、いっしょに育てなさいよ」と母の啜り泣きは一段と激しくなった。

「無理なものは無理」と強い調子でいったのだが、母の啜り泣きを断ち切ることはできなかった。

泣き声が沈黙に吸い込まれ、母は泣き腫《は》らした目で病室を見まわした。

「ここ煮炊きできる？」

「煮炊き？」

「ミヨックを作るのが、母親の役目なのよ」

「なに、ミヨックって」

「韓国では出産直後から三食ミヨックを食べて、血をきれいにするの」

「だから、ミヨックってなに？」

「ワカメと乾燥した貝柱とアサリでことこと煮たスープよ」

「なんだ、ワカメスープか」

「韓国では、産後一ヵ月は鶏肉を食べちゃだめだし、水に触れるのもだめなのよ」

わたしはひさしぶりに声をあげて笑った。丈陽を日本国籍にすることをいちばん強く希んだひとが、生まれた途端に韓国の因習《いんしゅう》を持ち出すとは。

数日前に病室に入ってきた助産婦に、「柳さんは韓国のかただけど、ワカメスープ飲まれないんですか？」と訊かれた。韓国人女性が出産するたびに、彼女たちの母や義母が病室にコンロと大鍋を持ち込みミヨックを作らせてくれと要求し、日赤側がいくら消防法を説明しても、「韓国で産後これを食べない女性はいない」とひらき直られ、「お国柄だからしかたない」と特別に目を瞑っているそうなのだ。べつの日に丈陽のうんこで汚れた手を洗っていたら、「韓国では、産後は水にも触っちゃいけないそうですよ」といわれ、「そういう風習を守らないといけないのは本国で生まれ育った韓国人だけですよ。わたしは在日だからいいんです」と笑い飛ばしたばかりだったのだ。

母はコットベッドの名札にわたしがボールペンで書き込

んだ〈柳丈陽〉という名前を一瞥《いちべつ》していった。

「ほんとうにこの名前にするの？」

「いい名前でしょ」

「丈陽の丈は、韓国にはない字なのよ。宇龍《うりゅう》はどう？」

「変な名前」

「あら、韓国読みだとウリョンでいい響きだわよ」

「丈陽は日本人だよ」

母が黙り込んだ。わたしたち親族のなかで国籍が違うのは、この子だけなのだ。母は自ら作り出した沈黙で疵ついているようだったが、疲れていたので沈黙を放置しておいた。

「ドーナツ枕は？」

「なに、それ？」

「赤ちゃんの頭はやわらかいからドーナツ枕に寝せないと、歪になっちゃうの。韓国人は頭のかたちにそれはそれは神経質なのよ。日本人はいい加減だけど」

「へぇ。退院したら、買いに行くよ」

「いつ退院するの？」

「明日」

「明日？　じゃあ、来週の水曜日、ミヨック作りにあんたんち行っていい？」

「いいよ」

母は名残惜しそうに丈陽の顔を覗き込み、「また逢いにくるからね」とバッグの紐を肩にかけた。

母はこの日の日記にこう書いている。


長女美里の子供をこの手で抱くということは、かつて一度も考えたり願ったりしたことがありませんでした。

近年友人等の孫の話題を度々耳にし、またお稽古に通っている和裁教室の先生が初孫を持たれて、折に触れ成長の様子を聞くにつれ、かわいいんだろうなぁ、うちにはいつやってくるんだろうか、なんて漠然とした他人事に過ぎませんでした。

ところが、突然、孫がやってきたのです。

子供の頃より、全ての事象は自分の死をもって完結するのだと思い、それを逃げ場に、あるいはそう開き直り、乗り越えてきた人生です。何事も大袈裟《おおげさ》に騒ぎ立て、深刻ぶっても、すぐに忘れてしまう我ながら俗物な私ですが、今度ばかりは自分を戒めるものがありました。真摯《しんし》に受け止めなければならない。一過性の出来事ではなく、私が生きている限り続くこと。ああ此処《ここ》につながるのかと脈絡もなく思い至り、我が子の時には覚えなかった人と人の巡り合わせの妙さ、思惑や希望などを超えた現象の不思議さ……。

孫には生まれる前から父親が存在しません。子を棄てるその父親も気の毒な事情を抱えているのでしょうが、この子は問答無用に哀れです。

下の娘から、予定より早く生まれたと知らせがあり、病院に飛んで行きました。

扉を開けると、長女のおだやかな顔があり、その横にやわらかそうな髪をふさふささせた色白の赤ん坊が、一目で男の子とと分かる面相で幸せそうに眠っていました。

その時、病室に流れている一見何の変哲もない風景に決定的に欠けている存在、永遠に欠け続けるであろう存在に対して、胸が抉《えぐ》られるような哀しみと憎しみを覚えました。

眠っている赤ん坊を抱き上げてみました。抱かれても眠ったままで、口をタコのようにとがらせたり、小さく身動きする様に、とうとう生まれてきたのだと思うと同時に、只《ただ》涙があふれて、赤ん坊の顔やら首やらにぽたぽたと落ちるのを、あわてて拭きながら、これが孫なのかと実感することのできないもどかしさを覚えました。

泣かない子で、眠ってばかりいます。髪をくしゃくしゃに撫でくりまわしても、指を伸ばして握りしめても眠ったままで、物足りないほど手がかからず、とても良い子です。

昔、ある人に、「人は何故生きるのでしょうか」と尋ねたら、「良い子孫を残す為」と言われました。

だとしたら、私は未だ見ぬこの子の父親に感謝せねばならないのでしょうか。

長女は生き下手というのか、いつも選《よ》りに選って生き辛い方向へ生きていきます。小心者なのに激しい気性で、無鉄砲です。でもこの子とだけはしっかり手をつないで迷子にならないよう用心深く生きていって欲しい、と祈ってやみません。

神様、どうか二人をお守り下さい。

わたしは五年前、『フルハウス』という小説で、「私のなかではもうとっくに家族は完了してしまっているのだ」と書いた。

　わたしが最初に家出したいと思ったのは小学校四年のときで、以来家族から一刻も早く解放されたいと願いつづけ、十六歳で高校を放校処分になり、〈東京キッドブラザース〉に入団したのをきっかけにして家族から遠ざかり、父や母が入院したと知らされても見舞いに行かず、電話で会話することさえ拒んでいた。しかし十八歳でものを書くようになったわたしは、わたしの家族を捩ったり折り曲げたりして変貌《へんぼう》させて、戯曲や小説にくりかえし登場させた。なぜか。わたしのなかで家族は完了していたのではなく、未解決だったということにほかならない。わたしは家族によって疵つけられた魂で、疵ついた家族を愛し、求めていたのだ。だから家族の崩壊をテーマにしながら、常に家族の再生のイメージを胸に抱き温めていた。もしかしたら、作家である以前に、わたし自身にとっての家族再生の物語の〈核〉として、子どもを生もうと決心したのかもしれない。実際、何年も音信を絶っていた母が毎週水曜に病室を訪れ、わたしの自宅に料理を拵えにくるというし、父もわたしと丈陽のためになにかをしたいと願っているようだ。

　しかし、わたしが思い描いていたのは、東由多加とわたしと丈陽の三人の家族――、同じ方舟《はこぶね》に乗り込み洪水を越えて新天地に向かうというイメージだった。血の繋がりはないし、婚姻という制度によって保証されているわけでもないが、だからこそ強固な絆のように思える。互いの命のために互いが必要だというたったひとつの根拠によって三人は結ばれているのだ。

　退院を目前にしたわたしは新しい生活をはじめる昂揚《こうよう》と不安を持てあまし、夢中になって丈陽の寝顔を見護った。


　産科病棟は病院のなかで唯一明るく華やいだ雰囲気につつまれている場所だ。土日になると、病棟の廊下をビデオやカメラを手にした男性が行ったりきたりし、家族全員がロビーに集い、赤ん坊を順繰りに抱いて記念撮影している。夫のいないわたしと、父親がこない丈陽を不憫《ふびん》に思ったのだろう、東由多加はわたしが入院していた十日間毎日高価な果物やケーキなどを持って見舞いにきてくれた。

　一月二十五日午前八時、東が病室のドアを開けた。八時半から沐浴のビデオを観て、そのあと助産婦に沐浴指導をしてもらう予定だったからだ。

　東は、「昨日病院の帰りに渋谷に寄って買った」といって紙袋のなかから〈ラケーリ〉の〈ミニコッパセット〉を取り出した。昨日九月に同居を再開し、食料品は〈渋谷西武A館〉の食料品売場で買い物することが多かったのだが、その帰りに地下二階の〈ラケーリ〉に寄ってジェラートを食べるのが習慣になっていた。東は妊娠中毒症のわたしを気づかって、「シングルにしときなよ」と注意したが、わたしは東が奥の椅子に腰かけた隙にいつものダブルに切り替えた。

　東が買ってきてくれたのは、紅茶クッキー、イタリアンチーズ、ミルククランチ、プリン、イタリアンチョコレート、抹茶、六個ともフルーツ味のシャーベットではなく、わたしの好きなこってり味のジェラートだった。

「プリンにしよっと」わたしは眠っている丈陽を起こさないように小さく声を弾ませた。

　東は冷蔵庫を開けて、残りのジェラートを冷凍室にしまった。

「食べきれないから、どれかひとつ食べなよ」

「いま食べたら、吐く。あなたなら食べれるでしょう。もう妊娠していないんだから好きなだけ食べていいんだし」

　東の声は煙のようにどこかに流れ、わたしの鼓膜には跳ね返らなかった。

「具合、相当悪いの？」

「十二時ごろアモバン飲んで眠ったのに、四時に目が醒めちゃって、どうしようか迷ったんだけど結局もう一錠飲んで、まだ薬が抜けてないみたい」

　アモバンというのは、癌が判明した昨年七月頭から東が常飲している睡眠薬だ。

「眠れないのは、左腕が痛いから？」

「室先生はリンパ節が痛むことはないっていってたけど、激痛が走るんだよ」と東は右手で左腋の下を押さえた。

「効いてるのかね、タキソール」わたしはプラスティックのスプーンでジェラートを口に運んだ。

「さぁ。スローンのケルセンはここの癌が小さくなればほかも小さくなってるはずだといってたけど、変化ないな」と東が首の付け根の腫瘍を指で触った。

「副作用は？」

「食欲はないし、決心しないと起きあがろうって気にもなれない。でも、いまのところ抗癌剤をやりつづけるしか手がないわけだから、生きてるうちはこの状態がつづくってことだよ。これに慣れないことにはどうしようもないんだろうけど」と東は救いを求めるように丈陽の顔に視線を移した。

「眠ってばかりいるんだよ。となりの部屋の赤ん坊は夜通し泣いてるのに」

「たいへんな状況に生まれてきたってことを認識しているんだよ」

わたしたちは、なにか話し出すのを待つかのように丈陽の顔を見護った。

「もう九時だ。訊いてみる」わたしはナースボタンを押し、沐浴のビデオは何時ぐらいになるか訊ねてみた。

「ビデオ観るかた、もうひと組いらっしゃるんですけど、ご主人が遅れてらっしゃるみたいなので、もうしばらく待っていただけますか？」

視線を向けると、東は弱々しく微笑んでいった。

「早起きして損したな」

「わたしがそこに座るから、ベッドに寝てなよ」

「いいよ、帰ったらすぐ寝るから。ちょっとウーロン茶買ってくる」と東は立ちあがり、病室を出て行った。


紙パックのウーロン茶を手に戻ってきた東は、「木曜に退院でしょ？　助産婦に訊くこと整理しておこうよ」と、ストローを差し込んだ。

「もう書き出してある。これ訊いてくれる？」とわたしは東にメモ用紙を渡した。この歳になってもひと見知りが激しく、気心が知れない相手と会話するのは苦手というより恐怖に近かった。東はわたしのその性格を熟知していたのだ。

しばらくして助産婦が入ってきた。

「あのですね、ミルクなんですが、あらかじめ一日分のミルクをつくって、その八本の哺乳瓶を冷蔵庫に入れておいてですね、三時間置きに湯煎して飲ませるというのはだめなんでしょうか？」東はメモを見ながらいった。

「そんなことするひとはいないし、そんなこと考えるひともいませんよ」助産婦は唇を動かさずにいった。

「ミルクが悪くなってしまうという意味でしょうか」

「でも、日赤では冷蔵庫から出してますよね？　いちいち調乳してるわけじゃないですよね？」わたしはベッドから身を乗り出して口を挟んだ。

「ご家庭の冷蔵庫はいろいろな食品を入れてあります。雑菌だらけなんですよ。病院のは専用の冷蔵庫なんです」

「じゃあ、小型の冷蔵庫買って、ミルク専用にすればいいんだよね」わたしは東に顔を向けたまま、助産婦の承認を求めた。

「お勧めできませんね。赤ちゃんはミルクだけで生きてるんですから、やっぱり一回一回調乳した新鮮なミルクがいいんですよ」

「冷蔵庫はやめよう。お腹を壊したら可哀相だ」と東はふたたびメモに目を落とし、「臍の緒がついたままだと、風呂に入れるとき黴菌が入りそうで怖いんですが、退院前に取ってもらうってことはできないんでしょうか？」とウーロン茶をストローで吸いあげた。

「みなさん不安がられるんですけど、無理に取ることはできないんですよ」助産婦は部屋から出て行った。

「退院、あと一週間延ばそうかな」

「どうして」

「病院ではさ、哺乳瓶洗って消毒してくれるし、産着も洗濯してくれるし、沐浴も毎朝やってくれるでしょう。退院したらぜんぶわたしひとりでやらないとだめなんだよ」

「だいじょうぶだよ。おれも本見て勉強してるし、なんとかふたりで育てようよ」


助産婦がビデオの開始を知らせにきたので、丈陽をナースステーションに預けてロビーに移動し、わたしたちは夫婦のように肩を並べて沐浴のビデオを観た。

「おれはもう頭に入った。簡単だよ。このあいだ、細井さんに聞いてメモを取ってあるし」東はやつれた顔に自信を漲《みなぎ》らせていた。一昨年出産した『ダ・ヴィンチ』の細井さんに沐浴のしかたを取材したのだそうだ。

わたしたちは助産婦にうながされて沐浴室に移動した。

「セーター脱がないと、袖が濡れちゃうよ」と、わたしは東のセーターを脱がせようとしたが、東が毛糸の帽子を手で押さえるのでうまく脱がせることができず、わたしが帽子の天辺《てっぺん》を押さえて自分で脱いでもらった。東は抗癌剤の副作用で薄くなった頭を見られることを嫌い、眠るときも帽子をかぶったままだった。

「よろしいですか？」助産婦はわたしたちに確認すると、丈陽を手早く全裸にし、湯を張ってある洗い場に抱いて行った。

東は首のうしろを右手でつかんだ瞬間、「あッ、重いッ、落ちるッ！」と両手で丈陽のからだを支え、腕を固めてしまった。

「わたしがやるよ」とバトンタッチしたものの、片手で支え、もう片方の手で洗うということなどできそうになかった。

「できません」わたしは助産婦に丈陽を渡した。

「できないということがわかって、よかったじゃない」と東は落ち込んだわたしの気持ちを引きあげるような口調でいった。

「ひとりが首を支えて、もうひとりが洗うってやりかたもありますよ」助産婦が丈陽のからだをタオルで拭きながら助け舟を出してくれた。

「それだ、そうしよう。ふたりでやればなんとかなるよ」東は呆然と佇むわたしの背中を叩いた。


一月二十七日、退院の日の朝、おむつをはずすと臍の緒が取れていたのだが、巻き貝の蓋のような取れかたで、芯の部分は残って血が滲んでいた。わたしはあわててナースボタンを押して助産婦を呼んだ。

「きれいに消毒して糸で縛っておきます。もう沐浴の時間ですから、沐浴が終わったら杉本先生に診てもらいましょう」と助産婦は丈陽のコットベッドを押して病室から出て行った。

ちょうどそのころ、東はがんセンターでCTスキャンと内視鏡の検査を受けていた。スローン・ケタリングで四回、がんセンターで二回、計六回のタキソールの投与を終了し、その成果の有無を確かめる重要な検査だった。

丈陽を抱いたら両手が塞がり荷物を持つことはできないし、出生届を出すために区役所に直行しなければならないので、町田康さんと婦人の敦子さんと細井さんの三人にきてくれるよう頼んでいた。

出生届は、丈陽の父親である彼に提出してくれるよう頼んだのだが、「区役所で写真週刊誌に撮られたらいい訳できなくなる」という理由で断られてしまった。〈届出人〉の資料を有しているのは、
一　子どもの父あるいは母
二　同居人
三　出産に立ち会った医師
四　出産に立ち会った助産婦
五　出産に立ち会ったひと
六　父、または母以外の法定代理人
と規定されている。

主治医や助産婦に子細を説明するのはいやだし、二と五に当たる東は体調が優れない、かといってこのためだけに弁護士を雇うのも馬鹿らしいので、母であるわたしが届け出るかしかないという結論に達した。日を改めてとも思ったが、出生届は生後十四日以内に提出しなければならず、土日が入るので一日も猶予がなかった。

十時半に、康さんと敦子さんと細井さんが現れ、細井さんが荷造りをしてくれているあいだに、敦子さんが一階に行って会計を済ませ、小児保健部で一ヵ月検診の予約を入れてくれた。

そして敦子さんと細井さんとわたしの三人がかりで、病院の産着を脱がせて布おむつを取った。はじめての紙おむつを当てて、真新しい打合せの肌着に腕を通させ、カバーオールを着せて靴下を穿《は》かせ、帽子をかぶらせた。その様子をフィルムにおさめようとカメラのシャッターを押すたびに心臓の鼓動が高く速くなっていった。

丈陽を抱いて病院の外に出た途端、からだじゅうにひろがっていた不安が鳩尾《みずおち》あたりに凝結し、一月末にもかかわらず腋の下が汗ばむのを感じたが、丈陽を落とさないよう背筋を伸ばして周囲に目を配った。

康さんの運転する車で十二時半に渋谷区役所に着いた。敦子さんに付き添ってもらって戸籍係の窓口に行ったのだが、案じていた通り父親のA姓でも、母親の柳姓《ユウ》でもない、柳《やなぎ》という姓だということが珍しいケースのようで、何回も確認された挙句に奥で係官が集まってなにやら話し合いをはじめた。時間がかかりそうなので車のなかで待っている康さんのケイタイに電話して、丈陽と細井さんを自宅に連れ帰ってもらうことにした。

出生届の手続きを終えると、新しい保険証を作成するために丈陽の住民票とわたしの外国人登録済証明書が必要なので、二階の住民記録係と三階の外国人登録係で手続きをし、そろそろ出生届が受理され名前が呼ばれるのではないかと階段を下りているときに敦子さんのケイタイが鳴った。

わたしの自宅で丈陽のお守《もり》をしている細井さんからで、三時に取材が入っているのでもう出なければ間に合わないということだった。丈陽をひとりにしておくわけにはいかないので、駐車場で待機している康さんに丈陽を連れてきてもらうことにした。

出産の痛みと疲れでからだのそこかしこが軋《きし》みはじめ、ひと足毎にめまいとふらつきが激しくなり、わたしは敦子さんにからだを支えてもらって、厚生部児童課の窓口で母子家庭への助成制度についての説明を受けた。十数分にわたって説明されたあとに、収入が多いためどれも適応外だと聞かされて怒りがこみあげたが、書けなくなったときのことを考えて、〈母子・父子家庭へのてあて〉〈ひとり親家庭のしおり〉をもらってきた。

すべての手続きを終えるのに二時間もかかってしまった。いったい出産直後の母親が出生届を提出するケースはどれくらいあるのだろうか。大抵のひとの戸籍には〈父届出〉と記載されている。わたしは後部座席に頭を預けて目を瞑り、ふたたび瞼を開けてチャイルドシートのなかでぐったりしている丈陽の顔を見た。彼の戸籍には〈母届出〉と記載されるのだ。そして出生届の〈父母との続柄〉の欄には〈長男〉ではなく〈男〉と記載された。〈母届出〉と〈男〉という文言にこころを引っ掻かれて、わたしは彼に対する恨みのような感情で頭のなかが焦臭《きなくさ》くなるのをどうすることもできなかった。

自宅に着いたのは三時過ぎだった。ミルクは九時に与えたきりだったので、敦子さんに手伝ってもらってリビングテーブルの上に積み重ねられていたベビー用品の箱のなかから、電子レンジ用の哺乳瓶消毒ケースと哺乳瓶の湯を五十五度に保つボトルウォーマーを捜し出し、説明書を読んでから洗剤で洗って調乳し、丈陽にミルクを飲ませた。

みんな朝からなにも食べていないことに気づき、出前を取ろうということになったのだが、時間が半端でどこに電話しても準備中だった。敦子さんが、「冷蔵庫にあるものでなにか作りましょう」と台所に立ったとき、東が帰宅した。

わたしたちはベビーベッドの横のこたつに足を突っ込んだ。

「あなたにいうと、動揺するからいいたくないんだけど」

東の唇は微かに緊張したが、目の平静さは変わりなかった。

「なに？　いってよ」わたしの声は上擦《うわず》っていた。

「タキソール、効かなかったみたいだよ」

「え？」

「肺も肝臓の癌もひとまわり大きくなってた。それに……いいたくないな」

「いってよ」

「内視鏡でわかったんだけど、食道の上のほうに転移したらしい」

わたしの目から涙があふれた。

康さんは視線を移してゆっくりと腰をあげ、和室から出て行った。

「癌がちょっと大きくなったくらいで泣いてどうするの？」

「だって、タキソールが効いてると思ったんだもん。縮小しなくても、せめて現状維持くらいはしてると思ってたから。なんのためにアメリカまで行って、毛が抜けて……」

「泣いたってどうしようもないよ。なんとかつぎの治療を考えないと」とベビーベッドで眠っている丈陽を見た東の頭は真っ赤だった。コップに入れて飲んでいるのがウーロン茶ではなくてウイスキーだということは匂いでわかっていたのだが、注意はできなかった。

その夜から、わたしはベビーベッドのとなりにマットレスを敷いて眠ることになった。自宅に着いてから翌朝までに飲んだミルクの時間と量は、午後三時三十分八十cc、六時七十cc、七時四十分二十cc、九時十五分六十cc、二十八日午前零時三十分三十cc、二時二十分五十cc、四時三十五分百cc、七時三十分六十五cc、十時四十分百cc。

哺乳瓶を振って粉ミルクを溶かし、ボウルに水を入れて哺乳瓶を冷まし、ひと肌になったかどうか手の甲に垂らしてみて、まだ熱いようだったらさらに冷まし、冷まし過ぎた場合は湯を沸かして丼《どんぶり》に哺乳瓶を入れて湯煎し、適温になったら丈陽を横抱きにして顎の下にガーゼを挟み、二十分から三十分かけて授乳し、飲ませ終わったら横抱きにして背中をさすり、ゲップが出たらベビーベッドに寝かしつけ、哺乳瓶を洗って煮沸消毒する——、これを二十時間のあいだに九回もくりかえし、この作家の合間におむつを取り替え、うんこのときは脱脂綿で洗い流し、寝汗で湿った産着を着替えさせる——、朝、鏡で見てみたらたったひと晩でわたしの目の下には隈《くま》ができていた。これ以外に、丈陽の産着やバスタオルやガーゼの洗濯、東の食事の支度と家事——、出産直後だということを無視してフル回転したとしても、原稿を執筆する時間は捻出《ねんしゅつ》できそうになかった。

せめて、タキソールが効を奏してくれていればよかったのに。不安で不安で、だれかを抱きしめるか、だれかに抱きしめられるかしなければ、こころが捩《ね》じ切れそうだった。丈陽の三千百十八グラムのからだはわたしの腕があまって交差してしまうほど小さく、そっと支えるのが精いっぱいだった。

闘病、育児、執筆——、わたしたちが乗り込んだ方舟は、海に乗り出した途端に時化《しけ》に遭い、傾いてしまったようだった。なんとかひとつひとつ波を乗り越え、沈没だけはしないでほしかったが、海図も羅針盤《らしんばん》も見当足らなかった。しかしもう二度と陸に引き返すことはできない。海は一面の暗黒、不気味な闇のひろがりでしかなかった。

丈陽のむずかる声で眠りの浅瀬から引き摺り戻された。股間に鼻を近づけてみたら、臭い。おむつをはずすと、お尻と性器と腿《もも》の付け根にまでうんこがついていた。乾きかけたペンキのように皮膚にこびりついているので、いましたばかりではなさそうだ。

「ほかの赤ちゃんはうんこしたら気持ち悪がってすぐ泣くんだよ。あんたはなんで泣かないの？　泣かなきゃわかんないでしょう」とウエットティッシュで拭き取ろうとしたら、足をばたつかせるので、わたしの手と丈陽の足にうんこがついてしまった。起きた途端に顔を洗う間もなくうんこと格闘している自分が情けなかったが、力強い足の動きを見ているうちにクックックッという笑い声に喉をくすぐられ、堪え切れなくなって噴き出した。胎内で蹴っていたリズムと脚の動きが同じだったのだ。

「こうやって、あんたよく蹴ってたね」

蹴る力が強く、痛みで蹲ったこともたびたびだった。

わたしは東が眠っている部屋の前を爪先立ちで通り過ぎて洗面所に行き、脱脂綿を湯で濡らして和室に戻った。眼鏡をどこかに置いて見当たらないので顔を近づけて睾丸《こうがん》の裏や肛門《こうもん》のまわりを拭いていたら、おしっこが飛んできた。わたしの顔と髪だけではなく、ベビーベッドのシーツの下のマットレスまで濡れてしまった。ベビーベッドはレンタルしたものだ。

「やだ、もうッ」と丈陽をマットの上に抱き下ろし、ビニールシートを買わなければ、と頭のなかにメモしながら、ふたたび洗面所に走ってバスタオルをつかみ取った。

マットに染み込んだおしっこをバスタオルで叩いていたら、背後であわあわという泣き声が聞こえた。首を捻ると、丈陽が唇と手足を震わせている。シーツの染みに気をとられて、お尻が丸出しだということを忘れていた。紙おむつをお尻の下に敷いてテープを留めようとしたのだが、あわてていたので膚にくっつけてしまった。はがすときに痛かったのか、丈陽はさらに声を張りあげて泣いた。病院にいるときは心配なほど泣かなかった丈陽が自宅に連れ帰った途端に、ほかの赤ん坊並みに泣いている。

ベビーベッドに戻して毛布をかけてやり、眠り直そうと布団にくるまったのだが、丈陽は泣きやんでくれない。眠気で半濁《はんだく》した頭で、ミルクは何時にあげたっけと考えたが思い出せず、舌打ちして上半身を起こし枕の横に置いてあるメモ帳を見てみると、七時三十分六十五ccと書いてある。もう三時間経っている。わたしは眠ることをあきらめて溜め息とともに立ちあがり、泣きつづける丈陽に一瞥を投げ下ろしてから台所に行った。そういえばおしっこをかけられた顔と髪を洗っていない、と思いながら調乳し、丈陽を抱いてリビングのフローリングの床に腰を下ろし、丈陽の口に哺乳瓶の乳首を押し込んだ。そして頭を壁に預けて両目を閉じた。育児本には、〈やさしく語りかけ、目を見詰めながら楽しく飲ませてあげてください〉と書いてあるが、そんな余裕はない。昨日東の癌が増悪したということを聞いたせいもあるのだが、精神が張り詰めて眠ることができなかった。

ドアがひらく音で目を開けると、紺のチェックのパジャマに黒の毛糸の帽子をかぶった東が立っていた。靴下もスリッパも穿かず、裸足《はだし》だった。

「今夜はおれが和室で眠るよ。交代でやらないと、からだが持たないでしょう」

わたしは丈陽を抱いたまま東の部屋に行き、靴下とスリッパを東の足の前に置いた。

「普通のからだだったらお願いするけど、具合悪いんだからやめたほうがいいよ。ちょっと洗濯機まわしてくるから、ゲップ出させてあげて」と、わたしは東に丈陽を渡した。

東は丈陽を縦抱きにして背中をさすった。赤ん坊の胃はとっくり型で入口のしまりが悪い上に、ミルクといっしょに空気を飲み込むので、ゲップをさせないと吐いたときにミルクが詰まって呼吸ができなくなってしまうのだ。

わたしは夜中のあいだに丈陽の汚れものを入れておいた籠を抱えて脱衣所に行き、洗濯機をまわそうとして、沐浴をさせたらガーゼやバスタオルも洗わなければならない、洗濯はあとまわしにしよう、と思い直し一時停止ボタンを押してリビングに戻った。

「ゲップ出ないよ」東は目の高さが同じになるまで丈陽を抱きあげた。

「じゃあ、タオル丸めて背中に当てて寝かせよう。横向きにしとけば、吐いても窒息《ちっそく》しないっていってたから。それより、今十一時でしょう。八時から二時ぐらいまでのあいだに沐浴させたほうがいいっていってたよね」

「じゃあ、入れる?」

「ミルク飲ませて一時間は入れちゃだめなんだって」

「用意しとこう」

「どこで洗う?　風呂場?」

「風呂場にふたり入るスペースがないから、脱衣室でやろう」

「でも、脱衣室は寒いんじゃない?」

「電気ストーブ持って行く?」

「五分か十分で手早く済ませろっていってたから、すぐバスタオルでくるめばだいじょうぶじゃない?」

「湯の温度は何度だっけ?」

「夏三十八度。冬四十度」

東はレンタルのベビーバスを洗いに風呂場に行った。

わたしは助産婦に教わった通りにおむつを産着の上に重ね、臍の緒の消毒液の蓋を取って綿棒を用意しておいた。

「さぁ、やるか」ズボンの裾をたくしあげ腕まくりをした東が迎えにきた。


わたしたちはベビーバスの左右に座り、東が右手で丈陽の首を支え、左手で大判のガーゼを裸体の上にひろげた。

わたしは深呼吸をして、石鹸を髪になすりつけた。

「髪じゃなくて、顔からでしょ」

「あっ、どうしよう!」わたしは腰を浮かせた。

「顔はあとでも拭けるから、つづけてよ」

動転したわたしはガーゼを絞らずに髪を流してしまった。

「なにやってるの!　耳にどこどこ水が入ってる!」

「ほんとだ、あぁ、あぁ、どうしよう」

「あなた、落ち着いてよ」

「どうしよう」

「お湯がぬるくなって寒がってる。十分経ってるから、今日はもういい。早く掛け湯して」

わたしは東がベビーバスの横に用意してくれた洗面器の湯を丈陽のからだにかけた。東が抱きあげた途端に丈陽はいままで聞いたことない甲高い声で泣いた。わたしは震える手で洗濯機の上にひろげておいたバスタオルで丈陽をくるみ、和室に走って行った。

「走らないで!」東の声が飛んできた。

「ごめん、ごめんなさい」と謝りながら、わたしは丈陽のからだをバスタオルで拭き、臍の緒を消毒し、服を着せておむつを当ててから、動かないよう顎を押さえつけて耳のなかに入ってしまった水を綿棒で拭き取った。

東がベビーバスを洗う音が非難がましくわたしの耳に響いた。和室と浴室はとなり合っているので水音がよく聞こえるのだ。

しばらくして東は和室に入ってきた。

「ミルク作る？」

「うん、お願い」わたしは東の顔を見ずにいった。失敗したことがうしろめたかったのだ。

東は調乳したミルクを流水で冷まして、椅子に座った。

「こっちを頭にして」

「だいじょうぶなの？　左腕痛いでしょ？」

「だいじょうぶ」と東は痛む左腕を椅子の肘掛けに固定し、丈陽の頭を乗せた。そして右手で哺乳瓶を握って丈陽の口に持って行った。

「丈陽くん、耳に水入れちゃってひどいお母さんだね」

「間違いに気づいた時点で真っ白になっちゃって」

「あッ、髪、汚いッ。取ってあげて」と東は顎をしゃくって、丈陽の顔を指した。

わたしは丈陽の額に落ちた東の髪の毛をつまみ取った。タキソールの投与は終了したのに、脱毛は止まる気配を見せなかった。

深夜の授乳が終わったとき、わたしは鼻を鳴らす丈陽を抱きあげ、唇で耳を塞いで、「子豚ちゃん」とささやき、「子豚ちゃん、子豚ちゃん、子豚、子豚、子豚ちゃん」と節《ふし》をつけて揺すった。見舞い客がいるときは子どもに関心がないように振る舞ったが、だれもいないときを見計らって「子豚ちゃん」といって抱きしめ、頬と頬をくっつけたり、尖らせた唇で眉や鼻のラインを擦ったりしていた。可能ならば、猫の親のように舐《な》めまわして全身をきれいにし、首を甘噛《あまが》みして移動させたいほど、やはり、いとおしかった。しかし、それと同時に無性に照れ臭く、「丈陽」という名はまだ一度も口にしていなかった。

わたしは丈陽を自分の布団のなかに入れて、横になった。横顔を見詰めた。似ている。女の子だったら、男の子でもわたしに似ていたら、彼と切り離して見ることができたろうに——、あまりにも似ているので、そんな風に見てはいけないと自分を諫めてはいるのだが、どうしても重ね合わせてしまう。

　昨年のいまごろは、彼に恋していた。彼がとなりで眠っていても彼の夢をみ、彼が帰った夜は睡眠薬を飲まなければ眠れないほど、彼のことだけを思っていた。

　一年経って、わたしは彼の子どもを抱いている。彼とは別れた。逢いたくても逢えなかったのか、逢えるのに逢いたくなくて逢わなかったのかは、いまとなってははっきりしない。あるのかないのかわからないあの世や来世では何の蟠《わだかま》りもなく逢えるのかもしれないが、おそらくこの世では再会できないだろう。

　彼のことを考えると、哀しくなる。未練ではない。未練というのは、思いを切れないことだ。思いは、切った。なのに、なぜ、哀しくなるのだろう。なにがしかの感情が残っていなければ哀しくなどなるはずがない。彼にとっては妻こそが必要な存在で、わたしと丈陽は不要で邪魔なだけの存在だったということは、確かに哀しい。だれかに求められ、必要とされ、選ばれるほどうれしいことはないし、だれかに疎《うと》まれ逃げられ棄てられるほど哀しいことはない。ましてや、わたしは彼の子を妊娠しているときに、丈陽は生まれる前に実の父親に棄てられたのだ。けれど、棄てられた哀しみよりも、手に入れることが不可能な幸福への憧れのほうが強い。

　――わたしは不幸なのだろうか。丈陽は不幸なのだろうか。東は不幸なのだろうか。幸福だといい切ることはできないが、不幸ではないと思う。三人が三人ともほかのふたりが必要だという強い動機に支えられていっしょに暮らしているのだ、東の癌さえ完治すれば、幸福だといってもいい過ぎではないはずだ。けれど、幸福というのは、自分を説き伏せ納得させて実感するものではない。なにも考えなくても、感じるものなのだ。彼とつきあっていたときは、幸福だと感じる瞬間があった。彼との関係は跡形もなく崩れ去ったが、だからといってそのときの幸福まで否定してしまったら哀し過ぎる。不幸というものは状態で、一度居座ったら動かすのは困難だが、幸福は状態ではなく、瞬間のなかにしか存在しない、一瞬一瞬煌《きら》めいて消え去るもののような気がする。別れたのに子どもを生めたのは、つきあっている時間は短かったにもかかわらず、幸福だと思える瞬間がたくさんあったからだ。

　鼾をかいて眠りはじめた丈陽の横顔を見ているうちに、ふたたびどうしようもない哀しみがこみあげ、わたしは瞼を下ろした。彼は去ったわけではない、一寸法師のように小さくなってとなりで眠っているのだ、と御伽《おとぎ》話のようなことを考え、その考えに慰められて数秒後に眠りに落ちた。

深夜から明け方にかけて五回も授乳やおむつ替えで起こされ、うたた寝をしていたら、東が和室の戸を開けた。

「二時だから、そろそろ風呂に入れないとだめなんじゃない？」

「うん、起きる」とわたしはあわてて丈陽をベビーベッドに移した。

「添い寝の味をおぼえさせたら、あなたといっしょじゃないと眠れなくなるんじゃない？」と東にいわれ、わたしは情事を盗み見られたかのように赤面した。

「風呂に入れよう」

「支度していいのね」

「いいよ」わたしは立ちあがって和室の電気をつけた。

「今日はなにも考えないで、おれが指示する通りにやってよ」と東は腕まくりして浴室に行った。

湯に浸けると、丈陽は眉と唇の端を下げ泣きそうになった。

「丈陽くんは餅膚《もちはだ》だね。色白で、染みひとつない膚で、ちょっと貴乃花に似てるね。体格がいいから、相撲取りになるかな？」

と東が微笑みかけると、丈陽は東の顔を不安げに見あげた。

「ガーゼを指に巻いて目頭から目尻、はい、もう一度濡らして、絞って、ガーゼの面を替えて今度は左目、そう、つぎは額、額の次は鼻と顎だからね」

という東の指示に従って、わたしはなにも考えずに丈陽のからだと自分の指先だけに集中した。

「あっ、あくびした。丈陽くん、あんた度胸あるね、大物になるよ」と東は朗らかな笑い声をあげた。

からだの隅々まで洗って、もう終わりだとほっとしたのがいけなかったのだろう、丈陽の顔に掛け湯をしてしまった。

「なにするの！　せっかくいい気持ちでお風呂に入ってたのに！」と東は怒鳴った。

わたしは棒立ちになり、東は真っ赤な顔で泣きわめいている丈陽をタオルにくるんでベビーベッドに連れて行った。

わたしは洗面台の鏡のなかの自分の顔をにらみつけてから、ベビーバスを洗って和室に行った。

「汚い水いっぱい飲ませちゃった。だいじょうぶかな？」

「だいじょうぶかどうかは、明日になってみないとわからない」東はベビーベッドの丈陽から目を離さなかった。

「沐浴、自信ないな」

「慣れだよ」

「わたしはきっと慣れないと思う。二日連続で失敗しちゃった」

「今日のは失敗じゃないよ。掛け湯を除けばうまくいったじゃない。おれはちょっと疲れたからベッドで横になるね」

わたしは丈陽のバスタオルや産着などを洗濯機に入れてまわした。洗濯槽が回転するゴォーッという音とともに、東がいなくなったらどうなるのだろうという不安が頭を過ぎった。わたしは洗濯機の蓋を閉めずに、しばらく洗濯物がまわるのを眺めていた。ぜったいにひとりでは育てられない。丈陽とわたしがふたりきりで生活している光景は想像すらできなかった。

洗濯物を干すために寝巻きのままでベランダに出た。

わたしの部屋と東の部屋はベランダでつながっている。

カーテンが開いていた。

東は身じろぎもしないで天井を見詰めていた。

わたしと東はガラス一枚で隔てられているだけだが、姿は見えても、声は届かない。こちら側とあちら側、この世とあの世、と思った瞬間、洗濯物を持った手が凍りついた。陽が傾きはじめたばかりだというのに、鳥の囀《さえず》りも、車が走る音も、風の音さえ聞こえず、世界は死に絶えてしまったようだった。早く視線を感じ取ってほしかった。さもなければ眠ってほしかったのだが、東はいつまでも瞼を閉じず、布団の上で両手を組み合わせたまま動かなかった。わたしはそうっと自分の部屋に戻り、音がしないようにガラス戸を閉めて、その光景から逃れた。

薄暗い和室に戻ると、丈陽も目を開けて天井を見ていた。わたしは怖くなって、丈陽を抱きあげた。丈陽のほうが、東より死に近い気がする。腕をほどいて落としたら、死んでしまう。ベビーバスに沈めたら、死んでしまう。ミルクを飲ませなかったら、死んでしまう。ベランダに出して放置しておいたら、死んでしまう。この子は自分ではなにもできない、痛みや苦しみを泣くことでしか訴えられないのだ。わたしは腕のなかの存在のあまりの非力さにおののき、口のなかでその名を試してみた。丈陽、丈陽、丈陽。そして片言のように話しかけた。

「丈陽、ママ、いっしょ」

母子手帳の「保護者の記録」のページをめくってみた。

【3～4カ月頃】の質問項目には〈首がすわりましたか〉〈あやすとよく笑いますか〉〈見えない方向から声をかけると、そちらへ顔を向けますか〉などがあり、【6～7カ月頃】には、〈寝返りをしますか〉〈おすわりをしますか〉〈からだのそばにあるおもちゃに手をのばしてつかみますか〉〈家族といっしょにいるとき、話しかけるような声を出しますか〉〈離乳食を喜んで食べていますか〉などがあり、【9～10カ月頃】には、〈はいはいをしますか〉〈つかまり立ちができますか〉〈機嫌よくひとり遊びができますか〉〈歯について、生え方、形、色など気になることがありますか〉。【1歳の頃】には、〈つたい歩きをしますか〉〈バイバイ、コンニチワなどの身振りをしますか〉〈大人の言う簡単なことば（おいで、ちょうだいなど）がわかりますか〉。【1歳6カ月の頃】には、〈ひとりで上手に歩きますか〉〈ママ、ブーブーなどの意味のあることばをいくつか話しますか〉〈自分でコップを持って飲めますか〉。【2歳の頃】には、〈走ることができますか〉〈スプーンを使って自分で食べますか〉〈クレヨンなどでなぐり書きをしますか〉〈テレビや大人の身振りのまねをしますか〉〈2語文（ワンワンキタ、マンマチョウダイ）などを言いますか〉〈肉や繊維のある野菜を食べますか〉〈歯みがきの練習をはじめていますか〉。

わたしは母子手帳の質問を読みながら、嗚咽していた。

丈陽はひと月毎、一日毎に昨日できなかったことが今日できるというかたちで成長していく。

東は――、がんセンターの放射線科の医師に、「何年くらいで食道が塞がるまで癌が大きくなりますか」と訊ねたら、その医師は「年単位ではなく月単位ですよ」と答えたそうだ。

丈陽とは逆に、東はいままでできたことが月単位でできなくなっていくのだ。歯みがきができなくなり、肉や繊維のある野菜を食べられなくなり、走れなくなり、自分でコップを持てなくなり、ひとりで上手に歩けなくなり、つたい歩きもできなくなり、つかまり立ちもできなくなり、寝返りも打てなくなる――、東もまた月歳を生きているのだ。

「この子にはいろいろなことを教えてやらないといけない。完治したいといってるわけじゃない。五年生きたいともいっていない。たった二年、丈陽がヒガシサンといって駆け寄ってくるまでは生きていたい。丈陽が二歳になるまではぜったいに死なない。どんなことをしても延命する」

わたしはなお待《ま》たなければならないのか。
そのためにどんな力《ちから》があるというのか。
なお忍耐《にんたい》しなければならないのか。
そうすればどんな終《おわ》りが待《ま》っているのか。
わたしに岩《いわ》のような力《ちから》があるというのか。
このからだが青銅《せいどう》のようだというのか。
いや、わたしにはもはや助《たす》けとなるものはない。
力《ちから》も奪《うば》い去《さ》られてしまった。

『旧約聖書』「ヨブ記」

魂

丈陽《たけはる》に授乳をするあいだ、わたしは音楽を流すことにしていた。左手で丈陽の頭を、右手で哺乳瓶《ほにゅうびん》を支えなければならないので、本や雑誌を読むことはできないし、丈陽の顔を見護《みまも》ってやりたいのでテレビを観《み》るわけにはいかない。授乳《じゅにゅう》は日に七、八回、一回に要する時間は約二十分なので、三時間は音楽を聴いている計算になるが、家事、育児、東由《ひがしゆ》多加《たか》の世話で産後のからだを振りまわしているせいで、乳首をくわえさせて五分も経《た》たないうちに瞼《まぶた》がおりてしまう。

真《ま》っ逆様《さかさま》に眠りに墜落《ついらく》しそうなわたしの意識を、敬虔《けいけん》なクリスチャンのぶ厚いてのひらのようなルイ・アームストロングの声がそっと受け止め揺《ゆ》さぶってくれた。

When you wish upon a star
makes no difference who you are
Anything your heart desires
will come to you

だれもがメロディーを知っている『星に願いを（When You Wish Upon a Star）』だが、英語音痴《おんち》のわたしは歌詞を聴き取ることができない。しかしサッチモの声に籠《こも》っている意味がわたしのこころに響いてくる。丈陽は、拵《こしら》えた百ccの半分も飲まないうちに眠ってしまった。ゲップをさせるために横抱きから縦《たて》抱きに変えて、わたしは左手でそっと歌詞カードをめくった。

星に願いを託す時
君が誰であろうとかまわない
君が何を望もうとも
夢はきっと叶《かな》うだろう

この歌詞をくりかえし読んだ。

わたしは東由多加が癌《がん》だということがわかってから、毎日欠かさずわたしの部屋にある神棚《かみだな》と仏壇《ぶつだん》に向かって祈っていた。目を醒《さ》ますとまず神棚の前に立ち、てのひらを打ち鳴らして祈り、それから仏壇の前で膝《ひざ》を折り、蠟燭《ろうそく》と線香に火を点《とも》して祈った。

祈るのをやめたのは、いや、祈れなくなったのは、出産して丈陽を連れ帰ってからだ。希《のぞ》みを賭《か》けていた抗癌剤《こうがんざい》タキソールがまったく効かずに東の癌が増悪《ぞうあく》したことで、あ

出した。

「なんで泣くわけ！」思わず声を荒《あら》らげてしまった。

その声を聞きつけて、東が起き出してきた。

「赤ちゃんに、なんで泣くわけって訊《き》いてもしょうがないでしょう」

「おむつ替えたし、ミルクやったし、泣く理由なんてないのに泣くんだもん」ミルクを吐いたということは黙っていた。

「ちょっと、貸してごらん」と東はわたしの腕から丈陽を取りあげ、テーブルのまわりをゆっくりと一周した。

「ほら、泣きやんだ。赤ん坊は泣くのが当たり前だなんていうのはインチキだからね。泣くのは不快だからだよ。泣いたら、なんで泣いてるんだろう、なにをしてほしいんだろうって、この子の身になって考えて、すぐ行動しなきゃね。丈陽くん、丈陽くんは探検したかったんだよね。お風呂には何時に入れるの？」

「何時でもいいよ」わたしの声は自分でもうんざりするほど不機嫌《ふきげん》だった。

「毎日決まった時間に入れたほうがいいでしょう。この子はつい最近まであなたのおなかのなかで快適に暮らしてたんだよ。不快な環境に生み落とされて、それでも全力で順《じゅん》応《のう》しようとしているんだから、生活のリズムをつくってあげないとかわいそうだよ」

「そうだね」眠くて声を出すことさえ大儀《たいぎ》だった。

「あなた、ひどい顔色だよ。丈陽みててあげるから、眠りなさいよ」

そういう東の顔色もひどかったが、わたしは黙って和室に行き、布団《ふとん》にくるまった。

「丈陽のお風呂の時間になったら起こすからね。十時だよ」

東の声は辛《かろ》うじて鼓膜《こまく》に届いたが、わたしはもう眠っていた。今度こそどんな夢も入り込む余地がないほど疲れ果てていた。


ドアが開《あ》いた。目を開けると、東が丈陽を抱いて立っていた。

「起きるよ」

妊娠中のときの癖《くせ》で四つん這《ば》いになってから壁に手をついて起きあがった。

「でも、左腕痛いんでしょ」

「痛いね」

「どうしようか」

「交代しよう。おれが洗う係で、あなたが丈陽のからだを支える係。右手で洗えば問題ないよ」

いつもの手順で、わたしはベビーベッドの上にバスタオルをひろげて産着と紙おむつを重ね、綿棒《めんぼう》とガーゼと臍《へそ》の緒《お》の消毒液を用意した。東は浴室でベビーバスに湯を張っている。和室と浴室はとなり合っているので、大声を出せば聞こえる。

「連れてきて！」東の声を合図に、わたしはパジャマの袖《そで》をまくりあげ、丈陽の服を脱がせて抱きあげた。

わたしが丈陽の頭を支えると、東は丈陽の両手にガーゼの端《はし》を握らせてからだをガーゼで覆ってから、丁寧《ていねい》に手早く洗っていった。髪にせっけんをつけているときに丈陽はガーゼを離してしまい、右手を前に突っ張らせて唇をへの字に曲げた。

「ほらお手々つないだ、もう怖くないでしょ」東は痛みがある左の手で丈陽の手を握った。

「丈陽くん、あんた得《とく》したね、どんどんハンサムになっていくね」

「ハンサムって得なのかね？　女難《じょなん》に遭《あ》うと損するでしょ」と口をはさんだわたしを無視したので、東も余裕があるわけではなく丈陽が泣き出さないよう必死であやしているのだということに気づいたが、頭を支えている右手が痺《しび》れてきた。

「手が痛い」

「もうすこしだから、がまんしなさいよ」

わたしは右手のひじを左手でつかんで固定した。

「大きくなぁれ。大きくなぁれ」と東は丈陽の性器にせっけんをつけて洗いはじめた。

洗い足りないような気がしたので、わたしは左手を伸ばし、性器と肛門《こうもん》を洗った。

「やだね、あんたのお母さんは。あんまり洗うと、おかまになっちゃうよっていってやりな」

「だって、助産婦がおちんちんの裏ときんたまの裏と肛門をよく洗えっていったんだもん」

「丈陽くん、訊いた？　きんたまの裏だってさ」

わたしと東は丈陽を安心させるために冗談をいい合っていたが、わたしは痺れた右手を強張らせながら丈陽のからだの隅々を目で点検し、東は痛いほうの手で丈陽と手を繋ぎ、もう一方の手で丈陽のからだを洗っていた。そして丈陽は不安げにわたしと東を交互に見あげていた。

わたしと東と丈陽の手は、ほかのふたりにすがるために、そしてほかのふたりを支えるためだけに存在しているようだった。三人のうちひとりが欠けたら、残されたふたりは倒れてしまうと確信するほど、互いが互いにとって必要だった。

Like a bolt out of the blue
Fate steps in and sees you through
When you wish upon a star
your dream comes true

青天の霹靂《へきれき》のごとく突然に
運命は君のもとにやってくる
星に願いを託《たく》す時
夢はきっと叶《かな》うだろう

わたしは願いを握りしめ過ぎているのだろうか。てのひらをひろげ願いを解き放たなければ、天には届かないのかもしれない。わたしはてのひらに願いを閉じ込めている。けれどわたしにはてのひらをひらくことなどできそうにない。わたしは願いを手放すことのできない自分ごと神に託して祈った。

わたしはあと二年で死んでもいいですから、東由多加をあと二年生《い》かしてください。なんとか丈陽と東由多加と三人で二年間生きたいです。

神さま、どうかわたしの祈りを叶えてください。


ドアの下の隙間《すきま》から光が洩《も》れていた。光のなかで煙が泳いでいる。また、煙草《たばこ》を吸っているのだ。東はわたしがどんなに頼んでも煙草をやめてくれなかった。タキソールが効《き》かずに肺の癌が増悪したということがわかった数日前からは、「食道の癌がのどに転移したら声帯《せいたい》がやられて声が出なくなるんだからね。延命《えんめい》の可能性があるなら、どんな強い抗癌剤でも投与したいってひとが、煙草吸ってるなんて矛盾《むじゅん》するよ」といって、ハイライトの箱を見つけたら即座に水に浸して棄《す》てていたのだが、わたしが眠っている隙《すき》に外に出て、近くの自動販売機で買ってきてしまうのだった。煙草の害もさることながら、東は睡眠薬《すいみんやく》を常飲《じょういん》しているので、もしも火を消し忘れて灰皿が割れ、机に燃え移っても気づかないに違いない。

互いの部屋を開けるときはノックをしてからというのが暗黙のルールになっていたのだが、眠っていたらノックで起こしてしまう。わたしは音をたてないようにドアを押した。

東は起きていた。椅子《いす》に座って鏡を覗《のぞ》き込んでいる。風呂に入るとき以外はベッドの上でも毛糸の帽子をかぶっていたので、毛髪がこんなにすくなくなっているとは思わなかった。うなじと額の生《は》え際《ぎわ》にわずかに残っているだけだ。しかもなぜか抜けたのは黒い毛で、残っているのは白髪なので、十歳は老《ふ》けて見える。

わたしは灰皿のなかの煙草を揉《も》み消していった。

「癌で煙草を吸うのはさ、もうあきらめたひとだけだよね」

以前だったら、「ふかしてるだけだよ。肺にものどにも入れていないし、ふた口吸ったら消してる」といいわけしていたのだが、東は黙って髪を引き抜いている。

「丈陽は?」

声が低く掠《かす》れている。煙草のせいだろうか——。

「眠ってる」

わたしはガムテープを輪にして枕とシーツにへばりついた髪の毛を取り、東のカーディガンと帽子についた毛を取りながら話した。

「剃《そ》ったら?」

「剃ってどうするの?」

「ユル・ブリンナーとかテリー・サバラスとか、スキンヘッドにすれば、それはそれでかっこいいよ」

「おれは頭でかいから似合わない」

「似合うよ」

「どこで剃るの」

「ニューヨーク行く前にやってもらった美容院」

わたしは、ニューヨークに行く前日に東を美容院に連れて行った。鏡の前に座らされて、しゃべりかけられるのがいやだというので、わたしがうしろの椅子に座って美容師と応対した。

「もみあげはどうします?」と美容師が訊《たず》ねると、

「もみあげどうする?」東が鏡越しにわたしに訊ね、

「耳の上でそろえてください」とわたしが鏡越しに美容師に答えるという按配《あんばい》で、傍《はた》から見たらかなり奇妙な光景だったと思う。

「がんセンターのなかの美容院だったら、慣れてるんじゃない？」

「あなた、冴《さ》えてるね。でも、なんか、変な吹き出物があるし、汚いんだよ」

「なに、それ」わたしはコルクのように乾いている唇《くちびる》をぎゅっと閉じ、東の頭に顔を近づけた。膿《うみ》をもった吹き出物が禿《は》げあがった頭皮に点在している。耳の裏や首のうしろにもある。

「軟膏《なんこう》もらって塗ってるんだけどね。タキソールの副作用で免疫《めんえき》力が落ちてるみたいだよ。貧血だっていわれた」

「レバーとか食べないと」

「そうじゃなくて、根本的な貧血みたい」

「輸血は？」

「もうすこし進んだら輸血しなくちゃだめみたいなんだけど、輸血にもメリットとデメリットがあるそうだよ」

一月に臨月に入ってからは、病院への付き添いは東京キッドブラザースの制作兼女優の北村易子《やすこ》さんと、やはりキッドの元女優で現在はスチュワーデスをしている大塚晶子《あきこ》さんに任せていたので、東の主治医の室圭《むろけい》先生とは二ヵ月近く話をしていなかった。

「眠る努力をしてみようかな」

東はベッドに横になり、わたしは布団を引きあげた。二ヵ月前に京都の俵屋《たわらや》に注文して拵《こしら》えてもらい、昨日届いたばかりの羽毛布団《うもうぶとん》と毛布《もうふ》だった。

「どう、寝心地は？」

「いくらしたの？」

わたしは唇に力を入れて笑いを堪《こら》えた。

「あなたがそういう笑いかたをするときは危険なんだよ。いくら」

「布団が八万で、毛布が五万」

「また馬鹿な買い物をして」

「でも、俵屋のは羽毛が違うんだよ。毛布はカシミア八十パーセント、シルク二十パーセントだし」

「あなたはいい寝具におれを寝せれば痛みが緩和《かんわ》されて、熟睡《じゅくすい》できると思っているんだろうけど、そんなことないんだよ」

「でも一生ものだから」

「一生もの、ね」

そのいいかたには、おれがいつまで生きると思ってるの？　というニュアンスが含《ふく》まれていたが、わたしはたじろがずにいい返した。

「長く使うから、いいもののほうがいいよ」

わたしと東は昨年の九月に闘病と育児のために同居を再開した。長く使うのだからいいものを買おう、とふたりで西武百貨店に行き、東のベッド、仕事机、椅子、リビングテーブル、本棚などを購入した。長持ちするもので部屋のなかを埋め尽くせば、東の命も長くなるような気がしたのだ。

「最近のあなたの金の使いかたは自棄《やけ》っぱちで怖いよ。この冷房いくらだっけ？」

「最新の機種なんだよ。空気清浄機《せいじょうき》もついてて」

「で、いくら」

「三十万だったかな」

「空気を清浄したって、肺の癌は悪化するっつうの。あなたは借金しまくって、おれが死んだら自殺するつもりでしょ」

「だって、死なないでしょ？」

「死ぬつもりはないよ」

「癌、なんとかしようよ。最先端の治療を受けるためなら世界中どこにでも行く、いくらでもかけるという覚悟さえあれば、なんとかなるよ。わたし、だめなときはだめだって予感がするんだけど、今回はなんとかできる気がする。だいじょうぶだよ」

「あなたがだいじょうぶっていうんなら、だいじょうぶなんでしょうよ」東はくぐもった声で笑い、「この毛布が五万ねぇ。もう馬鹿な買い物しないほうがいいよ。丈陽がいるんだから」とカシミアとシルクの手触《てざわ》りを楽しむようにてのひらで撫《な》でた。

共に生活をはじめた十六年前も、よく東に買った品物を見せて、「いくら？」と訊《たず》ねさせた。東はわたしの買い物を褒《ほ》めることはなく、決まって、「また馬鹿な買い物をして」と眉《まゆ》をひそめた。適正価格のものはつまらないので買わなかった。三百円のサンダルだとか一箱二万円のさくらんぼうだとか、異様に安いか高いものを買って、東に眉をひそめさせるのが楽しかったのだ。

当時のわたしは十七歳で、東は四十歳だった。東は訪れる客に、「うちの不良娘です」とわたしを紹介した。日々の生活のなかでも妻のようではなく、恋人のようでもなく、娘のようにわたしを扱い、「そのうちだれかの嫁になるんだからおぼえといたほうがいいよ」と米のとぎかたから炊きかた、魚の焼きかた、洗濯物の干しかたまで教えてくれた。暮らしはじめた数年間は、その父娘《おやこ》ごっこは笑いと温《ぬく》もりに満ちていた。

夫が朝出勤し、夜帰宅する大多数の夫婦とは異なり、わたしたちは書くことを仕事にしていたので、ひとつのテーブルで向かい合って書き、ときどきテレビを観ては事件やドラマについて意見や感想を交わし、一冊の本を読み終えると、その本の評価を伝え合った。数え切れないくらい多くの映画を共に観て、北海道から九州までの様々な場所に原稿用紙とワープロをかかえて旅をした。おそらく大多数の夫婦の二十年分に相当する時間を共有したせいで、ものの見かた、考えかた、食べ物や色彩の好み、口調まで似通《にかよ》ってしまい、十年経つころには自己嫌悪に近い感情を抱《いだ》くようになり、東がほかの女と関係を結んだ報復《ほうふく》のためにほかの男とつきあい、その報復で東がべつの女とつきあうということをくりかえしているうちに、家のなかは殺伐《さつばつ》とし、口をひらけば罵倒《ばとう》し合うという関係になってしまい、五年前にわたしは家を飛び出した。

東はわたしが恵比寿の八畳一間のマンションに住みはじめたときにはまだ戻ってくると信じていたようだったが、広尾にもうすこし広い部屋を借りたときに、「あなたと別れて暮らすことになるなんて信じられない。でもきっと何年かしたら、べつの男の子どもを妊娠して、その男に棄《す》てられて、途方《とほう》に暮れて戻ってくるよ」といった。そのときは棄て科白《ぜりふ》に過ぎないと思ったが、五年後にその通りになってしまった。

わたしはガムテープで布団カバーについている髪の毛を取った。

「いいよ、適当で。どうせすぐまた毛だらけになるんだから」

「眠れそう？」

「アモバン二錠《じょう》飲んでいいかな？」

「一錠じゃ眠れないんでしょ？」

「眠れない」

「じゃあ二錠飲みなよ。お水持ってくる」

「青汁《あおじる》で飲むよ」

東はどんなに食が進まないときでも、青汁と苺《いちご》ミルクだけは毎日口に入れていた。

「苺ミルクは？」

「じゃあ、もらおうか。あなた最近バアヤみたいだね。いつもだぼだぼの寝巻き着て、太ってるし」

東は笑い、わたしも笑いたかったが、東の笑い声が割れているのが気にかかり、すこししか笑えなかった。


翌日、睡眠薬を二錠飲んだせいで、東は正午過ぎても起きてこなかった。

わたしは東が眠っているあいだに洗濯をして昨日干した洗濯物を畳《たた》み、丈陽のおむつを六回替え、四回授乳した。

外に出なくなって何日になるだろう。外に出たのは陣痛《じんつう》が起きて病院に向かった一月十七日と、生後十日の丈陽を抱いて退院した二十七日の二回だけで、妊娠中を含めると約一ヵ月間外に出ていないことになる。食事は弁当か鮨《すし》の出前か、ａｍｐｍのデリバリーサービスでインスタント食品を配達してもらうか、どちらかで済ませていた。わたしはいいとしても、東は栄養価の高いものを食べなければならないというのに、わたしには買い物に行く体力も時間もない。丈陽を保育園に預《あず》けるかベビーシッターを雇うか、どちらかを選択するしかないのかもしれない。でも、だれがわたしのように、膚《はだ》を荒《あ》らさないようにおしりを拭《ふ》き、深爪をしないように爪《つめ》を切り、洗剤が残らないように哺乳《ほにゅう》瓶《びん》を洗い流し、しっかりと消毒し、清潔《せいけつ》な手で授乳してくれるというのだろう。

当たり前のことだが、保母にとってはどの子も並列で、丈陽は特別な子ではない。子ども好きではあるのかもしれないが、子どもの世話をするのは愛情からではない、仕事なのだ。もし保育園に預けているときに地震が起こったら、彼女たちは大勢いる子のなかから丈陽だけを抱きかかえて避難してはくれないだろう。その点、ベビーシッターは丈陽だけを見てくれる。しかし、わたしと東はひとの好き嫌いが激しく、いったん膚に合わないと感じると顔を見るのもいやになってしまう。嫌悪《けんお》感を押し隠してつきあうことは不可能で、いやだということをはっきりと当人に伝えないではいられない。果たして、このようなわたしと東の性格に折り合えるひとがいるだろうか。数日前に東に、「やっぱりシッターを雇《やと》うしかないんじゃないかな」といったら、「あなたが雇いたいなら雇えばいい。おれは部屋から出ないから」と不愉快そうにいった。

わたしは台所の流しに立ち、哺乳瓶をスポンジで洗いながら考えた。シッターを雇うことで東に窮屈《きゅうくつ》な思いをさせるのなら、雇わないほうがましだ。でも、いまのままでは執筆できない。育児と闘病を支えるには金が必要だ。わたしは生まれてはじめて金に困っていた。通帳の預金がゼロで財布《さいふ》にも小銭しか入っていないという時代もあったが、どこかで金がないことを楽しんでいたので困ってはいなかったのだ。わたしは書く以外の方法で金を稼《かせ》いだ経験がない。書かなければ、金が入ってこない。

丈陽の泣き声。わたしはあわててのひらの泡《あわ》を流し、ネグリジェの裾《すそ》で手を拭きながらベビーベッドのある和室に行った。おむつのマジックテープをはずしてみたが、うんこもおしっこもしていない。きっとミルクだ。敷きっぱなしのマットレスの上に置いてある手帳を見ると、既《すで》に三時間経《た》っているが、哺乳瓶を洗って消毒しないと授乳できない。

わたしは台所に戻って、哺乳瓶の乳首を小さなタワシで洗った。泣き声が本格的になる。赤ん坊の泣き声というのは聴いて聴かないふりができないようになっているのだな、とわたしは舌打ちをした。

東が丈陽を抱いて台所にやってきた。

「泣いてるのに、どうしてほったらかしにしてるの？」

「哺乳瓶洗ってるから」といって、自分の声が思った以上に棘々《とげとげ》しく響いたので、「洗わないとどうしようもないでしょう」といい直した。

「ミルク、いつあげたの？」

「もう、そろそろあげないとだめかも」

「ぜんぶ洗わないでもいいじゃない。一本だけ洗って消毒して飲ませてあげてよ。ねぇ、丈陽くん、おなか空《す》いたよね」

わたしは東の言葉を無視して三本とも洗って消毒ケースに入れ、電子レンジを五分にセットしてスタートボタンを押した。

東は丈陽を抱いたまま台所から去ろうとしない。

「お母さん、早くしてって。五分きっちり消毒しなくてもいいじゃない。泣いてるんだから」

「やめなよ、小舅《こじゅうと》みたいにいちいち」わたしは辛《かろ》うじて笑って降参し、レンジのストップボタンを押して消毒ケースを取り出した。

粉ミルクの量を間違えないように一、二、三、四、五と数えながらスプーンですくい、哺乳瓶に湯を注ぎ入れたが、かなり熱い。わたしはボウルに水を入れて、哺乳瓶を冷まそうとした。

「もう！　それじゃあ、時間がかかる！　ちょっと抱いてて」

　東はわたしに丈陽を渡し、蛇口《じゃぐち》から水を勢いよく出し、流水で哺乳瓶を冷ました。

「こうすると、あっという間《ま》に冷めるよ」と手の甲《こう》にミルクを垂らし、「よし、きたッ！　丈陽くん、ミルクだよ、ミ、ル、ク」と丈陽の顔の前で哺乳瓶を振った。

　東は痛いほうの左手を椅子のひじかけで支えて丈陽の頭を乗せ、口に乳首を差し入れた。丈陽は力強く吸い出し、乳首の空気穴から小さな泡が音をたてて昇っていった。丈陽はときおり瞬《まばた》きをしながら東の顔を見詰《みつ》めている。

「赤ちゃんの唇《くちびる》がこんなに赤くてきれいだとは思わなかったよ。でも、この子、ほんとうにきれいな顔してるね。普通赤ちゃんって湿疹《しっしん》とか汗疹《あせも》とかできるものでしょ。見てみなさいよ、この子の膚、光ってるでしょ。まつげも人形みたいに長いね。でも、おれがこの子の顔でいちばん好きなのはこの子のあご、ハリウッドの俳優みたいでしょ。ケーリー・グラントとかグレゴリー・ペックのあご。この子はすごいハンサムになるかもね」

　丈陽はぜんぶ飲み切ると眠ってしまった。

　わたしが縦抱きにしてゲップを出させるために背中を叩《たた》くと、

「もっとそっと！　たたかないでさすって」

「でも助産婦はどんどんたたいてたじゃない」

「他人の子だからだよ。あなた、自分がそんなことされたらいやでしょう。眠いのに、背中どんどんたたかれて。もういい、ゲップなんていいから眠らせてあげて」

「だって、ミルク吐いてのどに詰まらせたら窒息するって助産婦にいわれたし、本にも書いてあったよ。死ぬ場合もあるって」

「バスタオル背中に当てて横向きにして、しばらく見ててあげればいいじゃない」

　わたしは東の言葉に従って、丈陽をベビーベッドに寝かせ、しばらく見護《みまも》ってから電気を消した。

　東はテーブルに座り、ベビー用品のカタログのページをめくっていた。

「いま、一日何回ミルクあげてるの？」

「八回か九回」

「哺乳瓶は何本あるの？」

「三本」

「あと六本買おう。あなたはいま三本使い終わったら洗って消毒してるんでしょう？　九本あれば、使ったらたらいに漬《つ》けておいて、翌朝まとめて洗って消毒すればいい。一日一回で済むよ」

「頭いいね」といって、わたしは左のてのひらを右のてのすらでさすった。退院して一週間しか経っていないというのにわたしのてのひらは皹《ひび》割れ、赤く腫《は》れあがっていた。哺乳瓶の乳首は小さいのでゴム手袋を使うときれいに洗えないし、丈陽の口に入れるものを洗うのでハンドクリームを塗るわけにもいかなかった。

　わたしも東も神経質になり過ぎているのかもしれない。しかし時間が過去に回収されていくその速度に脅《おび》えているふたりにとって、丈陽は未来から射し込む唯《ただ》一条の光だった。未来には圧倒的な闇《やみ》である死が立ちふさがり、それを倒すことは不可能なようだったが、未来には死だけではなく丈陽が存在する。死の存在感より丈陽の存在感のほうが大きかった。丈陽のために生きているのではないが、丈陽がいなければ生きてはいけない。生きることは闘うことだと考えている、わたしと東にとって、丈陽は闘いの根拠だった。ふたりとも全身疵《きず》だらけだったが、丈陽には掠《かす》り疵ひとつ負わせたくなかった。


　その夜、わたしはベビーベッドに頬杖《ほおづえ》をついて丈陽の寝顔を眺《なが》め、寝息に耳を澄ました。丈陽の父親と眠ったときにはいつも決まって彼が先に眠り、彼の寝顔を眺め、寝息を聴いているうちにうまく眠ることができた。

　わたしが育ったのは六畳と四畳半だけの狭い家で、四畳半に三枚の布団を重ねて敷き、ふたりずつ抱き合って眠った。その経験が影響しているのかもしれないが、わたしは寝息が聴《き》こえ、膚の温度が伝わる距離にひとがいなければ眠ることができない。小説を執筆するために何ヵ月も地方の宿に缶詰《かんづめ》にならなければならないときは、睡眠薬を飲まなければ眠れなかった。わたしはものごころついたころから自分のなかに救《すく》い難《がた》く存在するひと恋しさを自覚していた。そのひと恋しさがなければ、戯曲《ぎきょく》や小説など書いていなかったのだろうが、ひと恋しさが淋《さび》しさに転じ、声をかけてくれるひとを求めて雑踏のなかを何時間も彷徨《さまよ》ったこともあった。

　雨が降《ふ》り出したようだ。雨音は聴こえない。山手通り沿いなので、車が走る音でアスファルトが濡れているかどうかがわかる。

　この子とはいつまでいっしょにいられるのだろうか。大きくなるまで育てたらわたしから離れ、わたしと父のように逢《あ》うこともなくなるのだろうか。
　そして、この子が幼稚園に入るときには、東はこの世からいなくなっているだろう。
　この子を、淋しさを紛らわすために抱いてしまっていいのだろうか。わたしは眠りを妨《さまた》げないようにそっと丈陽をベビーベッドから抱きあげた。丈陽の髪がわたしの顎《あご》を撫《な》で、頬《ほお》をくすぐった。わたしは丈陽を抱いたまま横になった。額に唇を寄せると、波が波を呼ぶように丈陽の寝息に記憶のなかの彼の寝息がかぶさった。なかに温かい塊《かたまり》のようなものがわたしの血管を押しひろげてゆっくりとからだを通り抜け、わたしはすべての力を抜いてその温かさに魂を委《ゆだ》ねた。

　ワープロの前に座って電源を入れてみたもののキーに指を置く気にはなれない。どんなときでも言葉から遠ざかることはないと思っていたのに、わたしはどうやら言葉を見失ってしまったようだ。

　寒い。一時間前に起きたというのに、暖房を入れていないことにいまはじめて気がついた。ワープロの前で固まっていたのだ。わたしは暖房のリモコンを押して、テーブルの上に散乱しているものに目を向けた。おむつ、ガーゼのハンカチ、飲み残しのミルクが入った哺乳瓶、歯ブラシと歯磨《みが》きとうがいコップ、CD、新聞、何日も前に届いた担当編集者からのファックス、丸めたティッシュペーパーと赤ん坊専用の細い綿棒、化粧水、ヘアブラシ、汚れた食器——、かたづけなければ、でもかたづけより先に原稿を書かなければならない。明日《あす》いっぱいにファックスしなければ週刊誌の連載を二回つづけて落とすことになる。あと二時間したら丈陽は目を醒《さ》ます。二時間でなんとか二枚、と焦《あせ》っても、頭を逆さに振っても言葉は出てきそうにない。書かなければ、生活できない。十八歳で書くことを選んで十四年になるが、執筆に生活が割り込んできたのははじめてだった。書かなければならない、が、書きたい、に転じなければ書けるはずがないとわかってはいるのだけれど、どうしても生活と金のことを考えてしまう。東に最先端の治療を受けてもらうためには金が必要だし、金がなければ丈陽を育てることはできないのだ。

東には黙っていたが、同居をはじめた昨年九月末の時点で、わたしの通帳の残高はわずか数万円だった。貯金の習慣がない上に、小説を書くときはかならず東京を離れ、一年の大半を地方の旅館やホテルで過ごしていたので、全収入を宿泊費に注ぎ込み、毎年納税の時期になると出版社に借金をするという後先《あとさき》のことを考えない生きかたをしてきた。妊娠中はほとんど仕事ができず、数年後に出版する予定の文庫の印税《いんぜい》を前借りして闘病と出産費用に当てたのだが、数ヵ月で使い果たし、ふたたび通帳の残高は十万円を切り、ほかの出版社に借金を頼まなければ家賃も支払えないという状況だった。

昨年十一月、タクシーに乗って、「築地の国立がんセンター」と行き先を告げると、運転手に「ご家族のお見舞いですか?」と訊《たず》ねられ、説明すると長くなるので、「父が」と答えると、運転手は身の上話をはじめた。

彼の妻は五年前に舌癌《ぜつがん》の手術をして声を失った。三十四歳だった。半年後に転移が見つかり、本人が拒否するので手術はあきらめて、抗癌剤と放射線の治療をするために入院した。当時ふたりの娘は小学校六年と二年だった。サラリーマンだった彼の代わりに、長女が放課後母親の看病をした。彼は長女にキャッシュカードを渡し、貯金を崩して治療費と入院費に当てていたが、ある夜出張先の北海道に長女から電話があり、「お父さん、もう二十万円しか残ってないよ。病院に払うお金足りないけど、どうしよう」といわれた。翌朝親戚や友人に借金を頼んだが断わられ、ひと晩眠らずに考えた結果、会社を辞めることにした。退職金はひと月ごとに激減したが、癌の進行を止めることはできなかった。

「もう見ていられなかったですよ。癌の末期というのは、からだじゅうが水死体のようにむくむんですよ。声が出ないから、痛みを訴えることもできない。娘の顔を見ると涙を流すんですよ。あんまり残酷《ざんこく》なもんですから、下の娘は見舞いに行かせられませんでした。いまでも悔《く》やまれるのは、亡くなる二日前、先生に、『もうお金がありません』って訴えたんですよ。外来で話したから聴《き》こえているはずはないんですけどね、なんか察して逝《い》ったような気がして……」

と運転手が声を詰まらせたとき、車はがんセンターの正面玄関に到着した。

東の部屋からテレビの音が洩《も》れてきたので、わたしは朝刊を腋《わき》にはさんで、ノックしてからドアを開けた。

東は遮光《しゃこう》カーテンを引いた暗がりのなかで料理番組を観ていた。音が大きい。そして暑い。リモコンを床から拾いあげると、三十二度に設定されている。わたしは暖房を切って、カーテンを開け、朝刊を布団の上に置いた。東の顔を見ると、なにも目に入っていないのに眺めているようだった。音は耳に入っているのだろうか。

フローリングの床は抗癌剤の副作用で抜けた頭髪とほこりで覆《おお》われ、ベッドの上は新聞紙や週刊誌や脱いだパジャマや靴下などで鳥の巣のようになっていた。

昨夜眠る前に運んだ青汁と苺《いちご》ミルクは手つかずで、青汁は黄緑に変色し、苺ミルクはミルクと苺が分離していた。これを口にしなかったということは、昨日はなにも食べなかったということになる。

「新しくつくるよ」

「食べる」

「いいよ、まずそうだから、つくる」

わたしは台所に行って、解凍した青汁のなかにレモンを絞《しぼ》り、スプーンで苺を潰《つぶ》してから牛乳を注ぎ入れ、高カロリー流動食ＥＮＳＵＲＥ《エンシュア》にバニラアイスクリームと卵の黄身《きみ》を落としてジューサーで混ぜ合わせ、マスクメロンを切って、盆《ぼん》に乗せて持って行った。

「また、どっさり。普通のからだでもこんなにいっぺんには食べられないよ。それも、ぜんぶどろっとしたものでしょ？　あなた、自分で食べてみなさいよ。いやになるから」と東はＥＮＳＵＲＥの入ったグラスを手に取って、「あとはラップかけて冷蔵庫に入れといて」と上半身を起こそうとして、癌が大きくなっている左腕の下を押さえ、歯を食い縛《しば》った。

わたしは丈陽を起こさないよう爪先立《つまさきだ》ちでリビングに行って、クッションをふたつつかんで東の部屋に戻った。

東の背中にクッションをはさむと、

「甘いッ」東はＥＮＳＵＲＥのグラスをサイドテーブルに置いた。

「甘い？　アイスクリーム入れないでつくり直そうか？」

「そうじゃなくて、エンシュア自体の味が甘ったるくて堪《た》えられない。これはがまんして飲むけどさ、もうエンシュアは限界だね。なんかないのかね、コップ一杯でその日の栄養がまかなえて、飲みやすいもの」

　大福やかりんとうやチョコレートが大好物で、紅茶や珈《コー》琲《ヒー》には大匙《さじ》三杯の砂糖を入れるほど甘党の東が、ＥＮＳＵＲＥを甘くて飲めないといっている。ついこのあいだまで蜂蜜《はちみつ》をたっぷりと加えて食べていた苺ミルクにはなにも入れないでいいというし、舌がおかしくなったのだろうか。

　わたしは目に見えるかたちで現れはじめた異変におののいていた。味覚、脱毛、頭の出来物、声のかすれ――、原因は癌の増悪《ぞうあく》以外に考えられない。

「あなたさぁ、丈陽から目を離してていいの？　乳幼児《にゅうようじ》突《とつ》然死症候群《ぜんししょうこうぐん》なんてことになってたら、どうする」

　和室の戸を開けると、丈陽はてのひらを握りしめ、ばんざいの格好で眠っていた。耳を顔に寄せると規則正しく呼吸している。熟睡しているようだったが、東に見せてやりたいので、首のうしろとしりの下にそっと手を差し込んで抱きあげた。立ちあがるときにからだが傾《かし》いでしまい、丈陽は薄目を開けた。

　東の部屋に行き、布団の上の新聞を左手で退《ど》けてから、丈陽を寝かせると、

「あれ？　この子しゃっくりしてるんじゃない？」

「ほんとだ」

「ほんとだじゃないよ。しゃっくり止めてあげないと苦しいでしょうが。ちょっと待って、いまなんとかしてあげるから、ね、丈陽くん」と東が丈陽の拳《こぶし》をひらいて自分の指を握らせた。

　わたしは東の机の上の『育児百科』のページをめくった。わたしたちはそれぞれべつべつに育児書を購入し、自分の部屋に置いていた。

「〈赤ちゃんのしゃっくりは心配ありません〉って書いてあるよ」

「その本はでたらめだよ。どんどんしゃっくりが激しくなっても、放置しておけっていうの？　日赤に電話してみなさいよ」

「しゃっくりしてますって？」

「おれがしてもいいけど」

「するよ」わたしは自分の部屋から母子手帳を持ってきて、日本赤十字社医療センターに電話し、産科病棟六階のナースステーションに繋《つな》いでもらった。

「そちらで出産した柳というものですが」

「あら、柳さん？　どうしました？」

「あの、しゃっくりが止まらないんですけど」わたしは子どもみたいにおずおずと訊《たず》ねた。

「おなかのなかでもしてたでしょう?」助産婦は含み笑いをした。

「あのピクッピクッてやつですね」

「放っておいてもそのうち止まりますけど、止まらないようだったら、ミルクや白湯《さゆ》を飲ませてあげてください」

わたしは電話を切った。

「ミルクあげれば止まるって。ちょうど飲ませなきゃいけない時間だよ」

「早くつくってあげて」

わたしは台所でミルクの支度をして、東の部屋に戻った。床に腰をおろしベッドに寄りかかって、二十分じっとしていられる態勢をつくってから、丈陽の唇に乳首を入れた。

十分ほど経《た》って、丈陽が両目を閉じたので乳首を引き抜くと、

「ちょっと! ミルク途中でやめさせないで」

「だってもう目を閉じてるもん」

「口は動いてるじゃない」

「眠いんだよ」

丈陽は目を閉じたまま唇を動かし、チュッパチュッパと音をたてた。

「ほら、催促《さいそく》してる」

「ほんとだ、面白《おもしろ》いね。こないだまで、ただ黙って飲んでるだけだったのに」

「丈陽くん、あんたはかしこいね」東はひろげた二本の指で丈陽の柔らかい髪を撫《な》でた。

わたしは丈陽の唇にてのひらを押しつけた。力強く吸いついてくる。

「見て、面白い」

「いじわるするのやめなさいよ。もっとほしいっていってるんだから、あげればいいじゃない」

「だって、二十分も三十分もかけて飲むんだよ。腕と腰が痛くって」

「昨日ミルク手帳チェックしてみたんだけど、二十ccとか三十ccっていうのは、あなたが途中でやめたときでしょ? すくないから一時間後におなか空《す》かせて泣いて、飲ませるはめになってるじゃない。二度手間だよ。三十分かけても百cc飲ませれば、三時間はおとなしくしてるんだから」

と東はトイレに立ち、わたしはその隙《すき》に哺乳瓶の口をす

こし緩《ゆる》めた。口を緩めると、乳首の穴から出るミルクの量が増えるということを昨日発見したのだ。

丈陽はぐぇっといったかと思うと、飲んだミルクを噴き出してしまった。

わたしはあわててトイレの前に行き、

「ねぇ、ちょっと、たいへん！　吐いちゃった！　寝巻きも下着もミルクでびしょびしょ！」

トイレの水が流れる音が聴こえ、東はパジャマのズボンをあげながら出てきた。

「丈陽の服はおれが着替えさせるから、あなたは日赤に電話して」

わたしは脱衣所でネグリジェと下着を脱いで洗濯機に突っ込み、バスローブを羽織《はお》ってふたたび日赤に電話した。

先ほどとは違う助産婦が出て、

「赤ちゃんの胃は未完成で、とっくり型になっていて入口のしまりが悪いんです。あと飲みかたの下手《へた》なお子さんはミルクといっしょに空気も飲んでしまうんですよ。吐いたもののなかに血液やすっぱい臭いのする胆汁《たんじゅう》が混じっていたり、ミルクを飲ませるたびに噴水のように吐いて、体重が減っていかない限り、吐くのは一般的なことですから安心してください。いま何cc飲んでます？」

「七十から百です」

「優秀優秀。吐くのが気になるようだったら、五十ccぐらいでやめさせて一回ゲップをさせてあげてください」

電話を切ると、

「どうせ気にすることないっていわれたんでしょうよ」

と東がパジャマの裾《すそ》をズボンのなかにしまって不機嫌そうに朝刊で顔を隠したので、わたしは丈陽を抱いてリビングに戻った。丈陽はなんとなく頼りなげにまだ生えていない眉《まゆ》のあたりをあげたが、すぐに眠ってしまった。

『週刊ポスト』の担当編集者、飯田昌宏さんから原稿の最終的な催促のファックスが届いていたので、返事を書いた。


現時点で一枚も書けていません。たいへん申し訳《わけ》ないのですが、今週も休載させてください。育児ノイローゼではないのですが、育児と仕事と家事をわたしひとりでやるのは不可能だと思い知らされました。育児に慣れたら書けるという状況ではありません。とにかく時間がない。子どもの世話で二十四時間フル回転です。家事と東さんの世話が疎《おろそ》かになっています。部屋のなかはメチャクチャ、東さんは三日間ほとんど食べていません。このままでは破滅します。家政婦、一日も早く必要です。面接して選びたいので、五人くらい候補を見つけないと厳しいと思います。

わたしは数日前に、〈育児はわたしがやるので、家事（わたしと東の食事の支度を含む）をやってくれる家政婦、作家や漫画家の家庭を経験したことのあるひと柄の良い家政婦を至急捜してください〉と、各社担当編集者にファックスで頼んでいたが、良いひとというのは既《すで》に働いていて、すぐに見つけるのは難しいということだった。

わたしはリビングテーブルの上にステンレス製のコップを置いて、歯を磨いた。自分の感じていることを表現するための言葉を捜しながら、口に溜《た》まった唾液《だえき》と歯磨きをコップのなかに吐き出した瞬間、丈陽の父親が近所の酒屋で酒を買ったときに、レジでもらったコップだということを思い出した。〈ROLLING-K KENTUCKY STRAIGHT BOURBON WHISKEY〉と書いてある。あの酒瓶の中身はバーボンだったのか？ 思い出せない。台所のどこかにしまってあるはずだが、立ちあがって捜し出すのは面倒だと思っているうちに、ファックスが届いた。

おねえさん。赤ちゃんの着物だけど、一式4～5万円で（デパートで20～30万円位）問屋で揃《そろ》うそうです。必要だと結論早く下さい。2～3日中に時間をもらって買いに行きます。私の先生が家紋を入れてくれるそうです。（これに2～3日かかるらしい）身体が疲れ過ぎたり、食べ物に困ったら電話下さい。ひまをもらって行きます。今大事な時です。

2／3　23：10　母

日赤に見舞いにきたときに生後三十一日目に行うお宮参りの衣装のことを相談し、そのときは「着物なんて一回着たら終わりなんだから無駄《むだ》づかいはやめなさい」といっていたのだが。

わたしは東の部屋にファックスを持って行った。

「韓国に家紋なんかあるのかなぁ」

「あったとしても、丈陽はユウじゃなくてヤナギで、日本国籍だからね。でも、いいじゃない、着物買わせてあげなさいよ」

わたしは母に、着物を買ってほしい、と返信した。

翌朝母からファックスが届いていた。


おねえさん。我が家には家紋というものが存在しないのだけど、どうしたらいいだろうか。


リビングのガラス戸の前に鳥のような格好でしゃがみ込み、朝刊を読んでいる東に母からのファックスを見せた。

「やっぱり家紋ないってさ。丈陽の父親の家の家紋調べるわけにいかないし、どうしようか」

東は百科事典を引き抜いて、わたしに寄越した。〈家紋〉のページをひらくと、〈家紋▼▼▼紋章〉となっているので、〈メ―ユゥ〉の巻で調べると、〈日本の紋章〉の図版が載っていた。〈動物紋〉〈植物紋〉〈器具紋・建造物紋・天文地理紋〉〈文様紋・文字紋〉の四つに分類されている。

「どれがいいかな？」

「あなたが好きな模様にしたら？」

「そんな適当でいいの？」

「いいんだよ。由来なんかあってないようなもので、由緒ある家紋なんて天皇の菊の御紋くらいでしょう。平安時代の公家《くげ》が自分の好きな植物を選んだり、戦国時代の武家が合戦のときに旗を目立たせるために考えたりしたものなんだから、いい加減だよ。日本人の大多数は農民でさ、名字《みょうじ》を名乗ることが義務づけられた明治維新のときに武士の真似《まね》してつけたんだよ。先祖は名のある武士だったってインチキをいってね。だから、いまあなたが百科事典で家紋を選ぶのと大差ないよ」

「龍年《たつどし》だから、これなんかどうかな？」わたしは〈竜の鱗〉を指差した。

「もっときれいな、植物とか花のほうがいいんじゃないの？」

「これが好き」

「じゃあ、それをおっ母《か》さんにファックスしたら？」

母にファックスすると、一分も置かないでケイタイが鳴った。

「これ、あんまり良くないわよ。円《まる》のかたちのほうがきれいよ。ちょっとあんたがファックスしてくれたページ、手もとにある？　三段目の左から五つ目、〈親子亀〉はどう？」

「親子亀？」

親亀のあとを子亀が追いかけている円形の文様だが、円がメビウスの輪のようになっていて、永遠に追いつけないように見える。

「べつにいいよ」

「じゃあ、親子亀にするわよ」と母は電話を切った。

「親亀がこければ子亀もかけるから、あんまりいいとはいえないね。あなたがこけても、丈陽にはこけてほしくないからね。不吉な家紋だなぁ。まぁ、あなたがこけなければいいだけの話だけど」

母からふたたび電話がかかってきた。

「あんた、まだお手伝い見つからないの？」

「捜してもらってるんだけど、なかなかね」

「ひとり、こころ当たりがないこともないのよ。お兄さんのお嫁さんなんだけどね、いま日本に棲《す》んでるのよ。あんたと同じ歳《とし》なんだけど、三歳の女の子がいて、子ども育てたばかりだから、いいと思うのよ。これから離乳食になって三度三度つくらないとだめでしょう。あんたにできっこないわよ。彼女、ソウル大学出ててね、インテリなの。英語とスペイン語がぺらぺら。向こうのインテリは日本のインテリの比じゃないわよ。将来は家庭教師やってもらえるじゃない。ひとがらが素晴らしいのよ」母が速くしゃべり過ぎて言葉につまずいた隙をついて、

「そんなインテリに家事と子守《こもり》なんて頼んでだいじょうぶ？」とわたしは口をはさんだ。

「あんたさえいいなら、訊いてみてあげるわよ。でもね、親戚《しんせき》なんだからね、けんかするんだったら頼まないことよ」

「子どもじゃないんだから、けんかなんかしないよ」

「じゃあ訊いてみるわよ」母は、じゃあね、ともいわないで電話を切った。

「おっ母さん、なんだって？」

「お手伝い、ひとりこころ当たりがいるって。同じ歳だけど、伯母に当たるひと」

「まぁ、逢ってみないとわからないけどね」と東はいい、髪の毛を引き抜いて新聞紙の上に落とした。

つぎの夜、母からまたファックスが届いた。

赤ちゃんの着物は火曜日に買いに行って、すぐに紋屋に出し、できたら水曜日に持って行きたいと思っている。食べたい物、不足している物があったらファックスして下さい。千葉の御宿《おんじゅく》というところへ友人の父

親の通夜に行って帰ってきたところです。海ホタルはなんと言ったらいいか。

母はまだ〈丈陽〉と呼んでいない。書くときも〈赤ちゃん〉で〈丈陽〉とは書かない。〈丈陽〉という名前が気に入らないのだ。

海蛍《ほたる》も虫の一種なのだろうか。わたしは海蛍はおろか、蛍さえテレビや映画の映像でしか観たことがない。観たことのない蛍の光に照らされて、言葉が浮かびあがりそうな気がしてきた。わたしは東の真似をして百科事典をひらき、海蛍の項目を読んでみた。〈二枚貝状の殻をもった発光性の貝虫〉〈体長３㎜くらい〉〈雌雄異体〉〈昼間は砂泥底中に潜っているが、夜間遊泳し、腐肉に集まる〉

今度は、蛍。〈ホタルの語源については《火垂る》《火照る》《星垂る》《火太郎》など、いろいろな説がある〉〈ホタルの光は熱を伴わない冷光〉〈フランスでは蛍は洗礼を受けずに死んだ子どもの魂であるという迷信があって、美しいというより、むしろ無気味《ぶきみ》なものとされてきたようである〉

それを読んだ瞬間、映像がぱっと収斂《しゅうれん》して油田のような黒い海の真ん中に浮かぶ青白い光の塊、目にも口にも耳にも二枚貝が食い込んでいる嬰児《えいじ》の水死体が網膜の上で揺らめいたかと思うと、「癌の末期というのは、からだじゅうが水死体のようにむくむんですよ」というタクシーの運転手の声が耳に蘇《よみがえ》り、恐怖が胃に、口のなかに唾液となって湧《わ》きあがった。

わたしは二、三度唾《つば》を飲んで百科事典を閉じ、母に手紙を書いた。

丈陽という名前は良い名前だと思います。〈丈〉には〈ある限り。全部〉という意味があって、〈陽〉は太陽です。太陽のように、自分のすべてで周囲を明るく、あたたかくするひとに育ってほしいという願いを込めました。

手紙を送信してからワープロの電源を入れた。た、け、は、る、と打って、〈丈陽〉に変換した。その二文字を見詰《みつ》めているうちに、わたしの内側でなにかが発光し、言葉が滑《すべ》り出してきた。生活や金銭とは関係ない。わたしにとって言葉は血液と同じで、失えば、生きてはいけないのだ。わ

「骨髄《こつずい》機能が低下する、つまり白血球数、血小板数などが下がる。それから若干の吐き気とか」

「ぼくは抗癌剤治療はハイリスクハイリターンだと考えているんです」

「リスクは高いです。でもローリターンかもしれない」

「今回のネダプラチンはハイリスク？」

「全身状態が悪いひとには投与しません。東さんは堪《た》えられる状態だと思います」

「生体肺移植っていうのは考えられないでしょうか」わたしが二番目に訊《き》くべきことを口にした。

「肺移植は日本でもごく一部でやっているけど、それは肺だけに限った病気のひとに」

「柳さんがいいたいのは、延命のための移植は可能かということなんです」東が補足してくれた。

「世界中どこに行っても東さんの病状で肺移植をやる医者はいませんよ」

「理論的に可能かどうかを知りたいだけなんですよ」

「理論的には可能です」

「遺伝子治療を受けられるまで、なんとか延命したいんです」わたしは自分の声が不安に縁《ふち》取られていることに気づいて、小さく深呼吸した。

「遺伝子治療がこの数年間で癌を治癒《ちゆ》できるまで進歩するとは到底《とうてい》考えられませんよ」

「治療の願望は、たとえ夢物語でも患者側は持っていていいと思うんですよ」東がいった。

「しかし……」

「二、三年後に期待しているだけです」

「ぼくらだって、いまできる最大のことをしたいと思っていますよ」

わたしは立ちあがって、レントゲン写真の前に行った。煙草も飲み物もないので、数秒の沈黙でも堪え難く感じられる。しかし、話して話して、話しつづけているふたりの会話の速度にも堪えられなかった。

「これが十二月で、これが一月、対応箇《か》所《しょ》を見ると、ひとまわり大きくなっています」と室先生も立ちあがり、肺に白く点在する腫瘍《しゅよう》を指し示した。

「肺機能が失われるというか、肺の癌が命を脅かす大きさになるまでは、どれくらいの期間なんでしょうか」東は立ちあがらずに質問をつづけた。

「これがまたひとまわり大きくなることで呼吸を逼迫《ひっぱく》させ

る危険を考えると、半年以内の可能性はありますね。でもそれよりももっと怖いのは水ががーっと溜《た》まってくる」

「水は抜けるでしょう」

「抜いて抜いても溜まってくる」

「こういう粒々《つぶつぶ》だけなら半年くらいはだいじょうぶかなと思うんですが、リンパ管を通して、うわぁと肺全体に癌がひろがる場合があるんです。そうなってしまうと一週間前までなんでもなかったひとが突然呼吸不全になっちゃうこともあります。だから、半年はだいじょうぶだとはいえませんね。でも一ヵ月ってことはまずないと思います」

「肺全体に散っている癌をレーザーで焼き切るというのは？」

「癌治療の三本柱は、手術と放射線と抗癌剤で、それ以外は評価が定まっていないんです」

「抗癌剤も治癒の確率が高いわけじゃないでしょう。抗癌剤をやっても、もしかしたら一ヵ月で肺機能が停止してしまうかもしれない、そうですよね？」

「でもネダプラチンは食道癌の患者に三十パーセント効いてるんです」

「効いているというのは縮小したという意味ですか？　本によると、縮小イコール延命《えんめい》にはつながらないと書いてありますけれど」

「癌が縮小した状態を長くつづけさせることができれば、間違いなく延命につながります」

「どのくらいの延命が期待できるんですか？」

「延命というと、なかなか難しい。究極の目標は天寿《てんじゅ》をまっとうしてもらうことだけれど、それができないから癌を縮めることを目標としているわけですよ」

「効果ありの場合は、一年とか二年癌の進行をストップできるんですか？」

「極々《ごくごく》少数ですが、消えちゃうひともいます」

「免疫療法はやってみる価値はあるとお考えですか？」わたしは三つ目の質問を口にした。質問と自分が嚙み合っていない。ひとつの問いを発すると、バドミントンの羽根のような軽やかさでその答えが打ち返されてくる。こんなにあっさりと治療の可能性を潰していって良いはずがない。わたしは両手で顔を覆い、取り乱したかった。

「まったくないとはいえませんよ。それ以上は答えられません。ぼくは、追い詰められた患者さんとその家族のかたが、少数の医者がやっている夢みたいな治療に飛びついてしまうのを何回も見てきたんです。東さんにはそうなってほしくないんですよ」

「ぼくがいいたいのは、抗癌剤プラスアルファを考えられないのかどうかということです。未知の領域にトライしてみて、それで命が損《そこ》なわれるならいいんじゃないかなと」

「食道癌に免疫療法が期待できるかどうかと訊かれたら、ぼくは否《いな》といいます。データがないから。免疫療法が効くというんだったら、漢方でもアガリクスでも効くということになるんでしょうけど、ぼくらはデータをもとに治療してるんです」

「免疫療法をやっている病院にもデータはありますよ」

「ぼくはそういうのを信じてないんです。なぜ免疫療法がひろがらないのか、世界標準治療になっていないのか、ひろがっていないこと自体効果がないということなんです。テレビや雑誌が取りあげるのは極端な例ばかりなんですよ。免疫療法にしても抗癌剤と同列に扱うべきものじゃない」

「極端な例にしろ、効いたひとがいるということは事実でしょう。癌には統計なんか意味がないんです。二十一人のうち、七人が効いた、百人のうち二人が効いた。あるひとには効き、あるひとには効かなかったという意味では同じじゃないですか。先生、患者には時間がないんですよ」

「だからこそ効く確率の高い抗癌剤治療を受けるべきなんです」

「先生が納得《なっとく》できないとしても、ぼく個人が納得できたとしたら、抗癌剤を受けながら、免疫療法を受けてもいいじゃありませんか」

「なんでもかんでもいっしょくたにやればいいってもんじゃない。相殺《そうさい》されてしまうこともあるんです」

「国立がんセンターでは、まずリンパ節に放射線を当てて、ネダプラチンとビンデシンを投与して、その二剤が効かない場合イリノテカンを投与するということですよね」とわたしは早口の喧嘩《けんか》になりつつあるやり取りに割って入った。

「そこまで考えようということです」

「イリノテカン以降は手がないということですか？」わたしは訊いた。

「こういう病気はあまり先々までは考えられない」

「イリノテカンの前に死ぬかもしれないという意味だよ」東が笑った。

「最終的には東さんが決めることですからね」室先生の声には怒りと棄《す》て鉢な調子が籠《こも》っていた。

「放射線はやるということでいいよね」東は何気ない眼差《まなざ》しを装って、わたしの顔を見た。

「いまの痛みが緩和するんなら、やったほうがいいと思う」わたしは東に視線を返した。

「リンパへの放射線は決定ということでいいです」東は室先生の顔を真正面から見据《す》えた。

明日から一回三グレイの線量を十回受けることになった。病院が休みの土日を除いて毎日通院しなければならない。わたしは通院は厳しいのではないかといったが、東は入院することを拒絶した。

地下二階の放射線科の診察室に入って、担当の医師と話した。

「腋の下ですので、からだへの負担は強くないと思います」医師は風邪《かぜ》薬を処方する薬剤師のような口調で話した。

「左首と腋の下に転移してるんですけど、当てるのは脇の下だけですか?」東は話す速度をすこし緩《ゆる》めた。

「一連の腫瘍《しゅよう》をひとつの領域として治療します」

「放射線治療を終えて、しばらくするとまた増大するんですか?」

「増大します」

「消えるまで当てるということはできないんでしょうか」

「目標を腫瘍を完全に消し去るところに置くのは難しいです。実現の可能性は極《きわ》めてすくない」

「目いっぱいやれるだけやってみようじゃないか、たぶんできないだろうけれど、できたらそれに越したことはないという発想は?」

「それは、今後の具合をみて相談しながら」

「肺に放射線を当ててもらえませんか? 去年食道に当ててもらって効果が絶大だということがわかったんです。いま、いちばん危険なのは肺の癌なんです。どうして放射線を当てられないんですか?」

医師は東の顔から目を逸《そ》らして、レントゲン写真をボールペンでつついた。

「ここの、こういう綿雪《わたゆき》みたいなのがぜんぶ転移です。放射線は外科手術と同じ局所治療です。こういうたくさんの病変が正常な範囲に紛れて入っている場合、肺全体に当てるしかないですが、それは無理です」

「大きなもの三個に限定して当てるとか」

「大腸癌、腎癌なんかで転移が一箇所だけという場合に、補足的にやる場合もあります。ただしこういう風に多発している場合は、主だったものを選んでというのは」

「やっても効果がないってことですね」

「出るのは、悪い影響だけです」

「さっき室先生から、ひと月後に肺の癌が急速に増大して死亡することもあり得ると聞いたんですが、放射線はだめだとして、レーザーはどうでしょうか」

「レーザーは内視鏡で直接当てられる部位の癌には有効です。しかしこういう肺の末梢《まっしょう》、いちばん奥に病変がある場合、そこにレーザーを届かせることはできない」

「できない……ってことはお手あげですね」東は椅子《いす》に自分の背を投げた。

「お手あげって表現はしたくないんだけど、いまのところ方法はありません。ちょっと上半身はだかになっていただけますか？」

　東は、失点一で完投したにもかかわらず試合に敗れた投手が控室《ひかえしつ》でユニフォームを脱ぐように、力なく毛糸の帽子を取り、セーターを脱ぎ、その下のＴシャツを脱いだ。

　わたしは骨が浮き出た背中と胸を目《ま》の当《あ》たりにして息を飲んだ。出産前は交代で体重計に乗って、妊娠中毒症《にんしんちゅうどくしょう》のわたしは一キロも増やさないように、東は一キロも減らさないように監視し合っていたのだが、出産後は一度も体重計に乗っていない。東の体重を知るのが怖かったのだ。もしかしたら四十五キロぐらいになっているかもしれない。

　放射線を照射する場所にしるしをつけるという作業が残っていたのだが、伯母のＫさんが面接にくることになっていたので、わたしは東を残してタクシーに乗った。

　走り出したタクシーのなかで指を折ってみた。昨年七月頭に余命八ヵ月と診断されたわけだから、三月頭で丸八ヵ月になる。そして今日、一ヵ月から半年の命だと宣告された。タクシーは高速を走っている。走っているのは車のほうなのに、風景が車めがけて飛びかかってくるように見える。どうしたらいい、どうにもできないのか、でもどうにかしなければならない！


　ドアを開《あ》けると、女ものの靴が二足揃《そろ》えてあり、Ｋさんは母はリビングのテーブルに座ってわたしを待っていた。主治医との話し合いが長引いて遅刻したことを詫《わ》びながら席についたものの、初対面のひとを前にすると緊張のあまり無愛想《ぶあいそう》になってしまう。母はわたしのひとことふたことを膨《ふく》らましてKさんに伝えてくれた。

「このひとは、とても気難しいから、親戚だってことを忘れて、仕事として割り切ってやらないと、おたがいしんどくなるわよ」

　Kさんは韓国語訛《なま》りは残っているものの、ほぼ完璧《かんぺき》に日本語を話せた。そして、ひとは見かけによると思っているわたしは、Kさんの浮ついたところがどこにもない顔、実直そうな目鼻立ちを見て、東とも気が合いそうだと安心した。唯一《ゆいいつ》の問題は三歳のひとり娘のMちゃんが幼稚園に入園する四月までは連れてくるしかないということだった。四月まではほかのひとのほうがいいのかもしれないが、現時点ではKさん以外の候補はいない。わたしはKさんにお願いすることにした。母があいだに立って細かい条件をまとめ、日曜、祝日を除く毎日九時から三時まで、家事と丈陽の面倒をみてもらうことになったが、生後一ヵ月の赤ん坊と三歳の女の子がいるなかで書けるのだろうかという不安は残る。Kさんが丈陽をみてくれる六時間のあいだに原稿を書くか、あるいは丈陽の授乳《じゅにゅう》をしながら徹夜で執筆し、六時間は睡眠に当てるか——、どちらがいいかはやってみて決めるしかない。

「明日からきてもらえると助かるんですけど」とわたしは鍵《かぎ》のコピーを手渡した。

「明日は予定がありますので、明後日《あさって》から参ります。最初の日なので、Mを連れてきません」とKさんは読みあげるようにいい、「敬語は難しいので、ときどき子どものような言葉になってしまいます。許してください。よろしくお願いします」と席を立った。

　Kさんを下のバス停まで見送って戻ってきた母は、スイングベッドのなかでおとなしく天井《てんじょう》を見ている丈陽を抱きあげたかと思うと、鼻先を髪の毛に突っ込んで、

「おい、男くちゃいぞ。赤ん坊のくちぇに男くちゃいぞ。あら、おぬし、天《てん》パーか？」

「すこし天パーみたいだよ」

「天パーなんかになっちゃだめだぞ。うちには天パーなんてひとりもいないんだから」と母は丈陽の癖《くせ》っ毛を指で引っ張った。

　丈陽は大きなあくびをしたが、母はベビーベッドに寝かせようとせず、左手で丈陽を抱いて、右手で持ってきた風《ふ》呂敷《ろしき》の包みをほどいた。

「〈親子亀〉の紋は難しくってできないっていうのよ。だから、ほら、これ、〈丸親子亀〉にしたの」

　わたしは着物をひろげた。海から現れ天に飛翔《ひしょう》する龍《りゅう》を描いた柄《がら》で、黒地にブルーグレーの雲の色が美しかった。〈親子亀〉はメビウスの輪状の円の上を親亀が前を向いて進み、そのあとを子亀が追いかけている構図だったが、〈丸親子亀〉のほうは完全円ではなく、子は親を見あげ、親は子を振り返りながら親子で波乗りをしているような構図だった。

「これ、七五三のときに着られるの？」

「あんた、それがね、あたしも訊《き》いてみたのよ。着られないんだってさ！　お宮参り一回きりッ」

「一回きりの衣装か。贅沢《ぜいたく》だね」

「丈ちゃん、あんたがほしいもので、手に入らないものはないんだからね。みいんなママと祖母《ばあ》ちゃんが買ってあげるからね。かわいそうに」と母は丈陽の髪を撫《な》でまわした。

　赤ん坊のうちはいいが、二、三歳になって父親に棄《す》てられたことを不憫《ふびん》がって甘やかしたら我儘《わがまま》な性格になってしまう。失われたもの、奪われたものを、与えることで埋めようとするのは間違いだと思う。失われたものと、与えられるものはべつのものなのだ。丈陽には父親がいない、いや、父親はいるが父親としての役割を放棄している。その欠損《けっそん》をなにかべつのもので補償《ほしょう》することなどできるはずがない。

　丈陽が唇でチュッパチュッパと音をたててミルクを催促《さいそく》すると、

「かわいそうに、母乳ももらえないなんてね」

　母は丈陽にミルクを与え、飲んでいる途中で眠ってしまった丈陽をベビーベッドに寝かしつけると、韓国では産後の女性は一ヵ月間飲みつづけるというスープ、ミヨックを拵《こしら》えはじめた。

「あんたにはミヨック、東さんにはコムタンスープ。牛テールでコラーゲンがたっぷり入っているんだから病人にはいいのよ。あんたも食べなさいよ。いまあんたのからだは、赤ん坊に栄養を取られて内臓はぼろぼろ、骨はすかすか、歯はがたがたなのよ。いま、食べるものも食べないで無理したら一生後悔するんだからね、いい？」と顔の前にお玉を振りかざした。

　鍵を差し込んでまわす音がして、東が帰宅した。

「牛テール、もうすぐできますからね」母は鍋《なべ》を搔《か》き混ぜながらいった。

「ぼくはちょっと、食欲がないんで」

「なにいってるんですかッ、食べられなくなったらおしまいですよッ。テールはもうすこしかかるから、美里ちゃん、東さんにミヨックをよそってあげて」

わたしが若布《わかめ》と浅蜊《あさり》と貝柱《かいばしら》をよそうと、

「のどにつかえたらどうするの。栄養が出てるから、スープだけでいいのよ」母はわたしの手から器を奪って具を鍋に戻し、スープだけをよそって、リビングにいる東に、

「生牡蠣《なまがき》はいかかですか？」と大声で訊いた。

「大好物です」東はか細い掠《かす》れ声で答えた。

「食べるって」わたしが母に伝えた。

東は牡蠣をふたつ食べ、ミヨックを半分飲んだ。

「料理、上手《じょうず》ですね」

「商売やってましたからね」

母は父と別れて五年間大船駅の側《そば》で居酒屋をやっていた。安くて旨《うま》いと評判になってかなり繁盛《はんじょう》し、その資金で不動産屋をはじめたのだった。

母はリビングの時計を見あげて、「あら、もう六時！帰って夕飯の支度《したく》しなくっちゃ」と台所の隅に置いてあるリュックを背負うと、「美里ちゃん、食べ物に困ったら電話しなさいよ。車飛ばせば二時間かからないんだからね」といってベビーベッドの柵《さく》越しに丈陽の寝顔を眺め、「丈ちゃん、祖母《ばあ》ちゃんは帰るよ。またくるからね」と爪先立《つまさきだ》ちで玄関に走って行った。

東とわたしはいったん眠り、十二時前に起きて丈陽を風呂に入れた。このところ東の体調が一日のうちでも波があるので沐浴《もくよく》の時間は朝だったり深夜だったりで、丈陽の生活リズムは乱れていた。

わたしは風呂あがりの丈陽の髪の匂いを嗅《か》ぎながら東のベッドの端に腰をおろした。

東は机の上の鏡から目を離さずに、

「二、三年は棲《す》むつもりだったのにね。一年持たないんじゃ、礼金、引っ越し費用、家具、ぜんぶ無駄《むだ》になっちゃったね。あなたに悪いことをした」といって額の生《は》え際《ぎわ》に残っている髪の毛を引き抜いた。

「そんなこと……」といったもののつぎの言葉が思いつかず、まだ湿っている丈陽の前髪を撫でた。濡れていると、癖《くせ》っ毛がいっそう目立つ。

「今日はじめて、もうおしまいだなと思ったよ」

「でも、ネダプラチンとビンデシンか、イリノテカンのどっちかが効《き》くって可能性もあるでしょう」

「ネダプラチンとビンデシンの結果が出るのは一ヵ月後、三月半ばになるわけだ。もし効けばその二剤を投与しつづける。効かない場合、イリノテカンに切り替える。イリノテカンの一クールが終わるのが四月半ば、問題はそこでイリノテカンが効かなかったことが判明した場合だ。がんセンターでは手がなくなるだろうね。アメリカに行って、フェーズI、フェーズIIの実験段階の抗癌剤を試すか。決断を下すのはもうちょっとあとでもいいけど、あなたに早急《さっきゅう》に調べてほしいのは遺伝子治療とほかの治療の可能性だよ」と東は引き抜いた髪の毛を灰皿のなかに入れて、「ほんとうに時間がなくなったね」とライターで火をつけ、灰皿を鼻の前に近づけて臭《にお》いを嗅いだ。

東は共に暮らしていた十五年前から、よく自分の抜け毛を集めて燃やし、その臭いを嗅いでいた。「あぁ、いい臭い。なぜかこの臭いが好きなんだ。あなたも臭ってみたら」といい、わたしは、「やめなよ、焼き場の臭いじゃない」と苦笑していた。

「モルヒネ、飲むの？」わたしは幼児用の風邪《かぜ》薬のような薄いピンク色のモルヒネ水溶液を横目で見た。

「いまは比較的だいじょうぶなんだけど、ときどきひどいんだよ。身動きできないし、声も出せない」

「幻覚はだいじょうぶなのかな」

「たとえば、丈陽が狂犬かなにかに見えて、食い千切《ちぎ》られる前に殺さなければならないって強迫《きょうはく》観念に取り憑《つ》かれて、おれが包丁で刺すとでも？」

「怖いこといわないで」

「でも、まったくあり得ない話ではないでしょう？」

わたしはモルヒネから目を逸《そ》らし、東も話題を逸らした。

「その女の子嫉妬するだろうね。母親が赤ん坊の世話して、母親を取られたって思うんじゃないかな」

「あぁ、Kさんね。わたしもそれが心配なんだ」

「おれが対策を考えるよ」

「あの、さ、Kさんとはどうつきあえばいいのかな？ 本国で生まれ育った韓国人だから、在日のわたしとは生活習慣や考えかたが違うと思うんだよ。それに目上の親戚でしょう。つきあいかたが難しいよね」

「難しくないよ。友だちみたいにつきあえばいいんじゃない？」

「その友だちみたいっていうのが、わたしには……」

「丈陽くん、あんたのお母さんには友だちがいないんだよ」と東がいうと、丈陽は目と口を細めてすべてを理解しているような顔をした。


明け方四時、リビングで原稿を書いていると、本棚の壁越しに東のうめき声が響いてきた。壁の向こうには東のベッドが置いてある。うめき声が、咳《せ》き込む声に変わり、嘔吐《おうと》する声になったとき、わたしは立ちあがってウーロン茶のペットボトルとコップをつかんで東の部屋に行った。

東は両手で屑《くず》入れにつかまって吐いていた。

「タキソールの副作用かな？」わたしはコップにウーロン茶を注いで差し出した。

「副作用じゃないよ。最後の投与から一ヵ月近く経《た》ってるでしょう。まだからだのなかに残っているとしても、副作用なら、投与している最中にいちばん激しく症状が出ないとおかしい。十二月、一月は一度も吐いてないんだからさ」と東はウーロン茶で口をすすいで、屑入れのなかに吐き出した。

「じゃあ、なんなんだろう」


東は昨夜からがんセンターで処方してもらったモルヒネ水溶液を飲みはじめている。嘔吐の原因はモヒ水か癌の増悪しか考えられなかったが、わたしも東もそれを口にしたくなかった。

「おれ、芝居の稽古のときも、空《す》きっ腹で酒をがぶ飲みして吐きまくってたでしょう。あれと同じ症状じゃないかな。ここ何日もまともに食べてないから」口のまわりについた胃液を手の甲《こう》で拭《ぬぐ》うと、ハイライトをくわえて火をつけた。

「ほんと、やめなよ、煙草」わたしの声は甲高《かん》く、自分の鼓膜にも耳障《みみざわ》りに響いた。「ねえ、やっぱり通院で放射線受けるの無理なんじゃないの？　明日、室先生に電話して、個室を空《あ》けてもらえるように頼んでみるよ」

「北村さんが迎えにきてくれることになってるけど、一応目覚しかけておいてくれる？」東はわたしの問いには答えなかった。

和室の戸が開いて、枕から頭をあげると、

「だいじょうぶ？」

キッドの北村さんだった。

この部屋の鍵を渡したひとは伯母のKさん以外に五人いる。母、『新潮45』編集部の中瀬ゆかりさん、作家の町田康《こう》夫人の敦子《あつこ》さん、『ダ・ヴィンチ』編集部の細井ミエさん、そして北村さん――、嬰児《えいじ》と癌患者がいるので、いつ何時《なんどき》生死に関わることが起きてもおかしくない。そして以前からわたしはよく財布《さいふ》や鍵を落としている。部屋に入れなければふたりの命が危うくなるという局面も想定できるので、信頼できるひとたちに鍵をコピーして渡していたのだった。

北村さんはわたしに代わって東の通院に付き添ってくれていた。

わたしが上半身を起こそうとすると、

「いいよ、寝てて。十時で間に合うんだけど、ちょっと早くきたの。東さんはまだ寝てるみたい。丈陽のものでなんか必要なものある？」

「おむつとミルクがもうすぐなくなるんです」

「銘柄は？」

「ほほえみと、パンパースです」

「まだ当分使うんでしょう？　この前うちの近くの薬局で安売りしてたから、今度持てる分だけ買ってくる」

「ほほえみはまだ一年くらい使うからまとめて買っていただいてもいいんですけど、パンパースはサイズがあって、新生児用は体重五キロまでなんです。丈陽はもうすぐ四キロで、この分だとあとひと月で五キロ超えるから、Sサイズに切り替えないといけないので、パンパースはふたつでいいです」

「さすが母だね」

「すみません、お金、いまないんですけど」

「立て替えておくから、あとでいいよ」といって北村さんは和室の戸を閉めた。

食器を洗う水音が聴《き》こえ、北村さんに悪いなと思いつつも眠ってしまったが、三十分後に目が醒《さ》めた。

東の部屋に行くと、東はもう既《すで》に着替えていた。

「食べなくちゃだめなんだけど、食べたいものが見つからないんだよ。料理の本を買ってきてくれる？　見ているうちに、食べたくなるかもしれないから」

「何料理ですか？」北村さんが訊いた。

「和食かな？　居酒屋のつまみみたいなもの。よし、そろそろ行くか」と東は鍵と保険証と診察券とハイライトと百円ライターをポケットに入れて、「行ってくるね」と北村さんに支えられるようにして外に出て行った。

東がベッドから起きあがれないために、ここ何日か掃除ができなかった東の部屋には嘔吐した胃液と煙草の臭いが充満していた。わたしはまずガラス戸を開けて空気を入れ替え、下着や寝巻きをかかえて洗濯機のなかに入れた。屑入れのなかには吸殻《すいがら》が棄ててあった。わたしは目で吸殻を数え、昨夜だけで二箱だな、と思いながらシーツと枕カバーとベッドパットを引き剝《は》がし、マットを裏返しにした。掃除機をかけて雑巾《ぞうきん》がけをし、ミリオンバンブーの水を交換して、脂《やに》で黄ばんだテレビの画面を拭き、机の上の鏡を磨《みが》いているときに、このあいだまでサイドテーブルに寺山修司の遺影と並べてあった東の母親の写真と位牌《いはい》が鏡の横に置いてあることに気づいた。東が七歳のときに四十一歳の若さで病死した母親だ。

わたしは位牌を手に取ってみた。

大安慰釋貞祐妙文信女
昭和二七年六月二日没
東　文子

なぜ鏡の横に移したのだろう。自分の顔と母親の顔を見較《くら》べているのだろうか。

わたしは一月のままになっている卓上カレンダーを二月に替えた。

一月にこのカレンダーを東に手渡したとき、「今年は必要ないんじゃないかな」といわれた。「なんでそんなこというの?」と訊くと、「いま、一瞬のうちにあなたの顔色が変わって面白《おもしろ》かった。あなたはなんでも顔に出るから、嘘《うそ》が吐《つ》けないタイプだと自覚しといたほうがいいよ」と笑いながら机の上にカレンダーを置いたのだった。


二月十一日金曜日。放射線二日目。北村さんはバイトで、大塚さんはフライトなので、Kさんに丈陽を頼んで、わたしが付き添うことになった。

リンパ節《せつ》に転移した癌による左腕の痛みは、首、肩、胸一帯にひろがり、着替えさえひとりではできなくなっていた。わたしは東にベッドの端に座ってもらって、寝巻きとトランクスを脱がせ、新しいトランクスとTシャツとYシャツを着せて、セーターを着せようとしたが痛みで腕があがらないので、長崎在住の異母妹の池田真奈美さんと平井久美子さんから贈ってもらった黒いカーディガンを着せて、ズボンを穿《は》かせたが、しりのあたりまでずり落ちてしまった。ベルトの穴が足りない。

わたしは昨年十二月に東急ハンズで買った東のベルトの穴を開けるための金具と木製のハンマーを自分の部屋から持ってきた。

そのときは、「また馬鹿な買い物をして。その代金と捜した時間を考えたら、新しいベルト一本買ったほうが良かったじゃない。それに、妊娠八ヵ月の女がハンズでベルト開けを捜している姿は異様だよ、はっきりいって怖いよ」と東に呆《あき》れられた。

わたしは朝刊の上にベルトを置いて、開けたい位置に金具を押し当て、ハンマーを打ちおろした。

わたしは新しい穴にベルトを通した。

「無駄じゃなかったといいたいわけね？」と東はズボンのチャックをあげて笑おうとしたが、目も唇も痛みを堪《こら》えるのでせいいっぱいのようだった。

コートに腕を通すこともできなかった。わたしは東の肩にコートをかけて、「丈陽をよろしくお願いします」とKさんに頼んで、ドアを押した。

外は、寒い。十分経っても、タクシーは一台も通らない。

「ここで待ってて。向こう側でつかまえて乗ってくるから」と赤信号の横断歩道を走って渡った。車の流れに目を凝《こ》らしながら、ひと月前、わたしの陣痛がはじまったときに、東がタクシーを拾って日赤に運んでくれたことを思い出した。

わたしは東急本店のほうからあがってきた空車に向かって手をあげ、ドアが開くなり、「築地の国立がんセンターなんですけど、ここをUターンして、あそこの、あのひとの前で止まってください」と息を切らしていった。

東は道端にうずくまり、右手で左腕を押さえて頭を垂れていた。全身が痛みの塊《かたまり》のように見える。

金曜の昼前で、高速は渋滞していた。東は瞼《まぶた》を閉じて眉《み》間《けん》に皺《しわ》を寄せている。わたしは高速に乗ったことを後悔した。

「沐浴は、今日からKさんとふたりでやる」

「いいよ」

「だって、そんなに痛いんじゃ……」

「おれがやる。ロキソニンとモヒ水を飲めば、なんとかできる」

「でも……」

「おれじゃなきゃ、あの子はだめなんだ」

食い縛った東の口から、ガリッと歯軋《ぎし》りの音が洩《も》れた。


旧館の地下にある放射線治療室はがんセンターの外観からは想像できないほど暗い場所だった。古い学校のボイラー室に雰囲気が似ている。暖房もあまり効いていないので、コートを脱ぐことができない。長椅子で順番を待っているのは妻に付き添われた六、七十代の老人が多かったが、なかには背広姿の四十代の男性もいる。妻子を養わなければならないので勤めながら闘病しているのだろう。

東はマフラーで口の上まで隠し、背中を丸めている。

「だいじょうぶ？　横になれば？」

「当てるのは五分で終わるから、あと三十分で帰れる」

非常ベルが鳴った。患者とその家族はびくっと顔をあげて左右を見まわした。

「なんだろう。怖いね。放射線洩れで、全員被曝《ひばく》したりね」

とわたしは立ちあがって、変化がないようなので腰をおろした。

「機械が古いんだよ。去年食道に当てたときに訊いたら、十年前の機械だっていうんだもの。だいたいマジックで放射線を当てる場所にしるしをつけて、動くなっていうんだから原始的だよね。まだ研究段階でだれでも治療を受けられるというわけではないけど、千葉の放医研には五百億円もする重粒子線《じゅうりゅうしせん》の機械があるし、大阪大学病院は湾岸戦争の巡航ミサイルの原理を応用したロボットを使ってるから患者が動いても照準からずれないんだってよ。でも、機械が高額なのもさることながら、その機械を維持するのに莫《ばく》大《だい》な金がかかるし、操作《そうさ》できる技術者も育成しなければならないでしょう。コストと見合わないから、十年、二十年経っても一般の患者には使用されないだろうね」と一気にいうと咳《せ》き込んで、ふたたび沈黙に閉じ籠《こも》った。

ランドセルを背負った七、八歳くらいの男の子が母親に付き添われて歩いてきて、わたしのとなりに座った。脚をぶらぶらさせてコミックを読んでいる。

わたしは黒マジックでしるしがついている男の子の首と顎《あご》から目を逸らし、

「丈陽の学校はどうすればいいんだろう」

声にした瞬間、しまったと思った。東とわたしは数年先のことは話さないようにしていたのだ。現在の病状で丈陽が小学校に入学するまで生きられる可能性は奇跡《きせき》に等しい。話を引っ込めることも黙ることもできないので、話しつづけるしかなかった。

「いじめられる要素はたくさんあるよね。父親に棄てられたということ、母親が作家だということ、母親の国籍が韓国だということ。公立の小学校には入れたくないな。わたしは小学生のとき、教師のレベルの低さに絶望したもの。生徒の人気者でいたい、シカトされたくないっていう気持ちが根本にあるから、無意識のうちに大多数に迎合《げいごう》するんだよ。わたしがよそうとバイキンが染《うつ》るっていう生徒の意見に従って、わたしを給食当番からはずしたのも担任だし、クラス対抗の水泳リレーのとき応援の掛け声が、わたしのときだけ、『ガンバレ!』から『オエッー』に変わったんだけど、担任は手をたたいて笑ってたからね。いじめられて子どもが自殺すると、学校側はかなならずいじめの事実に気づかなかったっていうでしょう。気づかないはずがないわけで、教師はなんらかのかたちでかならずいじめに加《か》担《たん》してるんだよ。アメリカンスクールはどうかな? いろんな人種の子がいるし、アメリカ人の教師だったら、わたしなんか知らないでしょう。丈陽の特殊性が目立たないんじゃないかな?」わたしは気まずさを誤魔化《ごまか》すために早口で学校の批判をした。

「将来アメリカに留学させるならいいかもしれないけど、そのつもりがないならやめたほうがいいよ。うーん、未婚の母じゃあ、慶應《けいおう》幼稚舎には入れてもらえないしなぁ」

ふたたび非常ベルが鳴ったが、今度はだれも顔をあげなかった。

「ぜったい変だよ。もうすぐ一時間になるけど、だれも名前呼ばれないし。なんでみんな文句いわないんだろう」

「癌患者はがまん強いんだよ」

「ちょっと見てくる」

「見てきたって、順番が早くなるわけじゃないでしょうが」

わたしは立ちあがって、治療室に入って技術者に訊いた。

「なにがあったんですか?」

「故障したんです。でも、もうだいじょうぶです」

「故障! 故障だってさ」とわざと大きな声をあげると、患者たちがいっせいにわたしのほうを見て、付き添いのひとと話しをはじめた。

「みんな具合悪いんだから、故障なら故障ですって説明すべきだよね。のど乾かない?」

「終わってからでいい。流れ出したらすぐだから。たぶん、つぎのつぎのつぎぐらいだな」

「買ってくるよ、なにがいい？」

「じゃあ、コーラをひと口飲んでみたい」

売店に行ってコカ・コーラを買って戻ると、東はいなかった。わたしは治療室に入って、東が服を脱ぐのを手伝った。


その夜、わたしは東の部屋で授乳をした。

「昼間の話のつづきだけど、自殺しないとしても、あなたのからだはぼろぼろだから、おそらく長生きはできないだろうね。この子に四千万円は遺《のこ》してやらないとだめだよ。いま日本で、ひとりの子どもを大学に入れるまで育てるには平均三千万円はかかるっていうでしょう。この子には片親ってハンデがある分、平均以上の教育を受けさせてやりたい。あなた、生命保険に入りなさいよ」

東は痛くないほうの右手で丈陽の頭を支えて自分の膝《ひざ》に乗せた。

「あ、笑った！」

「ほんとだ。生まれてはじめて笑った」

だれかが仏の微笑のようだと形容したが、崇高《すうこう》としか表現できない微笑だった。

「おれの顔見て笑ってる」

東とわたしは丈陽の顔を覗《のぞ》き込んで、笑った。

だれかの隠し事が暴《あば》かれたときの嘲《あざけ》りの笑いではなく、わざとらしい見せかけの愛想《あいそ》笑いでなく、内心の憎悪《ぞうお》や嫌《けん》悪《お》を隠すための仮面としての笑いでもなく、自信のなさやあきらめや絶望を表すうつろな笑いでもない。かといって相手の気持ちをほぐすための思いやりとしての笑いでもなく、現実の苛酷《かこく》さを転ばせるための力の籠《こも》った笑いでもなく、笑うことによって絶望的な現実から浮きあがろうとしたわけでもない。

東とつきあいはじめた十六歳のとき、「あなたはどうしてぼくと逢うときいつも含み笑いしているの？」と東に問われたことがある。

丈陽の父親である彼に、「どうしてわたしとつきあおうと思ったの？」と訊いたとき、「はじめて逢ったとき、何度かおれのほうを見て微笑《ほほえ》んだでしょう」と彼は答えた。

微笑みは、ひととひととのいちばん最初の触れ合いだ。わたしが微笑まなければ、東とも、彼とも出逢うことはなかっただろう。そして微笑みが顔から消えても、出逢った瞬間の微笑は傷痕《しょうこん》のようにこころに残っている。

微笑みは約束だと思う。微笑みを交わした瞬間、ひとは目の前の相手となにがしかの約束を結ぶのではないだろうか。なんの約束だかわからない約束、なにを約束したかを気づくのはずっとあとになってからだ。

東由多加と丈陽は見詰め合って微笑んでいる。東は微笑むことで、生きることを希《のぞ》むのではなく、ただ尊んでいるように見えた。

おそらく東は耳が聴こえなくなり、声が出せなくなり、からだの隅々までが痛みに支配されても、その目に丈陽の微笑みが映るのならば微笑みを返すだろう。


東は夜通し吐きつづけた。ドアを閉めていても聴《き》こえるくらい激しい嘔吐《おうと》だった。何度か丈陽を抱いて東の部屋に入り、「だいじょうぶ?」と声をかけたが、左腋《わき》の痛みと吐き気で返事をすることさえできなかった。

授乳と授乳の合間に眠らなければからだが持たないので横になった。


アーッという丈陽の声で目を開けると、焦点が合わないほど顔が近くにある。育児書によると、母親のからだで赤ん坊を圧死させるおそれがあるので一歳を過ぎるまで添《そ》い寝《ね》してはいけないそうだが、丈陽を抱かなければ眠れないのだ。

わたしには精神的に追い詰められると、なにかに依存してしまう性癖がある。十代のときは煙草やアルコールやシンナーだったが、二十代に入ってからは男性に依存するようになった。しかし丈陽に依存していいはずがない。丈陽とわたしは共に生きていく運命にあるのだが、決して凭《よ》りかかってはならない。いままでのように斜めになってはいけないのだ。精神を柱のように真っ直ぐに保ち、丈陽と東が倒れかかったとしても、支えられるだけの強度を持たなければならないのだ。

その覚悟はしている。けれど、この淋《さび》しさはどうしたことだろう。淋しさにのしかかられて、わたしの精神は地面すれすれまで斜めになっている。辛《かろ》うじてわたしを支えているのは、丈陽の息の音と膚《はだ》の温《ぬく》もりだった。

わたしは丈陽からそっとからだを離して、両手をついて起きあがった。

ドアを開けると、東は床にへたり込んでベッドに凭りかかっていた。

「……どうしよう……どうすればいい？　座椅子持ってこようか」

東は顔もあげないで、撃《う》たれた疵《きず》を押さえるかのように右手で左腕をつかんでいる。

わたしは座椅子を持ってきて、東の横に置いたが、東は動こうとしなかった。

「モルヒネは？」

「効かないッ」と屑《くず》入れを両手で引き寄せ、嘔吐した。

茶色い胃液だった。血が混じっているのかもしれない。

「モルヒネが効かない？」

モルヒネを服用しはじめたこともショックだったが、モルヒネが効かないことのショックも大きかった。新聞や雑誌で終末医療の記事を読むと、現代ではペインコントロールが進んでいて、モルヒネを投与すれば癌の末期でも痛みを感じないで済むと報じられているが、服用量の問題だろうか、それとも東の体質なのだろうか。

ドラッグを頻繁に使用したり、アルコールを多量に飲んでいるひとにはモルヒネが効きづらいという話を聞いたことがある。

東由多加が作、演出した『黄金バット』がラ・ママでロングランになったのは、いまから三十年前、東が二十五歳のときだ。そのころの昔話のひとつとして、ドラッグの体験も聞いたことがある。コカインを吸引したところ、頭を上下左右から締めつけられるような激痛に見舞われ、痛みから逃れるには飛び降りるしかないと窓枠から身を乗り出したときに、当時のアメリカ人の恋人に取り押さえられたそうだ。

「一回で懲《こ》りた、コカインは体質に合わないみたい」と東はいっていた。

しかし、演出台の上にはいつも一升瓶《いっしょうびん》が置いてあった。飲まなければ演出できなかったし、新聞記者のインタヴューを受ける際も素面《しらふ》ではなかった。酒の勢いで罵倒《ばとう》したり殴《なぐ》ったりするので、マスコミのひとびとは、アルコールで才能を潰《つぶ》した過去のひととして整理し、だれもキッドの公演を観《み》にこなくなり、東の酒量はさらに増えていった。

モルヒネが効かないのは、三十年間酒浸《びた》りだったツケだろうか。

わたしはティッシュペーパーを引き抜いて東に手渡した。

東は茶色い痰《たん》を吐いて、ティッシュで口のまわりを拭って、机の上を指差した。

ドラえもんの塗り絵とクレヨンが置いてある。

「いま、北村さんに、子どもが好きなビデオも捜してもらってる」

「あッ、Mちゃん？」

Kさんが今日から一ヵ月半、三歳のMちゃんを連れて出勤する。

「とにかく、丈陽から関心を逸《そ》らさないと。はさみとかボールペンとか尖《とが》ってるものは、隠しといたほうがいいよ。目茶苦茶《めちゃくちゃ》な状況のなかで苦労して生んで、なんとか一ヵ月無事《ぶじ》に育てたんじゃない。事故が起きたら泣くに泣けないよ」

東は自分のからだを重い荷物のように持ちあげてベッドに運び、

「これ読んでみなさいよ」と枕の横にひらいて伏せてある『週刊文春』を顎《あご》で示した。

〈「母乳」をやめれば「がん」にならない⁉ 報道されない新発見〉という見出しで、ATLウイルスのキャリアの母親に乳を与えないよう指導している長崎県と鹿児島県の研究報告が書かれていた。

「あなたは母乳をあげられないということを哀《かな》しんでるけど、母乳は免疫《めんえき》を伝えられるっていうメリットだけじゃないよ。ダイオキシンなんかの毒素も高濃度になるっていうしね。良かったじゃない、母乳あげないで」

と東が笑おうとしたとき、鍵がまわる音がしてドアが開《あ》いた。

「おはようございます。……Mもおはようございますといいなさい」

とKさんにいわれたMちゃんはわたしの顔をちらっと見て、警戒しながら靴を脱いだ。

「Mちゃん、おはよう。丈陽くんと仲良くしてね」

と幼稚園の先生のような明るい声を出したが、急拵《ごしら》えの笑みを見破ったMちゃんはKさんのうしろに隠れてしまった。

わたしはMちゃんに気に入られることを放棄《ほうき》して、

「わたしも東さんも眠ってないんです。一、二時間眠るから、丈陽のミルクとおむつよろしくお願いします。飲んだ量と時間をミルク手帳に書いといてください」

と自分の部屋に入ろうとしたとき、東がクレヨンと画用紙を持って部屋から出てきた。

「Mちゃん、お絵描《か》きは好きかな？　描いたら、あとでおじさんに見せてね」と手渡すと、Mちゃんは「ドラえもんだ！」と顔に期待を漲《みなぎ》らせ、遊び場に到着したかのようにリビングにスキップして行った。

東は部屋に入ってドアを閉め、わたしもMちゃんが心配ではあったが、一ヵ月ぶりに自分の部屋のマットレスに横になり、妊娠中に東急ハンズで購入した三日月のかたちをした等身大の抱き枕にしがみついて眠った。


土曜、日曜と東は激痛と吐き気に苛《さいな》まれてなにも食べられず、トイレと丈陽の沐浴《もくよく》以外は寝たきりだった。

二月十四日月曜日午前九時、北村さんが東の放射線治療に付き添うためにやってきた。

「今日は無理。悪いけど、電話してキャンセルしてくれる？」と東がいうので、北村さんが室先生に電話してくれた。東の病状を説明して、「このままでは衰弱《すいじゃく》してしまうのでなんとかなりませんか」と相談したところ、「食べられないならば入院するしかない、脱水症状になるといけないから今日の昼過ぎに点滴をしたほうがいい」とのことだった。

北村さんは昼からバイトなので、わたしが付き添うことになった。

東は玄関まで見送りにきたKさんと目を合わせた。

「くれぐれも、丈陽に事故がないように。Mちゃんとふたりきりにしないでください」

東があまりにも真剣だったので、Kさんは立ち竦《すく》み、「はい。わかりました」と固い声を返してきた。


わたしと東はがんセンターの二階の消化管内科の前の長椅子に並んで座った。今日は外来ではない日なので、受付で室先生の院内専用のＰＨＳを鳴らしてもらった。

十五分ほどして室先生が現れ、「ちょっと、こっちは使っているので、頭頸《とうけい》科のほうに」といって頭頸科外来《がいらい》に案内してくれた。

わたしは診察室に入るなり早口で窮状《きゅうじょう》を訴えた。

「モルヒネ、効きません。ロキソニンも飲んでるし、アモバンも二錠《じょう》飲んでるのに眠れません。痛みと吐き気がひどいんです。モルヒネの副作用に吐き気ってあるんですか？　モルヒネを服用してから、ほぼ二十四時間吐きつづけているんですけど」

「モルヒネで吐くっていうのは聞いたことがありません。ちょっとどうして吐くのかはわからないですね。東さん、いまいちばん辛《つら》いのは吐き気？」

「吐き気と、ここの痛みです」と東は左の肩と腕と胸を順に押さえた。

「モヒ水は薄いんですよ。明日から入院ということなので、どうしたら痛みをコントロールできるか、麻酔科の痛みの専門の先生に相談してみます。場合によっては、点滴で持続的にモルヒネを入れることも考えたほうがいいかもしれない」

わたしたちは三階の処置室に移動した。もうじき電車が到着するプラットホームの待合室のような混み具合で、三十分経っても名前を呼ばれなかった。

東は、わたしが苛々《いらいら》しているのを見て取って、

「しょうがないよ。日本の病院は人手不足なんだから。スローンとここは同じ規模だけど、ボランティアも入れた看護婦の数はスローンの五分の一だっていうからね。病院を非難するのは酷《こく》だよ。日本の医療システム自体を変えなければどうしようもない」といい、いつもだったら、日本とアメリカの医療システムの違いから、日本の保険制度の弊《へい》害《がい》までわかりやすく説明してくれるのだが、口を噤《つぐ》んで顔中を痛みで歪《ゆが》めた。

わたしは立ちあがって、受付の看護婦をつかまえた。

「もう四十分になるんですけど、まだですか？　ほんとうに具合が悪いんです。時間がかかるんだったら寝て待っていたいんですけど」

「寝て待っていたほうがいいですか？　じゃあ」看護婦は間《ま》延《の》びした声でいい、ドアではなくカーテンで仕切られているベッドに案内した。

わたしは東の靴と靴下とカーディガンとズボンを脱がせて横にならせた。毛布がない。ベッドの前を通り過ぎた看護婦を追いかけて、「毛布をください」と頼んだが、十五分経っても持ってくる気配《けはい》はなかった。

「あなた、いらいらしてもどうしようもないって」東の声は痛みの鋳型《いがた》にはめられて強張《こわば》っていた。

わたしはコートを東のからだにかぶせた。

室先生が入ってきた。

「ごめんなさいね。お薬があがってこないんですよ」

「何カロリーの点滴をしてくれるんですか？」東はつっけ

んどんに訊《き》いた。

「いつもの高カロリー点滴ではなくて、今日はビタミン剤と鎮痛剤なので、カロリーはほとんどありませんよ」

「カロリーなし？」という東の口調は非難めいていた。

「どれくらいかかるんですか？」わたしが訊いた。

「四時間くらいかな」

「終わるのは五時か……Kさんが三時に帰るから……どうしよう」

「点滴が終わったらひとりで帰るよ」

「ひとりで帰れる状態じゃないでしょう。いったん戻って、丈陽を連れて迎えにこようか」

「やめろやめろ。本には一ヵ月健診までは外に出さないほうがいいって書いてあるじゃない。しかも、こんな寒い日の夜に。お願いだから、やめてよ。おれをおぶって帰るわけじゃないでしょう？　タクシーに乗れば着くんだからだいじょうぶ。あなた、念のためにケイタイ生かしておいてよ」

わたしはメモ用紙にケイタイの番号を書いて枕もとに置いた。

「鎮痛剤《ちんつうざい》を入れたら、たぶん三十分以内に意識がなくなると思うよ」と室先生がいった。

「あぁ、その前にウーロン茶飲みたいな」

「水分を摂《と》るんだったら、ウーロン茶より、すこしでも栄養があるもののほうがいいよ。ジュースとか、牛乳とか」

室先生が見舞いにきた友人のような口調でいった。

「おいしいジュースなら飲んでもいいな」

「タクシーで銀座の松屋に行ってこようか」わたしが腰を浮かした。

「おおげさだな」東は楽しげに微笑んだ。顔の緊張が消えている。鎮痛剤で意識を失うことがわかって安心したのだろう。

「飲みたいなと思ったときに飲まないと」

「月曜の昼の銀座だから混んでるでしょう。きっと行って戻ってきたら眠っちゃってるよ」

「じゃあ、どっかそのへんの喫茶店で、生ジュースを分けてもらうよ。種類は？」

「うーん」

「ヤクルトでもいいよ。ヤクルトなら、下の売店にあるよ」

室先生は点滴があがってくるまで付き添ってくれる気配だった。

「じゃあ、ちょっと行ってくる」わたしは財布《さいふ》をつかんで立ちあがった。

「眠くなるかどうか不安だから、週刊誌も何冊か買ってきて」

わたしは下の売店に行き、ヤクルトとウーロン茶とオレンジジュースと週刊誌を買って戻った。

点滴ははじまっていた。

「あなた、もう帰っていいよ。丈陽が心配だ」

「いいよ、眠るまでいる。ヤクルト飲む?」

「うん」東は幼児のようにこくりとうなずき、信頼に満ちた眼差しでわたしの顔をなぞった。

ヤクルトにストローを突き立てて口に持って行くと、「いたれり尽《つ》くせりだな」と東はひと口吸いあげた。「あぁ、わかった。これは哺乳瓶《ほにゅうびん》のかたちなんだ」

「そういえば、似てるね」わたしは東の喉仏《のどぼとけ》が上下するのを見護《みまも》った。

「……やっぱり……最期《さいご》は……哺乳瓶か……」

東は目を閉じ、途端《とたん》に意識を失った。東が飲んだのはヤクルト半分だけだった。

看護婦が持ってきてくれた毛布で東のからだを覆《おお》うと、すべての気持ちが嘔吐のようにこみあげてきたが、泣くことはできなかった。目の前には頬《ほお》がこけ、眼窩《がんか》が落ちくぼみ、青白く黄ばんだ東の顔がある。だれが見ても、末期癌患者の顔だ。なぜこんなところにふたりで取り残されているのだろう。紛《まぎ》れもない現実なのだが、夢のなかの光景のようにどこかがおかしい。この光景にリアリティが欠けているのか、わたしの感覚が麻痺《まひ》しているのか、悲惨さも度が過ぎるとリアリティを失うものなのかもしれない。

臨終の瞬間というのはこんな風に意識を奪われるのだろうか、それとも痛苦《つうく》で何度も意識を引き摺《ず》り戻されるのだろうか——、とぼんやり考え、こんなことを考えてはいけない、と東の服を畳《たた》んで椅子《いす》の上に重ね、コートを椅子の背にかけた。


東が帰宅したのは、七時だった。

「痛みは?」

「すこし落ち着いた」

「なんか食べる? 食べたいものがあったら買ってくるけど」

「食べたら吐くよ」

「でも、なんにも食べないわけには……」

「明日から点滴してもらうからだいじょうぶ。でも、二十四時間点滴でつながれるなんて堪《た》えられないな。それに、あなた、丈陽、ひとりじゃ無理でしょう」

「一週間から十日の入院でしょ？　とりあえず、点滴で栄養状態が良くなれば吐き気はおさまるはずだよ。口から食べられるようになったら退院できるんだから。一週間なんとかひとりでやってみる。それにいまのからだで通院で放射線やるのは無理だよ。最低放射線やってるあいだは入院してたほうがいいよ」

「丈陽の風呂はどうするの？」

「Kさんとやるしかないでしょ。でも、最初は不安だから細井さんに頼んでみる」

『ダ・ヴィンチ』の細井さんは一昨年出産したばかりで子育てには詳《くわ》しいので、出産前からいろいろなことを教えてもらっていた。

「おれちょっとひと眠りするね。鎮痛剤で三時間眠ったから、そんなに長くは眠らないと思うんだ。起きたら丈陽を風呂に入れよう。もし眠ってたら一時間後に起こして」

「電気消すね」

「うん。いや、スタンドだけつけておいて」

　わたしはスタンドの明かりを残して電気を消して部屋を出た。


　東は起きてこなかった。起こしてといわれてはいるものの、せっかく熟睡《じゅくすい》しているのだから眠らせておいてあげたい。右手で首を支えて、左手でせっけんを泡《あわ》立てガーゼで洗っていく手順を頭のなかでシミュレーションしながら東の部屋の前を行ったりきたりした。首が座っていない、手脚をばたつかせる、片手では髪のせっけんを流し切れない、耳に水が入る、湯のなかに落とす——、ぜったいにひとりでは入れられない。リビングに戻って時計を見ると、十一時半だった。もうすぐ日付が変わってしまう。

　わたしは音をたてずにドアを開け、ベッドの脇に突っ立って東の顔を見おろした。

　東が目を開けた。

「あなた怖いよ。幽霊じゃあるまいし。いま何時？」

「十一時半」

「あぁ、風呂に入れないと。ちょっと十分待って。深呼吸して態勢を整えるから」

「じゃあ、そのあいだに入院の支度しちゃう」わたしはクロゼットを開けて旅行バッグを取り出し荷造りをはじめた。

「そんなに詰め込まないでよ、一週間で戻るんだから。下着なんか三枚でいいよ。洗濯機と乾燥機があるんだし」

「放射線でリンパ節の癌が縮小して痛みが取れればいいね。あの放射線の医者、三十グレイ以上当てられないと断言はしなかったでしょう。『様子をみて』っていったよね。癌が消えそうだったら追加で当ててくれるかもしれない」

「おれもリンパ節は怖れてないんだ。また大きくなったら当てればいいんだから。でも、いうことが二転三転してるでしょう？　去年、食道に放射線を当てたとき、『食道が終わったら、リンパ節に当ててほしいんですけど』といったら、『もう限界量の六十グレイ当てたから当てられない』と室先生はいったよね。あなたが、『半年とか一年とか一定の期間を置いても無理なんですか？』と食い下がったら、『これ以上当てたら放射線肺炎の副作用が現れて、呼吸不全にまで陥り、死に至る危険もある』といった。『一回当てた食道には無理でも、転移したリンパ節や肺や肝臓には当てられるんじゃないですか？』と訊いたら、『からだのどの部位にも当てられない』と断言した。でも、今回リンパ節に当ててるじゃない。これ、どういうわけ？　『リンパ節の癌は痛まないから、肩が痛いのはたぶんほかの原因でしょう』というから、おれたち歯医者にまで行ったよね。なのに前言を翻《ひるがえ》して、痛みはリンパ節の癌のせいだからって放射線当ててるでしょう？　おれが悔《く》やんでるのは、去年、まだリンパの癌が痛まなかったうちに放射線でたたいておけば良かったということなんだ。いまほど大きくなかったわけだから、消えてたかもしれない。

　患者は医学の知識がないから、医者に断言されれば、信じてしまう。もう手がないといわれたら、絶望する。違う？　あなた、がんセンターではもう手がないといわれて、スタテンアイランド病院の入院を断わられて、七ヵ月で安定期だったのにショックで出血しちゃったじゃない。医者が技術を身につけるのは当然のことだけど、技術以上に言葉を鍛《きた》えるべきだ。自分の吐いた言葉で、ショックを受けた患者が自殺したり、患者の家族が流産したりする可能性もあるということを自覚しないでどうする？　室先生は悪いひとではないけど、いや、おれは熱心で良質な医者だと評価してるんだけど、病状を悲観的にいい過ぎるよ。あの病院全体、いやこの国の医学界の体質かもしれない。去年いっしょに癌の特番観たじゃない」

「ああ、久米宏の『がん戦争』ね」

「国立がんセンター中央病院の院長が、『この世のなかから癌という病気が消えることはない』と断言してたでしょう。でも、昨年末の朝日新聞に載ってた記事おぼえてる?」

「ニューヨークだから朝日新聞はないと思って、わたしが『読んだ?』って電話したら、もう読んでた記事でしょう? ヒトゲノム計画の中心的な科学者の『わたしの孫ががんで死ぬことがなくなる。そのゴールももうちょっとだ』って発言。切り抜いて取ってあるよ」

「国民性の違いもあるんだろうけど、医者が撲滅《ぼくめつ》するぞという気概《きがい》を持たなくてどうするんだろう。あっ、丈陽を風呂に入れよう」

と東は起きあがり、腕まくりをして、ベビーバスに湯を張るために風呂場に行った。「いいよ!」というといつもの掛け声で、わたしは丈陽の服を脱がせた。

脱衣所にはエアコンがついていないので寒い。丈陽は眉《まゆ》根《ね》を寄せて両手両脚を縮こめた。

「丈陽くん、泣かないでね。丈陽くんのためなら、どんなに病気が重くても起きて、風呂に入れるんだからね」

わたしが湯に浸けると、丈陽は両腕を前に突っ張らせた。

「第一のコース、柳丈陽《やなぎたけはる》くん、第二のコース東由多加《ひがしゆたか》くん、第三のコース柳美里《ゆうみり》さん」

という声に驚いて、丈陽は東の顔を見あげた。

「各選手いっせいにスタート台に並びました。跳び込みました。いっせいに跳び込みました」

東は丈陽の手に左手のひと差し指となか指を握らせ、右手でガーゼを洗い桶《おけ》に浸して絞《しぼ》り、指に巻いて、丈陽の右の目頭から目尻《めじり》を優しく拭《ふ》きながら、

「東リード、東リード、東が最初のターンをしました。丈陽くんつづいて第二位でターン、しかし丈陽くん速いピッチで追いあげています」

ともう一度ガーゼを濡《ぬ》らして絞り、面を替えた。

「丈陽くん、ぐんぐんぐんぐん追いあげています。折り返し四十メートル、折り返し四十五メートルで丈陽くん、東と並びました。出遅れた柳とふたりの差は大きくひらいています」

東は左の目頭から目尻をそっと撫《な》でるように拭いていった。

「わずかにひと掻《か》き、丈陽くんは東にリードしました。あッ、東がリードを奪い返した。東と丈陽くんの接戦です。丈陽くんひと掻きリード、東よりひと掻きリードしました。あと五メートルで百のターン、あと二メートル、丈陽くんターン!」

わたしは丈陽を引っくり返し、首の付け根をつかんだ。

わたしの支えかたが下手《へた》なせいで丈陽はバランスを崩し、ベビーバスの縁《ふち》を両手で握りしめてアーッと不安げな声を出した。

「丈陽くんターン、つづいて東がターン！」

と東は丈陽のうなじから背中へと円を描きながらせっけんの泡をつけていった。

「丈陽くんひと掻きリード、今度は東がひと掻きリード、大接戦です。柳はだいぶ遅れました。丈陽くんと東、ふたりだけの競争です。丈陽くん、あと十メートルで百五十、あと十メートルで百五十、わずかにひと掻きリード、丈陽くんがんばれ！　丈陽くんがんばれ！　あと二メートルでターン、ターンしました。ただいまターンしました。おっと東がひと掻きリード、東がんばれ！　丈陽くんもがんばれ！　がんばれ！　がんばれ！　がんばれ！　あと四十、あと四十、丈陽くん東を抜きました！　東も最後の力を振り絞って追いつこうとしています。丈陽くんわずかにリード、がんばれ！　丈陽くんがんばれ！　がんばれ！　がんばれ！　あと二十五メートルだ、丈陽くんがんばれ！　がんばれ！　東もラストスパートをかけてきました。東がんばれ！　がんばれ！　がんばれ！　がんばれ！　丈陽くんリード、丈陽くんがんばれ！　丈陽くんがんばれ！　リード、リード、あと五メートル、あと四メートル、三メートル、二メートル、あッ、丈陽くんゴール！」

わたしが仰向《あおむ》けの姿勢に戻し、東が掛け湯をした。湯から抱きあげた瞬間、丈陽は盛大な泣き声をあげた。

東は洗濯機の上にひろげておいたバスタオルで丈陽をくるみ、

「勝った！　勝った！　丈陽くん勝った！　丈陽くんタッチの差で東を破りました！　勝った！　丈陽くん勝ちました、丈陽くん勝ちました、丈陽くんの優勝です、丈陽くんの優勝です」

といいながら和室のベビーベッドに連れて行った。

これが最後の沐浴になった。

東由多加は柳丈陽を十九回風呂に入れた。


二月十五日火曜日午前六時に丈陽の泣き声がして、枕もとの眼鏡をかけておしっこをたっぷり含んだおむつを取り替えて、授乳《じゅにゅう》をした。

ドアを開《あ》けると、東はベッドに横たわって天井を見詰《みつ》めていた。

「いま、夢をみた。丈陽がこのベッドの脇《わき》に立ってるんだよ。いまの大きさのままなんだけど、両脚ですっくと立って、笑ってるんだ。光がさんさんと降《ふ》り注いでいて、『なんだ、丈陽くん、立てるんじゃないか』って声をかけたら、その声で目を醒《さ》ました」東は晴れやかな笑みを浮かべて、その瞬間至福《しふく》に包まれているように見えた。

「いま、何時?」

「七時ちょっと前」

「明け方まですごく痛かったんだけど、いまは波が引いてる。北村さんが迎えにくるまで眠るね」と東は目を瞑《つむ》った。

東は今日から十日間の予定でがんセンターに入院することになっていた。

午前九時、北村易子さんが迎えにくる前に東は目を醒ました。

「痛いんだよ」

「ミヨックのスープだけでも飲む?」

「あなた、それ、この一週間ずっと飲みつづけてるでしょう。一日三食。普通飽《あ》きるよ。やっぱり血だね」

「飽きがこない味だから」

「飽きがくる味だよ。日本人には堪《た》えられないと思うよ。血だよ、血。おれは青汁もらおうかな」

青汁の冷凍パックを解凍しているときに、鍵穴に鍵が差し込まれる音がしてドアが開《あ》いた。

北村さんにバッグを持ってもらい、わたしは東にコートを羽織《はお》らせた。痛みで左腕があがらず、袖《そで》を通すことができないのだ。

「じゃあ、行ってくるね」と東が靴を履《は》いて右手をあげたとき、東のうしろから乳母車を押したKさんが現れた。

Mちゃんは乳母車から降りると、リビングに走って、東が北村さんに買ってきてもらった『アンパンマン』のビデオを母親に突き出した。そして再生してもらうと、「1・2・3・1・2・3　1・2・3　サンサンサン　ひかりがサンサン　ジャムおじさん」と歌いながらアンパンマンやしょくぱんまんとともに踊りはじめた。なんとか警戒心をほどこうと思って、Mちゃんのうしろに立って踊ってみたが、Mちゃんは画面に夢中で振り向いてさえくれない。

「M!　目が悪くなるからうしろ!　うしろ行かないと消すよ」KさんがMちゃんを抱きあげて椅子に座らせたが、

母親が目を離した途端《とたん》にテレビの前に戻ってしまった。

和室のベビーベッドで丈陽のおむつを取り替えていると、Mちゃんが背後から忍び寄ってきて、

「おねえさん、あかちゃん、いいこ、いいこね」と丈陽の髪を撫《な》でた。

「Mちゃんはアンパンマン観てたらどうかな?」とMちゃんの右手を両手で包んで丈陽の頭から退《ど》けると、Mちゃんは退けられたということを敏感に察知して、「あんぱんまん、みないよ!」とベビーベッドの柵《さく》によじ登った。危ないッと丈陽を抱きあげた瞬間、Mちゃんはベッドにからだを投げ出してキャッキャッと柵を蹴った。

風呂場から水音が聴こえる。Kさんは浴室を掃除している。

「これは赤ちゃんのベッド。Mちゃんのベッドはおうちにあるでしょう。赤ちゃんのだから、返して、ね」と優しくいったのだが、Mちゃんはベッドから降りる気配を見せない。

「ママ、どこにいるのかなぁ、ママ帰っちゃったかもよ」というと、Mちゃんはベッドから飛び降り、リビングを走り抜けて行った。

Mちゃんが自分の子だったら叱《しか》るのだが、よその子を自分の子のために叱るわけにはいかない。


出産時に狭い産道を通り抜けるために赤ん坊の頭蓋骨《ずがいこつ》はゴム毬《まり》のように軟《やわ》らかい。Mちゃんがベビーベッドの柵によじ登り、からだごと丈陽の顔に落ちたら、頭蓋骨が陥没《かんぼつ》して障害が残る可能性もある。Kさんが見ていないときに事故が起きたら、丈陽が泣いてもどこを痛がっているかわからず、手遅れということにもなりかねない。白目を剝《む》いて引きつけを起こしている丈陽——、頭のなかによぎった一、二秒の映像に脅《おびや》かされて、わたしは丈陽を抱いて自分の部屋に避難した。

ドアが開けっぱなしになっている。部屋に入ると、Mちゃんが仏壇の前にしゃがみ込み、撥《ばち》で香炉《こうろ》灰を搔《か》き混ぜている。

「あッ、だめ」といって、わたしはMちゃんのとなりに座ったが、両手は丈陽でふさがっている。なんと説明してやめさせればいいのだろう。十代、二十代で流産した胎児の位牌《いはい》なのだが、Mちゃんの目にはママゴトの道具にしか見えないだろう。

「Mちゃん、これはお姉ちゃんがたいせつにしてるものなの。触っちゃ、だめ」と最後の「だめ」に力を込めた。

「だめじゃない!」Mちゃんはわたしの顔を見て頰《ほお》を膨《ふく》ら

ませ、足で床を踏み鳴らして出て行ってしまった。

ドアを閉めて、丈陽をマットレスの上に寝かせ、積木《つみき》のように転がっている十センチほどしかない小さな位牌をひとつひとつ手に取って、「あなたがたの弟である丈陽をどうか護《まも》ってあげてください」と語りかけながら没年の順に仏壇に並べ直した。

Mちゃんがいるあいだは丈陽とこの部屋にいよう、事故が起きる可能性があるのに眠ったり仕事をしたりできるはずがない。Mちゃんは四月から幼稚園に通いはじめる。あとひと月半の辛抱《しんぼう》だ。しかし四月になったらKさんは幼稚園の送り迎えをしなければならないので、平日は午後一時まで、幼稚園が早く終わる第二、第四土曜日は十一時まで、日曜祝祭日と第一、第三土曜は休み、ときてもらえる時間が極端にすくなくなる。これでは仕事にならない。午後八時くらいまで丈陽の面倒をみてくれるベビーシッターを捜すしかない。

わたしは生まれてはじめて、夫に生活費をもらい、家事と育児だけに専念できる主婦を羨《うらや》んだ。

わたしは書くことを選んだ十八歳のときから、わたしの人生と言葉を交換した。ものごころついたころから人生に裏切られつづけたのが動機だった。書くことで人生をばらばらにしたつもりだったが、わたしはいま人生に復讐《ふくしゅう》されている。

早朝に目を醒まし、食事の支度を整えて夫を起こし、夫と向かい合って朝食を食べ、「行ってらっしゃい」と夫を見送り、子どもの世話をしながら掃除をし、夫と自分と子どもの衣服を洗濯し、干して、アイロンをかけて畳《たた》み、乳母車に子どもを乗せて買い物に出掛け、夕食を拵《こしら》えて夫の帰りを待ち、仕事を終えて帰宅した夫に子どもを抱いてもらい、共に子どもの成長の喜びを分かち合って、一日に起こった愉快《ゆかい》なこと不愉快なことを話しながら夕食を食べ、夫に子どもを風呂に入れてもらい、浴室の外でバスタオルをひろげて待ち構え、夫から子どもを受け取り、三人とも寝巻きに着替えて川の字になって眠る——。不幸のバリエーションは無数に思いつくのだが、幸福は御伽話《おとぎばなし》のかたちでしか浮かんでこない。一日一日が似ていて、ざらざらしたものを残さずに一週間、一ヵ月、一年という単位にきれいに溶けていく。もう一度人生を生き直せるなら、言葉にならない静かな欲望を抱き、匿名の日常を生きてみたい。

わたしは眠気で熱くなっている丈陽の手を握った。

丈陽が眠ったので、リビングに戻ると、Mちゃんがフローリングの床にクレヨンで絵を描いていた。

「M！　やめなさいッ！」とKさんが台所から飛び出してきて、Mちゃんは、「オンマ！（韓国語でママ）」と泣き叫び、母親の脚にしがみついて離れようとしない。

「描いてもいいけど、消してくださいね」と控《ひか》えめにいって、ワープロの前に座った。机の上にもボールペンで悪戯《いたずら》描きがしてある。家事よりも、Mちゃんが汚したものをきれいにする作業のほうに時間を要するのではないか。わたしはMちゃんの泣き声に溜《た》め息《いき》を紛らせて、『ダ・ヴィンチ』の細井さんに手紙を書いてファックスで送った。


東さん、入院しました、今日（六時以降だったら何時でもOK）丈陽の風呂、手伝ってもらえないでしょうか。東さんとふたりでやっていたので、突然ひとりではできないのです。


九時に細井さんがきた。ひさしぶりに逢ったので話もしたかったのだが、彼女も昨年末に一歳になったばかりの璃《り》子《こ》ちゃんの母親なので、早く帰宅しなければならない。細井さんとわたしはあいさつもそこそこに腕まくりをした。

ベビーバスに湯を張って、あざらし型の湯温計を浮かべると、四十度。すこしぬるいが、すぐに入ればだいじょうぶだろう。手桶《ておけ》は掛け湯用、たらいは顔を洗うための湯、と車掌のように口のなかで確認しながら、たらいの湯にガーゼを浸し、ベビーせっけんをバスの脇に置き、ハンモックの役割を果たす安全ネットを取りつけようとしたが、いつもは東がやっているので取りつけかたがわからない。

「これ、どういう風にやるんだろう」と細井さんに訊いた。

「ネットは使ったことがないからわからないな。でも、ネットがあると、丈陽くんが浅くしか浸《つ》かれないし、洗いにくいよ」

わたしたちはネットなしでやってみることにした。

湯に浸けた途端に、ネットがないために丈陽のしりがベビーバスの底についた。丈陽はいままで聴いたことのない甲《かん》高い泣き声をあげ、からだを左右によじって四肢《しし》をばたつかせた。

「だめだ、だめ。泣いてるから、早くやっちゃおう」わたしは丈陽の首の付け根をつかんでいる右手に力を込めた。

細井さんは丈陽のからだに手早くせっけんをつけてガー

ゼで洗い流した。

「はい、背中」細井さんが合図した。

うしろ向きにしたが、動揺しているせいでいつもより上のほうをつかみ、顎《あご》の下を絞めあげる格好になった。丈陽は、顔を真赤にして、死にそうな声を出した。

「あおむけにして！　落としちゃう！」

細井さんは丈陽を仰向《あおむ》けにし、わたしは掛け湯をした。勢い良く顔にかけてしまった。

丈陽は大きな口を開けて泣こうとしたが、湯を飲んで声を出せない。わたしは丈陽をバスタオルでくるんで和室に走った。綿棒《めんぼう》を持つ指先が震《ふる》えて、鼻と耳の穴にうまく入れられない。

「いっしょに入ったほうが簡単だよ」と細井さんが腕まくりを戻しながらいった。

「どうやって洗うの？」

「膝《ひざ》にこう座らせて、こうやって」と細井さんは実演してみせてくれた。

「首が座らないとぜったいに無理。冷静な性格に見えるでしょう？　ぜんぜん違うんだよ。さっきみたいにパニックになって、自分がなにしてるかわからなくなっちゃうの」


細井さんが帰ったあと、がんセンターに入院している東から個室の番号と内線番号を知らせる電話がかかってきた。

「あのさ、さっき細井ミエと風呂に入れたんだけど失敗しちゃった。ネットなしでやったからだと思う」

「ネットがあったって、あなたの手はいつもぐらついてるんだから、無謀《むぼう》なことをやらないでよ。丈陽の右手は握ってあげたの？」

「あッ、忘れた。なんか、いつもと手順が違うし、丈陽がものすごく泣いて暴れるからあわてちゃって、顔に掛け湯しちゃった」

「ちょっといい加減《かげん》にしてよ。とにかく、おれが帰るまで、おれがやってた通りにやって！」

耳のなかで電話が切れる音がした。怒って切ってしまったのだ。受話器を置いて、十分間動けなかった。不安が根を張りめぐらし、引き抜いても引き抜いても繁殖《はんしょく》していった。わたしの姿を透視《とうし》したかのように、母からのファックスが届いた。


美里さん。できたら、明日、16日（水）そちらへ行こうと思っているのですが、なにか食べたい物、必要な物がありましたら、お知らせ下さい。

わたしはボツにした原稿の裏に筆ペンで返事を書いた。

一週間一歩も外に出なくていいように、ミヨックとコムタンスープをつくってください。

二月十六日、Kさんとふたりで丈陽を風呂に入れた。昨日の失敗があるので、丈陽の服を脱がせるときに心臓がゼリーのように震え出し、たちまち脈が速くなった。

わたしは唇を結んで丈陽のからだを湯に浸け、Kさんに指示をした。

「まず、その大きなガーゼの端を丈陽の左手に握らせてからだを覆《おお》って、右手はKさんが握って安心させてあげてください。そうです。最初は目からです。そのたらいのなかに入っている小さなガーゼを絞って、目頭から目尻《めじり》を拭いて」

Kさんの拭きかたは、拭くというより擦《こす》るという感じだった。

「そんなに強く擦らないでください」

「わたしもMを生んだとき、美里さんと同じに思いましたが、ハンメがね、なに馬鹿いうか、と強く洗いました。韓国では顔を強く洗うんですね」

ハンメというのは今年八十四歳になる母方の祖母である。老齢ながら、Mちゃんが誕生した直後から全面的に育児を手伝ったそうである。

「でも、丈陽は優しく洗ってあげてください。もっと優しく、もっと、撫でるくらいの感じでいいです」

脱衣所のドアが開き、Mちゃんが入ってきた。

「M！　丈陽が寒いからドア閉めて」

Mちゃんは小さな足を風呂用ブーツに突っ込んで、足鰭《ひれ》をつけたダイバーのような格好でベビーバスのまわりを一周してからドアを閉めに行った。

「あら、いい男ですね。社長ッ、おろろ、おろろ、垢《あか》が出てますよ。外にも出掛けていないのにどうしたんでしょうね。ちょっと腕貸してくれますか？」

来日して三年目のKさんの日本語はときどき言葉の選びかたがちぐはぐになる。

「あら、失礼。恥ずかしいですね」とKさんは丈陽の性器を指でつまんで洗い、てのひらにせっけんをつけて睾丸《こうがん》を包み込んだ。

「早く大きくなって、ママに楽させてあげてくださいね。ドゥンガ、ドゥンガ、ドゥンガヤァ、ドゥンガ、ドゥンガ、ドゥンガヤァ」

「なんですか？　その唄は」

「韓国の唄で、雲に乗って揺れるという意味ですね。歌っちゃいけませんか？」

「いいですけど」

「ドゥンガ、ドゥンガ、ドゥンガヤァ、ドゥンガ、ドゥンガ、ドゥンガヤァ」

その歌の響きと、丈陽のきょとんとした顔がおかしくて、わたしは笑いを堪《こら》えた。


正午過ぎにインターフォンが鳴って、画面を見ると、母だった。母のうしろにはハンメが立っている。母は大きなリュックを背負い、頭にも大きな荷物を乗せている。下関の関釜フェリーの船着き場にいた韓国の担ぎ屋のおばさんにそっくりだった。

部屋にあがってきた母は、ハンメといっしょにリビングの床に荷物をひろげた。若布《わかめ》、乾燥した貝柱、浅蜊《あさり》、牛テール、小松菜《こまつな》、菠薐草《ほうれんそう》、じゃが芋《いも》、人参《にんじん》、大蒜《にんにく》などの大量の食料品、わたしの寝巻き、ズロース、靴下、サークルメリー、アルファベットと平仮名の積木《つみき》がくるくるまわる木製のトラック、風呂で湯を吐く黄色いあひる、赤いポストのかたちをした貯金箱、丈陽の服、靴下、靴——。

母が箱からサークルメリーを取り出して組み立てはじめると、Mちゃんが「コモ（韓国語で叔母）、それなぁに？」と甘えた声を出した。

「Mちゃんにはこれ」母はミニチュア台所用品が入っているキティちゃんのバッグをMちゃんに渡した。

サークルメリーは仰向けの赤ん坊が楽しめるようにベビーベッドの柵《さく》に取りつけるものだ。Mちゃんは〈It's《イッツ》 A《ア》 Small《スモール》 World《ワールド》〉のオルゴールのメロディーとともにミッキーマウス、ミニーマウス、ドナルドダック、デージーダック、プルートーがくるくるまわるサークルメリーに関心を示し、柵によじ登ってミッキーに触れようと背伸びして——。

「だめ、ぜんぜんわからない。これはあとでゆっくり説明書を読んで組み立てるとして、美里ちゃんのごはんをつくらないと。でも、その前にちょっと丈ちゃんをだっこしてっと」とベビーベッドで眠っている丈陽を抱きあげた。

床にあぐらをかいて、新聞紙の上で莢豌豆《さやえんどう》の筋《すじ》を取りはじめたハンメがいった。

「アイゴ、こっち見てる。もう目が見えるんだよ。こら、ハンメに抱かれて、うれしいか」

「ちょっとお母さん、わたしのことハンメっていわないでくれる？」

ハンメは舌打ちをして、韓国語でなにかを吐き棄てた。

「あぁ、やだ意地悪《いじわる》婆さんみたいで」

「なにが、意地悪か」

「親子げんかするの、やめなよ」わたしは仲裁《ちゅうさい》をした。

「丈ちゃんわかる？　これは祖母《ばあ》ちゃん、そっちは曾祖母《ひいばあ》ちゃん。曾祖母ちゃんにだっこしてもらいなさい」

母がハンメの膝《ひざ》の上に丈陽を乗せた。

「ハンメ、だいじょうぶ？」わたしは心配になった。

「アイゴ、何人生んで育てたと思ってるの！」ハンメは声を荒《あら》らげた。

Kさんが M ちゃんに韓国語で語りかけ、M ちゃんが返事をし、それにハンメが加わって、静かに語り合っても口論のように響く韓国語の乱闘状態になった。

このなかで日本人は丈陽ひとりだ。丈陽が日本国籍を取得した法的根拠は父親が日本人だからだ。彼が父親であることをこのまま放棄しつづけたら、丈陽は父親の国であり自分の国でもある日本を嫌悪するようになるかもしれない、とわたしは台所から漂ってくる胡麻《ごま》油と唐辛子《とうがらし》と大蒜《にんにく》の匂《にお》いを嗅ぎながら思った。


二月十七日、丈陽の一ヵ月健診のために日赤に行く。

体重四千二百五十グラム、身長五十二・二センチ、頭囲三十八・六センチ。

健診を終えて、レンタルのベビーシートに寝かせ、日赤の前でタクシーに乗った。

丈陽のチャイルドシートをシートベルトで固定して、それでも不安なのでとなりに座って左手でシートをつかみ、「築地の国立がんセンター」と行き先を告げると、バックミラーのなかで目が合った運転手はすぐに目を伏せて車を発進させた。嬰児《えいじ》を連れて日赤から出てきて、がんセンターに向かう母親。赤ん坊が癌なのか、母親のほうが癌なのか――、運転手はハンドルを握りながら推測しているに違いない。

部屋に入ると、東は予告なしの来訪に驚いた顔をした。

「いま、北村さんと大塚さんに買い物に行ってもらってる」

「痛みはどう？」

「あんまり変わらないな」

「放射線科の先生、五日目ぐらいで効果が出てくるっていったよね」

「変わらないな」

丈陽が泣き出した。東はからだを起こして、丈陽をベッドの上に寝かせた。靴下と手袋を取り、淡いブルーの帽子とチョッキとカバーオールを脱がせて、白い肌着二枚というついつもの格好にしてしまった。

「ひどいッ、こんなに汗かかせて」

「生まれてはじめての外出だから、おしゃれさせたんだけど」

「汗かいて風邪ひいたらどうするの？　早く着替えさせてあげて」

着替えさせても、丈陽は泣きやまなかった。

「ミルク、何時にあげたの？」

「十一時かな？」

「もう四時間経ってるじゃない。早くあげてよ」

「ミルク一回分しか持ってこなかった」

東は北村さんのケイタイに電話した。

「だめだ、留守電になってる」

「買ってくる」わたしは脱いだばかりのコートを着て財布をポケットに入れた。

東は丈陽を腕のなかで揺すりながら、窓の外の東京湾に目をやったが、その目は厳しく、表情は痛みで固まっていた。

がんセンターの裏門の前にある薬局で、ほほえみのスティックパックを買って病室に戻ると、北村さんと大塚さんが丈陽をあやしてくれていた。

給湯室にミルクスティックと哺乳瓶《ほにゅうびん》を持って行って、いつもはミネラルウォーターで調乳しているので水道水を使うことに不安を感じたが、緊急なので哺乳瓶を熱湯で消毒して電気ポットの湯を注ぎ入れた。ボウルの代わりになる口広の花瓶《かびん》を見つけ、花瓶に哺乳瓶を浸してミルクを冷ましながら病室に戻った。

東はミルクを飲む丈陽の顔から目を逸《そ》らさないで、

「いい顔してるでしょう。ジャニーズのタレントみたいな今風《いまふう》の美少年にはならないだろうけど、味があるいい顔してる。いかにも子どもって感じの顔、ランドセルも似合うだろうし、きっと麦藁《むぎわら》帽子をかぶせて捕虫網持たせたら日本一になるんじゃないかな」と自慢《じまん》げにいって激しく咳き込み、ティッシュを引き抜いて痰《たん》を吐いた。

「わたしたちはそろそろ」と北村さんと大塚さんは腰をあげた。

ドアが閉まって一分くらい経ったときに東が改まった口調でいった。

「あなたは、おれがこんなこと訊《き》くと不愉快かもしれないけど、丈陽の父親からは連絡ないの？」

「ない」

「不思議だね。おれは生まれたら逢いにくると思ってたけど。いがみ合って別れた場合でも、子どもの母親の顔は見たくもないけど、子どもには逢いたいっていうのが父親の心理だからね。逢うことを禁じてるわけじゃないんでしょ？」

「どんなことがあっても一ヵ月に一度は逢うって約束したんだけどな」

「あなたみたいに寛容《かんよう》なケースが珍しいんであって、普通は相手の男に恨みを持っている女は、いくら男が逢わせてくれと頼んでも、ぜったいに逢わせないよ。子どもに自分の憎悪を伝えて、父親を恨ませるものだけどね。子どもの争奪戦になって、誘拐《ゆうかい》事件にまで発展するくらいだから」

「妻が逢うなっていってるんじゃないかな」

「でもそれはおかしな話だな。彼はその女性の夫であるけれど、と同時に丈陽の父親であるわけだから、父親としての責任を果たすべきだ。だれがいちばん弱い立場なのか、だれを護《まも》らなければならないのか、丈陽でしょう？　自分の子どもを全力で護る、それはその男にとっても、あなたにとっても逃れようのない親としての責任だ。親としての責任は、精神的な養育と、経済的な養育とふたつある」

「病院に見舞いにきたときに、丈陽のことは手紙に書くといったんだけど、一ヵ月経ってもなにもない」

「養育費は？」

「ない」

「ないってどういうことよ！」

「だから送られてきてない」

「ふざけた男だね。本来なら、出産費用も男が持つのが筋だよ。その男には子どももいないんでしょ？　その男の年収からしたら月々五万なんてたいした額じゃないよ。まぁ、あなたが要求しないんだから出産費用はいいとして、一月に生まれてるんだから、一月末から毎月五万振り込むべきでしょうが」

「そうだね」

「そうだね、じゃないよ！　あなたはこころの半分で、面倒臭いと思ってるんでしょう。仮に弁護費用に百万かかったら、養育費二十ヵ月分だからね。でもあなたは親の義務として、丈陽の権利を守るために弁護費用を捻出《ねんしゅつ》すべきだ。そしてその養育費は、あなたがどんなに困っても、いっさい手をつけずに丈陽の学費としてとっといてやりなさいよ。その男はひどい人間だけど、報道の世界にいるんだからある程度ものは知ってるでしょう。あなた、舐《な》められてるんだよ。内容証明も調停も飛ばして、告訴しなさいよ」

「告訴したら、彼の名前が公《おおやけ》になる」

「もうその男の立場をおもんぱかる必要ないんじゃない？　その男はあなたと丈陽になにをしてくれた？　疵《きず》つけただけでしょう？」

　たとえ、人間として最低の男であったとしても、丈陽にとってはこの世にたったひとりの父親なのだ。彼が書いて送ると約束した手紙はまだ届いていない。もしかしたら、いま、彼は丈陽がなにごともなく成長しているかどうかを心配し、我が子に逢えないことにこころを痛めているかもしれない。今月末から月に一度逢わせてほしい、と手紙を書いている最中かもしれないのだ。その可能性が残っている限り、彼の実名が明らかになる危険を冒《おか》すことはできない。しかし、彼はわたしの心理を読んで、永遠に手紙を書かなければ永遠に留保できると踏んでいるのかもしれない。あるいは、わたしを加害者に、自分と妻を被害者に仕立てあげて、沈黙を正当化しているということも考えられる。いずれにせよ、もうすこし待っていたい。催促をしたら、催促されていやいや応じたという事実が残ってしまう。その事実は、いつか丈陽を内側から殴打《おうだ》するだろう。

「この子の顔にいままで見たことのない相《そう》が現れてる。これがこの子の本来の顔なんだろうね。でも、やっぱり、あなたにはぜんぜん似てないな。この子の父親には良いイメージがないからいやなんだけど、こういう顔なの？」

　生まれたころにはなかった眉毛《まゆげ》がいつの間にか生え揃《そろ》っている。その困っているような下がり眉は丈陽の父親と付け替えてもわからないほど似ていたが、東には黙っていた。

「なに含み笑いしてるの？　恥ずかしがってどうする？」

「べつに恥ずかしがってなんかないよ。まぁ、似てんじゃないの」わたしは投げやりにいった。

窓の外はすっかり暗くなっていた。

「丈陽が風邪ひくから、寒くならないうちに帰ったほうがいいよ」

ばんざいの格好で眠っている丈陽に服を着せようとすると、

「その服はやめろって!」と東は〈NATIONAL CANCER CENTER〉の緑色のロゴが入った大判のバスタオルで丈陽をくるんでチャイルドシートのなかに寝かせた。

「エレベーターの前まで送るよ」と東はチャイルドシートを持ちあげた。

「重いからやめなよ。痛いんでしょう?」

「右手ならだいじょうぶ。でも、これ、ほんとに重いね」

「重いんだよ。軽いの、ほしいな、籠《かご》みたいな、クーファンっていうの?」

「退院したら、西武に買いに行こう」

「いつ退院するんだっけ?」

「二十四日じゃなかったかな?」

エレベーターが十八階に到着するまでのあいだ、わたしたちは黙ってチャイルドシートのなかの丈陽の顔を見護った。


エレベーターが開《あ》き、わたしは東からチャイルドシートを受け取った。

「じゃあね」

「じゃあ」

あいさつを交わしてドアが閉まり、わたしと丈陽だけを乗せてエレベーターが下降しはじめた。目を閉じる、ちょっとのあいだだけ。わたしはどこに下降して行くのだろう。目を開けると、白いバスタオルにくるまれた丈陽は棄て子のようにしか見えなかった。


寝巻きで一階に降り、ポストを開けて立ったまま封筒を見る――、というのが日課になっていた。

丈陽の父親は一月二十三日に日赤の病室で生後一週間の息子と顔を合わせた。そのときに、子どものことは手紙に書いて送ると約束したのだが、約束が果たされないまま一ヵ月が過ぎた。

つきあっている最中の約束は変更可能だが、別れたあとの約束は変更不可能だ。養育費を支払うといって支払わない、子どもには月に一度逢うといって逢わない、子どものことは手紙に書くといって書かなければ、約束をした相手に待機の姿勢を強《し》いることになる。

待っているあいだ、わたしは一日に何度も彼との出逢いから別れまでを再生し、なぜこんな関係になってしまったのかを考えた。

最初の夜の翌日、わたしは彼に〈互いに執着して辛くなるから一度きりにしましょう。あなたとは兄妹《きょうだい》のようにつき合いたいです〉という内容の手紙を書いて送った。

〈会いたい、と毎日思っています。これは、もう、どうしようもない、自分でコントロール不可能な情念のような感情です〉〈抱《かか》えている家族の問題や自分の精神的な脆《もろ》さ、数々のトラウマなど、あまり普通の人が持たないものを、柳美里とは、心底から分かり合えるはずだ、と思い込んだのです。だから、臆面《おくめん》もなく、セックスがしたいなどと言えたし、二人で会いたい、などと言えたのでしょう〉というのが彼からの返事だった。

妻の存在はわたしと彼を引き離す力だったが、ふたりを引き寄せる力のほうが大きかった。

互いの過去を一切知らず、過去を手に入れようとしなかったのなら、互いの人生に何の痕跡《こんせき》も残さずに遭《あ》い、交錯《こうさく》し、去るということも可能だったのかもしれないが、出逢う以前から彼はわたしの本を読んで、わたしの過去に自分の過去を重ね合わせていた。わたしは彼の過去の細部を知りたいと願い、彼は妻の存在を省いた過去をわたしに物語り、わたしはこれまでだれにも話さなかった秘密を打ち明け、わたしたちは互いの過去を共有した。

過去を共有すると、未来にも手を伸ばしたくなる。彼は逢瀬《おうせ》を重ねるたびに、「一生護《まも》ってやる」「一生好きだ」「そんなに自分を犠牲にして書く必要なんてない。書かなくてもいいよ。おれが食わせてやるから」と未来を約束した。彼の目を真っ直ぐ見詰めたが、その言葉を疑わせる曇《くも》りはなかったので、わたしは現実よりも希望を選んでしまった。

妊娠を告げた後も、動揺しながらも、「離婚に向けて努力する」「おれの子はその子ひとりだと思うから、元気ないい子を生んでくれ」といい、夜中に布団をはねのけて眠っていると、「おなかにだけはかけな」と布団をかけてくれた。何度も腹にじかに耳を当てて胎児《たいじ》の鼓動《こどう》を聴こうとし、「おなかの子がかわいそうだから、ちゃんと食べて」と買い物に行って料理を拵《こしら》えてくれた。切迫流産《せっぱくりゅうざん》で入院したときには、わたしの部屋に寝泊まりして下着やパジャマの洗濯をしてくれた。悪阻《つわり》で病院食を食べられないことを案じて、わたしの好物のハンバーガーやさくらんぼうを買って毎日見舞いに訪れ、面会時間が過ぎても帰ろうとしなかった。

こんな仕打ちをされた、ということを数えればきりがないが、こんなことをしてくれた、ということも書き切れないほどたくさんあるのだ。

だから、わたしは彼を責めようとも擁護《ようご》しようとも思っていない。彼はわたしに嘘《うそ》を吐《つ》いた。しかし、わたしを騙《だま》すために吐いた意図的な嘘ではない。彼は、混乱していたのだ。

そして、わたしは彼の混乱に巻き込まれた。混乱の渦のなかで、「離婚に向けて努力する」という彼の言葉にしがみつき、実際には小枝を握りしめていただけなのに、水が引きさえすればふたりで陸にあがり、太い幹の真っ直ぐな樹の上に〈巣〉を拵えることができると信じた。葉に覆《おお》い隠され、外敵の目に触れない〈巣〉、交代で卵を抱いて餌《えさ》を取り、〈雛《ひな》〉が孵《かえ》ったら餌を与え、羽ばたきを教え、餌の取りかたを教え、巣立たせる——。いま思えば、夢というより、フィクションに過ぎなかったのかもしれないが、刻々と大きくなっていく胎児を支えるにはフィクションが必要だったのだ。

昨年の八月の終わりに沖縄を旅行し、ふたりでわたしの部屋に帰った。

翌朝、わたしたちは子どものことを話し合った。もう何ヵ月も同じところを行ったりきたりし、結論にたどり着くことはできそうになかった。彼は認知もせず養育費も支払わず妻にないしょで、わたしと子どもとつきあうことを希《のぞ》んだが、わたしはいっしょに暮らして子どもを育てることを希んだ。

彼が、「腹減ったな」といったので、近所のイタリアンレストランに行き、ピザとサンドイッチを分け合って食べた。わたしはピザを頰張《ほおば》りながら、「わたしが死んだらこの子は孤児院にやられるの？」と泣き、彼は「そこまで人《にん》非人《びにん》じゃないよ。もし美里が死んだら、妻と離婚して、お袋とふたりで育てる」といってサンドイッチを咀嚼《そしゃく》した。

部屋に戻って、ふたたびシングルのマットレスに並んで横たわり、子どものことを話し合った。わたしがからだを起こして認知のことを訊《たず》ねると、彼はマットに両脚を投げ出したまま認知と、月々五万の養育費の支払いと、妻に打ち明けることと、命名することと、月に一度子どもに逢うことを約束した。

「話は終わったんだから、帰って」というと、のろのろと起きあがってズボンを穿《は》き、「ほんとうは離婚して結婚すべきなんだけど、妻には負い目があって離婚できない。ごめん。許して」彼は直角に頭を下げた。

外は、雨だった。わたしは傘を持って彼といっしょに部屋を出て、タクシーで品川駅まで送った。彼は無言のまま車から降りた。わたしはガラス越しに彼の頭、首筋、肩、背中、腕、脚が遠ざかっていくのを見た。彼は京浜急行の改札に消え、タクシーは走り出した。

訣別《けつべつ》したと思った。それと同時に、訣別できるはずがないと思った。わたしは何度も別れ話を切り出し、ファックスのコードを引き抜き、ケイタイの番号まで変えた。それでも彼はインターフォンを鳴らしつづけ、わたしは彼を部屋のなかに入れた。

なぜ別れたのか——、わたしに引き寄せられる力よりも、わたしから引き離す妻の存在のほうが大きくなったということに尽きるのだろう。


郵便物をかかえて部屋に戻り、ペーパーナイフで開封していると、母からファックスが届いた。

美里さん　この週末は建売の折り込みを新聞に入れましたので、行かれません。丈陽、心配ですが、抜けられません。

2／18　18：00　母

Kさんが日曜日は休みなので、大船で不動産屋を営んでいる母に沐浴《もくよく》を手伝ってもらえないかと頼んだのだ。容体の悪化のためがんセンターに緊急入院した東由多加に電話すると、

「日曜は放射線ないから外泊するよ」

「でも痛いでしょう」

「丈陽を風呂に入れるくらいならできる。日曜は高速に乗っちゃえば三十分かからないから」

丈陽が泣き出した。

「泣いてるじゃない。なんで泣いてるの？」

「なんか、急に泣く子になっちゃったの」

「泣かない子だったのに。おれがいないことと関係あるの

かな?」

「あとる思うよ。赤ん坊って聴覚だけはおとな並みに発達してるっていうでしょう? 赤ん坊にとって、聴き慣れた声が聴こえなくなるってことは大事件なんだよ」

「ちょっと連れてきてよ」

丈陽をベビーベッドからスイングベッドに移して、耳もとに受話器を当ててがった。

「丈陽くん、どうしたの? 丈陽くんがあんまり泣くと、お母さんも泣いちゃうから、泣かないで。一週間でうちに帰るからね。約束するよ。だからなんとか一週間、お母さんとふたりでがまんして。いい? 丈陽くん、わかった?」

丈陽は泣きやんだ。

「麻原のマントラみたいにおれの声をテープに吹き込んで、ベビーベッドの横で流したら?」

わたしは笑ったが、東の声に笑いは含まれていなかった。


二月十九日。丈陽が泣きやまないので、また声であやしてもらおうと電話すると、電話は繋《つな》がったのだが、東の声が聴こえない。


「ごめん。眠ってた?」

「あれ、あなたとはさっき電話で話したんじゃなかったっけ?」

舌に眠気がへばりついているような声で、よく聴き取れない。

「え? 今日はこれがはじめてだけど」

「じゃあ、ほかのひとの電話だったんだ」

「明日の沐浴、だいじょうぶ?」

「だいじょうぶ」

「眠ったほうがいいよ。じゃあね」

わたしは電話を切った。睡眠薬を飲んだばかりなのだろうか。時計を見ると、四時だった。こんな時間に睡眠薬を飲むだろうか。

わたしは丈陽を縦抱きにしてからだを密着させ、頭の天辺《てっぺん》に頬擦《ほおず》りした。よく彼の頭を両手でかかえてそうしたように——。額の生え際のカーブ、つむじの位置、髪質まで丈陽と彼は同じだった。


二月二十日。昼過ぎにケイタイが鳴った。東からだった。

「どうしても起きあがれない、ごめん。代わりに北村さんと大塚さんに頼んだ。六時くらいにそっちに行ってもらうから。悪いね」

北村易子さんは昭和五十二年に、大塚晶子さんは五十三年に東京キッドブラザースに入団した。わたしは昭和五十九年に第九期研究生として入団し、劇団員には昇格しないまま二年後に退団した。退団したあとも、東を媒介にしてときどき顔を合わせてはいたものの、東抜きで話をしたことはなかった。東にとって、大塚さんと北村さんは劇団員のなかでもっとも信頼できる役者だったが、わたしにとっては劇団の大先輩で、それ以上の関わり合いはなかったのだ。担当編集者の細井さんや、伯母のKさんに沐浴を手伝ってもらうのとはわけが違う。わたしは緊張してふたりの到着を待った。

六時過ぎに、大塚さんと北村さんがやってきた。

「東さん、すごく具合が悪いけど、風呂に入れる手順を説明するときだけはうれしそうだったよ。でも、晶子は十代のときアメリカでベビーシッターのバイトをしてて、沐浴もひとりでやってたんだってさ」と北村さんがいった。

大塚さんは日本よりも海外での生活のほうが長い、典型的な帰国子女だった。

「キッドは落ちこぼればかりだけど、大塚さんは上智大学出身だし、お父さんは通信社の外信部長まで務めたひとだし、良い家庭のお嬢さんなんだよ。でも、すごく不思議なんだ。父親と母親のことを名前のさんづけで呼ぶそうだし、キッドの公演で外国に行くときも、親にはなにも説明しないんだよ。『明日からアメリカに行ってきます』というと、なにも訊かずに、『行ってらっしゃい』とたいせつなひとり娘を送り出す両親も相当変わってる。だいたいどんな親でも一度は子どもの舞台を観《み》にくるものなんだけど、大塚さんの両親は一度も観にきたことがないんじゃないかな。かといって芝居を演《や》ることに反対しているわけじゃない。大塚家は磯野家より謎《なぞ》だよ」

東は大塚さんのことを話すたびに、不思議だ、謎だ、を連発した。

その大塚さんに丈陽の性器を洗ってもらっている。

わたしはいつもの通り丈陽の首を支え、大塚さんがせっけんをつけて洗い、北村さんは丈陽の両手を握って、丈陽を安心させるためにしゃべりつづけている。

「丈陽、大きくなっても、おばさんなんて呼んじゃだめだよ。キートン、キートンと呼びなさい。このひとはアッコだからね。アッコとキートン！　めんこちゃん、めんこちゃん。大きくなったら、丈陽に唄を教えてあげようかな。アッコには英語を教えてもらいなさい」

北村さんは武蔵野音大を卒業し、キッドでは歌唱指導を担当していた。わたしも研究生時代は〈ｓｏｎｇ〉の授業で教わった。

丈陽は泣かなかった。

ふたりは沐浴が終わると、すぐに帰って行った。

わたしは風呂あがりの水分補給に麦茶を飲ませて丈陽を眠らせ、ワープロの前に座った。明日《あす》いっぱいに原稿を入れなければ、『週刊ポスト』の連載を落としてしまう。原稿を書きながら、九時に百六十cc、十一時に百cc飲ませた。午前三時に百六十ccを飲ませたあと、担当の飯田さんに原稿十枚をファックスした。

先に半分送ります。今日いっぱい（深夜０：00まで）にあと半分入れます。

半分入れたことですこし気持ちが楽になり、わたしは丈陽をベビーベッドから抱きおろして横になった。眠らない、ちょっと横になるだけ、と丈陽の顔を見て眠気を振るい落とそうと努力したが、ミルク臭い寝息に誘われて瞼《まぶた》を閉じた。

丈陽の泣き声で、枕もとの時計をつかみ取ると、八時二十分だった。わたしはあわてておむつを取り替え、ミルクを飲ませたが、丈陽は眠ってくれず、ベッドに寝かせると泣き出した。九時に玄関のドアが開くと同時に、丈陽をKさんに手渡してワープロの前に戻った。

めまいがする。六年前、親しくつきあっていた友人にプライバシー及び名誉権の侵害を理由として処女小説「石に泳ぐ魚」の出版差し止めと損害賠償を求める訴えを起こされたときも、目に映るすべてのものがひしゃげ、地面が斜めに見えるというひどいめまいに襲われて、ひと月間這《は》って生活していたが、これはその前兆かもしれない。

十四歳のとき、学校に通えなくなった原因も、めまいだった。そのときは精神科に通院してカウンセリングを受け、抗鬱剤《こううつざい》と睡眠薬を服用したが、カウンセリングや薬ではだめなのだ。めまいを起こしている原因に立ち向かわなければ。

ワープロの横で飯田さんに手紙を書いた。

すみませんが、室圭先生に、「実際に治療を受けるかどうかはべつにして、瀬田クリニックの医院長に東さんの病状を診てもらい、免疫療法の効果を期待できるかどうか聞きたいので」といって、カルテやレントゲン等の資料と紹介状をもらって、瀬田クリニックに行ってくれませんか？

もし、次の抗癌剤が効かないで癌が増悪《ぞうあく》したら——、その時点で他の治療を捜しても手遅れなのです。もしかしたら効くかもしれない、というものはなんでも試してみたい。もうあとがないのです。私事で申し訳ありませんが、何卒宜《なにとぞよろ》しくお願いします。

手紙をファックスで送って、ワープロの上に両手をかざして言葉を捜したが、わたしの指は途方《とほう》に暮れたままだ。わたしは言葉で自分の身に起こったことと対峙《たいじ》しているけれど、いま起こりつつあることと対峙するのは難しい。こうやって書いている最中にだって現実は進行する。東の癌は大きくなっているのだ。東に電話して容体を訊こう、原稿はそれからだ。わたしは〈保存〉のキーを押してワープロから離れ、東の病室に電話した。

「どう？　どんな感じ？」

「さっき、スローンに留学して勉強したっていう痛みの専門の先生がきて、いまモルヒネを点滴で投与してもらってる」

東がうめき声をあげたのでわたしは電話を切った。東は経口《けいこう》ではなく、点滴でモルヒネを投与しはじめた。退院は二十四日の予定だが、ほんとうに退院できるのだろうか。

わたしはワープロに戻った。言葉にされたがっている思いもあれば、言葉にされる気配を察してあとずさる思いもある。丈陽の父親である彼に対する思いは言葉にされることをいやがっていたが、わたしは自分のこころに手を突っ込んで、力ずくで彼への思いを引き摺《ず》り出した。そして言葉にまみれた手で、彼の息子である丈陽を抱きあげ、授乳した。

二月二十三日、広尾の氷川神社に丈陽の初宮参りと、東の病平癒祈願《やまいへいゆ》と、わたしの厄《やく》払いをしに行く。

わたしと母は和服を身に纏《まと》い、母が〈丸親子亀〉の家紋が入った掛け着を着せて丈陽を抱いた。東も主治医にモルヒネを多めに投与してもらって、大塚さんの付き添いで氷川神社に向かっているはずだ。

本来であれば、父方の祖母が抱き、両親が付き添うのだ。丈陽のもうひとりの祖母は孫の存在を知っているのだろうか。彼と妻が話し合って存在自体を隠している可能性も否《いな》めない。わたしは母の腕で眠っている丈陽の顔を見護《みまも》りながら、いつか彼の母に丈陽の写真を送り、孫である丈陽に逢ってほしいと頼もうと決心した。

今日は丈陽にとって日本人としてははじめての晴れの場だ。先祖代々その国に棲《す》み、両親共にその国のひとで、その国の言葉を話すというのが、何の問題もない国籍の有り様だとすれば、丈陽は必要十分条件を満たしているわけではない。しかしわたしがもっとも重要視したのは言葉と文化だ。日本で生まれ育ったわたしは韓国語を話せないし、韓国文化を身につけていないので、我が子に韓国文化を継承させることができない。母親であるわたしが教えることのできるのは日本語と日本文化しかないのだ。それでもほんとうに良かったのだろうかという疚《やま》しさのような感情がわたしのなかで燻《くすぶ》りつづけている。異なった国籍を持つ母親と息子──、同じ国籍を有する父親は我が子を見棄《す》てている。たったひとり、日本国籍の戸主となって生きていかなければならない柳丈陽《やなぎたけはる》への餞《はなむけ》として、わたしと母は他国の民族衣装である和服に袖《そで》を通した。

これからも丈陽の七五三、小学校の入学式、卒業式、ほかの母親が和服を着る場合は、わたしも和服を着て出席しようと思っている。

韓国のマスコミは、日本以上にわたしの妊娠と出産を大きく報じた。


在日同胞女流作家柳美里氏〝未婚の母の道〟を歩む（99年12月6日　東亜日報）

柳美里氏未婚の母になる（12月6日　韓国日報）

柳美里氏妊娠事実公開（12月7日　中央日報）

柳美里氏未婚の母宣言（12月7日　朝鮮日報）

韓国のひとびとが和服を着ているわたしの姿を見たら、嘆き、哀《かな》しみ、失望し、怒りをおぼえるひともすくなくないかもしれない――、わたしは痛みのような感情を抱いて氷川神社の参道を進んだ。

東と大塚さんは既《すで》に到着していた。

東はグレーのセーターの上に焦茶《こげちゃ》のコートを着ていたが寒そうに背中を丸め、ときどき咳《せ》き込んではしゃがみ、大塚さんからペットボトルをもらって水を飲んだ。ひと足ごとにつまずきそうで、歩くたびにポケットのなかのキーホルダーの鈴が鳴った。

わたしと東と母が顔を覗《のぞ》き込むと、丈陽は眠ったまま微笑んだ。

「笑ってる、笑ってる、ほら」母がいった。

「太ったね」東はひとさし指で産着《うぶぎ》のひだをめくって丈陽の顔を見た。

「だって五キロもあるんだもん」わたしがいった。

「亀だ」東は家紋に目をやって笑った。

「親子亀っていってくださいよ。これから手をつないで生きていくんだから、母子《おやこ》で」

境内《けいだい》に入り、丈陽を抱いた母、わたし、東の順に神前に座った。

「笑ったらどうしようかな?」と東。

「祝詞《のりと》で?　いいんじゃない」とわたし。

「笑っちゃだめですよ」と母。

「だめですかね」

「だめですよ。当たり前じゃないですか」

「笑ったことないですか?」

「厳粛《げんしゅく》な気持ちで聞いてますよ」

東は激しく咳き込み、てのひらを祈りの格好に組み合わせた。

宮司《ぐうじ》が現れ、わたしたちは起立をし頭を垂《た》れた。頭上で祓串《はらえぐし》が振られ、着席すると祝詞がはじまった。

東は玉串《たまぐし》を供《そな》えた直後に左肩を右手で押さえた。深々と頭を下げ、強く柏手《かしわで》を打ったのが響いたに違いない。

わたしは宮司から手渡された盃《さかずき》を丈陽の唇に近づけてから御神酒《おみき》を飲み、東も盃を干《ほ》した。

儀式と記念撮影が終わった途端に東は参道にうずくまり、大塚さんはタクシーをつかまえに走った。

二月二十四日。放射線治療が追加になり、退院は一週間延びることになった。がんセンターに見舞いに行くために丈陽をよそゆきに着替えさせて、病室に電話した。

「これから行くよ」

「なんのために?」

「……」

「あなたはそこにじっとしているのが不安なんだろうけど、ここにきても不安であることには変わりないでしょう?」

「でも、もう丈陽、着替えさせたし」

「悪いけど、声を出すこと自体辛いんだ。見舞いに時間を費やすんだったら、頼んでおいたことを調べてよ。瀬田クリニックの予約は入れてくれたの?」

「三月九日」

「ずいぶん悠長《ゆうちょう》だね」

「最短で予約を入れてほしいと飯田さんに頼んだんだけど、先方にも予定があるみたいで……」

「おれには時間がないんだよ」東は苛立《いらだ》ちを漲《みなぎ》らせた掠《かす》れ声で電話を切った。

わたしは丈陽を抱いて窓から外を見た。

小泉純一郎さんに手紙を書いて、厚生省の遺伝子治療の担当者を紹介してほしいと頼む。紹介してもらえたら、食道が原発で多臓器に転移している患者に対して臨床実験として遺伝子治療を行っている大学の研究所の有無を訊《たず》ねる。ない場合、他国の遺伝子治療の現状を訊き、実験対象にしてもらえる可能性がある医療機関をしらみ潰《つぶ》しに当たってみる。遺伝子治療に関するドキュメンタリーにかならず登場するテキサス州ヒューストンのMDアンダーソン病院に東を実験対象として加えてもらえないかどうか頼んでみる。スローンの主治医とコンタクトを取って、現在の病状でイリノテカンを投与してもらえるかどうか、投与してもらえるとしたら、いつ渡米すれば治療してもらえるかを訊《き》く。読売新聞で〈医療ルネッサンス「肺がん最前線」〉の記事を書いている記者に面会を求めて、日本の癌治療の最前線に関する情報を得る。『Foresight』に〈The Society〉を連載している木下玲子氏に面会を求めて、アメリカの癌治療の最前線に関する情報を得る。瀬田クリニックのがん養子免疫療法と、横浜サトウクリニックの免疫監視療法を取材して、東のケースで効果が期待できるのかどうかを確かめる。『週刊現代』に〈手術室の独り言〉を連載し、他の病院でホスピス行きをすすめられた患者に抗癌剤治療を積極的に行っている平岩正樹氏に面会して、セカンドオピニオンを求める。

連載を休んで、あらゆるツテとコネを手繰《たぐ》り寄せても数週間、下手《へた》をすれば一ヵ月以上かかってしまう。問題は丈陽だ。置いて行くわけにはいかないし、連れて行くわけにもいかない。

不思議なのだが、細かいことはなにも話していないし、困った素振りも見せていないのに、母はわたしの精神状態を見透《みす》かしているとしか思えないタイミングでファックスを送ってくる。

美里さま　昨日はあれで良かったようです。尋《たず》ねてみたところ、湘南地方の話ですが、日本人はあの様《よう》に赤ん坊を抱いて、氏神《うじがみ》さまにお参りに行く道々、近所の人がおひねりを（中には五百円とか千円とか入っている。気持ちだけ）、赤ん坊のふところに入れるのが習慣だったらしい。昔は赤ん坊が生まれても中々《なかなか》育たなかったから、三十日、三ヵ月、三年と節目節目で、家族と近所の人とで子どもの無事を氏神さまに祈願したのでしょう。

2／24　11：00　母

ぬか漬けのキュウリとナスが食べ頃になっているはずです。丈陽のおしりは気をつけてあげないと、あんたが大変なことになる（丈陽が痛がって泣くから）。

2／25　11：50　母

美里さま　Kさんのおじさんは鍼灸《しんきゅう》で有名な先生だそうです。할매《ハンメ》（韓国語で祖母）の話によると、今、患者の治療で韓国と日本とアメリカを廻っているそうです。特に末期ガンの患者から激痛をとって延命させると評判らしい。もし東さんが今激痛に悩み苦しんでいるのなら、お金は一回につき相当かかるらしいが、美里が今日あるのは東さんの力も大きいと思うので、最後にしてやれることとして、どうだろうか。Kさんに聞いてみたら。

2／27　17：40　母

母からは連日ファックスが届いたが、彼からは依然として手紙もファックスも届かなかった。

彼は関わりたくないと思って約束を反故《ほご》にしているのだろうが、自分の息子を無視することは関わらないことにはならない。逆に月に一度逢うよりも深く、不在の父親として丈陽に関与しているのだ。疵《きず》つけること以上に相手に大きな影響を与える行為があるだろうか。

ポストを開けて、彼からの手紙が入っていないことを確認するたびに、わたしは彼を憎んだ。

彼と別れたときから引き摺《ず》っている憎しみは丈陽を生んだ瞬間に断ち切った。これは、新しく湧き出た憎しみだ。

憎しみを掻《か》きたてて報復しようと、記憶のなかの彼の顔を呼び起こし、こころの目に映したが、目を合わせた途端《とたん》に逸らせなくなった。あまりにも間近で見過ぎたために目に馴染《なじ》んでいる顔、その顔に溺《おぼ》れそうになり、助けを求めるように丈陽の顔を見たが、彼とあまりにも似ているので憎しみが挫《くじ》けてしまった。わたしの名を呼び、わたしに話しかけ、わたしの話に耳を傾け、話が終わったあとも見詰めることをやめず、わたしの目のなかに入り込んだ彼の顔、記憶のなかの彼の顔に目を合わせたまま丈陽の顔を眺めているうちに喉もとに嗚咽《おえつ》がこみあげ、涙で彼と丈陽の顔がいっしょになってぼやけてしまった。

わたしの魂は彼と訣別《けつべつ》する方向に向かっているが、訣別したわけではない。時が経てば訣別できるという確証もない。もしかしたら死ぬまで訣別できないかもしれない。現実での訣別が固まれば固まるほど、わたしの魂を彼から引き離すことは不可能になる。親密ではなくても、丈陽の父親と母親として連絡を保っていれば、わたしの魂はきっぱりと彼に別れを告げられただろうに。

したいこと、しなければならないこと、してほしいこと、なにもかも思うようにならない。わたしの魂はわたしのからだに収まることができずに、ふた手に分かれて浮遊しつづけた。

東由多加の病室、そして彼との想い出に――。

二月二十四日に終了するはずだった放射線治療が一週間延び、東の退院は三月三日になった。わたしは手帳のカレンダーに赤丸をつけて、一秒、一分、一時間が早く過ぎるように何度も目をやって時計を急《せ》かした。

丈陽とふたりの生活に慣れるということはできない。子育ては毎日同じ作業のくりかえしで、その単調さに堪《た》えられないという母親も多いが、わたしは単調だと感じたことは一度もない。目を見張ることの連続で、赤ん坊にこんなに驚きと喜びを与えられるとは思わなかった。と同時に、こんなにきついとも思わなかったのだ。でも、そのきつさは母親であるわたしと同じくらいの分量で子どもの成長を驚き喜んでくれるひとが側《そば》にいてくれさえすれば堪えられる。

東が不在の十三日間のあいだに丈陽はできないことが、できるようになった。

抱きあげると、両手でわたしの髪の毛をつかむようになった。

「やだ、丈陽くん、お猿の子みたいよ」

と話しかけても、赤ん坊は返事をしてくれない。

哺乳瓶に右手を添えるようになった。

ビール樽《だる》に口をつけて一気飲みをしているような格好がおかしくて、

「あんた右利《き》きだったのね」

と吹き出したが、わたしの笑いはすぐに萎《しぼ》んでしまった。

いままでは唇に乳首を当てれば反射的に吸いついていたのに、いやなときは首を倒したり口を閉じたりして意思《いし》表示するようになった。

「意地っ張りなのは、だれに似たんだろうね」

といっても、ひとり言と変わりない。

声を出した側から吸い取り紙のような静寂《せいじゃく》に吸い取られてしまうのだ。

舞台に立っているのは母親役のわたしと、舞台に立っているということさえわからない赤ん坊のふたりきりだ。客席にはだれもいない。笑っても、泣いても、だれの目にも映らないし、だれの耳にも届かない。

今朝《けさ》四時に泣き声で起こされ、半分目を閉じたままミルクをつくって哺乳瓶を口に近づけたら、首を振っていやがられ、「じゃあ、もうあげない！　ひとりで寝てなさい！」と丈陽をベビーベッドに投げ出してしまった。

東がいれば、「あなた、なんてことするの？」と丈陽を抱きあげて優しく揺すり、「ミルク飲みたくないときもあるよね。よし、しばらく探検しよう」と部屋のなかを歩きまわってくれただろう。東が舞台に立っているあいだにわたしは袖《そで》に引っ込み、深呼吸をして頭を冷やすことができるのだ。

共演者がいなければ袖に引っ込むことはできない。赤ん坊だけ舞台に残すわけにはいかないし、役を降りるわけにもいかない。役を降りるということは、丈陽を養子に出すか、孤児院にやるか、無理心中をしない限り不可能だ。

わたしにとって東由多加は、共演者であり劇作家であり演出家なのだ。しかし、もし、東が演じることも書くことも演出することもできなくなっても、客席に座って観ていてさえくれれば、わたしは母親役を演じ切ることができる気がする。

泣きやんでくれない丈陽を縦《たて》抱きにして頭を肩に乗せ、「おおブレネリ　あなたのおうちはどこ　わたしのおうちはスイッツランドよ　きれいな湖水のほとりなのよ　ヤーホー　ホットゥラララ　ヤッホホホットゥラララ　ヤッホホットゥラララ　ヤーホー　ホットゥラララ　ヤッホホットゥラララ　ヤッホホ　ヤッホホホ」とテーブルのまわりを行進した。丈陽はヤッホホという響きが面白《おもしろ》かったらしく、手脚をばたつかせて、声をたてて笑った。わたしは驚いて横抱きに変えて、丈陽の顔を見た。声をたてて笑うのははじめてだ。東がいれば、「見て、見て！　笑い声あげた！」と知らせるのだが——。

丈陽は歌を催促するようにアーッと声を出してわたしの顔に手を伸ばした。これはきっと喃語《なんご》のはじまりだ。反応してやらないと声を出すことをやめ、言葉の発達が遅れてしまうということなのだが、咄嗟《とっさ》になんといえばいいか思いつかず、ふたたび、「おおブレネリ　あなたのおうちはどこ」と歌った。そして丈陽がヤッホホで笑い声をあげるたびに横抱きに変えて目を合わせ、また縦抱きに戻して「おおブレネリ」と声を張りあげた。そのくりかえしで三十分が過ぎたときに、ケイタイが鳴った。

ケイタイの番号を知っているのは、東と母と数人の編集者と数人の友人と、丈陽の父親である彼しかいない。彼からかかってくるはずはないとわかっているのだが、ケイタイが鳴るたびに栗鼠《りす》のように身構えてしまう。

丈陽をベビーベッドに寝かせているうちに留守録に切り替わり、再生すると東の声が吹き込まれていた。

「これを聞いたら、電話ください」

わたしはがんセンター十八階一八〇八号室に電話した。明日一時帰宅をして、翌朝病院に戻るということだった。


二月二十八日。帰宅した東は和室の戸を開けて丈陽の寝顔を眺めてから、リビングテーブルの自分の席に座った。お宮参り以来五日ぶりだった。

「どう？」

「うん、放射線で痛みは緩和されたんだけど、期待してたほどじゃないな。身の置き場が見つからないほどの激痛はなくなったけど、痛いことには変わりない。それより、問題は吐き気だよ。このまま入院して点滴《てんてき》に頼っててもしかたないと思うから、無理して食べてみるんだけど、吐いちゃうんだよ。おれ、ちょっと横になるね」

東は腕がはずれでもしたかのように左肩を落とし、摺《す》り足で自分の部屋に向かった。

和室を覗《のぞ》くと、丈陽は母が買ってくれたサークルメリーのドナルドダックをじっと見詰めていたが、気配《けはい》を察知してわたしのほうに頭を傾け、目が合った途端に笑い出した。

わたしはおむつと着替えを口にはさんでから丈陽を抱きあげ、東の部屋に行った。

東がかぶっている布団の上に丈陽を降ろして、服を脱がせておむつをはずした。おむつがはずれたのが気持ち良くて、丈陽は自転車を漕《こ》ぐように両脚を動かして笑った。

「あらら、この子、声を出して笑うの？　丈陽くん、あんたのキンタマはメンタイコみたいだね」と東も掠《かす》れた声で笑った。

わたしは汗疹《あせも》もおむつかぶれもない丈陽のはだかを東に見せて、褒《ほ》めてもらいたかったのだ。

「寒いから早く着せてあげなさいよ」東はリモコンに手を伸ばして設定温度をあげた。

わたしは数日前にファミリアで買ったばかりのサイズ60の白いＴシャツを着せた。

「ほら、見て、Ｔシャツ着せると、赤ちゃんじゃなくて男の子みたい。白いＴシャツが似合うでしょう」

わたしは東がいることがうれしくて、つぎからつぎにこの十三日間の丈陽の変化を見せていった。

「なんだか、この子の笑顔、渥美清に似てない？」

「そうかな？　わたしは、ピースバッジに似てると思うけど」

わたしは丈陽をうつぶせにした。丈陽は鼻を押し潰《つぶ》したまま苦しげな声を出した。

「やめてよ、苦しがってる」

丈陽は東のほうへ首を向け、口を開けて息をした。

「ほら、できた。自分で首を動かしたでしょう。もうすこしで首が座るよ」

「うつぶせ寝って乳幼児突然死症候群になる危険があったんじゃなかったっけ？」

「おとなが見ているときにやれば、首の筋肉の発達をうながす運動になるって書いてあったよ。こないだの一ヵ月健診のときも、医者にいわれたもん。うつぶせ寝は一日に何度もやったほうがいいって」

丈陽はひゃあというういかにも頼りない声をあげて泣き出し、東は丈陽を抱きあげて仰向けにして布団をかぶった。

「丈陽くん、ほら、洞窟《どうくつ》だよ。真っ暗だけどいっしょだから怖くないよ。丈陽くん、明日からまた入院するけど、食べられるようになったら帰ってくるから、心配しないで、お母さんとふたりで待っててね」

東がどんな顔をしているのかは見えなかったが、その声は力弱く哀しそうだった。

一時間あまり三人で過ごし、ベッドの脇にうずくまってミルクを飲ませているあいだに東は寝入ってしまった。

朝六時、丈陽に授乳をしていると、本棚越しに嘔吐する声が聴《き》こえた。

部屋に入ると、

「いまから病院に帰っちゃまずいかな?」と東は口のまわりについた胃液を拭《ぬぐ》った。

「Kさんがくるのが九時なんだよ。九時まで待てない?」

「待てないかも」東はまた屑《くず》入れをつかんで吐いた。

「もう二週間なんにも食べてないのに……」わたしはティッシュペーパーを引き抜いて東に渡した。

「吐くものなんてないんだよ」東はティッシュに痰《たん》を吐き出した。

わたしと東は八時半に着替え、九時にKさんとMちゃんが到着すると同時に部屋を出た。

がんセンターに着いたのは九時二十分だった。一八〇八号室には鍵《かぎ》がかかっていた。東はドアの前にへたり込み、わたしは通りかかった看護婦に、「すいません、開けていただけませんか?」と頼んだ。

「鍵はナースステーションで取ってきてください」と看護婦は通り過ぎた。

わたしはナースステーションに走って鍵をもらって戻った。病室に入って東の服を脱がせて寝巻きに着替えさせ、ナースボタンを押して看護婦を呼んだ。

「あの、昨日眠ってないし食べてないので、とりあえず睡《すい》眠薬《みんやく》で眠らせてください。眠っているあいだに点滴をやってもらって、放射線はぎりぎり三時でお願いしたいんですけど」

「室先生の許可がありませんと」

「室先生とのあいだで、昨日そういう話でまとまっているはずなんですけど」わたしは声が尖《とが》らないように注意しながら話した。

「訊《き》いてみますね」看護婦は笑顔を崩さずに答えた。

「訊いてみる前に、いま、眠りたいので、アモバンを一錠《じょう》もらえませんか?」

「先生の許可がないと処方できないんですよ」看護婦は両眉を済まなそうに下げて退出した。

　黙ってわたしと看護婦のやり取りを聞いていた東が口をひらいた。

「嘘《うそ》。いつも先生がいないときにもらってるからね。彼女からもらったこともあるよ。そのときは、『東さん、つけときますね』と笑ってさ、貸し借りになってるんだよ、睡眠薬を一錠借りたら、処方が出たときに一錠返すっていう。それを楽しんでてさ、『東さん、これで四錠貸しですよ』って昨日まで笑いながら薬のやり取りしてたのに、きっと、あなたの連載に対して反感を持ってるんだよ。ド素人が医療現場の批判をしてって。ここの病院は、医者も看護婦も癌治療では日本一って自負してるから、プライドが半端《はんぱ》じゃなく高いんだよ」

　ノックから数秒置いて看護婦が入ってきた。

「先生と連絡が取れて、三時でだいじょうぶだそうです。アモバンは眠るまでに時間がかかるから、即効性のある点滴のお薬のほうが良いのではないかと室先生はおっしゃってるんですが、いかがですか?」と看護婦は華やかな微笑を浮かべた。

「いいですねぇ」東は酒でもすすめられたように笑みを返した。

　看護婦は視界に入っていたはずのわたしには一瞥《いちべつ》もくれなかった。東のいう通りわたしに反感を抱《いだ》いているのだろう。

　わたしと東は一定のリズムでチェンバーに落ちる透明な滴《しずく》を眺めた。

「眠くなってきた」

　東は瞼《まぶた》を半分閉じた。

「あなた、おれの病状が悪化したからあきらめて、闘病しようという意欲がなくなったんでしょう」

「そんなことないよ。原稿入れたらやろうと思ってた」

「まぁ、忙しいのはわかるけどさ。おれには時間がないんだ。一刻を争うんだよ」東は完全に瞼を閉じた。

帰宅して、ワープロの画面を眺めながらコーンフレイクに牛乳をかけて朝食兼昼食を済ませた。今回は昨年末に東から届いたエアメールを軸に、ニューヨークのスローンでタキソールの投与を受けた東と、東京で臨月を迎えたわたしの年末年始の状況を書かなければならないのだが、ワープロで打ったのは東からの手紙と絵葉書の文面だけで、原稿は一字も書けていなかった。

意識を失う前に東由多加がつぶやいた、「一刻を争うんだよ」という言葉に耳を撲《ぶ》たれて鼓膜が痺《しび》れたようになり、その焦燥《しょうそう》感が締切り間近の焦燥感と擦《こす》れ合って、頭のなかで耳障《みみざわ》りな金属音をたてている。

わたしはワープロの文書を〈私信〉に変更して、『週刊ポスト』の飯田さん宛てに手紙を書いた。

　お願いがあります。テキサス州ヒューストンのMDアンダーソン病院の消化管内科の医師に、東由多加の現在の病状と治療歴を示した上で以下のことを訊《たず》ねてもらいたいのです。

　遺伝子治療の臨床実験に東を加えてもらえないか。どうしたら加えてもらえるか。どうしても加えてもらえない場合、それはなぜなのか。多臓器転移《たぞうきてんい》だということが理由だとしたら、多臓器転移の臨床実験の見通しは？　現時点で多臓器転移の臨床実験の見通しが立っていない場合、東の病状に対して効果が期待できる、日本では認可されていない最先端の治療法はないだろうか。治療法として確立されていない臨床実験段階のものも含めて、それを受けられる条件と方法を示唆《しさ》してもらいたい。やはり残されているのは抗癌剤治療のみだとして、最良と思われる薬剤の組合せは何か。

　もうひとつは、国内での遺伝子治療の可能性です。室圭先生から、千葉大が食道癌の臨床実験の認可を厚生省に申請しているという話を聞きました。厚生省の担当係官を紹介してもらうべく、わたしが小泉純一郎氏に手紙を書きますので、紹介してもらえるということになったら、その時点で段取りをご相談します。

　東由多加にもしものことがあったら、わたしも丈陽も暗礁《あんしょう》に乗りあげます。

三月二日。当初は十回三十グレイの予定だった放射線が、十五回四十五グレイで終了した。いよいよつぎの治療に進まなければならない。治療に関する調べものを飯田さんひとりにやってもらうのは酷《こく》なので、三年前に番組で知り合い、それから断続的な交友がつづいているＴＢＳニュース23のディレクターである米田浩一郎さんにお願いしてみることにした。米田さんは日経新聞の記者出身で、報道局のディレクターなので出版社の編集者より素早く調査できるのではないだろうかと思いながら、昨年末に切り取っておいた『週刊現代』（２０００年1月15日・25日新春特大合併号）の〈ガンに克つ！　外科医が選んだ！「ガン手術の名医30人」〉の記事をコピーした。

三十人の外科医に興味を持ったのではなく、その三十人を選んだ〈東大講師・外科医〉という肩書きの平岩正樹医師が行っている治療法に可能性を感じたのだ。

毎回、患者と作戦会議を開いて病気の状態などすべてを情報公開し、治療方針について話し合いながら、治療を進めていく。

平岩流の医療は時間がかかり、1日せいぜい10人程度の患者しか診られない。これでは、ただでさえ赤字の病院経営の足を引っ張るため、やむなくフリーになって、患者の治療を続けているのだ。まさに〝平成のブラック・ジャック〟といってよいだろう。（中略）平岩医師の使う抗ガン剤は、５ＦＵとロイコボリン（アイソボリン）の2剤併用をはじめ、イリノテカン、タキソール、ジェムシタビンなど20種類近い。（中略）そして、その使用法も「ノンプロトコル」、つまり羅針盤なき航海で、その都度、検査結果と患者の症状をみながら、治療法を変えていく。（中略）投与の仕方もクロノテラピーといって、夜間に病院で眠りながら点滴を受ける方法をとっている。この方法は患者が日中は普通の生活を送れるメリットがあり、会社を休まずに抗ガン剤治療を続けている例が多い。（中略）吐き気や食欲不振などの副作用についてはヒスロンＨ、アセナリン、ガナトンなどの薬を併用することで抑えることができる。（中略）平岩医師が行っている抗ガン剤治療は、どれも国際的に認められている効果の高い治療法だが、日本ではほとんど使われない。それは、薬の副作用による死者を許さない文化的な土壌があるからだ。


出産と育児のどさくさで記事が紛れてしまい、昨日バイク便で東にこの記事を送ったのだった。

「非常にラディカルだね。ラディカルな発想を医療現場に持ち込まない限り、日本の癌治療はまったく前進しないよ。直感だけど、おれはこの医者間違ってないと思う。でも考えかたに賛同できるとしても、おれにとって重要なのはひとがらなんだ。おれはひとがらが合わない場合、まったくだめという極端な人間だから」

と東は電話をかけてきて、面会して話を聞いてみる価値はあると判断したのだった。

わたしは米田さんに、平岩医師にコンタクトを取って、面会のアポイントメントを取ってもらえないだろうかと頼んだ。


三月三日。Kさんがいてくれるあいだに外の用事を済ませて帰宅すると、米田さんからのファックスが届いていた。明日午後五時に平岩医師に面会できるということだった。

ケイタイが鳴った。

「あのさ、冷静に聞いてよ」

この東のひと言で冷静さが吹き飛んでしまった。

「なに、どうしたの？」わたしの声は完全に上擦《うわず》っていた。

「さっき、室先生が病室にきて、一昨日のCTの結果がさ」

「CTの結果って、いままでは一週間待たないと教えてもらえなかったんじゃなかったっけ？」

「放射線でリンパ節の癌は縮小したんだけど、二月九日の時点から、たとえば肺の一・五センチの癌が三センチに、肝臓の三・五センチの癌が七センチになってるそうなんだよ。わずか一ヵ月足らずで、ほぼ倍！　彼もびっくりしたみたいで、『つぎの治療がおそらく最後になるだろうから、ぼくはネダプラチンとビンデシンのほうが期待を持てると思うけれど、東さんが希望するならば、イリノテカンを投与してもいいですよ』というんだよ。つまりさ、最後だから、やりたいやつをやってやるってことさ。とうとうくるところまできちゃったね。現実的に考えて手の打ちようがないところまできちゃったということは認めなければしょうがないね。その認識の上に立って、何らかの手を打とうよ。といっても、そんなにいくつもの手があるわけじゃない。最善最良の抗癌剤の組合せを調べて、それが最後の挑戦というか、賭けになるんだろうね。二月九日に、一ヵ月から半年ぐらいの命じゃないかっていわれたじゃない。半年だとすると八月だよ。つぎの抗癌剤の効果のあるなしは四月にはわかるはずだから、効果がないとわかったら、治療を打ち切って退院して、八月までは普通に暮らしたい」

わたしは受話器を耳に押し当てたまま立ち竦《すく》んでいた。なにか声を発したはずなのだが、自分の声は耳に入らず、言葉を失ったまま受話器を置いた。

わたしは飯田さんに宛てて、いま聞いたばかりの東の病状を説明し、次回は休載させてほしいと手紙を書いた。

わたしにとってもっとも重要なのは原稿ではありません。東の病状がさらに厳しくなったら、原稿を書くことはできません。長期休載、あるいは連載打ち切りという可能性も出てきました。わたしはこの連載で、東の死を書くつもりはありません。闘病を書きたいのです。死が間近に迫っていることがはっきりした時点で連載は打ち切ります。

とにかくあと二年、それが無理ならばせめて一年——、東と丈陽と三人で生きる道を全力で捜します。

手紙をファックスしたあと、米田さんのケイタイに電話した。米田さんは、東が平岩医師になにを訊きたいかを明日までに整理しておかなければならないので、これからがんセンターに行ってくれるということだった。

夜、米田さんから東の質問をワープロで打ち直したものがファックスされてきた。

(1) 抗癌剤はよく指摘されているように、人によって効果の差が大きいものだと思っています。東自身について言えば、昨年7月から原発の食道癌に対して行った放射線と5－FU＋シスプラチンによる治療の効果は認めざるを得ませんが、その後のタキソールの効果は全くありませんでした。

(2) これは国立がんセンターの主治医の考えですが、もし次回に行うケモセラピーに効果が認められなければ最早《もはや》手の打ちようがなく、対症療法に切り換えるしかないという事です。主治医としてはネダプラチン＋ビンデシンを使用したい意向ですが、東自身の強い要望があるのでイリノテカンを使用しても良いそうです。東はこれが最後の治療であるという事には納得がいきません。最後の治療であろうがなかろうが、最善の治療を行いたいと考えています。

(3) 平岩先生のもとで治療を受けさせていただくことは可能でしょうか。

(4) その場合、どのような治療が考えられるでしょうか。入院か、通院かも含めてベストのプログラムを示唆していただきたいのです。

(5) イリノテカンは平岩先生ご自身どのくらいのご経験（使用回数）をお持ちでしょうか。

(6) 平岩先生にお願いした場合、ハイリスクを覚悟しなければならないと考えていますが、イリノテカンを使用（あるいは他の抗癌剤を2剤、3剤併用）する場合、薬剤による死の可能性をどの程度覚悟しておかなければならないでしょうか。投与後1ケ月以内に20％、30％が死亡といった数値で示していただいても結構です。

(7) お答えが難しければ結構ですが、平岩先生が担当した患者の死亡率、生存率はどの程度ですか？

(8) もしつぎの抗癌剤で効果が現れなかった場合、平岩先生でも残されているのは対症療法しかないとお考えですか？

(9) 抗癌剤の副作用を抑えるヒスロンH、アセナリン、ガナトンといった薬の効果はどの程度期待出来るのでしょうか。

二度目に黙読している最中に丈陽が泣き出した。おくるみケットにくるんで抱きあげ、「泣っかないでねッ、泣っかないでねッ」と即興の唄であやしながら、もう一度質問の紙に目を落としたとき、大切なことを忘れていたことに気づいた。

丈陽だ。Kさんは三時までしかいない、平岩医師との面会の約束は五時だ。丈陽をどうしよう。時計を見ると、十一時をまわっていた。こんな時間に担当編集者の自宅に電話をかけて、明日子どもの面倒をみてほしいとは頼めないし、明日は土曜なので休日に頼み事をするのは気が引ける。母は不動産屋が定休日の水曜以外は抜けられない。友だち、と声に出して、数人しかいない友人の顔を思い浮かべた。町田康さんと、夫人の敦子さんだ。

わたしは丈陽を左腕に抱き替えて、敦子さんに手紙を書いた。書き終えて、九日にがん養子免疫療法の瀬田クリニックの江川所長に面会する予定を入れていることを思い出し、〈ちなみに九日の三時半から七時はどうでしょうか?〉と書き足した。

折り返しファックスが届いて、敦子さんは快諾してくれた。


三月四日。雨。車のなかで米田さんが買ってきてくれた平岩医師の著書『君、闘わずしてがん死するなかれ』に目を通す。時間不足で斜め読みしかできなかったが、『患者よ、がんと闘うな』の著者である近藤誠氏の論理を否定する内容の本だった。

四時にがんセンターに到着し、ノックなしに面会謝絶の病室のドアを開けた。

東は四十五度の角度にベッドの頭をあげていた。わたしと米田さんの姿に目を止めても、東の顔には表情が現れなかった。

「これから平岩医師のところに行ってくるよ」

東は水のなかでからだを動かすようにゆっくりと上体を起こし、窓の外を見た。

「花火だ」

わたしと米田さんは東が見ている方向に目をやった。

雨に濡れた築地の街がひろがっているだけだ。

「ほら、また、どーんと……」

窓の外に見惚れている東の顔から目を逸《そ》らし、わたしは米田さんの顔を見た。米田さんはわたしから目を逸らして、東の横顔を見ていった。

「花火は見えないですけど」

「違う、火事だ」東は窓の外を指差した。

「煙がもうもうと覆《おお》っているでしょう?　見えません?」

「見えません」米田さんがいった。

「あぁ、大きな黒い鳥だ。こっちに飛んでくる」

わたしはおそるおそる訊いた。

「幻覚?」

「幻覚でしょうね」東は右手をパジャマの襟元《えりもと》に差し入れ、痛みのある左腋《わき》の下を直《じか》にさすった。

幻覚であることを認めても、東は花火と煙と大きな黒い鳥から目を離そうとはしなかった。一瞬、東の顔が炎に照らされて赤くなっているように見えて、わたしは瞬《まばた》きをくりかえした。

三月四日。米田さんと、平岩医師の診療室がある中央区のS病院に向かう。

四階から上はマンションという近所の産婦人科のような外観の病院だった。

なかに入ると、暗い廊下が延びていて、受付が見当たらない。入ってすぐ左にある事務室のドアを開けて、平岩医師の名前をいうと、事務員の中年女性が黙って問診票を突き出した。

廊下の長椅子に座り、バッグを膝《ひざ》に乗せて、その上で記入しようとしたのだが、電球が点滅しているためによく見えない。

わたしと東由多加が求めているのは快適な施設ではなく最先端の医療だ、しかしこんな小さな病院でほんとうにイリノテカンを使用しているのだろうか、と考えながら眼鏡《めがね》をかけ直して東の生年月日を記入した。

「東さん」

男の声に呼ばれて、わたしと米田さんは奥の診察室に入った。

平岩医師に問診票を渡して、わたしは東の治療歴と現在の病状を話した。

「がんセンターの主治医は、つぎはネダプラチンとビンデシンを使いたい、それが最後の抗癌剤になるだろうといっているんですが、平岩先生だったら、どの薬をお考えになりますか？」

「効かないという結果が出た薬を使うのはおかしいじゃないかという考えかたもあるんですが、タキソール、タキソテール、ほとんど同じ薬なんですが、これはいまある薬のなかで最強なんですよ。それにシスプラチンをかぶせて、もう一度やってみてもいいんじゃないかという気がするわけです。もうひとつは、まったく毛色の違う薬をやってみる。そういう意味ではネダプラチンもいいと思うんです。このあとはイリノテカンとシスプラチンの組合せですね。この三つを試してみたい」

目の光が強く、視線が鋭い。本の略歴によると四十七歳だが、実年齢よりも五歳は若く見える。まだ欲望が衰えていない男の顔だ。なにに対する欲望だろう。自己顕示《けんじ》欲のぎらつきではない。

「神さまが一年とか半年の時間をくれるならば、ゆっくり二ヵ月ずつ試してみることができるんですが、一ヵ月で直径で二倍ということは、体積にすると八倍ですからね。一発勝負です」

「一発勝負……」

「一発勝負というのは、つぎにやる抗癌剤が効かなかったら、それで終わりという意味です」

「ネダプラチンとビンデシンという薬についてはどのようにお考えになられますか?」

「ビンデシンは、シスプラチンとかブレオマイシンなんかと組み合わせて使う古典的な薬です。ネダプラチンは新しい薬ですが、うーん、三番目にしたいですね。わたしがなぜネダプラチンよりもイリノテカンを選ぶかというと、手術にしてもそうですけど、滅多《めった》にやらない手術と、よくやる手術があるとしたら、よくやる手術のほうがやり易《やす》い。イリノテカンにはいろいろな癖があって、わたしはその癖を把握してるんですよ」

視線にも話しかたにも揺らぎがない。自分の考えかたに確信を持っているということだ。しかし、自分に対する疑いを含まない確信はかならず過ちを犯す。確信とは、疑いの果てに揺らぎながら存在するものでなくてはならないのではないだろうか。

「これは昨日ファックスしたのと同じものですけど、東から先生への質問です」わたしは東のメモを平岩医師に渡した。

平岩医師はメモに目を通して、

「えーっと、どこから答えたらいいのかな? イリノテカンの使用量に関してはですね、東京都には十四の大学病院があるんですけどね、わたしひとりで使っているイリノテカンの量が、上から五、六番目。わたし以外にランキングされているのは大学病院、病院全体で使っている量ですからね、おそらくわたしは日本でいちばんイリノテカンを使っている医者だと思います。

リスクはどうかという質問ですが、日本の通常の医療機関では、イリノテカンやタキソールはなかなか使えないんですよ。たとえば、去年東京高裁がひとつの判決を出しました。被告は筑波大学で、訴えたのは亡くなった患者さんの遺族。十分な説明のないまま副作用の強い抗癌剤を投与されたというので、五千万円支払えというんですよ。判決は、病院の敗け、国が百五十万円の支払いを命じられたんです。あの訴訟大国のアメリカで、抗癌剤で訴訟になるケースというのはないんですよ。というのは投与する前に、訴訟は起こさないと一筆《いっぴつ》書かせますからね。だからわたしは他の病院や医者が『これ以上の治療はしません』と匙《さじ》を投げるのを非難しません。患者に訴えられて、マスコミに騒がれれば医者は震《ふる》えあがりますし、イリノテカンの製造元のヤクルトは売りたがらなくなる。

　話は逸《そ》れましたが、抗癌剤は小さな癌には効くんですが、大きな癌には効きづらいんですよ。なんで、もっと早く……」

　顔を合わせた瞬間にだれかに似ていると思ったのだが、顔の造作《ぞうさく》ではなく、目のあたりに立ち込めている熱狂がわたしの父に似ている。わたしの父はパチンコ店の釘師《くぎし》で、給料をすべてポーカーや競馬などの博打《ばくち》に注ぎ込んだ男だ。なにかに賭《か》けなければ生の実感を持てない男――、賭けないで平坦《へいたん》な道を歩く男よりも、賭けて破滅する男のほうがわたしは好きだ。しかし、東もまた同じ部類に属するので衝突するかもしれない。

「小さな癌というのはどれくらいですか？」

「一センチ以下です。それくらいの大きさだったらたくさんあってもよく効くんですよ。でも十センチくらいになってくるとなかなか効かない。こんなことをいってもしょうがないんですけど、イリノテカンだって去年だったら効いたかもしれない。でもわたしにとっては今日がスタートですから、不平をいわず最善を尽くすよりほかに手はない」

　平岩医師はふたたび東の質問に目を落とした。

「しかし東さんに関していえば、この段階だとね、抗癌剤のリスクというよりは、死が刻々と近づいてきていますので、その危険のほうが高い。抗癌剤の効果が現れるまでに一、二ヵ月はかかるんだけど、その前に死んでしまう可能性も低くはないです」

　弁護士や医者は、実際の見込みよりもシビアにいうものだ。良い結果が出れば自分の手柄にできるが、悪い結果が出れば責められるからだ。二月九日に、「半年はだいじょうぶでしょう」と主治医に告げられたので、東は半年間の生を疑っていない。一、二ヵ月以内に命を落とす可能性が高いということを知ったら――。

「もうそういう状況なんですか?」

「わかりませんね、ご本人に会っていませんからね。医学部の学生を教えていても、彼らのいうことはときとしてチンプンカンプンです。ましてや一般のひとのいうことは、聞くと見るとでは大違いということも多い。自分の目で見なければ、これなら十分勝負できるとか、こんな状態で抗癌剤をやったら死んじゃうという判断はできませんからね」

「データよりも、目で見た感じですか?」

「言葉は非常に悪いんですが、業界用語でですね、〈活《い》きの良さ〉が重要なんです。もちろんデータも大事ですよ。しかし、データは多少悪いんだけど、活きの良いひとと、データは良くないんだけど、活きが悪いひととでは、わたしは活きの良さを選びます。データの数値には現れない、本人の活きの良さ、生に対する執着心、とにかく元気になりたいという欲望ですね。柳さんの話を聞いて、本人のメモを読んだわたしの先入観としては、かなり意欲的なかたなんだな、と」

「意欲はあります。それにがんセンターの主治医にアメリカに行く直前に、『東さんはどこで死んでもいいんですか』と問われて、『死ぬんなら、だれもいない南の島がいいかな』と笑ったひとですから、覚悟もあると思うんです」

「わたしは患者さんがあきらめたくないというんだったら、地獄の底までつきあいますよ。でも、やっぱり、そういうひとはほんとうに死んじゃうんですよ。おそらく、その東さんというひとは、最後まで抗癌剤を使う男だと思うんですよ。イリノテカンを使わないで死ぬくらいなら、使って死んだほうがましだ、という意欲を持っておられるのであれば、わたしもその意欲につきあいます。ただそれは非常に危険な賭けです。実際、意欲だけでは良くなりませんからね。わたしはその危険をしつこく説明するんです。それで本人がほんとうに治療したいのかどうかを測るんです」

〈測る〉という言葉には上下関係がある。平岩医師は無意識に使っているのだろうが、〈測る〉医者が上位で、〈測られる〉患者が下位だ。〈測られる〉患者には一刻の猶予もないので挫《くじ》けそうな意欲を医者の前に差し出して見せるだろう。東京キッドブラザースを三十年にわたって主宰し、役者やスタッフを〈測ってきた〉東が、医者に〈測られる〉ことに堪《た》えられるはずがない、と思いながら、わたしはレントゲン写真が入った茶封筒を渡した。

平岩医師はレントゲンをビューワーに貼りつけていった。

「えっと驚くほどではありませんね」

「これは二月九日の時点の写真で、一ヵ月で倍になったんです」

「最近のは？」

「すみません。今日は持参できなかったんです」

「この写真で見る限りは、肺と肝臓はまだ本人を苦しめるところまでは行っていません。そうするとなんですかね、本人がきついというのは……あっ、これだ、これですね、ははぁ、これはすごいや」

「リンパ節ですか？」

「最初のお話ですと、これに放射線を当てたんですよね？ あとはね、通常抗癌剤治療というのは全身に投与するんですけれど、局所に使うという方法もあるんです。あちこちで火の手があがっているわけですけれど、やはりいちばん大きな火事から消していきましょうという考えかたです。動注療法というんですけどね、このリンパ節を養っている血管に管を入れて抗癌剤を投与する。通常は腕から入れます。それが心臓に行って全身にまわります。動注療法というのは、東さんの場合、左のリンパ節ですけど、ここに全身に投与する量の抗癌剤を入れるんです。そうすると、ここに行くのは全身に投与する量の十倍になるわけですよ」

わたしの鼓膜のあたりで平岩医師の「驚くほどではありませんね」という言葉が跳びまわっていた。

「先生がご覧になって、まだ末期というわけではないんですか？」

「末期は末期ですよ。ただ肺と肝臓はまだだいじょうぶだ。これはちょっとたいへんだと思うんですよ、これはね」

「リンパ節自体で命を落とすことはないと主治医から聞いたんですが……」

「命には別状ないと思うんですが、本人が日常生活を送るということを治療の目的にするならば、いちばんの障害はこれですよ」

「いま、左腕がぱんぱんに腫《は》れて、持ったり握ったりすることもできない状態なんですが、動注療法をやればむくみは……」

「むくみは癌がリンパの流れを邪魔《じゃま》してるからです。癌が小さくなれば、むくみはなくなります。ある患者さんが胃癌からここに転移して、五センチあって、手がここまでしかあがらなかった。一回の抗癌剤投与で、一センチになった。体積にして百二十五分の一です。一ヵ月で車の運転ができるまで回復した。抗癌剤っていうのは当たればそれくらい劇的に患者さんのQOL（クオリティ・オブ・ライフ）を変えてくれるんです」

「動注療法に使うのはイリノテカンですか？」

「イリノテカンというのはからだのなかに入って非常に寿命が長いんです。寿命が長いということは、からだのなかを何周もするわけですよ。最初の一発で効く薬ではないんで、動注にはむしろ寿命の短い薬を使ったほうがいい。食道癌ではあまり使わないんですけど、いままで使っていないアドリアマイシン系のですね、ファルモルビシンとかアドリアマイシンという薬が比較的動注には向いているんです。動注の良いところは、逆にいうと十分の一の量でもここには十分なんですよ。で、入れないのと同じくらいの副作用で済みます。ですから全身にはイリノテカンを使いながら、動注ではアドリアマイシン系の薬を少量……あるいは5－FUでもいいと思うんです。昨年やってみて二クールは効いたけど、三クールで効かなくなったとおっしゃったけれど、5－FUには面白い性格があるんですよ。あのね、抗癌剤にも飽和《ほうわ》というのがあって、どんどん入れれば効くってものでもなくて、ある時点からはいくら入れても効かなくなる」

「薬剤耐性《やくざいたいせい》？」

「いや、薬剤耐性ではなくて、飽和。ところが5－FUにはその飽和がない。つまり使えば使うほど効く薬なんです。ちょっとその魅力も棄て難いというのは、わたしは5－FUをものすごくたくさん使うんですよ。ものすごくたくさん使いながら患者さんに負担を感じさせないトリックを使っているわけなんですけどね、いちばん多い患者さんだと、一ヵ月に十三グラムくらい」

「がんセンターでは通常どれくらいなんですか？」

「一日五百ミリグラムぐらいですかね」

わたしは治療履歴を見せた。

「六百ミリグラムですね。十日間ですから、六グラムですね。わたしだったらこの倍は使います。それともうひとつこの5－FUの面白いところは、からだのなかに入って十分で消えちゃうんですよ。だから動注で高濃度の5－FUを送り込んでも、からだをまわっているあいだにどんどん消えちゃう。

しかし、この写真は一ヵ月前のものですからね、さきほどのお話のように肺の癌が急速に大きくなったとすると、この腋《わき》の下はどうでもいい。いままでの話はぜんぶ御破算にして、やっぱり肺を中心に考えなくてはだめです。そういう癌だったら、小さくならなくても、大きくならなかったら御《おん》の字ですよ。そのスピードがほんとうだとしたら、残念ですけれど、延命の可能性はかなりすくないですね」

「ある時点で治療を断念して、ホスピスに行くという考えかたには、わたしも東も反対なんです。一パーセントでも可能性があるならば、その一パーセントに賭けて、生きる道を捜したい、と」

「個人的な考えを患者さんに押しつけているわけではないんですけど、わたしは、どうせ死ぬのなら闘いながら死にたいという価値観を持っているんです。ホスピスなんて冗談じゃない、可能性がわずかだとしても死ぬために治療を受けるんじゃない、死ぬ瞬間まで生きる可能性を追求するんだとおっしゃるかたがいたら、わかりました、いっしょに危ない橋を渡りましょう、採算を度外視して手に入る最良のものを使って闘いましょう、ただし茨《いばら》の道ですよ、と申しあげます」

「どうしたら先生の治療を受けられるんですか?」

「わたしはひとりでやっています。これは患者さんにとっては大きなマイナスです。わたしがもしインフルエンザで倒れたら、インフルエンザを染《うつ》すことになるので、治療をストップせざるを得ない。それと、前々から決めているんですけどね、三月二十二日から二十八日は患者さんが死んでも休みます。それ以外は土日も休みません。年に二回は休まなければ、わたしのからだが持たない。ですから、日程的にどうでしょう。いますぐ治療を開始すれば間に合うか……」平岩医師はカレンダーを見た。「いま、なんの治療中でしたっけ?」

「いまは、なにもやっていないんです」

「じゃあ、なんで入院してるんですか?」

「食べられないから、点滴《てんてき》を」

「なんで食べられないんですか?」

「吐くから、です」

「だってタキソールが終わって相当経《た》つでしょう」

「一ヵ月ぐらい経ちます。吐くようになったのはタキソールをやめてからなんですよ」

「うーん、なんで吐くのか」

「主治医も首を傾《かし》げています」

「造影剤は流れるんですか? 吐くのにはふたつあって、

造影剤を飲んですうっと流れるんだけれども吐く場合と、造影剤が流れなくて吐く場合と。薬が効くのは前者なんです」

「わからないです」

「ひょっとしてMSコンチン使ってらっしゃいますか？」

「MSコンチンというのは？」

「モルヒネです。モルヒネには吐き気を催《もよお》させる副作用があるんです。モルヒネによる吐き気の場合、モルヒネをやめるという手がありますが、もうひとつはここにあるアセナリンですね。これで吐き気を抑《おさ》える」

「『週刊現代』で紹介されていた薬ですよね。抗癌剤の副作用を抑えるヒスロンHとアセナリンとガナトン」

「ヒスロンHというのは食欲を出させる薬です。これは黄《おう》体《たい》ホルモンで、本来は乳癌の薬なんですよ。副作用としては心筋梗塞《しんきんこうそく》と脳卒中があります。こういう話をするとかならずそうなると短絡《たんらく》するひとがいるんですが、滅多に起こりませんせん。乳癌の患者さんが何年も飲みつづける薬ですからね。ところが食欲が出過ぎてぶくぶくに太っちゃう副作用があるので使われなくなった。それを抗癌剤といっしょに使うと、抗癌剤の副作用の食欲減退を打ち消すんですよ。しかし、食欲がなくて食べられないというのと、食欲はあっても食べたら吐いてしまうというのはべつの症状なんです。抗癌剤は両方を起こすわけですよ。MSコンチンの場合は、吐き気を催させるわけですから、吐き気を抑えればいい。だからガナトンとかアセナリンを使うんですが、わたしはびっくりするような量を使うんです」

「がんセンターとの比較でいうと」

「五倍以上使いますね」

「アセナリンとガナトンはどういう系統の薬なんでしょうか」

「アセナリンは胃そのものに働きかけて、胃の筋肉の動きを良くするんですよ。それから中枢、脳に働きかけて吐き気を抑えます。ガナトンはそのうち胃だけに働く薬です。なぜ二種類用意するかというと、アセナリンは飲み過ぎると下痢《げり》を起こす場合があるんですよ。そういうひとはガナトンに替えます。すくなくとも吐くということに関していえば、わたしの患者さんで吐くひとはいません。抗癌剤を使って患者を吐かせるなんて医者の恥ですからね。一回は許してもらいますよ。一回目でも、わたしの患者さんの九割は吐きません。でも一割は吐くわけですから、吐いた時点で謝罪します。しかし二回目からはぜったいに吐かせません。これはわたしの公約です。だってわたしのところにくる患者さんは、抗癌剤治療をしながら働きたいひとなんですから。それを一日でも長く延ばすのがわたしの使命です」

「では、整理すると、現時点のデータの範囲内で、ベストな治療プログラムは?」

「やはりイリノテカンを試してみたいですね」

「単剤で?」

「診察してみて、余裕がなさそうだったら、シスプラチンをかぶせていきます。余裕があれば副作用がないように楽にということをやりますが、一発勝負だということになれば、副作用はがまんしていただくしかない。どかんといきますよ」

「量を、ということですか?」

「一発勝負の場合は大きく使いますね」平岩医師はカレンダーに目を戻した。「早いほうがいいですよね。七日はいかがですか?」

「だいじょうぶです」

「それでは、七日にH病院の外来に東さんを連れてきてください」

「ここではなくて、H病院?」

H病院もはじめて聞く名前だった。


「わたしはここととH病院にベッドを借りているんですよ。がんセンターのホテルのような個室と較《くら》べられたらはるかに劣りますが、ここよりはH病院のほうがきれいですよ。午後二時ごろにいらしていただければ、お待ちいただかずに済むと思います」

「それでは、よろしくお願いいたします」

わたしと米田さんはS病院をあとにしてがんセンターに向かった。


十八階一八〇八号室のドアを開けると、東はこちらに顔を傾け、ボタンを押してベッドの頭を起こした。昼間は花火と煙と黒い鳥の幻覚に目を奪われていたが、いまはわたしと米田さんの顔に焦点が合っている。

わたしはインタヴュー原稿に手を入れるように注意深く言葉を置き換え、削除しながら平岩医師の治療法について説明した。

「ひとがらはどうだった? 重要なのはひとがらなんだよ」

「どういったらいいんだろう……」

「いやな感じ?」

「いやな感じというか……なぜイリノテカンなのかという

ことを懇切丁寧《こんせつていねい》に説明してくれて説得力もあったし……だけど、なんだろう……山っ気《やまけ》というか……私利私欲ではなくて日本の医療システムに対してだとは思うんだけど……」

「よし！　やりますかね。おれもあなたも癌医療ひいては日本の医療システムに対して異議申し立てしたいと思っているわけだから。でも、あなたの歯切れの悪さはどうしてなの？」

「いや、わたしが迷っているのは、治療方針じゃなくて性格が合うかなと……山っ気の部分が……」

「山っ気というのは二種類あってね、すっきりと自分の利益のために詐欺《さぎ》に走るタイプと、血が騒いで、世の中になにか起こしてやらないと気が済まないタイプ」

「後者だとは思う」

「もし後者ならば、そのひとは血筋としては革命家だよね」

「とにかく七日に外来で逢ってみてよ」

「それがさ、おれは切羽詰《せっぱつ》まってるんだよ。室先生が毎日病室にきて、ネダプラチンとビンデシンをいつから投与しはじめるのか早く決定してくれというんだよ。とうとう今日、水曜までに結論を出すと約束してしまった」

「七日だと間に合わない？」

「直接、話してみたらどうですか？　まだ病院にいると思いますよ」と米田さんがいった。

「じゃあ、話してみますよ」

東は背中をベッドから離して、ベッドの端に腰かけた。

米田さんが電話をかけて、東に手渡してくれた。

東は三度咳《せき》をしてから、なんの前置きもなく切り出した。

「実は水曜日までに結論を出すようにといわれているんですよ……結論というのは、タキソールをやめて一ヵ月になりますからね、その間《かん》に癌が倍の大きさになったわけですよ、だから主治医としては、一日も早く抗癌剤の投与をはじめなければ手遅れになると……できましたらですね、水曜日に平岩先生のお力をお借りしたいと……つまり水曜日までに、じゃあ受け入れましょう、というお答えをいただきたいわけで……いや、そうじゃなくて、がんセンターの主治医に転院するということを伝えるのは、ぼくとしてはたいへんたいへんこころ苦しいことなんです……ここを出てどこに行くのか、どんな治療を受けるのかと訊《き》かれるに決まってますから、そのときに先生のお名前と、大雑把《おおざっぱ》な治療の方向性を話さざるを得ないんですよ……そうですか……外来でお話ししてからでないとだめですか……それでは七日に行けばいいんですね」

東は首を傾《かし》げながら電話を切った。

「おれが案じているのはさ、彼は揉《も》めたくないのかもよ、がんセンターと」

「うーん、たしかに彼の本の序文をがんセンターの名誉院長が書いているし、ここで働いてたこともあるみたいだしね」

東は大きな溜《た》め息《いき》とともにベッドに頭を投げ出した。

「平岩というひとは、そのひとの病状を見て、危険だなと判断した場合はその危険性を細かく説明した上で、それでも患者本人がやりたければやるって」わたしは東の顔色を窺《うかが》いながら話した。

「それだとさ、彼が批判している、危険を冒さないために安全パイを引いている医者と同じなんだよ。つまり責任の所在がどこにあるのか、すべて患者の自己責任であるというのは、医者の責任逃れでしょう?」

「アメリカでは、契約書を交わして、危険を承知でやるんだみたいないいかたをしてた」

「そこまでいうのはおかしいな。ひとの命を左右しているわけだから、苦しみというか、自分の判断に対する逡巡《しゅんじゅん》があってしかるべきじゃないかな」

「効くひとには劇的に効くっていってたよ。腕もあがらなかったひとが、一回の投与で車の運転ができるようになったって」

「でも公平にいえば、この病院だってそういう例はあると思うんだよ。そういう例だけを列挙すればね。しかしこの病院はかなり末期の患者の例はすっぽり抜け落ちている」

「切り棄て……」

「もう治療はしないといわれるんだ。治療打ち切り。で、対症療法かホスピスをすすめられる。平岩医師のところに行くのは、他の病院で切り棄てられた末期癌患者の最後の賭けなんだよ」

東が黙り込み、わたしと米田さんは言葉に詰まったままベッドを囲んでいた。

「平岩というひとはあと三種類くらいの抗癌剤の取り混ぜかたは考えてくれるんでしょう? しかし、どうだろうね、一種類やって効かなかったらアメリカに行くか……」

「スローンでフェーズⅡとかフェーズⅠの薬を試すということ?」目の神経がぴくぴくしている。

「どうするかね……」

くるところまできてしまったということは東の姿を見ればわかる。影のように見えるのだ。影が薄いというのではなく、影そのものになってしまったかのように色彩も輪郭《りんかく》がぼやけている。

「基本的には運が強いひとだと思う」わたしはこみあげてくるもので息が詰まりそうになりながら声を出した。

「だれが？　おれが？　どうして？」

「運というか、持って生まれた生命力がとても強い。だから、わたしはまだだめだと思ってない」

「運が最悪だから、この病気にかかったともいえるし……あなたもさ、こころのどこかで、おれの死を受け容《い》れる準備をはじめなきゃね。ふいに訪れるかもしれないしさ」

声は止めたが、涙を止めることはできなかった。東の前で絶望をさらけ出してしまったことを認めたくなくて、涙を無視して東の目を見詰めつづけた。

「なんとか二年延命して……遺伝子治療を……」

「そうできたらいいけどさ」

「二年間……状態を維持して……」

「奇跡の抗癌剤に当たるかな？」

「希望的観測ではなくて……まだ……」

「まあ、もしかしたらイリノテカンが、おれにとっての奇《き》跡《せき》の抗癌剤になるかもしれないし」と東は唐突に明るい声を出し、わたは眼鏡《めがね》をはずしてセーターの袖《そで》で拭いた。

面会謝絶の一八〇八号室のドアを開けると、東はなにものかの手によってベッドに押さえつけられてでもいるかのように枕の上で顔を振った。

「声がおかしくなっちゃったよ」

完全に掠《かす》れている。掠れているというレベルではなく、声自体が喉《のど》に引っかかって出てこないという感じだ。三日前まではちょっと掠れているという程度だったのに——。

「どうしたの、急に」わたしは肩からおろそうとしたリュックの紐《ひも》に手をかけたまま突っ立った。

「わかんない。生まれてはじめてだよ」

癌が声帯に転移したのかもしれない、もしかしたら幻覚も脳に転移したせいではないだろうか、一度東がいないところで室先生に話を聞いてみなければならない。

「昨日はひどかった。舛添要一《ますぞえよういち》がここにきたんだよ。おれの顔に顔を近づけて、イナイイナイバアをするんだ。『あなたは老人介護のことをやってるからおれのところにきたんだろうけど、おれのは痴呆《ちほう》じゃなくて幻覚なんだから帰ってよ』といったら、ほら、遊園地のビックリハウスの鏡があるじゃない、縦《たて》に伸びるやつ。舛添の顔があごがはずれたみたいにびよぉんと伸びて――。あと、目を醒《さ》ますとベッドが縦になってて、落ちそうなんだ。何度瞬《まばた》きをしても横になってくれない。疲れ果てたというか、こんなことがつづいたら、おれ、ほんとうに頭がおかしくなっちゃうよ」

ノックがして、いっしょにH病院の平岩医師のところへ行ってくれることになっている米田さんが現れ、ほぼ同時に「失礼します」と看護婦が入ってきた。

「幻覚はモルヒネのせいですかね？」わたしは看護婦に訊《き》いた。

「はい。いま考えられるのは」と看護婦は答え、東の体温と血圧を測りはじめた。

「そういう患者さんもいらっしゃるんですか？」

「はい」看護婦は唇を微笑《ほほえ》みのかたちに保ったまま部屋を出て行った。

「……いろんな文字が書かれててさ、大学の立《た》て看《かん》みたいなやつで、この病院を糾弾《きゅうだん》してるんだよ。おれの推測だよ、きっとここで運動会をやったことがあるんだよ、むかぁし」

「運動会？　どこで？」

「国立……」東は激しく咳《せ》き込んだが、胃液さえも出てこなかった。

「国立がんセンターで？」

「車椅子で競争をしたり……球《たま》入れとかさ……運動会ともいえないような……」東の眼差《まなざ》しがどこかに泳いで行きそうで、わたしは米田さんの顔に救いを求めた。

室先生が入ってきた。

「どうですか、幻覚は？」

「昨夜から今朝《けさ》にかけては一度も出ていません」

「いきなりたくさん使うと出る場合があるんですけど、もう十日間ぐらいつづけてますからね……」

「モルヒネに幻覚の副作用があるんだったら、注意書きに表記しないと」東は眉間《みけん》に皺《しわ》を寄せて顔を曇《くも》らせた。

「もちろんです」

「書いてないでしょう？」

「書いてない、ですね」

「ぼくが麻薬に異常反応しているということも考えられますか？」

「うーん、もしモルヒネが原因だとすると、その可能性も考えないといけないんでしょうけどねぇ」

「モルヒネ以外だとどういうことが考えられますか？」

「精神的な問題で出る場合もありますし、分裂気質《ぶんれつきしつ》のひとだと割と……」

「ぼくはそういう気質を持ってるんです。失踪《しっそう》した兄がそうですし」

「べつに精神病じゃなくても、精神的に追い詰められると出る場合もあります」

「丸二日間幻覚に悩まされて、昨日の午前中がピークで……」

「なんか変なものが見えるんですか？」

「頭の半分では幻覚だなと思ってるし、手を伸ばしても触《ふ》れられないから、あぁやっぱり幻覚だなと思うわけですけれど、昨日、紙屑《かみくず》のようなものが天井《てんじょう》からたくさん降《ふ》ってきて、ぼくは払いのけながらトイレに行ったんです。用を足して、ドアを開けたら、フィルムなんですよ、切り刻まれたフィルムが床に積もっている。で、この壁に八ミリのフィルムが映写されていて、幻覚だからどうせ触れられないだろうと思いながら手を伸ばしたら、拾えたんです。目で見ても、手の感触も、現実なんですよ。ぼくはびっくりして手を離したんですけどね、それはそれは恐ろしかった」

「どういうときに起こるんですか？」

「ひとがいないとき、かな？」

「でも、一昨日の日曜日北村さんと大塚さんに丈陽の沐浴《もくよく》を手伝ってもらって、そのときに聞いたんだけど、北村さんが見舞いにきたとき、『そのひと、新しい彼氏？』って訊かれたって。『ううん、ひとり』って北村さんがいったら、『あぁ、犬か。走りまわってるからつかまえたほうがいいよ』って……おぼえてる？」わたしは東のどんよりとした目を覗《のぞ》いた。

「いや。そのときは完全に行っちゃってたんだ」

「あと、ここにひとがいっぱいいて、みんなどんどん鈴木さんに変身していって、部屋中鈴木さんだらけだとか……」

「え？　おぼえてない」

「峯《みね》さんだけ鈴木さんに変わらないのはどうしてだろうって」

峯のぼるさんは、長崎西高校の演劇部時代から東と芝居をしていて、早稲田大学で演劇をやりはじめた東を追って上京した東京キッドブラザースの旗揚《はたあ》げメンバーの役者で、現在は声優をやっている。

「鈴木さんってだれ？」東が訊いた。

「北村さんは、劇団員だった鈴木康友《やすとも》さんじゃないかって」

「なんで、鈴木康友がおれの幻覚に出てこなくちゃならないの？」

「わたしに訊かれてもわからないよ。それから天井の煙探知機に手で水をかけるフリをしてくれって。それで北村さんが手で水をかけるジェスチャーをしたら、ホースにしたほうがいいんじゃないかって」

「基本的にはだれもいないときに幻覚を見るんだけど、北村さんは幻覚を見ている最中に入ってきちゃったんだよ。だから、彼女もおれの幻覚の登場人物になっちゃった。おれは幻覚のなかにいるのに、彼女は現実のなかにいる。彼女をおれの幻覚に取り込まないと破綻《はたん》するわけだ。精神が幻覚と現実に引き裂《さ》かれて……」

「北村さんは、幻覚につきあえばいいのか、それとも、幻覚だよといって打ち消すべきなのか、どうしたらいいかわからなくなっちゃったって……二時間くらいずっとそんな感じで……」わたしは東の顔から室先生の顔に視線を移し、目と声に力を加えた。「ほんとうに、モルヒネに幻覚作用はないんですか？」

「ぼくは経験がないです」

室先生は幻覚の原因はモルヒネではないといい、平岩医師は幻覚はモルヒネの副作用だと断じた。いったいどちらを信用すればいいのだろうか。東がモルヒネにごっそり持って行かれて空っぽになるのだけは阻止《そし》しなければならない。

「面白いことに、看護婦さんはみんな、『モルヒネのせいです』というんですよ」東は頬《ほお》だけで笑おうとしたが、痛みに邪魔《じゃま》されて頬を引き攣《つ》らせた。

「ぼくに経験がないだけなのかもしれないので、専門の先生に訊いてみます。今日はどこかの先生に相談しに行かれるんですよね。気をつけてくださいね」と室先生は出て行った。

わたしは東の着替えを手伝った。コートを肩に着せかけると、ポケットのなかで鈴が鳴り、昨年九月に東急ハンズで緑色の鈴がついたキーホルダーを買ったことを思い出した。そのときは東が鍵をコートのポケットに入れたまま使えなくなる日が訪れるとは思いもしなかった。

「あなたが東さんですか?」平岩医師は大きな目で東の顔を捉《とら》え、「ちょっと診察させてください」と快活《かいかつ》な口調でいった。

東は座ったばかりの椅子から腰をあげてコートを脱いだ。

「いま、いちばん困っているのはなんですか?」平岩医師が訊《たず》ねた。

東はセーターを脱ぎ、シャツのボタンをはずしながら、

「両手に荷物を持って歩いているんです……石がごろごろした一本道を……まわりの景色は白っぽいというか……なんにもないんです。樹一本生えていない……その道を歩かなければならない……持てないほどは重くないけれど、決して軽くはない荷物を両手に持って……このままずっと歩くのかと思うと堪《た》えられない。なんとかしてくれと……」

東は左腕をシャツから抜こうとして痛みで顔全体を歪《ゆが》ませた。

「普通の患者さんと違う表現なので、なんと答えていいかわからないんですけど、だるさとは違うんですか?」

「違いますすね」

東がアンダーシャツから頭を抜くのをわたしは手助けした。

平岩医師は立ちあがって、東の首の付け根を触診《しょくしん》してスケールで測り、「硬いですね。外から触れられる癌は三十二ミリ」と胸に聴診器《ちょうしんき》を当てて肺の音を聴いた。

東が服を着ているあいだに平岩医師はレントゲンをビューワーに貼りつけ、腫瘍《しゅよう》をスケールで測っていった。

「昨年十二月から三ヵ月で倍、まぁまぁのスピードですね。まったく食べられないとお聞きしたんですが、水は?」

「水もです」

「その声のかすれは?」

「昨日からなんです、突然」東は喉に刺さった小骨を吐き出そうとするかのようにからだを前に曲げて咳き込んだ。

「二月と三月の写真で大きく違うのは、ここに白く見える水です。肺にかなり水が溜《た》まってきているんです。声というものは、肺に音を響かせて出る仕組みになっていますから、抗癌剤が効いて水が減れば元に戻るんじゃないかと思うんですが」

「どうなんでしょうか、イリノテカンの副作用については」

「イリノテカンは腸から排出されるんです。だから、食べて、出すことが重要なんですよ。それがうまくいっている

患者さんは副作用が弱くて済みます。東さんはどんな調子ですか？」

「いや、出てないんです。食べてないから」

「食べられないで便秘《べんぴ》をしている患者さんは腸のなかをイリノテカンが何周もしてしまうので副作用が強い。副作用というのは、一時間に二十回以上という凄《すさ》まじい下痢《げり》なんです。そうなったら救急車ですぐきてもらって、対処しなければ命を落とす危険がある。処置はコレラのときと同じなんですけどね」

「イリノテカンが効かなかった場合、つぎの手はいくつあるんですか？」

「いくらでもあるけれど、可能性の高いものからやっていきますからね、あとになればなるほど効く可能性は低くなる」

「ぼくは『週刊現代』を読んで、先生の医療システムに対する意義申し立てに共感したんです」

「なんのために、プロでもないわたしがあんな連載をやっているかというと、日本の医療を変えるという目的があるからです。なにも小さな理想郷《りそうきょう》をつくりたいわけじゃない」

「抗癌剤の組合せや投与方法は、学会誌をお読みになって研究なさっているんですか？」

「いまはインターネットで学会の論文を読めますしね」

「先生の医療方針といいますか、考えかたといいますか、それに関してはまったく疑いの余地がないんです。先生に治療をしていただくのが、ぼくの知り得る範囲では最善の手だろうと思っているんです」

「しかし、わたしの患者さんは招かれざる客ですよ。なぜ、だれも名前を知らないようなS病院やH病院で治療しているかというと、大きな声ではいえないんですが、あまり経営がうまくいっていない病院に差額ベッド代を支払うということで置いてもらっているんです。わたしは採算を度外視した治療をやっているので、治療自体では儲《もう》からないどころか赤字ですからね。わたし自身この病院に歓迎されているわけではありませんから、当然患者さんにも肩身の狭《せま》い思いをさせます。それからこれははっきりいっておきますが、『お香典《こうでん》医療』はやりません。お香典医療というのは不必要な延命《えんめい》措置《そち》のことです。東さんが亡くなるときに、わたしがいない可能性も高いです」

「それはべつに構わないんですが、正直にいいますと、ぼくは性格的に捩《ねじ》れていて、たとえば看護婦さんのちょっとしたひとことに過剰《かじょう》反応してしまうんです。いまお話を聞いて、その衝突《しょうとつ》が怖いというか、招かれざる客としてぼくのような人間が入院した場合、先生に多大なご迷惑をおかけするのではないかという気がするんです。あなたがいちばんよく知ってるでしょう?」と東はわたしの顔を見て、言葉を待ち受けた。

「がんセンターでも衝突してるし、銀行の窓口なんかでも……でも、もうがんセンターにはいられないんでしょう?」

わたしはおずおずと視線を返し、「これでいい? なにをいってほしいの?」と目だけで訊《たず》ねた。

「先生は『週刊現代』で副作用を抑《おさ》える薬を三種類お出しになられたでしょう? その三剤を主治医に訊いたら、知りませんでした」

「だって、認められてないんですから」

「でも、勉強の範囲内には含まれるでしょう。教えてくれ、とおっしゃるから、ああ勉強なさるんだなと思って、紙に書いてお渡ししたんです。しかし、病室を出て行かれたときにその紙は机の上にありました。取りにおいでになると思いました。しかし、おいでになりませんでした。だれにだって忘れることはありますから、それはいいとして、たとえば幻覚の件です。『なぜ突然幻覚の症状が出たんでしょう、モルヒネのせいなんじゃありませんか』とぼくは訊ねました。先生は『モルヒネのせいではないはずだ』とおっしゃる。たとえば、いまぼくは首と肩のリンパ節《せつ》の痛みに七転八倒《しちてんばっとう》しているんですけれども、痛くなりはじめたのは昨年の九月ごろなんです。ぼくは九月の時点で、『この痛みはリンパ節の癌が大きくなったせいなんじゃありませんか?』と訊ねたんですけれど、『いや、東さん、リンパ節の癌の増悪《ぞうあく》によって痛みが生じることはありません』とおっしゃった。さらに、先生は、『つぎの治療はネダプラチンとビンデシンがベストだと思う』と主張なさり、いまでもそう思っておられるはずなのですが、つい先日、『東さんの強い希望ならば、イリノテカンを使用してもいい』とおっしゃったんです。おそらくイリノテカンを使用なさったご経験は皆無《かいむ》に近いはずです。なぜなら、ご自分でそうおっしゃっていましたから。どうやって投与なさるんでしょうか。タキソールはスローンと同じ分量、方法でやっていただきました。しかし、スローンではイリノテカンはやりませんでしたから、どのくらいの量をどのような方法で投与し、強い副作用が出たらどのように対処するのか、たぶんおわかりになっていないと思うんです。これからご研究なさるんでしょうけれど、患者のぼくとしてはたいへん厳しい状況です」

東は言葉につまずかないようにゆっくりと話したが、「なさり」「おっしゃる」「おられる」と敬語に主治医に対する憤《いきどお》りを込めていた。

平岩医師は顎《あご》を指で支えてレントゲンを見詰めたまま数秒間沈黙し、はじめて話の方向を逸《そ》らした。

「イリノテカンに関していえば、基本的に通院で一泊二日です。わたしは夜間に投与していたんですが、去年アメリカの癌臨床学会でイリノテカンは明け方に投与したほうが副作用がすくないと発表されて、それを知ってからぜんぶ明け方にやっているんですよ。しかし最初は非常に用心しますので、長めに入院していただきます。だいじょうぶだということがわかってから一泊二日で行きます」

「長めというと、二ヵ月くらいですか？」

「そんなに長くないです。一週間から十日くらいですね。いまはあいにくベッドの空《あ》きがないですから、十四日にいらしていただけますか？」

一週間先——、三ヵ月で倍になっているということは一週間で何ミリ大きくなるのだろう。

「さっきの、ぼくの性格が歪《ゆが》んでいて、看護婦さんのひとことに異常反応してしまうという話、看護婦さんに聞こえちゃいましたかね？」東は看護婦の声が聞こえる白いカーテンのほうを見て、肩を竦《すく》めた。

「だいじょうぶですよ」平岩医師も冗談で声の音量をすこし落とした。

「気をつけなくっちゃ」と東は悪戯《いたずら》っぽく微笑《ほほえ》んだが、色が線からはみ出した塗り絵のように唇から微笑《びしょう》がずれていた。

三月八日水曜。午後四時にケイタイが鳴った。東由多加だった。電話越しのせいか昨日よりさらに声の掠《かす》れがひどくなっている気がする。わたしは着信音量をあげて、耳に全神経を集中させた。

「いまさっき、室先生と決裂したよ。『食べられない状態でイリノテカンを投与したらたいへんな副作用が出るという話を癌の専門医に聞いたんですが、それについてはどうお考えですか？』と訊いたら、室先生は、『危険は多少はあるかもしれないが、食べられないひとに対してイリノテカンを使うことは消化管内科でもしばしばある』というんだ。『イリノテカンをやる前に、黄体《おうたい》ホルモンの薬剤なんですけれど、ヒスロンHを飲んで食欲を増進させれば、一週間くらいで口から食べられるようになるということも聞きました』といったら、『いまの食欲減退《げんたい》はタキソールの副作用や癌の増悪による全身状態の悪化が原因なので、ホルモン剤のようなものでは改善されない』と断言し、さらにだよ、『ほかの医者を信じて、我々のやりかたに納得《なっとく》できないというのであれば、信じているほうの治療を受けてもらうしかない』とまでいうから、『じゃあ、転院します』ということになった」

わたしは丈陽を右手に抱き替えて、左手にケイタイを持ち直した。

「出版社や新聞社は社員が緊急に入院できる病院を持っているんじゃないかな？　悪いけど、十四日にH病院に入院するまでのあいだ、検査なしで、いますぐ個室に入院させてくれて、高カロリー点滴をやってくれる病院を捜してくれる？」

わたしはケイタイを切って丈陽をふたたび左手に抱き、『週刊ポスト』の飯田昌宏さん、『新潮45』の中瀬ゆかりさん、角川書店出版部の堀内大示《だいじ》さん、『ダ・ヴィンチ』の細井ミエさんに宛てて手紙を書いた。

各社にファックスしている最中にケイタイが鳴った。

「早くして！」脅《おび》えて上擦《うわず》った声だった。

「いま、ファックスで」

「電話してよ！　ファックスだと緊急だとは思わないでしょう」

「電話は苦手で……」

「そんなことといってる場合なの！」

東は電話を叩《たた》き切った。電話帳とケイタイを何度か見較《くら》べたが、電話をかける勇気がどうしても湧かず、唸《うな》りながらボールペンを走らせた。

三十分後に玄関の鍵がまわる音がして、東が大塚さんと北村さんとともに帰宅してしまった。

わたしは東の非難の眼差しを浴びながら、狂ったように各社に催促《さいそく》の手紙をファックスした。

一刻を争います。金額は高くても構いません。中心静脈にカテーテルを刺したままなのです。丸一日そのままにしていると固まって厄介《やっかい》なことになるそうです。なんとしても今日中に入院先を見つけなければなりません。今夜ではなく明朝《みょうちょう》入院ということでも結構なので、何卒《なにとぞ》、何卒《なにとぞ》、宜《よろ》しくお願いいたします!!

わたしがなかなか見つけられないので、北村さんが長崎の病院に勤めている東の高校時代の同級生に電話してくれた。長崎の病院ならば入院可能だということで、明朝飛行機で長崎に行く段取りを話し合っているときにケイタイが鳴った。

角川書店の堀内さんからだった。

「いま、水町クリニックの医院長と直接話したんですが、現時点で八十パーセントオーケーだそうです。どうして百パーセントじゃなくて、八十パーセントなのかはよくわからないんですが、最終的な返事は明日の午前中にはもらえます」

わたしは礼をいって電話を切った。その直後に飯田さんから、〈癌研究会附属病院ならば明日入院できます〉というファックスが届いた。

「よし、水町クリニックがオーケーだったら水町、だめだったら癌研に入院ということで行きますか」と東が劇場を決める演出家のような口調でいった。

北村さんが室先生に転院を伝えるために東の部屋に電話しに行った。

北村さんは数分後にリビングに戻ってきて、

「室先生に伝えてくださいといわれたので、そのまま伝えますね。抗癌剤治療をやらなくても、点滴だけだってうちにいられます。最初に出逢ったときに、東さんを最期《さいご》まで診たいと思い、その気持ちはいまでも変わりませんから、東さんさえ良ければこちらに戻ってください」

東はしばらく考えて口をひらいた。

「じゃあ、戻るか……病院を転々とするのはしんどいしね……」

妹たちを連れて家出したものの暗くなるにつれこころ細くなって、家に帰ることを切り出した兄のような敗北感に打ちひしがれた面持《おもも》ちだった。

十時をまわっていた。北村さんと大塚さんは帰宅し、わたしは各社編集者に謝罪のファックスを送ってから、東の部屋に行った。

「明日、飯田さんと瀬田クリニックに行くんだけど、なにか質問したいことがあったら、簡単でいいからメモしといてくれる?」

わたしは月刊『がん』の江川滉二所長のインタヴューと、『日刊ゲンダイ』の連載〈先端医療へのアプローチ〉の記事のコピーを机の上に置いた。

二十分後に、東が全身から煙草《たばこ》の臭いを漂わせてリビングにメモを持ってきた。


〈85歳の男性。胃がんの術後、がんが肝臓に転移。手術不能。地元の大学病院で化学療法を受けていたが、余命3ヵ月ということで江川理事長を紹介されてきた。その結果、1クールの治療でがんは完全消失した〉(『日刊ゲンダイ』「先端医療へのアプローチ」99年6月29日)
●右の例は100%効果があった例ですよね?
●さて、右に似た症例の場合、100%の可能性を期待できますか?
●最低これだけの効果を期待できるという可能性を具体的な数値で提示する事ができますか?(仮に、「癌がいくらかでも縮小する」を10%、「癌の増殖が止まる」を20%として)
●食道を原発とした癌患者にどのような効果があったかを、
100名中
1名……消失
10名……半分に縮小
などと具体的に提示できますか?
●1クール終了後にCT検査をし、効果が認められなければ2クールに進むという事でしょうか?
●2クール目も治療内容は同じですか?

ワープロで清書していると、キーを叩《たた》く音がうるさかったのか、丈陽が顔を真っ赤にし脚をばたつかせて泣き出した。ミルクはあげたばかりだし、うんこもおしっこもしていない。ベビーベッドから抱きあげると、鼻を鳴らしながら両手でわたしの髪を手綱《たづな》のように握りしめた。

わたしは縦抱きにしてからだとからだを密着させ、「子豚ちゃん、子豚ちゃん、子豚、子豚、子豚ちゃん」と節《ふし》をつけて囁《ささや》いてから丈陽の耳を甘噛《あまが》みした。

眠っているはずの東がリビングのドアを開けた。

「なんだ、お母さんとスキンシップしたかっただけなのか」と淋しい静かな声でいって、ドアを閉めて出て行った。

その夜、わたしは一睡《いっすい》もできなかった。はじめてモヒ水を飲んだ夜に東がいった言葉が灰汁《あく》のように頭に浮かび、すくい取ることができなかった。――モルヒネの幻覚で丈陽が狂犬かなにかに見えて、食い千切《ちぎ》られる前に殺さなければならないと包丁で刺したらどうしよう――。包丁で刺されなくても、壁に叩きつけられれば首の骨が折れるし、思い切り踏みつけられただけでも死に至る可能性はある。考えるのはやめようと思っている側《そば》から考え、すぐに思考停止し、また考えはじめて――、わたしの思考は停《と》まってばかりいる車のエンジンのようだった。

わたしは、いま、わたしと丈陽を護《まも》るために闘病してい
る東由多加を恐れている。目を瞑《つむ》ると、瞼《まぶた》の暗闇のなかで、包丁を握った東が、恐怖で息を切らしながら迫ってくる。わたしは思考から生まれた恐怖を振り切って、魂だけで東の魂に寄り添って行った。

東とわたしは手を繋いで石ころだらけの道を歩いている。そして東のもう片方の手には丈陽がぶら下がっている。枷《かせ》でもはめられているかのように足は動かず、摺《す》り足で一歩一歩進んで行くしかない。もしかしたら、東にとって、わたしと丈陽は重い荷物なのかもしれない。わたしは東の手を離さなければならないのだろうか？

ぱたぱたと走る音で、目を醒《さ》ました。顔を横に倒して片目を開けると、丈陽は口を半びらきにしていびきを搔《か》いている。丈陽の父親は子どものころ蓄膿症《ちくのう》だったと聞いたが、この子にも遺伝したのだろうか。Mちゃんがきたということは九時だ、六時半にミルクをやったのであと一時間は眠れる、眠っていたい。今日は東も眠っている。走らないように注意しなければと思うのだが、眠たさのあまり寝返り打つことさえできない。

となりの部屋でガタンと物が倒れるような音がする。わたしがからだを起こしてドアを開けるのと、東がMちゃんの肩に手を置くのとほぼ同時だった。

「お願いだから、走らないで。おじさんは痛くて、具合が悪いんだよ」東は声を振り絞った。

東の割れた声と痛みに歪《ゆが》んだ顔に背中を向けて、Mちゃんは走り出そうとした。

「走っちゃ、だめ」東がMちゃんの肩をつかんだ。

「だめ、ないよ！」Mちゃんは東のもものあたりをつねっ

てリビングに走って逃げた。

「吐き気と痛みで一睡もできなかったんだ。頭が割れそうだから、KさんにMちゃんを走らせないようにいってくれる？」東はドアを閉め、ベッドが軋《きし》む音がした。

わたしは和室を掃除してくれているKさんに頼んだ。

「M、走っちゃだめ。そっと歩いてね」KさんがMちゃんの両手を握って振った。

「こう？」Mちゃんはかかとから足をおろして音をたてずに歩いて見せた。

丈陽の布団をかけ直して横になった途端《とたん》に、ふたたびMちゃんは走り、東が部屋から飛び出す音がした。

東はリビングを突っ切って洗濯物を畳《たた》んでいるKさんに千円札を二枚突き出し、

「あなたは子どもの躾《しつけ》もできないんですか！　ぼくはもうすぐ病院に戻るから、それまでふたりで喫茶店に行っててください。とにかく、堪《た》えられないッ！　あなたがきているあいだは、ぼくは帰らないから」といって、ふたたび自分の部屋に戻ってドアを閉めた。

Kさんは千円札を畳の上に置いたまま、「どうもすみませんでした。今日はこれで失礼します」とMちゃんを連れて帰ってしまった。

わたしはリビングの椅子に座って、映っていないテレビの画面を眺めた。三歳の女の子を走ることができる空間に連れて行った場合走るなといっても走るだろう。それに躾といっても、親によって方針が異なるし、産後に何冊か育児に関する本を読んだが、叱《しか》ることを躾とする専門家もいれば、褒《ほ》めることを躾とする専門家もいる。

Mちゃんにしてみれば、早朝に起こされて電車とバスを乗り継いで連れてこられ、母親はべつの子どもの世話をして自分を無視し、大きな声を出したり走ったりしようものなら即座に、「だめ！」を連発される——、怒るのも無理はない。

Mちゃんはわたしの従妹《いとこ》、Kさんはわたしの伯母に当たる。Kさんをわたしに紹介したのは母だ。この一件を理由にKさんに辞めてもらったら、親戚内での母の立場がまずくなる。しかし東はKさんがいるあいだは帰宅しないといった。頭のなかで対策を組み立てようと思ったが、考えはひとつ積むたびに崩《くず》れてしまう。いったいわたしはどうすれば良いのだろう。

丈陽が泣いたので、ミルクを拵《こしら》えた。目を瞑《つむ》って唇を動かしている丈陽の顔から湯気のような心地良い眠気が漂ってきて、わたしはそれを吸い込んで眠った。北村さんが東を迎えにきて、東とふたりで出て行く音にも気づかないほど熟睡《じゅくすい》した。

午後三時半に町田敦子さんが来訪する。飯田さんが迎えにきてくれる四時までのあいだに、わたしは敦子さんが持ってきてくれたクッキーとマドレーヌとチョコレートをつぎつぎと平らげながらKさんのことや育児や闘病の悩みを訴えた。わたしは典型的な摂食障害《せっしょく》で、十代のころから拒食《きょしょく》と過食《かしょく》をくりかえし、三十キロ台から六十キロ台の体重を行ったりきたりしている。妊娠がわかってからはひたすら食べつづけ、産後もブレーキが効かないでいる。

敦子さんは丈陽の上着を編みながらわたしの話に耳を傾け、ときおり編み棒を膝《ひざ》に置いて励ましの言葉をかけてくれた。

世田谷区の瀬田クリニックへと向かう車のなかで、ふいに巣穴から蟻《あり》が湧《わ》き出るように頭のなかが不安だらけになり、「煙草一本くれる?」と飯田さんにいって、窓を開けた。妊娠がわかった昨年六月から禁煙し、各社担当編集者には、「わたしがほしがっても無視するように」と頼んでいたので、飯田さんは、「持っていません」といったが、「ヘビースモーカーなんだから、持ってないはずはないでしょう」と食い下がり、あまりにもしつこく要求するので、「一本だけですよ」といって箱ごと渡してくれた。二本、三本と立てつづけに吸い、瀬田クリニックに着いたときには灰皿が閉じられないほどになっていた。

住宅街のフランスレストランのような佇《たたず》まいの瀬田クリニックは三月の午後の陽《ひ》をのんびりと浴びていた。わたしたちは暖炉《だんろ》のある待合室に案内された。中庭にある白いテーブルとチェアーを目にしたときに、きっとこの病院はだめだと直感した。

十分後に江川滉二所長が現れた。

「レントゲンを拝見させていただきましたが、たいへん厳しいですね」

「『日刊ゲンダイ』の記事には、余命三ヵ月と宣言されたひとが、一クールの治療で癌が完全消失したと書かれていましたが」

「嘘《うそ》とまではいわないけれど、マスコミのかたは極端なケースばかりを取りあげますからね。一クール目で効いたのは、強い抗癌剤を使用していなかったということも大きいですね」

「強い抗癌剤を使用した患者は効かないんですか？」

「免疫療法というのはひとことでいうと、免疫細胞に働きかけて免疫力を高めるんですが、抗癌剤は癌といっしょに免疫細胞もたたいてしまうので、効果を打ち消してしまうこともあるんです」

「先生の治療を受けることによって、抗癌剤の副作用や癌の増悪《ぞうあく》による痛みが緩和《かんわ》されるというのはあるんでしょうか？　たとえば東はいま肩の痛みと吐き気で苦しんでいるんですが、それがやわらぐといったようなことは？」

「すぐに効果が現れるというわけではないんですよ。三クールやらないと効果のあるなしははっきりしない場合もあります。うちにくるのはほとんどが末期の患者さんなので、一クールで亡くなってしまうかたもすくなくありません」

事前の調査によると、通常二週間ごとに一回、合計六回活性化自己リンパ球を投与して一クール、治療費は百二十万円——、つまり、九ヵ月三百六十万円を費やさなければ効くかどうかもわからないということなのだ。

「うちには入院施設がないんですよ。通院していただくか、通院が無理なかたは、入院先の主治医に十五ccの血液を送っていただいて、活性化自己リンパ球を培養《ばいよう》して入院先に送り返します。それを患者さんの体内に戻していただくということになりますので、主治医のご協力なしでは治療できないんですよ。がんセンターでは今後どのような治療を？」

「イリノテカンを投与する予定なんです」

「イリノテカンというのは強い抗癌剤なんですか？」

わたしはこころのなかで絶句して、飯田さんの顔を見た。イリノテカンを知らないのだ。

「強いです」わたしに代わって飯田さんが答えた。

「ひとつおうかがいしたいんですが、カディアンの副作用で幻覚が見えるという医者と、見えないという医者がいるんですが、先生はどちらだと思われますか？」

「カディアンというのは麻薬系の薬ですか？」

カディアンも知らない——。

「モルヒネです」

「モルヒネには幻覚作用があります。東さんの場合は、抗癌剤治療を断念された時点で、もう一度ご相談に見えられたほうがいいと思いますよ」

わたしは治療の可能性がひとつ消えたと思いながら、相談料の一万五千七百五十円を支払った。


東に瀬田クリニックの結果を伝えなければならない。最近は痛みと幻覚に苦しめられ、音に神経質になっているので電話をかけるのに勇気が要《い》る。コール五回で切ろうと思って、耳から離しかけたときに東の平坦《へいたん》で生気のない声が鼓膜に流れ込んできた。瀬田クリニックでのやり取りを話したが、東は、「もうあの平岩という医者を信頼するしかないでしょう」と関心を示さなかった。

電話を切って、サンダルを履《は》いてベランダに出た。もうどこから春が飛び出してきてもおかしくない時期なのだが、桜前線はどのあたりなのだろう。東が入院してからというもの、テレビも観ていないし、新聞も読んでいないし、出版社から送られてくる雑誌も封筒のまま棄《す》てているので、わたしと丈陽と東の周囲以外でなにが起こっているのかまったくわからない。病院の行き帰りにタクシーのラジオから流れてくるニュースが唯一《ゆいいつ》の情報源だった。

足の裏が痛い。そういえばこの健康サンダルは、丈陽の父親が履《は》いていたものだった。彼はこれを履くたびに「痛いな」といい、わたしは、「痛いのは内臓が悪いからだよ。がまんしてツボを刺激したほうがいいよ」といって、手を繋《つな》いで氷川神社の下のスーパーまで買い物に行った。痛みを堪《こら》えて歩いていた彼の汗ばんだ首筋が目に浮かび、わたしは小さく足踏みをした。そして彼の足が踏んだところを踏んでいるのだと思い、そう思った自分がおかしくて頭を反《そ》らせて笑った。月は血混じりの膿《うみ》のような色だった。「見て、気味が悪いよ」と声に出して、背後の部屋を振り返った。わたしはだれに向かって話したのだろう。東が入院して三週間になる。ベランダから東の部屋に入ると、たった三週間の不在で、長いことひとが棲《す》まない部屋の臭いが充満していた。


Mちゃんがドラえもんのビデオに熱中しているのを見計らって、「ちょっとお話しましょう」とKさんと東の部屋に入った。

「昨日はすみませんでした」Kさんが頭を下げた。

「いえ、Mちゃんは悪くないんです。ここに連れてこられること自体ストレスになっていたんでしょう」

「Mも朝起こすといやがるんです。どうしましょうか」

「とりあえず、Mちゃんが幼稚園に入る四月まではお休みということで、それ以降に関しては考えさせてくれませんか？」

「わかりました。そうしましょう」

Kさんは Mちゃんの玩具《がんぐ》を紙袋に入れ、キーホルダーから鍵をはずしてテーブルの上に置いた。そしてきれいな発音の日本語で、「お力になれずにすみませんでした」といって、Mちゃんをベビーカーに乗せて帰って行った。


毎週Kさんが休みの日曜日に大塚さんとふたりで丈陽の沐浴《もくよく》を手伝いにきてくれていた北村さんにわたしは手紙を書いて、ファックスした。

今日、Kさんが辞めました。沐浴は毎日のことですし、東さんはいつ退院できるかわからないので、思い切ってひとりで入れてみます。

夜九時、そろそろ風呂に入れなければならない。湯温を四十一度に設定して湯を張っているあいだに、わたしはリビングの床に座ってパントマイムで沐浴の練習をしてみた。ピッピッという電子音に湯が溜まったことを知らされ、まず丈陽をスイングベッドに移して、ベビーベッドの上にバスタオルと着替えとおむつをひろげ、和室の電気ストーブの設定温度を二十七度にあげた。脱衣所でパジャマと下着を脱ぎ、バレッタで髪をひとつにまとめてシャワーキャップをかぶり、ざっとシャワーを浴びて全裸で和室に戻り、丈陽の服を脱がせてはだかにした。ガーゼを口にはさんで、両手で丈陽を抱きあげ、左の乳房に丈陽の顔を押しつける格好で浴室に走った。洗い椅子に座って、丈陽のしりをふとももものあいだにおろして左手で首を支え、右手で湯を汲《く》み出して胸のあたりにかけてやると、丈陽は両手両脚を突っ張らせて泣き出した。「ぎんぎんぎらぎら夕日が沈むぎんぎんぎらぎら日が沈む」と歌って丈陽を安心させようとしたのだが、最後まで歌える童謡は一曲もなく、歌集を買って憶《おぼ》えなければと思いながらせっけんを右手で泡立《あわ》てて丈陽のからだに塗りつけていった。ふとももの上で背中が滑《すべ》って怖いのだろう、丈陽の泣き声は火ぶくれのように膨《ふく》れあがった。わたしはせっけんだらけのまま丈陽を胸に抱いて湯船に浸《つ》かり、「ブンブンブン蜂《はち》が飛ぶ　お池のまわりにお花が咲いたよ　並んだ　並んだ　赤　白　黄色　ある晴れた昼下がり　荷馬車が揺れる　ドナドナドナドナ　荷馬車が揺れる」とガーゼで全身を洗って行った。湯と膚《はだ》の感触が気持ちいいのか、わたしのでたらめな唄が面白いのか、丈陽は泣きやんで微笑んだ。髪を洗うときに湯が耳に流れ込み、あわてて右手でガーゼを絞って耳の穴を拭いたが、あわてていることを悟《さと》られると泣いてしまうので唄はやめなかった。「シャボン玉飛んだ　赤　白　黄色　どの花見てもきれいだな　大きな栗の樹の下で　あなたとわたし　仲良く遊びましょう　大きな栗の樹の下で」という唄の延長で、「丈陽くんはいい子でしょう。ママもいい子でしょう」と裏声を出して立ちあがり、転ばないように注意して湯船をまたぎ、「いい子、いい子、菜の葉に止まれぇ」と歌いわめきながら早足で和室に向かった。

　全裸のままで丈陽のからだと髪を拭き、綿棒で耳の水気を取り、おむつをつけて服を着せた。これを毎日やったら確実に風邪をひく、わたしが風邪をひいたら丈陽にも染《うつ》してしまう、明日からはベビーベッドの側《そば》にバスローブをひろげておこうと思いつつ台所に行って調乳し、百六十cc飲ませて寝かしつけてから風呂場に戻って、泣き声を聴き逃さないように水音をたてないで自分のからだを洗った。

　三月十四日、H病院の平岩医師の診察室に入った。

「今日から入院させていただけるんでしょうか」わたしは両手を膝のあいだにはさんだ。

「このあいだも申しあげましたが、わたしは二十二日から二十八日は患者さんが死んでも休むと宣言しているので、ちょっと今日からだと日程的に厳しいですね。二十九日に入院ということでどうでしょうか」

　二十九日といったら二週間先だ。わたしは指を絡《から》み合わせてぎゅっと握った。七日に受診してから三週間なにもしないで過ごすということになる。タキソールを最後に投与してから数えると、二ヵ月になる。こんなことならがんセンターでネダプラチンとビンデシンの投与を受けていれば良かった。七日に東のレントゲンを見せたときに、抗癌剤の効果が現れる一、二ヵ月持たないかもしれない、つぎの抗癌剤が〈一発勝負〉だといった平岩医師だから、この二週間の待ち時間の意味を十分にわかっているのだろう——。

「先生がお休みになられている二週間のあいだに痛みが堪え難くなったら、どうすればいいんでしょうか?」わたしが訊いた。

「カディアンを飲んでください」

「カディアン、モルヒネには幻覚作用があるから、しばらくロキソニンで様子をみましょうとおっしゃいましたよね」

「いえ、カディアンをどんどん飲んで、もりもり食べる、そのためにヒスロンHを処方するといったんです」

東の沈黙は明らかに不愉快に囲《かこ》われていた。

「座薬はどうですか?」平岩医師が東の顔を見た。

「座薬はだめです」東の声は掠《かす》れ、ほとんど息に近かった。

「どうしてですか?」

「ケツの穴から入れるなんてできません」

「痛みとどちらを取るんですか?」

「ケツの穴から入れるんだったら、痛いほうがいいですね」

「東さん、わたしの治療を受けるんだったら、協力してもらわないと困りますよ。いま、わたしが座薬を入れましょうか」

「無理です」

東は引き下がらなかったが、平岩医師も引き下がる気配《けはい》を見せないので、わたしが話題を変えた。

「イリノテカンの投与量を教えていただきたいんですが」

「一週間に一度投与するんですが、最初四十ミリグラムで様子を見て、だいじょうぶだということがわかったら二度目は七十、三度目は百に増やして、すこぉしシスプラチンをかぶせます」

「一度目がイリノテカン四十、二度目は七十、三度目がイリノテカン百にシスプラチン、これで一クールということですね。がんセンターでイリノテカンをやる場合の量を主治医に訊いたんですが、単剤で百、百五十、百五十といっていました」

「がんセンターは研究施設としての役割を担っているので、効果のあるなしをはっきり出すためにですね、処方量を多くする傾向にあるんです。量としてはＭＡＸに近いので、相当きついと思いますよ」

東の癌が発覚するまでは、手術の能力にはばらつきがあるが、抗癌剤治療というのはどの医者でも同じだと思っていた。実際は、医者によって使用する薬剤の組合せも投与量も大きく異なるのだ。

とりあえず二十八日から入院ということで手つづきをし、

入院するかどうかは考えるということにしてタクシーに乗った。

ひどい渋滞《じゅうたい》で、三十分経ってようやく千駄ヶ谷の駅前を通り過ぎた。

「あの平岩という医者はおれと似てるんだ。そっくりだといってもいい。患者と協力し合って治療をする、患者が主体だといってるけど、実際はそうじゃない。自分の考えを押しつけて、イエスと答えるしかないように仕向ける。ノーといおうものなら、じゃあ治療はできない、ほかに行ってくれと放っぽり出す。おれだってさ、キッドはみんなの劇団だ、だから自由に意見をいってくれ、というよ。でも役者やスタッフに意見なんていわせない、もしいったら辞めさせるさね。独断と偏見の塊《かたまり》なんだよ。さぁ、困った。困ったね」落ちくぼんだ頬が煙草を吸うためにさらに凹《へこ》み、鼻から吐き出された煙が束の顔をよぎって昇っていった。

「わたしはべつの意味で不安を感じてるんだ。イリノテカンの副作用は凄《すさ》まじい下痢《げり》で、そうなったらすぐ入院しなければいけないといってたじゃない。でも、H病院もS病院もベッド数が多くないでしょう。ベッドが埋まってたらどうするんだろう。それからさ、あの先生連絡がつきにくい。北村さんもなかなかつかまらないっていってたよ。緊急事態を想定すると、危険だよね」わたしは非難を込めて煙草を揉《も》み消し、タクシーの窓を開けた。

「平岩医師に訊いてみましょうか？　あなたと同じ治療をできる医者を知りませんかと」助手席に座っていた米田さんがいった。

「ぼくと性格が合って、治療方針にも納得できる医者……限られた時間のなかで捜せるかな……。あぁ、いまはっきりわかった。ぜったいに打《ぶ》つかるよ。イリノテカンを投与しはじめてからだと取り返しがつかないから、やめよう。もう一度スローンに行くしかないか」

「ニューヨークに行くんだったら、わたしも行く」

「丈陽はどうするの？」

「連れて行く」

「無茶苦茶《むちゃくちゃ》なことといわないでよ。親には子どもを保護する責任がある。英語をまったくしゃべれないあなたが、どうやって丈陽を護《まも》るの？　高熱を出したり怪我《けが》をしたりしたらどうするの？」

「ニューヨークには出版社や新聞社の支社があるし、『ゴールドラッシュ』の版元のウェルカム・レイン社の編集者や翻訳者もいる。渡米する前に二十人くらいの連絡先のリストをつくれば、なんとかなるよ」

「二十人全員に連絡がつかないこともあるだろうし、連絡がついたときには手遅れということもあり得るでしょう」

「でも、いっしょに行く」

「あなたはさ、おれがニューヨークで死ぬと思ってるんでしょう?」

「……死ぬとは思ってないけれど、十二月に行ったときとは違って、具合が悪くなって帰ってこれなくなってしまう可能性も……」

「外国でひとりで死ぬのは悲惨《ひさん》? H病院で死んだって、ニューヨークで死んだって、おれにとっては同じだよ」

「いっしょに行く」

「どう思います?」東は米田さんの後頭部を見た。

「ぼくは東さんと柳さんと丈陽くんの三人がニューヨークで暮らすことをそんなに無理だとは思いません。だけど、もうひとつは、性格が合わないとしても、治療方針を納得できるんだったら、平岩医師の治療を受けるということも選択肢《せんたくし》としてはあるんじゃないかなと。だけど二週間先というのは遅過ぎますね」


東は黙り込み、東の沈黙に糊付《のりづ》けされて、わたしと米田さんは声も出せなかった。


丈陽を風呂に入れて寝かしつけ、わたしは東の部屋に行った。

「三人でアメリカに行こうよ」

「言葉が通じなくてもだいじょうぶなひともいるけど、あなたは三十一歳にもなってひと見知りが激しくて、日本でだって電話一本まともにかけられないじゃない。それに計算もできないでしょう。一ドルは百十円だって、何度くりかえしいってもわからないし、紙と鉛筆があったってふた桁《けた》の足し算となると間違える。どうやって買い物するの? 買い物のたびに通訳を頼むの? 三人でさ、ニューヨークのアパートでじっとしている様子を思い浮かべてごらんなさいよ。おれもあなたも気が狂うよ」

声は掠《かす》れているが、言葉は明晰《めいせき》だ。一週間前に帰宅して泊まったときも幻覚は見なかったし、移動のタクシーのなかでも見なかった。がんセンターの病室のなかでだけ見るとしたら、モルヒネによる幻覚ではなく精神的なものなのかもしれない。

船が沈没して木っ端《こっぱ》にしがみついている乗組員のように、わたしは両手で自分の膝頭《ひざがしら》をつかんだ。

「あのさ、ちょっと聞いて。わたしはたしかにひと見知りで計算ができないし、英語もイエスノーくらいしかしゃべれないけど、この国に根をおろしている日本人とは違うんだよ。金もツテもなく、それこそ身ひとつで、ハンメは五歳の母と三人の子どもを連れて密入国してきた。父も同じ。当時は韓国人に対する差別も激しかっただろうし、でも差別と貧困のなかでなんとか生き抜いた。わたしにもその血が流れてる。わたしにはツテもあるし、金はないけど、まだ借金はできる。それにアメリカは移民の国だから、日本みたいに外国人に対して排他的《はいた》ではないでしょう。わたしはどんな環境にだって順応できる。電卓を持ち歩けば買い物できるし、英語だって一、二年できっとマスターできる」

「アメリカは保険が効かないから治療費がかかるよ」

「本気で頭を下げれば、まだ五、六千万は借りられる。生きているうちは返せないかもしれないけど、作家は死んでからだって印税で返せるからね」

「借金だらけで、丈陽の将来はどうなるの？」

「親の金をあてにする子どもにだけは育てない」

「エレンは喜んで世話をしてくれるだろうし、アパートに棲《す》むといったら怒るだろうけど、今回はエレンの世話にはなりたくないんだ。おれが気を遣《つか》っちゃって疲れるんだよ。病院のそばの家具付きのアパートメントホテルを借りて三人で暮らそう。おれは明日がんセンターに戻る。時間のロスが心配だからネダプラチンとビンデシンの投与を受けるよ。その一ヵ月のあいだにあなたはスローンの診察の予約をとって、ニューヨークに移住する準備を整えてよ」

東は原稿用紙を引っくり返して、モンブランのキャップをまわした。

「だけど、そろそろ、おれが死んだあとの話をしておきたいんだ」

二度唾《つば》を飲んで目をしばたたいたが、東の顔がぼやけて見えなくなった。

「死んだあとの話なんかしたくない。生きていく話を……」

「あなたはすぐ泣くから、話ができないじゃない」

「でも、生きるために治療をするんだから……」

「もちろんだよ。おれだって、あなたと丈陽を残して死ぬつもりはないよ。でも、末期だということはたしかでしょう。普通に考えたら、もう治療法はないんだよ。イリノテカンが効かなかった場合、フェーズⅡ、フェーズⅠの抗癌剤を投与してもらうしかないでしょう。臨床実験段階の薬だから、効果はゼロかもしれないけれどリスクは高い。アメリカに行って治療を受けるというのはそういうことだよ。あなたが泣いていたら前に進めないじゃない」

「……死ぬ話はしないでよ」

「じゃあしないけど、ひとつだけ、あなた、おれが死んでも死なないでよ」

「……ひとりじゃ育てられない」

「二年あれば、丈陽とふたりの生活を設計できるでしょう?」

口をひらいたが、声は出なかった。

「二年間は死なない。どんなことがあっても生きる。約束するから、いい歳《とし》して子どもみたいに泣くのはやめなさいよ」東の顔は苦痛に充《み》ちていたが、目だけはまるで冗談話に笑いたくて、そのタイミングを待ち構えているかのようだった。

わたしはからだを折って嘔吐《おうと》するように泣いた。そこいらじゅうが水浸《びた》しで、東も丈陽もわたしも流されて行く。どこに向かっているのかもうわからない。このささやかな生活さえ奪い取るのだとしたら、神はあまりにも残酷で不公平だ。だけどなんとかしてつかみ……つかまり……放さないで……だれか、助けて!


三月十五日水曜日午前十時、東由多加はがんセンターに戻った。

わたしは飯田さんに、再渡米しスローンのデヴィッド・ポール・ケルセンのもとで治療を受けたいので、アポイントメントを取ってくれるように頼んだ。

それと並行して、現在の病状では成田からニューヨークまでの十二時間のフライトに堪《た》えられたとしても、異国での新しい生活に堪えられない可能性もあるので、国内で平岩医師と同じくらいイリノテカンを使いこなせる医師を早急《さっ きゅう》に見つけなければならない。

わたしはTBSニュース23の米田さんに手紙を書いた。

至急、イリノテカンを熟知している医師のセカンドオピニオンを受けたいのです。

　平岩医師は、「初回に四十ミリグラムを投与して副作用が出ないかどうか様子をみて、翌週七十ミリグラム、翌々週百ミリグラムを投与し、わずかにシスプラチンをかぶせ、その時点で検査してイリノテカンを続行するかどうか決断する。昨年5－FUと併用して効かなくなったからといって、シスプラチンを切り棄《す》てるのは早い。イリノテカンと併用することによって効果が増す可能性がある」と主張し、室医師は「初回に百ミリグラム、翌週百五十ミリグラム、その翌々週百五十ミリグラムを投与して、その時点で検査してイリノテカンを続行するかどうか決断する。昨年5－FUと併用して効かなくなったので、シスプラチンは切り棄てる。シスプラチンと併用したら、単剤ならば百五十ミリグラム使えるイリノテカンを、半分の量（七十ミリグラム）に抑えなければならず、シスプラチンとの二剤併用のメリットはなく、デメリットが大きい」と主張しているのです。
①医師によって抗癌剤の組合せ、投与量、投与方法があまりにも異なる場合、不安なので、ネダプラチンとビンデシンが効かなくなったら直《ただ》ちに渡米し、イリノテカンの投与はスローンで受けます。
　昨年十二月と違って帰国できない可能性が高いので、わたしと丈陽も渡米します。
②もうひとつ調べていただきたいのは、生後二ヵ月の赤ん坊がニューヨークにフライトしてだいじょうぶかということです。想定される危険、危険を回避する方法、医者の許可証が必要なのか等々を知りたいのです。

二時過ぎに母がくる。Kさんのことについてはひとことも触れずに、買ってきてくれた幕の内弁当を向かい合って食べる。

　わたしはこの二十五年間、肉親には自分の内外で起こったことを打ち明けず、実際の性格さえも隠してきた。肉親よりは担当編集者、編集者よりはつきあった男性のほうがわたしについてはよく知っていると思う。家を出たとき、わたしは十六歳だった。三十一歳になったいまでも、母は十六歳の娘のようにわたしを扱う。なにも知らないひとの前ではなにも起こらなかったかのように振る舞うしかないので、わたしも素直に応えている。

「お茶淹《い》れようか」

「うん」

母は立ちあがり、腕に抱いていた丈陽をわたしに寄越《よこ》した。

「飛行機って生後何ヵ月から乗れるんだっけ？」会話の接《つ》ぎ穂に困って、つい口にしてしまった。

勘が鋭い母はこのひとことで顔色を変えた。

「あんた、ニューヨークになんか行っちゃだめよ。何時間かかると思ってるの！　まだ鼓膜がしっかりしてないから、中耳炎になっちゃうわよ。それに赤ん坊と癌患者をかかえてどうやってニューヨークで暮らすの？　ぜったいやめなさいよ」

「まだ、決まったわけじゃないし」とわたしは甘過ぎる椎《しい》茸《たけ》の煮付けを口に入れた。

「行くんなら、子どもは置いてきなさいッ」と母は丈陽を奪い取って髪を撫でまわしながら感情を冷まし、口論を避けるための話題を捜しているようだった。

衝突すれば、互いの素面《すめん》が露出する。母はわたしが見せたくない以上に、わたしの実像を見ることを恐れ、わたしが書いたものも一切読まないという徹底ぶりだった。

「美里ちゃんは一歳過ぎても綿みたいな赤い毛しか生えなかったのに、この子はまだ二ヵ月にならないのにタワシみたいにしっかりした毛だわね。来週祖母《ばあ》ちゃんがはさみ持ってきて切ってあげるからね」

「切らなくていいよ、伸ばして筆つくるんだから」

わたしははじめての毛髪で記念筆をつくって、丈陽の父親に送るつもりだった。一度でもはさみを入れると毛先が太くなって筆には適さないと取り寄せたパンフレットに書いてあった。

「そんな馬鹿なことにお金つかわないで、貯金しなさいな。親だったら自分の子どもにはいいものを食べさせたい、いい服を着せたい、いい教育を受けさせたい、美里ちゃん、ぜんぶお金、お金よ。それであたしがどんなに苦労したか……」母は弁当の蓋《ふた》をしめて輪ゴムで留《と》めた。

夜、洗い終わったら母に渡して拭いてもらうという段取りで風呂に入った。

洗い場で丈陽の髪をせっけんで泡立てていると、突然ドアが開き、

「なにやってるの！　風邪ひいちゃうじゃない。まずあっためてあげなさい」

わたしは母の言葉に従って、丈陽を抱いて湯船に浸かった。

「どれくらいあったためるの？」

「あんたがあったまるまでよ。なんでも自分の身になって考えてみなさいな。あんただって、いきなり服脱がされて、髪洗われたら寒いでしょう。ほら、気持ち良さそうな顔してる」と母は腕まくりをして、ガーゼで丈陽の髪を流しながら、「丈ちゃん、ひどいママだねぇ、生後二か月の赤ちゃんをアメリカに連れて行こうと企《たくら》んでるんだから」

母にはだかを見られたのは二十年ぶり、いや二十五年ぶりくらいかもしれない。

風呂からあがっても母は帰り支度をはじめる気配を見せず、ニュースを観ながら林檎《りんご》の皮を剝《む》いている。

風呂あがりの麦茶をつくるために左腕に抱き替えると、丈陽はわたしの髪を両手でつかんで引っ張った。

「痛いッ」

「あッ、丈ちゃんの手が切れちゃう！」と母は丈陽のてのひらをひらいて髪を離させた。

「美里の髪より、丈ちゃんのお手々のほうが大事。祖母《ばあ》ちゃんは、いつも、ぜったいに、丈ちゃんの味方だからね。丈ちゃん、今日は祖母ちゃんとふたりでねんねして、朝になったらおっきして、まんま食べて、そしたら祖母ちゃんは大船に帰るからね」

母と同じ空間で眠るのは十二、三年ぶりだった。

朝六時、わたしの部屋から母の話す声が聴こえて、東のベッドからからだを起こしてドアを開けた。

「あんた、こんないい子いないわよ。笑いながら眠って、目を醒《さ》ました途端《とたん》に笑って。普通は泣くのよ。この子は泣く代わりに笑って訴えてる。わかってるのよ、このたいへんな状況を。泣いたら棄てられると思って笑ってるのよ、ねぇ、丈ちゃん」

丈陽は指をしゃぶろうとしてなかなか口に入らず、鼻の穴に突っ込んでしまって笑い声をあげた。


三月十七日金曜日。

ネダプラチンとビンデシンの投与がはじまる。ネダプラチンは百ミリグラムを九十分かけて点滴で落とし、ビンデシンは三ミリグラムを注射で入れる。これは全身状態が良好な患者への使用量の七割の量だそうだ。一週間後の二十四日にビンデシンのみを同量投与し、これで一クールということだった。

米田さんからファックスが届いた。

イリノテカンのことです。製造元のヤクルトなど各方面に問い合わせたところ、やはり平岩医師が圧倒的に経験豊富なのは確かなようで、各大学病院でも多いところで月数例程度、殊《こと》に食道ガンは適用外と云うこともあって用いられるケースはごく少ないようです。（原発が）食道ガンへ処方を行っている医師で比較的経験が豊富な医師として、

＊国立がんセンター東病院消化器内科　大津敦医師

＊昭和大学附属豊洲《とよす》病院消化器科　佐藤温《あつし》医師

のふたりがきょうまでにわかりました。大津医師は日本ではトップクラスの実績があるひとだそうです。昭和大はイリノテカン使用量が多い病院で、なかでも詳しいのが佐藤医師だそうです。ふたりには間接的に連絡を取っていますが、まだ話はできていません。セカンドオピニオンを得ることが可能かどうかは、週明けに返事がもらえると思います。

三月十九日日曜日。

がんセンターの帰りに、キッドの北村さんと大塚さんがおむつと粉ミルクを買って寄ってくれた。

「今朝五時に東さんから電話がかかってきて、薬がどこにあるかわからないからいますぐきてくれって。あわててタクシーで行ったんだけど、薬のことで神経症みたいになっているのと……声が出ないのが相当辛そうなのと……なんていえばいいんだろう……ほぼ一日中眠りつづけているんだけど、起きているときは夢うつつというか……なんかこのまま……」

「柳さんが自分の目で見て判断したほうがいいと思う」大塚さんがいった。

「わかりました。明日、丈陽を連れて行ってみます」

玄関まで見送ったとき、ふたりが裾に龍をあしらったデニム地の黒いスカートを穿《は》いていることに気づいた。

「おそろいですね」

「ニューヨークで東さんに買ってもらったの」大塚さんが声を弾ませた。

昨年十二月七日、北村さんと大塚さんは出産を間近に控えたわたしの代わりに渡米し、一ヵ月にわたって東の看病

をしてくれたのだった。
「わたしたち、姉妹」と北村さんが靴を履《は》きながらうふふと笑った。
ふたりとも実人生よりも東の創《つく》ったミュージカルのなかで生きた時間のほうが長く濃いために、外見も仕草《しぐさ》もしゃべり口調も現実の時間に浸食されていなかった。ふたりの生年を知らないひとには、実年齢を当てられないと思う。

町田敦子さんからファックスが届いた。

弟がニューヨークでコーディネーターをやっているので、
①アメリカの病院、医師に対する事務連絡の代行。
②通訳等の人材捜し。
③住居の手配。
④アメリカ国内での移動（たとえば空港から病院、病院からアパート）の手配。
をやってくれる人間を見つける事はできます。
住居の件、相場ではアパートメントで30万から40万、ただし頭金が必要なので入居時に100万位必要になるそうです。アパートメントホテルは40万から50万位ではないかとの事なのですが、弟は現在日本に出張中で、二、三日後にニューヨークに戻り、戻ったら調べると言っています。アメリカ行きに関して他に知りたい事はありませんか？　具体化している事柄があれば、すぐに調べさせます。

丈陽を風呂に入れて出ると、米田さんからのファックスが届いていた。

昭和大学附属豊洲病院の佐藤温医師との面接ですが、今週金曜、24日の17時に予約しました。
当日（24日）は、事前に東さんからも話を訊いておきたいので、私は15時半過ぎに築地の病院に行きます。そこで合流して、16時15分くらいに豊洲に向かうと云うことでどうでしょうか。

最近便りが届くのは、このふたりと母と飯田さんの四人からだけで、このうち米田さんと飯田さんは仕事が絡《から》んでいるので、情愛だけでわたしと丈陽の身を案じてくれているのは、母と敦子さんだけということになる。

ポストに入っているのは、各出版社から送られてくる雑誌と支払明細書と不動産や車や株のダイレクトメールだけで、そのまま屑《くず》入れに棄ててもいいような郵便物ばかりだった。

丈陽の父親からは依然として手紙も養育費も送られてこなかった。

溜《た》め息《いき》めいた静寂《せいじゃく》が、この部屋を外界から絶縁している。山手通りを走る車の音が籠《こも》った響きとなって部屋のなかに浸《し》み込んできているが、ほぼ一日中聞いているので壁やガラス窓と一体化している。

ここでの生活はもうおしまいだ。ニューヨークに行くのだ。行きたくて行くのではなく、行くしかないから行くのだ。でも、韓国以外の国には行ったことがないわたしがほんとうにニューヨークで生活していけるのだろうか。

等身大の鏡のなかに丈陽と自分の顔を見つけて、わたしは丈陽を抱いて部屋を歩きまわっていることに気づいた。眼鏡《めがね》をかけていないせいで、ピント合わせに失敗した写真のように不明瞭だった。

問題は丈陽が父親と離れ離れになってしまうことだ。そして丈陽の父親である彼に、アメリカに行ったのだから逢えないのは当然だという逃げ場を与えることになってしまう。

彼に対する感情はこころに幾重《いくえ》にも堆積《たいせき》しているので、もはや動かすことは不可能だった。ひとつの感情が流れ出ようとすると、それと正反対の感情に塞《せ》き止められる。

今日は三月十九日、去年のいまごろはなにをしていただろう。彼の友人がアイルランド音楽を演奏している店で飲んだのが、確か三月半ばだったはずだ。あの夜はタクシーでうちに帰って、彼が泊まって行ったのか、午前二時か三時に帰ったのかは思い出せない。ただ彼の寝息はいまでも抱き合った膚《はだ》のように近く感じるし、寝返りを打ったときに目にした彼の肩の安定したラインは紙に描けるほどだ。

隙《すき》があれば、わたしは彼のことを考えている。彼はわたしが思い出すように、わたしを思い出すことがあるのだろうか。彼の夢にわたしと過ごした時間を注ぐことができれば、目醒《めざ》めた瞬間に思い出すだろうに――。

わたしのことは忘れ去ってもいい。丈陽を忘れ去ることは許せない。おそらく夫婦で手に手を取り合ってこの危機を乗り越えようとしているのだろう。彼の妻にしてみればよその女が生んだ夫の子は障害物に違いないが、彼にとっ

て丈陽は、この世でたったひとり、自分の血肉を分けた子なのだ。祝福すべき慶事《けいじ》である我が子の誕生を危機として
とらえ、丈陽を蔑《ないがし》ろにしつづけるならば、彼の現実に石を投げ込んで波紋《はもん》をひろげるしかない。やはり、東がいうように告訴するしかないのかもしれない。
丈陽が鼻腔《びこう》を膨《ふく》らませて大きなあくびをしたので、わたしは丈陽を抱いて敷きっぱなしの布団に横たわった。
眠れない。起きることもできない。丈陽が泣いている。泣き声であることはわかっているのだが、夢のなかで現実の音を聴くようにくぐもっている。目を開けられない。瞼《まぶた》の筋肉がなくなってしまったようだ。もしこのままずっと動けなかったら、丈陽とふたりでミイラになる。先に死ぬのは丈陽だろう。目も開けられない、からだも動かせないとしたら、なんで丈陽が死んだということに気づくのだろう。やはり臭《にお》いだろうか。まだ泣き声が聴こえる。目を開ければ、赤ん坊とふたりきりの生活と、幻覚に囚《とら》われ声さえ出せなくなった東が待ち構えている。もう疲れた。死んでしまいたい。泣き声は次第に弱くなり、やがて静かになった。同じ姿勢で寝ていることが堪《た》え難くなって寝返りを打った拍子に目を開けてしまった。

丈陽は怒りも哀しみも疑いも含まれていない無色な瞳でわたしを見ると、瞼と唇を一本の線にして微笑んだ。
「ごめん。いま、起きる。ごめん、おなか空《す》いたね」わたしは枕の上に手を伸ばして目覚し時計をつかんだ。十一時。最後にミルクをやったのは十二時だから、三時間置きに与えなければならないミルクを十一時間も与えなかったことになる。
乳首を唇に近づけると、丈陽は哺乳瓶《ほにゅうびん》に両手をひろげて吸いついた。このままではたいへんなことになる。手が滑って落とす、抱いたまま転ぶ、ミルクや風呂の温度を確認し忘れる。母親の精神が震度一でも揺れれば、赤ん坊は震度七の揺れに存在そのものを揺さぶられ、命さえも落としかねない。
わたしは丈陽を左腕に抱き替えて、ペンを走らせた。

渡米とは別件なのですが、丈陽を十日ばかり預かっていただくことは不可能でしょうか。ご返事お待ちしております。

言外のＳＯＳを読み取ってくれたのか、数分後に敦子

さんから返事が届いた。

丈陽くんの件は、今日明日で落ち着いて考えてみます。この家の中で安全におあずかりできるかどうかを……大人仕様なので……。それでは、一時半に伺います。


今日はがんセンターに行かなければならない。水で顔を叩いたが、頭が重くて立っていることができず、わたしは洗面台の前にへたり込んで歯を磨《みが》いた。

泣き声が聴こえる。歯ブラシをくわえたまま和室に走ったが、丈陽は頭の両脇に両手を投げ出して眠っていた。もう自分の耳さえ信用できない。精神科に行って安定剤と睡眠薬をもらったほうがいいのだろうが、薬で熟睡《じゅくすい》してしまったら丈陽の泣き声が意識に届かない。この精神状態も含めて敦子さんに相談してみようか、と考えながら、「哺乳瓶、粉ミルク、おむつ、おしり拭《ふ》き、ガーゼのハンカチ」と声に出して確認しているときに、玄関のドアが開いて敦子さんが現れた。

一八〇八号室のドアを開けると、ベッドの脇に大塚さんが座っていて、北村さんは氷水を張った洗面台でタオルを絞っていた。

東は顎《あご》がはずれたかのように口を大きく開けて眠っていた。

丈陽の帽子と靴下とベストを脱がせて抱きあげ、薄い膜となって眼球のかたちを示している東の鉛色《なまり》の瞼を見おろした。

「午前中三十九度五分まであがったけど、さっき点滴で解《げ》熱剤《ねつざい》を落としてもらって、いまは三十八度二分」北村さんはタオルを四つ折りにして東の額に載せた。

東は点滴で繋《つな》がれた右手をときどき持ちあげ、パンを千《ち》切《ぎ》るような仕種をして口に運んでいる。

「今日はずっとこうやってなにかを食べてるの。平岩先生が、食べられないひとはイリノテカンの副作用が強いといったことを相当気にしてたからね」

「意識は？」

「点滴を入れてるから二時間置きにトイレに行くんだけど、そのときに戻るかもしれない」

「これはネダプラチンの副作用ですか？」

「十七日からはじまって三日目だから、今日がいちばん強いかもね。タキソールのときも二日間は元気で三日目から食欲が落ちたから」

「室先生はなんていってるんですか？」

「わたしたちにはなんにも……」

東は吸うときに空気を捜すように口を開け、あまりにも強く吸うので、そのまま息を引き取ってしまいそうだった。


わたしたちはエレベーターホールのソファに座った。

「東さんを交えずに近々《ちかぢか》室先生と話してみたほうがいいですね。面談の日時が決まったら、ファックスかケイタイで知らせてください」

大塚さんはガラス張りの壁伝《づた》いに丈陽を抱いて行ったりきたりしている。ガラスの向こうには晴天の空と築地の卸《おろし》市場と東京湾がひろがっている。育児書には生後二ヵ月の子どもの視力は○・○四ぐらいと書いてあったから、丈陽は光とおぼろげな輪郭に見惚《ほ》れているのだろう。

「これ、昨日、意識が戻ったときに書いたメモ」エレベーターホールを一周して戻ってきた大塚さんに手渡された。

柳サンとヒガシと子どもは　ニューヨークに　2～3ケ月も住めないよね？

東はこれを殴《なぐ》り書きして、大塚さんの顔を見あげたという。

「棲《す》めます、棲めます」と大塚さんが答えると、紙に三人が暮らす部屋の間取りを書き、ふたたび意識を失ったそうだ。

部屋に戻り、北村さんが額のタオルを取り替えた。その拍子に東が目を開けた。

「トイレですか？」北村さんが訊いた。

東はうなずいた。

北村さんがベッドの頭を起こして点滴スタンドの電源を抜き、東の足にスリッパを履かせた。

大塚さんが丈陽を抱いて立ちあがり、進行方向にまわり込んで丈陽を東の顔の高さまで持ちあげた。

東トイレに入った。水の流れる音がしてドアをひらき、北村さんが点滴スタンドをゆっくりと引いた。

東が困ったような顔をして歩《ほ》を止めた。声を発した。聞き取れない。北村さんが東の口に耳を寄せ、東はもう一度口を動かした。

「丈陽が風邪をひくから、暖房を入れてって」北村さんがいった。

東はベッドに横たわって目を閉じ、そのまま目を開けなかった。わたしは丈陽をチャイルドシートに寝かせて、北村さんと大塚さんに会釈《えしゃく》をして病室をあとにした。


三月二十三日木曜日夜七時、敦子さんに留守中の丈陽の世話を頼んで、がんセンターに向かった。

十八階の談話室に北村さんと大塚さんの三人で入ると、室先生は黙ってビューワーにレントゲンを貼りつけていった。

眉根《まゆね》に皺《しわ》を寄せている。想像以上に悪いのだ、とわたしはからだを硬くしてレントゲンの肺あたりに視線を定めた。

「これは昨日病室で撮った写真なんですけどね、非常に良くないんです」

「肺ですか?」わたしは辛《かろ》うじて声を出した。

「肺です。全体的に白く見えますね。下のほうのは水なんですが、この綿のように見えるのは全部癌です。三月頭の写真と較《くら》べるとよくわかると思うんですが、三センチ、二センチ、一センチの点で散らばっていた癌がひと塊になってしまったんですね」

「こんなに短期間に……」

「加速度的に悪化してしまいました」室先生の目にはなんの光もなかった。

「わたしは素人《しろうと》なので、いまひとつわからないんですが、肺中に散っていた癌がひと塊になったということは、先生は二月九日に、一ヵ月から半年の命ではないかとおっしゃいましたよね」

「もう週単位で考えたほうがいいということです。まず一週間、一週間経ったらもう一週間という風に。それからね、全身状態が悪過ぎるので治療はもう……」

「え?」

「今日は投与しなかったんです」

「全身状態が良くなったら投与してもらえるんですか?」

「いままでのぼくの経験だと、こうなってしまったら九十九・九パーセント良くなるということはあり得ません」

「でも、治療を打ち切ったら、このまま癌が大きくなるのを黙って」

「東さんと柳さんの治療をしたいという熱意で、ネダプラチンとビンデシンというお薬を投与したんですが……」

「でも、わたしは治療打ち切りということは」認められません、といおうとしたが、胸の底から泣き声が突きあげた。

室先生が黙り込んだ。

わたしは泣きながらむき出しの口調で訊ねた。

「あと、どれくらい生きられるんでしょうか」

「正直にいうと、一週間先は見えないという状態です」

「それは、もしかしたら一週間以内、明日ということも」

また泣き声が塊となってあふれ出た。

「ええ、そういうこともあり得ますね」

「よく主治医が、患者の家族にそろそろ親戚を集めたほうがいいといいますが」

「もうその時期です。おそらくここ何日かで意識を失ってしまうので、意識があるうちに逢わせたいひとには逢わせておいたほうがいいでしょう」

「わかりました」わたしは声を飲んで立ちあがった。


がんセンターの正面玄関を出たところで北村さんのセブンスターを一本もらった。何度ライターを擦《す》っても火が消えてしまうほど、強い風と雨だった。ニューヨークでの生活は消えた。東と丈陽とわたしの三人での生活自体が消えてしまった。もう東が帰宅することはないのだ。傘を持ってはいたが、差しても、役に立ちそうにないので雨と風に打たれてタクシーを待った。


ドアを開けると、敦子さんが丈陽を抱いて玄関に出てきて、リビングの椅子では町田康さんが丈陽を抱いていた。

「主治医から、東さんがあと一週間だといわれて、わたしは病院に泊まり込まなければならないので、丈陽を預かってください。お願いします」息を継《つ》がないで頼んだ。

康さんは丈陽を抱いたまま絶句し、ゆっくりと敦子さんの顔を見た。

「わかりました」敦子さんが迷いのない口調でいった。

「いま、十時です。風呂に入れてから移動すると風邪ひいちゃうので、風呂は帰ってから入れてください。タクシーですか？　車ですか？」

「じゃあ、おれは車をマンションの前に」康さんは強張《こわば》った顔をもう一度敦子さんに向けた。

「丈陽の服とかスイングベッドとかおむつとか哺乳瓶とか荷物とかいっぱいあるんだけど、乗り切れますか？」とめどなく早口になりそうだった。

「乗せ切れなかったらあらためて取りにきます」敦子さんはいった。

わたしと敦子さんは和室と台所と浴室にある丈陽のもの

を片《かた》っ端《ぱし》から紙袋に突っ込み、北村さんと大塚さんに手伝ってもらって外に運び出した。わたしは丈陽の顔から目を逸らし、自分の手の動きだけを見ながら上着を着せ靴下を履かせた。敦子さんは丈陽を抱き、わたしはふたりが濡《ぬ》れないように傘を差した。

康さんがトランクを閉め、運転席にまわり込んだ。

「丈陽をお願いします」わたしは頭を下げた。

康さんは親指を立てた拳《こぶし》を突き出し、にやりと笑ったが、顔の筋肉は強張ったままだった。

車は雨と風のなかに消えた。東由多加が殴《なぐ》り書《が》きしたアパートメントホテルの間取りが頭のどこかに吹き飛ばされていった。東の部屋、柳サンと子どもの部屋——、東の命は一週間、丈陽はいなくなってしまった。

おしまいだ。

丈陽がいない。東由多加がいない。育児と闘病のためにこの部屋に引っ越してきたのに、ふたりともいなくなってしまった。丈陽とは妊娠してから十ヵ月間わたしの口から入るものだけではなく、わたしの内から湧《わ》きあがる哀しみや怒りまで共有し、出産してからは毎日毎夜わたしの腕のなかにいた。人間は本能が壊れた動物だと思っていたが、この肉体的な喪失感は母性本能という言葉に近い気がする。康さんと敦子さんが預かってくれているから安全だと頭ではわかっているのだが、子猫を失った母猫のように部屋から部屋へと歩きまわって丈陽を捜している。

わたしはリビングの椅子に座って、昨夜北村さんと大塚さんと話し合って決めたことを頭のなかで反芻《はんすう》した。

東には一週間以内に絶命する可能性があるほど末期だということは隠そう。痛みと呼吸苦と幻覚に肉体と精神を蝕《むしば》まれている東に、死刑宣告よりも確実に生《せい》の期限を告知するのはあまりにも残酷だ。

東に意識がある限り、東の息子、姉妹、義母、義母弟妹、甥《おい》や姪《めい》、友人たちには見舞いにくることを遠慮してもらおう。東は病状が悪化した二月からわたしと北村さんと大塚さんとＴＢＳの米田浩一郎さん以外の他者を徹底的に拒絶した。拒絶していた縁者が病室に現れたら、どんな嘘《うそ》でいい繕《つくろ》っても死期が近いことを悟《さと》らせることになる。縁者には恨《うら》まれ責められるかもしれないが、わたしたちは東由多加がしたいことを実現するために闘病を支えてきたのだから、結果的に縁者の気持ちを蔑《ないがし》ろにすることになっても、東の気持ちを尊重しよう。

　しかし外部のひとにとっては、婚姻《こんいん》関係にも血縁関係にもないわたしは東の〈同居人〉に過ぎないし、大塚さんと北村さんは東京キッドブラザースの〈元劇団員〉でしかないので、縁者にはいまのうちに事情を説明しておこう。

　電気をつけたままベビーベッドのとなりに横たわると、コップを倒したように涙があふれ出た。空が明るくなっても眠ることができないので、わたしは顔を洗ってペンを握った。


町田康さま。敦子さん。

思いついたことを箇条書《かじょうが》きにします。
●文藝春秋出版部の森正明さんに、『ダ・ヴィンチ』の細井ミエさんと連絡を取り合って、そちらをサポートしてくれるよう頼んでおきました。文春の文庫担当の山口由起子さんは出産経験者です。彼女は昼から夕方にかけてOK、細井も日によってはOKだといってくれました。康さんと敦子さんが外出するときは、細井、山口に当たってもらって、ふたりともだめな場合は考えましょう。
●先がまったく読めませんが、長期間になる可能性もあります。主治医は九十九・九パーセント持ち直すことはあり得ないと断言しましたが、わたしは一日でも長く生きてほしいと願っています。
●日赤の小児保健部に電話を入れ、四月十七日前後に三ヵ月健診の予約を入れ、連れて行ってください。もしかしたら三ヵ月から予防接種がはじまるかもしれないのでお調べください。
●そろそろ離乳をはじめないといけません。
●風呂。風邪をひくのでいっしょに湯船のなかであたたまってから洗い、最後にもう一度あたためてやってください。髪、耳の裏、腋《わき》の下、性器、おしりのあいだは汚れが溜《た》まりやすく、せっけんも残りやすいので、よく洗ってやってください。とにかくしゃべりつづけ、歌いつづければ泣きません。育児書によると、一度でも「コワイ」と思うと、「風呂はコワイ」と学習してしまって、風呂嫌いの子になるそうなので注意してください。

●スイングベッドに一時間以上寝かせておくと背中を痛めるそうなので、ベッドに移すか、抱っこしてあげてください。
●寝返りを打ちはじめるころなので、くれぐれもベッドから落ちないように。
●天気の良い日の昼間は散歩（日光浴）に連れて行ってあげてください。うちにA型ベビーカーがあるので、合鍵で勝手に入って持って行ってください。
いちばん変化が激しく、かわいい時期を見逃すのは残念ですが、丈陽を宜《よろ》しくお願いします。東さんのこと、祈ってください。

送信してから思いつき、追伸を書いた。

毎日体温を計ってください。

病院に泊まり込む支度をしているうちに十一時になってしまい、あわてて紙袋を両手に持って外に出ようとしたときにまた思いつき、リュックを背負ったままペンを走らせた。

写真を撮っておいてください。


タクシーに乗って、「高速で汐留《しおどめ》で降りて、築地の国立がんセンターに行ってください」と行き先を告げて外を眺めていると、フロントガラスに雨が貼りついて流れ出した。東はもう二度と外を歩くことができないのだと思った途端に、嗚咽《おえつ》がこみあげて止められなくなった。

「ご家族のお見舞いですか？」

「父が」

「おいくつですか」

「五十四歳です」

「わたしと同じ歳《とし》だ。どこの癌ですか？」

「食道癌です。昨日、あと一週間の命だといわれて」いつもだったら、なるべく口をきかないようにするのだが、しゃべらないと嗚咽が号泣《ごうきゅう》になりそうだった。

「病室では泣いちゃだめですよ。笑っていないと。わたしもひとり息子が癌なんです。十八です。顔の癌です。去年手術をして、眼球を摘出しなければならないといわれたんです。息子がどうしてもいやだというんで残したんですが、再発してしまいました。家内もわたしも息子の顔を見るたびに泣いてしまいそうになるんですが、いちばん泣きたいのは本人なんですよ」運転手は左手をハンドルから離して携帯《けいたい》電話を握って見せた。「これ、家内だけに教えている番号なんです。息子が危なくなったら鳴らせっていってあるんです。びくびくしながら運転してるんですよ。息子の顔はもう元には戻りませんが、なんとか命だけはね」運転手は声を詰まらせた。

　がんセンターに着くまで、わたしたちはひとことも言葉を交わさずに激しさを増していく雨を見詰めていた。

　東由多加は眠っていた。洗面台に張ってある氷水がぬるくなっていたので、ナースステーションで氷をもらってきた。タオルを絞って東の額《ひたい》に載せ顔を注視したが、眉ひとつ唇ひとつ動かさない。なにかしてあげたいが、してあげられることがない。ふと布団からはみ出している手を見ると、爪《つめ》が異常に伸びている。わたしは下の売店に行って爪切りと耳掻《か》きを買って戻った。枕頭のスタンドをつけて、耳を覗いた。耳垢《あか》で穴がふさがっている。わたしは耳垢をそっと掻き出して、手の甲に乗せていった。右耳が終わり、ベッドの左側にまわり込んで左耳――。床に両膝をついて布団をすこしめくって足の爪から切っていく。パチンパチンという音が響く。膝で前に進んで東の手を持ちあげてパチンパチン――、東と生活を共にしていた十年間、わたしは週に一度東の爪を切り、耳掃除《そうじ》をしていた。別れるとき、「これからはだれがおれの爪を切ってくれるの？」と東は訊《たず》ねたが、わたしは答えなかった。

　三時半に米田さんが迎えにきて、昭和大学附属豊洲病院に向かう。

　消化器科の外来診察室で佐藤温《あつし》先生に対面した。ひと目で、このひとならば東と気が合うに違いないと確信した。佐藤先生の白衣姿は医者というより理科の教師のような雰囲気で、ラディカルな抗癌剤治療を行っているようには見えなかった。

「この状態で抗癌剤を使えば、背中を押す可能性が高いんですよ。だけど、大きな力で押すか、小さな力で押すかの違いはあります。女子医大では通常百ミリグラムぐらい使うネダプラチンを三十ミリグラムずつ分割して投与し、成果も現れているようですし、ぼくの患者さんでも、このひとの場合は食道癌ではなく胃癌なんですけどね、よその病院で半年の命だと宣告《せんこく》されて、二年経《た》ったいまでも外来でイリノテカンを投与しながら普通に生活しているひとがいます。ここの栗原稔《みのる》教授は抗癌剤のパイオニア的存在で、ほかの病院で匙《さじ》を投げられた患者さんにもあきらめずにしつこく使うんですよ。国立がんセンターがやっているのは正攻法《せいこうほう》の治療ですが、うちでやっているのはゲリラ戦に近いですね。抗癌剤っていうと悪いイメージを持っているひとが多いけれど、ぼくは抗癌剤でいい思いをした経験が多いんですよ。どうしてもイリノテカンを使いたいということでしたら、ごく少量使うという手はあるかもしれない」

「でも、正直なところどうですか？　こういうかたちでお願いをせずに、ただこのレントゲンを見せられたら、治療しますか？」

「しないでしょうね。ご本人には抗癌剤だと偽《いつわ》って、免疫を強める免疫賦活《ふかつ》剤を点滴する方法もあるんです」

「免疫治療ですか？」

「いえ、厳密にはそうじゃなくて、成分はかわらたけと椎茸と溶連菌製剤です。でもインテリジェンスが高いひとは疑い深いからな」

「東はイリノテカンの副作用に関しては資料を集めて調べているし、いままで5－FUとシスプラチン、タキソール、ネダプラチンとビンデシンを経験しているので、からだで副作用を知っています。かわらたけはばれるでしょうね。呼吸苦を緩和するにはどんなことが考えられますか？」

「ステロイド剤を大量に使って一時的に器官をひろげたりして呼吸を楽にする方法があるんですが、大量投与は数日間しかできないんですよ」

「幻覚がひどくて、がんセンターの主治医には譫妄《せんもう》だといわれたんですけれど、なにか手はあるんでしょうか」

「うーん、意外と最後まで残るのは触感《しょくかん》なんですよ。触《さわ》ったり撫《な》でたりしてあげると気持ちが安定して、意識が戻る場合があります」

「触る……」

「ぼくはホスピスの経験があるんですが、まず触ることです。ホスピスを経験してずいぶん考えかたが変わりました。患者さんとご家族が一生懸命やっている姿に接すると元気をもらえます」

「入院させていただくとしたら、最短でいつですか？　個室がいいんですけれど……」

「月曜日にひとつ空《あ》くんですけれど、トイレがない部屋なんですよ」

「共同トイレまで歩いて行かなければならないということですか?」

「歩けない場合は簡易トイレか尿瓶《しびん》ですね」

「東は子どものころ汲《く》み取り式で悲惨《ひさん》な思いをしたトラウマがあって、共同トイレはだめなんですよ。デパートのトイレでもできないくらいですから……トイレがある個室が空くのは?」

「四、五日以内には空きます」

「今日は金曜日ですよね。おそらく明日か明後日には本人の意思を確認できると思うんですが」

「土曜は病院にいるけれど、日曜は自宅ですので自宅の電話とポケベルの番号を書いておきます。設備はホスピスより劣りますが、この病院をホスピスだと思っていただいても構いませんよ。でも重病の患者さんは、環境の変化に適応できない場合もあるので、よくお考えになったほうがいいですよ」

わたしは米田さんにがんセンターの前で落としてもらって病室に戻った。

大塚さんの話によると、わたしがいないときに、「ホスピスに入るというのはだめかな」といったという。


「もしかしたら柳さんと丈陽のために無理して治療しているのかもよ。柳さんからホスピスのことを訊《き》いてみたほうがいいよ」と大塚さんがいった。

わたしと大塚さんは東の意識が戻るのを待った。

三十分経って東は目を醒まし、首を傾けてわたしの顔を見た。わたしも黙って東の顔を見詰め返した。永遠のような数秒が流れ、意を決して訊いた。

「あのさ、ホスピスという選択もあるよ」

東は口をひらいた。

「出てこれるんだったらいいけどね」

なんとか聞き取れた。

「ホスピスに入ったら出てこれないよ」

「治療を」

「あのね、もうネダプラチンとビンデシンは投与してないんだよ」

東は驚いた顔をして点滴を見あげた。

「それは栄養液と炎症を抑える抗生物質。今日豊洲の昭和大学附属病院に行ってきたんだけど、そこの佐藤温先生というひとはイリノテカンにくわしいし、性格的にも合うと思うよ。ただね、トイレがない個室なの」

東は眉《まゆ》をしかめて、ゆっくり右腕をあげて書くジェスチャーをした。大塚さんが東の手に鉛筆を持たせて、クリップボードにはさんだ紙を近づけた。

一至かし、室至やないなんていうようなビヨウインはイヤだよ　病院な院院入院純ありというのはどうかうか？　100純前後？

声をあげて読んで首を傾《かし》げると、東はさらに眉をしかめてもう一度書いた。

①病院で個室にWがないというのもおかしい、設備

②100ベッドルームくらいがちょうどいいじゃんじゃないか。

東はこれを書くと力尽きたように鉛筆を手放した。

「わたしもそう思う。でも四、五日だけがまんすればトイレがある個室が空くみたいだよ」

東はうなずき、もう一度鉛筆を握った。

本名ドウシ（メンバーデ）理タクをモアアッテタノ

120％　本命↓てんわ　ぼくんべ他の病　大塚

北村　ハッキリ2院↓伝えた

手に力が入らないのだろうか、意識が混濁《こんだく》しているのだろうか、何度読み返しても意味が取れず、「わからないよ」とつぶやくと、東は眉根《まゆね》に皺《しわ》を寄せたまま目を瞑《つむ》ってしまった。

大塚さんは帰宅し、わたしはパジャマに着替えて髪を三つ編みにした。なにか飲み物はないかと冷蔵庫のドアを開けた拍子に東は目を醒まし、耳の横で手首を動かした。わたしはリモコンのボタンを押してベッドの頭をあげた。

壁の時計を見て声を出したので、東の口に耳を寄せた。

「どうして帰らないの？」

「今日から泊まる」

「いよいよ臨終態勢ってわけだ」

「そうじゃなくて、いまネダプラチンとビンデシンの副作用で白血球が落ちて、肺炎になっちゃったみたいなの。三十九度台の熱があるから、熱が下がるまで付き添う。だって、ほら、トイレに行くときとか、なにか飲みたいときと

か、いちいち看護婦を呼ぶわけにはいかないでしょう」

嘘《うそ》を吐《つ》くうしろめたさから口数が多くなった。

「丈陽は？」

「町田夫妻に預けた。ここに連れてくることも考えたけど無理でしょう？　だいじょうぶ。敦子さんは育児書を読んで勉強しているし、康さんは緻密《ちみつ》なひとだから」丈陽のことを話すのは辛いので、話題を逸らした。「いま、いちばん苦しいのはなに？」

東の口が動いた。

「出ない」

「出ない？」

「平岩、イリノテカン、便秘《べんぴ》だと」

「あぁ、平岩医師が便秘のひとはイリノテカンの副作用が強いっていってたもんね」

東はうなずいた。

「でもぜんぜん食べてないから出ないと思うよ」

「一ヵ月」

「一ヵ月も出てないの？　看護婦に浣腸《かんちょう》してもらう？」

東ははにかんだような笑みを浮かべて首を振った。

「わたしがやろうか」

東はすこし間《ま》を置いてうなずいた。

「じゃあ、もらってくるから、ちょっと待ってて」

わたしはナースステーションに行って、浣腸と浣腸につけるキシロカインゼリーと薄いビニール手袋をもらってきた。チューブが十五センチくらいある。これを全部入れたら痛いのではないだろうか、手袋をはめてチューブにゼリーを塗りつけているうちに緊張で額が汗ばんできた。

「どこでやる？」

「トイレ」

洗面台に両手でつかまってうしろを向いてもらい、ズボンとパンツをいっしょにおろした。

「あなた、そんな格好でやると、顔にかかっちゃうよ」

「かかってもいいよ、洗うから。毎日丈陽のおしりを拭いているし、うんこで手をべたべたにしてるから慣れてるよ」

とチューブの先端を押し込んだ。

「痛いッ！」

「ごめん。失敗しちゃった。これ、病院用で先が長いんだよ。薬局で普通の浣腸買ってくる」わたしはももに垂れた液をトイレットペーパーで拭き取ってズボンをあげ、「病院の裏口の前が薬局だから十分で戻ってくるよ」とパジャマの上にコートを羽織って外に出た。

薬局は閉まっていたので、タクシーに飛び乗った。

「薬局に行ってください」

「なんの薬を捜しているんですか？　たいていの薬はがんセンターにあるでしょう」

「なんでもない胃薬なんですけど、飲み慣れているものじゃないとだめなので」

「二の橋に二十四時間年中無休の有名な薬局があるんですよ。けっこうな薬がそろっているから、よく看護婦さんが買いに行くんです。看護婦さんですか？」

「いえ、患者の家族です」

「裏口から出てらしたから看護婦さんかと思った」

城南薬局でいちじく浣腸を二ダース買って、待たせてあるタクシーに乗ってがんセンターに戻った。

東はベッドの端に腰かけて待っていた。

「遅かったね」

「ごめん。二の橋まで行ってきた。浣腸しようよ」わたしは息を切らしながらコートを脱いでパジャマの袖をまくりあげた。

いっしょにトイレに入り、もう一度洗面台につかまってもらった。東のしりが目の高さになるように屈《かが》んで、手袋がないので素手《すで》で注入した。

「どう？」

「うん、だいじょうぶ」

「ここに座って十分くらいがまんして」わたしは便器の蓋《ふた》を閉めた。

「十分は無理だな」

「じゃあ、できるだけ」

「もうがまんできない」

液が出てきた。

「これ便なんじゃないの？」

「便じゃなく液だよ」

「もうほんとに無理だ」

「まだ一、二分しか経ってないよ。指で押さえてようか」

「だめだ、ドア閉めて」

わたしは外に出て、ドアを閉めた。

しばらくして水が流れる音がしたので、なかに入ってズボンとパンツを引きあげた。

「どう、出た？」

「ちょっとね、なんだこんなんだったらもっと早くあなたにやってもらえば良かった」

　耳が慣れたせいもあるのだろうが、声がさっきよりは出ている気がする。呼吸も荒くないし、幻覚もわたしがきてからはおさまっている。夜通し付き添うということを聞いて安心したのかもしれない。

「でも変な関係だね。父娘《おやこ》、夫婦でもなかなか浣腸はしないでしょう。恋人同士ならなおさらいやだしね」

　東が微笑みながら目を瞑《つむ》ったので、わたしも東のベッドに横付けしてある簡易ベッドに仰向《あおむ》けになった。横幅八十センチ、縦幅百八十センチぐらいしかないので寝返りも打てないが、昨夜は一睡もしていないので眠れそうだった。

　東が上半身を起こした。

「どうしたの？」

――もう一回いい？

「いいよ。じゃあ今度は二本つづけてやってみるから、もうちょっとがまんしてよ」

　わたしは東を抱き起こしてトイレに連れて行き、二本つづけて浣腸した。

　東が出たあとに洗面台の前で歯を磨《みが》いていると、病室のドアが開く音がして、あわててうがいをしてトイレから出た。

　東がいない。病室を出て左右を見まわしたが、どこにもいない。わたしはエレベーターホールに走った。

　東はエレベーターの前に裸足《はだし》で佇《たたず》んでいた。

「どこ行くの？」

――十八階の個室に移る　おれは先に行って寝てるからあなたは荷物をまとめて持ってきてよ
「ここが十八階だよ」

　わたしは東の腕をつかんで病室まで引っ張って行った。東は病室に入った途端に両脚を突っ張らせた。

――ここは一階の大部屋でしょう　ほらみんなじろじろ見ながら歩いているじゃない
　東は窓の外の暗闇を指差している。

「薬飲んで眠ったほうがいいよ」

　わたしは冷蔵庫からウーロン茶のペットボトルを取り出して湯飲みに注ぎ、東の口にセレネースを一錠《じょう》入れて飲み込ませた。

「電気消す？」

――消したかったら消せば
　わたしは電気を消した。

——ケンちゃーん！

絶叫だった。電気をつけると、東は入口のほうに向かって手をあげた。

——悪いけどさ　三浦浩一が芝居の打合せにきたから　上の喫茶店でお茶飲んでてくれる？　髭剃《ひげそ》って着替えたらすぐ行くから
東は起きあがって無精髭《ぶしょうひげ》を撫《な》でている。

「三浦さんなんていないよ」佐藤先生が触ると正気に戻るといっていたことを思い出して東の背中と手の甲をさすった。

——ほら　謝さんもきてるじゃない
「誰もいないよ」

わたしはナースボタンを押した。

「幻覚が激しいので、セレネースをもう一錠ください」

東は病室に入ってきた看護婦を睨《にら》みあげた。

——あなたはオウムですね
「違いますよ」

——隠したってわかるんですよ　この病院の医者と看護婦はかなりの割合でオウムなんだよ
東は看護婦に手渡された錠剤を飲んで不敵な笑みを浮かべた。

「点滴のお薬もありますよ」看護婦は目に含みを持たせてわたしを見た。

「効くんですか？」

「錠剤は効くまでに時間がかかるんですけど、長く効くんです。点滴は三十分以内に効きますが、長持ちしません」

——アモバン一錠ください
「アモバンが幻覚の原因かもしれないからやめましょうと室先生おっしゃりませんでしたか？」

——アモバンください
東は差し出したてのひらを引っ込めない。

「わかりました。室先生に電話して相談してみます」

看護婦は部屋から出て行って、十分後にアモバンを一錠持ってきた。

「先生がいいとおっしゃるので」

東はアモバンを受け取ると手に握りしめ、看護婦が去るのを待ってわたしに寄越した。

——飲んで眠ったほうがいいよ　おれは点滴で眠るから眠りたいが、眠るわけにはいかないので、リュックの内ポケットに錠剤をしまった。

「じゃあ点滴の薬もらおう」

わたしはナースボタンを押した。

「点滴お願いします」

看護婦が点滴の準備をして入ってきた。

——それは自白剤？

「睡眠薬ですよ」

——アモバンちょうだい
「東さん、点滴のお薬ですこし眠りましょう」

——じゃあ要《い》らない
看護婦は点滴の道具をそのまま持って外に出てしまった。

わたしは追いかけた。

「どうして点滴してくれないんですか？」

「ご本人の同意がないと」

「幻覚に悩まされている患者の同意をどうやって取るんですか？」

「錠剤でよく眠れるお薬があるので、それを」

わたしは看護婦から錠剤を受け取って病室に戻り、東に手渡した。

——かたちが違う
東がいう通りアモバンは楕円《だえん》形、この薬は円形だ。

「でもよく効くみたいだよ」
四時半、もうすぐ朝になる。
薬を飲むと、東は床に両足をおろして立ちあがった。
——ひとでぎゅうぎゅう詰め　こんなところにいたくない　寝慣《な》れたベッドがいいんだよ
わたしは東の背中に手をまわし、抱くような格好で寝かせようとしたのだが、支え切れずにベッドに倒れてしまった。
——痛いじゃない　そんなに乱暴にしていいってもんじゃないでしょう
東は理由なく親に殴られた幼児のような目でわたしを見た。
——おれは自分の部屋で眠るからあなたは和室で赤ちゃんと眠ればいいじゃない
わたしは膝《ひざ》を折って床に手をついて泣いた。最先端の医療を受けてもらおうとありとあらゆる手を尽くしてきたのに、医療どころか、自分のベッドで眠りたいというささやかな願いすら叶《かな》えてあげることができない。一瞬このままふたりで病室を飛び出して家に帰ろうかと思ったが、東は食べることができないし、幻覚と痛みと呼吸苦《こきゅうく》——、わたしはしゃくりあげながらナースステーションに向かった。

「ぜんぜん効きません。セレネース二錠、さっきの薬一錠、あなたは東を薬漬《づ》けにするんですかッ！　お願いだから眠らせてあげてくださいよ！」

看護婦は黙って点滴の用意をして、病室にやってきた。

「点滴がぜんぶ落ちるまで三十分かかるから、顔と手足拭《ふ》くよ。さっぱりしてぐっすり眠れるかもよ。すみません、熱い濡《ぬ》れタオルいただけますか？」とパジャマの袖で涙と鼻水を拭《ぬぐ》った。

看護婦は濡れタオルをビニール袋に入れて持ってきてくれた。

わたしは東の顔を拭き、耳の裏を拭き、腋《わき》の下と腕と手を拭き、ズボンの裾《すそ》をまくりあげて膝から下を拭いた。足の裏が真っ黒だったので力を入れて擦《こす》った。

東は目を見ひらいている。

「もっとタオルもらって、全身拭こうか」

――明日ね

「わかった。じゃあ、明日やろう」

――もう一回いい？

「浣腸？」

東はうなずいて立ちあがった。

わたしは浣腸のキャップをはずして、ゼリーを塗ってビニール袋の上に二個並べて置いた。そして東の歩幅に合わせて点滴スタンドを引いた。

トイレから出ると、夜は完全に明けていた。

『週刊ポスト』の原稿を書くために帰宅すると、母からのファックスが届いていた。

美里さん。色々大変だったんですね。これからさらに大変になるのでしょうが、自分が信じることをやり抜いて下さい。ともかく会社には一週間位休みをもらって、誰がなんと言おうと、丈陽を引き取りに行きます。いつも役に立たない非力な親ですが、自分の孫を他人に預けて安穏《あんのん》としてはいられません。　　　母

いったい何日眠っていないのだろう。二日？　三日？　病院に戻る前にすこし眠っておきたいのだが、今日明日で書きあげなければ二週つづけて休載になる。時間的には切

迫しているのに焦《あせ》ることができない。哀しみだけで飽和《ほうわ》状態というか、哀しみが湧き出ているのに、こころに穴が開《あ》いてしまって洩れつづけているような感じで、泣くことすらできない。

万年筆を手にしたものの、両手で頭を支えていなければ落ちてしまいそうなので、テーブルの上に置いた。母には手紙ではなく電話で説明することにした。

「もしもし、あのね、医者には一週間の命だといわれたけど、わたしはもっと生きてほしい。一ヵ月かもしれないし、三ヵ月かもしれない。医者にもわたしにもわからないんだよ。一週間だったら休めるだろうけど、それ以上になったら無理でしょう。町田夫妻はほんとうに信頼できるから心配しないで」

あなたを説得する力もなければ時間もない、といいたかったが、衝突して力と時間を消耗《しょうもう》したくなかったので、なんの感情も込めずに言葉を並べた。

母は電話口で声を詰まらせた。

「あんたからのファックスを読んで一睡もできなかったのよ。あの子がよその家で泣いてると思うと涙が出る。生まれる前に父親に棄《す》てられて、生後二ヵ月で母親に棄てられて、いったいあの子はどうなるの！」

電話を切って、手書きだと感情が籠《こも》ってしまうので、ワープロの前に座った。

いまいちばんたいせつなのは丈陽ではなく、東さんです。丈陽には時間があるけれど、東さんには時間がありません。

妊娠中、丈陽の父親である彼に対する復讐《ふくしゅう》心と出産と育児の不安に囚《とら》われて身動きもできなかったわたしに、「復讐しなければ精神の安定が保てないのだったらあなたの代わりにおれが復讐してもいい」「どんなことになっても子どもが二歳になるまではぜったいに死なない。いっしょに育てる」とくりかえしいってくれたのは東さんです。栄養のある食事をつくって食べさせてくれたのも東さんです。明け方産気づいたわたしを病院に連れて行ってくれたのも東さんです。

もし東さんがいなかったら、大きなお腹をかかえて自殺していたかもしれないし、彼を殺していたかもしれません。東さんはわたしの命の恩人であると同時に、丈陽の命の恩人でもあるのです。東さんがいなければ、丈陽は生まれてこなかったといっても過言《かごん》ではありません。わたしを支えてくれたのは実の家族ではありません。東由多加です。

わたしにとっての家族は、東由多加と丈陽のふたりだけです。


一時間後に母から返信が届いた。


貴方《あなた》のFAXにはカッときましたが、貴方にとって東さんの生死が重大事だということがようやく分かりました。

正直に言うと、貴方の感情の高ぶりについてゆけないというのが周囲の状況です。突然こんなFAXで勝手な言い分を並べて、親の悲嘆や心痛を顧みる余裕がないのか、そういう性格なのか、貴方のことが分からない、これが実感です。しかし貴方の言葉を反芻《はんすう》して、これが本音なのだ、それならそれで仕様がないじゃないかと思い至りました。

家族が二人だというのも分かりました。丈陽よりも東さんの方が大切だというのも分かりました。その人が亡くなったらどんな精神状態で生きてゆくのか思いやられます。誰《だれ》にも東さんの代わりはできません。やがて代役を見つけるのでしょうか。

貴方はなぜあの子を生んだのか。父母に棄てられたあの子は生まれながらにして迷子《まいご》になったようなものだ。貴方にとって、父母、弟妹、息子を束《たば》にしても東さん以下のつまらない存在とは情けない。しかしながら、親には親の思いがあります。役には立たないかも知れませんが、貴方の母、丈陽の祖母として力を尽くしたいと思います。


母の言葉にはリアリティがなかった。わたしはこの現実のただなかに身を置いているだけでせいいっぱい。東由多加の命は一週間だと宣告されたのだ。一分一秒が堪《た》え難い重さで過ぎて去《ゆ》く。わたしはワープロの前に目覚し時計を置いて、〈丈陽〉の命名に関する彼との手紙のやり取り、高麗《こま》神社の禰宜《ねぎ》、高麗文康さんとのファックスのやり取りを写してから、出産一週間前の状況と心境を書いた。日が暮れてしまったので、推敲《すいこう》は明日にすることにして外に出た。車が走り出して五分後に行き先を変更した。ひと目でいいから、丈陽に逢いたかった。

わたしは丈陽を抱きあげて頬擦《ほおず》りをし、耳や頬や手の甲にキスをして胸に押し当てた。「子豚ちゃん、子豚ちゃん、子豚、子豚、子豚ちゃん」と歌うと、町田康さんが「子豚ちゃん、子豚ちゃん、子豚、子豚、子豚、子豚ちゃん。子熊ちゃん、子熊ちゃん、子熊、子熊、子熊ちゃん」と声を合わせてくれた。わたしが笑って丈陽をスイングベッドに寝かせると、康さんは「ブンブンブン蜂が飛ぶ　お池のまわりにお花が咲いたよ」とベッドを揺すりながらあやしてくれた。

康さんは小説を書く前は町田町蔵《まちぞう》という伝説的なパンクロッカーだった。町蔵ファンがこの光景を見たら絶句するに違いないと思いながら、もう一度抱きあげたときにケイタイが鳴った。

敦子さんに丈陽を渡してリュックからケイタイをつかみ出した。

東に付き添っている北村さんからだった。

「いま、とってもクリアーで、髭剃《ひげそ》って帽子かぶって週刊誌読んでる。今夜は点滴の睡眠薬を遅くしてもらって、柳と話をするっていってるから、早くおいで」


一八〇八号室のドアを開けると、東は髭を剃ったさっぱりした顔で『週刊文春』を読んでいた。

北村さんと大塚さんはうれしそうな顔のままで帰り支度をはじめて病室をあとにした。

ふたりきりになると、東は週刊誌を膝の上に置いた。

「いい？」

掠《かす》れているが、正気の声だった。

「いいよ」

浣腸の準備を整えて腕まくりをすると、東はベッドの横に脚を出した。

わたしはスリッパを履《は》かせながら、

「これ、ぼろくなっちゃったから明日新しいの買ってくる」

「キートンがニューヨークで」

「北村さんがプレゼントくれたんだ。でも洗濯《せんたく》して代《か》わり番《ばん》こに使ったほうがいいから、もう一足必要でしょう。パジャマも新しく買うよ」

「どうするの、退院したら、パジャマだらけで」

「わたしも着るから」

わたしは東とどうでもいいような日常会話を交わせるこ

とがうれしかった。

トイレで二本つづけて浣腸して、水音が聴こえるまで外で待った。今日は呼吸が楽そうだ、もしかしたら一回だけ投与したネダプラチンとビンデシンが効いて胸水《きょうすい》が減ってきているのかもしれない。

水音がしたのでトイレに入り、ズボンとパンツを引きあげた。東はわたしの両肩につかまって一歩一歩前に進んだ。

「明日、ここを出る」

「明日は日曜日だからだめなんだよ。早くて月曜日」

「治療してないんだったら、うちに帰りたい。うちから新しい病院に行く。ここにはもういたくない」

「じゃあ、明日退院しよう」

「何時に？」

「あとで米田さんに電話して、ほんとうに月曜日に豊洲に入院できるのか、佐藤先生に確認してもらう」

「まだ決まってないの？」

「昨日はとっても具合が悪かったから訊けなかったの。勝手に決めたら怒るでしょう」

「いま電話してきてよ」

わたしはテレホンカードを持ってエレベーター前の公衆電話に向かった。米田浩一郎さんのケイタイは留守録になっていて、自宅にかけたが留守だったので、米田さんのお母さんに伝言を頼んだ。

部屋に戻ると、東は時計の秒針を目で追っていた。

「何時に退院？」

「起きて、体調を見てからでいいんじゃないかな、二時とか三時とか」

「退院したら点滴できないんだから、点滴してから退院したほうがいいでしょう。点滴は三時間かかるから計画を立てないとさ」

「じゃあ、目標四時退院で」

「今日は早く眠ろう。アモバンもらってくれる？」

わたしはナースボタンを押した。

「アモバンください」

看護婦が入ってきた。

「さっきのアモバンはどうしたんですか？」

「どっかに落としちゃって見つからないんです」

「じゃあ、これ、置いときますね」

看護婦が去ると、東はパジャマの胸ポケットからアモバンを取り出して悪戯《いたずら》っぽい笑みを浮かべた。

「わたしも昨日の持ってるよ」

「アモバン大王」

「アモバン大王?」その響きがおかしくて、思わず笑い声をあげた。

「新しい病院にアモバンがあるかどうかわからないから、いまのうちに貯《た》めておこうよ。二錠じゃないと眠れないって、もう一錠もらうから」

東はナースボタンを押した。

看護婦がやってきた。

「東さん、アモバンを何錠も飲むのは良くないので、点滴のお薬持ってきました」

東は落胆をあらわにした顔でうなずいた。

看護婦は点滴を繋《つな》いで出て行った。

「うまくいかないもんだね」

東は毛糸の帽子を脱いだ。

「先に眠っていいよ。おれは眠るまで文春読むから」

顔を洗って歯を磨いてトイレから出ても、東はまだ週刊誌を読んでいた。

ふと表紙を見ると、逆《さか》さになっている。心臓が跳《は》ねあがった。読んでいないのだ。わたしは東の様子を窺《うかが》いながら簡易ベッドに横になった。

ページをめくるスピードがだんだん早くなっていく。頭から終わりまでめくり、もう一度めくり直して、東の手が止まった。

——ほら　見て　やっぱり創価学会だよ
ページを覗《のぞ》くと、〈駒田がついに明かした長嶋の「非情」中畑の「無能」〉という見出しの記事だった。

——公明党の組織票で　あなたとおれは日本の代表としてアメリカに治療に行けるよ
わたしは東の手からそっと週刊誌を取りあげた。

——あれ!

東は白い壁を指差した。

——顔!

「顔?　だれの?」

——たくさんさ　ほらあそこにも　どんどん増えていく
わたしはナースボタンを押した。

看護婦が空《から》になった点滴をはずしたが、東は壁から目を離さない。

「あの……幻覚が」わたしは目だけで救いを求めた。

「もうすぐ眠ると思いますよ。眠らなかったまた呼んでください」と看護婦は出て行ってしまった。

――丸いバッジみたいな顔が右と左に分かれて　顔と顔で打《ぶ》つかったり嚙《か》みついたりして闘ってるんだよ　血だらけだからもうやめさせて！

東が顔を覆《おお》ったので、わたしは立ちあがって壁の前で両手を振りまわした。

「消えない？」

おそるおそる顔から手を離したと思ったら、今度は顔の前でてのひらを振った。

――蚊《か》！　蚊の大群！

わたしは蚊を払う仕種《しぐさ》をしながら、明るいのがいけないのかもしれないと思って、ベッドランプだけを残して電気を消した。

――灯《あか》り合わせが終わるまで食事休憩　一時間後に通し
東は立ちあがった。

「トイレ？」

スリッパも履《は》かないですたすたとトイレに入ってドアを閉め、しばらくして出てきた。

「だいじょうぶ？」

東は冷蔵庫の上に置いてあるカステラの箱をつかんだ。

――なんで福砂《ふくさ》屋のカステラがこんなところにあるの？これも幻覚？

「それは幻覚じゃないよ、北村さんが持ってきてくれたんだよ」

東は大口を開けてカステラに食いついた。

「おいしい？」

――うん　かなりおいしい
「だけど、あんまりいっきに食べないほうがいいよ。ゆっくり、ゆっくりね、吐くから。あぁ、そんなに早く食べないでよ」

――あなた　おかしなことというね
「おかしい？」

――かなりね
東は一本の半分を平らげてベッドに横になった。タオルを絞って口のまわりのカステラの屑《くず》とべとついたてのひらを拭《ふ》いていると、ふたたび上体を起こした。

――科白《せりふ》飛ばしたッ
東が書く仕種をしたので紙を渡した。なにかを書きはじめたが、線がのたうっているだけだった。

東は舌打ちをして壁に目を向けたまま湯飲みを突き出し

た。

わたしは東京キッドブラザースで、何作か東の演出助手を務めた。演出助手といっても、主な仕事は東がコップを突き出したときに日本酒を注ぐことだった。東は酒嫌いで日常生活では一滴も飲まなかったが、演出をしたり、インタヴューを受けたり、打合せをしたり、電話をしたりするときはアルコールなしでは話すことができなかった。

わたしは冷蔵庫からウーロン茶のペットボトルを取り出して湯飲みに注いだ。

東は酒を飲むような表情でウーロン茶を口に含んで、配《はい》膳台《ぜんだい》を思い切り右手で叩いた。

役者の演技を中断させたり再開させたりするときに演出台を叩いて合図するのだ。

ふたたび配膳台を叩いた。

——どん　きたッ！

幻覚に精神と肉体を振りまわされて力を使い果たし、死期が早まるのではないか——。

「すこし眠ったほうがいいよ」

わたしはベッドランプを消して真っ暗にした。てのひらで両の瞼《まぶた》をおろして目隠ししたが、東はすぐに目をひらき、指と指のわずかな隙間《すきま》から天井を凝視《ぎょうし》している。

——落ちてくるから気をつけたほうがいいよ　あぁ　あなたは好きだったんだっけ　やもり
守宮《やもり》、という言葉が宙に浮かび、それから東の顔が綻《ほころ》んだ。

むかし、表参道のマンションに東と暮らしていたころに、わたしはベランダにいくつもの水槽《すいそう》を並べて、守宮、亀《かめ》、蛙《かえる》、鰻《うなぎ》の稚魚《ちぎょ》などを飼育していた。東は腹の赤い守宮を気味悪がっていたが、わたしはときどきてのひらに載せて頭を撫でたりしていた。そのときのことを思い出しているのだろうか。

ふいに停電のように頭のなかが暗くなり、東を眠らせよう、幻覚から引き戻そうという気持ちが闇《やみ》に溶けた。わたしは東を殺さなければならない。守宮を飼っていたころ、わたしは東とある約束をした。


あなたはおれを殺してくれる？

どんなときに？

治る見込みのない病気にかかって苦痛が堪え難くなったら　あるいはアルツハイマーや精神病にかかって自分を失《な》くしたとき　完全に失くしたら殺してほしいとお願いする

ともできないから　精神が壊れかかったときに　とにかく自分ひとりで生きていけなくなったときに殺してほしい
いいよ　じゃあ　わたしがそうなったときも殺してね
約束するよ

三十九歳の東由多加と十六歳のわたしの約束だった。それから十年間生活を共にし、折りに触れてその約束を確認した。

東を殺したらどれくらい投獄《とうごく》されるのだろうか。丈陽はどうなるのだろう。彼が約束通り母親と育ててくれるだろうか。毎月の養育費の支払いと面会の約束さえ反故《ほご》にしているのだから引き取ってくれるはずがない。母は引き取るというだろうが、不動産屋で細々《ほそぼそ》と生計を立てているのだ、赤ん坊をかかえて働けなくなれば生活できなくなる。町田夫妻しかいない。ふたりに丈陽をお願いしよう。

どうやって殺せばいいのだろう。苦痛がすくなくてすぐ絶命する方法。やはり首を絞めるしかないか。素手では時間がかかるので東のベルトで――。

わたしは東の顔を見た。東は目を閉じ、そしてひらいた。その瞬間、背中に緊張が走り抜け、わたしの内側から静寂《せいじゃく》がせりあがってきた。

――オウムがさぁ
――オウム？
――ハイジャックしたらすごいよね　その飛行機でニューヨークに行こうよ
――明日？
――明日は無理だよ　北村さんにオウムに接触してもらわないと　でも　どうしてオウムはキッドに接触してこないんだろう？　おかしいと思わない？
――うん　七〇年代頭に鳥取に劇団員やタクシーの運転手や学校の先生やサラリーマンなんかを五十人集めてコミューンをつくろうとしたでしょう　地元住民と対立して挫折《ざせつ》したという図式はたしかに似てるね
――オウムとキッドは兄弟みたいなものだよ
――麻原と血がつながってるんだってね
――うん　父方のね　遠い親戚

わたしと東は黙って見詰め合った。殺して、といわれたら、殺そう。そう覚悟を定めた途端にすべての恐怖がすっと引いた。

――ちょっと眠るまでこっちにきてくれる？

わたしは東のとなりにもぐり込んだ。骨が当たる。骨しか当たらない。膚《はだ》の温《ぬく》もりさえ感じられないほど痩《や》せさらばえている。

東はわたしの手を握りしめた。これは道行《みちゆ》きで、もう生には引き返せないかもしれないと思いながらわたしは東の手を握り返した。

丈陽はここにはいない。

東もまた現実《ここ》にはいない。

けれど、わたしは東と丈陽と共にいる。

なぜなら、ふたりはわたしの外側に存在する他者ではないからだ。わたしは自分の内側に東と丈陽の魂をかかえている。

東は唐突に深々と溜《た》め息《い》を吐いた。

――これはなんのゲーム？

――なんのゲームだろうね
――こうやって手をつないで待ってたらアモバンもらえるってゲーム？

――アモバン飲んで眠りたいの？

――眠るのは怖い　歩こうよ
――どこに？

ふいに草一本日陰《ひかげ》ひとつない岩だらけの風景が現れた。わたしと東は太陽に灼《や》かれながら曲がり角のない一本道を歩いている。耳もとで声が聴こえる。言葉が意味をなす前に東の口のなかで溶《と》けてしまい、もはや音でしかなかった。わたしはうなずいた。ただうなずいた。それで東には伝わる。どちらがどちらの手だからわからなくなるほど汗ばんでも、わたしは東の手を離さなかった。離さなければ一歩一歩死に近づいていくのだろうが、東の手を離してわたしだけ生に引き返すことはできない。共に生きる時間は奪われたが、共に死ぬ時間は残されている。

わたしは東と手を繋《つな》いで歩いた。

あとがき

東由多加が亡くなって七ヵ月が過ぎた。

四十九日が過ぎたら引っ越すと決めて、賃貸の解約手つづきを済ませていたのだが、友人に誘われて霊能者と称する女性のところへ行ったときに、

「東さんはいまの部屋をとても気に入っています。もう引っこしその部屋で暮らしたいといっています。いま引っ越したら、霊を祓《はら》うことになってしまいますよ。東さんの霊を祓って新しい人生を生きるのも悪くはないですが、今年いっぱいそこに暮らせば、どこに引っ越してもあなたと息子さんについてくる。おふたりの守護霊になってくれますよ」

といわれて号泣《ごうきゅう》してしまい、彼女の言葉を信じたわけではないのだが、いまだに引っ越していない。

東はここに越してきたときに、

「やっぱり畳は落ち着くな。おれ、ここに一日中いるかもよ」

と和室で両脚を伸ばした。

十一月の末に渋谷の西武に行ってふたりでこたつと座椅子を選び、地階の食料品売場で夕飯の買い物をして、首の付け根に転移した癌の痛みで左腕が使えない東と、妊娠八ヵ月で重いものを持てないわたしは、紙袋をひとつずつ分け合って帰路についた。

坂の途中で胎児に腹を蹴られ、わたしはうめき声をあげて足もとに紙袋を置いた。下腹部をさすりながらふと横を見ると、古美術屋のショーウインドーだった。

先を歩いていた東が振り向いた。

「だいじょうぶ？」

「ちょっと見てよ」

戻ってきた東と肩を並べてショーウインドーの前に佇《たたず》んだ。

「あの掛け軸、床の間にどうかな？」

「冴《さ》えない柿の絵だね」

「一、十、百、千、万、十万、五十五万だ」

「やめろやめろ。おれが書くよ」

「絵を?」

「書《しょ》だよ」

「絵がいい」

「このレベルだったら描けるよ」

と東はわたしの紙袋を痛いほうの左手にぶら下げて歩き出した。

「じゃあ、桜を描いてよ。今度掛け軸用の紙と書くもの買ってくるから」

しかし臨月に入ったころに癌が急速に増悪《ぞうあく》し、掛け軸どころではなくなった。そしてわたしは出産し、和室にベビーベッドを置いて赤ん坊と寝起きし、東は自分の部屋でほぼ寝たきりになってしまったので、こたつは解体して東の部屋のクロゼットにしまった。

その和室に東の遺体を三日間、遺骨を四十九日安置した。掛け軸をかけるはずだった床の間には遺影と仏壇を置いてある。わたしは一度も手を合わせていない。花も水も飯も供《そな》えていない。死んだという事実を認めたくない、というより死んだとは思えないのだ。

丈陽を風呂に入れている最中に、磨《す》りガラス越しにひと影が立っている気がすることがある。そういうとき、東がバスタオルをひろげて待っているのだと思ってしまう。

日に何度も東の不在に驚き、不在の前に立ち尽くして、七ヵ月が過ぎた。

丈陽はあとひと月で一歳の誕生日を迎える。

つかまって立って、伝って歩く。わたしが歌うとアーアーと節《ふし》をつけて声をあげ、歌いやめると口を噤《つぐ》む。「あんまり急いでごっつんこ　ありさんとありさんがごっつんこ」と歌うと、わたしの頭に頭を打《ぶ》つけてくる。食事をさせたあと口のまわりを拭いて顎《あご》の下を拭こうとすると、「やーだー」と叫ぶ。夜中そっと布団を抜け出してトイレに入ると、「ママ、ママ」と呼ぶ声が近づいてきて、ドアを開けると待っている。毎朝決まって先に目醒め、わたしの前髪を引っ張り、鼻をつまみ、口に指を突っ込み、瞼を引っ掻《か》いて起こそうとし、それでも起きないと枕もとの電気スタンドの紐を引っ張って電気をつける。わたしがプーさんの鼻先にキスをすると、嫉妬したかのようにプーさんをつかんで投げ飛ばし、私の顎に噛《か》みつく。

このように丈陽は成長した。おそらく一ヵ月以内に支えなしで歩き、「ママ」「やーだー」以外の言葉を声にするだろう。

東は丈陽と話ができるようになるまでは生きていたいといっていた。

亡くなるすこし前、東はわたしがいないときに付き添っていた北村易子さんにいったそうだ。

「彼女は母親をママと呼んでるから、きっと自分のこともママと呼ばせるだろうね。パパは別にいるし、なんと呼ばせようかな……タータ」

「タータ？　どうしてタータなんですか？」

「タータ」

といったっきり黙って微笑んでいたという。

わたしはときどき丈陽を抱いて遺影を見あげ、「タータ」とつぶやいて動けなくなる。

時などに癒されはしない。血が固まって痂《かさぶた》となり、痂が剝《は》がれて新しい膚が現れる——、わたしは治癒と忘却を拒絶する。痂ができたら爪を立てて毟《むし》り取り、血を流しつづける。なにを失ったのか、なにに疵《きず》ついたのか、なぜこんなに痛いのか、不在を、空白を、血を、痛みを書きつづけることしか残されていないからだ。

二〇〇〇年十二月十日

柳　美里

痛みが言葉たちのかたわらに眠る、眠る、眠る。
眠りに眠って名たちに近づく、名たちに。
死ぬほど眠りに眠ったあと、生へ入る。

『遺稿からの詩篇』

パウル・ツェラン著　飯吉光夫訳　ビブロス

生《いきる》

わたしは東由多加《ひがしゆたか》の顔を覗き込んだ。眼窩《がんか》が浮いて見えるほどやつれている。呼吸が不規則だ。吸う息が短く、吐く息が長い。点滴《てんてき》に目を移すと、吸うときは一滴も落ちず、吐くときにはぼとぼとっと落ちる。十回に一回の割合で、東ののどがおそろしい音をたてる。そのたびにわたしは簡易ベッドから上体を起こす。二日前に見たレントゲン写真が網膜から離れてくれない。綿飴《あめ》のように大きくなって肺《はい》を侵している癌《がん》細胞、両肺ともに水が溜《た》まっている。東は、溺《おぼ》れて水を飲み、肺のなかにまで水が侵入してしまったひとと同じ状態なのだ。溺れているならば救うことができるが、水は東の内側で水位をあげている。わたしには、いままさに溺れている東をただ見ていることしかできない。

三回に一回くらいの頻度《ひんど》で息がつかえるようになったので、わたしはそっと素早く病室を出て、ナースステーションに走った。国立がんセンター中央病院は病院にはめずらしく絨毯《じゅうたん》なので、足音が吸い込まれる。

「呼吸が変なんです」

看護婦はわたしといっしょに病室に入って、東の顔を見ながら脈を測り、点滴のチェンバーを腕時計と比べた。

看護婦はうなずいて廊下に出て、わたしはあとを追った。

「点滴がときどき止まるんですけど」

「呼吸が不規則だと、どうしても点滴も不規則になってしまうんですよ」

がんセンターの看護婦ほど日常的に死に接しているひともいないだろう。わたしと東にとっては非日常だが、このひとにとってはありふれた日常の風景なのだ。わたしは苦《く》痛《つう》を訴えることをあきらめて病室に戻った。

電気を消すと闇《やみ》が息苦しくて過呼吸《かこきゅう》の発作《ほっさ》が起きそうになるし、電気をつけると目のなかで光が毛羽《けば》立って痛いので、トイレの電気だけをつけてドアの隙間《すきま》から光を洩《も》らしている。

わたしはふたたび簡易ベッドに横たわった。ベッドが軋《きし》んだのかわたしのからだが軋んだのかわからない。胸の上で両手を組んで天井を見あげた。我が子との別離がこんなにつらいとは思わなかった。丈陽《たけはる》の身を案じているのではない。丈陽は、わたしがこの世のだれよりも信頼している町田康《こう》さんと敦子《あつこ》さんに護《まも》られている。生後二ヵ月の丈陽には母親と離れているという自覚はないだろう。それとも、母親の声が聞こえなくなったこと、嗅《か》ぎ慣れた膚《はだ》のにおいがしなくなったことで不安に陥っているだろうか。東由多加とのこの瞬間も取り返しがつかないが、丈陽とのこの瞬間も取り返しがつかないのだ。

わたしは妊娠中も出産後も、いわゆる母性というものを実感できないでいた。出産に前後して東の癌が急速に増悪《ぞうあく》したので、子どもの誕生を喜ぶ気持ちを押し退《の》け、哀《かな》しみがわたしのこころに居座《いすわ》ってしまっていた。

いま、離れ離れになって、わたしの胎内《たいない》で芽生え、十ヵ月にわたって育《はぐく》んだ命なのだということが実感として迫ってくる。子宮《しきゅう》が空っぽ。大きな穴が開《あ》いている。からだとこころが空洞《くうどう》なのだ。

わたしはその空洞に耳を澄《す》ました。丈陽の水っぽい泣き声が木霊《こだま》している気がする。

わたしは小学校高学年のときに図書館で借りた本に書いてあったことを思い出した。

母兎《うさぎ》から引き離した子兎を船に乗せる。沖合《おきあい》で一匹ずつ殺害し、陸にいる母兎を観察するという実験で、結果は子兎の死亡時間と、母兎の脈拍《みゃくはく》の変化が一致したということだった。小学生のわたしは、嘘《うそ》だ、と思った。クラスメイトに画鋲《がびょう》やシャープペンの先で刺されたり、膝《ひざ》で腹を蹴《け》られたり、服を脱がされたりしても、母はなにも気づかなかった。それともわたしが学校の屋上から飛び降りたら脈が早まるのだろうか、とざらついた気持ちで本を閉じた記憶がある。

母親になってみて、もし丈陽の身になにかが起こったらわからないはずがない、と思う。遠く離れていても、丈陽が苦痛を訴える声はわたしの鼓膜《こまく》をふるわせるような気がする。わたしは丈陽の薄青い瞼《まぶた》を思い出して、両腕を深く交差させて自分の手で自分の肩を抱いた。

またのどの音。東は息を吐《は》いた。つぎの呼吸はうまくいった。わたしはひと呼吸ひと呼吸に一喜一憂《いっきいちゆう》している。東は、生きている。死は確定したら動かすことは不可能だが、生はあらゆる可能性を孕《はら》んでいる。わたしはどんなに絶望的なレントゲン写真や血液検査のデータを示されても、奇《き》跡《せき》を信じる気持ちを棄《す》てることができない。その奇跡はだんだんささやかな願いに姿を変えていっている。最初は癌の消滅《しょうめつ》を願った。つぎに消滅は断念して五年以上の延命《えんめい》を願い、せめて二年、せめて半年、と短くなっていき、いま願っているのは、痛みと呼吸苦と幻覚《げんかく》を取り除くことだけだ。これ以上東の肉体と精神が壊されていく様《さま》を見ていたら、わたしの精神が倒壊《とうかい》してしまう。でも見ていることしかできない。わたしは見ている。これが現実なのだ。現実ほど残酷《ざんこく》で不公平なものはない。

ブラインドの隙間《すきま》から朝陽《あさひ》が射し込んでいる。新しい一日。なにも変わらない。変わらないことは苦痛だったが、変わることは恐怖だった。変わるとしたらそれは——。

わたしはもう何日もはめたままでいる腕時計を顔の上にかざした。七時四十五分。医者の出勤《しゅっきん》時間は早いから、八時ならば起きているだろう。あと十五分経《た》ったら、佐藤温《あつし》先生の自宅に電話して、明日の入院のことを確認しなければならない。

八時だ。簡易ベッドが軋《きし》まないように注意しながらからだを起こして、財布からテレフォンカードを抜き取って部屋を出た。

「佐藤先生でしょうか?……先日外来でお目にかかった柳美里というものですが……本人と相談しましたところ、一日も早い転院を希望しておりまして、やはり明日から……ええ……トイレなしの個室だったら空《あ》きがあるというお話でしたが、可能でしょうか」

「可能は可能ですけれど、主治医の室《むろ》先生には?」佐藤先生の声は驚きですこし上擦《うわず》っていた。

「幻覚がひどくて、きちんと話せる時間がほんとうにわずかで、確認が取れたのが昨夜だったんです。それで今日は日曜日だから、室先生はいらっしゃいません。でも、本人がもう一日もここにいたくないといっているので、今日退院してしまうんです。室先生にはあらためてごあいさつにうかがうということで……」

「そうですか。じゃあ、ぼくからも室先生に連絡しておきます」

「明日、必要なものというのは?」

「室先生とお話ができてからでかまわないですから、レントゲン写真と紹介状ですね」

「いま、排便《はいべん》できないことに病的に神経質になっていて、室先生が立って歩けていること自体驚異的というようなからだなのに、何度もトイレに立って、一日に、五、六回、わたしが浣腸《かんちょう》しているんです」

声を止めることができない。初対面に近い相手と電話しているのだから、要点だけ伝えて切らなければならないと頭ではわかっているのだが、口から言葉があふれ出る。丸二日眠らずに幻覚に囚《とら》われている東と会話しているせいで、言葉そのものが現実感を失ってしまっている。

「浣腸？」佐藤先生は怪訝《けげん》そうな声で訊《き》き返した。

「一ヵ月も食べてないから出るはずがないんですけど、浣腸して便を出すということに執念《しゅうねん》を燃やしているというか、取り憑《つ》かれているみたいなんです」

言葉が大仰《おおぎょう》で、声が大き過ぎる。わたしは口から受話器を遠ざけて、頭のなかから不安をひとつだけつかみ出した。

「トイレ付きの個室、ほんとうに空《あ》くんでしょうか」

「確認していませんが、たしか四月になれば空くはずです」

「今日は何日でしたっけ？」

「えーっと、二十六日です」

「あと四日ですね。明日は何時くらいにそちらに行けばよろしいですか？」

「十二時くらいに」

「よろしくお願いいたします」

わたしは置いた受話器をすぐにあげ、テレフォンカードを入れてプッシュボタンを押した。病室を空けているのが怖《こわ》かったが、病室に戻るのも怖かった。

「もしもし、柳です。北村さん、いらっしゃいますか？朝早く申しわけないんですけど、北村さん、起きてくださ い。もしもし、もしもし」と呼びかけると、北村易子《やすこ》さんのかすれた声が聞こえた。

「今夜はうちに泊まるんですけど、わたしひとりでは自信がありません。昨日の夜から朝にかけて、点滴《てんてき》を引き抜いて病室を飛び出したり。怖いのは、十八階なのに一階だと思い込んでるんです。道路に面しているガラス張りの喫茶《きっさ》店《てん》かなにかにいると思い込んでて、もう帰るって外に出ちゃうんです。もしうちで同じような幻覚に囚《とら》われて……ベランダのドア開きますよね？　ベランダから飛び降りちゃったら……」

「わかった。今日は柳のうちに泊まる。とにかくなるべく早くそっちに行くから」

電話を切ったとき、エレベーターが開いて、ＴＢＳニュース23のディレクターである米田《よねだ》浩一郎さんが現れた。米田さんは、東とわたしが最後の賭《か》けだと思っている抗癌剤《こうがんざい》イリノテカンの製造元のヤクルトに問い合わせて、イリノテカンの使用量が多いのが昭和大学附属豊洲《とよす》病院だということを突き止め、消化器科の佐藤温先生にコンタクトを取ってくれた。午前二時過ぎに転院の件でくりかえしケイタイに連絡し、つながらないので自宅にまで電話をかけ、米田さんのお母さんに伝言を頼んだ。伝言を聞いて、日曜日だというのに飛んできてくれたのだった。

「いま眠っています。二日間幻覚で一睡《いっすい》もしなくて、明けがた眠ったんです。ちょっと上で煙草《たばこ》吸いましょう」

十九階の喫煙室《きつえんしつ》に入って、灰皿をはさんで向かい合った。セブンスターを一本もらった。米田さんも一本くわえて火をつけた。見舞い客らしき若い女性がケイタイで話しはじめ、煙草をくゆらせていた入院患者が「点滴のペースが狂うから、ケイタイはやめなさいよ」と声を荒《あら》らげた。

女性は黙って喫煙室から出て行き、パジャマ姿でないのはわたしと米田さんだけになった。

わたしは灰皿に煙草を落として、もう一本米田さんにもらって火をつけた。

「こんなところにいたくない、寝慣れたベッドがいいんだよって、首から心臓の脇に刺さっている点滴を引き抜いて、はだしで病室から飛び出て、そのたびに抱きかかえて連れ戻して……よっぽど、ふたりでタクシーに乗ってうちに帰ろうと思ったんだけど、食べられないし、痛みがひどいし、幻覚も……うちでは生きられないんです。自分のベッドで眠りたい、水をごくごく飲みたい、東はそれしかいいません。そんなささやかな願いすら叶《かな》えてあげることができないんです。もう、なにもしてあげられない」

声と煙が口のなかに貼《は》りついて、わたしは煙草を吸いながら泣き、さらに三本もらって吸っているあいだに、泣いたことを後悔《こうかい》した。脱毛した頭を毛糸の帽子《ぼうし》で隠している中年男性、ネッカチーフを頭に巻いている女性——、彼らがつながれている点滴の中身は栄養液ではなく抗癌剤なのだ。

「そろそろ戻らないと」

わたしは視線を落として腰をあげ、米田さんと喫煙室を出た。

病室に戻ると、気配《けはい》を察知して東が目を醒《さ》ました。

「今日、帰宅されるそうですね」米田さんが明るい声を出してくれた。

東は首を枕《まくら》から持ちあげた。

「トイレ？」わたしは訊《き》いた。

東はうなずいた。

リモコンでベッドの頭を起こし、東の背中を支えてからだの向きを変え、靴下《くつした》を履《は》かせてスリッパに足を入れ、肩につかまってもらって立ちあがり、点滴スタンドをつかんでゆっくり前に進んだ。

トイレに入り、ズボンとトランクスをいっしょに下ろして便器に座らせて、外で待った。水を流す音を合図になかに入り、ズボンとトランクスをひっぱりあげ、肩を貸して一歩、二歩——、もう何十回もくりかえしているので、自然にからだが動く。東をベッドの端に座らせた。

熱は三十七度の後半から四十度のあいだを行ったりきたりしているので、洗面台に氷水を張ってある。わたしは氷水でタオルをしぼって東の頭の上に載せた。

「飲んでうがいする？」

「飲みたいんだけど。飲めない。苦しくて。吐《は》いちゃう」

わたしは冷蔵庫からミネラルウォーターのペットボトルを取り出してコップに注ぎ、東の口にコップの縁《ふち》を当てて、すこしだけ傾けた。

「あんまり飲まないほうがいいよ。うがい。うがいする？　うがいしたほうがいいよ。だいじょうぶ？　うがいする？　飲まないほうがいいよ。だいじょうぶ？」

東がコップから口を離した。

「同じことを」

「くりかえしいってる？　そうかな？　ああ、赤ん坊とふたりきりだとね、返事してくれないから会話に困っちゃうの。育児本に、しゃべりかけないと言葉を憶《おぼ》えないって書いてあったから、つぎの言葉を思いつくまで同じ言葉をくりかえしちゃうの。きっとそれが癖《くせ》になっちゃったんだ」

「明日から入院する昭和医大の佐藤先生はあたたかい感じのひとで、いい先生だと思うんですけれども」米田さんはいたたまれないという表情をしている。

東は煙草を吸う仕種《しぐさ》をしてわたしの顔を見あげた。

わたしは東のコートのポケットからハイライトを取り出し、一本引き抜いて東の口にはさみ、ライターで火をつけた。そしてティッシュを水で濡《ぬ》らして東の手に持たせた。

「治療は？」東は一服して訊いた。

「ええ、佐藤先生と同じチームの栗原稔《みのる》教授というひとが日本における抗癌剤治療のパイオニア的存在で、ほかの病院でホスピスをすすめられた患者さんにもあきらめずにしつこく抗癌剤を使っているそうです。イリノテカンの使用量は日本でトップクラスです」

東はふた口だけふかしてティッシュで火を消した。

わたしは体温計を東の腋《わき》に差し込んだ。東には腋を締める力がないので、左手で東の腕を押さえ、右手で体温計を固定した。

「鳥みたい」東のつぶやきには笑いがふくまれていた。

「鳥？　あんたが樹で、わたしが樹に止まってる鳥ってこと？」わたしも笑いで声を揺らしてみた。

体温計がピピピピピと音を鳴らした。

「六度七分」

「あれれ」と東はぼんやり驚いた目をして唇の端を持ちあげたが、笑い顔には見えなかった。

「良かった。下がったね」わたしはふたたびコップにミネラルウォーターを注いで、東の口に持っていった。

「ゆっくり飲んでね。口ゆすぐ？」

東は口をゆすぎ、わたしが洗面器を差し出すと、水を吐き出した。

「昭和医大の佐藤先生とさっき電話で話したら、明日十二時に入院できるって」

「どこ？」東が訊《き》いた。

「豊洲《とよす》」わたしが答えた。

「ここから近いですよ」と米田さん。

東はひとさし指でシーツに字を書いた。

「豊作の豊に、さんずいに州の洲だよ」わたしは宙に字を書いた。

「西村？」東はさらに訊いた。

「医者の名前？　佐藤だよ。いい医者だと思うよ。自宅の電話番号を教えてくれたし。今日日曜なのに、電話したらちゃんと説明してくれた。患者本人が望めば、最後まで治療はつづける、治療打ち切りはしないって。呼吸はやっぱり苦しいの？」

「ううん。生きてる実感。おれのなかでは」

いままで生きてきた実感のなかでは苦しくない、ということなのか、呼吸苦《こきゅうく》が生きていることを実感させてくれるという意味なのか、どちらなのかわからなかったが、わたしはべつのことを訊いた。

「痛みは？」

「そんなにない」

「左胸は？」

「そんなにない」

「ちょっと眠る？」

「ううーん」

うん、なのか、ううんなのかわからない。寝不足で、ただしゃべっているだけでも脳が揺《ゆ》さぶられる。わたしは訊き直さないで、パジャマの袖口《そでぐち》から出ている左手を持ちあげた。

「ちょっとむくんでない？」

東の手をさすった。

「むくんでるよ。ねえ、むくんでない？」

「前に比べると」

「痛い？」

「ううん。逆にこっちは普通に見える」

東はむくんでいる左手とむくんでいない右手を並べて見せた。

「ああ、右手は骨と皮だね」

「食べてないから」

「ベッド倒す？」

東ははじめて保健室に入った小学生のような面持ちでうなずいた。

わたしはリモコンでベッドを水平にして、東のからだに布《ふ》団《とん》をかぶせた。

「じゃあ、失礼します」米田さんは病室から出て行った。

東は点滴を見あげた。

「まだ、けっこうあるね」わたしがいった。

東は眉《まゆ》をひそめた。

「看護婦に訊く？　あとどれくらいで終わるのか」

東はうなずいた。

わたしはナースボタンを押した。

「点滴、あとどれくらいで終わるんでしょうか？」

「今日は外泊されるんでしたね」

「はい。四時には出たいんですけれど」

看護婦がやってきて、点滴の速度をすこし速めた。

「四時までまだ五時間もあるから、眠ったほうがいいよ」

東は目を閉じ、眠った。眠っているあいだに北村易子さんが現れた。わたしは付き添いを代わってもらって、ロビーで室圭先生に手紙を書いた。

室圭先生
本来であれば、事情をご説明し、ごあいさつをしてからというのが筋《すじ》なのですが、東由多加本人の強い希望で、転院いたします。
いままでも、この治療方針でほんとうに良いのだろうか、と不安に思うことはありましたが、治療をする、そのこと自体に迷いはありませんでした。今回は、わたくし自身、転院することが最善だと確信しているわけではありません。

けれど、たとえ幻覚《げんかく》や幻聴《げんちょう》に囚《とら》われていようとも、東由多加の希《のぞ》みを全力で実現する（実現が無理でも、実現する方向に進む）しかないと判断し、東がメモ用紙に、何度も〈ケモセラピー（抗癌剤治療）〉と走り書きするほど、抗癌剤治療が打ち切りになったことで精神的に追い詰められてしまったので、誠にこころ苦しいのですが、治療を継続してくれる病院に移るという決断をいたしました。つぎの病院でも、わたしは泊まり込みで（赤ん坊は友人に預《あず》けました）東に付き添いますが、なるべく早くごあいさつとお礼にうかがいたいと思っております。ほんとうに申しわけありません。そしてこころから感謝しております。

二〇〇〇年三月二十六日

柳　美里

室先生は癌だということがわかった昨年の七月から九ヵ月にわたって、東由多加の主治医を務めてくださった。主治医として力を尽《つ》くしてくれたということに疑いを抱いているわけではない。このようなかたちで退院せざるを得ない苦境を伝えるために、もっと言葉を費やしたかったが、疲れが限界に達して読み返すこともできなかった。封《ふう》をして、「明日室先生に渡してください」と看護婦に手紙を託した。

東由多加は劇団東京キッドブラザースの作・演出をしていたころ、劇場関係者、新聞記者、演劇評論家などの外部の関係者のみならず、役者やスタッフなど周囲のすべてのひとと衝突《しょうとつ》した。普通のひとだったら諍《いさか》いを避けるためにも目を瞑《つむ》ることに目を瞑れず、口にしたら関係が壊れるとわかっていることを問いただし、相手が沈黙したり反論したりしようものなら声を荒《あら》らげ、ときには殴《なぐ》りかかった。そしてほとんどのひとが東のそばから離れていった。演劇関係者の集まる飲み屋で偶然ほかの劇団に移ったスタッフと再会し、「東さんはほんとうはぜんぶ正しい。でも社会の側から見ると、ぜんぶ間違っている。あれではみんな離れる。だれもついていけないよ」といってそのひとが酔いつぶれたことを思い出した。

室先生は、衝突しながらも、突き放すことはしなかった。それだけでも感謝してもなお余りある。

わたしは公衆電話に向かった。がんセンターの入院患者は全員癌なので、丈陽を連れてきても染《うつ》らないが、昭和医大は総合病院なのでウイルス性の病気の患者も入院している。生後二ヵ月の赤ん坊を出入りさせるわけにはいかない。東は三日前に一週間の命だと宣告された。今夜が丈陽と東を逢《あ》わせる最後のチャンスだ。でも、町田康さんはいま、新作「きれぎれ」の校了作業の真最中のはずだ。わたしは受話器をいったん戻して、今夜逢わせなければもう二度と逢えない、と思い直してプッシュボタンを押した。

「ごめんなさい、康さんいまいちばん忙しいときですよね。あのですね、急なんですけど、今日五時半ごろ、うちに丈陽を連れてきてもらえないでしょうか？　東に丈陽を逢わせてあげたいんです」

「わかりました。連れて行きます」敦子さんは即答《そくとう》してくれた。

病室に戻ると、東は入院したときの服に着替え、電気かみそりで髭《ひげ》を剃っていた。手鏡を配膳台《はいぜんだい》に立てて覗《のぞ》き込み、はさみで口髭を整え、わずかに残った前髪を額に撫《な》でつけ、枕の横に置いてあった黒い毛糸の帽子《ぼうし》をかぶった。

「グレー」東がいった。

わたしと北村さんが病室のあちこちを捜したが、グレーの帽子は見つからなかった。

「黒でもいいか」東がいった。

「いいよ」わたしがいった。

「荷物は？」東が訊いた。

「ここにある荷物はみんな昭和医大に必要なものだから、今日はこのまま退院して、明日、北村さんが昭和医大に持ってきてくれる」

東は身支度《みじたく》を終えると、壁《かべ》の時計を見あげて秒針を目で追った。わたしと北村さんがなにを話しかけても時計から目を離そうとしなかった。

四時になったが、点滴は五分の一ほど残っていた。

「約束だから」東がいった。

「もうやめる？」わたしが訊いた。

東がうなずいたので、ナースボタンを押して点滴を終了してもらった。

高速は空《す》いていた。東は口と眉《まゆ》をしかめて三月末の夕暮れの街を見ていた。渋谷で降り、神泉《しんせん》の交差点が近づいてきた。

「どっちですか？」運転手が訊いた。

「まっすぐ行ってください」わたしは答えた。

東が首を振って、右手をすこしだけあげた。

「あっ、ごめんなさい、右です」わたしは訂正した。

東が現実のなかで判断できるということがうれしかった。不思議なことに、転院が決まってから幻覚が出ていない。モルヒネの副作用ではなく、死の恐怖から生まれた精神錯《さく》乱《らん》だったのかもしれない。

東は自宅に戻ると、そのままベッドに横たわり眠ってしまった。

康さんと敦子さんが丈陽を連れてきてくれたが、目を醒《さ》ます気配《けはい》はなかった。康さんは校了作業のために帰宅し、敦子さんが「東さんが目を醒ますまでいます」と残ってくれた。

丈陽は四日ぶりで自分のベビーベッドで眠っている。たった四日逢わなかっただけなのに大きくなり、顔つきが子ども子どもしてきたような気がする。この子はわたしの息子だ。かたときも離れずに抱き、撫《な》で、あたため、拭《ふ》き、洗い、目を合わせ、話しかけ、微笑《ほほえ》みかけ、褒《ほ》め、励《はげ》ましてやりたい。愛情というものは、いくら言葉で説明しても自分の内に愛情が存在しなければ理解できない。三歳までのあいだに親に愛情を注がれない子どもは、自分を愛し、他者を愛することができなくなってしまう。親からの愛情は、すべての人間関係の基盤《きばん》なのだ。

「美里が好きで、子どもが心配だから、ぜったいに別れない。どんなことがあっても、美里と子どもを見棄《みす》てない」と何度も誓った丈陽の父親は、妊娠六ヵ月のときに逃げ、いまも隠れたままだ。

「丈陽がおれと話をできるようになるまで、どんなことがあっても二年は死なない」と約束してくれた東は一週間の命だと宣告《せんこく》された。

すべての約束が壊《こわ》れ、わたしと丈陽は取り残される。丈陽とわたしはふたりきりなのに、ふたりでいっしょにいることさえできない。どうしてこんなことになったのか。わたしが、丈陽が、なにをしたというのだろう。わたしは丈陽の眠りを妨《さまた》げないようにそっと和室の戸を閉めた。

時計は十一時をまわった。

「もう限界です。丈くんを風呂に入れてあげないと」

敦子さんは電話をし、三十分後に康さんが迎えにきて、町田夫妻は丈陽を連れて帰った。

北村さんと交代でシャワーを浴び、わたしのパジャマを着てもらって、テーブルをはさんで向かい合った。わたしは北村さんのセブンスターを一本もらった。

北村易子さんとわたしが知り合ったのは十六年前、北村さんは東の秘書兼東京キッドブラザースの制作兼劇団員で、わたしは役者志望の研究生のひとりに過ぎなかった。劇団に在籍しているときは、「おはようございます」「おつかれさまでした」以外の言葉を交わさず、退団して東と暮らしはじめてからも、北村さんが打合せにきたときは別室に引き籠《こも》っていた。昨年九月に東とふたたび同居を再開してからも北村さんとの距離は縮まらなかった。

北村さんも煙草《たばこ》に火をつけた。

「柳さんとわたしは水と油というか、わたしはあなたのことを決して良く思っていなかったから、東さんがこんなことにならなければ一生関わらなかったと思うし、東さんが癌《がん》だってわかってからも、それぞればらばらにやっていたでしょう。でも、こういう風にいっしょに力を合わせることを東さんが演出したというか、東さんがわたしたちを出逢《あ》わせたような気がする」

わたしは昨年十二月二十六日にニューヨークで闘病をしている東から臨月《りんげつ》のわたしに送られてきたファックスの文面を思い出した。


死ぬまでに3人の名前をプレゼントしたいと思っています。赤ちゃんの御守《おまもり》のなかに3人の名前と生年月日と住所と電話番号を書いた紙を入れます。その3人は、赤ちゃんの身に何か困った事が起きた時に連絡すると、必ず役に立ってくれる人です。ぼくに代わって助けてくれます。

東は北村易子さんの名を紙に書いて御守に入れようと考えているのだろうか。


深夜三時をまわったときにドアが開いた。東がふらっとリビングに入ってきて、わたしたちの前を通り過ぎた。東は真っ暗な和室に立ち尽くし、空っぽのベビーベッドを見下ろした。

「十一時過ぎまで敦子さんに待っててもらったんだけど、沐浴《もくよく》させないといけないから連れて帰ってもらったの。ふたりがちゃんと面倒みてくれてるから、だいじょうぶ」

東はなにもいわずに和室から出た。その顔があまりにも哀《かな》しそうだったので、わたしは苦労して感情を飲み込んだ。

東はテーブルに座った。

そして鉛筆を持った。

　月へ望ったケンタロウ君　タケハル君　丈陽？　東
　由多加言葉　柳美里絵

と紙に書いて、鉛筆を離して溜《た》め息を吐いた。

座っているのがつらそうだ。

東はわたしの顔を見た。

「出版社に、頼んでくれないかな？　おれのわがままだけど」

わたしは黙って東の顔を見た。

「あの子と、話せるようになるまで、生きたいと思ったけど、たぶん、無理、かな。でも、なにか、遺《のこ》してやりたい。丈陽に。言葉を。絵本だったら、読めるから。印税《いんぜい》は、丈陽の学費に」

東の顔を見ていると泣いてしまいそうなので、わたしは目を落とした。

「これはタイトル？　月へ望んだ？」

東は声を振りしぼった。

「月へのぼった」

「望ったで、のぼったって読ませるの？」

「ひらがなでもいいよ」

「ひらがなのほうがいいかもしれない」

東はうなずいた。

「ケンタロウ君とタケハル君、どっちにする？」

「月へのぼったタケハル君、いやだったら、ケンタロウ君」

「どっちがいいだろうね。柳美里絵ってあるけど、わたしが絵を描くの？」

東はしゃべろうとして息を詰まらせ、鉛筆を握った。

　柳さんが

「自信ないな。きちんとした絵本作家に頼んだほうがいいと思うよ。どんな物語なの？」

東は苦しそうだったが、今日絶命してもおかしくないといわれているので、なるべくストーリーを聞いておきたかった。

東は鉛筆を握った。書いた。東の手から鉛筆が転がり落ちた。東はテーブルに手をついて立ちあがり、からだを揺らしながらリビングから出て行った。

わたしと北村さんはいつまでもその紙を見ていた。

死んだおじいさんと六年後に会うという話

三月二十七日午前九時に、北村さんは、東が一ヵ月半にわたって闘病した一八〇八号室の荷物をまとめ、室先生と話し合うために国立がんセンター中央病院に向かった。十時半に大塚晶子《あきこ》さんが迎えにきて、そろそろ昭和大学附属豊洲病院に行かなければならないので、わたしはそっと東の部屋に入った。

声をかけることができずにたたずんでいると、東が目を開け、わたしの顔に視線を定めた。

「いま何時?」

「十時半過ぎ」

「何時に行くんだっけ?」

「十二時に病院」

「もう起きないとだめ?」

「でも、起きれないんだったら、遅れるって連絡するから」

「起きるよ」

「あの、さ、救急車で行こうよ」

東は痩《や》せこけて異様に大きく見える目をさらに見ひらいた。

「どうして?」

わたしと北村さんと大塚さんは、主治医も驚くほどの速度で癌が増悪《ぞうあく》したという事実を隠し、具合が悪いのは、一度だけ投与したネダプラチンとビンデシンの副作用と、肺《はい》炎《えん》を併発《へいはつ》しているせいだと嘘《うそ》を吐《つ》いていた。ほんとうは救急車に乗るたいていの病人や怪我《けが》人よりも重態なのだが、それを説明するわけにはいかない。

「だって、さ、昨日タクシーのなかで座ってるのがつらそうだったじゃない。昨日は日曜だったから三十分で着いたけど、今日は月曜の昼だから渋滞《じゅうたい》してるよ。一時間以上かかると思うけど堪《た》えられる? 救急車だったら寝て行けるし、ほかの車がよけてくれるから早く着くよ」

「恥ずかしい」

「恥ずかしくないよ」

「救急車から降りてすたすた歩くの?」

「担架《たんか》で運んでもらうんだよ」

「どんな顔して？」

「意識がないふりすればいいじゃない」

「いやだよ。恥ずかしい」

「わたしだったら、救急車で行くけど」

「あんただったらね」東は笑おうとして顔の筋肉を動かした。

「じゃあ、タクシーで行こう。なんか食べる？」

「甘酒《あまざけ》あったよね」

「ある。つくるよ。ほかには？」言葉が口からはずんで出た。一ヵ月間なにも食べず、点滴《てんてき》だけで生きていた東が甘酒を欲《ほっ》しているのだ。

「蜜柑《みかん》」

「あるよ。剝《む》いてくる」

わたしはリビングにいる大塚さんにいった。

「甘酒飲むっていってます。蜜柑も食べたいって」

わたしが甘酒のもとをミネラルウォーターで割ってあたため、大塚さんが蜜柑の皮と小袋を剝いた。

東はひとりで起きてトイレに入り、しばらくして出てくると、リビングのガラス戸の前の床に、止まり木で羽《はね》をふくらませて眠る鳥のような格好でしゃがみ、洋蘭《ようらん》の白い花を眺《なが》めた。

四年前に泉鏡花文学賞を受賞したときに編集者から贈られた鉢なのだが、花が落ちて棄《す》てるのでは酷薄《こくはく》な気がして、『洋ランの育て方のコツ』という本を購入して世話したところ、約束を果たすように年に二回かならず花をつけてくれる。今年はたくさん咲いた。贈られてきたときより多いほどだった。臨月に入って蕾《つぼみ》がひらきはじめ、三ヵ月が経つというのにまだ咲きつづけている。きっと良いことがあるよ、と東にはいったが、ほんとうは不吉な予感がしていた。東は自宅にひとが訪れるたびに、「四年前にもらった蘭なんだって。柳さんが咲かせたんだよ。すぐ枯《か》れる蘭を、すごいでしょう。蘭がこんなに可憐《かれん》な花だとは思わなかった。やっぱり花は白に限るね」と自慢げに語っていた。

「どこに置く？」わたしは盆《ぼん》を差し出した。

東が黙って床を指差したので、床に盆を置いた。

東は蜜柑と甘酒をぼんやりと見下ろした。横に座椅子を置いたが、そのままの姿勢でスプーンに蜜柑を載せて口に入れ、注意深く飲み込んだ。

「いよいよだね」かすれた小さな声。

わたしと大塚さんは膝《ひざ》を進めて東に近づいた。

「いよいよ。新しい病院で。イリノテカンを」

快晴だった。春の朝陽《あさひ》と甘酒から立ちのぼる湯気《ゆげ》が、新しい門出を祝福してくれているようだった。この日を境に運命が方向転換し、すべてが良いほうへ動き出してくれたらいいのに――、わたしは祈らずにはいられなかった。

「だめだったら、もう一度ニューヨークかな？　でも、やっぱり、その佐藤という医者を信じるべきなんだろうね」

朝陽はさらに輝きを増し、窓を背にしてうつむいている東の顔の翳《かげり》をさらに濃《こ》くした。

「これ、飲めないな。病院に持って行けない？」

「持って行けます」大塚さんが揺《ゆ》らぎのない口調で答え、ミネラルウォーターの中身を棄てて、ペットボトルに甘酒を入れた。

「さぁ、行きましょうか」東は数ヵ月ぶりに晴れやかな声を出して、だれの手も借りずに立ちあがった。

北村さんはひと足先に昭和大学附属豊洲病院に着いていてた。まず二階の中央検査室に行き、大塚さんに付き添ってもらって東が検査をしているあいだに、わたしと北村さんは四階の新しい病室に行って荷物を整理した。

がんセンターの個室料金は三万五千円、ここは一万円、たしかに建物自体は古いし、トイレは付いていないが、値段ほど落ちるというわけではない。

「室先生、どうでした？」わたしは冷蔵庫に甘酒のペットボトルをしまった。

「わたしが、『お世話になりました』とあいさつをしたら、『ぼくはいままで東さんのことだけを考えて治療してきたのに、こんなかたちで退院されるなんて思っていませんで した。昨日佐藤先生から電話をもらいましたが、順序がちがうんじゃないですか？』って、なんか書類みたいなものを丸めて筒《つつ》みたいにして自分のてのひらをたたいてた。わたしは『転院は本人の希望です』といったよ」と北村さんはロッカーに東の下着とパジャマをしまった。

「落ち着いたら、わたしがあらためてごあいさつに行きます」といって、はっとした。落ち着く、というのはどのような状況なのだろう。どのような状況を想定しても、落ち着くことなどあり得ない気がする。

ポータブルトイレの業者がやってきた。排便《はいべん》できないことで神経症のようになっている上に、一ヵ月も寝たきりで足腰が弱っているので、病院の小さなおまるにまたがるのは苦痛だろうと、最高級のポータブルトイレを注文したのだ。一見すると普通の肘掛《ひじか》け椅子《いす》だが、シートをめくるとトイレに変身する。高さも通常のトイレくらいだし、便座カバーまで付いているので、おまるで用を足す惨《みじ》めさはいくらか軽減《けいげん》されるのではないだろうか。

わたしはナースステーションに行って、看護婦に排泄物《はいせつぶつ》をどこに棄《す》てればいいのか訊《たず》ねた。看護婦は汚物処理室に案内してくれた。

汚物処理室は二畳ほどの広さで、汚物流しがあり、柄の長いたわしが置いてある。

「蛇口《じゃぐち》をひねると消毒液が出ますから、それで洗って、最後にこのレバーを押して流してください」

わたしは寝不足が嵩《こう》じてひとりでに浮き沈みしている頭で手順を反芻《はんすう》しながら病室に戻った。

「あれ、これ手でまわすんだ」ベッドの足もとにしゃがんでいる北村さんがいった。

がんセンターではリモコンで操作できたが、このベッドはハンドルをまわしてあげ下げしなければならない。

「でも、設備じゃないよ。ホテルに泊まるわけじゃないいんだから」北村さんが気持ちを引き立てるようにいった。

点滴スタンドに高麗《こま》神社と氷川《ひかわ》神社の〈病平癒《へいゆ》〉の御守をくくりつけ、ベッドの頭のところに〈病気平癒〉〈厄除《やくよけ》祈願〉の御札《おふだ》を置いた。

ドアが開《あ》き、大塚さんが車椅子を押して入ってきた。

東がベッドに横になると、「M先生4の2号室にお願いします」と院内放送が流れた。東はひとさし指で天井《てんじょう》のスピーカーを差した。がんセンターでは流れていなかった。転院して気づいたのだが、がんセンターは設備的には患者に細心の配慮をしているのだ。

「ふさぎます」と大塚さんがいい、北村さんといっしょにコートを羽織《はお》って出て行った。

ふたりとも四十代で独身なのだが、東京キッドブラザースに一年ちがいで入団してから二十年間、女子校の親友同士のように「キートン」「アッコ」と呼び合い、どんな些《さ》細《さい》なことでもふたりいっしょに行動していた。大塚さんは百六十四センチと背が高く、北村さんは百五十四センチと背が低いのにもかかわらず、ふたりは似ていない姉妹のような共通の雰囲気《ふんいき》を持っている。味方を徹底的に護《まも》り、敵を一歩も侵入させない砦《とりで》のような雰囲気だ。

「トイレ」東がいった。

「これ、どう?」わたしはポータブルトイレの蓋《ふた》を開けてみせた。

「くさいでしょ」

「してるときは外に出てるし、し終わったらわたしがすぐ洗いに行くから、水洗便所と変わらないよ」

「たいへんじゃない」

「たいへんじゃないよ」

東は首を振った。

「わかった。いつも夜から明けがたにかけて調子が崩れるでしょう。外のトイレまで行くのがしんどくなったらこれ使うことにしようよ」

わたしは外に出て、階段の踊《おど》り場に折り畳《たた》んである車椅《い》子《す》をひらいてベッドに横付けした。ハンドルをまわしてベッドの頭をあげ、スリッパを履《は》かせてから腋《わき》の下を両手で支えて車椅子に座らせた。

トイレから戻ると、大塚さんと北村さんが文房具屋で買ってきた厚紙をカッターナイフで切っていた。大塚さんがポータブルトイレを足台にして、スピーカーを厚紙とビニールテープで塞《ふさ》いだ。厚紙にはピースバッジのような顔がビニールテープで貼《は》りつけられてあった。

「Hさん、ナースステーションまでご連絡ください」

小さくなったかもしれないという程度だった。

病室の外で〈メリーさんのひつじ〉のメロディが流れ、つづいて靴音《くつおと》がし、となりの病室のドアをノックする音がして、「お食事の時間です」という配膳係《はいぜんがかり》の声——、防音がまったくできていない。

佐藤先生が病室に入ってきた。

「あっ、そのままでいいですよ」と佐藤先生が手で制したが、東は上半身を起こした。

北村さんがハンドルをまわしてベッドの頭をあげ、「このくらいですか?」と訊《き》くと、東はてのひらを上向きにして何回か振り、下向きにした。

「ストップ?」と北村さん。

東はてのひらを下向きで上下させた。

「ごめんなさい。あげ過ぎました」

「うらやましいですね。美しい女性三人に看病してもらって」と佐藤先生が微笑《ほほえ》んだ。

「みんな独身なんですよ」東が微笑みを返した。

「いま、なにがいちばん苦しいですか?」

「痛みは堪《た》えられるんです。いちばんは、便が出ないこと。

つぎに、息が苦しいこと。声が出ないことも苦しいです。それから、配膳係の靴音がします。ノックの音が聞こえます。だんだん近づいてくる。つぎはおれの番だぞと思うと心臓が苦しくなる。つまり、死ぬ番だぞと」

東は自分の声にむせて咳《せ》き込み、佐藤先生が背中を軽くたたいてくれた。

東は息を整えてふたたび口をひらいた。

「死は恐ろしくないと、自分ではそう思っていて、まわりに対しても、そう振る舞っているんですが、おそらく、無理をしているんでしょうね」

佐藤先生は東の手を取って甲《こう》をさすりながらいった。

「うまくいえないけれど、恐怖を押さえつける必要はないと思います。言葉のプロの前でいうのは緊張しますね」

「うまくいおうと思わないほうがいいですよ。先生、お気を悪くされないでくださいね。なぜ、手をさすっているんですか?」

「あっ、いやですか?」佐藤先生はぱっと手を離した。

「いやじゃないんですが、さっきお話ししたノックと同じで、圧迫感があるんですよ」

「楽《らく》にしてください」

「楽にするのが難しいんです」

「今日はぼくの誕生日《たんじょうび》なんです。きっと東さんとは縁《えん》があるんですよ」

佐藤先生が外に出た途端《とたん》、東はてのひらを下向きにした。無理をして話し、疲れたのだ。

わたしがハンドルをまわしてベッドを水平に戻すと、

「きっとホモだよ。でも性格的には合うと思う。よしおに似てるね」

といって静かに瞼《まぶた》を閉じた。

よしおというのは、長崎県立西高校の演劇部で東といっしょに演劇をやっていた吉雄幸治さんで、現在は長崎市内で内科・循環器科医をやっている。わたしは面識がないが、長崎公演で逢ったことがある北村さんと大塚さんは、「似てますね」と相槌《あいづち》を打った。

ノックの音がして、婦長が入ってきた。付き添いで泊まるためには書類に記入しなければならないというので、配膳台の上で患者氏名、付添者氏名、患者との続柄《つづきがら》などを記入して手渡した。

「これではだめです」婦長は〈付添の理由〉の欄《らん》を指差した。

わたしは、癌による痛みと苦しみが激しいためと書いた。

「でも、事実です」

「事実でも、だめなものはだめです。病院の規則なんですよ」

「なんて書けばいいんですか?」わたしは婦長をにらみつけた。

「もっとくわしく、その欄いっぱいに書いてください」

「あなたなんかに、いいたくありません!」わたしは怒鳴《どな》り、手を振りあげそうになった。

「おれが事務局に行って、説明してこようか」東が起きあがり、スリッパに足を入れた。

「わたしが行ってきます」大塚さんが紙を持って婦長といっしょに出て行った。

二時半、栗原稔《みのる》院長が教授回診にくる。数人の医局員が病室に入ってきたので、わたしはベッドと壁の三十センチの隙間にからだを押し込め、北村さんと大塚さんは外に出た。栗原教授は東のパジャマを脱がせてていねいに触診《しょくしん》し、医学用語で佐藤医師とやりとりをしたあと、「設備は国立がんセンターとは比べられませんが、技術は劣りません。わたしも国立がんセンターにいたんですが、国立から私立の病院に移ってきた患者さんは、私立のほうがあたたかいとおっしゃいますよ」といって、つぎの病室に移って行った。


東が眠ったので、北村さんと大塚さんは帰宅した。

外来を終えて、佐藤先生があがってきてくれた。

佐藤先生が布団を治してくれた拍子に、東は目をひらいた。

「イリノテカン。どれくらいの量を?」

「いま、どれくらいの量で、つまりどれくらい少量で効果があった例があるか、製造元のヤクルトに問い合わせて調べてもらっているところなんです。ぼくの患者さんでは、食道癌ではなくて胃癌なんですけれど、よその病院で半年の命だと宣告されて、外来でイリノテカンを投与しつづけて、二年経《た》ったいまも仕事をしながら通院しているかたがいます」

「どうしても二年、生きたいんです。イリノテカンを投与すれば、二年間延命《えんめい》できる可能性があるということですか?」

佐藤先生は言葉に詰まり、その瞬間東の顔色が変わった。

「いまの苦痛をすこしでも改善して、それから治療計画を練りましょう」

東が目を閉じて話を終《しま》ったので、佐藤先生は出て行った。

「だめだ」東は目を閉じたままいった。

「なにが?」

「あのひとはかなり楽天的な性格だよ。そのひとが、二年間延命できる可能性がありますか、と訊いたら黙り込んだ」

東はそのまま目を開けなかった。

わたしは病室を出た。四階のナースステーションに行こうとすると、佐藤先生が階段をあがってきた。

「あっ、いまちょうどお話ししに行くところでした。さっき二年延命できるかどうかと東が質問したら、答えに詰まりましたよね。ショックを受けてしまったようなんです」

「え？」

「顔色とか口調に敏感になっていて」

「ノックと足音の話もそうだよね。不穏《ふおん》状態になっているみたいだから、レスタスという精神安定剤を出しておきます。これから、言葉に気をつけます」

病室に戻ると、東はベッドの端《はし》に座って待っていた。

「帰ったかと思った」

「帰るわけないじゃない。肺炎《はいえん》が治るまで帰らないよ」

東とわたしの目が一分のずれもなく重なった。

「あなた、丈陽とふたりで生きていける？」

「そんなこと訊《き》かないでよ」

「もう、だめそうだ」

「お願いだから、死なないで」

「どうしたら、ふたりきりで生きていけるか……」

「死なないで」

東は黙って枕に頭を沈め、わたしはしゃくりあげながら服を脱いでパジャマに着替えた。

わたしはパジャマの袖《そで》で涙を拭い、ティッシュで洟《はな》をかんでからいった。

「ずっとお風呂《ふろ》に入ってないから、からだ拭《ふ》くよ」

ナースステーションに行って熱いタオルをビニール袋に入れてもらい、階段を一段飛ばしで駈《か》けあがった。

東の手脚、腋《わき》の下、陰部を拭いた。

「見て、垢《あか》がこんなに」

「ひどい」

「ひどいね。あとふた袋くらいもらってくる」

わたしはふたたびナースステーションでタオルをもらってきた。

点滴の管《くだ》が通っているサージカルテープを貼ってある鎖《さ》骨《こつ》あたりはとくにひどく、垢が焦《こ》げのようにへばりついている。

「これは風呂に入ってごしごしこすらないとだめだわ」

「よし、新しい部屋に移ったら、入ろう」

アモバンとレスタスを一錠ずつ飲んでも眠くならないので、セレネースを点滴で落としてもらって眠りに落ちた。

東の両手がすっと上にあがる。なにかを千切《ちぎ》って口に入れて噛《か》む。また千切って口に入れる。パンだ、パンを食べているのだ。佐藤先生の前にセカンドオピニオンを受けた平岩正樹医師の、「食べられない患者にイリノテカンを投与すると副作用が強く出る」という言葉が恐怖となって頭にこびりついているのだろう。

わたしは東が飲まないときに溜《た》めておいてアモバンをてのひらに置いて、飲もうかどうしようか迷った。眠らなければからだが持たない。でも、睡眠薬を飲んだら、東になにかあったときに起きることができなくなる。飲まないで眠ってみよう。わたしはソファに横になり、突き出した足をポータブルトイレで支えた。車椅子の出し入れができなくなるので、簡易ベッドを置くことができなかったのだ。わたしは東の手の動きを見ながら、となりの病室から響いてくる鼾《いびき》を聴いていた。どうすればいいのだろうと考え、どうすればいいのだろうと問う自分に向かって、答えようとしているうちにわたしの口は叫《さけ》び出すかたちになった。

わたしはリュックから煙草と財布《さいふ》をつかみ出し、パジャマのまま階段を駈《か》け下りて外に出た。

煙草に火をつけ、公衆電話のプッシュボタンを押した。

「もしもし」母が出た。

「前にKさんのおじさんが鍼灸《しんきゅう》で有名な先生だってファックスくれたよね」

Kさんというのは母の兄嫁で、三月頭まで育児と家事を手伝ってもらっていたひとだ。

「末期癌の患者から痛みを取って延命させてるそうよ。東さんはもう末期の末期だから延命は無理だろうけど、痛みはなんとかなるかもしれない」

「連絡してもらえる？　本人には隠しているんだけど、今日、命を落としてもおかしくない状態なんだよ」

「明日連絡する。あの子はどうしてるの？」母の声は突然潤《うる》んだ。「あの子のことを思うと一睡《いっすい》もできなくて、朝お母さんに電話して、電話口でふたりで泣いたわよ」

「仕方ないよ」

「そうね」

電話を切った途端《とたん》に声をあげて泣き、煙草を吸いながら病院の前を行ったりきたりした。痛みに圧倒されて、痛みと現実の区別がつかない。痛い。わたしは内側からぱっくり割れてしまう。痛い！

　夜がまた明けてしまった。


　三月二十八日。二時半に北村易子さんと大塚晶子さんがきてくれたので、付き添いを交代してもらった。『週刊ポスト』の締切りが迫っているので帰宅して執筆しなければならない。

「交代しているあいだに、薬や治療に関することで、なにか新しく決まるとわからなくなるので、このノートに書いておいてください。これ、看護ノートにしましょう」とわたしはノートを一冊渡した。

「終電は二十四時十五分だから、ぎりぎりまでだいじょうぶだよ」北村さんがいった。

「夜の何日か柳と代わってあげられない？」東がいった。

「いいですよ」北村さんが答え、大塚さんがうなずいた。

「原稿の締切りで帰らなければならない日をいってくれれば」北村さんがいった。

「逆に、北村さんと大塚さんにローテーションを決めてもらえば、それに合わせて執筆スケジュールをつくります」

「じゃあ、三十日から四月二日まで晶子はニューヨークにフライトだから、とりあえず今日は柳さん、明日はわたし、三十日は柳さん、三十一日はわたし、ということで、そのあとはローテーション表をつくってみるね」


　リビングに入ると、夕暮れの光が波のように部屋に打ち寄せていた。電気をつけても、あまり明るくならない。一日のなかでいちばん室内を暗く感じる時間。わたしは意味も目的もなく歩きまわった。空っぽのベビーベッド。空っぽの東のベッド。わたしは東の椅子《いす》に座って、東の鏡を覗《のぞ》いた。わたしの背後に不在が映し出され、突然鳥膚《とりはだ》が立った。手帳をひらいて、片っ端《かたぱし》から電話をかけた。だれも出ない。出ても、留守番電話になってしまう。

「もしもし？」最相葉月《さいしょうはづき》さんの声だ。

「柳ですが」

「柳さんですか？　どうしました？」

　最相さんと電話で話すのははじめてだった。わたしは、二言三言しゃべって口籠《くちごも》った。切ることは恐ろしいので、沈黙したまま受話器にしがみついていた。受話器から手を離したら、頭がおかしくなりそうだった。いや、もうおかしくなっているのかもしれない。

「そちらに行きます。三十分くらいで着けると思いますので」と電話は切れた。

わたしは冷蔵庫から缶ビールを取り出して、プルタブを立てた。陽が完全に落ちたせいで、部屋のなかは先刻より明るく感じられる。わたしは缶に口をつけて時計を見あげた。十分経《た》った。あと二十分で、最相さんがきてくれる。わたしはビールを飲んで待った。


最相さんが向かいに座ると、わたしはいきなり東の病状と、生後二ヵ月の子どもと別居している苦痛、そして目の前で苦しんでいる東をただ見ていることしかできない苦痛を訴えた。

「本人は、痛みは堪《た》えられないほどではないといっているんですが、それは拷問《ごうもん》に堪えるのと同じくらいの痛みだと思うんです。ホスピスはどうなんでしょうか?」

「テレビで観《み》たことがあるんですが、車椅子が移動するときに、床の継《つ》ぎ目の振動が痛いといっていたから、末期になるとコントロールできないのではないでしょうか。ホスピスでもモルヒネが主流でしょうから、モルヒネが効かないとなると……以前お話ししましたが、わたしの元夫の父も肺癌で亡くなりました。やはり最期《さいご》のほうは、痛みが凄《すさ》まじかったようです」

「なんとか、痛みと呼吸苦を緩和《かんわ》して、絵本を描く時間をつくってあげたいんです」

「絵本?」

わたしは東が書いたメモを見せ、『月へのぼったタケハル君』の物語を話した。

最相葉月さんはわたしの目を見、わたしの声を聴き、相槌《あいづち》も感想も洩《も》らさずに、理解してくれた。

わたしは信頼を持って話し、最相さんは共感を抱いて聴いてくれた、そう思うと気持ちがすこし落ち着いた。

「そろそろ病院に行かないといけません」

「そうですか。なにかあったら、いつでも電話してください」

部屋に入ってから出るまで、最相さんは一度もわたしの目から目を逸《そ》らさなかった。

意志の力で引き摺《ず》らなければ動かせないほど、手も脚もすべてが疲れていた。明日は北村さんが付き添ってくれることになったので、原稿は明日書ける。わたしはざっとシャワーを浴びてパジャマに着替え、その上にコートを羽織《はお》って外に出た。


睡眠薬の点滴がはじまっていて、東は眠っていた。北村さんと大塚さんと廊下で話した。

「薬のことはこれに書いといた。なにかわからないことがあったら夜中でもいいから電話をください」と北村さんにノートを手渡された。

ノートの表紙には鉛筆描きのイラストが貼ってあった。耳と唇《くちびる》だけの坊主《ぼうず》頭で、目鼻が描かれていない。東の顔だろうか。

「この絵は？」

「昼間東さんに、どの薬を何時にどれくらい飲むのか表にしてほしいと頼まれたんだけど、それをいいながら描いたんだよ。かわいいから、切り取って貼ったの。きっと自画《じが》像《ぞう》だよ」

わたしはふたりが帰ってから、ソファの上でノートをひらいた。

朝
①精神安定剤　レスタス　1錠
②抗炎症剤　プレドニン　2錠
③気管拡張剤（胸にテープを貼る）
④注射（白血球を増やす）ノイトロジン
⑤点滴（栄養＋腸を動かす薬＋気管をひろげる薬＋炎症をとる抗生物質）

夜
①精神安定剤　レスタス　1錠
②睡眠薬　アモバン　1錠
③点滴の睡眠薬　セレネース　200cc

変更
①睡眠薬　サイレース↓止める
②吐き気止め　ノバミン↓必要ならいう

病室管理
①モルヒネ水溶液
②アメリカの痛み止め　ロキソニン
③便秘薬　ラキソベロン　15錠
④いちじく浣腸

音をたてないようにリュックの内ポケットからケイタイを取り出して留守番電話サービスを聴くと、母が鍼《はり》の先生の電話番号を吹き込んでくれていた。院内の公衆電話は病棟の廊下にあるので、夜間にかけると声が響いてしまう。わたしは外に出て、パチンコ屋の前の公衆電話から崔金奭《チェグムソク》先生に電話をかけた。

三十日の午前十時に横浜市鶴見《つるみ》区の宿泊先に迎えに行くと約束して、電話を切った。

朝、佐藤温《あつし》先生が病室に入ってきた。

わたしは簡易ベッドから上体を起こしたが、立ちあがる気力はなかった。声を出すこともできない。ぼんやりと佐藤先生を見あげた。

「同調してるなぁ」佐藤先生がいった。

東は瞼《まぶた》を閉じ、佐藤先生はベッドの端に座って東の足の甲をさすった。

わたしはゆっくりとからだを起こした。

「あの、わたしの親戚に鍼の先生がいるんですが、癌の痛みを取ると評判《ひょうばん》で、韓国から日本やアメリカに出張してるみたいなんです。明後日《あさって》、きてもらってもいいでしょうか？だめだったら、近くのホテルに移ってやってもらうしかないんですが」

「いいですよ」佐藤先生はあっさりと許可してくれた。

佐藤先生が出て行った。話はなかったが、わたしはあとを追った。

「東さんは精神的に自分で切羽《せっぱ》詰まったところに持って行っちゃってるけど、柳さんもいっしょになって切羽詰まってますね。だいじょうぶ？」

わたしはうなずかずにうつむいた。

大塚さんが交代しにきてくれたので、わたしは帰り支度をした。

タクシーの運転手に町田夫妻のマンションのある場所を告げた途端《とたん》、恋人との待ち合わせ場所に向かうときのように胸が高鳴り、信号が赤に変わるたびに進行方向をたぐり寄せるように凝視《ぎょうし》した。


敦子さんの腕のなかで、丈陽は薄目を開けてミルクを飲んでいた。わたしはとなりに座って、その口の動きに見惚《ほ》れた。赤い唇《くちびる》、染みひとつない白い膚《はだ》、黒くふさふさした髪――、どうしても病床の東の顔と比べてしまう。丈陽は、東が刻々と失っている生気を全身から放って輝いている。どんなに哀《かな》しんでいても、丈陽の顔を見ていると口もとが緩《ゆる》み、触れたくてたまらなくなる。

　飲み終えるのを待って、敦子さんから抱き取り、「丈陽くん、丈陽くん、元気にしてましたか。丈陽くん、丈陽くん、ママですよ」と胸に押し当てて部屋のなかを一周した。

　ソファに戻ると、康さんが丈陽と敦子さんとわたしを写真におさめた。

「丈くんといっしょに写ると、わたしたちがぼろぼろなのが際立つね」敦子さんの顔ははじめての育児で明らかに疲れていた。

「ありがとう」や「ごめんなさい」を口にできないほどの感謝と、申しわけない気持ちでいっぱいだった。しかし、丈陽を預けられるのは町田夫妻しかいないのだ。いつか、わたしと丈陽は町田康さんと敦子さんに恩返しをしなければならない。

　丈陽をずっと抱いていたかったが、東の病室に連れて行くわけにはいかない。あまり抱いていると、あとでつらくなるので、敦子さんに丈陽を返した。

　写真を十枚ほどもらって、丈陽をもう一度見て、さわって、嗅《か》いで、夫妻のマンションをあとにした。

　外は、小雨《こさめ》だった。雨のなかでタクシーを待った。ひと雨ごとにあたたかくなる春の訪れを告げる雨だったが、わたしは季節とは無縁だった。季節の流れから完全に取り残されてしまっていた。濡《ぬ》れていく髪さえ、他人事《ひとごと》のような気がした。

　宅配ボックスに紙袋が入っていた。スケッチブックと十二色のポスターカラーマーカー、最相葉月さんからだった。

　ワープロの前に座ることができない。わたしは台所の自動湯はりのボタンを押して、ワープロに背を向ける格好で煙草を吸った。ピピッピピッと湯がいっぱいになったことを告げる音がすると、服を脱ぎながら浴室に行き、湯のなかで膝《ひざ》をかかえた。熱くなったら浴槽《よくそう》の縁《ふち》に座り、寒くなったら湯にからだを沈めて、浴室の外で待ち受けている現実から逃避した。

　原稿を書き終えたのは、午前四時だった。九時にタクシーを予約してあるので、目覚しのアラームを八時にセットした。十時に鶴見の崔金奭先生の宿泊先に着かなければならない。わたしはアラームを再度確認して、アモバンを一錠飲んだ。町田夫妻からもらった丈陽の写真を見る。三十分間見つづける。だれかの写真をこんなに長く熱心に見たことがあるだろうか。眠くならないので、アモバンをもう一錠飲む。ふたたび写真を見る。丈陽の顔が哀《かな》しみと眠気で水溜《た》まりのように澱《よど》み、わたしは枕のとなりで写真を手放した。映像的な夢はみなかった。ただ、ひと晩中、高熱を出してまどろむときにかならずみる、自分が板のように平べったく伸ばされたベルトコンベアーで運ばれていく夢をみつづけ、起きたときにはめまいと筋肉痛がひどかった。

タクシーに乗ってきた崔金奭先生は恰幅《かっぷく》が良く、仕立ての良い三揃《みつぞろい》を着ていた。小さいころ好きだったアニメの主人公『ハクション大魔王』に似ていた。

「崔先生の患者さんで、東のような末期の末期で、何ヵ月か延命《えんめい》できたケースがあるんでしょうか?」わたしは光を跳《は》ね返して光る鶴見川を眺めながら訊《たず》ねた。

「この目で診《み》ないとはっきりしたことはいえませんが、ある会社の社長が余命一ヵ月と宣告されました。胃癌です。知人のつてを頼ってわたしのところへきました。わたしはひと晩中、朝まで鍼を打ちました。つぎの日も、そのつぎの日も。ぜったいにやられてたまるかと思っているひとに対してはファイトが湧《わ》くんです。わたしも必死です。その患者は元気になり、会社に通いはじめました。そして三ヵ月後に倒れて亡くなりました。苦痛を取り除くことはできましたが、延命は間に合いませんでした。わたしのところにくるタイミングが重要なんです。間に合うか、間に合わないか……」

「なんとか間に合ってほしいんですけれど、仮に間に合わなかったとして、食道から肺に転移してた癌が急速に大きくなって、肺に水が溜まり、呼吸が苦しいんです。あと左リンパ節に転移した癌が大きくなって、左腕が痛くてむくんで、左足もむくみはじめているんです。まったく食べられないこと、それから幻覚もつらいです。呼吸苦と痛みだけでもなんとかしてあげたいんですが……」

「それは、わたしの鍼で取り除けます」

「取り除けるかもしれないではなくて、取り除けるんですね?」わたしは崔先生の横顔を見た。

「痛みと呼吸苦は確実に取り除けますが、延命は間に合わないかもしれない。しかし、わたしは、癌をやっつけるつもりで鍼を打ちますよ。ただ心配なのは日本の医療システムです。韓国では、西洋医学の医者と東洋医学の医者がいっしょにレントゲンを見ながら意見を交換するんですが、日本の医者は東洋医学を一歩下に見ています。韓国では対等なんです。わたしは東さんのレントゲンやCTや血液検査のデータをぜんぶ見たい。鍼を打った反応をたしかめながら前に進みたいんです」

「頼んでみます」

高速が混んでいて、昭和大学附属豊洲病院に到着したのは一時だった。

病室に入ると、東は口を大きく開け、白眼を見せて眠っていた。崔先生の視線はなにかを思考するように東の顔の上にとどまり、配膳台の上の紙に〈魄〉という字を書いた。東の前で、東の病状を話されたくないので、わたしは黙ってリュックのなかに紙をしまった。たしか、〈魂〉は死後天にのぼり、〈魄〉は地にとどまる。〈魄〉は死者のたましいという意味だったはずだ。崔先生は間に合わなかったといっているにちがいない。一瞬のうちに、恐怖がわたしからはみ出してひろがり、わたし自身が恐怖の一部に過ぎないような痺《しび》れた感覚に囚《とら》われた。そして、いまはじめて東の点滴が血であることに気づいた。東は輸血しているのだ。わたしは崔先生が治療の準備をしているあいだに看護ノートをめくった。


輸血（貧血防止の為《ため》）Ｓｔａｒｔする。１日２単位３００mℓ↓３日間　３／30・３／31・４／１

二日間の排尿排便《はいにょうはいべん》、検温、薬を服用した時刻が記してあり、北村さんの筆跡《ひっせき》で日記が書いてあった。

３月29日（水）

東さんがうったえているのは、食べられない事、排便できない事。

当直の先生が座薬の使用方法を説明してくれて、本人が使用。いつもより少し（トイレの中は）出ていた。本人は「食べてないからな！」と言っている。

看護婦さんが10：00ｐｍにきてくれて、（今日から９：00ｐｍの点滴の睡眠薬を10：00ｐｍに変更してほしいとたのんだ）「座薬を入れたので、もう少し後にしましょう」と言ってくれて、結局点滴は10：45ｐｍ～２：00ａｍ。

当直の先生が10：55ｐｍに、「どうですか？」と様子をみにきてくれた。親切な先生でした。

夜中のトイレの回数　下（車椅子で外のトイレに行きました）

東さんはねている。今、東さんのうわごと？　ねごと？　うなされている？

3月30日（木）

朝起きてからずっと気分が悪そう。薬も要所要所で4回すすめましたが、のみません。すこしおびえているというか、ふるえているというか、そんな感じです。体をまるめてねたり、そして起きると排便ができない事を気にします。「座薬か浣腸《かんちょう》やろうかな」という事を11：20ａｍに言って、しばらく考えて、「後でしよう」と言いました。「東さん、朝やった時、出てましたよ」と言ったのですが、聞いているような聞いていないような感じです。体調の悪さももちろんですが、何かもっとおいつめられているかんじがします。

「東さん、だいじょうぶですか？　起きてください。治療をはじめます」崔先生は大きなはっきりした声で東に語りかけた。

東は目を開け、口を閉じた。

「崔金爽先生です。起きられますか？」

東はうなずき、崔先生は東の背中に手を当てがって上体を起こした。そして足もとにしゃがみ、左右の足の甲と手の甲に鍼《はり》を打ちはじめた。みるみるうちに東の手と足が針山のようになっていく。

「いてぇ」東が顔中を歪《ゆが》めた。

「痛いのはツボが生きている証拠《しょうこ》です。ツボが死んだら痛くないよ」

左足の甲に刺さっている鍼の先が激しくふるえ出した。

「どこも悪くなければ、鍼はじっと止まっています。肺、胃、食道、肝臓《かんぞう》、鍼が悪い場所を教えてくれる」

わたしは右手で口を覆《おお》い、左手で右手の肘《ひじ》をつかんで東の痛みを堪えようとした。

崔先生は東の手と足の甲に打った鍼を三十分間抜かなかった。

「呼吸をすこし楽にしますが、これは消防隊のレベルです。本格的な治療は特殊訓練を受けた自衛隊と考えてください。東さん、わたしが呼吸苦と痛みを取ってあげます。まず呼吸を楽にして闘う気力を出し、水を飲めるようにして胃腸を動かします。便も出るようになります。状態が悪くなるのは何時ごろですか？」

「夕がたから具合が悪くなって、明けがたがピークです」

「それでは、八時にまたきます」

「今日の、ですか？」

「いちばん悪いときにきて、苦痛を緩和《かんわ》したいんです。わたしも必死です。ほんとうは二十四時間打ちたい。長くやればやるほど効《き》くんです」

「二十四時間……主治医と相談してみます。長時間の鍼治療は輸血が終わってからのほうがいいでしょうね」

「それでは、八時に」

「どうもありがとうございました」と頭を下げると、東が右手を振って、送りなさいと合図した。

地下鉄有楽町《ゆうらくちょう》線の豊洲《とよす》の駅前の喫茶店《きっさてん》に入って、コーヒーを注文した。言葉を待つ沈黙の数秒が長く感じられる。

わたしは崔先生の煙草《たばこ》を一本もらって吸った。

「ぎりぎりのところで間に合ったかもしれませんよ。ほんとうの末期だと舌《した》が黒ずんで、鍼を打っても痛みを感じないし、鍼を抜いても血が出ないんですが、東さんは痛みを訴えたし、血も出た。舌の色も黒くはなかった」

「とにかく、痛みと呼吸苦をなんとかしてほしいんです」

「一週間をめどに自宅に戻れるようにしましょう。わたしは毎日通って鍼を打ちます」

わたしはしっかりとした足取りで地下鉄の階段を下りて行く崔先生の後姿を見送った。

病室に戻って、

「どんな感じ？」

と訊《き》くと、東は右手で書く仕種《しぐさ》をした。

わたしは鉛筆を握らせて、ワープロ用紙をはさんだバインダーを差し出した。


まだわからないけど、意外と効きそう。声を出すのがツライから、何か聞かれたらあなたたちで。


「うん。わたしと北村さんと大塚さんで応対するよ」

わたしは紙袋のなかからスケッチブックと十二色のポスターカラーマーカーを取り出した。

「これ、最相葉月さんから」

東はなにもいわずに最相さんからのポストカードを読んだ。

「わたしが最相さんに絵本のことを話したの」

「あのひとは、おれと血がつながってる」東は自分の声で吐きそうになった。

私は東の口から流れる涎《よだれ》をティッシュで拭き取りながら訊いた。

「似てるってこと？」

「根のところがね」

東は頭を傾けて、ポータブルトイレを見た。

「あれでしてみる？」

東がうなずいたので、左手を背中の下に差し入れて、右手をひっぱってからだを起こした。

点滴の管に注意しながら腋《わき》の下に両腕を通して抱き合う格好でポータブルトイレに座らせようとしたが、かがむときに腰に激痛《げきつう》が走り、どすんと座らせてしまった。

「あっ、痛い？　痛いよね、ごめん」

東が顔を歪《ゆが》めながら腰を浮かし、ズボンとトランクスを下ろしたので、わたしはドアに向かった。

「くさいから？」

「ううん、いやかなと思って」

「いてくれる？」

「うん」

ベッドの端《はし》に座って、東の様子を見ていると、東が右手でしっしっとやったので、部屋から出て行かれるのはいやなのだが、見ていられるのもいやなのだと理解して、ソファに座って、カポーティの『叶《かな》えられた祈り』のページをめくった。

「出た？」わたしは何気ないように訊いた。

「浣腸《かんちょう》やろうかな」

「いいや。二本つづけてやってみよう」

ベッドに両手をついて尻を突き出してもらって浣腸した。

「肛門を押さえてようか？」

東は首を振って、週刊誌を指差した。

今度はふくらはぎに力を入れてゆっくりと腰を落とし、東をポータブルトイレの便座に座らせて、週刊誌を手渡した。

「なるべく長くがまんしてよ。そのページ読み終わるまで出しちゃだめだよ」

といったが、ページをめくる速度が速まり、便が出る音がした。

わたしはウエットティッシュを引き抜いて渡した。東は自分で拭《ふ》いた。ポータブルトイレのバケツを持って部屋を出た。液状の黄色っぽい便と薬品の臭《にお》いがする尿《にょう》が出ていた。汚物処理室に行って、便を流してバケツを洗った。丈陽の便と似ている。丈陽はミルク、東は麦茶しか飲んでいないからだ。しかし、自分が大便と小便にまみれた日々を送るとは、一年前のわたしは想像だにしなかった。

せっけんで手を洗い、モルヒネ水溶液と咳止《せきど》めシロップをスプーンで飲ませると、東が冷蔵庫を指差した。

「麦茶ね」

わたしは冷蔵庫から伊藤園の麦茶のペットボトルを取り出した。ほかの銘柄《めいがら》にしたところ、

「田舎臭い味」と東がいうので、伊藤園以外は買わないことに決めた。

麦茶を吸飲《すいの》みに移し、注ぎ口の先を東の口に入れてほんのすこし傾けると、東は激しく咳き込んだ。

「すこし、すこしだよ」

と背中をさすったが、東はまた口いっぱいに麦茶をふくんでしまい、痛みでのどを通過させることができずに吐き出した。

「むせるから、もうやめたら?」

「飲みたいんだよ。ごくごく」東の声は怒りといらだちを表せないほど小さくかすれていた。

「でも、飲むと痛いんでしょう?」

「砂漠《さばく》で。のどがからからで。死にそうで。井戸を見つけて。汲《く》んだら泥水《どろみず》だった。このくりかえし」東は目を閉じた。眠りに落ちたようだったが、眉《まゆ》のあいだの力は弛《ゆる》まなかった。

わたしはうちから持ってきた写真立てに町田康さんに撮ってもらった丈陽の写真を入れて、東の枕もとに置いた。写真立ての下に最相さんのポストカードをはさもうと手に取り、その動物の絵柄にこころ魅《ひ》かれて、読んでしまった。

東由多加様

花の都と呼ばれるアルゼンチンのエスコバルに行っていました。東さんのお身体《からだ》が一刻も早くよくなるように……その祈りは、きっと南十字星に届いたと思います。

最相葉月

わたしは去年の十一月に最相さんが自宅に持ってきてく

れて、東がニューヨークで治療をしているあいだに東の帰宅を待つように咲きつづけたオレンジ色のカーネーションを思い出した。東に似ているとしたら、こころのなかに花を咲かせているところだ。花を愛といい換えてもいいかもしれない。あるひとの存在をこころにとどめる。愛するということはその思いを行為に変えることではなく、思うことそのものだということを知っているひと——、待つことの激しさを知っているひとだ。待つ時間を経ても色褪《あ》せず、萎《しお》れない花をこころに咲かせるひとは、花を持たないひとより多く裏切られ、疵《きず》ついているはずだ。


約束の八時ちょうどに崔先生が現れた。背中、首のリンパ節、腕に鍼《はり》を打ち、艾《もぐさ》に火をつけて鍼の先端を熱した。

「これが特殊訓練を受けた自衛隊です。鍼の先端は八百度。癌は熱に弱い。熱が癌をやっつけます」

「あぁ、気持ちいい。温泉に入ってるみたい。うーん」東は目を瞑《つむ》ってポータブルトイレの背を抱いた。

わたしは天井《てんじょう》の火災探知器を見あげた。鍼と灸《きゅう》を併用した療法だということは聞いていたが、こんなに煙が出るとは思わなかった。スプリンクラーが作動したらたいへんなことになる。

「あちっ、あちち」東が背中を反らせた。

先生は無視して炙《あぶ》りつづける。

わたしは窓を開けた。

「寒くない？」

東は上半身はだかだ。

「熱いっ！　限界です！」東は出ない声で叫んだ。

「死ぬか、熱いのをがまんするか」崔先生は声に重さを加え、鍼の先に艾を近づけた。

「でも、はじめて、自分の実感として癌細胞と闘っている気がします」と東は歯を食い縛《しば》った。

崔先生は東を抱きかかえてベッドに移し、左てのひら、手の甲、左足の甲に鍼を打って、艾で熱した。

ノックがして、わたしは外に飛び出た。

「すみません。来客中で」

看護婦は疑わしそうな眼差しを残して立ち去った。

東は仰向《あおむ》けになって、胸、腹、左腋《わき》の下に鍼を打ってもらっている。

わたしはドアに寄りかかって見張ることにした。ドアの隙間から艾の煙とにおいが漂い出て、病棟の廊下にひろがっている。

今度は婦長がやってきた。

「すみません、来客中なんです」

「なにをやっているんですか?」

「佐藤先生の許可は取ってあるんですが、鍼の治療中なんです」

「なんで煙が出るんですか」

「鍼の上にお灸を」

「火を使ってるんですね」

「……火じゃなくて、お灸です」

「やめてください」

「窓を開けていますし、もうすぐ終わりますから……」

「お灸のにおいというのはお線香のにおいに似ているんです。他の患者さんがなにを想像するか考えてみてください」

「すみません」わたしは頭を下げてドアを開けた。外の話は崔先生に筒抜《つつぬ》けだった。

「韓国の病院ではあり得ないことです。艾と線香のにおいはちがいますよ。むかしは日本でも日常的に親しんでいたにおいのはずなんですけどね」

「すみません、一時帰宅できるまで、火なしでやっていただけないでしょうか?」

「効果は弱いですが、仕方ありませんね。明日、午前十一時にきます。夜八時にもう一度きます。明日は腎臓《じんぞう》と大腸《だいちょう》のツボをやって、便を出るようにします」崔先生は革の鞄《かばん》に鍼の道具をしまった。

時計は十時半をまわっていた。二時間半にわたって鍼を打ちつづけたわけだ。

ナースボタンを押して看護婦を呼び、睡眠薬の点滴を落としてもらった。

東は眠り、わたしもアモバンを一錠飲んでソファの上に横になった。足のほうが高いのが気になって眠れないので、からだの位置を逆にしてポータブルトイレを枕にした。今度は肩のあたりの段差が気になって元の位置に戻り、音をたてずに舌打ちした。肩と背中と腰が板のように張っている。アモバンをもう一錠飲んだ。五分も経たないうちに、突き飛ばされるように眠りに落ちた。

午前七時に東ののどの音で目を醒《さ》ました。東はトイレを指差している。抱きあげたときにバランスが崩れ、ふたりで倒れる。点滴の管《くだ》がはずれ、みるみるうちにシーツが血で染まっていく。ナースボタンを押して状況を説明しようとしたが、アモバンのせいで呂律《ろれつ》がまわらない。

わたしは東とふたりでソファに並んでシーツ交換の様子をぼんやり眺めていた。東は新しいシーツの上に横になると同時に瞼《まぶた》を閉じ、わたしは二日酔《ふつかよ》いのときのように水をがぶ飲みした。

佐藤温先生が入ってきた。

「ちょっといいですか？」

わたしたちは階段の踊り場で話をした。

「お灸《きゅう》はだめなんですよ」

「火を使える病室はないんでしょうか」

「ありませんね。一時帰宅してやってもらえればいいんでしょうけど、いまの東さんは帰れる状態ではないし、無理に帰宅したら消耗《しょうもう》すると思いますよ」

「わかりました」

佐藤先生は階段を一段下りて歩を止めた。

「この前、北村さんに冗談で、『三人にとって東さんはイエスの方舟《はこぶね》のおっちゃんみたいな存在なんですか』って訊《き》いたら、『そうなんです』とうれしそうにおっしゃって、なんだか……」佐藤先生は穏やかな笑みを顔いっぱいにひろげた。

「そうですね、一般常識から考えると奇妙ですよね。東の妻でも娘でも恋人でもない独身女性が三人でローテーションを組んで看病してるわけだから。でも、わたしも、イエスの方舟がいちばん近いと思います」

東の熱を測ると、三十八度五分だった。看護ノートに記入したいのだが、鉛筆を持つ手に力が入らない。病室で睡眠薬を飲むのは止そう。眠っているあいだに東の病状が急変したら、わたしは一生後悔《こうかい》することになる。

コンビニで氷を買ってきて、盥《たらい》に空けた。冷たいタオルで東の額を冷やしているうちに喘息《ぜんそく》の発作のように呼吸が激しくなっていった。階段を駈《か》け下りて、ナースステーションに行った。

「酸素マスクをするとすこしは楽になるんですけどね」

「がんセンターでもすすめられたんですけど、本人がぜったいいやだって、かえって息苦しいというんです」

「口のそばに置いておくだけでも多少ちがいますよ」

わたしは酸素吸入器の使用方法を看護婦に教わって、酸素吸入器のスイッチを入れて、目盛《めも》りを毎分一・五リットルに合わせて、マスクを東の口に近づけた。

右手が痺《しび》れてマスクを左手に持ち替えたそのとき、東が目を開け、虫を払うように右手を動かした。

「口から離してるから苦しくないでしょう?」

東はもう一度手で払った。

「いまは酸素バーだって流行《はや》ってるんだよ。眠ったらやるからいいもんね」

北村さんのカスタネットのような軽快で明るい口調を真《ま》似《ね》ようとしたのだが、東があまりにも苦しそうなので長くひっぱるような声になってしまった。

背広のズボンの裾《すそ》がこすれ合う音が近づいてきて、崔先生が病室に入ってきたが、東は病室にひとがひとり増えたことにも気づかなかった。口を大きく開け、胸を激しく上下させている。崔先生は東の顔を見下ろし、沈んで去《い》く船の甲板に立つ船長のように顎《あご》を引き締め、手と足の甲だけに鍼を打った。

三十分後に鍼を抜き、八時の再訪を確認して病室をあとにした。

午後七時に北村さんと交代する。

9:30pm~点滴のねむりぐすりを入れた。

今、11:30pm。ずっとうなされているというか、うわごとの連続。

今、4/1 1:00am。右手が動いている。食事をしているジェスチャー、パントマイムのように口にものを運んでいる。

さっき目を開けて、私と目があった。

「メニューどこ?」とおきあがってきき、「くつした出して?」と言ったあとに時計を見て、「まだ1:00か」と言って立ちあがり、ポータブルトイレに座って、今、フトンに入ったところです。

さっき、フトンをまくりあげて、今度は外のトイレに行きたいようす。ねむくてフラフラのはずなのに、ねない。

ねたのは4:25am。

柳さんに、東さんの前で泣いちゃダメよ、なんてえらそうな事を言いましたが、昨夜から今朝《けさ》にかけて、急に涙が出てきてしまう瞬間がなんどもありました。

東さんががんセンターに入院していた去年の七月、一人で病室をたずねた時、東さんはねていました。顔色の悪さにドキッとしてこわくなった日があったんです。その帰り道、泣いたり、とちくるったりするのはよそうとこころに決めました。

　でも昨晩、東さんはもうろうとしていて、車椅子の足台に足をぶつけて転びかけたり、色々と失敗をしました。いくらやせているとはいえ、私には重くて、二人で転んでしまいそうになり、何かおじいちゃん、おばあちゃん夫婦のように思えて、哀しくなりました。

　突然、東さんがおきあがってパジャマをぬぎはじめた事もありました。「おしっこ?」ときいたら、首をふって立ちあがり、紙袋のなかにおしっこをしそうになりました。「ちがうちがう、こっちこっち」とあわててポータブルトイレに座らせて、おかしいやら、哀しいやらです。

　またべつの時は、突然おきあがって、「くつした」というので、くつしたとスリッパをはかせたら、歩ける体力などないはずなのにスタスタとトイレに歩いて行きました。

　この狭い病室でさまざまな事が起こりました。東さんの笑った顔を何度もみました。夢の中で何かおかしい事、おもしろい事があったのかもしれません。その時は私も一緒に声を出して笑いました。笑ったら哀しくなって、泣いてしまったわけです。

　呼吸ははたでみていてもつらくなるほどでしたが、今はほんのすこし楽そうです。でもときどきヒューヒューしています。

　一睡もしていないので感情が高ぶっているのでしょうネ、これは。柳さんもお疲れ様でした。

kiーton

　手を伸ばして、目覚し時計をつかむ。七時。起きて原稿のつづきを書かなければならない。今日は何日だろう。もう一度手を伸ばしたが、ケイタイは置いていなかった。わたしは起きあがってリビングに行った。ケイタイをリュックから出し忘れたのは無意識の故意《こい》かもしれない。深夜か明けがたにケイタイが鳴ったら、それは東由多加の容体の急変を意味するからだ。

　おそるおそるメッセージを再生した。

「一番目のメッセージです。三十一日二十一時三十三分。

もしもし、北村です。今日八時に鍼《はり》の先生がきましたが、ちょうど佐藤先生がいらっしゃっていて、鍼治療を受けられる状態ではないというご判断なので、帰ってもらいました」

東の状態がもうすこし良ければ、あるいはもうすこし悪ければ、一週間ほど帰宅させてもらって、崔金奭《チェグムソク》先生の鍼治療を受けるという賭《か》けもできるのだが、現在は一進一退で期待を持つこともあきらめることもできない状態なのだ。佐藤先生に、もはや手がないといわれたら、最後の希《のぞ》みとしてあらためてお願いしよう、とわたしは崔先生にお詫《わ》びの手紙を書いてファックスした。

北村さんと付き添いを交代したのは十一時だった。

わたしは東の寝顔を見ながらパジャマに着替え、歯を磨き、ソファの上に仰向けになって丈陽の写真を眺《なが》めていた。

午前三時に東が右手をあげた。

「トイレ？」

微《かす》かにうなずいたような気がする。わたしはポータブルトイレの蓋《ふた》を開けてから、ハンドルをまわしてベッドを直角にし、東の背中で両手を握《にぎ》り合わせてゆっくり立ちあがり、後ろ向きに一歩、二歩と進んで便座に抱き下ろした。

咳《せき》が出る。止まらない。

「咳止めシロップ、飲んだほうがいいよ」と専用容器の十ミリリットルの目盛までシロップを入れて差し出した。

東は咳《せ》き込みながら首を振った。

十分経《た》ったが、なんの音もしない。東は腰を浮かした。

「もうすこし、待ってみようか」

といっても、東がトランクスのゴムに手をかけるので、トランクスとパジャマのズボンをいっしょに引きあげた。

ハンドルをまわしてベッドを水平にした瞬間、東がふたたび右手をあげた。わたしはハンドルを逆方向にまわして、ベッドを直角に戻した。

東は口を大きく開けて呼吸しようとし、また激しく咳き込んだ。

「咳止めは？　モヒ水は？」わたしは東の背中をさすった。

「佐藤先生が定期的に飲めば呼吸が楽になるっていってたよ。飲もう」

とシロップをスプーンに移して、こぼれないように口の前に運んだが、口を開けてくれない。仕方なくスプーンから容器に戻した。東がてのひらを下にして振ったので、べッドを水平にした。

今度はテレビに向かって手を伸ばした。

「テレビ？　つけるの？」

東は首を振っていった。

「あなたたちが、こそこそ見てるノート」

看護ノートは、テレビとラックの隙間《すきま》にはさんである。読まれるとほんとうの病状がわかってしまうページもある気がする。しかし、渡さないわけにはいかない。わたしは黙ってノートを手渡した。東がノートをひらいた。息を止めて覗《のぞ》くと、わたしが崔先生のことを記したページだった。

「あの先生、怒《おこ》ってない？」

「ていねいに手紙書いて、あやまっといたから、たぶん怒ってないと思うよ」

「肺炎が治って、通院でイリノテカンをできるようになったら、うちにきてもらおうよ」東はノートを手放して瞼《まぶた》を閉じた。

わたしはノートを背中に敷いてソファに横になり、ぜったい、わからない場所に隠さなければと病室を見まわし、隠し場所を見つけられないまま眠りに落ちた。


目を開けると、ベッドが直角になっていて、佐藤先生が座っていた。ブラインドの隙間から光が射し込んでいる。朝だ。

「あっ、すみません、ぜんぜん気づかなくって」わたしはあわてて上体を起こした。

「トイレ付きの個室、明日空《あ》くことになったんだけど、移る？」佐藤先生が東の足の甲をさすった。

わたしがいうよりも早く、東がはっきりした口調で答えた。

「移ります」

だれが、いつ、めくったのだろう。カレンダーが三月から四月に変わり、桜の下でテニスをしている絵になっている。

東はわたしの視線に気づいて、カレンダーに目を移していった。

「桜、そろそろですね」

「もう裏の公園では咲いてますよ。そうだ、ぼくが車椅子《いす》押すから、花見をしよう」

「これから？」東が目を丸くした。

「ちょっと見てきますね」と佐藤先生は病室から出て行った。

「花見だってよ」わたしは東の顔を見て笑った。

「行くしかないでしょう」東も笑った。

「行かなくてもいいんだよ」

「なに、着ようかな」

「パジャマでいいよ」

「あんたとはちがう」東は笑って咳き込んだ。

佐藤先生が戻ってきた。

「残念。日当たりが悪いから、まだつぼみなんですよ。でも、二、三日したら咲くだろうから、行きましょうね。東さん、約束」と佐藤先生は小指を東の小指にからませて振った。

「キッドの女優と、ここの先生たちとで、お花見をやりませんかね」

「女優さんと？　いいですね」

「うちの子たちは、独身が多いんですよ」

「男優さんはいないんですか？」

「男は嫌いだから、みんな追い出したんです」

東は咳き込み、佐藤先生は拳で東の背中をたたいた。

「そんなに強くたたいて、だいじょうぶですか？」わたしはふたりの会話に口をはさんだ。

「ぼく、喘息《ぜんそく》なんですよ」と佐藤先生はいった。


「いつから」咳の合間に、東が訊《たず》ねた。

「生まれてからずっと。一度死にかけたことがあるんです。だから、呼吸苦のつらさはわかります。吸入器の圧迫感もよくわかります。なんか押さえつけられるような感じで、余計《よけい》息苦しくなっちゃうんですよね」

「ぼくの母も。喘息で亡くなったんです」

東の咳がおさまった。

「そうですか」

「先生、大学はどこですか？」

「琉球《りゅうきゅう》大学です」

「めずらしい」

「共通一次というのがあるでしょ、あれをしくじっちゃったんですよ。で、関東領域《りょういき》はちょっと難しいなと思っていたら、父親に『おまえあたたかいところへ行け』といわれたんですよ。『あたたかいところだったら、どんなことがあってものたれ死ぬことはない』って」

「縁《えん》がありますね。ぼくの母は、沖縄の宮古島出身です」

東は目をあげて、カレンダーを見た。

「イリノテカンは、いつからやるんですか？」

「明日、ＣＴと採血をやってもらって、その結果を見て計画を練《ね》りましょうよ」

「来週には、はじめられるんですね？　いまは、なにもやっていないので、どんどん癌が大きく」

「昨日の写真では大きくなっていませんでしたよ」佐藤先生はさらりと嘘《うそ》をいってくれた。

「いよいよですね」東はカレンダーの数字をひとつひとつ数えているようだった。

佐藤先生は部屋から出て行った。

「あのひとは、医者だけど、患者として、死ぬ目に遭《あ》ってる。患者の気持ちが、わかるんだよ。ホモじゃなくて、ホンモノだ」と東は駄洒落《だじゃれ》をいって、笑いながら目を瞑《つむ》った。

三十分後に北村さんが入ってきた。北村さんは眠っている東の顔から目を逸《そ》らさずに看護ノートの隅《すみ》に走り書きした。

10：40　長崎発→12：30～13：00　羽田着。13：30
～14：00　病院着。

わたしは北村さんのハローキティの腕時計を見た。一時二十分だ。

で待ってるから。

私はうなずき、北村さんは出て行った。

数分しか経っていないのに、北村さんが戻ってきた。

一時間程《ほど》おくれるとケータイに入っていた。

わたしはてのひらを差し出して鉛筆をもらった。

冷子《れいこ》さんたちきて、動揺しないでしょうか？

北村さんとわたしは黙って東の寝顔を見詰《みつ》めた。東が病室への立ち入りを禁じた姉の東冷子さんと、長崎で生活している妹の豊嶋志摩子《とよしましまこ》さんが見舞いにきたら、自分の病状が知らされているよりも悪いのではと疑うかもしれない。疑いを口にされた場合、わたしたちは嘘を貫《つらぬ》けるだろうか。痩《や》せ衰《おとろ》えて声の出ない東と対面したら、冷子さんと志摩子さんは泣いてしまうかもしれない。自分の顔を見て泣かれたら、死期が近いということを察知《さっち》してしまうのではないだろうか。

外に出て、ケイタイなるのまってる。

北村さんが出て行った気配《けはい》で、東が両目を開けた。

「何時？」

「もうすぐ二時」

東が右手をあげたので、わたしはベッドのハンドルをまわした。姉妹が見舞いにくることを自然に伝える自信がない。ベッドが四十五度になったときにドアが開いた。

「東さん、ごめんなさい。また北村が余計なことしたって怒られるかもしれないけど、冷子さんと志摩子さんにここに入院してるってこと、教えちゃったの。そしたら、ふたりともどうしてもお見舞いにきたいって、いま、そこにきてるの。怒る？」

東は大きくうなずいた。

「でも、どうしても逢いたいっていうんだもん。志摩子さんは〈23区〉の店長会議で三日前に東京にきたんだって」

北村さんの演技がいつもより硬い。わたしは東と北村さんの顔を正視しないためにカレンダーの桜に視線を定めた。

「ごめんなさい、むこうを呼んできます」北村さんが出て行った。

冷子さんと志摩子さんは入ってくるなり泣き出し、泣きながら冷子さんは弟の背中をさすり、志摩子さんは兄の足をさすった。

わたしと北村さんは病室から飛び出して泣いた。

「まずいですね」

「ふたりとも大泣きしちゃって」

「すごくまずい展開ですよ」

わたしたちは袖《そで》で顔をこすって病室に戻った。

ドアを開けると、姉妹はソファに並んでうつむいていた。

「結局、東家も、ろくな血じゃなかったね」

そういい放つと、東はわたしの顔を見て、にやりと笑った。明らかに姉妹に説教するのを楽しんでいる顔つきだ。

「花行《はなゆき》だってお見舞いにきたいのよ。きていいの？　だったら明日にでも」

「もう遅い」

「そんなこといわないでよ」冷子さんはハンカチで涙を拭《ぬぐ》った。

花行というのは、冷子さんの息子だ。

「雅は、去年、おじちゃんに逢いたかっさ、相談したかことがあるけん、とバイトして、自分の金で、飛行機のチケットを買って、逢いにきた。でも、聡と、崇は、見舞いにこない」

聡、崇、雅というのは志摩子さんの息子だ。

「そんなことなかとよ。ふたりとも逢いたかとよ。ユッカがきちゃだめというから、遠慮してたと」志摩子さんは東の手を取って、自分のてのひらでつつんだ。

ユッカというのは東の幼少期のあだ名だ。

東はまた姉妹の頭越しにいたずらっぽい笑みを寄越《よこ》した。

一年に一度逢うか逢わないかのきょうだいだが、幼少期から思春期にかけて母親の早世《そうせい》、父親の三度にわたる再婚、長男の失踪《しっそう》という大きな出来事を共有しているせいか、それぞれの家庭を持って疎遠《そえん》になる普通のきょうだいとは異なる、曰《いわ》く言い難い隔《へだ》たりと親密さとを併《あわ》せ持っている気がする。

東が咳き込み、冷子さんが東の背中をさすりながらいった。

「ベッド、もっと立てたほうが楽じゃない？　氷舐《な》める？」

東は咳がおさまるのを待って、口をひらいた。

「北村と、柳と、大塚は、何ヵ月も前から、付き添って、おれがなにを希《のぞ》んでいるのか、知り尽くした上で、看病してるんだよ。それを突然きて、ベッド立てる？　氷舐める？」

わたしと北村さんはふたたび席をはずした。

佐藤温先生が階段をあがってきた。

「柳さん、ちょっと話があるんだけど」

立ち話ですまないということは、深刻な内容なのだ。

「どこにうかがえばいいですか？」

「三階のナースステーションにきてください」佐藤先生は階段を下りて行った。

しばらくすると、冷子さんと志摩子さんが走り寄ってきた。

「逢わせていただいて、ありがとうございます。本来なら、わたしたちがやるべきことを、いろいろとやってもらって」と志摩子さんは声を詰まらせて、わたしのからだを抱き締めた。

「もう、ほんとうに、すべてをお任せしますので、ユッカをお願いします」冷子さんは目に涙をにじませて頭を下げた。

わたしは病室に戻って、さりげなくリュックを手に取った。

「いったん帰るね。夜、またくるから」

東は右手を高くあげた。突然の見舞いを訝《いぶか》っている気配はない。姉妹に逢えたことを、やはり、喜んでいるのだ。

わたしは階段を駆け下り、ナースステーションの机で書き物をしている佐藤先生に声をかけた。

「どうぞ、こちらに」と佐藤先生は処置室のカーテンを引いた。

わたしは丸椅子に座り、ビューワーに貼りつけられていくレントゲンの肺の部分を凝視《ぎょうし》した。

「ひと目でわかると思うんですけど、真っ白なんです。とくに左肺が。最初、肺炎を疑ったんだけど」と採血のデータを見せてくれた。

「炎症反応、ＣＲＰは下がってるんです。とすると、癌が肺のリンパ管に入り込んで一気にひろがったのかも……」

「イリノテカンで止められる可能性は？」

「こういう状態にならないように抗癌剤を使うんです。でも、副作用のすくない5－ＦＵを少量、ゆっくり、二十四時間かけて投与するという方法はあります。イリノテカンは厳しいかもしれない」

「5－ＦＵでも副作用はありますよね」

「吐き気、食欲不振、だるさ……うーん……いまの全身症状だと……酸素濃度が九十三パーセントなんですよ」

「毎朝ひとさし指にはさんで測ってるやつですね」

「血中の酸素濃度を測っているんです」

「通常何パーセントくらいなんですか？」

「九十七、八パーセントはいきますね。あれをつけて、こうやって息を止めるんですよ、自分で。息を止めると、だんだん下がってくるんですけど、九十三というのは相当苦しい。それと、二十九日の段階でヘモグロビンが六・五。ひどい貧血なので、三十日から四月一日にかけて二単位ずつ輸血したんですが、あんまりあがらない」

「通常だとどれくらいなんですか？」

「十二から十七ですね。便は黒くなかったですか？」

「ほとんど出てないんですけど、黒くはないです。赤ちゃんのウンチみたいな色」

「肺から末梢《まっしょう》に酸素を運ぶのが赤血球ですから、それが半分になっているということは、通常の倍、赤血球が働かなくちゃならないってことなんです」

「なんで半分以下に……」

「これがちょっとよくわからないんです。出血によるものなのかもしれないし」

「出血？」

「病巣《びょうそう》から出血するんですよ。抗癌剤によるものにしてはちょっと早過ぎると思うんです。赤血球は寿命が長いですから」

「危険な数値なんですか？」

「四とか三になってくるとまずいですよね。それと白血球が千五百。原因は化学療法によるものだと思います。低アルブミンといって、アルブミンが二・四という状態になっていますので」

「アルブミンというのは？」

「血液中のたんぱく質です。浸透圧《しんとうあつ》といって、血液のなかの圧力を一定に保つための栄養分なんです。それがどんどん下がると、腹水《ふくすい》が溜《た》まったりというような症状が出てくるんです。このアルブミンというのはだいたい保険で認められているのは月三回くらいなんです。柳さんがいないときに、それを東さんに説明しに行ったら、『先生、いっちゃ悪いけど、ここの個室は安いから、保険外でいくら使ってもいいですよ』って」佐藤先生は、決定的な宣告をされるのではないかと、膝を握ったり、指で手の甲をさすったりしているわたしの緊張を察してくれたのだ。

「あの、煙草が吸える場所で、たしか上の食堂に喫煙コーナーありましたよね？　申しわけないんですけど、ちょっと」

「いいですよ」佐藤先生は腰をあげた。

階段で八階まであがり、自動販売機でセーラムライトを二箱買って佐藤先生の前に座った。

「呼吸苦と痛みを取ることはできないんでしょうか？」

「呼吸苦というのはどうしようもないんです。いまもサクシゾンとリンデロンというステロイド剤とネオフィリンという気管支拡張剤《きかんしかくちょうざい》を使っているんです。呼気《こき》っていう、フーッと吐く息が非常に長くなっているので気管のどこかが狭窄《きょうさく》しているんじゃないかと思うんです。食道癌が張ってくると、気管のほうにも進展しますからね。気管切開をすればすこしは楽になるんだろうけど、声がまったく出なくなるし……」

「気管切開はぜったいだめです。本人がショックを受けます。声が出にくいことに相当いらだっているのに、まったく出なくなるなんて……そういう処置は、一週間以内に命を落とす可能性が高いと告知することが前提だと思うんです。本人は、半年から一年、体調が悪いので二、三ヵ月で絶命する可能性もあるんじゃないかと認識しているんです。東の頭のなかには、食べられるようになったら帰宅して、普通に生活しながら週に一度の通院でイリノテカンとシスプラチンを投与して、この病院で手がなくなったら、わたしと息子と三人でニューヨークに移住して、メモリアル・スローン・ケタリング癌センターで治療を受けるという見取図があるんです。わたしにはその見取図を奪うことはできません。いま、東は絵本を書こうとしているんです。絵本だったら、文字量がすくないので、二ヵ月しか生きられないとしても書きあげられるから……でも、一週間では無理です。残酷です。死刑判決よりも確実な死の宣告なわけですから、精神が壊れてしまいます」

「じゃあ、そのようにほかの先生にも申し送りしておきます。数時間延命させるためだけの措置《そち》は一切《いっさい》しないと。それにそういう措置は、周囲のひとたちの自己満足の場合が多いと思う。べつにそれをやったからといって、延命にはつながらないから」

「とにかく、痛みと呼吸苦だけはなんとかしてあげてください。完全に取り除けないとしても……」

「意識レベルを下げるしかないんですよ」

「モルヒネを点滴で入れつづけるということですか？」

「うん。意識をはっきりさせるとどうしても痛みと呼吸苦は」

「意識レベルを下げる……でも、もうこれ以上痛くて苦しいのは………ほんとうは痛みに弱いひとなんです」

わたしは病室に訪ねてきた東の姉妹のように声をあげて泣いた。

「臆病《おくびょう》で怖がりなんです。歯医者で虫歯をちょっと削るだけでも、麻酔をたくさん打ってもらわないと……」

「集中治療室にも移さない？」

「集中治療室に移すのは、いつ死んでもおかしくない状態だと告知するのと同じです」わたしはトレーナーの袖《そで》で涙を拭《ぬぐ》って、新しい煙草に火をつけた。

「わかりました。じゃあ、普通の個室のままにしましょう。だけど、これからは、朝目を醒《さ》ましたら冷たくなっているかもしれないということを覚悟しなくちゃいけませんよ。ぼくが最初に受け持った患者さんは三十七歳のエリートサラリーマンでしたけれども、東さんよりずっと元気でした。個室で、奥さんがいつもかいがいしく世話していたんです。それで、朝なんです。本人は新聞を読んでいて、奥さんがちょっと立ちあがってなにかして、振り向いたら新聞が顔にかぶさっていた。そのかたは胃癌でした。あっという間に亡くなるということはよくあるんです。そうならないためには看護婦が夜中頻繁《ひんぱん》にお部屋にうかがって、懐中電灯で顔を照らしたり、二十四時間心電図をつけたりしなければならないんだけど」

「それは本人がいやがります。呼吸がどんなに苦しくても酸素マスクを拒否してるひとなんです。そんなことをしたら死期が近づいていることを悟《さと》られます。北村さんと大塚さんに、ちょっとでも異変があったら、すぐナースステーションに飛んで行くように伝えておきます」

わたしには、いま交わしている会話自体が信じられなかった。たしかに呼吸は苦しそうだが、意識ははっきりしている。声はかすれているが、会話はできる。国立がんセンター中央病院に入院していたときには激しい幻覚に阻《はば》まれて、意思の疎通《そつう》すらできなかったのだ。

わたしは煙草を揉《も》み消して訊《たず》ねた。

「つまり末期の末期ということですか？」

「エンドステージです。でも、ほんとうはだれにもわからないんです。そういうひとが一、二ヵ月延命するケースもあるから」

「東と同じ肺の状態で一ヵ月延命できたケースはありますか？　先生のご経験のなかでありましたか？」まだ口にくわえているのに、つぎの煙草に火をつけてしまった。


「食道癌の肺転移では……ないなぁ。でも、大腸癌の肺転移、肝転移で、ぼくのところに見えたときには、もう東さんと同じように両肺にひどく多発していた患者さんがいます。いろんなデータを見ながら、イリノテカンがぴったりなんだなという結論に達して、ただイリノテカンを使うにしても、副作用を抑《おさ》えるにはどうしたらいいんだろうと、またデータを集めていったときに、シスプラチンとの併用療法で、量を抑えて毎週投与しつづけるという方法を見つけたんですね。それが劇的に効いて、副作用が強いので二週間置きに切り替えたんだけれども、肺も肝臓も胃もすごく良くなった。結局お亡くなりになられたけれど、それでも二年半、最期《さいご》までご自宅から通われていました」

「どれくらいの量ですか？」

「イリノテカン六十、シスプラチン三十です」

「東の場合、やるとしたら？」

「この病院になぜきたかというと、イリノテカンの使用量が多いからですよね。東さんと柳さんの、なんとしてもイリノテカンを使いたいというお気持ちはよくわかるから、とても迷っているんだけど、使うという方向も考えてはいるんです。その場合、ごく少量……」

「どれくらいですか?」

「週に一度で、イリノテカン三十、シスプラチン十でしょうね」

「ここにくる前に、ある先生にセカンドオピニオンを受けたんですけれど、初回にイリノテカンを四十ミリグラム投与して、副作用が強く出なかったら翌週七十、翌々週に百に増やしてわずかにシスプラチンをかぶせるとおっしゃっていたんですが」

「難しいと思う。ときと場合によるんですけど、東さんの場合は予備能力が全くない状況だと、ぼくは判断します」

「その量を入れたら?」

「死んじゃうと思う。そういう量をコントロールできる先生もいるのかもしれないけれども、ぼくはちょっと……ここまで末期になってしまうと、よくいわれているエビデンスという、データに基づいた治療ではだめなんです。ぼくたちがやっているのは、それは実験だろう、と問われたら、実験です、と答えるしかないようなものなんですけどね。エビデンスに基づいた治療はないわけだから、がんセンターの室先生が、もう打つ手はない、とおっしゃられるのも間違いではないんです」


煙草を二箱吸い切って、何度もくりかえした質問をまた口にした。

「東は一ヵ月以上生きられる可能性があるんでしょうか?」

「ぼくとしては、一、二ヵ月を目指してあらゆる手を打ちます。いまの措置もそのためにやっているんだから」

「でも、あのレントゲンの現実は長くて一週間ということですね」

「意識がある日数というのはもっと短いでしょう」

「わかりました」わたしは席を立った。

階段を一歩下りるごとにエンドステージという言葉に重さが加わり、外に出た途端《とたん》に一歩も動けなくなった。わたしは豊洲駅のバス停のベンチに座って、行き交《か》う車をただ眺《なが》めていた。


激しい咳《せき》で、跳《は》ね起きる。配膳台の上の時計を見ると、午前一時。東の右手があがる。わたしはハンドルをまわしてベッドの頭をあげた。咳が止まらない。背中をさする。

足を床に下ろそうとするので、「トイレ？」と訊《き》くと、東はうなずいた。ポータブルトイレの蓋《ふた》を開けてから抱きかかえ、便座の上に抱き下ろす。小便の音を聴く。東はまだ座っている。大便をしようとしているのだ。咳の勢いで東の上体が折れる。わたしは背中をたたき、ティッシュを口に当てた。

　東が痰《たん》を吐いていった。

「となりにいるから、出ないのかも」

「じゃあ外に出てるよ」

「いい？」

「いいよ。終わったらここたたいて」とわたしはテレビ台をたたいてみせてから外に出た。一時間前に眠ったばかりなので、眠い。立っていられない。でも廊下のソファに座ったら、合図が聞こえない。わたしは階段の踊り場に置いてある車椅子をドアの前に持ってきて、その上に腰を下ろして腕組みをした。

　ドンドンと音がして、ドアを開けると、東はトランクスとズボンを穿《は》き終えていた。

「こんな時間に起きちゃって眠れる？　点滴の睡眠薬《すいみんやく》追加してもらおうか？」

東は黙ってテレビ台の引き出しに手を伸ばした。

「アモバン？　アモバンはわたしが持ってるよ。一錠？」

東がうなずいたので、リュックの内ポケットから一錠取り出して東の唇のあいだにはさみ、麦茶を吸飲《すいの》みに注いだ。

東は飲み終わっても横にならずにわたしの顔を見ている。

「ほんとうに……」

　東の声にはなんの感情も籠《こも》っていなかった。

瞬《まばた》きをしたら、それが話し出すきっかけになってしまうかもしれない。わたしは瞬きをしないで見られることに堪《た》え、堪え切れずに瞬きをした。

「鍼《はり》の先生、だいじょうぶ？」

「だいじょうぶ、だいじょうぶ、怒ってないよ。頼んだら、またやってくれると思うよ」

「明日の出発の時間は？」

「部屋の引っ越しのこと？」

　東はうなずいた。

「その前に、九時にＣＴがあるの。ＣＴから戻ったら、向かいのトイレ付きの部屋に引っ越すんだよ。大塚さんがニューヨークから戻ってきたから、九時にきて荷造り手伝ってくれる」

「結局、四〇三号室なんて、ずっと空《あ》いてたじゃない」

「わたしが入院初日に婦長に口答えしたのがいけなかったのかも。あの婦長がこの階の責任者だからね。『トイレ付きの部屋に早く移りたいんですけど』っていったら、何度も、『この部屋のほうが新しいし、トイレがない分広いですよ』っていうんだよ。『いえ、トイレ付きがいいんです』って食い下がったら、『こっちは南向きで明るいですけど、あっちは北向きで陽《ひ》が射しませんよ』って一歩も引かないんだよ」

緊張の結び目が解《と》けたせいで、声も話の内容も浮きあがってしまった。

「今日は夕がたから調子が良かった」と東はほんのすこし微笑《ほほえ》んだ。

「いまも？」

「うん」

「これがつづいて、だんだん良くなって、うちに帰れるといいね」それが奇跡に近いということはわかっていたが、わたしが希《ねが》っているのはそれだけだった。

「ほんとうに……」と東はわたしの目のなかで微笑《びしょう》を打ち消した。

ほんとうに二、三ヵ月生きられるのか、と問われたら、なんと答えればいいのだろう。顔色を変えたり、言葉に詰まったりしたら、嘘《うそ》を吐《つ》いていることがばれてしまう。

「ほんとうに、CTのあとに、イリノテカンを、やってもらえるんだろうか？」

「やるっていってるんだから、やるんじゃないの？」

「そうかな？」東は倍の太さにむくんでいる左腕を右手でそっと撫《な》でた。

左脚も足の甲の筋がわからないほどむくんでいるのだが、脚のほうは気づいていないようだ。

「あの先生は、嘘を吐かないと思うよ」とわたしは声と目に力を込めた。

いっしょに暮らしていたころ、朝帰りのいいわけをするたびに東に笑われていた。

あんたみたいに嘘が下手なひと　見たことないよ　顔は赤いし　さっきから瞬きばかりしてるし　声が上擦《うわず》ってるよ
「汗かいてるみたいだから、パジャマの上だけ替えよう」

わたしはロッカーを開けて、北村さんが畳《たた》んでおいてくれたパジャマを手に取った。左腕が通らないかもしれない。

「ゆったりしてるほうが楽《らく》だから、病院で貸し出してるやつ、もらってくる」

わたしは階段を駆《か》け下り、ナースステーションで一枚七十円の病衣を借りて、一段飛ばしで階段を駆けあがった。

病衣に着替えさせると、東はベッドに横たわった。

「ベッドの角度、これでいい？　いま、四十五度だけど」

「もうちょっと」

「下げる？　じゃあ、手で合図してね」

わたしはベッドの足もとにかがんでゆっくりハンドルをまわした。布団《ふとん》と配膳台のわずかな隙間《すきま》から東の手があがるのが見えたのでハンドルを離した。

――黙っている。今度こそ、ほんとうの病状を訊こうとしているにちがいない。覚悟して立ちあがったが、東はすでに眠っていた。

わたしは癌が増悪《ぞうあく》するにつれ、痛みが激しくなり、痛みをコントロールするためにモルヒネを増やし、モルヒネによって意識が混濁《こんだく》し、癌細胞が臓器の機能を侵《おか》して意識不明に陥《おち》り、その状態が何日もつづいて死に至るのだと思っていた。しかし、東の場合は、今夜急変してもおかしくない状態なのに、意識ははっきりしている。東は、闘病すること、生きることを断念していない。癌だということがわかった昨年六月末から九ヵ月にわたって共にレントゲンを見て、集めた資料を検討し合って治療の方向を決めてきた。三月二十三日、はじめて東に内緒《ないしょ》で主治医の話を聴いた。癌がひと月で倍に増悪し、一週間先は読めないと宣告された。わたしはその事実を東に告知しないことを決めた。刻々と病状が変化する癌という病気において、告知は一度ではないのだ。一年、半年、せめて数ヵ月の時間を主治医に保証してもらえるならば、その患者の性格によっては告知してもいいと思う。だが、数ヵ月延命《えんめい》できる可能性が皆無《かいむ》に近い場合は、告知してはいけないのではないだろうか。どんなに強靭《きょうじん》な精神を持っている患者でも、ひと月以内に命の期限を切られたら正気ではいられないと思う。一日、一日、傘《かさ》のように自分の人生が閉じられていく様を見ることに堪《た》えられるひとがいるだろうか。

東は、まだ治療はつづく、治療がつづく限り延命の可能性はゼロにはならないと信じ、そう信じることで痛みと呼吸苦に堪えている。どうして呼吸できるのだろうと医者が不思議がるほど、東の肺は真っ白なのだ。東は肉体で呼吸しているのではない、精神で呼吸しているのだ。しかし東は自分の肉体を疑っていないのに、具合が悪いのはなぜなのかと。事実を明らかにして疑いを晴らすことはできない、嘘で疑いを曇《くも》らすことしかできないのだ。東の肉体の苦痛を緩和《かんわ》しているのは、抗生物質でもステロイド剤でもなく、希望なのだ。イリノテカンによって癌が縮小したら、口から食べられるようになり、帰宅して日常生活を営みながら闘病し、この病院で使用できる抗癌剤がなくなったら、わたしと東と丈陽の三人で渡米して、ニューヨークのメモリアル・スローン・ケタリング癌センターで実験段階の新しい抗癌剤を試み、なんとしても二、三年延命して遺伝子治療の技術が進歩するのを待つという希望――。希望を取り上げたら、その日のうちに呼吸が停止するような気がする。

午前二時をまわったあたりから、呼吸が荒くなる。わたしはソファから起きあがって、腿《もも》に肘《ひじ》をついて自分の顎《あご》を支え、東の顔を見た。

あのさ　CTの結果がいまいちだったら　イリノテカンとシスプラチンを投与しながら　プラスアルファで免疫療法を受けてみない？　横浜にサトウクリニックっていう病院があるんだよ

ほんとうに　癌　大きくなってない？　あなたたち嘘ついてるんじゃないの？　ほんとうは　おれ　もうだめなんでしょう

わたしの顔の恐怖を映して、東の顔に漂っていた疑いが確信に固まった。

金縛《かなしば》りだ、と思った。東がベッドから起きあがってはだしで外に出て行こうとしている。ドアが開いた。

「行っちゃ、だめ！」

叫び声で、金縛りと幻《まぼろし》が消えた。ドアは開いていて、看護婦が驚いた顔で立つ竦《すく》んでいる。

東がベッドの柵をつかんでからだを起こした。

「すみません。彼女は、おれが死ぬ夢をみたんです。寝言です」

看護婦はドアを閉めた。

三時十五分、ということはわたしは座った姿勢で三十分近く眠っていたわけだ。

「トイレ」東がいった。

「そこ？」わたしはポータブルトイレを指差した。

東は首を振った。余程《よほど》具合が悪くない限り、東は病棟の突き当たりのトイレまで行くことを要求する。

わたしは車椅子を持ってきてベッドに横付けし、東を乗せて廊下に出た。

「直線だからスピード出すよ。しっかりつかまって」

東は肘掛《ひじか》けを持つ手に力を込めた。

すごい鼾《いびき》だ。わたしは車椅子を押しながら鼾の出所を確認した。四〇一号室。わたしたちが引っ越すのは四〇三、となりの部屋だ。四〇二は、ない。縁起が悪い数字だからないのだろう。音という音に過敏《かびん》になっている東がこんな鼾に堪《た》えられるはずがない、と思いながら足を速めた。車椅子のキャスターがリノリウムをすべる音がわたしと東の耳だけに響いている。東も鼾のことを気にしているのか、右側に顔を向けている。

ズボンとトランクスを脱がせて病衣をたくしあげて膝《ひざ》のあたりにまとめ、ドアを閉めて音が聞こえるのを待った。角部屋《かどべや》が空《あ》いている。今度の病室で最期《さいご》を迎える可能性が高いのだ、四〇一の鼾を理由にして角部屋に変えてもらおう、とわたしは部屋番号を暗唱した。四一一、四一一。

十分は経《た》っている。ノックしてみる。三回。もう一度強く三回。ノックの音が返ってこない。ドアを開けると、東は立っていた。膝下まである病衣をズボンに押し込み、おむつをつけた赤ん坊のように尻のあたりがふくらんでいる。

「これは長いから、外に出したほうがいいよ」わたしはズボンから病衣をひっぱり出して、便器を見た。なにも出ていない。

病室へ戻るときも、東はまた左側を見ていた。

「やっぱり」東がいった。

「なに？」わたしは身がまえた。

「紹介状が必要だったんだよ」

「え？」

「だって、ひどいじゃない。トイレ付きの部屋なんて、ずっと、いくつも空いてたじゃない」

東のいう通り、四〇三と四一一号室は入院した三月二十七日からずっと空いていた。なぜトイレ付きの部屋に入れてもらえなかったのか、理由がわからない。

「紹介状って、がんセンターの？」

「ちがうよ。政治家のだよ」

「……政治家？」

「おれたち、飛び込みだったじゃない。佐藤先生が昨日冗談《じょうだん》っぽく、『品行方正だったたから、合格』っていってたでしょう。あれ、冗談じゃなかったんだよ。合格になったから、トイレ付きの部屋に移してもらえるんだよ。だから、もう婦長に口答えしたりしないでよ」

たしかに、前後の文脈は忘れたが、佐藤先生はそんな冗談をいっていた。しかし、ただの冗談だったのだ。幻覚は消えたが妄想《もうそう》はより強くなっている気がする。

東は咳止めシロップの容器を指差した。

「モヒ水のほうが咳止め効果あるよ」

「いいよ、これで」東は自分の手で容器を持って飲んだ。

「モヒ水もらってこようか？」

「飲んだほうがいい？」

「うん。定時に飲めば呼吸が楽になるって、佐藤先生がいってたよ」

東がうなずいたので、ナースステーションに走った。

「モヒ水ください。それから明日四〇三号室に引っ越すことになっているんですけど、四〇一号室の患者さんの鼾がひどいので、えーっと何号室だったっけ、トイレの前の角部屋空いてますよね。そっちに変えてもらえないでしょうか？」憶えたはずの部屋番号が思い出せない。

「わかりました。あのひと、すごい鼾なんですよ」と看護婦は即答してくれた。

わたしは薄ピンク色のモルヒネ水溶液をこぼさないように、足と手に全神経を集めて階段をのぼった。

「角部屋に変えてもらったよ」と東に容器を差した。

東は何口かに分けてモルヒネ水溶液をすすって顔をしかめた。

「まずいの？」

「味見してみてよ」

「モルヒネの味見なんかできないよ」

「麦茶」

口直しの麦茶を飲むと、東はようやく足をベッドの上にあげた。

「眠れそう？」

東は首を振っていった。

「アモバン」

時計の針は四時十分を示している。

「でも、いま、アモバン飲んじゃうと、九時のＣＴがきついよ。引っ越しもあるし」

東はうれしそうにうなずいた。トイレ付きの部屋に移ることで興奮《こうふん》状態になっているのだ。がんセンターから転院する前に、「重病の患者さんは、環境の変化に適応できない場合もあるので、よくお考えになったほうがいいですよ」

と佐藤先生にいわれたことを思い出した。広さも間取りも同じ病室だからどこに移ってもたいした変化はない、というのは健康な人間の発想に過ぎない。ベッドに寝たきりの重病人にとっては、窓から入る光の量、ベッドの向き、隣室から洩《も》れ聞こえる音、天井の染《し》みの位置などの変化は適応不能なほど大きなものなのだ。

　東が瞼《まぶた》を閉じたので、酸素吸入器のスイッチを入れて、胸の上にマスクを置いた。この一週間で、全部合わせても二十時間くらいしか眠っていない。この調子で不眠がつづいたら、わたしは間違いなく発狂するだろう。

　――咳だ。ソファから起きあがると、ほぼ同時に東はベッドの柵をつかんでから体を起こした。

「トイレ?」

　首を振る。

「麦茶?」

　うなずく。

　ブラインドから射し込む朝陽《あさひ》でベッドのシーツが縞《しま》になっている。六時五十分。冷蔵庫まで歩く気力がなく、吸飲《すいの》みに残っている麦茶をそのまま差し出した。ごくっと音をたてて飲み、咳と共に麦茶を吐いた。背中をたたく。咳はおさまったのに横になってくれない。

「CT、九時からだから、あと二時間、眠ったほうがいいよ」

「トイレ、行こうかな?」

「あっち?」

　東はうなずいた。かがんで抱きかかえるときに腰に激痛が走ったが、痛みは無視するしかない。

　病棟の突き当たり目指して車椅子を押した。海水が入ったときのように目がひりひりするが、一滴の涙も出ないほど眼球が乾いている。わたしは車椅子のグリップから右手を離して、おや指の関節で目頭をこすった。

　トイレのドアに額を押しつけて、ノックの音を待った。

　わたしは東の手を引いて、その店に入って行った。ショーウインドーにはほこりのかぶったハンバーグ定食や生姜《しょうが》焼ライスの蠟《ろう》製のサンプルがある。ここは、初島《はつしま》のバケーションランドの土産物《みやげもの》売場だ、きっと。

　食べられるものある?

　メニューを見てみないと

　あんたは鰻重《うなじゅう》が好きじゃん

　あんたはどうせ豚の生姜焼きでしょうよ　いやだね　貧

乏人は　あんたのおっかさんは牛肉が買えなかったんだよ
あんたたちきょうだいは　豚バラの生姜焼きが食卓に出たら　わぁ　お肉だ　お肉だって騒いだんでしょうよ
牛より豚のほうがおいしいじゃん

ノックの音で、東《つか》の間《ま》の夢から目を醒《さ》ました。

便器のなかにはなにもなかった。便意を催《もよお》していないのに、排便したいという願望だけでトイレにきているのだ。

車椅子に乗せると、東は角部屋を指差した。

「今日、ＣＴのあとに移れるんだよ。風呂《ふろ》付きだから、気分がいいときに入ろう。わたしが洗ってあげる」

「風呂に入ろう」東が明るい声でいった。

風呂に入りたいという願いぐらいは叶《かな》えてやりたい。佐藤先生は、東の命はおそらく一週間、意識があるのは数日だろうといっていた。今日か明日、比較的調子のいい午後三時から六時のあいだに入れなければ——。

「つりばし荘の部屋に付いてる家族風呂くらいはあるよ」

「つりばし荘に、行きたいな」

わたしと東は同棲《どうせい》していた十年間で日本全国百箇所《かしょ》以上の温泉地を旅した。なかでも、長野の中房《なかふさ》温泉と奥鬼怒《おくきぬ》の加仁湯《かにゆ》と伊豆のつりばし荘は気に入って、延《の》べにして三年は逗留《とうりゅう》したと思う。

「つりばし荘、無理かな？」

「もうすこし良くなったら行こうよ」

「丈陽も」

「丈陽も連れて行こう」

「町田」

「康さんと敦子さんも誘おう。あんたとわたしと丈陽、康さんと敦子さん、北村さんと大塚さん、三部屋予約しよう」

「ちょっとぬるいか」

「あぁ、川沿いの露天風呂はぬるいね。でも、伊豆は東京よりもあったかいから、いまの季節はちょうどいいよ」

「桜」

「満開だよ、きっと」

「ピンクの」

「河津《かわづ》桜っていうんだよ」

「丈陽ははじめて」

「はじめての旅行だね」

「あの子を、いろんなところに、連れて行きたい」

「うん、いろんなところに」

わたしは床を見た。頬《ほお》を伝わずに落ちたので、東には涙を見られなかった。

――五年前。三ヵ月ほどつりばし荘に滞在し、梅が咲いて散り、桜が咲いて散りはじめた。昼過ぎに散歩して露天《ろてん》風呂に入るのが日課になっていた。東はわたしがクリスマスにプレゼントしたダナ・キャランのポロシャツとズボンに着替えたが、わたしは浴衣《ゆかた》に下駄履《げたば》きで、袂《たもと》にはタオルと歯ブラシとシャワーキャップを入れていた。

やめなさいよ　みっともない

だって　散歩が終わったら　露天風呂に直行だもん

いったん部屋に戻って浴衣に着替えればいいじゃない

やだ　めんどうくさい

いっしょに歩きたくない　離れて歩くから声かけないでね

あのさぁ、と声をかけるたびに東は歩を速めたが、風が吹き、散る桜に目を奪われて立ち止まった。

この桜　ピンクが濃いね

河津桜っていうんだよ　あれ　無視するんじゃなかったの？

泣くからね

泣くわけないじゃん

あんた　泣き虫じゃん

バス停の前の売店でソフトクリームを買って、舐《な》めながら川べりの道を歩いた。ときどき帯がほどけて東に隠してもらって結び直した。

ノーパン？

だって、楽《らく》じゃん

野性児じゃのう　ついていけんわ

十分ほど砂利《じゃり》道を歩くと滝《たき》があり、わたしは下駄を脱いで素足《すあし》を浸《ひた》し、東は川の水で顔を洗った。

冷たいね

気持ちいいよ

夏になったら泳ぎたいね

どうせ　あんたは全裸《ぜんら》で泳ぐんでしょうよ

あんたもフリチンで泳げば

あんたとは育ちがちがうんだよ

へぇ　どんな育ちなのかね

わたしたちは陽《ひ》が暮れるまで水辺で冗談をいい合い、宵《よい》闇《やみ》に沈んだ桜を見あげながら手をつないで宿に帰った。

看護ノートに東の病状を書いて時計を見ると、八時二十分になっていた。わたしはソファの背と壁のあいだにノートを押し込んで、東の顔を見護《みまも》った。息がつかえている。酸素マスクを口に近づけたのだが、苦しげな呼吸にあっあっという声が混じり、看護婦を呼ぼうとナースボタンに手を伸ばした瞬間、東が両目を開け、左手を差し出した。左手はむくでいるので、右手を布団《ふとん》から出して握った。

「トイレ？」

東は首を振って、配膳台《はいぜんだい》の上のクリアファイルを指差した。〈東殿　4月3日にCT（胸部）があります。9：30頃の予定です〉という紙が入っている。

「CTはまだだよ」

「大塚さん、こないじゃない」

「CTの前っていってたから、九時二十分くらいにくるんじゃないかな？　まだ三十分あるからベッド倒そうか？」

東は首を振り、見張っていなければ時計が針を休めるとでもいいたげに秒針を目で追いはじめた。

看護婦が入ってきて体温と血圧と酸素濃度を測っても、東は時計の監視をやめなかった。

「東さんがCTに行っているあいだに、荷物を四一一号室に移しておいてくださいね」といって看護婦は部屋から出て行った。

東といっしょに時計を見ていたわたしは、その上のカレンダーに視線をずらした。たしか東とはじめて抱き合ったのも四月だったはずだ。わたしが十六歳、東が三十九歳の春。東にも、そのあとにつきあった男たちにも嘘を吐いたが、わたしにとって東ははじめての男だった。わたしは目を瞑《つむ》り、においも、音もたてずに散っていく桜の気配にすべてを委《ゆだ》ねた。

いつから夏がはじまるのか、いつから秋がはじまるのか、いつから冬がはじまるのかはよくわからないが、春だけは、桜の蕾《つぼみ》がふくらみほころびはじめると、春がきたんだなと実感することができる。けれど、今年は春のはじまりを見逃した。あまりにも疲れているから。わたしだけではなく、高速の上をのろのろと走っているタクシーの運転手も、ほかの車に乗っているひとたちも、桜でピンク色に薄ぼやけた風景も疲れているように見える。窓を開けると、風さえもいろいろな音を運び疲れてしまっているようで、近くの音も遠くの音も擦《す》り切れて聞こえる。

わたしはこれからしなければならないことを頭のなかに書き出した。町田夫妻のマンションから丈陽を昭和医大に連れて行く。丈陽が帰ったら東を風呂に入れる――。さっき大塚さんとふたりで四一二号室から四一一号室に荷物を移し、病室に付いている風呂を下見しておいた。浴槽《よくそう》自体は○・三坪くらいだが、灰色タイル貼りで、底が深く、洗い場が広い。トイレといっしょだということと薄暗いことを除けば、一泊一万五千円クラスの旅館の家族風呂と大差はない。おそらくあまり使われていないだろうから、湯はしばらく流しっぱなしにしたほうがいいだろう、と思った瞬間、錆《さ》び臭い水の臭《にお》いが鼻を衝《つ》き、なにかいい香りのする入浴剤を入れようと思いついた。

「すみません、渋谷の東急ハンズに」

と運転手に行き先の変更を告げたときだった。

「小渕首相は二日、体調を崩し、都内の病院に入院しました。青木官房長官は二日午後十一時半から、首相官邸で緊急に記者会見し、『首相は二日午前一時ごろ、過労のため順天堂医院に緊急入院した』と正式に発表しました」

「たいへんだ。現職の首相が……前代未聞《みもん》ですよね」と運転手はラジオのボリュームを大きくした。

「そうですね」といったが、わたしの頭のなかは湯を張る音と檜《ひのき》の香りがする湯気《ゆげ》でいっぱいだった。

入ってると熱いけど　出ると寒いでしょ
ひげまで凍っちゃったよ　だいたいなんで吹雪《ふぶき》の夜に露天風呂に入らなきゃいけないのかね
やっぱ　露天風呂は雪でしょ
それはちらちら降るなかで　雪見酒《ゆきみざけ》を飲みながらでしょ
こんな吹雪で　出るときどうするのよ
出られないよ
出られないね　おれは内風呂でひげ剃って髪洗いたかったのに
内風呂じゃあ　いっしょに入れないじゃん
なんでいっしょに入らないといけないの？
だって　つまんないじゃん　黙ってお湯に浸かってるなんて堪《た》えられない
あんたもそろそろおれ離れしたほうがいいんじゃない

おれが死んだらどうするのよ
だって　あんた人間ドックで　百まで生きるほど丈夫《じょうぶ》だっていわれたんでしょ?
いわれたよ　でも酒と煙草の量が半端《はんぱ》じゃないし　食生活めちゃくちゃじゃない
酒と煙草で二十年引いたとしても　八十までは生きるでしょう
おれが八十になったら　あんたは五十七か　あんたのほうが先に死ぬかもね　あんた胃とか子宮とかぼろぼろでしょう　それに煙草の量だっておれとどっこいだし　癌になる可能性が高いな
こっちには癌で死んだひとがいないけど　あんたんとこは癌家系でしょう　お姉さんは乳癌で　お父さんが大腸癌だっけ?
おれは癌にはならない気がする　怖いのは糖尿病　ひどくなると失明したり　足が壊死《えし》したりするんだって　だけどさ　順番からしたら　おれが先なんだから　すこしずつ自立する準備をさ
自立?
ひとりで生きる
ふぅん
おれが死んでも　ひとりで生きて行けるように　ああこれどう?　タオルを肩にかけるんだよ　で　こうやってお湯をかけるの

——エレベーターがなかなか降りてこないので、階段で三A階のボディケア用品売場まであがった。一段のぼっては息を吐き、一段のぼっては息を吐き、階段の途中で立ち眩《くら》みがして両手と両膝をついた。

「だいじょうぶですか?」

見あげたが、真夏の砂浜で目を閉じて開けた瞬間のように黒い円がひろがって、顔がわからない。

「だいじょうぶです」わたしは立ちあがって階段をのぼり、ボディケア用品売場の棚《たな》と棚のあいだを行ったりきたりしながら、ローズ、ミント、ラベンダー、ローズマリー、ローズバッツ、ペパーミント、目につく入浴剤を片《かた》っ端《ぱし》から手に取った。かかえきれずに床に落としたので、いったんレジ台の端に置いて、カモミール、檜、ジャスミン、薔薇《ばら》、たくさんのなかから束に選んでもらって、すこしでも入浴を楽しんでもらいたい。東は、もう、二度と、温泉には行けない。昭和大学附属豊洲病院の四一一号室で最期《さいご》の入浴をしなければならないのだ。

東急ハンズから自宅までは徒歩十分くらいの距離だったが、今日はその十分を歩けそうにないし、佐藤先生のいったことがほんとうだとしたら、あと数日で東の意識はなくなってしまうのだ。時間がない。わたしは、近くて申しわけありません、と運転手に詫《わ》びて、ふたたびタクシーに乗った。


リュックを背負ったまま東の部屋に入り、町田敦子さんのPHSに電話した。

「丈陽は元気ですか？」

「とっても元気です」

「転院してから幻覚が出てないんです。でも、昨日主治医に意識があるのは数日だろうっていわれました。今日は気分が悪くないみたいなので、丈陽を病院に連れてきてもらえないでしょうか？　これから二時間くらい眠って、そっちに迎えに行きます」

「いいですよ。でも丈くんに病気が染《うつ》らないでしょうか」

「長居《ながい》しなければだいじょうぶだと思います。じゃあ、あとで」

わたしは電話を切って、眠ったら忘れてしまう可能性があるので、風呂場に行って、風呂椅子と洗面器とせっけんとシャンプーと垢擦《あかす》りタオルを紙袋に入れ、リュックと並べて玄関に出しておいた。

そして、いつ帰ってきてもいいように新しいシーツと枕カバーをセットしてある東のベッドに横たわった。

ここかな？
ここじゃない？　徒歩五分っていってたから
真っ暗だね　脱衣所もない
早く脱ぎなよ
うわっ　冷たい
ほんと　冷たい　でも冷泉《れいせん》ってやつかも
なんか普通の川っぽくない？
でも　硫黄《いおう》臭いじゃん
これ　あめんぼじゃない？
あめんぼだ
ほら　橋の上のひとが　おれたち指差して笑ってるよ

ここ川だよ　露天風呂はもっと上のほうなんだよ
あがろう
ああ　恥かいた　死にたいよ
あんたが　ここだっていうから
あんたでしょう　たしかめもしないで　さっさと脱いじゃって

わたしは目を閉じたまま笑った。目尻から涙が流れた。なぜ、亡きひとを思い出すように、東と共有した時間と空間が頭のなかに浮き沈みするのだろう。東はいなくなっていない。一週間後にはいなくなる、といわれているが、いまはいる。いまは、生きているのだ。でも、なぜ、今日が最期の入浴なのだろう。納得がいかない。おかしい。

「おかしい！」と叫んで、わたしはベッドから起きあがった。東のそばにいるのもつらいが、東から離れていると、過去をふくんだ現在がわたしにのしかかってくる。

わたしは町田敦子さんに手紙を書いて、ファックスした。

一、二時間眠ろうと思ったけれど、眠れないのでそちらに向かいます。精神、肉体共に疲れ過ぎると眠れません。いまの苦痛は、自分でもわけがわかりません。

丈陽は敦子さんが買ってくれた新しいベビー用品に囲まれていた。胎内音《たいないおん》が聞こえるミッキーマウスのぬいぐるみ、ディズニーのキャラクターが〈イッツアスモールワールド〉のメロディーと共にプラネタリウムのように壁に映し出される玩具《がんぐ》、黄色いクマのついた把手《とって》をひっぱると青、黄、赤の電気が点滅し、〈メリーさんのひつじ〉〈きらきら星〉〈おおスザンナ〉の三曲が順に流れるプレイジム、ムーミンのクーファン、湯船に浮かせた状態で入浴させることができるベビーバス、丈陽が来ている服も真新しいカバーオールだった。

「これ、ぜんぶでいくらしました？」

「いいんです」

「でも……」

長年のつきあいで、敦子さんも康さんも一度いったことはぜったいに引っ込めない性格だということを知っていたので、わたしのほうが黙るしかなかった。なにか、べつのかたちでお礼するしかない。

わたしは丈陽を抱いた。やはり重さを感じる。そのことだけで号泣《ごうきゅう》しそうなほどうれしかった。この子は五日前より重くなっている。口をぽかんと開けていることが多かったのに、口を結んでわたしの顔を見ている。

「丈陽くん、元気でいましたか？　元気でいましたか？」

すべての感情があふれそうなので慎重に声を出した。

「やっぱり男の子ですね。乱暴にすると喜びます」と敦子さんが右手で頭を支えて高くあげ、ひゅーといいながら下に落とすと、丈陽は声をたてて笑った。

「これで腰ががたがたになってしまったので、手抜きの遊びかたを発見しました」

敦子さんはソファに座って丈陽の頭を支え、「低い、低い、低い」といいながら丈陽を逆さにした。

丈陽は笑わなかった。

「殿、手抜きはだめでごじゃいまちゅか」敦子さんがふたたび立ちあがって腕でジェットコースターをやると、さっきよりも激しく笑った。

「赤ちゃんに赤ちゃん言葉で話しかける大人ってどうかしてると思ってたけど、やっぱり赤ちゃん言葉になっちゃいますね」

「やってみます」と丈陽を受け取って真似《まね》してみたが、トイレのたびに東を抱きかかえているせいで腰痛が限界に達していた。落下の速度が足りず、丈陽は笑ってくれなかった。

「そろそろ行こうか」康さんが立ちあがった。

「クリスチャンというわけではないんですけれど」

敦子さんがくれたつつみを開けると、ロザリオが入っていた。わたしはそれをその場で身につけた。


康さんは車を停めに行き、わたしと敦子さんは病院の階段をあがった。敦子さんは院内の空気を吸わせまいとするかのように丈陽を胸に押しつけていた。

面会謝絶《しゃぜつ》の札がかかっている四一一号室に入ると、東はベッドに寄りかかっていて、東の妹の豊嶋志摩子さんと大塚さんがソファに座っていた。

「わぁ、こん子が丈陽くん？　かわいかねぇ、ちょっとおばさんにだっこさせて。おばさんは三人も男の子を育てたっちゃけんね」

丈陽は敦子さんの手から志摩子さんの手に渡り、わたしの手に戻ってきた。

東は両手を差し伸ばした。

「だいじょうぶ？」

東がうなずいたので、丈陽を渡した。

「丈陽くん。大きくなったね」

東は右腕に丈陽の顔を載せ、むくんだ左手の指を丈陽の右手に握らせた。

丈陽は東の顔を見あげて、あーっ、あーっとしゃべりはじめた。

「うん……うん……それで？」東は丈陽の喃語《なんご》に相槌《あいづち》を打った。

「しゃべってるね」わたしはベッドに腰かけて丈陽の前髪をなか指とひとさし指で撫《な》でた。

「血じゃないんだよね」東が丈陽の顔を見下ろしたままつぶやいた。

志摩子さんはうなずいてからいった。

「ユッカ、わたしは帰るけんね。またくるけんね」

「血じゃないんだよ」東は丈陽から目を逸《そ》らさずに志摩子さんを見送った。

志摩子さんと入れ違いに康さんが現れた。

「芥川賞は獲《と》れそうですか？」東はいきなり訊《き》いた。

「文春の担当者は意識しているようですけど、今度の『きれぎれ』は好き勝手に書いたので、選考委員のひとは好きじゃないかもしれませんね」

「今回だめだったら、こういうのはどうですか？　赤ちゃんを連れて逃げるんです。頭のおかしな女が追いかけてくる。どこまでもどこまでも追いかけられて、どこまでもどこまでも逃げるんですよ。赤ん坊との逃避行《とうひこう》」

佐藤先生が入ってきた。

「あっ、これが柳さんの息子さん？」

「丈陽です」照れくさくて、顔をあげることができなかった。

「東さん、元気の素《もと》がきたじゃない」佐藤先生はこれ以上ないというくらいの明るい声を出した。

陰湿なところや尖《とが》ったところがないひとなど童話のなかにしか存在しないと思っていたが、このひとに出逢って考えをあらためた。佐藤先生は周囲を塗り替えてしまうほどの天性の明るさを持っている。

「この子、太った。重いっ」東が笑いながら顔を歪《ゆが》めた。

わたしは東から丈陽を抱き取り、敦子さんに渡した。

「そろそろ失礼しようか」と康さんがいって、東にミッフィーのアルバムを差し出した。

「これ、二十三日に丈陽がうちにきてから、毎日撮っているんです。一週間でも驚くほど成長するから、成長の記録としてもいいんじゃないかと思って」

東はアルバムのページをめくった。一枚一枚の写真に見入り、最後の一枚を見ると、また頭からめくり直し、佐藤先生がきているというのに顔もあげなかった。

「不思議な光景だね。目の前に丈陽くんがいるのに、丈陽くんの写真を見てる」佐藤先生は笑った。

「もう、だいじょうぶ。これだけかわいければ、籠《かご》に入れて棄《す》てても、だれかに拾われて、たいせつに育ててもらえる」東は写真のなかの丈陽を指でなぞりながらいった。

「なんてことを」佐藤先生がさらに笑った。

「じゃあ、丈陽は帰るよ」立ち去りづらそうにしている町田夫妻に代わって、わたしがいった。

「また、いつでも連れてきます」と敦子さんはいい、わたしは三人といっしょに病室を出た。

「エレベーターは密室なので、階段のほうがいいですね」と敦子さんは丈陽の口を胸で塞《ふさ》ぐように抱いて、四階から一階まで早足で下りた。

わたしは車が動き出すまで見送って、階段を駆《か》けあがった。


「風呂に入ろう」

大塚さんがナースボタンを押した。看護婦にカテーテルが入っている鎖骨《さこつ》下の消毒と防水の処置をしてもらっているあいだに、わたしは浴槽《よくそう》をざっと洗って、錆《さび》の臭《にお》いがしなくなるまで湯を出しっぱなしにし、ときどきてのひらで温度をたしかめながら湯を溜《た》めた。

「どれにする？」布団の上に入浴剤を並べた。

「これか、これだな？」東は檜《ひのき》と薔薇《ばら》とカモミールの入浴剤を指差し、「これ」と薔薇を手に取った。

わたしは乾燥した薔薇が入っている袋を湯のなかで揉《も》み、においが弱いので、もうひと袋湯に浸して揉んだ。そして短パンとTシャツに着替え、髪をバレッタでまとめて浴室から出た。

大塚さんも腕まくりをし、ズボンの裾《すそ》を膝上まで折り畳《たた》んでいた。

「どうせなら、ソープレディーみたいな格好で洗ってもらいたかったかな」と東が笑い、大塚さんとわたしも笑った。

風呂場で服を脱がせて、腋《わき》を支えて湯に浸かってもらった。

いちばん垢《あか》が溜まっているサージカルテープのまわりをひとさし指でこすると、垢が湯の表面に浮きあがった。

「一回じゃ無理かもね」

「また、何日かあとに入ろうよ」と東がいった。

「髪はどうする?」わたしが訊いた。

「つぎにしよう」

「あったまったら洗うけど、どう?」

「うん、あったまった」

右手を握りしめると、東はゆっくり湯船をまたいで風呂椅子に座った。

「風邪《かぜ》ひくとたいへんです。急ぎましょう。わたしは前を洗うので、大塚さんは背中のほうをお願いします」

わたしと大塚さんは同時に東のからだを洗った。おかしさと哀《かな》しさが同時にこみあげてきたが、不思議と羞恥心《しゅうちしん》は湧かなかった。老人介護《かいご》をしているというような意識でもなく、大塚さんがどんな気持ちで洗っているのかはわからないが、わたしのなかでは丈陽の沐浴《もくよく》とすんなりつながっていた。わたしが性を意識しないで性器を洗えるのは、東と丈陽のふたりしかいない。父や弟でさえも、性を意識して互いに赤面するような気がする。一週間の命だと宣告された末期癌の男と、生後二ヵ月の赤ん坊——、血のつながりのないふたりの男がどんどん接近し、一体化していく。

東は丈陽が生まれたときに、「赤ちゃんがぼくを迎えにきた。だれかが生まれて、だれかが死ぬ、世の中はそういう風にできているんだ」といったが、この沐浴も、丈陽と東が交代する神聖な儀式なのかもしれない。

東のからだをバスタオルで拭き、新しい下着とパジャマに着替えさせた。

東はベッドに横になり、冷蔵庫に目を向けた。

「なんか冷たいもの」

「なににしますか? 麦茶、ヤクルト」と大塚さんが訊《き》いた。

「ヤクルト、飲んでみようかな」東がいった。

大塚さんがヤクルトの蓋《ふた》を開け、東の口もとまで持って行った。

東はひと口飲んで、咳き込んだ。

「強烈な味」

「ヤクルトが?」わたしが訊いた。

「きっと、おれの舌が変なんだ」

「でも、ヤクルトって癖《くせ》のある味ですよね」と大塚さんが東の味覚をかばった。

東が飲み残したヤクルトを飲んでみたが、その強烈な味を想像することすらできなかった。

佐藤先生が病室に入ってきた。

「入院してきたときと比べると別人みたいですね」

「イリノテカンは、来週ですか？」

「今日の検査の結果が明日出るから、それを見て、いけそうだったら木曜日から」

東は時計の針を見ながらいった。

「午後五時から十二時まで、点滴を空けてほしいんです」

「仕事ですか？」

「ええ。それから、一時帰宅させてもらえないでしょうか？」

「ここだと詩的なイメージが湧《わ》かない？」

「三日間」

「一泊にしようよ。つぎに二泊って増やしていって」

「気分が悪くなったら、すぐ帰ってきます」

「がまんしない？」

東は子どものようにうなずいた。

「最初は一泊、つぎの週二泊」佐藤先生がいった。

「最初は二泊で、つぎの週一泊」すかさず東がいった。

「なんで？　逆じゃない」

「絵本を描くんですよ。その企画書っていうか、こういう話と絵ですっていう、出版社のひとが見るシノプシスをつくらなきゃいけないんです。今度の土日」

「土日……今日は月曜か……六日の木曜からイリノテカンをやろうと思っているんだけど、そうだな、金曜に診察させてもらって……でもやっぱり様子を見たいから月、火でどう？　十日に行って十一日に戻ってくるというスケジュールで」

「え？」

「二、三ヵ月くらいですかね」

「命ですよ」東は笑った。

「もっと長く生きるために、イリノテカンをやるんじゃない」

「そうですね」

「ファイト！」といって、佐藤先生は病室から出て去《い》った。

そして大塚さんも帰り、東とふたりきりになった。

「朝からなんにも食べてないや。ちょっと食べるね」わたしはコンビニで買ったおにぎりのパックを破いた。

「それ、食べてみようかな」

「ほんと？」

「一個いい？」

「いいよ。鮭《しゃけ》、たらこ、どっち？」

「じゃあ、鮭」

おにぎりに海苔《のり》を巻きつけて渡すと、東は大きな口を開けてかじりついた。

「イリノテカンがはじまるんだったら、食べないと。食べないと副作用が強いって、あの医者がいってたじゃない」

強迫観念でものを食べるのは良くないが、いま、東は、咀嚼《そしゃく》し、飲み込んでいる——。

夜中おなか空くと困るから　ごはん残しとこうよ
おかずなしで　ごはんだけ？
お茶漬《ちゃづけ》にするんだよ
お茶漬か　いいね　じゃ　わたしも残そうっと
あんたはなんでもおれの真似《まね》して
でもさ　結局眠っちゃって食べないんじゃない？
かもね
朝　旅館のひとに見つかったら恥ずかしいからやめようよ
隠しとくからだいじょうぶ
どこに隠すの？
わたしたちはこたつで向かい合って仕事をし、モーニングショー、ワイドショー、昼メロ、ニュース番組、ドラマ、通販番組——、起きているあいだはテレビをつけっぱなしにしていた。気にかかる事件が報じられたり、気に入っている俳優が登場したりすると、書く手を休めて画面に見入り、そのことについて話をした。話がはずむと、夕食のときに取っておいたごはんをお茶漬にして食べ、食べ終えたら露天風呂に行き、湯に浸かりながらまた話すのだ。

「そういえば、小渕が倒れたってよ。タクシーのラジオで聴いた」

「ほんと？　テレビつけて」

この病室に移ってはじめてテレビをつけた。イヤホン式のテレビだったが、音量をあげて点滴スタンドにイヤホンをぶら下げると、ふたりで聴くことができた。

青木官房長官の記者会見の様子が中継されていた。

「首相の病状、検査結果について申しあげる。病名は脳梗《こう》塞《そく》だ。現在、集中治療室において治療を受けている。つぎに首相代理について申しあげる。本日九時、内閣法九条に基づき、わたしが首相臨時代行の指定を受けた」

わたしはテレビの画面からカレンダーに視線をあげた。この部屋のカレンダーも桜の絵だが、テニスコートもひとも描かれていない、ただ一本の満開の桜だった。今日は四月三日月曜日――、ひと雨降ったら桜は散り、土日までは持たないだろう。小渕首相もこの一週間が山のような気がする。

わたしは東が中学生のときにはじめて演出し、わたしが小学生のときに愛読していたO・ヘンリの「最後の一葉」の物語を思い出した。

肺炎《はいえん》をこじらせて、助かる見込みは千に一つだと宣告された画家志望の少女はベッドから窓の外を眺《なが》めている。煉《れん》瓦《が》造りの建物の壁には一本の古い蔦《つた》が這《は》い上《のぼ》っている。秋風が蔦の葉をはたき落とし、少女は最後の一葉が散ったときに自分の命も落ちるのだと信じ込んでいる。嵐《あらし》の夜、少女の身を案じた売れない老画家がその壁に葉の絵を描く。少女は最後の一葉が風雨に堪《た》え壁にしがみついている様を見て、生のほうに顔をあげる。しかし、老画家は肺炎で絶命するという有名な物語だ。

雨が降って桜が散ってしまったら、小渕首相の心臓が停止してしまったら――、わたしはこの世界すべてを絵のように静止させて、わたしと東由多加の生を桜に塗り込めてしまいたかった。

東は配膳台の上のバインダーを指差し、わたしはバインダーと鉛筆を手渡した。

東の手のなかの鉛筆が動きはじめた。

メインキャラクター

○ケンタローウー

0歳のいちばん可愛い丈陽のプロフィルをコンピューターで1〜6歳まで描きわける（それをさらに柳さんが描写する）

○おじいさん

Ⓐ柳さんを70歳代の老人にしてみる

Ⓑ柳さんと丈陽をたして2で割った老人

Ⓒ東のいちばん可愛い写真と丈陽＋$\frac{1}{2}$

がんセンターに入院しているときは、判読できないほど文字が乱れていたが、レントゲンや血液検査のデータは明らかに悪くなっているにもかかわらず、転院してからのメモはすべて読み取れるし、声のかすれも以前よりはひどくない。

「コンピューターグラフィックスで行くの？」

「メインはね。でも『葉っぱのフレディ』は写真だけど、文字のところに、葉っぱのイラストが入ってるでしょう。あれくらいは描いてよ」

　なんとしても絵本はかたちにしたい。しかし、佐藤先生には数日以内に意識を失うだろうといわれているのだ。かたちにするためには、東から物語を聞き出し、その断片をつなぎ合わせてふくらませるしかないのだが、あまり急《せ》かせると、知らされている以上に悪いのではないかという疑いを強めてしまいかねない。

　東は黙って鉛筆を動かしている。

①丈陽くんを1歳〜6歳まで　コンピューターで顔、
　姿をユーモラス版で描きだす
②丈陽が　1歳から6歳まであらゆる方法で　月に昇
　ろうとして失敗するコンピューター図
③おじいさんの絵を柳が描く

とわたしの顔を見ながら描いた顔に眼鏡と髭《ひげ》を加えた。

「そんなにあご長くないよ」わたしは笑いながら抗議した。

「三日月」と東は笑い、笑いを消さないで新しい紙に文字を書きはじめた。

　その日の夜、いつもお世話
　お母さん
　ケンタロウくんはまだ生まれていませんが、去年の暮れにすでに名前がつけてありました。男の子だということはわかっていましたし、お母さんのお友達が洋服を買いそろえてるためにふべんだから早く教えてくれとせがまれたからです。
　ケンタロウくんの出産予定日は2月1日でした。1月に入って初7日がすぎたら　お母さんのお姉さんがお世話に
「おじいちゃん！　もしかしたら、陣かも知れませんよ！」
　おじいさんは気が転転していました。眼がねをかけ保険証とサイフを確認し、初7日がすぎてから　いつ入院してもいいように仕度だけはすませておいたが、

いざとなってみると何もかもて必要だった。
ガレージの扉を開けて　二度、三度とエンジンをふかした。やっとの思いで母親を後部座席にのせて

東はバインダーを膝《ひざ》の上に置いて咳《せ》き込んだ。

初七日というのは死後七日目のことだよ、と訂正しようと思って、死後という言葉を口にするのがいやだったし、それ以上に、この文章のたどたどしさがショックで声を出すことができなかった。東由多加というひとは、高校を退学処分になって役者を志していた十六歳のわたしに、「ぼく自身には書く才能はないけれど、ひとの才能を見抜く才能だけはある。あなたはぜったいに書ける。役者より作家になったほうがいい」といってくれた作家〈柳美里〉の生みの親なのだ。戯曲十作、小説十一作、すべての作品の第一読者で、ここが書き足りない、ここはこういう方向で書き直したほうがいいと意見をいい、ときにはわずか二行だけ残して五十数枚すべてに赤マジックでバツをつけ、激高したわたしとつかみ合いの喧嘩《けんか》になったこともあり、もう二度と連絡しない、顔も見たくないし声も聞きたくないと百回以上絶交しながらも互いに連絡を絶つことができなかった作家〈柳美里〉の育ての親なのだ。
わたしは絵本のあらすじを読みながら、はじめて東由多加の死が近いことを意識した。
東は十二の四角を書いて、絵本のページ立《だ》てをはじめた。

車でおじいさんが　日赤病院へ運ぶ
うろたえる　まさか看護婦してことするか、もしかしたら昼頃までには生まれるかも知れないとい　おじいさんうろたえられる

雪が降る
オギャアギャ
(がん)

書斎で何をしてやろうかと考える
なにを遺《のこ》すかを考える

でもおそすぎる

友達のなまえ
おじいさんは毎日毎日何を残そうかと考えます
何も思いつきません

いいじゃありませんか　記憶もなにも
何んにも残してあげられない

そして枠外に、〈てってい的リアリズム〉と書いて、大きな目玉のような絵を描き、最相葉月さんが贈ってくれた十二色のポスターカラーマーカーのなかからオレンジ色を抜き取って、絵本の総字数だろうか、〈1700000　1800000〉と書いて首を傾《かし》げた。

ノックの音が聞こえて、ニュース23の米田浩一郎さんが入ってきた。

「顔色が良くなりましたね」

「いやぁ」東は描きかけの絵をてのひらで撫《な》でた。

「それは顔の絵ですか?」米田さんが訊《き》いた。

「絵本をね、絵本を描こうと思って」東は咳き込み、わたしは背中をたたいた。

「シノプシスを立てているんですけど、なかなか」声を発すると咳が出てしまう。

「どういう絵本なんですか?」

「あの、ぼくが彼女を連れて行ったでしょ。出産のときに。大あわてで病院に。そしたら、雪が降ってきたんですよ。子どもが生まれるまで。しんしんと。窓が大きいんですよ。日赤病院の待合室」

東はそのときの記憶をスケッチしはじめた。

「雪がどんどんどんどん降ってきて、なんていうのかな? 自分を迎えにきてるっていうか」

「雪がですか?」

「生まれてくる子どもが。ぼくを迎えにきた。そしたら向こうのほうで、生まれましたよって声が聞こえて。廊下を通って行ったら、新生児室? たったひとりしかいない。ぽつんとひとり。子どもに光が当たっていて、実に不思議な。まだ、生まれて三十分くらいかな? それを見てショックを受けて。だから生まれ代わりだと」

「丈陽くんが?」

「どっかでね。交代するから、なにかを遺《のこ》してやりたいと思うんだけど、なかなか遺せるものがないですねぇ。それで、絵本だったら、いいかなって」

佐藤先生が入ってくる。

「夜は眠れた？」

「三回起きました」

「で、起きたあとはちゃんと眠れた？」

「はい」

「おしっこは？」

「すこしだけ。頻回《ひんかい》」

「咳もおさまったみたいだね」

「水を飲むと」

「出てくるのね」

東はうなずいた。

「ちょっと胸の音を聴かせてもらえる？」

と腰をかがめ、東の病衣のなかに右手を入れて聴診器《ちょうしんき》を当てた。

「吸って、吐いて」

背中にも聴診器を当てる。

「ちょっとごめんなさい」

ともう一度胸の音を聴く。東の肺になにか異変があったのだろうか――。

佐藤先生は東の左手の甲にてのひらを重ね、東の横顔をそっと見た。

「左手、痛い？」

「いや、痛くない」

「昨日はお子さんに逢《あ》えて、すこしは元気になったかな？」

「お子さんって、ぼくの子じゃありませんよ」東が笑いをふくんだ声でいった。

「うん。柳さんの息子さん。お子さんはハンサムになってたし」

「お風呂にも入って」わたしも会話に加わった。

「そうそう、それを聞こうと思ったの。どうなった？　風呂の顚末記《てんまつき》は。ちゃんと入れた？」

「はい。お風呂に入って食欲が出たのか、おにぎりを一個食べたんです。鮭《しゃけ》のおにぎり。それで、ずっとこういう調子ですからね」わたしが顚末を話した。

「風呂もエネルギーくれるのかなぁ」

佐藤先生は東の左腕を上から下にしぼりあげるようにマッサージした。

「リンパ液が戻らないから腫《は》れてるんだけど。痛くない？」

東も先生の横顔を見た。

「きょうだいみたいですよ」

「東さんとぼくが？」

「ええ」

「そしたら、うれしいですね」佐藤先生は笑った。

「サル」

「サルのきょうだい？」

東はうなずいた。

「意地悪だよなぁ」と先生が東の腕を腕で押すと、東は倍の力で肘鉄《ひじてつ》をした。

「絵本を書いてるんですよね。ぼくなんか論文の締切りに追われて、締切りっていやなもんですね」

「ほんとに」わたしが笑った。

「東さんの絵本は締切りがなくていいですね」

「ありますよ」東が笑った。

「あるんですか？」

「命の締切りが」

佐藤先生は返事に窮《きゅう》して沈黙した。

「明日からはじめるのは、ピシ？」東が訊いた。

「ピシバニール。局所麻酔剤で溶かして入れるんだけど、免疫賦活剤《めんえきふかつざい》なんですよ。要は肺に溜《た》まった水を抜くと、また水が出てきますね。だから、水を抜いたあとに炎症を起こす薬をわざと入れちゃうんです。そうすると、ちょっと痛いんだけど、肺がのりみたいにくっついちゃって、今度は水が溜まってこないというやりかたもできるんですね。炎症を起こす場合は肺のなかに入れちゃうんだけど、まず明日は、筋肉ではじめてみて、それで胸水が減ってきてくれないかと。癌性腹水《がんせいふくすい》の患者さんで、これで引いてくることがあるから」

「イリノテカンは明後日《あさって》からですね」東がいった。

「治療計画を若干《じゃっかん》変更しながらはじめます。がんばりましょうね」と佐藤先生は出て行った。

「あの、ひとの良さはやや異常だけど、陰日向《かげひなた》がまったくない」そういいながら、東はスケッチブックをめくった。

「原画のイメージですか、これは」米田さんが訊いた。

「いや、絵は描かないんですよ」

「どなたかに、頼むんですか？」

「彼女にやらせようかなと。うまいんですよ」

「柳さん、絵、描くの？」

「うまくはないけど」

「いや、文章よりもうまい。リアリズム」

「暗いんですよ。だから、絵本に適《てき》さない」

「でも、東さんの物語によって絵が変わってくるかも」

「早く書いてよ、一稿《こう》を」

「絵のイメージはあるわけ。赤ちゃんが光のなかにつつまれている、っていうのははっきりさ」東は帽子とマフラーを身につけステッキを持ってベンチに座っている老人の姿を描きながら、「雪が降っているなかで、おじいさんが待っている。誕生を。イメージはいっぱいあるんだけど」と鉛筆を持ったまま咳き込み、「でも、無理だったら出版しなくてもいい。コピーで」と鉛筆で雪を降らせながらつぶやいた。

「えっ、なんで?」

「出版するに価しないものになる可能性も高いじゃない。ひとに読ませられない」

「書いてよ。書いてくれれば、うちに帰って、ワープロで打ち直してくるから」

「……で、なにしろ、おじいさんしかいないわけ。その日、お母さんが陣痛《じんつう》になるから、おじいさんはあわててシトロエン、車はシトロエンにしよう」

「シトロエンがいいの?」

「シトロエンってどんなの?」東が笑いながら訊《き》いた。

「わからない」わたしも笑いながら答えた。

「フランスの車ですよね」米田さんがいった。

「シトロエンのポンコツをあわててガレージから出して、日赤に向かうの。いままで癌だっていうことを黙っていたんだけど」

「おじいさんが癌なの?」

東はうなずいた。

「いつ、癌だっていうことを打ち明けるの?」

「打ち明けないほうがいいかな? おじいさんが机に向かって、なにかしている。でもお母さんはおじいさんがなにをしているかわからない。実は孫のために、なにを遺《のこ》そうか一生懸命考えている。ちょうど子どもが、言葉をしゃべりはじめたときに、死ぬわけだよ」

「おじいさんが?」

「おじいさんと子どもが片言《かたこと》で会話できるようになったときに。癌。癌で。そしておじいさんは童話を遺すという展開になっていくんだけどね。月に行かせるべきか……」

「おじいさんは童話作家なの?」わたしが訊いた。

「ううん。リタイアしてる。なに屋さんがいいかな。煙草ちょうだい」

「煙草？　わたしメンソールしかないよ」

「ハイライトあるよ、どっかに」

「どこに？　ないんじゃないかな？」

　東はクローゼットを指差した。

「一本だけだよ」わたしはクローゼットに吊《つ》るしてある東のコートのポケットからハイライトを取り出し、「一服吸ってやめなよ」と口にくわえさせて火をつけた。

「プライベートなものにしかならなかったら、出版しても意味ないしさ」と東は口にふくんだだけの煙をふうっと吐いた。

　わたしはティッシュに水をふくませて配膳台の上に置いた。

「プライベートな内容でも、読者のこころに響けばいいんだよ。イリノテカンをやると、具合が悪くなるかもしれないから、早めに書いてよ。その本が出版に向けて早く動き出すようにさ。でも絵は自信ないな。わたしとあんたの思い入れだけだったら、それこそコピーでいいわけで、出版するんだったら、絵はプロに頼んだほうがいいと思う。絵描きを選ぶのにも時間がかかるし、早くストーリーを書いてもらわないと」

　東は煙草を持った右手を差し出し、わたしはティッシュを渡した。

　東は揉《も》み消すふりをして灰だけ落とすと、また口に持っていった。

「そんな吸っちゃだめだよ」

　東は微笑《ほほえ》みながら煙草をティッシュでくるみ、わたしはそのティッシュにさらに水をこぼして屑《くず》入《い》れに棄《す》てた。

「……月に行く。現実にあるかもしれないでしょ。ない？　無理？　十年後に」

「きっとスペースシャトルの券は売ってますね」

「二千万？　千五百万くらい？　なんとかして、あっちこっちに借金させて。月にこさせようと。丈陽がだよ。自分の力でだよ。おれの友だちに金借りて。それかほんとの話を、そのまま書いちゃうか。実際起こった話を童話風に。変な幻想《げんそう》性をきっぱりやめて」

「丈陽くんが月に旅行する話なんですね」

「前半は、ぼくのこころにほんとうに起こったこと、後半はぼくの死後、月にいるぼくに丈陽が逢いにくる話なんですけどね。うーん……声が……しゃべれないからもどかしい……なにをいってるかわからないでしょう」

「いや、だいじょうぶですよ。ぼくにはちゃんとわかりますよ」

「ほんとうに？」

「ええ」米田さんはうなずいた。

東はなにも映っていないテレビの画面に目をやった。

「小渕がたいへんですね」

「けっこうたいへんみたいですよ。昏睡《こんすい》状態で」

「報道しませんね。報道量がすくない」

「情報があんまり入ってこないんですよ。入院してから丸一日くらい発表がなかったし」

「びっくりものですね」

「脳の病気で厳しいみたいですよ。先週までは有珠山《うすざん》噴火のニュースで世間は大騒ぎでしたしね。今度はこっちで」

なにかの映像を呼び起こそうとでもしているかのように、東は画面を凝視《ぎょうし》している。

「やっぱり究極《きゅうきょく》としては死なんでしょうね。どこまで行っても。死がもたらす波紋《はもん》みたいなものがあるでしょう……波紋の行方《ゆくえ》が見えない……それが見えちゃえばなんとでもなるんでしょうけれども……たとえば彼女ひとりで丈陽を育てられるかどうか……でも……どんなひとも全員死ぬわけで、なんの波紋も起こらないと思うときもあるんだけれど、その葛藤《かっとう》がね……一国の首相でも、死んだら大きな波紋が日本を覆《おお》うかといったらそうでもないわけでしょう。じゃあ、なんにもないかっていうと、家族のなかでは、派閥のなかでは、起こるんだろうし……波紋だね」

　東は咳き込んだが、からだを動かすと涙がこぼれてしまうので立ちあがれなかった。

「ぼくが死ぬことによって元気になるひと、っていうとおかしいけど、強くなるひとがいると思うんですよ。自分の生きかたを足もとから固めなおすっていうか……だけどふらつくひとがいないか……でもそれは傲慢《ごうまん》なんです。かなり傲慢なんです。でもまぁ……最高に良かったのは丈陽ですよね。みんながふらつくときにきっと支えになってくれる……タイミング良く、一年前でも一年後でもなく、ちょうどいま、使命を担って生まれてきた気がする……丈陽に、困ったときに丈陽の力になってくれる友だちの名前を遺そうと思ったんだけど、みんな歳《とし》とってて役に立たないんじゃないかと……遺書を贈るのもおかしいしね……贈るだけのお金も財産もないし……絵本を遺して、丈陽に、おれと入れ代わりだよ、チェンジだよって伝えることしかないのなぁ……丈陽は迷惑かもしれないけど……交代……」

わたしは堪《こら》え切れずに落涙《らくるい》した。

東はわたしに向き直った。

「でも、時間が経《た》てばだんだん、慣れてくる?」

「なにが……」わたしは眼鏡《めがね》をはずした。

「堪《た》えられそう?」

「なにが」その問いには答えたくなかった。

「いや、おれが死んでもさ、丈陽とふたりきりでやってけそうな気にしだいになってくる?」

わたしはトレーナーの袖《そで》で涙を拭《ぬぐ》った。

「寸法が長ければ長いほど……なんとかおれも二年くらいがんばってみて」

口から嗚咽《おえつ》がこみあげるのを抑えることができなかった。二年がんばることができたらどんなにいいだろう。一ヵ月、一週間すら難しいといわれているのだ。

「案外いけるかもよ、おれ。ひと月前は、これはもうたいへんだ、持たないって、ちょっと無理だなぁって思ってたんだけど。とにかく肺しだいだよ、肺、肺。肺がどれだけがまんしてくれるか。佐藤先生、一日に何度もきてくれるし、つきっきりだからだいじょうぶなんじゃないかな?」

「佐藤先生はさじを投げたりしない。なんとかって本気で思ってくれてるよ」

「泣くのはいいんだって」

「え?」わたしは泣きながら笑った。

「からだにいい。すべてにいいんだってね」東はどこまでも微笑《ほほえ》んでいた。

「あんたは泣かないね」

「おれまで泣いてどうするの」

東はわたしの泣き顔から視線を逸《そ》らして、今度は米田さんに向かって笑った。

「いまキュー出してもらえれば、おれも泣くよ」

「じゃあ、今日はこのへんで失礼します。また近々おじゃまします」

東は咳き込みながら右手を高くあげ、米田さんは出て行った。

「ニュースやってるんじゃない? テレビつけて」

わたしは鼻をかんで一分だけ時間稼《かせ》ぎをした。小渕首相の容体が急変している可能性もあるが、テレビをつけないわけにはいかない。

「総理の容体について申しあげる。総理の意識レベルは変わらない。人工呼吸管理をつづけている。病状は昨日午後四時の会見となんら変わっておりません」

「歯をみがこう」東は青木官房長官を見ながらいった。

「歯？」

「口から黴菌《ばいきん》が入って、炎症を起こすって室先生がいってたでしょう。イリノテカンをやったら、また白血球の数値が下がって千を切る可能性もあるじゃない。普通のひとには、なんでもない炎症が、命取りになるかもしれないからさ」

歯ブラシに歯みがきをつけて渡すと、東は歯をみがきはじめた。

「退院したら、あの歯医者に行こうよ」

「外苑前の池端歯科クリニック？」

「うん」

今後歯の治療を受けることは、わたしにはあり得るが、東にはあり得ない。東とわたしはあり得るかもしれないことを、どうしたら実現できるか調べ、話し合い、その可能性に向かって闘病してきた。しかし、あらゆる可能性が打ち消されたいま、あり得ない話をあり得るかのように話す東に、わたしはただうなずくしかないのだ。

東は丈陽のアルバムに手を伸ばし、ゆっくりとめくっていった。

「丈陽、しっかりしてきた。少年の原型。父親のイメージがはなはだしく悪いんだけど、でも意外《いがい》とどっちにも似ず、りりしいかも。一歳にならないで、三ヵ月にならないでこれだけ表情を持ってる。びっくりだね」と顔写真を一枚抜き取って、写真立てを指差した。

わたしはその一枚を写真立てに入れた。

「貸して」東が手を伸ばした。

わたしは差し出した。

「美青年にはならない。ただし、男が惚《ほ》れるっていうの？海軍の制服を着せたい」

今度はわたしが手を伸ばし、わたしたちはその写真を代わり番こに眺めた。最前線の塹壕《ざんごう》のなかで、つぎの一斉射《いっせいしゃ》撃《げき》までの束《つか》の間《ま》、膚《はだ》身離さず持っている我が子の写真を見る兵士はこんな気持ちなのかもしれない。目もこころも、写真の静止した樹木《じゅもく》の影と乳母車に斜めに降り注ぐ陽光のなかに入っていき、すると時計の秒針と東の息の音以外は聞こえなくなり、いまの時空とはべつの、まどろむような春のなかへ漕《こ》ぎ進んでいく気がした。そこには丈陽とわたしと東由多加しか存在しない。そして東は癌ではないのだ。時計の音と東の息の音は静寂に吸い込まれるというよりも、静寂の水かさを増していき、一斉射撃の緊張を高めていった。

四月五日水曜日、午前十時。ピシバニールを打ちに初対面の医師が病室に入ってきた。東由多加は筋肉注射を打たれるということよりも、主治医の佐藤温《あつし》先生ではないということに眉《まゆ》をしかめ、その医師が病室を出た途端《とたん》に床を指差した。

「あぁ、なんか落ちてるね」わたしはそれを拾った。注射器のキャップのようだった。

「なぜ、拾《ひろ》わない」わたしが落としたとでもいうような非難めいた口調だった。

「忘れたんじゃないの？」

「なぜ、忘れる」

「忙しいからでしょう」

東は愛想《あいそ》が尽《つ》きたような顔をして頭を振り、佐藤先生が入ってきても喧嘩《けんか》のあとのような雰囲気は変わらなかった。

「どうですか、調子は」

「昨日より悪いです」

「呼吸苦は？」

「呼吸苦はないけれど、精神的に」

「落ち込んでる？」

東は深くうなずいた。

「痛みはどうですか？」

「飲むときにせきが出て、のどが……」

「でも、ここにきたばかりのときよりはずっと良くなってるように見えるけどな。飲むのも話すのもふとしたきっかけでできるようになるかもしれないし。いっきには良くならないから、あせらないでやっていきましょうよ」と佐藤先生は東のてのひらを両手でつつんだ。

わたしは佐藤先生の滑《なめ》らかで柔《やわ》らかい嘘《うそ》を耳にするたびに苦しくなった。東はむかしから病院でだけは死にたくないといい、癌《がん》を告知されてからも、死が間近に迫ったら、うちに帰って自分のベッドで死にたいと洩《も》らしていた。嘘を嘘のままにしておいたらこのベッドで——、わたしは東から目を逸《そ》らして点滴の黄色い液体を見あげた。

十一時に大塚さんが交代しにきてくれた。

東はわたしの顔を見ていった。

「なにか食べてみようかな?」

「なにならば食べられそう?」わたしはすかさず訊いた。

「韓国料理」東はメニューをひらく仕種《しぐさ》をした。

わたしは東の顔を見ながら書かれていないメニューを読みあげた。

「ユッケビビンバ、チヂミ、クッパ、サムゲタン、キムチチゲ、石焼ビビンバ、ユッケジャン」

東は首を傾《かし》げている。

「チャプチェ、あわびのおかゆ、コムタンスープ」

東の目がわずかに細くなった。

「あんたがおいしいおいしいって飲んでた牛の尻尾《しっぽ》のスープだよ。骨もいっしょに溶けてるから栄養満点、コラーゲンたっぷり。ちょっととろみがある白濁《はくだく》したテールスープ」

「食べてみてもいいかな」

「食べたい気持ちが消えないうちに行ってくるよ」

リュックを背負って病院の階段を駆《か》け下り、商店街のほうに走った。食器を売っていそうな店を捜して大通りの左右に目をやったが、見つけられないうちに店が途絶《とだ》えてしまった。両腕を曲げて買い物袋をぶら下げている主婦に、「このへんにどんぶりを売っているお店、ありませんか?」と訊《たず》ねると、「豊洲の交差点を渡って、晴海通りをまっすぐ行くとコープがあります。そこにちょっと置いてあったような気がするんですけど」という答えが返ってきた。「ありがとうございます」と頭を下げたままUターンして、走った。暑い。うちと病院の往復はタクシーだし、夜間が多いので気温の上昇に気づかなかった。洋服を整理する時間がないのでクローゼットには冬物のマタニティウェアしかない。もう一週間もこの袖口《そでぐち》のほつれたミッキーマウスのトレーナーを着つづけている。これは、たしか妹とディズニーランドに行ったときに買ったものだ。わたしは頭の左右にシニョンを拵《こしら》えてミッキーを模《も》した髪型をし、セーラーカラーのブラウスにピンク地に白の水玉のミニスカートを穿《は》いていた。あのときはもう東と同棲《どうせい》していただろうか、いや、まだだ、何日かつづけて泊まることはあったけれど、荷物は母の家から移していなかった。


あなたはどうしてミニスカートやボディコンばかり着てるの?

好きだから

見せるのが？
服のフォルムが好きなの
どうして脚や腕や背中や胸もとを剝《む》き出しにするフォルムが好きなの？
夏だから　水着みたいなもんだよ
でも　海じゃないでしょう
夏って感じになるから
見せたいんでしょう
だれに？
決まってるじゃない
なにが決まってるの？
男だよ
化粧はしない　ハイヒールだって一足も持ってない　ボディコン着てハイヒール履《は》いて化粧して香水のにおいぷんぷんさせてるような女が男を意識してるんだよ　わたしは化粧も香水も大嫌いだし　ハイヒールなんて履いたら走れない
自信があるんだよ
なにに？
顔とからだにさ
自信なんかないよ　ただ水着みたいな服が好きなだけ
じゃあ　うちのなかでも水着でいたら
いいよ　べつに
露出狂だな

三十九歳の東の笑い声が頭のなかに響いて、両腕を腰に当てて走る速度を速め、笑い声を振り切った。

「どんぶりはどこに置いてあるんでしょうか？」わたしは腕まくりしながらレジ打ちの店員に訊《たず》ねた。

「どんぶりは置いてません」目をあげず手も止めないで答えた。

この男にも、ここに置いてあるような気がするといった主婦にも殺気《さっき》立った怒《いか》りを感じたが、時間がないので外に出て、タクシーに手をあげた。

「新宿伊勢丹《いせたん》のパーキングのあたりに行ってほしいんですが、店の前で二十分くらい待っててもらって、またここまで戻りたいんです。それから、食器を売ってそうな店があったら、止まってください」

運転手が銀座のはずれで食器屋を見つけ、ラーメンのどんぶりとれんげを買うことができた。

新宿三丁目の長春館《ちょうしゅんかん》に入り、「すみませんけれど、入院患者に持って行きたいので、コムタンスープをこのどんぶりに入れていただきたいんです。これ、さっき買ったばかりなので、すみませんが、よく洗ってもらえないでしょうか？　すみません」とどんぶりを差し出した。

コムタンスープができるまでのあいだ、今度東に訊《き》かれたときのためにメニューを暗記した。カルビクッパ、テグタン、クッパ、ビビンバ、ユッケジャンクッパ、ユッケビビンバ、石焼ビビンバ、カルビチム、チャプチェ。コムタンスープは七百五十円、どんぶり代が九百円、タクシー代はここまで四千円ちょっとだったから往復で九千円、約一万円のコムタンスープということになるが、もしかしたら最期《さいご》の食事になるかもしれないのだ。いくら払っても惜《お》しくはない。しかし、わたしは金の心配をせざるを得ない状況に追い込まれていた。東の命を金に換算することなどできないが、差額ベッド代、保険外の薬品——、命を維持するための医療にはすべて値段が付いている。通帳の残額は百三十七万円、今月末にいろいろな引き落としや支払いを済ませたら、六十万しか残らない。これがわたしの全財産だ。どこからいくら借りられるだろうか、と知人の顔を思い浮かべながら支払いを済ませて、ラップをかけてあるコムタンスープのどんぶりをビニール袋にくるんで両手に持った。

東はベッドを直角にして待っていた。

わたしは配膳台の上にどんぶりを置いてラップをはずし、スープのなかに指を入れて肉を骨からむしり取った。

「そんなに食べられないよ」

「食べられるだけでいいよ」

東はスプーンですくって口に入れた。

わたしと大塚晶子さんはなにもいわずに東の手と口との動きを見護《みまも》った。これはなにによる奇跡なのだろう。昨日はおにぎり、今日はコムタンスープ——、もしかしたら医療データには現れない変化が起こっているのかもしれない。考えられるとしたら、崔金奭《チエグムソク》先生の鍼《はり》か、国立がんセンター中央病院で投与したネダプラチンとビンデシンだが、鍼治療は三回、ネダプラチンはたった一回しか投与していない。効果を及ぼすには回数がすくな過ぎる。

「すごい食べた」わたしは大塚さんの顔を見た。

「半分も食べましたよ」大塚さんは両の目を大きく見ひらいた。

東の口のまわりをティッシュペーパーで拭《ぬぐ》ってから、残りのスープを食べていると、

「あれ」と東がつぶやいた。

「あれ？」わたしはどんぶりから顔をあげた。

「朝鮮人参のジュース」

「あぁ、去年アメリカ行く前に、赤坂のおんがねで飲んだやつだ。今日は北村さんが泊まりで、わたしは明日の夜北村さんと交代だから、明日赤坂に寄って買ってくるよ」

「わたしは明日から八日までフライトです」大塚さんがいった。

「どこですか？」

「サンフランシスコ」

どんぶりとれんげを洗って、持って帰ろうかどうか迷ったが、また東が韓国料理を食べたくなる可能性を残しておきたかったので冷蔵庫の上に置いておいた。

ワープロの電源を入れて画面を見詰《みつ》めた。丈陽を出産した三ヵ月前のことを書かなければならない。あの夜もわたしは陣痛《じんつう》の合間にワープロのキーをたたいていた。書いて、痛みで書きつづけることができなくなって敷きっぱなしのマットレスに横たわり、枕もとの時計で測ってみたら痛みの間隔《かんかく》が五分置きだということに気づいてパニックになり、病院に行く支度《したく》をしようとしたが激痛でリビングの床の上に倒れていたら、東が異変に気づいて目を醒《さ》ましてくれた。一月十七日の午前三時、東は痛みで左腕があがらないというのに重いボストンバッグと紙袋を両手に持ち、車が一台も通っていない山手通りを走ってタクシーをつかまえてくれた。あのときはわたしと丈陽の命の瀬戸際《せとぎわ》だった。いまは東の命の瀬戸際だ。あのときもいまも生きているだけで精一杯だが、書いていなければ瀬戸際から足を踏みはずしてしまいそうだ。

生まれた瞬間の赤ん坊を描写しようと思ったが、見る寸前に意識を失ったのだろう、その映像は記憶に残っていなかった。赤ん坊は別室に連れ去られ産着《うぶぎ》を着せられて戻ってきたのだ。「柳さん、赤ちゃん連れてきましたよ」という助産婦の声と、割烹着《かっぽうぎ》のような白衣を着た東の顔が蘇《よみがえ》った。

朝六時まで書いてアモバンを飲んで眠った。

目覚しは十二時にセットしておいたのに、一時間前に目が醒めてしまった。まずリビングに行ってファックスの受信台を見た。北村易子さんの筆跡だ。なにかあったときには、わたしのケイタイの留守番電話サービスにメッセージを残し、それでも連絡がないときには東が眠った隙《すき》に病院のとなりにある文房具屋からファックスを送ってくれていた。

9時50分からイリノテカンが始まりました。東さんは不安そうでしたが、今は寝ています。昨晩は3時間ごとにトイレに起きました。おしっこが出ないといってます。先生が3時ごろ来るのでいいます。（中略）私も一緒に暮らしている人がいてずーっとほっぽりっぱなし。応援してくれているのでやってられますが、淋《さび》しい思いをしていると思うんです。でもこれはしょうがないことです。これが私の生き方ですから。このまま突き進んでいくと思います。東さんを囲んでの人間関係、東さんにいてもらわなければ本当に困ります。

パジャマのまま顔も洗わないで眼鏡をかけ、ワープロの前に座った。夜九時まで書いて病院に向かった。

運転手はルームミラーから視線を寄越《よこ》している。おそらく、三つ編みにピンク地に天使の柄のパジャマとサンダル履《ば》きという姿をあやしんでいるのだろう。気持ちに余裕《よゆう》があるときだったら、「父が入院していて、これから付き添いで泊まりに行くんです」くらいのことはいうのだが、いまはだれにも、なにも、しゃべりたくない。

「赤坂のどこですか？」

「……なに通りだったかな？」

「たくさんありますよ」

「ちょっといってみてくれますか？」

「みすじ通り、一ツ木通り、赤坂通り」

「うーん、思い出せない。すみませんけど、ＴＢＳの前で待っててくれませんか？　歩けば見つかると思うから」

なにかを置いて行かなければ乗り逃げだと思われるにちがいないが、コンビニ袋ひとつしか持って出なかった。袋の中身は朝鮮人参ジュースを入れてもらうためのコップと財布《さいふ》。わたしは財布から一万円札を一枚抜き取って、「かならず三十分以内に戻ります」と後部座席に人質《ひとじち》の財布を置いた。

おんがねの女主人の金さんにコップをふたつ差し出し、朝鮮人参ジュースを入れてもらい、両手にコップを握りしめて早足《はやあし》でTBSに向かった。

病室に入ったときには十時をまわっていた。

「遅いじゃない」

「朝鮮人参ジュースを」

「あんた、なんて格好してるの？」

「いま、飲む？」

「飲んでみようかな」

東は休み休みだが、コップ一杯の朝鮮人参ジュースを飲み干した。

「朝、飲む」

「もう一杯はしまって置く？」

わたしはコップを冷蔵庫にしまって訊いた。

「イリノテカンはどう？」

「5-FUも、タキソールも、ネダプラチンも、副作用は三日目だったからね」

病室の電話が鳴り、わたしが取った。

「これから会社を出るところですけど、なんか買って行くものありますか」米田浩一郎さんだった。

「米田さん。これからくるけど、なんかほしいものないかって」東に訊いた。

「m&m's」

「m&m'sって、あのマーブルチョコレート？」

東がうなずいた。

「なかがピーナッツのと、チョコレートのやつと二種類あるけどどっちがいい？」

「においを嗅《か》ぎたいだけだから」

「m&m'sってわかりますか？」と米田さんに訊《たず》ねた。

「チョコレートですね」

「お願いできますか？」

「わかりました。ほかには？」

「ほかには？」東に訊いた。

東は顔の前で右手をひらひらさせた。

米田さんが東にm&m'sの黄色い袋を手渡した。

「好きなんですよ、このにおいが」

「絵本、はかどりましたか？」米田さんが訊いた。

「月火で書いちゃおうかと思って」東は四月のカレンダー

に目をあげた。

「月曜日には満開になってるんじゃないかな……温泉に行きたいな……」わたしはカレンダーの桜の絵に見入った。「行く?」と声にむせて咳が止まらなくなったが、東はカレンダーから目を離さなかった。「二十一日……二十四日じゃあわただしいか……二十七、二十八の二泊三日でどう?」

「つりばし荘?」

「つりばし荘だったら温泉が楽しめるんじゃない?」

「抹茶《まっちゃ》風呂とかね……硫黄《いおう》がきついと赤ちゃんは厳しいけど、あのお湯は無色透明《とうめい》でさらさらしてるからだいじょうぶ。佐藤先生は?」

「行ったらひんしゅくものだよ」

「河津《かわづ》桜は早咲きだっけ、遅咲《おそざ》きだっけ? 遅ければ満開なんだけど、早かったらもう散っちゃってるな……そういえば誕生日が近いね」

「……発病してちょうど一年」

「発病はもっと、何年も前だよ。発覚して一年だね」

「からだがおかしいと自覚したのが四月の……十五日前後」

「……もう一年か……」わたしもカレンダーから目を離せなかった。カレンダーは退院日が決まって、その日をこころ待ちにしながら入院生活を送っている患者には励《はげ》みになるのかもしれないが、いつ退院できるかわからない、あるいは退院できない患者にとっては残酷《ざんこく》なものなのではないだろうか。

「だから延命《えんめい》はしてるんだ」

「延命……」

「つまり去年の七月に八ヵ月の命だといわれたわけだからね……三月で八ヵ月を越えてる」

「いま、食べたいものってないの? これだったら食べられるみたいな」

「皿うどんが食べたいかもしれない」

「あれって、麺《めん》がぱりぱりしてるよね。のどに詰《つ》まらないかな?」

「テイクアウトできる店はあると思いますけど、東さんは長崎出身だから、中途半端《ちゅうとはんぱ》な皿うどんじゃだめですよね」と米田さんがいった。

「皿うどんなら食べられそうなの?」

「なんかね、わかんないけどね」

「ちゃんぽんより皿うどん？」

「ちゃんぽんはひとくち……もともと食べたいものがないんだよ……でも韓国料理を食べたいかもよ……石焼ビビンバとか……」

「おいしいところ、赤坂で」わたしは米田さんの顔を見た。

「いまからでも取れるよ。取りましょうか？」

「いやいや」とティッシュを一枚引き抜いて痰《たん》を吐いた。

「韓国料理のなかではビビンバ？」

「あれ、うまいもんね」東は小学生のように両手で膝《ひざ》をかかえた。

「冷めるとまずいか」米田さんがいった。

「まずい。皿うどんもちゃんぽんも冷めるとまずいね。どうしたら冷めないで持ってこれるだろう」バスタオルでくるんでタクシーで持ってくればそれほど冷めないかもしれないが、きっと麺が伸びてしまう。

「冗談《じょうだん》」という声を咳《せき》といっしょに吐き出し、東は何回か深呼吸して話し出した。

「あのね、ぼくがふたつのときに妹が生まれたんですよ。妹を生んだ途端《とたん》に、母が喘息《ぜんそく》で寝たきりになって。料理もできない。なんにもできない。で、ぼくの六つ上の兄が毎日ごはんをつくって。しかも食糧難《しょくりょうなん》でなんにもない。近所で南瓜《かぼちゃ》を盗んだりして。食べてたんですよ。ぼくが七歳のときに母が死んで。旅館に移ったんです。引っ越し先がなくて。で、旅館のものを食べてたんです。余り物を。だから、家庭料理じゃない。それでやっと小学三年生のときにお手伝いさんを雇《やと》って。普通の家庭料理を食べられるようになったんですよ。ところが兄が食事中に音を出しちゃいけないという。話しかけてもいけない。かちゃっとでも音がしたら、テーブルをひっくり返される。それがずうっと中学校までつづいて。だからおいしいとか楽しいとか、そういうのはぜんぜんない。姉は兄のふたつ下だから、喧嘩《けんか》する。味噌汁《みそしる》は飛ぶわ、インクは飛ぶわ、灰皿は飛ぶわで。もうめちゃくちゃ。それを泣きながら止《と》めるわけ。やめてくれって。妹は硬直《こうちょく》しちゃって。それが毎日ですよ。父親が暴力を振るうって家庭はありますよね？　でも、父より兄のほうが容赦《ようしゃ》がないと思う」

「ぼくも家族で食事をしたって経験、ほとんどないですよ。両親が非常に仲が悪くて、かならずべつべつに食うんで」

「それも変わってますね」と東が興味を示した。

「この前、ファミレスでごはん食べたんだけど、なにもしゃべらないで、わたしの顔も見なかった」

「だから食堂とかでひとりで食べるの、けっこう落ちつくんですよ」

「運動会は？」東が訊《たず》ねた。

「きてもらわなかったですね。自分の家族をひとに見せたくないって気持ちが子どものころから強かったから」

「誕生会は？」

「ないない。よそんちでお父さんお母さんが仲いい話を聞くと、子どもながらに自分んちは歪《いびつ》だと思うから、うちに連れてくるのを忌避《きひ》するようになって」

「お正月は？」

「お正月だけは正装して、朝起きて乾杯《かんぱい》を……」

「変だ」東がうれしそうにいった。

「でも変なところがないとシンパシーを感じないでしょう」

「うん。なんかやっぱり、暗いもんね」

米田さんとわたしは吹き出した。

「一生忘れません。いまの言葉」

「目の奥に行ったときにね。あなた、どっちかっていうと明るいよ。最近とみに」

北村さんに病室で泣き過ぎると指摘されてから、東の前では努めて明るく振る舞うようにしているのだが、演技のぎこちなさを疑われているのかもしれない。

「北村さんは？」鉾先《ほこさき》をかわした。

「暗い」

「大塚さんは捉《とら》え難いひとだよね。捉えてる？」

「捉えてない。彼女は良家の子女なんですよ。お父さんは通信社の外信部長まで務めたひとで、いまは広島の大学で教授をやっているんですよ。八年間ワシントンで暮らしたから、英語がぺらぺら。なんで、キッドなんかに入ったのか、いまだに謎《なぞ》。おれは処女《しょじょ》だと思ってるんだ。男の影がまったくないんだよ。かといって、レズというわけでもない。男性を好きになったことあるのって訊いたら、デビッド・ボウイって真顔《まがお》で答えるんだから。読めないね。いや、不思議なひとだよ」

「なんか原節子《はらせつこ》感があるよね。顔も、現実離れした雰囲気《ふんいき》も」

「ひととひとが出逢うでしょ？　八秒でだいたいわかりませんか？」

「わかったと思っても、はずれることはありますね。逆にいうと、そのときわかったことがだんだんわからなくなってしまう」米田さんが何回か瞬《まばた》きをした。

「わたしは初対面のひとはだめ。シャットアウトしてるから」

「ちがう。あなたはひとに親切にされることを待ちかまえているんだよ」と東がからだを起こした。

「トイレ?」

「煙草」

「煙草ないよ」

「あるよ。引き出しに」

「そんなささやくようにいわれても」わたしはテレビ台の引き出しを開けた。「ほんと、ないよ。メンソールはいやでしょう?」

「一ミリグラムの煙草だったらありますけど」

東は米田さんがポケットから取り出したフロンティアを指にはさみ、わたしが火をつけた。

「親切にされるのを待ちかまえているっていうのは、だれに対しても?」

「基本的にさ、ひとりで生きられないと思うんだよ」

「そう思う。みんなわたしのことをひとりでもだいじょうぶだと思ってるけど、実際はいちばんだめなタイプ。だれか、いないと、ぜったいに、無理……」

「だから、そのだれかをさ、普通、ひとは選ぶんだよ。ところがあなたは待ち受けているわけで」

「待ち受けている?」

「親切にしてくれるひとを、自分に話しかけて……」東の話は咳で中断した。

「でも、ほとんど仕事の関係だから、親切にしてくれても、それは仕事上の……」

「米田さんはいくつだっけ?」東は空缶《あきかん》のなかに煙草を落として米田さんの顔を見た。

「三十三です」

東はわたしを見た。

「三十一?」

「六月末で三十二。わたしとあんたが出逢ったのは、わたしが十六のときだから、十六年間……人生の二分の一を……」

「この際、おれが生きているあいだに結婚したらどうですか?」

「だれと?」

「米田さんと」

わたしは笑い、東と米田さんも笑った。

「縁《えん》だよ」

「縁っていったって、米田さんも仕事だよ」

「難しいもんですよね。仕事のつきあいのなかで、仕事を差し引いたものを純粋に見詰《みつ》めるって。どこまでが仕事で、どこからが仕事じゃないのか……」

「でも、残ったものが仕事だったっていうと、つまらないですよ」東がいった。

「それは、そう思います」

「でも、北村さん、大塚さんはキッドにいたひとで、つまり仕事の関係だけど、こうやって毎日付き添っているのは仕事じゃないでしょう」

「それが大事なんだよ」

「仕事を抜きにしても、あんたが必要なんだよ。それだけ他人に必要だと思われてるって、すごいことだよ」

「……ぼくは恵まれてますね」東が微笑《ほほえ》みのなかでつぶやいた。

おれにとって　好きだということは話したいということなんだよ　あなたはおれにいろんなことを訊くでしょう　料理　選挙　野球　相撲《すもう》　唄　映画　殺人事件　なんでもかんでも訊く　わかることはすぐに答えるけれど　わからないことは考えたり調べたりして答えてる　おれはあなたと話したい　話してると楽しいじゃない
話すことがなくなった？
話すことがなくなったら　話したくなくなったら　その関係はおしまいだと思うけど　おれとあなたはずっと話しつづけると思うよ

十五年前、「あなたと毎日話がしたい」と共に暮らすことを求められた。わたしも東と話したくてたまらなかったので、母のマンションから家出した。

はじめて逢ったとき、わたしたちは喫茶店が閉店したのも気づかずに話していた。レストランに場所を移してステーキを食べながら話し、その店も閉店した。そして東のマンションに行って話した。抱き合わず、触れもせず、眠りもしないで、夜が明けるまで話しつづけた。東が朝食を拵《こしら》えているあいだも話し、食べながら話し、皿を洗いながら話し、渋谷駅まで肩を並べて歩きながら話し、まだまだ話したかったが改札口で別れた。

その夜、東から電話がかかってきた。

ねぇ　明日話しにこない？

別れてからも毎日のように電話で話した。電話は苦手だったが、東と話すと二、三時間があっという間に過ぎた。十五年前、東がいった通り、話が尽きることはなかった。まだ話していたい。わたしは東由多加とたくさん話がしたい。


東はベッドから頭を起こした。

「ちょっとトイレいい？」

「いいよ」

ベッドを直角にすると、東はふくらはぎでシーツをこするようにして脚をずらし、わたしの肩をつかんで立ちあがった。

トイレから出てベッドに座らせたが、横にならずにカレンダーを見ている。

「そろそろ眠らないと……」

東は配膳台《はいぜんだい》の上の時計に目を移した。

「十二時まで」

時計の針は十一時半を指している。

「十二時まで？　だいじょうぶ？　昼、寝たの？」


「そうだ。いま薬飲むと、ちょうど三十分後に眠くなるんだ」

「アモバン？」

「うん」

「なんで飲む？」

「イオ……」東は咳き込んだ。

「アルカリイオン水？」わたしは配膳台のコップのなかの水を指差した。

佐藤先生に、イリノテカンの副作用を抑制《よくせい》できるかもしれないから、とアルカリイオン水をすすめられ、北村さんが買ってきてくれたのだ。

「冷たいのに入れ替えようか？」

「このままでいいよ」

東は錠剤《じょうざい》を口に放って水を飲んだ。

「あっ、ごくっと飲んじゃったけど、だいじょうぶ？」

「うん」

「ベッド倒そうか」

「うん」

「四十五度くらい？」

水平にすると肺に溜まった水がひろがって息苦しくなる、と佐藤先生がいっていた。

「ストップっていってよ」

東が手をあげたので、ボタンから手を離した。

「これでいい？」

「もうすこし」

「倒す？」

ボタンを押してベッドを倒し、はみ出している爪先《つまさき》を布《ふ》団《とん》でくるんだ。

「五月十二日で五十五歳？」

「うん」

「お父さんはけっこう長生きだったんだよね」

「七十二で死んだ。癌で」

「お母さんは？」

「四十二」

「亡くなったときの記憶は？」

「うん、鮮明《せんめい》にね……」

布団から左腕が出ている。東の左腕は肘《ひじ》の上下で太さがちがっている。わたしは左手を取って、昨日佐藤先生がやって見せてくれたように、手首から肘までを強くしぼりあげた。癌の増悪《ぞうあく》によって循環《じゅんかん》できなくなったリンパ液を上に押しあげているだけなのだが、東の目に触れる肘下は細くなる。

「だんだん元に戻りはじめた」東は掛け布団の上に左右のてのひらを並べた。

「一時間くらいやれば、かなりリンパ液が上にあがるよ」と手に力を込めた。

「たいへんだよ」

「べつにたいへんじゃないよ……放射線でむくみが消えたんだけどね……ここ、なんか硬いなぁ……痛い？」

「痛くはない」

「でこぼこしてる」

「もういいよ」

「いい？」と手を引っ込めた。

東は感覚をたしかめるように左手を結んだりひらいたりしている。

不自然にへこんでいるのが気になって、またしぼりあげた。

「眠くなったらいってね。電気消すから」

「うん」

「……なんとか良くならないかね……」

「うん」

ふたりとも黙って左腕だけを見詰めた。

ふいに胸を押さえて上体を起こした。

「苦しい？」

「ちょっとね」

「息が？」

「うん」

「モヒ水飲む？」

東はおや指となか指をふるわせながらモルヒネ水溶液が入っている容器を持ちあげた。

「ゆっくり、ちょっとずつだよ」

舐《な》めるほどしか口にふくまない。

「甘いっ」

「甘いの？」

「ちょっと飲んでみて」

「やだよ」

「軽いんだよ、マリファナと変わらないよ」

わたしは背中をさすりながら訊《き》いた。

「酸素マスク、どう？」

「……」

「やだ？」

「うん」

「顔のあたりに置いとくだけでもちがうんだけどな」

東は首を振った。

「立てる？　ベッド立てる？」

「うん」

ボタンを押してベッドを立てた。

「肺が苦しいの？」

「うん」

「モヒ水ぜんぶ飲んじゃったほうがいいよ」

「じゃあ、これ飲んだら消灯《しょうとう》にする？」といって東の視線は配膳台の上を行ったりきたりする。

「アモバン？」

「うん」

最近わたしはかなりの確率で東の目と指の動きを読むことができる。

一階下のナースステーションに行ってアモバンを一錠《じょう》もらってくる。

「さっき一錠飲んだから半分にしとこう」

果物《くだもの》ナイフでアモバンを半分に切って、東のてのひらに載せる。

「なんで飲む？」

東はモルヒネ水溶液の容器を指差す。

「あっ、モヒ水で？」

アモバンを口に入れてモルヒネ水溶液を飲んだ。

「失敗したかも」

「口のなかに残っちゃったの？」

「うん。これ苦いんだよ」

東はコップを握って水を飲み、咳と共に水を吐いた。右手で背中をたたきながら左手でティッシュを引き抜いて渡した。

看護婦が千百ミリリットルの黄色いピーエヌツイン－二号と、催眠作用があるサイレースの無色透明な袋をふたつ点滴スタンドに取り付けた。サイレースがピーエヌツイン－二号に混じって滴《しずく》となり、管を通って東のからだのなかに入って行く。

「消灯にしてくれる？」

「ここだけつけとく？　真っ暗になるとなんかいやでしょう」

常夜灯《じょうやとう》をつけて電気を消し、簡易ベッドに横になった。

「眠れそう？」

「たぶんね」

「眠れそうじゃなかったらいって。下行って対策を考えてもらうから」

しばらくして布団がずれる音がしたので、わたしはからだを起こした。

「だいじょうぶ？」

「……」

「だいじょうぶ？　ねぇ、だいじょうぶ？」

「ごめんごめん。ちょっと苦しい」

「酸素マスクは？　置いといちゃだめ？」

「……なんとかなると思う」

「いまだけ当ててみない？」

「……苦しい……」

「酸素マスク」

首を振る。背中をさするしかない。

「肺に水が溜まってるから、酸素を……」

「……」

「看護婦呼ぶ？」

「だいじょうぶ。もうちょっとしたら寝てみるから。ごめんごめん」

「あんまり苦しかったら、呼んだほうがいいよ。胸のあたりに置いといちゃだめかね？」

「なにを?」

「酸素マスク」

「……圧迫感が」

「離しとくから。口から」

「うーん」

「ちょっとやってみる?　弱くして。この前は強かったんだよ」

東は右肘《ひじ》をついてゆっくり頭を倒した。

「やってみる?　やってみよう」

酸素吸入器のスイッチを入れてマスクをそっと口に近づけた。

「息が……」

「だめか……酸素が出てるんだけどな……口から離してもだめ?」

東はうなずいた。

「苦しくて眠れそうにない?」

「……睡眠薬……」

「まだ落ち切ってないよ」

「……」

「だいじょうぶ?」


口が動いて声が洩《も》れるが言葉にはならない。十分ほど酸素マスクを口に当てがって、眠ったようなので、マスクを顎《あご》の下に置いて簡易ベッドに横になる。

激しい咳で跳ね起きる。東の右手をひっぱってからだを起こし、背中をたたく。咳がおさまってくれない。

「アモ……」

「アモバン。さっきの残りの半分でいいね」

東が舌を出したので、わたしは舌の真ん中に錠剤をくっつける。コップを口に近づける。のどが動き、ゴクッと音がする。

「口に残った?」

「飲めた」

「あぁ、良かった」

東は目と口を閉じて動かない。眠ったのかもしれない。酸素マスクを東の顎の下に置いて、床の上で膝をかかえて待機する。

ぐうぅ、ぐぅ、のどだか肺だかわからないどこかから犬の威嚇《いかく》に似た低い唸《うな》り声が響いてくる。

「くる……」

「苦しい?　看護婦呼ぼうか?」

「トイレ」

「だいじょうぶ？　立てる？　だいじょうぶ？　立てない？」

両脇に手をまわして薬で半分眠っている東のからだを抱き起こす。ぐうぅぐうぅぐうぅぐうぅ。

「つかまって」

右手でからだを支え、左手で点滴スタンドを押してトイレに進む。

「だいじょうぶ？　そっと、一歩一歩」

洗面台の前で足がもつれてからだが傾《かし》いでしまう。

「あと二歩だから、二歩！　そう、一歩！　着いた！」

全身の筋肉に力を入れて便座に抱きおろす。便器に背を向けて排尿の音を待つ。途切れ途切れの音がする。腰をかがめて抱き合って立ちあがり、からだでからだを支えてトランクスとズボンを穿《は》かせる。ベッドを目指して、あと五歩、四歩、三歩、二歩、もう一歩――、腕の力を保《たも》てずベッドにどさっと倒してしまう。

「あっ、ごめん」

「痛ぁ……」東は目と鼻と口を歪《ゆが》めている。

「どこ痛い？　だいじょうぶ？」

顔から力が抜けた途端《とたん》に寝息が聞こえる。両脚を床に伸ばし、椅子に後頭部を預けて目を瞑《つむ》る。車が走る音。雨？　桜が散ってしまう。肩が痛い。右手のひとさし指となか指とくすり指で指圧しながら点滴スタンドにくくりつけてある氷川神社の〈病気平癒〉の御守袋《おまもりぶくろ》を見あげる。そういえばなにも食べていなかった。冷蔵庫を開ける。北村さんが買っておいてくれたヨーグルトが入っている。背中を丸めて食べる。歯が痛い。右の奥歯も左の奥歯も染《し》みる。頰《ほお》を押さえる。冷たいものも熱いものも硬いものも柔らかいものも染みて痛い。トイレに行って洗面台の鏡に向かって口を開けてみる。虫歯が陥没《かんぼつ》している。歯医者に行く時間はない。明日もし憶《おぼ》えていたら薬局で今治水《こんじすい》を買おう。産後に無理すると一生後悔するわよ、と母にいわれたが、自分のからだを労《いたわ》る余裕はない。でもすこし眠らなければ。わたしは簡易ベッドに横になる。

ぐうぅぐうぅぐうぅ、ぐうぅぐうぅぐうぅ。

「トイレ？」

トイレに入った途端に吐く。額を洗面台の角にぶつけて倒れる。朝鮮人参ジュースのにおい。トイレットペーパーを引き千切《ちぎ》って口のまわりを拭く。額に血がにじんでいる。

トイレのナースボタンを押す。

「転んで血が。たんこぶができちゃって」

看護婦がきて、額を消毒して湿布《しっぷ》を貼《は》ってくれる。

「ごめん、ごめんね。朝鮮人参ジュースなんて飲ませて。

ごめん」

疵《きず》ついた額《ひたい》をてのひらで覆《おお》ってすすり泣いた。


北村さんが病室に現れた途端に、東の顔が隅々《すみずみ》まで明るくなった。

「一時帰宅、明日になったんだよ」声まではずんでいる。

「朝、柳さんから電話もらいました」

「このやりかたを憶えてもらうっていってたよ」東は点滴を指差した。

「消毒しないといけませんね」北村さんがいった。

「うん」

「消毒液とか一式持たせてくれるんでしょうか?」

「それか、ほう……」東は咳《せ》き込んだ。

「訪問看護」わたしが東の代わりに答えた。

三十二時間一睡《いっすい》もしていないせいで声に疲れがからまって、重い。

「佐藤先生が紹介してくれるんですか?」

「ただもったいないっていうか……」

「なにが?」重く暗い声で割って入った。

「お金が」

「それは気にしなくていいけど、派遣《はけん》されてきた看護婦と気が合わなかったりしたら困るよね」

「看護婦には任せない。見ず知らずの看護婦にさ。車椅子業者もあるんだってよ」

「ここから車椅子でそのまま?」と北村さんが目を丸くした。

「それ紹介してもらおうよ。でもうちのマンションの前に階段があるか」気を取り直して声を明るくしてみた。

「かかえてあげてくれるんだよ、きっと」

「それ頼もう」

「高いよ、きっと」

「それくらいだいじょうぶでしょう」

「わかんないよ」

「どれくらいだろう?　でもここ部屋代安いもん。一万四千円だっけ?」

「一万四千円で安いっていったら、みんなむかっとする」

「ちがう。がんセンターが三万五千円だったでしょう。比べたら安いからそれくらいぜいたくしても」

「なに、その花」東は北村さんが床に置いた鉢植えを見て笑った。

「バイト先でもらったんですよ」

赤紫色のペチュニアだった。

「ちゃんと持って帰りますよ」

「病室に花持ってきて、待って帰るってすごいね」

「だってこの色、嫌いでしょう？」

「病室に鉢植えはまずいよ」

ふたりの会話に水を差してしまった。もう限界だ。疲れがからだ全体に染み込んで脳がぬかるんでいる。目、声、手、脚、わたしのすべてから疲れがにじみ、したたっている。寝返りが打てる寝床で熟睡《じゅくすい》して出直さなければ、このままとめどなく不機嫌になっていきそうだ。

唐突にスピーカーから〈ウィー・アー・オール・アローン〉が流れ出した。本日の面会時間は終了いたしました。ご面会のかたはお帰りになるようお願い申しあげます。一階駐車場に駐車中のかたはすみやかに出庫願います。

「すみませんけど、その業者の連絡先を佐藤先生に訊《き》いて、予約しておいていただけますか？」わたしは北村さんにお願いしてリュックを肩にかけた。

「明日と月曜の行き帰りね」

「そうです。じゃあね」と手をあげると、東も左手を肘の高さまであげた。

帰るときに寄ると約束していたので、ナースステーションの机に座っている佐藤先生に声をかけた。

「柳さんは煙草《たばこ》吸いながらじゃないと話せないひとだよね」

「すみませんけど」

「食堂はしまってるから、給湯室《きゅうとうしつ》に行きましょう」

佐藤先生のあとについて入院棟の九階まであがり、連絡通路で診療棟に移った。

七階の給湯室に入ってすぐに煙草に火をつけ、気づかれないように深呼吸した。

「CTと血液検査をやってみて、呼吸困難の原因なんですが、両肺にプロイヤルエフュージョン、胸水といって、水がたくさん溜《た》まっちゃってるんです。明らかな肺炎ではないんだけど、明らかな癌性《がんせい》リンパ管症《かんしょう》でもない」

「癌性リンパ管症じゃなかったというのは喜んでいいんですよね？」

「でも、胸水が増加してるんです。癌性胸水を考えます」

「血液検査の結果は？」

佐藤先生は入院した三月二十七日から今日に至るまでの検査データをひろげた。

「ここの、ＬＤＨというのが急激にあがってるんですよ」

「ＬＤＨというのはなんですか？」

「赤血球、筋肉、肝臓に含まれる酵素《こうそ》。肝機能や赤血球の異常でもあがるし、いろいろなものであがるんですけど、癌患者の場合は、癌の進行と一致《いっち》するんですよ。入院時は六百台だったのが、千三百台ですね」

「ほぼ倍……」

「おそらく原疾患《げんしっかん》が非常に悪化して、急な進行をしていると。あと、このＣＲＰ、炎症反応も上昇してますね」

「でも良くなっているように見えるんですけど……おにぎりとコムタンスープも食べられたし……」

「からだのなかがむしばまれていっても、一時的に元気に見えることはあります。帰宅を土日に変更したのは、月曜日だと帰れないかもしれないからなんです。正直いって帰宅できる状態ではないんですが、本人の強い希望だし、うちに帰る最期《さいご》のチャンスだと思うので……なにかあったらすぐ救急車を呼んでここに連れ帰るということで……それから、点滴をくれぐれもよろしくお願いします。一日でも点滴を止めると、栄養はいいとして、抗生剤を入れられないと怖いので」

「抗生剤はどれくらい使っていると効かなくなるんですか？」わたしは煙草を憶《おぼ》えたての中学生のように何度も灰をたたき落とした。

「厳密にはわからないですね。でも一般的にはだいたい四日から一週間で変えるようにはなっています。東さんの場合もパンスポリン、チエナム、ドブラシン、モダシンと変えていってます。モルヒネはあまり飲めませんか？」

「ええ、甘いっていうんですよ」

「じゃあシロップを抜こう」

「モヒ水は定時に入れないと効かないんですか？」

「効かなくなってきますね。痛みだったら、痛みが緩和《かんわ》されれば減らしていってかまわないんですけど、東さんの場合は呼吸苦《こきゅうく》ですからね。モルヒネ水の作用時間というのは短いんですよ」

「がんセンターのときは幻覚が激しかったんですよ。カディアンのせいで」

「カディアンのせいなのかなぁ？」

「モヒ水はどれくらいのモルヒネの量なんですか？」

「十ミリリットルで多分十ミリグラムになっているんですよ。だから東さんの場合、十、十、十、二十ミリの一日四回計五十ミリリットルだから、五十ミリグラム」

「カディアンはどれくらいですか？」

「あれはたしか六十ミリグラム」

「モヒ水は軽いと思ってたけど、五回飲んだらカディアン一錠《じょう》分はあるわけですね。モルヒネを入れているのに、この病院に移ってから幻覚がほとんどないというのは……」

「東さんは性格的に非常に切羽《せっぱ》詰まったところに自分を持って行くひとだけど、柳さんもいっしょになって切羽詰まっちゃうんだもの。ふたり相《あい》重なる部分があるんでしょう、すごくね。だからひとりが不安になると、手をつないでひっぱり合ってそっちのほうに行っちゃう」

「幻覚はわたしの不安が原因ですか……」

「でも本人はこころ強いですよ。シンクロしてくれるひとがいるってことはね。精神的な黒い部分がどんどん剝《は》がれて、不安をある程度自分で解消できるようになって、それで幻覚が消えたんだと思うんですけどね。でも、データではどんどん悪くなってきてる。これを見てると、医者としては落ち込むばかりなんですよ。治してあげたいじゃないですか。だけどトータルで見ると、やっぱりこういう状態ですよ」

「以前ホスピスにいらっしゃったとおっしゃっていましたが、何年くらい前ですか？」

「平成四年じゃないかな。専属としていたわけではないんですよ。大学病院というのは出向《しゅっこう》といっていろいろまわるんですよ、関連病院を。ぼくが行ったのは慈山会坪井《じさんかいつぼい》病院といって、いまの日本医師会長の坪井先生の病院なんですよ、福島にある。そこに入院しているのはほとんどが癌患者なんです。一般病棟で悪くなると、患者さんと話し合ってホスピス病棟に移るんです。四階か五階、最上階にあったな。あそこの病院が良かったのは、そのままホスピス病棟でも主治医になれるところですよ」

「どれくらい」

「二年くらいですね。あそこの看護婦さんにはいろいろ教わりました」

私は二箱目のバージニアスリムをリュックから取り出して封《ふう》を切った。

「トイレ付きの部屋に移って、それは良かったんですけど、ベッドからトイレの往復で本人が消耗《しょうもう》するんです。排便《はいべん》できないということに神経症みたいになっていて、何回も行きますから」

「本人は便が出ないのが苦しいと訴えているけど、苦痛の原因がいまひとつわからないというか、ぼくにはわからないですね。そんなに出るものでもないですからね。心療内《しんりょう》科の先生にも相談してみたんですけれど、死に対する恐怖が排便感等に強く出る場合があると。だからセレネースを入れているんですけど」

「死に対する恐怖が排便に？」

「いろんなところに出るんですよ」

「ほかの患者さんも？」

「ええ。とくにお通じとおならは多いですね」

「出ないと……」

「うん。逆に『今日は出た』と異常に喜ぶとか……」

「歩くのがしんどそうだから、ポータブルトイレでしたほうがいいと思うんですけれど……どんな苦痛よりもプライドが強いというか……でももっと病状が悪化したらあきらめるんでしょうか」

「あきらめますよ。いろいろなことを。でも、どんなに悪くなっても、やっぱり生きたいんだなというのは感じます。ほとんどの患者さんがそうですね。あきらめるけれど、あきらめのなかには生きたいという部分がふくまれているじゃないですか。受容《じゅよう》というのはあきらめとはちがうと思うんですよ。生きたいというよりも、もっと死を受け容《い》れて、そちらに流れて行くという。でもたいがいのひとは最期まで生きたいと……東さんは最初のピリピリしたきつい感じが取れてきた気がする」

「もっと若いかたはどうなんでしょう」

「若いかたはつらいですね。若い女の子を長く担当していて、悪くなったときに、しばらく横で話をしていて、しまったなと思ったのは、『いろいろあったよね』といっちゃったんです。『過去形でいうのは、先生、やめてくれない』っていわれて、『そうだね』といったんだけど動揺《どうよう》して

……感情移入してしまうからいけないですね」

「感情移入しなければだめですよ」

「医師ではあるけれど、やっぱりどうしても死んでほしくない、死んじゃだめだと思っちゃうんですよ」

「死んじゃだめだと思って死んでしまうと……」

「がっくりしちゃいますよね。たくさん感情移入したひとほど亡くなる場合が多いから……」

煙草に火をつけ、煙を吸い込み、灰を落とし、また吸って、揉《も》み消し、つぎの煙草に火をつけ——、わたしは森のなかで火の番をしているひとのように眠らないでいた。

「血液型はなに型ですか？」

「B型です」

「B型が多いんです、医者は。なんででしょうね」

「なんででしょう。B型のひとは向いてないような気がするんですけど」

空腹と煙草の吸い過ぎで胃の筋肉が強張《こわば》っている、その違和感《いわかん》で辛《かろ》うじて起きていられたが、もう限界だ。

「帰ります」わたしは唐突《とうとつ》に立ちあがった。

目を開けると紀尾井町《きおいちょう》だった。小説の執筆で常宿にしていたホテルニューオータニが見える。うちには東も丈陽もいない。東のものも丈陽のものも置いていないベッドで、睡眠薬を飲んで東の夢も丈陽の夢もみないで眠りたい。でも明日十時に東が帰ってくる。おそらく最期《さいご》の帰宅だ。帰ってくる前にそうじをしなければいけない。迷っているあいだにタクシーはホテル街を通り過ぎた。夜は桜で満開。

目を瞑《つむ》る。死が死んでしまえばいい。

鍵穴《かぎあな》に鍵を差し込むと、静電気のような恐怖が指の先から流れてきた。一瞬《いっしゅん》手を止め、気のせいだといい聞かせて鍵をまわした。

部屋中に沈滞している暗闇《くらやみ》と静寂《せいじゃく》を追い払うために、早足で電気をつけてまわった。いちばん怖いのはドアが閉まったままの東の部屋だ。わざと勢い良くドアを引いて、東の椅子に座った。鏡に東の指紋《しもん》がついている。そのむかし、鏡は異界《いかい》にひとびとを対面させる聖なる入口として尊ばれていた。凶《わる》いことがあると極端に迷信《めいしん》深くなるわたしは、ウエットティッシュで鏡をみがいた。肩のあたりにひとの気配を感じて振り返る。だれもいない。鏡に映っていないのだから背後にひとが立っているはずがない。でも——、ともう一度振り返る。どこかの国に夜中に鏡を見てはならないという禁忌《きんき》があったはずだ。見たらどうなるといい伝えられていたのかが思い出せない。

わたしは町田敦子さんのＰＨＳに電話した。

「どうしました？」緊張した静かな声で問いかけられた。

「だいじょうぶなんですけれど……丈陽は元気ですか？」

「とっても元気です。今日はじめて蜜柑《みかん》ジュースに挑戦してみたんですけど、べえっと吐かれちゃいました。やっぱり丈くんは桃《もも》ジュースが好きですね」

「そうか……そろそろ三ヵ月だから、離乳食をすすめないといけませんね……」

それじゃあまた、と敦子さんにいわれるのを恐れて、間を置かずに東の病状を話した。話すことで、敦子さんのかたわらで眠っている丈陽に寄り添うことができる。丈陽はなかなか目を醒《さ》ましてくれない。いま、何時なのだろう。時計を見ると午前二時をまわっていた。育児で疲れている敦子さんをこれ以上つきあわせるわけにはいかない。

「じゃあ、そろそろ切りますね」

「東さんの体調が良さそうだったら、丈くんを連れて行きますから連絡をください」

風呂から出て、妊娠八ヵ月のときに母が買って持ってきてくれた白いレースのネグリジェを着た。アモバンを飲めば朝まで眠れるが、アラームの音が意識に届かないことも多い。東の帰宅が十時前後だから遅くとも九時には起きてそうじしなければならない。三時だから、六時間は眠れるわけだ。眠ろう。眠れば現実が遠くなる。わたしは目を閉じ、闇《やみ》よりも黒い瞼《まぶた》のなかに下りていった。

「グッドモーニング！　そろそろ起きる時間ですよ！」陽気な男の声でドアが開《あ》いた。え？　何時？　眠い。だれ？　暗い。夜？　明けがた？　暗くて見えない。父？　丈陽にまだ逢《あ》わせていないから母に鍵を借りてやってきた？　いきなり抱き起こされ唇《くちびる》に唇を押しつけられた。両腕を突っ張らせて男の顔を見た。父じゃない！　知らない男だ！　手脚をばたつかせたが、両肩をマットレスに押しつけられ、「やっぱりきれいだ。ずっと見てたんだよ。好きだよ。セックスさせてくれれば、なにもしないから。セックスさせて。ねぇやらせて」わたしは男のからだの下でもがいた。「おとなしくしろよ」とどすをきかせて、男はわたしの首をつかんでのどにおや指を押しつけた。抵抗したら殺される、と思ったが、今日は東の最期の帰宅なのだ、強姦《ごうかん》されたら台無しになる。東の生が台無しになる。男を突き飛ばし四つん這《ば》いになって逃げようとしたが、ネグリジェをつかまれて引き倒され、裾を顔の上までまくりあげられた。男は力まかせに乳房をつかんで、「セックスだけだって！　やらせればなんにもしないっていってるだろ！」と下着に手をかけた。手と脚で抗《あらが》ったが、強く首を絞《し》められ、のどの奥に塊《かたまり》のような言葉があがってきて胸が詰まった。叫び声が聞こえる。悲鳴をあげたり泣いたりしたら敗《ま》けなのに、わたしの叫び声だ。パニックになってはいけない。力を抜いて油断《ゆだん》させるしかない。油断すれば隙《すき》が生まれる。その隙に逃げるのだ。わたしはからだ中の力を抜いて、パニックが消えるように念じながら目を閉じた。脚に下着を下ろされ、ざらざらしたてのひらがふとももに這いあがってくる。やだ！　と叫びそうになって声を食い縛《しば》る。膝《ひざ》と膝のあいだに男の尻があり、下腹部に股間《こかん》を押しつけられる。頬《ほお》も耳も首も唾液《だえき》だらけになる。いやだ、汚いっ！　強姦されたら女として犯されるだけではなく、母親として踏みにじられる。そして丈陽の生が冒瀆《ぼうとく》される。男の喘《あえ》ぎ声が耳もとで聞こえる。「ずっと好きだったんだよ、ずっと、入れたい、入れたい」口と指を離してズボンのチャックを下ろした隙に、わたしは男を突き飛ばして跳ね起き、男はわたしを押し退《の》けて玄関に走り、外に飛び出した。内鍵《うちかぎ》を閉めて魚眼レンズに右目を押しつけると、男はスキップのような足取りで視界から消えた。

　わたしはのどに力を入れて息を絞《しぼ》り出した。なぜこんな目に遭《あ》ったんだろう。昨夜帰って鍵をかけたはずだ。鍵をかけたという記憶はないが、記憶に残らないほど習慣化している。鍵を壊してここから入ったのか、それともベランダから？　ここは五階だ。でも前のマンションで鍵を失《な》くしたとき、九階までベランダづたいによじのぼったことがある。ベランダの鍵は？　わたしはもう一度玄関の鍵が閉まっていることを確認して、部屋中の鍵を見てまわった。ぜんぶ閉まっている。やはり玄関だ。ここから入ったのだ。またくるかもしれない。もし丈陽がいたら――、丈陽はまだ首が座っていない、抵抗することも逃げることもできない、蹴られたり踏まれたり投げられたりしただけで首の骨が折れてしまう。丈陽にだけは手を出さないでください、と頼んで服を脱ぐしかないだろう。でも強姦して逃げ去るとは限らない。居座《いすわ》ってさまざまなことを強要するかもしれないし、犯されたあとに殺される可能性もある。山口県光《ひかり》市の母子殺人事件のように母子ともに殺されるケースもすくなくない。東がいたら――、胃がずっしりと沈む感覚に襲われる。怖い。自分が疵《きず》つけられるよりも、丈陽と東が疵つけられるほうがはるかに恐ろしい。交番に行こう。でも東外で待ち伏せしていたらどうしよう。110番だ。でも東が帰宅するまでに引きあげてくれるだろうか。どうすればいいんだろう。わたしは時計を見た。五時七分。二時間ちょっとしか眠っていない。顔と首から唾液の臭《にお》いが立ちのぼってくる。汚い！　ネグリジェと下着を脱いで浴室に入り、せっけんをじかに塗りたくって、シャワーの湯量を最大にして流す。目を閉じてシャワーヘッドを顔に向けた瞬間、背後に視線を感じる。湯気《ゆげ》で曇《くも》っている鏡をシャワーで流し、てのひらでこする。わたしはなにをしているのだろう。鏡を洗っている場合ではない！　浴室から出て服を身につけ、リビングテーブルの上に置いてあるケイタイを握りしめた。手帳はどこ？　バッグのなかだ。バッグは？　わたしはケイタイを握りしめたまま部屋中を捜しまわった。ない、ない、ない！　盗まれたのだ。どういうこと？　男は手ぶらで逃げたのだ。考えられるとしたら、わたしが眠っていた三時から五時のあいだになんらかの方法で侵入して室内を物色《ぶっしょく》し、いったん外にバッグを運び出して、ふたたび忍び込んだ。あるいはわたしが帰宅したときにはもう潜んでいたのか？　そういえば男は靴下のまま走り出た。靴は外に置いてあったのだ。バッグのなかには鍵が入っている。鍵を換えなければここにはいられない。それに、いつ必要になるかわからないので通帳とキャッシュカードも入れていたし、手帳にはカードの暗証《あんしょう》番号も書いてあるが、その手帳もバッグのなかなのだ。パスポートも保険証も外国人登録証も印鑑証明も、とにかくわたしをわたしだと証明するすべてのものをあの男に持ち去られた。どうしよう。救《たす》けを呼ぼう。だれに？　電話番号は手帳にしか書いていない。だれにも電話できない。いま抑え込んだばかりのパニックに打ち負かされそうになり、無意識のうちにケイタイのボタンを押していた。画面に表示された番号を見た瞬間、わたしは驚いて切ボタンを押した。丈陽の父親のケイタイの番号だ。つきあっているときに何百回、何千回と押したので、指が憶《おぼ》えていたのだ。彼につながったとしても、なにもいえないし、なにかいえたとしても、なにもいわないで切られるだけだ。手とケイタイがふるえはじめる。落ち着け、落ち着け、落ち着いて対処しなければ。そうだ、着信履歴《りれき》だ。履歴ボタンを押すと、『週刊ポスト』の飯田昌宏さんのケイタイの番号が表示された。

「もしもし、眠ってました？　柳です。早朝に申しわけありません。いま、泥棒が入ったんです」

「えっ！　だいじょうぶですか？」

「交番に行ったほうがいいのか、警察にきてもらったほうがいいのか……」

「ちょっと待っててください。すぐ行きます。三十分以内に着くと思います」

　わたしは部屋を見まわした。昨夜ホテルに泊まりたいと思ったのも、部屋に入った途端《とたん》に鳥膚《とりはだ》が立ったのも、アモバンを飲まなかったのも、本能的に危険を察知《さっち》していたからなのかもしれない。

　カーテンの襞《ひだ》が不自然に盛りあがっている。おそるおそる近づいてカーテンを引くと、蘭《らん》の鉢《はち》だった。悲鳴は唇《くちびる》を離れる前に消えた。悲鳴の代わりにシュプレヒコールのような叫びがこみあげてきた。ナゼワタシダケガコンナメニ！　妊娠四ヵ月で東由多加が末期癌だと告知されたときも、妊娠五ヵ月で彼に棄《す》てられたときも、そう叫びたくなるたびに自分の内なる口を封じてきた。でも、もう抑えられない。ナゼワタシダケガコンナメニ！　ナゼワタシダケガコンナメニ！　ナゼワタシダケガ！　ナゼワタシダケガ！

　飯田さんと最相さんがきても、からだを抱く腕をほどくことはできなかった。

　飯田さんは警察に連絡をし、「盗まれたものを書き出してください」とわたしの前に紙を置いた。

　テーブルの上の10万　財布の中の40万　通帳　保険証　文芸家協会会員証　鍵　各種クレジットカード
各病院の診察券　パスポート　外国人登録証　手帳に暗証№ぜんぶ
　インターフォンが鳴って解錠《かいじょう》し、しばらくすると玄関のチャイムが鳴った。二人の巡査と五人の刑事が部屋に入ってきた。

　経緯を説明したが、刑事は、実際は強姦《ごうかん》されたのに未遂《みすい》だと嘘《うそ》を吐《つ》いているのではないかという疑いを言葉の端々ににじませ、わたしの顔やからだに遺留品《いりゅうひん》を吟味《ぎんみ》するような眼差《まなざ》しを寄越《よこ》した。警官はベランダに出たり、玄関ドアの鍵穴を調べたり、寝室の写真を撮ったりしている。

「ひとりで暮らしておられるんですか？」

「いえ、三人です。ひとりは癌で入院していて、もうひとりは生後三ヵ月の赤ん坊なんですが、知人に預《あず》けています」

「玄関の鍵穴にピッキングのあとはありません。合鍵《あいかぎ》は何人に渡してありますか?」

「入院しているひとと、母と、担当編集者の六人です。でも彼らではありません」

「鍵をかけ忘れたんじゃありませんか?」

「いえ、かけたと思います」

「調書を作成しなければならないので、今日渋谷署のほうに出頭していただきたいんですが」

「今日は、その入院しているひとが帰宅するので行けません。明日にしていただけませんか?」

「失礼ですが、そのかたはお子さんのお父さんですか?」

「いいえ」

「お子さんのお父さんは合鍵を持っているんですか?」

「いいえ」

「犯人は、お子さんのお父さん、ではないんですね?」

「ないです」

「明日は、どなたといっしょにこられますか?」

「ぼくが付き添います?」飯田さんがいった。

「おたくは?」

「柳さんの担当編集者です」と名刺《めいし》を出した。

「事件の内容が内容なので、マスコミに洩《も》れないよう最大限配慮《はいりょ》します。正面玄関からではなくて、地下の駐車場に入ってそのままエレベーターであがってください。ここを出発する前に電話をいただければ、駐車場の前にひとり立たせておきます」

警察が去ったあとも、飯田さんと最相さんは手分けして各カード会社の紛失係や銀行に電話し、鍵を換える手配までしてくれた。

「東さん、そろそろですね」飯田さんがリビングの時計を見あげた。

「そろそろです」

「じゃあ、ぼくたちは失礼します。明日八時半におうかがいします」

「インターフォンが鳴るとあやしまれるので、八時半に降ります。今日は早朝にたたき起こしてしまって申しわけありませんでした。ほんとうに助かりました」

ふたりが去ったあとに北村さんのケイタイの留守録にメッセージを吹き込み、母に電話した。

「もしもし？　寝てた？」

「どうしたの？」

「泥棒が入ったんだよ」

母は電話口で悲鳴をあげた。

「あんたがいるときに？」

「鍵はかけてたんだけど……」

「怖い！　なにもされなかったの？」

「だいじょうぶ」

「普通殺されるのよ」

「丈陽がいなくて良かったと思って……」

「丈ちゃんがいたら……あぁ……そんなこと想像しちゃだめよ。あんた、ほんとうに無事だったんでしょうね。嘘吐いてもしょうがないのよ」

「嘘なんか吐いてないよ。お金盗まれた」

「いくら？」

「大金。五十万も」

「命があるだけでも奇跡だと思いなさい。昨日変な夢をみたのよ。丈ちゃんが実は双子《ふたご》だったの。双子の妹がいるんだけど、その子は脳がないのよ。頭蓋骨《ずがいこつ》もないからゴムまりみたいに頭がぶにゅぶにゅして……」

「気持ち悪い夢だね」

「だから、丈陽か、あんたの身になんかあったのかもしれないと胸騒ぎがして、ぜんぜん眠れなかったのよ。よっぽど電話しようと思ったんだけど……」

　テーブルの上のケイタイが鳴ったので、電話を切った。留守番電話サービスに北村さんからのメッセージが入っていた。

「いま東さんといっしょに車のなかです。佐藤先生と看護婦さんが外まで見送ってくれました。高速が空《す》いているので三十分くらいで着くと思います」

　まだ早かったが、外に出て気分を変えたかった。

　――躑躅《つつじ》の蕾《つぼみ》がひらいている。このマンションで迎えるはじめての春なので、花が咲くまで植え込みの低木が躑躅だということに気づかなかった。ひと膚《はだ》の大気も、ありふれた赤紫の躑躅も、わたしの五感にまとわりついてくるすべてが疎《うと》ましい。ナゼワタシダケガコンナメニ！　なにかの原因でも、だれかの作意でもないとしたら、なぜ、わたしの身につぎつぎと凶事《きょうじ》が降りかかるのか？　わたしは自分の内側にある現実に目を凝《こ》らしてみた。瞼にも遮《さえぎ》ることができず、涙にもにじませることができず、眠りにも溶かすことができない現実――、東を亡くしたら、生きていけない。

白地に赤い線の入った車がガードレールの途切れたところに停まった。白い制服姿のふたりの男性が車椅子ごと東を持ちあげて階段をあがっていった。東は黒い帽子をかぶり、産後の入院時に使用したわたしのガウンを羽織《はお》っていた。

車椅子がベッドに横付けされると、東は立ちあがった。

「トイレ?」

首を振った。

「横になったほうがいいよ」

「向こう」

「向こうに行きたい?」

わたしは点滴パックを点滴スタンドに移した。

「重いですね」

「二日分だから。下のほうを持たないと倒れるよ」と北村さんが東の腕を支えた。

「ゆっくり歩こう」わたしは点滴スタンドを両手でつかんでリビングに向かった。

リビングテーブルにたどり着くと、東は自分の席に座って部屋を見まわした。

「紅茶をすこしくれる?」

「冷たいの?」

東はうなずいた。

北村さんが湯を沸《わ》かしに台所に走った。

「体調は?」わたしはティッシュで眼鏡を拭いた。二時間しか眠っていないので目を開《あ》けているのもつらい。

「午前中から二時まで最悪なんだよ」

「横になったら?」

「ちょっと紅茶を」

「紅茶の前にこれを」北村さんが東の前にモルヒネ水溶液の容器を置いた。

「せきが……」

「せきが出るから飲まない? でも佐藤先生、定時に飲まないと効かないっていってましたよ」と北村さんはいったん台所に引っ込んだ。

「座るのってひさしぶりでしょう。だいじょうぶ?」

東は黙って窓の外を眺めている。

「病院よりは落ち着く?」

微《かす》かにうなずいた。

「外がずいぶんあたたかくなってきたね」

「二十度」

「桜見た？」

「皇居」

「満開？」

「もうずいぶん散ってる」

「散っちゃったかぁ……紅茶なかなか冷えないみたいだね」

北村さんはふたたび東のとなりに立って、モルヒネ水溶液の容器を置き直した。

「これ飲むのは東さんの仕事。だって苦しいじゃない」

「苦しくなったら飲む」

「うるさいなって思ってるでしょう。でもうるさくしますからね。これは午前中のお仕事です。東さんが甘いといったから、甘みを抜いてもらったんです」

東は眉《まゆ》をしかめて、飲んだ。

「口直しの紅茶をどうぞ」北村さんは紅茶のコップを置いた。

東は紅茶にガムシロップを入れてマドラーでかき混ぜ、ひと口だけ飲んだ。

「横になる」

わたしは点滴スタンドを両手でつかんで歩き、東がわたしの肩につかまった。

「この速度でいい？」

「むかで競争」

今日はじめてわたしは笑った。

東は十二日ぶりで自分のベッドに腰かけ、わたしはスリッパを脱がせた。

「靴下《くつした》は？」

「脱ぐ」

わたしが靴下を脱がせているあいだに、北村さんは素早く枕の上に氷枕を置いてバスタオルでくるんだ。

東はバスタオルをひっぱった。

「取る？」

「うん」

わたしはバスタオルと氷枕を取って北村さんに渡した。

東は枕を指差している。

「これも？　わたしの枕持ってこようか？」

東は首を振って椅子のクッションを指差した。北村さんがクッションを置くと、今度は枕を指差した。北村さんはクッションの上に枕を重ねた。

東はからだをゆっくり倒し、満足そうに微笑《ほほえ》んだ。

「良かったぁ、落ち着くところが見つかって。これでだめだったらえらいこっちゃ！」と北村さんは大きな声で笑った。

「暖房」

「設定は二十三度になってるけど」わたしはリモコンのボタンを押した。

「二十六度にして」

「これで万全？」東のからだに布団《ふとん》をかぶせた。

「睡眠薬」

「アモバンと、アモバンが万が一効かなかったときのためにサイレースがあります。これは点滴で入れていた薬と同じ成分です」と北村さんがいった。

「アモバン。紅茶」

北村さんは背中に手をまわして東を抱き起こし、わたしはリビングに行って飲みかけの紅茶を持ってきた。

東はアモバンを紅茶で飲んで横になり、「倒れない？」と不安そうに点滴を見あげている。

「何回も様子を見にきますから、ぜったいだいじょうぶ。東さん、ここにじっと座ってたらいやでしょう？　監視するなよ」と北村さんは東の声音《こわね》を真似《まね》た。

「大塚さんは？」わたしが訊《き》いた。

「十六時半成田。さっきアッコのケイタイに入れといた。成田に着いたら電話ちょうだいって」

東はなにかいいかけて咳き込み、北村さんが背中をたたき、わたしが屑入《くずい》れとティッシュを差し出した。

「これのくりかえしだったら、帰ってきた意味がない」東は痰《たん》を拭《ぬぐ》った。

「くりかえしっていうのは？」

「トイレ行ってさ……」

「病院とちがって、ここからトイレまでけっこう歩くけど、だいじょうぶ？」

「うちのトイレは好きだから」

「病院のトイレは嫌いなの？」

東はうなずいた。

「楽しみ」

「楽しみか……」

テーブルに座ってアイスティーを飲み、自分のベッドに横になり、トイレに入る——、東はそんな些細《ささい》なことを楽しみにしていたのだ。

東は目を閉じて咳き込み、カーッカーッと痰を吐こうとしている。

「出ろ！　出たっ！」北村さんがティッシュで痰を拭き取

った。

「よしきたっ」東は北村さんと同じ口調でいった。

「寝る?」

「うん。たぶん一時間くらいだよ。暗くしてくれる?」咳き込みながらいった。

北村さんが遮光《しゃこう》カーテンを引いた。

「トイレなんかでわたしたちを呼びたいときは?」わたしは北村さんの顔を見た。

「ドア開けといていいです?」北村さんが東に訊いた。

「……どっちでも」

「鈴があれば、召使《めしつかい》呼ぶみたいにできるんだけど」わたしがいった。

「鍵」声に痰がからんでいる。

「あぁ、東さんの鍵? あるある」

北村さんは東のコートを逆《さか》さに振って、ポケットに入っていた小銭《こぜに》を床にばら蒔《ま》いてしまった。

「あっ! なによぉ、ごめんなさい」北村さんは笑った。

「ちょっと一瞬つけるね」わたしが電気をつけた。

「うるさい、北村……」といいながら、北村さんは小銭を拾って机の上に置き、ポケットから緑色の鈴がついた鍵を取り出した。

東は鍵を握りしめて振った。

「聞こえないってことはないと思うけど、もし鈴でだめだったら、これで壁《かべ》をたたいてね」とハンガーを布団の上に置いた。

東は布団から手を出して音色を楽しむように鈴を振りつづけた。

リビングに行くと、北村さんが点滴袋と飲み薬一式を紙袋から出して整理しはじめていた。

「朝七時のお仕事は胸に張るホクナリンテープ。これは昨日から新しくはじまったメプチンエアー。タイミングが難しいんだけど、シュッと押して息を吸うの。喘息《ぜんそく》患者に使う薬みたいなんだけど、東さんはすこし楽になるっていってた」

わたしはメプチンエアーを手に取ってみた。

「だいじょうぶだったの?」北村さんは声を落とした。

「……だいじょうぶです」わたしはフローリングの板と板のあいだの窪《くぼ》みを見ながらいった。

「あの車、あっぷるっていうんだけど、看護婦さんも乗ってて、とっても親切だった。それでね、問題は、月曜日が予約いっぱいなんだって。選択肢《せんたくし》としては夕がただったら空《あ》くそうだから、夕がたまでここにいるか、でも点滴は月曜までの分しかないし、佐藤先生は月曜の朝にピシバニールの注射をしたいっていうのよ」

「ほかにも会社があるんじゃないでしょうか」わたしは夕ウンページを本棚《ほんだな》から引き抜いた。

「なんで引けばいいのかな？」

「すみませんけど、わたし、二時間しか寝てないので、ちょっと眠ります」

「じゃあ、片っ端《かたっぱし》から当たってみて、オーケーだったら予約しちゃうね」

「お願いします」

横になった途端《とたん》に意識が遠くなったが、手脚と首の緊張《きんちょう》は引いていかない。全身に見知らぬ男の痕跡《こんせき》がこびりついている。どうすれば消えるのだろう。だれかに抱いてもらいたい。切羽《せっぱ》詰まって抱かれたいと思っているのに、抱いてくれるひとはだれもいない。わたしは板のように硬直したまま眠りに沈んだ。

蛇口《じゃぐち》をひねっても　お湯出ないよ
ほんとだ
どうしようか
風呂のなかから汲《く》んで洗うしかないでしょう
こんなに硫黄《いおう》きつくてシャンプーの泡立《あわだ》つかな？　もう二日も髪洗ってないんだけど
泡が立たなきゃシャンプーなしで洗うしかないでしょう
やっぱりだめだ　せっけんの泡も立たない
顔洗っただけで目が痛い
でも効きそうだね
おれが汲み出して流してやるよ
じゃあ順番こにやろう　あんたが髪洗うときはわたしが汲み出す
束が湯を汲み出し、わたしの髪にかけてくれた。洗い場に湯の音が響き渡る。
今度はわたしが束の髪を流す。腕に勢いがついて止まらなくなる。
もういいよ
もうすこし流したほうがいいよ
もういいって　寒いからあったまりたい
百まで数えて

自分で数えなさいよ
あんたの役目じゃん
いち　に　さん　し　ご　ろく……
なんか話し声聞こえない？
え？　お湯があふれる音でしょう？
ちがうよ　ほら　男と女の声が
心中したふたりの霊《れい》かもよ
東の笑い声が湯の音にかぶり、湯が笑っているように聞こえる。
あんた死んでも霊になって出たりしないでね
窓ガラスに額と手をくっつけて　あんたと男がいちゃついてるのを覗《のぞ》いたり？
やめてよ
いくつまで数えた？
ごじゅうくらいじゃない？
ごじゅう　ごじゅういち　ごじゅうに　ごじゅうさん
なんかすごいゆっくり
文句つけるなら自分で数えなさいよ　ごじゅうし　ごじゅうご　ごじゅうろく……

——夢にしてはあまりにもあのときのまま、過ぎ去った現実になんの手も加えられていない。ただ、湯音が感じられず、湯気《ゆげ》もない。湯気がないのに溶けてゆく雪が発するような光につつまれて東の顔が見えない。やっぱり夢なのかもしれない、とわたしは顎《あご》まで湯に浸《つか》っている。東の数えかたはさらにゆっくりになって、これじゃあのぼせてしまう、と思った拍子に目を開けてしまった。温泉はあっけなく消え失せ、天井《てんじょう》が揺らいでからだが斜めになった。病室？　わたしの部屋？　目と意識の焦点が合ってくる。和室だ。丈陽といっしょに寝ているのだ。顔を倒す。ベビーベッドのサークルメリーのミッキーマウスのとなりはミニー……丈陽はいない……町田康さんと敦子さんに預けたのだ、と現実をたぐり寄せながら、その重さに愕然《がくぜん》とし、目を閉じて温泉に戻ろうとしたが、わたしの意識はすでに現実に包囲されていた。

——東が自分の部屋で眠っている。付き添っているのは大塚さんだ。昨夜サンフランシスコへのフライトを終えて帰国した大塚さんが「いちばん疲れてないから」といってくれたのだ。北村さんはわたしの部屋で眠っている。何時？八時四十分。そうだ、渋谷署に被害届を提出しに行かなければならない。わたしは枕の横に用意しておいた服に着替えて戸を開けた。

大塚さんと北村さんがテーブルに座って紅茶を飲んでいる。

「だいじょうぶ？　顔色悪いよ」大塚さんが真っ赤な目をわたしに向けた。

「大塚さんこそだいじょうぶですか？」

「アッコは時差ぼけとの闘い」北村さんの顔は歩き過ぎた足の裏のように黄ばんでいる。

疲れているのはわたしだけではない。ひと月のうち十日間を海外線のスチュワーデスとして勤め、そのほかの日はすべて東の看護に当てている大塚さんも、バイトをしながらほぼ毎日東に付き添っている北村さんの疲労もとうに限界を越えているにちがいない。

「……眠ってますか？」わたしは立ったまま髪を指で梳《す》いてゴムで束《たば》ねた。十分後に下に降りなければならない。

「眠ってる。でも、熱が七度八分……」北村さんが眠気を払うように目をしばたたかせた。

「朝七度八分もあると、夕がたまたあがるかもしれませんね」

「ワークショップのために韓国にいるエレンから連絡があったんですけど、お見舞いにきますって」

「いつですか？」

「明日」

「急ですね」

エレン・スチュアートという八十四歳の黒人女性はオフブロードウェイにあるラ・ママという劇場のプロデューサーで、東京キッドブラザースがラ・ママで六ヵ月間のロングランを果たした一九七〇年からの東の親友というか、出稼《でかせ》ぎに行った息子を想《おも》う母親のように東の身を案《あん》じてくれている。

「エレンは昨年も突然見舞いにきたから、明日病室に現れてもあやしまないでしょうね。わたしはそろそろ警察に行かなければならないので」とわたしはリュックを肩にかけた。

エレンが来日する。大きな出来事のはずなのに、出来事の輪郭《りんかく》が夢のなかのようにぼやけて、現実として認識できない。わたしは落っこちてしまったのかもしれない、外側に――。

一時間程度で終わるだろうと思っていたのに、男が侵入して逃亡するまでの経路を書かされることからはじまって、一昨日《おととい》の夜から昨日の朝にかけての出来事を細かく細かく訊《き》かれ、男が侵入したあたりにたどり着いたころには二時間を越えていた。

どんなことでも話せる、恥ずかしくはない、恥ずべき行為をしたのは犯人で、わたしはなにも悪いことをしていない、恥ずかしいと思ってはいけない、と頭ではわかっているのだが、いざ言葉にしようとすると、のしかかってくる男に抗《あらが》ったようにからだ中に力が入ってしまう。

「かなり揉《も》み合いました」

「具体的になにをされたんですか?」

「胸をさわられたり……」

「じかに?」

「ええ」

「ネグリジェの下にはなにも着てなかった?」

「いいえ、下着は……パンツは穿《は》いてました」

刑事は紙に〈陰部〉と書いてわたしの顔を見た。

「はい」と答え、わたしは〈陰部〉から目を逸《そ》らして、見る場所を捜した。ボールペンも、ボールペンを持っている腕も、まくりあげたシャツの皺《しわ》も見ることができず、自分の手の爪《つめ》に目を落としたが、これでは恥じているように見える、と思い切って刑事の顔を見た。

「勃起していた?」

「それは……わかりません」

「でも、どうして、突き飛ばされただけで逃げちゃったんだろう。男が本気で姦《や》ろうと思えば姦れちゃうらね。姦ることが目的じゃなかったんだね。たぶんプロのこそ泥《どろ》。先生が美人でいい女だからちょっかいを出したんですよ」

「こそ泥だとしたら、何人暮らしなのか、棲《す》んでいるのが男なのか女なのかもわからなかったはずです。郵便受けには名前も出していないんですよ。なぜ、眠っている人間の容姿《ようし》がわかるんですか? それに、『ずっと見ていた。好きだった』といっていたんです。わたしの読者には異常なひとが多くて、母が勤めている不動産屋に突然入って、『あなたの育てかたが悪いから美里さんが精神不安定になった!』と母を罵倒《ばとう》したり、ごみをごみ袋ごと盗んで、その中身を書いて送ってきたりする、いわゆるストーカーというか……」

「そういうことをするのは若い男でしょう?」

「いえ、サイン会にくる男性は三十代がいちばん多いですが、四、五十代、六十歳以上もいます」

「靴を外に置くのはプロの手口ですよ。明けがた専門のやつもいるんです」

　靴を外に置いていたというだけでプロの犯行と断定して良いのだろうか。泥棒を生業《なりわい》としていなくても、週刊誌、テレビ、小説、映画などで情報を得ているのだ。

「……手帳だけでも返してもらいたいんです。いろんなひとの自宅の住所と電話番号が書いてあって、なかには自宅を隠している有名なひともいます。もし、なにかいやがらせをされたら……」

「もう財布《さいふ》の金だけ抜いて、あとは鞄《かばん》ごと棄《す》てちゃってますよ。手帳は出てくるかもしれませんよ」

「赤ん坊と重病人がいるんです……またやってきたら……」

「同じところに入ることは九十パーセント、いや、九十九パーセントないでしょうね」

　暴力犯捜査第一係の刑事が犯人の似顔絵《にがおえ》を描くために入ってきた。

「年齢は？」

「……白髪《しらが》が多かったような気がします」

「服は？」

「白地に黒の千鳥格子《ちどりごうし》のボタンシャツです」

「千鳥格子ってなに？」

「チェックというか、千鳥が飛ぶかたちをつなぎ合わせた模様です。いまは流行《はや》ってないけど、そんなにめずらしい柄《がら》じゃありません」

「おれもそんな服持ってたな」刑事はにやりと笑って、鉛筆を膚《はだ》色の色鉛筆に持ち替えた。「芸能人でいうと？」

「芸能人といわれても……わかりません。でも大きく分類すると、わたしの顔と同じ系統かもしれません。だから一瞬、父だと思ったんです」

「襲われて、父親だと思うっていうのも変だね」

　似顔絵はだんだんわたしの顔に近づいていった。

「それじゃあ、まるでわたしの顔ですよ」

「いくらでも直せますよ。もうすこし鼻を低くとか、目を大きくとか眉毛《まゆげ》を濃くとか、遠慮なくいってください」

「そんな、いかにも犯罪者というような顔ではなくて、道で擦《す》れちがってもだれも振り返らない、どちらかというと道を訊《たず》ねたくなるようなタイプの男性です」

　刑事は口角《こうかく》を消しゴムでこすって描き直した。

「それじゃあ、笑い過ぎです。狂人みたい」

「グッドモーニングなんていって女を襲う男は狂人だよなぁ」世間話をしているような口振りでいった。

四時間が過ぎた。東の容体が心配だし、外のベンチで待っている飯田さんに申しわけない。目鼻の細かい修正など指示できるはずがないのだ。すでに話した印象を言葉を変えて説明するだけだ。

「どう？　こんな感じ？」と画用紙を立てて見せられたが、わたしを襲った男には似ていなかった。

「わたしは両眼〇・〇二のど近眼なんです。遮光《しゃこう》カーテンを引いていたし……ほとんど顔は憶《おぼ》えていません。でも、だいたいそんな感じでした」

「うまいもんでしょう。所属はマル暴担当なんですよ。組長に似顔絵を描いてあげたら喜ばれちゃって、いまでも組の事務所に額に入れて飾ってありますよ」

刑事はいったん会議室を出て、色紙を手に戻ってきた。わたしは色紙にサインをして渡した。


インターフォンを鳴らして解錠《かいじょう》してもらい、爪先立《つまさきだ》ちで東の部屋に入った。

北村さんはわたしの顔を見てうなずき、東の額のタオルを替えた。

「いま、何時？」東が薄目を開けた。

「六時です」北村さんが答えた。

東は大きな溜《た》め息を吐いて目を閉じた。

「柳はまだ？」目を閉じたまま訊いた。

「帰ってるよ」ベッドに寄って声をかけた。

東は目を開けていった。

「浣腸《かんちょう》、いい？」

北村さんが額のタオルを取って抱き起こし、わたしが点滴スタンドを押して、一歩一歩トイレに向かった。

トイレのドアを閉めてふたりきりになると、東はズボンとトランクスを下ろして洗面台の縁《ふち》につかまった。わたしは急いでいちじく浣腸のキャップをはずし、チューブにワセリンを塗って東の肛門《こうもん》に挿入した。

「便器の蓋に座って、いいっていうまでがまんしててよ」

「洩《も》らす」

「だって便座に座るとすぐ出ちゃうでしょう。洩らしても拭けばいいし、着替えのパジャマたくさんあるからだいじょうぶだよ」

といったのだが、東は蓋《ふた》を開けて便座に座り、三十秒足らずで出してしまった。

「どうする？」

「もう一度」

「やる？　でもがまんしないと意味ないよ」

東は洗面台に手をついて尻を突き出し、わたしは眼鏡《めがね》をかけ直した。

「痛いっ」

「痛い？　見えにくいんだよ……どこが肛門なのか……もっとひらけば……ごめん、ひらくよ」

わたしは浣腸を引き抜いて、指で肛門をひろげた。

「あった、ここだ」

「もっとたっぷりつけてよ」

ワセリンをひとさし指ですくってチューブになすりつけ、肛門が目の高さになるまでかがんで浣腸した。

トイレから出て体温を測ると三十八度四分まであがっていたので、佐藤先生のポケベルを鳴らした。

折り返し電話がかかってきた。

「三十八度四分なんです」わたしがいった。

「ロキソニンを三錠飲んでください。で、下がらないようだったら、また連絡ください。出先だけど、寄ろうと思えば寄れないことはないんです」

「いま、どちらですか？」

「東京ドーム。息子とふたりで観《み》にきてるんですよ。巨人ヤクルト戦」

「すみません、せっかくの日曜日に」

「巨人が五対〇で敗《ま》けてるんだけど、いま八回裏で反撃してるんですよ。あっ入った！　二点返したっ！　きっと逆転しますよ。東さんもきっと逆転勝ちできますよ」

電話を切っても、佐藤先生の声が耳のなかではずんでいる。佐藤先生がいったことを伝えると、東は目だけで笑い、すぐに顔全体で笑いを打ち消した。

「出ないんだよ。座薬ある？」

「座薬は、なかった、ですよね？」わたしは北村さんの顔を見た。

「買ってきます」北村さんが立ちあがった。

「日曜の夜ですから、電話してから行ったほうがいいと思いますよ。あっ、それからいちじく浣腸も一ケースお願いします。昨日と今日で使い切っちゃって……」

「そんなにたくさん使っちゃっていいの？」

「いいわけないんだけど……」

北村さんと大塚さんはふたりで出掛けて行った。

部屋のなかがしんとなり、東は雨に濡《ぬ》れた馬のように静かに顔を向け、煙草《たばこ》を吸う仕種《しぐさ》をした。わたしは机のなかからハイライトを取り出して渡した。

「結局、意味がなかったね」東の口から羽毛《うもう》のような煙が立ちのぼった。

「絵本？　熱が出ちゃったんだからしょうがないよ」

東の顔を見ているうちに胃のなかが熱くなり、すべてを打ち明けてしまいたい衝動《しょうどう》に駆られた。ねぇ　ほんとうは一ヵ月の延命《えんめい》が奇跡《きせき》に近いくらい悪くなってるの　このまうちにいる？　明日病院に戻ったらもう二度と帰ってこられないんだよ　でも　ここにもういられない　変な男が入ってきて強姦されそうになったんだよ　わたし　どうすればいいんだろう　丈陽をどうやって育てればいいんだろう　胃のなかに言葉があふれて嘔吐《おうと》に近い感覚に襲われ、のどの筋肉が強張《こわば》った。

「口述筆記は声が出ないから……」

「わたしにはちゃんと聞こえるよ。病院に戻って、気分がいいときにしゃべってくれれば、わたしが書き取るよ」


東は灰皿の位置を確認しててていねいに灰を落とし、ゆっくり煙を吸い込んだ。煙が鼻の穴から吹き出され、顔の前を流れていった。煙が漂っているあいだ、わたしたちは互いの顔を眺《なが》めていた。東の目がわたしの顔に触れている。動いているのは煙と東の首の動脈をぴくぴくさせている脈拍《みゃくはく》だけで、聞こえはしないけれどその音が感じ取れるほど完全な静寂に支配されていた。わたしは目覚し時計の秒針の音に気づき、秒針の音と煙がからまり合って、ふいになにもかもが遠ざかっていった。息をしていることさえ遠くに感じられ、わたし自身の生もわたしから遠ざかっていった。


ふたりが帰ってきてから、東とわたしはトイレに二時間立て籠《こも》った。座薬はそのままのかたちで出てしまい、浣腸も四度試みたが排便には至らなかった。

四時過ぎに排便をあきらめて眠った。

北村さん、大塚さんの三人でテーブルを囲んだ。

「わたしが腕をマッサージしてたら、『もうよか。きりがなかとよ』っていったの。『でも気持ちよかと』っていってつづけたんだけど、なんか哀《かな》しくなって……」北村さんがいった。

「長崎弁を使うなんてめずらしいですね。わたしには一度も使ったことがない」わたしは窓の外を見た。そろそろ夜が明ける時間だ。

北村さんが指で首筋を押している。

「肩凝《こ》りですか？」

「なんかあの病室に移ってから金縛《かなしば》りが……」

「北村さんもですか？」

「え？　柳さんも？」

「わたしはまだ新しい病室に泊まってないからわからないけど……」大塚さんが北村さんとわたしの顔を交互に見た。

「トイレのドアを開けて正面に鏡があるじゃないですか？　開けると一瞬よぎるときがあるんです」いまの精神状態では自分の目で見たものや耳で聞いたものを信じるわけにはいかないが、でも、見たのだ。

「なにが？」北村さんの声が上擦《うわず》った。

「男の顔です。六十歳くらいかな？　白髪頭で品のいい感じ。あっ、そういえば、いま気づいたんだけど、昨日の泥棒と似てる」

「やめてよ。今度病院に泊まるのいつだっけ？　今夜はアッコ、わたしは明後日だ。こんな話聞いちゃったら、ひとりじゃ泊まれない。アッコいっしょに泊まって」

「いいよ、わたしは」大塚さんの声だけぶれていない。

「でも、急にふたり態勢になったらあやしまれるんじゃないでしょうか？　それに簡易ベッドひとつしか置けないから、ひとりは椅子《いす》に座ってないといけないし」

「長井さんから八神道本部の塩をもらったんだけど」

長井八美《はつみ》さんは東京キッドブラザースの旗揚《はたあ》げメンバーのひとりで、現在は劇団青い鳥の制作をしている。

「その塩を病室の四隅に盛りましょう。風呂場の四隅にも。風呂場はとりわけ陰気だから、撒《ま》いて清めたほうがいいかもしれない。それから神棚のものを一式持って行って、枕の上の棚に並べてください」

わたしは神棚から榊立《さかきたて》と水玉《みずたま》と瓶子《へいし》と厄除祈願の御札《おふだ》を下ろして紙袋に入れた。

「部屋を変えてもらいましょうよ」大塚さんがいった。

「変えてもらったばかりだし、空きがあるでしょうか？」

「わたしが佐藤先生に頼んでみます」と大塚さんがいった。

順番にシャワーを浴びてパジャマに着替え、部屋中の鍵が閉まっていることを確認した。大塚さんと北村さんはいざというときに備えて傘《かさ》を一本ずつ握って寝室に入って行った。

玄関には車椅子が折り畳んである。わたしの靴《くつ》、北村さんの靴、大塚さんの靴――、東の靴はない。担架《たんか》で運ばれてきたので靴を履《は》いてこなかったのだ。靴なしで部屋にあがってくるのは泥棒と重病人、そして死者だと思って、そう思ってしまったことに身ぶるいした。


目を醒《さ》ました東の顔は痛々しいほど憔悴《しょうすい》し切っていた。

「猫の声で眠れなかった。鳴き止んだら死んだってことでしょう？　マンションの下に子猫が棄《す》てられたんだよ。もう鳴いてない……」

「ちがうよ。春だから盛《さか》ってるんだよ。雌の奪い合いでもしてたんじゃないの？　三十分後に車がくるけど、青汁《あおじる》とか人参《にんじん》ジュースとかエンシュアとか、なんか飲めそうだったら……」ほんとうに猫が鳴いていたのだろうか、わたしは東の耳を疑いながら訊《たず》ねた。

「セロリジュースとジェラート」

「あぁ、西武の地下のジェラート屋だね。じゃあいっしょに車に乗るよ。西武の前で待ってて。買ってくるから。ジェラートの種類は？」

「任せる」

「あんたが好きそうなやつでいいのね」

昨年の秋から冬にかけて、東がまだ信号が点滅したら走って渡り、近所の洋食屋でビーフシチューを食べ、『恋のから騒ぎ』を観て笑い、ドアの陰にほこりが落ちているのを見つけてはクイックルで拭き取り、妊娠中のわたしを気遣《づか》って栄養価の高い食事を拵《こしら》えてくれていたころ――、わたしたちは二日置きに渋谷まで買い物に出掛けていた。買い物を終えるとかならず渋谷西武A館地下二階のラケーリに寄って、ジェラートを食べていた。東はバニラか抹茶《まっちゃ》かチョコレートのシングルにセロリジュース、わたしはだいたいプリンと苺《いちご》のダブルだった。
甘いものは妊娠中はひかえるようにって本に書いてあったけど
たまにはいいんだよ　妊婦《にんぷ》にはストレスは大敵だって書いてあったでしょう
あんたはたまにじゃなくて毎日じゃない　せめてシング

ルにしなさいよ　脂肪で産道が狭《せば》まって難産になったら
あんたは自業自得《じごうじとく》だけど　その子がかわいそうでしょう
乳母車を押した若い母親がわたしたちの向かいに座り、母親は男の子にジェラートのコーンを持たせた。男の子は静かに上手《じょうず》に食べはじめた。
いくつなんですか？
もうすぐ二歳です
二歳になれば　自分で食べるんだね
東はセロリジュースをストローで吸いあげながら、口のまわりを真っ白にしてバニラを食べている男の子に微笑《ほほえ》みかけた。
あなたのおなかにいる子が二歳になるまでは生きたいな
五年だよ　五年達成できたら十年を目指そう　最終的には根治だよ　二年なんて弱気なこといわないで
わたしはせり出したおなかを撫《な》でながらジェラートを舐《な》めた。
わたしはガードレールをまたいで地下二階まで駈《か》け下りた。白ワイン、ヨーグルト、ゴマ、バニラ、桜、ミルクの六種類をミニコッパセットにしてもらって、セロリジュースを注文し、店員がセロリ、パセリ、グレープフルーツ、林檎《りんご》をジューサーにかけるのを膝を揺すりながら注視した。
ジュースを手渡すと、東は早速《さっそく》ストローで吸いあげた。
「まずいっ。こんな味だったっけ」
「じゃあ、わたしは明日」
東は手をあげ、大塚さんがドアを閉め、車は神宮《じんぐう》通りを原宿の方角に走り去った。
帰って原稿を書かなければ、と東急本店まで早足で歩いたのだが、文化村通りの途中で、歯をむき出して笑っている男の顔と手と口の感触が蘇《よみがえ》り、膝が突っ張って歩けなくなった。丈陽に逢《あ》いに行こう。丈陽の顔を見たら、あの部屋で書く勇気が湧《わ》いてくるかもしれない。わたしはタクシーに向かって手をあげた。
ラジオからニュースが流れてくる。
「今日の衆院本会議で民主党の鳩山代表が代表質問し、小渕前首相の入院から森首相誕生までの不透明な密室劇に大きな疑念を払拭《ふっしょく》できないとして、首相臨時代理決定の経緯について、政府に説明を求める見通しです」
運転手は退屈なニュースをあくびで聞き流した。もう皆、首相の不在に慣れている。まだ生きているのに、死んだものとして扱っている。

道はどこもかしこも桜の花びらで汚れていた。なにかの影が途切《とぎ》れ途切れにわたしの手の上を流れて去《い》く。

いち　に　さん　し　ご　ろく……

わたしは目を瞑《つむ》って温泉に浸かった。


疲れた、という言葉ではとてもいい尽くせないが、疲れた、という言葉しか思いつかないほど疲れている。疲れた、とだけ書き遺《のこ》して自殺するひとはこんな気持ちなのかもしれない。

もう書けない、と思う。でも書いていなければ保てない。なにを？　生を。なぜ保たなければならない？　書くことを手放して、生きることを投げれば楽になるのに。

ベランダに出ると、雨が降っていた。これで今年の桜はお終《しま》い。でも桜はまた来年も咲く。咲くかもしれない、という可能性のなかで咲くのではなく、かならず、咲くのだ。そして、つぎに桜が咲くころには、東由多加は、いない。いないかもしれない、ではなくて――、そのことがどうしてもわからない。


わたしは別々の場所で雨の音を聴いているふたりのことを考えた。丈陽はまだ雨という存在を認識していないし、ベッドから起きあがれない東には雨の気配《けはい》は伝わっていないかもしれない。けれど雨はわたしたちを隔《へだ》てている空間を水でつなげてくれている。雨音のなかからふたりの息の音を聴き取ろうとして聴き取れず、てのひらを外に差し伸ばして雨に触れた。

書かなければならない。わたしはベランダからリビングに戻ってワープロの前に座った。雨で湿ったてのひらをキーの上にひらく。彼と丈陽が対面した三ヵ月前の日曜日のことを書かなければならないのだ。

かたっと音がして、わたしのからだは音と共に跳《は》ねあがった。和室の障子《しょうじ》戸を開ける。鍵はかかっている。念のため押し入れの戸も開けてみる。だれも隠れていない。なんとなく整理棚の引き出しを開ける。丈陽の肌着や服のほとんどは町田夫妻のうちにあるのだが、大きなサイズは残っている。わたしは一枚一枚手に取って眺めた。サイズ70の服もひと月後にはきっと着られるようになっている、と思うとふつふつとうれしさがこみあげてくるが、この服が着られるころには東はいなくなっているのだと思って、うれしさが吹き消された。わたしは丈陽の手、足、指の一本一本を思い浮かべながらていねいに畳んでしまった。

明日はエレン・スチュアートが見舞いにくる。エレンと北村さんと大塚さんがここに泊まり、わたしは東に付き添うことになっている。

新しい部屋は四〇一号室だとケイタイの留守番電話サービスに大塚さんからのメッセージが吹き込まれていた。今《け》朝《さ》大塚さんが主治医の佐藤温先生に金縛りのことを説明し、先生は「四階の個室はドックで入っているひとが多いし、うちの病院は個室では亡くならないんですよ。容体が悪くなると下に移すんです」と訝《いぶか》りながらも快く部屋を変えてくれたそうだ。

エレンはきっと東のベッドで休むだろう。わたしは東の部屋に行って、シーツと枕カバーを替えてワープロに戻った。明朝《みょうちょう》までに書かなければ間に合わないのだが、電源を入れたままワープロの蓋《ふた》を閉め、蓋の上で町田敦子さんに宛《あ》てて手紙を書いた。

明日pm1：30分頃（病院着）ラ・ママのエレン・スチュアートが東由多加の見舞いのために来日します。エレンは一泊二日で帰国します。丈陽をエレンに逢わせ、エレンと丈陽と東、東と丈陽とわたしの写真を撮っていただきたいのですが、病室に連れてくる時間はありますか？　厳しい場合は気にしないで、「無理」といってくださいね。

ファックスで送って、ワープロの蓋を開けた。

彼は腰をあげた。そしてミルクを飲む丈陽の傍らに佇《たたず》み、三十秒くらい身じろぎもしないで見下ろしていた。

「じゃあ、行くね」

「うん。じゃあね」

彼は丈陽に背を向けて、出て行った。

親が子を愛《いと》しいと思うのは、その子の下絵を何千枚、何億枚と持っているからだろう。彼は一枚しか持っていない。腕組みをして見下ろした生後六日目の丈陽だけ。一分に満たなかったので、もう記憶に残っていないかもしれない。下絵なしに、いつか成長した我が子に逢《あ》うのだろうか。サイズ80の服を着ているころ？　それとも100がぴったりになったころに？　丈陽は平均より大きいから一歳ごろには１００を着ているだろう。どんなに遅くても一歳の誕生日までには父子の問題を解決してほしいのだが、生まれて二ヵ月が過ぎたいまだに、月五万円の養育費の支払いと月一回の面会という約束は果たされていない。生まれたばかりの我が子をたった三十秒で見棄《みす》て、見棄てつづけている彼もつらいのだろうが、父親の下絵を一枚も持たない丈陽は彼以上につらくなるはずだ。

四月十一日午前十一時半、町田家に丈陽を迎えに行く。わたしと敦子さんは丈陽を寝かせたチャイルドシートを左右にはさんでタクシーの後部座席に座った。

窓から青山墓地の桜を眺めていた敦子さんが、ふとつぶやいた。

「東さんに見せたい」敦子さんの声の響きは散っていく桜の花びらと同じくらいやさしく、遠かった。

「きれい……」自分の声を耳にした途端《とたん》、声が自分を裏切っていることに気づいた。わたしの声はただうっとりしているだけだった。もうなにもわからない。なにを感じればいいか、その感じかたさえわからない。どこを見ればいいのか、どんな風に手を動かせばいいのか、それとも動かさなくてもいいのか——。

「桜の枝を折ることって犯罪になるのかなぁ」

「やめたほうがいいかもしれない……」

外からの光に顔を撫《な》でられ、そのたびに丈陽はまぶしそうに顔をしかめている。わたしはおくるみの端《はし》をひっぱって影を拵《こしら》えた。

「十年前に逢ったときはあんまりいい印象を持っていなかったんだけど、去年再会して、このひとはこんなひとだったんだって……。東さんは、東さんのためになにかできないだろうか、と他人に考えさせてしまう力を持っているひとですね……」

車のなかはとてもとても静かになった。丈陽くんはいい子、とってもいい子でしょう、という唄を声を出さずに歌っているうちに頭のなかにぽっかり白い空間が生まれて、眠りが忍び込んできた。

四〇一号室のドアを開けると、ポータブルトイレの椅子に座っているエレン・スチュアートが目に入った。

深紅《しんく》色の口紅《くちべに》に黒いサマーセーターが似合う美しい女性だった。とても八十四歳には見えない。

わたしはエレンと握手を交わし、エレンは丈陽を抱いた。

「説明すると長くなるから、おれがこの子のゴッドファザーだということにしておいたから、話を合わせてね」と東がかすれた声をさらにかすれさせていった。

エレンから丈陽を抱き取って、東の膝《ひざ》の上に載せると、丈陽は東の顎《あご》に手を伸ばした。

エレンが静かであたたかみのある声で話しはじめた。英語なのでなにを話しているかはわからない。「Tree and Flower」という言葉だけが耳に残った。きっと車のなかから見た桜と新緑の美しさを話しているのだろう。

丈陽はエレンの英語を聴きながら東の膝の上で眠ってしまった。

「風邪《かぜ》ひく。そこに」東は足もとを指差した。

わたしは丈陽を抱いて布団の上に寝かせ、敦子さんがおくるみをかけてくれた。

エレンはバッグから一本の小瓶を取り出して蓋《ふた》を開け、東のパジャマのボタンをはずした。


「Apply this on your chest and around your neck, and it may help you easier to breathe, and might work well for your appetite」

エレンはてのひらにその液体を垂《た》らして、東の首と胸になすりつけた。

「これを胸と首に毎日塗ると、呼吸が楽になって食べられるようになるかもしれない、といっています」大塚さんがわたしのために訳してくれた。

わたしは小瓶を手に取ってラベルを調べた。Castor Oilと書いてある。なにかの油にちがいない。

「ひまし油だよ」東がいった。

「でも、お風呂に入れないからべたべたになっちゃうね」とわたしがいった。

「そうですね」と大塚さんがいった。

「いいんだよ。エレンの気持ちなんだから。いまだけ」と東が落ちくぼんだ目で目配せした。

「I don't want to make you too tired, so I will go and see your doctor say "Hi"and leave」

エレンは哀しげに眉《まゆ》を下げた。

「あんまり長くいるとからだに障《さわ》るから、わたしはドクターにあいさつをして帰る」大塚さんが訳してくれた。

エレンは立ちあがって両手を翼《つばさ》のようにひろげて東の痩《や》せ衰《おとろ》えたからだをつつみ、東の頬《ほお》にキスをした。

ベッドから下りて見送ろうとした東をエレンは手で制したが、

「ドアのところまで」

と東はスリッパに足を入れた。

エレンはもう一度東を抱いてキスをし、母親そのものの口調で叱《しか》った。

「No, no, no. You don't get down. You should do as I said, please!」

エレンは病室を出て行った。

訳してもらわなくても、エレンのいったことがわかった。

「このまま、ここに寝せててもしょうがないから、もう……」わたしは敦子さんと顔を見合わせた。

「そうですね」敦子さんは丈陽をそっと抱きあげた。

丈陽は目を醒《さ》まし、東の顔を見てアーアーと声をあげた。

「丈陽くん。あんたと一度でいいから、いっしょに旅行に行きたいよ」痰《たん》を突き破って、東の声が響いた。

「バイバイ」東は丈陽に手を振った。


東が丈陽に「バイバイ」といったのは、これが最初で最後だった。

この瞬間、ふたりは永遠に別れた。


佐藤先生が病室に入ってきた。

「昨日柳さんがいないときに、『先生、もう帰らないよ』っていってたよ」

「え？　どうして？」わたしは東の顔を見た。

「ひどい目に遭《あ》った」東は笑った。

「なにがよ」わたしも笑ってみた。笑い声がわたしから剝《は》がれ、遠ざかっていく。

「十分置きに排便したくなって……」

「便が詰まって出ないのかな？　ちょっと指を入れさせてくれる？」

「……」東は佐藤先生の顔を見あげた。

「すぐ済むから」

東は背を向けて横たわり、わたしがパジャマとトランクスを下ろし、先生が東の肛門に指を入れた。

「痛ぇ！」

「ごめんなさい。うん、糞石《ふんせき》のように直腸《ちょくちょう》に溜《た》まっている感じはないね。そんなにつらいんだったら下剤をアップしてみようかな」

「アップというのは?」言葉と意味がつながらない。

「だから、下剤の量をあげようかなと。プルゼニドという一般的な下剤を使ってるんだけど。いま何錠飲んでる?」

「一錠です」

「じゃあ三錠までアップして様子を見ましょう。あと、パントールという抗鼓腸剤《こうこちょうざい》なんですけどね、点滴のなかに入れて、おなかを動かすようにしてはいるんです……ほかに、つらいのは?」

「息が……」

「ちょっと喘息《ぜんそく》の気《け》があるのかもしれないなぁ」

「おれに?」

「夜中にひゅーひゅーってなるでしょう」

東はにやっと笑ってひとさし指をあげた。

「仲間だもん」先生はてのひらを東に向けてから自分の胸に向け、大きな声で笑った。

東は笑い声こそ出せなかったが、歯を見せ、背中を折り、膝《ひざ》をたたいて爆笑を表現した。


「でも、遺伝的にはあるよ。お母さんは喘息の発作で亡くなったんだし、親戚《しんせき》のなかに何人いる? お姉さん、甥《おい》……」わたしは佐藤先生の顔を見た。胸水《きょうすい》の急激な増加にともなう呼吸苦《こきゅうく》の説明、つまり嘘《うそ》の材料として喘息を持ち出したのか、それともほんとうに喘息を併発しているのだろうか。

「歳とって突然出る場合もあるんですか?」わたしは訊《き》いた。あとで東がいないところで訊いてみなければならない。

「ありますね」

「そうだ、お姉さんは四十過ぎてから発作《ほっさ》が出たっていってたね」

「あとですね。いまの話とちがって」東は鉛筆と紙を手に取り、芯《しん》の先を紙に押しつけた。

「うん」佐藤先生は東に顔を近づけた。

「意識をはっきりさせる薬を」声に痰が絡まってつぎの言葉が出てこない。

「……いやぁ、いまのままでいいんじゃないかなぁ。無理に飲んで、変になっちゃうかもしれないから」

東は背を伸ばしてなにかいい返そうとしたが、湯飲《ゆの》みをつかんで咳き込んだ。佐藤先生が背中をたたき、咳がおさまったところで東の胸に聴診器を当てた。東は言葉を飲んだまま両手で襟《えり》をひっぱって先生の顔を見ている。

佐藤先生が出て行くと、東は配膳台の上のハンドクリームのラミネートチューブを手に取り、蓋を開けてにおいを嗅《か》いだ。

「いいにおい」

わたしも嗅いでみた。

「ほんとだ。レモンのにおい。北村さんのだよ。大塚さんのおみやげみたいだよ。アメリカの普通のスーパーで売ってたんだって」

東の左の黒目が左端に寄り、右の黒目が天井《てんじょう》を見ている。わたしはぎょっとして声をかけた。

「眠る？」

黒目が元の位置に戻った。

「すこしね」東の言葉は意味を伝えるよりも吐息《といき》に近かった。「ちょっと外に出てくるけど、起きて、もしいなくても心配しないで。すぐ戻るから」

東はうなずいて瞼《まぶた》を閉じた。

飯田昌宏さんがゲラを持ってきてくれることになっている。そうだ、金を借りなければ。わたしは外に出て飯田さんのケイタイに電話した。

「あの、財布を盗まれてお金もカードもないんですよ。再発行の手つづきをしなきゃいけないんだけど、時間がなくて。申しわけないんですけど、五万円ほど貸してもらえないでしょうか？」

電話を切った十分後に飯田さんは病院の前に現れた。駅前の喫茶店に入ってゲラを受け取り、飯田さんが持ってきてくれた赤のボールペンで手を入れていった。

「煙草くれます？　妊娠中禁煙してたんだけど、もうだめですね」

最後の一行を終えるころには、飯田さんの煙草をひと箱吸い切っていた。消し損ねた火がほかの吸殻《すいがら》に燃え移って、灰皿から煙が立ちのぼっている。わたしはコップの水を灰皿にこぼして、となりの空席の灰皿に手を伸ばした。

「ほかの席の灰皿は使わないでください」と店員に灰皿を取りあげられた。

「すみません、じゃあ、この灰皿を新しいのに交換してください」飯田さんが頼んでくれた。

店員は黙って灰皿を交換した。おそらくコーヒー二杯で四十分も粘っているのが不愉快《ふゆかい》なのだろう。

「もう一杯どうですか？　時間は？」わたしが訊《き》いた。

「ぼくはだいじょうぶですけど、柳さんは？」

「たぶんまだ眠っているから」

わたしはコーヒーのおかわりを注文した。

「こんな状態で書いたのに、思ったより文章が乱れていなかった。読み直さないでファックスしたから、すごく心配してたんだけど、いままででいちばん直しがすくないくらい」

「ああ、そうだ、これ」と飯田さんがわたしの前に置いた封筒には厚みがあった。

わたしは一万円札を数えてみた。三十枚もある。

「こんなに……」

「あって困ることはないでしょうから」飯田さんがいった。

「助かります。稿料《こうりょう》から引いてください」わたしは目を伏せた。

「それから、盗まれたバッグのなかに手帳も入ってたんでしょう？　これ、使っていないので」と飯田さんは黒い手帳をテーブルに置いた。

「そうだ、そうです、困ってたんです」わたしは顔をあげた。

「ひとつ、たいへん訊きづらいことを訊きますが、柳さんは以前、東さんが亡くなったらその時点で連載は打ち切り、柳さん自身も生きていけないとおっしゃっていましたよね」

「……そうですね」わたしはまた目を伏せた。

「東さんにもしものことがあっても、柳さんは死なない。生きて、書いていただけると思っていてよろしいですか？」

「……主治医の佐藤先生はエンドステージとおっしゃったし、帰宅が月曜から土曜に変更になったのは、月曜だともう意識がないかもしれないと先生が判断したからなんです。だから、もう、医学的には、死に向かって秒読みに入っている段階だと思うんですけれど、わたしはどうしても、死に向かっているとは思えないんです。本人が生のほうに顔をあげているということが大きいんですが、わたしも東の死を想像できないんです。だから、そのときに自分がどんな精神状態になるのかもわからない。でも、高校を退学処分になって、役者志望で劇団に入ったわたしに、『あなたの家族のことも、これまでの悲惨《ひさん》な体験も、ひとには知られたくないマイナスのことだったでしょうが、それを書けば、すべてがプラスにひっくり返る。あなたは書ける。あなたには才能がある』といってくれたのは東由多加です。だから、わたしは、書きます。すべてを書いてから、自分の生き死にを考えます。ただ……親として……生きていかなければならない……生きていく責任があるとは考えています……」

もう疲れた、という言葉を声にしそうだったので口を噤《つぐ》んだ。

「なにかあったら、深夜でも明けがたでもかまいませんので電話をください。なにもできないかもしれませんが、なにかできることがあるかもしれません」

飯田さんを見送って病室に戻った。東は眠っていた。新しい手帳に付き添いのローテーションを記入しようとして、四月八日の〈花祭〉という暦書《れきしょ》に目が止まった。わたしが見知らぬ男に犯されそうになった日、東由多加の最期の帰宅の日が花祭？　いったいなんの日なのだろう。

わたしは東の寝息を擦《す》り抜けて外に出た。病院の裏の小さな公園に行ってみる。すべり台のとなりに立っている大きな桜の樹が公園中に眠りを投げかけているように見える。

花祭という言葉が頭から離れない。

わたしは憎悪の結び目をほどいて、記憶のなかの彼の髪のあいだに指をくぐらせ、彼の首筋で息をした。


――彼が毎日のようにわたしのマンションに通《かよ》っていたころ、わたしは部屋中を花で埋め尽くしていた。リビングテーブル、キッチンカウンター、トイレ、洗面台、寝室、置ける場所にはすべて、十以上の花瓶《かびん》にそれぞれ別の花を生《い》けていた。恋することに浮き立っていたからではない、花が好きだというわけでもない、花はにおいも色もかたちもこれみよがしで好きではない、彼とつきあう以前は花など飾ったことはなかった。

妻とは別居している、五年間セックスをしていない、離婚届がテレビの上に置いてある異常な関係なんだ。だったら、なぜわたしが買った下着を着て帰らないのか、なぜ滅《めっ》多《た》に泊まっていかないのか、なぜ週末は逢えないのか、わたしのこころに彼への疑いが澱《よど》み、花と睡眠薬が増えていった。睡眠薬を何錠も飲んでさまざまな花のにおいが混じり合ったなかに横たわって彼を待ち、迎え、抱き合った。眠ったふりをして、シャツに腕を通す音を、上半身をかがめてキスをして出て行く音を聴いた。合鍵を鍵穴に入れてまわす音とともに起きあがり、はだかのまま台所に行って睡眠薬を二錠嚙《か》み砕《くだ》いてビールで流し込んだ。それでも眠りは浅く、明けがたには決まって目が醒《さ》めてしまうので、また二錠飲んで眠った。なんの夢もみないで眠っているあいだに朝と昼が過ぎた。目を醒ましても、手指の痺《しび》れで電気スタンドのひももつかめなかった。ときどき枕の横のケイタイに顔を近づけて電源が入っていることを確認した。ケイタイが鳴って、「九時ごろ行くから、待ってて」という彼の声を聴くと、起きあがって顔とからだと髪を洗い、彼が好きそうな下着と服を身につけた。そしてサンダルに足を突っ込んでふらふらと近所の花屋に行き、痺れが残っている指で目に止まった花を指差し、両手でもかかえきれないほどの花を買って帰った。

約束の九時を過ぎても十時を過ぎても彼は現れず——、わたしは生《い》けたばかりの花の花言葉を調べた。赤いチューリップ、恋の告白。黄色いチューリップ、希《のぞ》みのない恋。白いチューリップ、失われた恋。パンジーは純愛、ガーベラは前進と希望、ラベンダーは沈黙と期待。アイリス、わたしは賭《か》けてみる。黄水仙、わたしの愛にこたえて。黄薔《ば》薇《ら》、嫉妬《しっと》、愛情の薄らぎ。白薔薇、わたしはあなたにふさわしい。胡蝶蘭《こちょうらん》、幸福が飛んでくる。花菖蒲《はなしょうぶ》、忍耐、あなたを信じます。グラジオラスは密会、マリーゴールドは別れの哀しみ、サンダーソニアは祈り……。

彼は部屋に入ってくるなり、花には目もくれずにわたしを抱いた。

わたしたちは息がつづく限り互いの口を塞《ふさ》ぎ、彼の指はわたしから汗とうめき声を誘い出し、わたしの口は彼の耳から首、首から胸とゆっくり下に下りて行き、ふたたび両手で彼の顔をつつみ込んでキスをすると、わたしの舌を吸う彼の舌とわたしの舌、わたしの膚《はだ》に触れる彼の膚とわたしの膚、そしてわたしの目を覗《のぞ》く彼の目とわたしの目が完全に溶け合い、わたしたちは互いのからだによって解《と》き放たれる。息を切らしながら昇りつめ、落ちて、また昇って、息をすることすらできなくなり、ふいにからだ中の筋肉がすうっと伸びて、がくっと頭が落ちる——。

意識が戻ると、部屋のなかは汗と花のにおいでむせ返っていた。

わたしは彼の上でからだを伸ばし、両腕を腕に沿わせ、のどの動きを眺めながら訊《たず》ねた。

暑いでしょう？

うん

暑くていや？

ううん　気持ちいい

暑いね
でも　ずっと　こうしていたい
彼はわたしのうなじの汗で指をすべらせてから手に力を込めて顔を引き寄せる。口のなかであたたかい舌がうごめき、わたしの舌が彼の口のなかに入って強く吸われ、血の味がひろがった。
好き　すごい好き
彼はあえぎながらいう。
わたしは両手を腋《わき》の下にすべり込ませて、彼の目を見下ろして訊《き》く。
どれくらい？
彼はその答えを伝えようとするかのようにわたしのなかに入り、深く、もっと深く、魂がひそんでいる深いところにまで入ってくる。
ずっと？
ずっと　死ぬまで
死ぬまで好き？
愛してる
――わたしの過去は溶け去り、沈黙と入れ代わった。わたしのなかでは、もうなにも動いていない。わたしの脚はわたしのからだの重みを辛《かろ》うじて支え、わたしの目はわたしの性が花びらといっしょに散っていくのを見送り、わたしの声は花びら一枚一枚に彼の名前を打ち明けている。
ひとが花で飾られるのは結婚式と葬式だろう。わたしはふたりの出逢いを花で祝し、花で弔《とむら》ったのだと思う。わたしにはふたりの関係の死を悼《いた》むことも、蘇生《そせい》を祈ることもできない。彼のこころはわたしのこころから離れたが、彼の子を孕《はら》み生んだということで、彼のからだはわたしのからだに刻《きざ》みつけられている。
そういえば、桜を生《い》けたことがある。玄関をやっとくぐり抜けられるくらいの桜の枝を――、あの桜はなんの種類だったのだろう。彼岸桜、待ち遠しい。八重桜、慶事。庭桜、おやめなさい。白花セイヨウウミザクラ、ごまかしなのですね。吉野桜、真実。山桜、あなたに微笑《ほほえ》む。うこん桜、むかし――。

四月十五日土曜日。病院の前の階段をあがっていくと、真ん中ぐらいで北村さんの姿が目に入った。――泣いている。わたしの脚は緊張し、立ち竦《すく》むか駈《か》けあがるかしそうだったが、北村さんの顔からはその緊張は読み取れなかった。

「佐藤先生が、『本人の強い希望ならば化学療法をつづけるということを考えてもいいけれど、たとえ低用量であっても、いまの東さんにとっては賭《か》けです』って。『月曜日に採血して、その結果で二回目の治療をどうするか考えて、火曜日から肺の水を抜きましょう』って」北村さんは右手にぶら下げていた火のついた煙草《たばこ》を口に持って行き、左手の甲で涙を拭《ぬぐ》った。

「今度こそ治療打ち切り……」

「でも、もう、苦しいのは……いまでもほんとうに苦しんでるから」北村さんは咳き込みながらセブンスターの箱を差し出してくれた。

「せきがひどくなってますね。だいじょうぶですか?」と煙草を一本もらって火をつけた。

「なんだか風邪《かぜ》をこじらせちゃったみたい……」

何日か休んでください、といいたかったが、北村さんが休んだら、わたしと大塚さんの担当の日が増えてしまう。わたしは北村さんの咳を聴きながら、足もとに目を落として煙草を吸った。


「昨日、『これは死んだひとの前に置くものなんじゃないの?』って東さんがいってた」

「え?」

「ほら、神棚《かみだな》のものを窓辺《まどべ》に置いてあるでしょう?」

「……あぁ、そういえば似てますね、でも……」

「なんかそういう風に見えちゃったみたい。わたしは一瞬ぞくっとした」

「神棚のは榊《さかき》だけど、仏前のは樒《しきみ》ですよ。でも、やっぱり似てるか……」

わたしたちは煙草を灰皿に棄《す》てて、階段をあがった。

東は眠っていた。北村さんは帰り支度をして出て行った。わたしは臨時の神棚を見て、音をたてずに二拝、二柏手《かしわで》、一拝し、言葉も感情も込めずに祈った。そしてバッグのなかから『叶《かな》えられた祈り』を取り出した。昨年十二月に翻訳者の川本三郎さんに送っていただいたのだが、まだ十一ページしか読んでいない。というか、読んでも読んでも意味が頭に入らず、何度も最初のページから読み直しているのだ。ものごころがついたときから、現実のなかで堪《た》え難いことがあると、本をひらいて物語のなかに逃げ込んでいたのだが、いまはその道さえ閉《と》ざされている。現実のなかには空気がないのに、現実のなかで呼吸するしかないのだ。

わたしは本を閉じて、東のパジャマとバスタオルが入っている紙袋に隠してある看護ノートを取り出した。最初の一週間はつけていたのだが、三人とも看護するだけで精一杯という状況になり四月三日から途絶《とだ》えていた。

今日の日付で北村さんが書いている。ほかのふたりに伝達するためというより、書かずにはいられなくて書いているというような殴《なぐ》り書《が》きだった。


カリウム不足の為《ため》、点てきに投入。

あと、朝りにょう剤を点てきにいれるちゅうしゃ。

ゆっくりゆっくりしてもらわないと東さんは胸がいたくなるようで、今日は佐藤先生がやりにきてくれてそれがわかり、ゆっくりと指示を出すとおっしゃっていました。めったにそういう人はいないようなのですが、東さんはいたくなるようです。

昨晩は2時間ごとにトイレにはおきましたが、あとはぐっすりねてました。

昨日はよくしゃべり、佐藤先生も2時間は病室にいてくださりました。東さん一人でよくしゃべっていましたので疲れたのかもしれません。

今日は水をのむと、せき、たん。モヒ水だけ上手にのめて、せき止めをのむと、せき、たん。かなりしつこくこまったものです。苦しみますし、体力消耗《しょうもう》しますから。

先生は昨日、調子を見て月曜日 or 火曜日に、できれば抗がん剤を副作用が出ない形で投与したいとおっしゃっていました。

先生のスケジュール
4／20（木）↓夕方出発で新潟
4／21（金）↓新潟で会議泊まり
4／22（土）↓戻り
だそうです。

東さんは3日目からの副作用をおそれていて、火曜日からはじめると、ちょうど先生がいない日に出るので、月曜日に治りょうしたいと言ってました……。

病室に先生が来てくれるのを楽しみにしているようです。

昨日は似顔絵をかきあいっこしてました。

先生に「N・Yの話はここにみきりをつけて行こう

というのではないのでごかいなきように」なんて言ってました。

先生は「ぼく全然そんな事思ってません。だってぼくが今治りょうしてるんですから」と答えてましたが。夜7：00先生が戻ってきてくださり、8：30までいてくださりました。

今日一日本当に苦しんだので……。

点てきの大もとが少しよじれていたようなので直してもらいました。上手《うま》くくすりが入らない事があったようです。

明日、午後一時に顔をみせてくれるとおっしゃっていました。

本当に時間外、時間外ばかりですネ。

東さんは最初元気がなくても、さとう先生が色々やって下さると少しずつ元気になるようです。

また手がはれてきている。でも言わない。本人が一番わかっているから……。

きゅうにゅうをかりました。そのまま東さんの前までキカイをひっぱり出し、タイマーを5分位の所にセットするとけむりが出てきます。

トイレから戻り、イキがあがっていたら少しやってあげてねせた方がよいかもしれません。夜は大丈夫かも。ヒル。ヨルはほとんどねている状たいでトイレに行っているので……。


ノートを紙袋に戻し、配膳台の上に置いてある丈陽のアルバムをひらいた。丈陽といっしょにいたい。丈陽を抱いて眠りたい。丈陽のおむつを替えて、服を替えて、からだと髪を洗ってあげたい。抱いて揺すりながら、歌いながら、名を呼びながらミルクをあげたい。タケハル、タケハル、タケハル、タケハル、タケハル、タケハル、タケハル、タケハル、タケハル、タケハル、タケハル……。

大きな音で、跳《は》ね起きた。

東が冷蔵庫の前で倒れている。ペットボトルからイオン水がどくどく流れ出ている。わたしは叫んだが、寝起きなのでなにを叫んだのか自分でもわからない。ズボンもトランクスもびしょ濡《ぬ》れだ。東を抱き起こして下だけ脱がせると、絨毯《じゅうたん》でこすったのか、膝頭を擦《す》り剝《む》いていた。

「あぁあ、血がにじんでるよ」

わたしはナースボタンを押した。

「水が飲みたいなら、起こしてくれればいいのに」わたしの声は自分の耳にも刺々《とげとげ》しく響いた。

看護婦の代わりに、佐藤先生が現れた。

「今日だけ特別に」と佐藤先生は床にひざまずいて疵《きず》を消毒し、ていねいな手つきでガーゼをテープで止めてくれた。

「スペシャルサービス」とつぶやいて東は表情をゆるめた。

わたしは感情を尖《とが》らせたことを恥じて、黙って絨毯の水をバスタオルで拭き取った。

佐藤先生は病室から出て行った。「ちょっと電話してくる」と東にいってあとを追い、階段の途中で声をかけた。東がひとりで点滴スタンドを押して歩いてこられるはずはないのだが、うしろを振り返ってから口をひらいた。

「痰《たん》が粘土みたいにべたべたで……」

「水分が足りないんですよ」

「胸がむかむかするっていうんですけど」

「逆流性食道炎か、もしくは胃炎が考えられるので、H2ブロッカーという制酸剤、酸を抑える薬を」

「もう入れてるんですか」

「点滴で入れちゃってる」

「カリウムはなんで減ったんですか」

「食事を取ってないでしょう。おそらく点滴がカリウム不足の内容になっちゃったんですよ。大変調子が悪いですよね。痰が切れない。苦しい。水分をすこしでも取ると、むせる。のどが乾く。水分の不足から呼吸器症状につながったのかもしれない。サクシゾンといって、即効性のあるステロイドを三月三十日に入れたら症状が落ち着いたから、ステロイドの量が重要かなと」

やはり、呼吸苦は喘息《ぜんそく》の症状ではないのだ。佐藤先生は東を納得《なっとく》させるために嘘《うそ》を吐《つ》いたのだ。

「サクシゾンというのは強いんですか？」

「強くないですね。すぐ効《き》くステロイドです」

いちばん訊きたいことを訊くためにほかのことを訊いて、わたしは気持ちの準備を整えた。北村さんが泣いていたことを訊かなければならない。

「火曜日から胸水《きょうすい》を抜くと北村さんから聞いたんですが、痛いんでしょうか？」

「背中に穴を開けて、管《くだ》を通して抜くのでつれる感じはあるでしょうね」

「何時間かかるんですか？」

「二十四時間かけてゆっくり抜きます」

「……二十四時間……以前先生は、胸水は抜いてもまたすぐに溜《た》まるし、その水には栄養分もふくまれているから、抜いたらかなり消耗《しょうもう》する、とおっしゃっていましたよね？　今回のご判断は……」

「要は水がどんどん溜まっちゃって、呼吸できなくなってきてるんです」

「イリノテカンは……」

「正直いって、どうしようかと悩んでるんですけど……ご本人の希望ならば、という感じですね。正直なところ、全身に癌がまわって、非常に危険な状態です。通常は治療するんですか、と訊かれたら、通常はしません、と答えるしかないような……」

「この状態で、持ち直すというのはあり得ないんでしょうか？」

「医者としての考えではもうだめですよ。だけどもう一方で、あきらめないで、なんとかしていけば、なんとかなっていくんじゃないかって。もうだめだ、だめだと思いながら、なんとかそのあとずっといっちゃうひともいるんですよ」

「ずっとっていうのは……」

「ずっとっていっても、長くて半年とかだと思うんですけどね」

「でも、半年ってこともあり得る？」

「あり得ます。だから、ぼくとしては、そこに賭《か》けていく。ただ奇跡的に持ち直して、何ヵ月か延命したとしても、それが抗癌剤の効果なのか、それとも患者さん本人の生命力だったのかは実証できないんですよ。でも、たしかにそういう例は案外経験します。もう手の打ちようがないと思っても、じゃあ、これ、と新しいことをやっていったときに、非常にいい結果が出ることもあるんです」

「本人はこの病状を知らないけれど、もし知っていて、先生のいまのお話を聞いたら、たとえわずかな可能性であっても、可能性があるならば、賭けたい、というと思います」

「ぼくも東さんとつきあって、東さんならそういうと思います。それじゃあ、十七日に二回目の抗癌剤を投与するということでいいですか？」

「お願いいたします」

　病室に戻ると、東はわたしを待ちかまえていた。

「ちょっと話していい？」

「なに？」

　もしかしたらいまの話を立ち聞きしていたのかもしれな

い、あり得ない、でも、と動揺しながら折《お》り畳《たた》み椅《い》子《す》をひらいた。

「丈陽、養子に出すの?」

「え? どうして?」

「養子に出すつもりがないなら、引き取りなさいよ」

「……でも……」

「付き添いはほかにもいるよ。峯《みね》はどう?」

峯のぼるさんは、長崎西高校演劇部時代から東といっしょに演劇をはじめ、早稲田大学に入学した東のあとを追って上京し、東京キッドブラザースを旗揚《はたあ》げしたひとで、現在は声優として活躍《かつやく》し、北村易子さんと生活を共にしている。

「……でも、峯はしゃべるか……それにアル中だからなぁ……ここで酒を飲むよ。酒を飲んだら黙らない。東さん、東さんってしゃべりまくる……黙っててくれればいいんだけどね」

「丈陽を引き取ったら、病室にこられなくなるよ」

「いまちょうど自我《じが》が芽生《めば》えるときでしょう。この前あなたを見ないで、敦子さんの顔ばかり見てたじゃない。敦子さんを母親だと思ってるんだよ。おれがあと一、二ヵ月で死ねばいいけど、半年、もしかしたら一年生きる可能性だってないわけじゃないでしょう? ずっと預けつづけるの? 丈陽の身になってごらんよ。ふたりと引き離されるのが、どんなにつらいか。親と引き離されるのと同じだからね。いまのうちに引き取らないと、残酷《ざんこく》だよ。やっぱりあんたにとって、おれよりも、丈陽のほうが大事だよ」

「いまは、あんたのほうが……」

「取り返しがつかなくなる」東は消えかかった鐘《かね》のような声でいった。

一年延命できるかもしれない、と思っている東に、ほんとうの病状を話すわけにはいかない。わたしは事実を知っているという重荷を負っている。そしてそれは一秒ごとに重くなり、もう前に進むことはできない。背負って立っていることももうじきできなくなりそうだ。

「いつ引き取るの?」

「……北村さんに相談して……」

でも、東がいっていることはずっと考えていた。預けている期間が長くなればなるほど、丈陽は町田夫妻と別れることがつらくなる。

「こっちはなんとかなるって。いざとなったら、北村さん

「ちゃんとケイタイつけといて」東がいった。

「わたしがいくら説明しても、おかしい、つながらないのはおかしいって、東さんはぜんぜん信じてくれないの」北村さんの声がようやくいつもの調子に戻った。

「……音楽をがんがんにかけてて聞こえないんだよ。あと眠ってたり……」とわたしは嘘《うそ》を吐《つ》いた。ほんとうは、鳴るのが怖くて電源を切っているのだ。鳴るはずがない時間に、ケイタイが鳴ったら――、わたしはその音を聴く覚悟を持てないでいた。


四月十七日月曜日、文藝春秋出版局の森正明さんに手伝ってもらって、町田夫妻の家から丈陽の荷物を運んだ。丈陽が二十五日ぶりに和室のベビーベッドに横になるのを見届けて、町田夫妻と森さんは帰って行った。

わたしたちはふたりきりになった。わたしはベビーベッドの柵を下げ、マットレスの上に頰杖《ほおづえ》をついて丈陽の寝顔を眺《なが》めた。もう離れたくない、ずっといっしょにいたい。汗をかいている。前髪も首の下も汗で湿っている。わたしは頭をてのひらで支え、ガーゼで汗を拭き取ってやった。そして抱きたいという衝動《しょうどう》を抑えることができずにそのまま胸に抱いて、マットレスの上に横になった。焦点がぼけるほど間近で寝顔を見る。寝息を聴く。ミルクと汗のにおいを嗅ぐ。全身で和室の外の音に聞き耳を立てる。いまここにだれかが侵入してきたらどうすればいい？　どうすることもできない。その男の精神が正常であることを祈りながら、この子には手を出さないでください、と頼んで東の部屋に行って服を脱ぐしかない。この子には指一本触れさせない。でも、丈陽はおなかを空《す》かせたり排便したりしたら泣いてわたしを呼ぶだろう。もし男が逆上して丈陽に手を出したら――。

この子がいれば生きていけるといい切ることはできないが、この子なしで生きていくことはできない。わたしはバンザイの格好《かっこう》で眠っている丈陽のてのひらにおや指を載せた。丈陽は眠ったままわたしのおや指をてのひらでつつんでくれた。甘美《かんび》な睡魔《すいま》に吸い込まれて気が遠くなったとき、目の前にグローブのようにむくみ青白く黄ばんでしまった東の左手が覆《おお》いかぶさった。わたしは両目を開けた。火曜と水曜だけでは足りない。町田夫妻にお願いしてみよう。わたしは丈陽のてのひらからそっとおや指を引き抜いて起きあがった。
来週から週一で丈陽を預かってもらえないでしょうか。土曜日の夜八時前後に連れて行ってもらって、月曜の午後一時前後に連れてきてもらうというので、どうでしょうか。どうか、お願いいたします。

敦子さんから、預かります、という返信が届いたので、付き添える曜日と時間を整理して書いて北村さんの自宅にファックスした。今日は大塚さんが泊まりの日なので、自宅にいるはずだ。わたしはファックスの前に座って返信を待った。

スケジュールたててみました。
柳さんの火、水、日、フルにつかわせてもらいます。
私の方の問題点は、
4／21　9：30〜5：30
4／24　9：30〜5：30
4／25　9：30〜5：30
すでにうけているバイト有　これをどうしようかと思案中です。4／21は一人しかいないのでことわりきれないところなのです。昼間なので1時間に1回かんごふさんにたのみ見にきてもらおうかとも考えていますが……。稽古《けいこ》の方は4月中ほとんど出ないかくごです。演出の林さんと相談してみます。アキコのフライトが急になくなったりしたら、交替してもらって稽古に出るようにしようと思っています。
柳さんのほうは火、水、日、ほんとうに大丈夫ですか？　原稿書きもあるでしょうから心配しています。そして丈陽のめんどう。
お互いにフル活動ですね。またアキコも時差と戦いながらのフライトと病院、これまた大変なのですが……。

東さんは昨晩2時間置きにトイレに起きましたが、朝7時には起きて1時間30分しゃべり、シーツの交換がきたので廊下で待って交換してもらいました。外来がはじまる前に佐藤先生も東さんの顔を見にきてくれました。元気してます。

わたしは四月十八日に泊まって、翌十九日の十一時に大塚さんと交代し、十九時に病院に戻って泊まり、二十日の十一時に北村さんと交代する。

大塚さんは二十日の朝、ニューヨークにフライトし、二十三日に帰国する。

北村さんは二十一日から付き添えない日が出てきてしまう。五月から芝居の稽古に参加しなければならない。

そして、佐藤先生は二十日の夕方から二十二日まで出張——。

四月二十日から、はじめて東が病室でひとりで過ごさなければならない日ができてしまう。痰《たん》を吐《は》くこと、水や薬を飲むこと、トイレに行くこと、なにもかもひとの手を借りなければできない東をひとりで寝かせておくことは、生まれたばかりの赤ん坊を置き去りにするのと同じくらいしてはならないことだ。赤ん坊は、ひとりでいる恐怖と寂《さび》しさを膚《はだ》で感じることはあっても認識することはできないが、東はベッドの上で覚醒《かくせい》したまま死に抗《あらが》わなければならないのだ。東は事実を知らないで丈陽を引き取ったほうがいいといい、わたしは事実を知りながら丈陽を引き取った。わたしは、いま、東由多加を裏切っている。でも——、わたしは腋《わき》の下にある小さな頭をそっと抱いた。


マンションの下の空地で猫が鳴いている。

高速が混んでいたので、下を走ってもらった。皇居沿いの葉桜が街灯《がいとう》に照らされ、散り残った花も出てきたばかりの葉も白く浮きあがって見える。

「政府は今日の閣議で、小渕前首相が昏睡《こんすい》状態になった際にしばらく臨時代理を置かなかったことについて、政治の空白があったとは考えていない、とする答弁書を決定しました」

わたしは十六日間にわたって意識のない小渕氏の顔を見詰めながら、共に過ごしたこれまでの時間の重みと、共に過ごすことのできないこれからの時間の重みに堪《た》えて付き添っている、氏の妻と娘たちのことを思った。そして東由多加が、自分の死によって起こる波紋の行方を考えているといったことを思った。


病室に入ると、北村さんと大塚さんがベッドを囲み、配膳台の上にはパフェの容器に入ったコーヒーゼリーが置いてあった。

ベッドの柵《さく》には大きな袋がぶら下がり、血尿《けつにょう》のような色をした液体が溜《た》まっていた。昨日から胸水《きょうすい》を抜きはじめているのだ。

「わたし、柳さんのコムタンスープのこと笑ったけど、もう笑えない。東さんがコーヒーゼリーを食べたいっていうから、外に飛び出して、この器とスプーン買って、喫茶店でコーヒーゼリー入れてもらってね、急いで戻ってきたんだけど、これじゃなかったんだって」

「普通のコンビニエンスストアで売ってるコーヒーゼリーが食べたかったんですって」と大塚さんがいった。

「だから、コンビニでグリコのカフェゼリーを買ってきました」と北村さんがいった。

東はスプーンでひと口食べて、微笑《ほほえ》みながら眉《まゆ》をしかめた。

「甘さが足りない？」北村さんが訊いた。

東は首を傾《かし》げた。

「試しにガムシロ入れてみます？」

「入れてみる？」東が訊《き》き返した。

北村さんは冷蔵庫からガムシロップを取り出してコーヒーゼリーにかけた。

東は味見して、にやりと笑った。

「処分して」

「処分して、だって。あなたたちで食べたら、とかじゃなくて、処分して。ちょっとあんまりじゃない？」わたしも笑った。

「じゃあ、グリコの食べますか？」北村さんが笑いながら訊いた。

東はうなずき、北村さんが銀紙の蓋《ふた》を剝《は》がして差し出した。

東はひと口食べていった。

「うまい」

これが東が食べた最後のものになった。

「肺の水、ずいぶんたくさん溜《た》まってますね」

「もう一リットル」大塚さんがいった。

「左肺だけで一リットル……息が苦しいはずだ。水を抜いたらきっと楽になるよ」

「でも調子は悪いんだよ。三日間、苦痛をすくなく過ごして、水を抜きはじめてから具合が悪くなった」

「痛いの？」

「痛いっていうか、苦しい。とってもね」

「……困ったね」

「でも、抜けっていわれたら、また抜くよ」東は意志をみなぎらせた眼差《まなざ》しをわたしに向けて、目を閉じた。

北村さんと大塚さんは帰って行った。

わたしは東が指差したメプチンエアーを持ち、「吸ってぇ、吐いてぇ、吸ってぇ」と掛け声をかけ、東が息を吸ったタイミングでシュッと押した。

東がつぎに指差したウルトラソニックネブライザーの台をベッドに寄せ、噴霧《ふんむ》量、噴霧流量をそれぞれ五に合わせてスイッチを押した。吸気ホースを持って東の口のあたりを狙《ねら》うが、霧《きり》の量がすくない。

「看護婦呼ぼうか」

「霧が出なくなったらいおう。でも、おれの母親が死んだときは、なんにもなかったんだからね。ただ、ぜえぜえして横になってただけ。こういう医療があるだけで幸せだと思わなきゃいけないのかもね。でも、まさか母親から喘息《ぜんそく》を受け継《つ》いでたなんて、ね。最近、よく夢に出てくるんだよ」

「……お母さんが?」

「……うん。ちょっと、トイレいい?」

東が脚を横にずらすと、バスタオルが尻の下にドーナツ状に丸めてあった。

「楽なんだよ。けっこう。看護婦さんが」

「あぁ、ずっと寝てるから……」

「床擦《とこず》れ」

「でもすぐ崩《くず》れちゃいそうだね、寝返り打つと」

「寝返り打てないから」

わたしは東の足にスリッパを履《は》かせ、東はわたしの肩をつかんで立ちあがった。

東はトイレの往復だけで息があがってしまった。

「これでしようよ」わたしはポータブルトイレの蓋《ふた》を開けた。

東はポータブルトイレには目もくれないで、ネブライザーを指差した。スイッチを入れてホースを東の口に向けると顔が霧につつまれた。やはり霧の量がすくない。だが、看護婦と二言三言のやりとりをする気力がわたしにはなかった。つぎのときに呼べばいい、わたしは東の口にホースを近づけた。

ネブライザーは十五分で止まった。

「ベッド倒す?」

「倒すと、苦しい」

「四十五度くらいにする?」

東は首を振った。

「九十度のままでいい？」

東はうなずき、そしてつぶやいた。

「このままだったら、生きててもしょうがないな。あなたたちに迷惑かけて」

「迷惑じゃないよ。それに、肺の水が抜けたら呼吸が楽になるよ」

「ぜんぜん楽にならない」東は左胸をてのひらで押さえた。

「両肺抜いたら、きっと楽になってうちに帰れるよ。そしたら、通院で治療しよう」

「この病院で治療打ち切りになったら、アメリカ行く？」

「行こうよ。丈陽と三人で」

「丈陽の父親が離婚したとか、そういう噂《うわさ》は聞かないの？」

「離婚なんてしないよ。わたしを共通の敵にして、夫婦の結束《けっそく》を強めてるみたいだよ」

「おかしいな。おれは離婚すると思ったんだけどね。養育費は？」

「まだ……」

「早く告訴《こくそ》しなさいよ。あなたはお金の問題じゃないといいたいんでしょう。もちろん養育費の支払いだけで、父親としての責任が免責《めんせき》されるわけはない。でも、それはあなたのお金じゃない。丈陽の学費なんだよ。告訴するのは、母親としての義務だ」

「……弁護士と相談してみる……昨日イリノテカン投与したけど、どう？」わたしは話題を逸《そ》らした。

「三日目からの副作用男だからね。今日はまだ出てこない」

東は首の付け根の瘤《こぶ》状になっているリンパ節の癌を指でさわった。

「ちょっとさわってみて」

わたしは立ちあがってさわってみた。

「小さくなってない？」東はわたしの顔を見あげた。

「……なってるかもしれない」わたしはあいまいないいかたで逃げた。

「一週間前に投与したイリノテカンが効いてきたんだよ。おれ、いけるかもよ。たぶんいけるよ」

「いけるかもね」わたしはぼんやりと相槌《あいづち》を打った。

「アメリカに行かないで、ここで治療したほうがいいのかも。おれたち、ずっとひとりで選んできたじゃない。技術とか、権威《けんい》とか一切《いっさい》関係なく。あの佐藤先生は、まぁひとがいいからね」

「すごくいい。この前あんたが眠ってるとき、佐藤先生がきて、あんたの腕を黙ってマッサージしはじめたんだよ。わたしはそのあいだに電話と買い物しに行ったんだけど、戻ってきたらまださすってた。三十分間も」

「……いま、あんたと丈陽を遺《のこ》して死ぬわけにはいかないんだよ。なんとかがんばらないと……」

「むかし、わたしが研究生のときに、あんたがいってたじゃない。なにかに向かうときに、動機の強さで勝敗が決まるって。その集団のなかに、たったひとりでも強い動機を持っているひとがいれば、そのひとにひっぱられて進むことができるって。でも、そういう意味だと、わたしも、北村さんも、大塚さんも、佐藤先生も、本気であんたに生きてほしいと思ってる。強い動機を持ってるんだよ。あんたにはひとを魅《ひ》きつける磁力《じりょく》みたいなものがある。そういう力に賭けるしかないよ」

突然、なにひとつ、ほんとうのことを話せないことに堪《た》え難くなって両目から涙があふれた。

「だからなんとか……あんたが持ってる……運とか……ひとを魅きつける力で……」

わたしは両膝《りょうひざ》をつかんで泣いた。

東が痰《たん》を吐こうとしている音で目を醒ました。東の背中をたたきながらティッシュを引き抜いて痰を拭《ぬぐ》った。

「どう？　あったかい緑茶なんて飲んでみない？　歯、ずっとみがいてないでしょう？　イリノテカンで白血球が減ったら、口の黴菌《ばいきん》でもカンジダ症になる可能性があるんだよ。緑茶には制菌作用があるから、うがいするだけでもどう？　ぶくぶくぺぇって。苦味《にがみ》があるから口のなかがさっぱりするし」

数日前にいらだちをぶつけてしまったことを反省し、優しい声を拵《こしら》えてていねいに語りかけたが、やはり声に疲れがにじんでしまった。

「じゃ、飲んでみようかな」

わたしは緑茶のティーバッグと湯飲みを持ってパジャマのまま廊下に出て、ポットのボタンを押して湯を注ぎ入れた。患者や見舞い客はわたしを入院患者だと思っているだろう。

東は緑茶で口をゆすいだ。屑入《くずい》れを口もとに持って行く。東は吐き出した。口をティッシュで拭く。東はもう一度緑茶を口に含んで力強くうがいをして吐き、今度はひと口飲んだ。

「たまに飲むと、うまいね」

わたしは時計を見た。九時だ。大塚さんが交代しにきてくれるのは十一時。まだ二時間もある。うちに帰って眠りたい。うちには母と丈陽が待っている。早く丈陽に逢いたい。わたしはパジャマを脱いでジーンズとトレーナーに着替え、ジーンズのポケットに手を入れてみた。鍵《かぎ》がない。どこに入れたのだろう。

「なに捜してるの？」

「鍵。あんたの鍵貸して」といってから、あっと思った。男に侵入された二日後に鍵を換え、東の鍵はもう使えないのだ。

「いやだ。帰るときに、困るから」東はきっぱりといった。

東は自分の手で鍵を開けて帰宅できる日が訪れると信じているのだ。

「いいやいいや。今日は母親が丈陽を見てくれてるし、インターフォン鳴らして開けてもらう。昨日母親がいたから、鍵忘れて出てきちゃったんだよ。だいじょうぶだいじょうぶ」

「おっかさんがいるんだったら、早く帰ってあげれば」

「十一時に大塚さんがきてくれるから。もうすこしいるよ」

東はカレンダーを見た。

「今日は何日？」

「四月十九日」

「もうすこしで誕生日だ」

「五十五歳になるね」

「絵本は、もうすこし具合が良くなってから書く。誕生日までには、ぜったいに完成させる。いまは苦しくて、書けない」

「いいよ、ゆっくり、いいものつくろうよ。誕生日プレゼント、なにがほしい？」

東はしばらく黙り込んで、答えた。

「……なにもないかな……」

五年前に別れて暮らすようになってからも毎年、誕生日の五月十二日とクリスマスの前後にふたりでデパートに行って、東に似合う服を捜してプレゼントしていた。奇跡を信じて夏物の服を贈るのがいいのかもしれない。いちばんいい贈り物は、東がほしいものだということははっきりしているのだが、ほしいものがない――。

「思いついたらいうよ。すこし眠る」東は目を瞑《つむ》った。

まだ一時間以上ある。わたしは手持ち無沙汰《ぶさた》になって、冷蔵庫のドアを開けた。入院する日の朝にペットボトルに入れて持ってきた甘酒《あまざけ》、おんがねでコップに入れてもらった朝鮮人参ジュース、冷凍室にはラケーリのジェラートが並んでいる。どれも口をつけずに腐《くさ》ってしまった。わたしはそっと取り出してトイレに流し、コップを洗った。

ドアを開けると同時に、「ママァ、お帰りなさぁい」という母の裏声に迎えられた。

「ちょっと見てみなさい。可愛いベイビー、ハイハイ、可愛いベービー、ハイハイ、可愛いベイビー、と呼ぶのは、愛しているからかしら」

声をたてて笑う丈陽を抱いて、母はタンゴのような振り付けで部屋中を行ったりきたりして見せた。

「わたし、ちょっと寝るよ」

「寝なさい寝なさい。ママは丈ちゃんとお散歩に行ってくるから。公園はどこにあるの？」

「そこの横断歩道を渡って、左に行って一本目の角を右、坂を下り切ったとこに公園がある。五分くらいだからすぐわかるよ」

「何時に病院に戻るの？」

「六時」

「ごはんつくるから食べて行きなさいな」

「食べるより眠りたい」

「なにいってんの。食べないとからだが持たないのよ。丈ちゃん、ばあちゃんとふたりで公園に行って遊ぼうね。ブランコ、すべり台、ジャングルジム！」と顔中皺《しわ》だらけにして、丈陽に笑いかけた。三十四日ぶりに孫に逢《あ》えた喜びで声まで躍《おど》り出しそうだ。

わたしは自分の部屋に入ってドアを閉めた。

仏壇の扉《とびら》を閉め忘れていた。母に見られてしまっただろうか。わたしは扉を閉めようとして、小さな位牌《いはい》の文字を読んだ。

幻夢若子
幻栄若子
幻清若子
幻空若子

この子たちの父親は東由多加だ。わたしは東が癌だとわかってから、「どうか、あなたたちの父親である東を救ってください」と位牌に向かって手を合わせつづけた。
十代のときに身籠《みごも》った子たちなので、もし生んでいたら四人とも十代半ばになっているはずだ。

生むつもり?

……

黙ってるってことは　おろすつもり?

……

生むの?　あなた　まだ十七でしょう　生んだら育てなきゃいけないんだよ　小学校に入れるまではなにもできない　あなたはぜったい後悔するよ　おれはその子を幸せにする自信がない

……

でも　どうしても生みたいなら　今度は万全を期して育てたいから　結婚しないとだめだよ　おれと結婚する?

……

なんで泣くの?

……

中絶するなら　早ければ早いほうがいい

……

泣くのはやめなさい　泣いてもどうにもならないよ

わたしは東京キッドブラザースを退団した。子どもを生んで育てるつもりだった。しかし普通の悪阻《つわり》ではなかった。三ヵ月に入ったばかりのときはコーンフレークだけは食べられていたのだが、なにを口に入れても戻すようになり、水や氷さえも受けつけず、コップや皿を見るだけで吐くという状態になってしまった。東は新しい芝居《しばい》の稽古《けいこ》で朝から深夜までうちを空《あ》けていた。東の指示で一日に一度研究生がやってきて果物を皿に盛って枕の横に置いてくれるのだが、林檎《りんご》や苺《いちご》やメロンのにおいで吐き気がこみあげ、わたしは右手を伸ばしてその皿をマットレスから遠ざけた。ときどき頭を起こして洗面器に血混じりの胆汁《たんじゅう》を嘔吐《おうと》した。そして、東の帰りを待った。エレベーターの音が聞こえるたびに、マットレスから這《は》い出し絨毯《じゅうたん》に耳を押しつけた。最上階でほかに部屋はないので、五階まであがってきたら帰ってきたということだ。わたしは眠らずに待ちつづけた。明けがた、酔いつぶれた東が劇団のだれかに担《かつ》がれて帰ってくる。東はそのまま下の部屋のソファで眠る。朝九時にだれかが迎えにきて東を稽古場に連れ去ってしまう。わたしは、また、東を待たなければならない。

突然遊びにきた妹が、わたしの姿を見た途端《とたん》に叫び声をあげた。妊娠六ヵ月に入っていたわたしのからだは四十キロを切るほど痩《や》せ細っていた。

妹に連れられて近くの産婦人科に行った。

妊娠悪阻《おそ》で脱水症状に陥《おちい》っています　すぐに入院しないと母体が危ない　残念だけど　赤ちゃんはあきらめなさいまだ若いんだからだいじょうぶ　ただ妊娠悪阻は体質でつぎもなる可能性が高いから　今度は入院して点滴で栄養を補給《ほきゅう》しないとだめかもしれない　重症のひとは出産するまで悪阻がおさまらないこともあるからね　今後は医者と相談して妊娠しなさいよ　ここは入院施設がないからK大学病院に行ってくださいね　電話で説明しておくから今日これからタクシーで行くんだよ　ただ二十週だから掻《そう》爬《は》するすることはできない　二、三日間かけてゆっくり子宮口をひらいて　早産を起こして分娩《ぶんべん》するしかない　あなたは未成年者だから親御《おやご》さんのサインが必要だよ　胎児《たいじ》の父親のサインもね　それから胎児といっても十二週を過ぎると法的には死産の扱いになるから　火葬にします　だから役所に火葬届と死産届を提出しなければならない

分娩台に仰向《あおむ》けになると、左右の足が足台に乗せられた。

脚に袋かぶせますね

看護婦はわたしの脚に白い木綿の袋をかぶせて皮のベルトで固定すると、壁にかかっている受話器を取りあげて、ラミ入れお願いします、といった。

医者はわたしの陰部を消毒すると、クスコで膣口を押しひろげた。

力抜いて　すぐ終わるからね　あぁ　腰引っ込めないでおしりを突き出すようにして　そう　二本入れるからね一本　二本　力抜いて

食い縛った歯のあいだから声が洩《も》れた。麻酔《ますい》なしでラミナリアという海草の根でできた棒を二本挿入された。ストレッチャーに乗せられて病室に戻ったが、寝ていられないほどの痛みで、わたしは罠《わな》にはまったようにもがき、ナースボタンを押して、痛くてがまんできません、とうめいた。先生と相談してみます、といって十分後に看護婦がきて、痛み止めの錠剤を飲ませてくれたが、痛みは激しさを増していった。からだのなかから切り刻まれ、焼かれるような痛み。壁に手をついてトイレに行って便器に座ると、鮮血

がぽたぽたと落ちた。もう死んでしまったのだろうか。生きて、苦しんでいるのだろうか。看護婦が体温と血圧を測りにくるたびに、胎児はどの段階で死亡するんですかと訊《き》こうとしたが、訊くことはできなかった。棒は一日三本ずつ増やされていった。わたしはこれでもかこれでもかと激しくなる痛みに驚きながら、これは拷問《ごうもん》だ、わたしはなにを問われているのか、なにを答えれば許してもらえるのか、わたしはなにも隠していない、助けて、だれか助けて、と頭のなかで叫んだ。そして腹を両手で抱いて、中学の宗教の授業で暗唱《あんしょう》させられた主の祈りをくりかえし唱えた。

我らが人に赦《ゆる》す如《ごと》く　我らの罪を赦したまえ　我らを試みにひきたまわざれ　我らを悪より救いたまえ

二日後に術衣に着替えさせられ、分娩予備室に移された。ほかの部屋からも陣痛《じんつう》にうめいている女の声が聞こえた。

ちょうど　ふたり生まれそうなんですよ　だから手が足りなくて

看護婦はわたしをベッドに寝かせると、ほかの部屋へ去って行った。

陣痛が激しくなってナースボタンを押したが、看護婦は現れなかった。陣痛の波の頂点で、セロファンがかかったようにすべてが赤く見えた。女が陣痛に堪《た》えるのは我が子が生まれるからだ。わたしの子は死んで生まれる、わたしは我が子を抱くことができない、なんの意味もない痛み、死ねばよかった、なぜわたしは死んでしまわなかったのか、なぜ生きてこんな目に遭《あ》い、また生きなければならないのか。わたしはナースボタンから指を離して立ちあがった。刃物は、ない。首を吊《つ》るところも、ない。窓も、開かない。

なにしてるんですか　横になってないとだめですよ

と部屋に入ってきた看護婦に取り押さえられた。

この痛みはいつまでつづくんですか？

いきむってわかる？

わかりません

いまは痛くない？

いまはそんなに

じゃあ今度痛くなったら　深呼吸して息を止めて　自分のおへそを見るような感じであごを引いて　おなかに力を入れなさい

なかに入ってる棒はいつ抜いてもらえるんでしょうか？

いっしょに押し出すんですよ

と看護婦はまた去って行った。

わたしはそれから三時間近くからだを反《そ》らしたり縮めたり枕をつかんだりしていきみつづけたが、胎児は押し出されることを拒《こば》んでいた。生まれないうちに殺され、焼かれ、埋められることを拒んでいるのだ。そしてわたしも子どもを押し出すことを拒んでいたので、全力でいきむことはできなかった。でも、いきまなければならない。いきんで押し出さなければ、この痛みから逃げられない。わたしは汗だくになって主の祈りを唱え、目を瞑《つむ》っていきんだ。顔の血管が切れたのがわかった。わたしはいきむことを止めて泣いた。死にたい。わたしだけ生き残るわけにはいかない。いま、死にたい。いま！　子どもが！　胎内に！　いるうちに！　いま！　分娩室で産声《うぶごえ》があがった。看護婦が廊下を走る音がする。痛い！　心臓の鼓動《こどう》がめちゃくちゃになった。いきむ。目に血がにじむ。いきむ。強く。歯を食い縛る。強く。もっと強く。動く。助けて！　叫ぶ。棒が動く。鼓動で自分の叫び声が聞こえない。わたしはいきんだ。我が子を死に押し出し、自分を生に引き止めるために。棒が出て、熱いものがぬるっと流れた。口をひらいたが声は出なかった。わたしは上体を起こして、見た。臍《へそ》の緒《お》。髪の毛が血で濡《ぬ》れている。真っ赤。完全にひとのかたちをしている。女の子。動いた。わたしは気絶した。

東は地方公演に出掛けて付き添うことはできなかったが、退院のときに迎えにきて支払いを済ませてくれた。

いくらした？　個室だったから高かったでしょう

うん　でも高いほうがいいんだよ　お金で罪の意識が軽くなりはしないけど　安かったらやり切れない　だいじょうぶ？

……

ほんとうに申しわけない

東は頭を下げたままあげなかった。

わたしは自分の身に起こったことに目を見張り、息を飲んでいた。東にからだを支えられて一歩一歩前に進み、外に出た。入院するときに満開だった桜が葉桜になっていた。わたしが生きる理由はどこにもなかった。

夜は代々木から高速に乗った。浜崎橋を過ぎると、風景は一分間だけ浮遊《ふゆう》する。赤、緑、青、観覧車、船、レインボーブリッジ、考えても考えてもびくともしない現実から逃れて、わたしはイルミネーションに見惚《ほ》れた。タクシーは枝川出口を降りて下を走った。

「あれ、東雲《しののめ》だぁ。き過ぎちゃいました。すみません。この分引きますよ」

運転手はUターンをした。

「いいんです。ドライブできたから」

東はわたしと丈陽といっしょに生きるために闘病している。しかしその闘病によって、わたしと丈陽はいっしょにいられなくなっているのだ。だから？　わたしは自分に問うた。一日でも長く東に生きてほしい。しかし、その一日は丈陽と離れなければならない一日でもあるのだ。闘病することによって、帰宅できる可能性が生まれるならば堪《た》えられる。でも――。

病室に入ると、大塚さんに床擦《とこず》れ用の薬とガーゼを手渡された。

「これを一日二回塗って、ガーゼを替えてくださいって」

わたしは蓋《ふた》が開いてへこんでいるチューブを眺《なが》めた。

「大塚さん、塗ったんですか？」

「塗りましたよ」

「大塚さんに塗ってもらったの？」わたしは驚いて東の顔を見た。

東はうなずいた。

「ぜんぜんだいじょうぶですよ」大塚さんは悠然《ゆうぜん》と微笑《ほほえ》んで、帰り支度《じたく》をはじめた。

胸水《きょうすい》を抜いて二日目、新しい袋に取り替えてあったが、今回はほとんど溜《た》まっていない。

「きっともう抜き切れたんでしょうね。右肺の水はいつ抜くんですか？」

「さぁ。先生はなにもいってませんでしたよ」

「明日からニューヨークですね」

「二十三日に帰ります」

大塚さんは出て行った。

「ベッド倒す？」

東は首を振った。

「電気消す？」

また首を振った。

「眠ったほうがいいよ」

「眠りたいんだったら、眠れば」

「わたしが？」

「あんたが眠りたいんでしょう？　おれは眠りたくない」

「でも、眠らないと……」

「好きにさせてよ」東は投げつけるようにいった。

わたしは付き添ってからはじめて東が起きているのに横になり、眠った。

気配《けはい》を感じて目を開けると、佐藤先生が私服姿でベッドの脇にしゃがみ、眠っている東の手の甲《こう》をさすっていた。わたしが頭をあげると、「帰る前にちょっと」と息だけでささやいた。先生は明日新潟に出張だ、と思ったが、なんの言葉も出てこなかった。わたしはそのまま頭を下ろして目を閉じた。

寝返りを打とうとして壁に頭をぶつけ、目を開けた。はだしの足と点滴スタンド――、東がひとりでトイレに向かおうとしている。

「あっ、ごめんごめん」飛び起きて、スリッパを履《は》かせ、点滴スタンドを押した。

トイレのドアを開けると、洗面台の鏡にわたしの顔が映った。なんて顔をしているのだろう。眉《まゆ》をしかめ唇《くちびる》を歪《ゆが》め、いままで見た自分の顔のなかでもっとも醜悪《しゅうあく》な顔だった。東もいまのわたしの顔を見てしまったにちがいない。

トイレからベッドに戻ると、東がネブライザーを指差した。噴霧量《ふんむ》、噴霧流量をそれぞれ五に合わせてスイッチを入れ、吸気ホースを口に近づけた。

吸入が終わっても、東はベッドに脚をあげないでわたしの顔を見ている。わたしは自分の表情を意識しながら東を見詰《みつ》め返した。突然、東の両目がひっくり返って白目になった。あっ、わたしは小さな叫び声をあげた。黒目は戻ったが、視線はない。

「だいじょうぶ？」大きな声を出した。

視線が伸びて、わたしの目に届いた。

「あなた、おれが死んだら死ぬんでしょう？」

「……」

東はまた白目を剝《む》いた。わたしは膚《はだ》という膚が粟立《あわだ》つのを感じた。生きている人間の声ではない。死霊《しりょう》に詰問《きつもん》されている――。

黒目が半分だけ戻った。

「いまのうちに養子縁組の手つづきをしなさいよ。死んでからじゃ遅い」

「養子になんか出さないよ」

「あなたとおれが死んだら、あの子はどうなるの？　あなた、死なないつもり?　おれが死んだら生きていけないっていってたじゃない」

「……」

わたしは恐ろしくなって立ちあがり、両手で東の目を覆《おお》った。おそるおそるてのひらを離すと、瞼《まぶた》は閉じていた。脚をベッドに乗せた瞬間、感情と思考のすべての回路が切れた。わたしはテレビ台の引き出しのなかから爪《つめ》切りを取り出し、東の右手の爪を切った。からだをまたいで左手の爪を切った。そして足の爪を切った。あとで考えても、なぜ、あのとき、爪を切ったのか説明がつかない。顔が白くなり、からだがなにかに動かされた。としかいいようがない。

朝六時、看護婦が酸素濃度を測りにきた。

起きているのに、起きることができない。

「おはようございます」と看護婦はいった。

「しーっ」東の声。

「あっ、すみません」看護婦は声を落とした。

パルスオキシメーターがピーッという音をたてた。

「いくつですか?」東が小さな声で訊いた。

「八十一です」

低いな、と思った。昨日はたしか九十二だったはずだ。

「あの」といいかけて、東が咳き込んだ。

「柳さん、起こしますか?」

「いや、もうすこし寝かせといてあげてください。彼女はすごく疲れてるんです。すみませんけど、これにお茶を入れてきてくれませんか? ティーバッグはそこにあります」

「お湯を注げばいいんですね」

看護婦が出て行って戻ってくる音、東がうがいをする音、緑茶を吐き出す音、ティッシュペーパーを引き抜く音、わたしはすべての音を聴いていたのに身じろぎひとつしなかった。

ドアが開《あ》く音がして、「おはようございます」北村さんの声が聞こえた。

「しーっ」東の声。

「ごめんなさい、寝ちゃって……」わたしは目をこする演技をしながら起きあがり、トイレで顔を洗ってからジーンズに着替えた。「じゃあね」とバッグを肩にかけて出口に向かうと、背後で東の声がした。

「ありがとう」

わたしは振り返った。

東はわたしに手を振った。

この瞬間も、すべてが切れてｏｆｆになっていた。ありがとう、という言葉も、手の振りかたも、東の顔つきも、すべてがおかしかったのに、わたしはただ立ち去ったのだ。東がわたしに「ありがとう」といったのは、十五年間にわたるつきあいのなかではじめてだったのに――。

わたしはタクシーに乗った途端《とたん》に、頭をシートとガラスの角に押しつけて眠った。

母は丈陽を抱いて玄関で待ちかまえていた。

「十二時から打合せが一件あるのよ。もう間に合わないかもしれない」

「品川までタクシーで行きなよ」

財布から千円札を抜き出して渡そうとしたが、

「山手線のほうが早い。渋谷駅まで走るわよ。あんたもタクシーなんか乗らないで節約しなさい。子どもを大学出すまでいくらかかると思ってんの？　じゃあね。あっ、丈ちゃん風邪気味《かぜぎみ》よ。テーブルの上のメモ読んどいて。丈ちゃん、また来週ね」母は丈陽の頬にチュッとキスをして出て行った。

わたしは丈陽を抱いたまま椅子に座ってメモを読んだ。

四月二十日。排便、ナシ。咳、少々。クシャミ、少々。ゼロゼロいっている。軽く風邪をひいたみたい。手を口に持っていくようになったので、手についたホコリやゴミに気をつけて。
①7：45　ミルク１２０cc
②10：30　排便のためにモモジュースをのませようと
　したが、だめだった。のまない。

「あんた風邪ひいてるの？　そろそろミルクだね」

わたしはスイングベッドに丈陽を寝かせてミルクを拵《こしら》えた。哺乳瓶《ほにゅうびん》を床に置いて座椅子に座り、ミルクを飲ませる。目を閉じる。乳首の空気穴から泡《あわ》が立ちのぼる微《かす》かな音。飲み終えるまで二十分はかかる。起きていられそうにない。眠い。目を閉じていたら眠ってしまう。わたしは目を開けて丈陽の顔を見た。唇《くちびる》の端からミルクが垂《た》れている。ガーゼを用意するのを忘れたので、いったん唇から乳首を抜いて、ティッシュペーパーで口のまわりを拭《ぬぐ》った。もう一度くわえさせようとしたが、口を開けてくれない。

「もう、いいのね。おなかいっぱい？　じゃあ、ママといっしょに眠ろう。ゲップしてぇ、おむつ取り替えてぇ、ネンネしてぇ。子豚ちゃん、子豚ちゃん、子豚、子豚、子豚ちゃん」わたしは丈陽の尻と頭を手で支えて、からだを密着させてテーブルのまわりを練り歩いた。丈陽は手脚をばたつかせて笑い、笑いといっしょにゲップを吐き出した。わたしはバッグからケイタイを取り出し、電源を切ってあることを確認してテーブルの上に置いた。つぎのミルクは四時、四時まで眠ろう。
　わたしは丈陽を抱いて横になった。

あんたは　夕がたがいちばんきれいに見えるね
ふぅん
朝起きたときは　それほどきれいに見えないから　別れられそうな気がする　でも夕がたはほんとうにきれいに見える　あんたほど一日のうちで顔が変わるひともめずらしいよ　すごくきれいに見えるときと　そうでもないときの落差が大きい
　ちょっと煙草買ってくる
いっしょに行こう

ひとりで行く
だめ　逃げるから　この前も　夜中煙草買ってくるって出て行ったっきり二日も帰ってこなかった　二日も
……
いっしょに行こう
じゃあ　行かない
やっぱり逃げるつもりだったんだ
いつまでこんなことつづけるつもり？
あの男と別れるまで
……
怒った顔もきれいだ
……
あんたとやり直して　今度はおれが　あんたよりずっと若い女と浮気してやる
すればいいじゃん
そう　その角度がいちばんきれいだ　考えてみれば十代半ばから二十代半ばのいちばんきれいなときにつきあってくれたんだから　感謝しないとだめなのかな
　もう眠るよ
眠れば　おれは見てるから

見られてると眠れない　逃げないから　あんたも眠ったほうがいいよ
おれは眠らない　眠ったら逃げる　あんたはおれをぜったい裏切る　あんたは非道《ひど》い女だからね

遠浅《とおあさ》の眠りのなかで過去の東の声に苛《さいな》まれていた。なぜ、思い出したくもない別れる寸前の会話が蘇《よみがえ》るのだろう。わたしは東の声を振り払うために目を開けた。枕もとの目覚し時計を見ると、五時をまわっていた。わたしはからだを起こしミルクを拵《こしら》えて、布団の上で授乳《じゅにゅう》した。ゲップをさせるために縦《たて》抱きにして、ケイタイの留守番電話サービスを聴いた。

北村さんからのメッセージが入っていた。

「もしもし、佐藤先生に今夜が山だといわれました。明日のバイトはキャンセルしました」

また頭が白くなった。ケイタイの電源を切って、丈陽を抱いて眠った。

丈陽がぐずる声で目を醒《さ》ました。九時。沐浴《もくよく》させなければならない。

わたしは蛇口《じゃぐち》をひねって湯を出し、湯を眺めながら三時間前に聴いた北村さんのメッセージを反芻《はんすう》した。北村さんの声は切羽《せっぱ》詰まっていなかった。容体が急変したのなら、いますぐきてほしいと吹き込むはずだ。

わたしは和室に戻ってマットレスの上にバスタオルを広げ、綿棒と着替えとおむつを用意し、シャワーで自分のからだをざっと流してから、丈陽の服を脱がせて浴室に行った。

沐浴を終えて、哺乳瓶の乳首をくわえさせると、丈陽はすぐに目を瞑《つむ》って眠りながらミルクを飲んだ。

丈陽をベビーベッドに寝かせて風呂に入った。浴室と和室は壁一枚でとなり合っている。わたしは耳を澄《す》ましながらからだを洗った。ミルクを飲んだあとは熟睡《じゅくすい》するので明けがたまで眠ってくれるはずだ。

髪をシャンプーで泡《あわ》立てているときに、ギャーという泣き声が聞こえた。泡だけ流して風呂から飛び出た。

丈陽は顔を真っ赤にして、両目を見ひらいて泣いている。抱きあげても泣きやまない。痛がっているような泣きかただ。

「丈陽くん、どうしたの？　なにがあったの？」

わたしは丈陽を抱いてリビングに出た。

テーブルの上のケイタイに目が止まった。

泣きやまない丈陽をスイングベッドに移してメッセージ

を聴いた。

「東さんが……病院にきてください」

あっ、と丈陽の顔を見た。丈陽は泣き止んでいる。わたしは電話した。だれと、なにを話しているのかわからない。東が十時五十一分に亡くなったということだけがわかった。たった数分前。丈陽が泣いたときに。亡くなった。東が亡くなった。東のはだしが見えた。爪を切る音が聞こえた。「ありがとう」といった東の声と顔。最期の夜だったのに、東をはだしで歩かせてしまった。眠ったふりをして起きなかった。湯があふれる音が聞こえる。光が見える。光を追い払おうと頭を振ったが、光で頭のなかが真っ白になった。病院に行かなければ、病院に。わたしはバッグを斜めに背負い、丈陽を抱いて玄関に走った。だめだ、丈陽は連れて行けない。和室に戻ってベビーベッドに抱き下ろす。置いて行くことはできない。町田敦子さんに電話して、東の死を伝える。手がふるえて受話器を戻すことができない。母に電話する。母の声もわたしの声も聞こえない。行かなければ。病院に。ミルクだ。一杯、二杯、三杯、四杯、何杯入れたかわからない。哺乳瓶を逆さにしミルクを缶に戻して数え直す。一、二、三、声と手がふるえて白い粉が散らばる。東は今日を選んで死んだのだ。病室でひとりきりになるのがいやだから死んだのだ。わたしではなく、北村さんを選んで死んだのだ。看取《みと》ることができなかったのは罰《ばつ》だ。わたしは病院に行きたくて行っていたわけではなかった。いつもやさしく看病していたわけではなかったのだ。わたしは何度も寝過ごした。パジャマのままでは行けない。服をつかんで頭からかぶる。丈陽をおくるみでくるんで、野球帽をかぶらせる。丈陽はわたしの顔を見あげた。丈陽、どうしよう、丈陽、どうしよう。外に出て、鍵をかけた。振り返って把手《とって》をつかみ、鍵がかかっていることを確認してエレベーターに向かった。こんなことになるとわかっていたら帰らなかったのに。ずっと付き添っていたのに。「ありがとう」が最期の言葉だったなんて。

雨。傘《かさ》がない。丈陽が濡《ぬ》れる。部屋に戻っている時間はない。おくるみで丈陽の頭をくるんで走る。タクシーに向かって手をあげる。

車は走り出した。

丈陽、どうしよう。丈陽はわたしの顔を見あげている。わたしは丈陽の顔を見下ろした。わたしが訃報《ふほう》を耳にした瞬間に泣き止み、それから声を発することもしない。なにも知らないのに、すべてを知っているような目でわたしを見ている。
東の声が耳のそばで聞こえた。
あなた　おれが死んだら死ぬんでしょう?

丈陽の顔に涙が落ちて、わたしははじめて自分が泣いていることに気づいた。
雨の音が激しくなった。

あとがき

今夜は雨が降っている。雨の夜に、東由多加は亡くなった。雨の夜は、眠ることが難しい。東はわたしにあとを追ってほしかったのだろうか、丈陽とふたりで生きてほしかったのだろうかと迷う。翌朝まで降りつづける夜は、雨のひと滴《しずく》ひと滴に、嘘吐《うそつ》き、裏切り者、となじられている気がする。わたしはとなりで眠っている息子を起こさないように床を抜け出し、黒縁《くろぶち》の額に入っている遺影と目を合わせる——。

ときどきなにもかもいやになり、東の部屋に入る。ベッドに横たわると、かならず東の夢をみる。

——東がベッドの脇にたたずんでいて、「温泉に行こうよ。ずっと食べてないから、食事がうまいところがいい」というので、あわてて宿に電話して空いているかどうかたしかめたり、川沿いの露天風呂に並んで浸《つ》かって星を眺めていたり、「いま船のなかにいる。空爆されて沈みかかってるんだけど」と電話をかけてきたりする。

その夢のなかに息子は登場しない。夢のなかでは息子の存在を忘れている。

目を醒《さ》ますと、息子がいる。

息子はわたしの手をひっぱって歩き、目についたあらゆるものを指差して、それらの名前を教えてくれとせがむ。「あれは鳩《はと》、あれは紫陽花《あじさい》、あれは自転車、あれは雲、あれはブランコ」わたしは教えてやる。そして、「雲ってどぉれ?」と訊《たず》ねると、息子は空を指差してわたしの顔を見あげる。「すごい、よく憶《おぼ》えたね」と手をたたいてやると、自分もいっしょに手をたたいて、笑う。

毎朝息子とふたりで食パンを持って散歩に出かけている。息子は鳩を見つけると、背伸びしてわたしのウエストポーチのチャックを開け、食パンを取り出して千切り、「うまっ、うまっ、あむっ、あむっ、まんま！」と叫びながら鳩に投げ与え、笑う。

公園や道に空缶やスナック菓子の袋が落ちているたびに膝を折って拾い、早足でごみ箱を目指す。ごみを棄てると、振り返って笑う。「じょうず、じょうず、丈陽はえらいっ」と褒《ほ》めてやると、さらに笑う。

朝はわたしが眠っていると溜《た》め息を吐いてスタンドのひもをひっぱり、それでも起きないと眼鏡の柄をひらいてわたしの顔に載せ、紙おむつを一枚差し出す。「ママは降参《こうさん》しましたっ。起きる起きる」と目を開けると、笑いながらわたしの頭を撫《な》でてくれる。

転んで机の角に頭をぶつけたときに、「痛いの痛いの、飛んでけ！」と頭を撫で、「だめ、丈陽を痛くしちゃだめ！」と机をたたいたのが面白かったらしく、ときどきにやっと笑ってわざと壁に頭をぶつけ、片手で頭を押さえ、もう片方の手で壁を指差す。わたしが壁をたたいてやると、いっしょになって壁をたたいて、笑う。

このあいだは砂場で遊んでいると、三歳くらいの白人の女の子が歩み寄ってきて、息子に抱きついて唇にキスをした。息子はギャーッと泣いて彼女を指差し、復讐《ふくしゅう》してくれ、と地面を手でたたいた。「あのね、あの子はあんたをいじめたんじゃないの。かわいいからチュッとしたんだよ。ママもチュッとするでしょう？」と抱きあげて涙で汚れた顔にキスをしたら泣き止んで、笑った。

笑わない日はない。仕事をしているとき以外は笑っている。だれといっしょにいても、こんなに笑うことはなかった。

でも、笑う声に違和感がある。東からすれば、わたしと丈陽がいる場所があの世だ。わたしはこの世にいるのに、あの世の笑い声を聞いているような隔たりを感じるのだ。

いま、引っ越しの準備を進めている。あと数週間で、東と共に暮らし、東の遺体を安置したこの部屋を離れる。新しい家で新しい暮らしをはじめても、東のあとを追わなかったうしろめたさから逃れることはできないと思う。うしろめたさを負いながら両足で立ち、息子との生活を一日一日積み重ねていくしかないのだ。

毎朝、息子はわたしの手を引いて冷蔵庫の前に行き、ごくんごくんとのどを鳴らす。「ジュース飲みたいんだね」というと、足踏みをして笑う。東の好物だった人参ジュースをコップに注いでやると、両手でコップを持って、生後三ヵ月の自分を抱いて笑っている東の写真の前に行く。そしてコップを上に持ちあげて背伸びをする。東の口もとにコップを持って行って、「うまいっ、丈陽くんも飲みなさいっていってるよ」とコップを返すと、納得《なっとく》した顔つきで一気に飲み干《ほ》すのだ。

わたしは東の写真の前に飲み物や食べ物を供《そな》えたことはない。なぜ、一歳半の息子がこのようなことを思いついたのだろう。息子が東と共に過ごしたのは生後一ヵ月までなので、東のことを憶えているはずはない。

「やっぱり持っちゃいけない未練というか、強い未練があります。ぼくがいまいなくなったらですよ、丈陽の歴史のなかにぼくはいなかったことになります。三年でも難しいところでしょう。四年、四年生きれば、ぼくというひとがいたと、記憶の隅には残ると思うんです。記憶に残らないとしても、ぼくが彼の人格のなかになにかを残すことは可能だと思うんですけど、いまだとなんにも残せない。せめて言葉をひと言教えたいですけどね……ひと言……」

と東は国立がんセンター中央病院の病室で、ＴＢＳの米田浩一郎さんのインタヴューに答えていた。

東は写真のなかから丈陽に語りかけているのかもしれない。

いつか、息子は写真を指差して訊《たず》ねるだろう。

このひとだれ？

そのときのために、自分の言葉を鍛《きた》えなければならないと思っている。

二〇〇一年八月十一日

柳　美里

夢

ゆうべ　僕は
とても奇妙な夢をみたが
夢でみたのは
全く意外なことばかり——

あなたが僕といっしょにいなかった！

眼をさまし
ふりかえって
壁にむいて
眠っている

あなたに　さわってみた

よくも夢が
ウソを云えるものだ！
と　云ってはみたが

あなたが全くいなかったのだ！

『驚異の野原』ラングストン・ヒューズ詩集

斉藤忠利訳　国文社

声

目をひらいている。見ている。丈陽《たけはる》の写真を。直角に立てられたベッドに座って、両目を大きく見ひらいて。でも見えてはいない。わたしの顔も。なにも見えていない。ほんとうに死んでしまった？　触《ふ》れてたしかめる？　でも触れられない。手にも顔にも触れることができない。

わたしは東由多加《ひがしゆたか》の顔を見たまま手さぐりでバッグのチャックを開《あ》けた。開けた途端《とたん》になにを取り出そうとしていたのか忘れて、なかを覗《のぞ》いた。哺乳瓶《ほにゅうびん》。敦子《あつこ》さんに渡すのを忘れた。ミルクをあげる時間だったのに。丈陽はおなかを空《す》かせているかもしれない。ミルク手帳、渡した？　思い出せない。手帳に授乳《じゅにゅう》の時間が書いてあるのだけれど——。

あんたは　なんでそんなに間《ま》が抜けてるの？

小さいころから　ねじが一本抜けてるっていわれてたんだよ

一本じゃ済《す》まないでしょう　ぜんぶゆるんでる

あんたはどうなのさ

おれはしっかりしまってるさ

あんた　よくパジャマの上からズボン穿《は》いて外出るじゃん

防寒のためさね

東の口は薄《うす》くひらいている。でも、しゃべることも、笑うことも、舌打《したう》ちすることも、ため息をつくこともしない。見ている。いや、もう見ていない。目をひらいているだけ？　でも、もしかしたらまだ見えているかもしれない。医者の誤診《ごしん》で、まだ、からだのどこかに生が残っているかもしれない。大声で名を叫び、肩をつかんで揺《ゆ》さぶれば、息を吸《す》って吐き、わたしの顔を見るかも——。

なに突っ立ってじっと見てるの　怖《こわ》いよ

怖い？

あんた　幽霊顔《ゆうれいがお》だよ

なに　それ

三日月みたいな輪郭《りんかく》と長い髪《かみ》　あぁこわッ

もう起きたほうがいいよ　十二時だよ

起きてなにすんの

自由が丘に行く

行ってどうするの

晩《ばん》ごはんの材料買いたいし

あと十五分経《た》ったら起こして
ジジュッカ！
あんた　小さいころユッカって呼ばれてたんでしょ　ユッカを変形させたのさね
じゃあ　おれもミジュって呼んでいいわけさね
いいよべつに　もう起きたほうがいいよ　ビデオも借りなきゃいけないし
冷たいウーロン茶ちょうだい　飲み過ぎで気持ち悪いんだよ
はい
用意がいいね
服も用意してあるよ　丸井のバーゲンの初日《しょにち》だから　あんたのズボン見てみよう　ろくなズボンないじゃん
はいはい　ミジュの目的はバーゲンでしゅね
アンタノヤリカタ　アンタノヤリカタ
その無意味な歌だけはやめて　気が狂いそうになる
アンタノヤリカタ　アンタノヤリカタ
その歌やめなきゃ起きないよ

呼ぶことも揺さぶることもできない。でもまだ、でも、でもが連なり止まらなくなりそうになって、わたしは東の瞼《まぶた》にそっと手を伸ばした。抵抗《ていこう》を感じる。幻覚《げんかく》を遮《さえぎ》るためにてのひらで両目を覆《おお》い、それでもわたしの指の隙間《すきま》から見ていたときのように。瞬《まばた》きもしない。ふと、目薬、と思うが、それが有効な思いつきなのか、笑われるようなことなのか、わからない。でも、このまま瞬きをしなかったら東の目が乾いてしまう。

「佐藤先生には、今夜危ないっていわれてたの。昼から痰《たん》がうまく吐けなくって、息がとっても苦しそうで、ベッドを直角にしたの。めずらしく野球中継を観《み》たいっていうから巨人・阪神戦をつけたんだけど、途中《とちゅう》で疲れちゃって、テレビを消して、東さんが『今日は早めにアモバンを飲むから、電気を消して同じ時間に眠ろう。小津《おづ》映画の夫婦みたいに』っていうから、『そうしましょう』って……」

北村易子《きたむらやすこ》さんの声だ。聞かなければ。どうしてこんなことになったのかを。わたしには聞くことしかできない。その瞬間《しゅんかん》に立ち会うことはできなかったのだから。

「十時五十分くらいに、東さんが突然入口のほうを見て、だれか入ってきたのかと思って見たんだけどだれもいなくて、東さんはこないでって感じで手と首を振《ふ》って、腰を引いて頭を押しつけて、壁のあっちの隅《すみ》のほうからもなにかくる感じで、いやいやって手と首を振って哀《かな》しそうな顔をして、丈陽の写真に手を伸ばしたと思ったら、頭をがくっと……。『東さん!』って叫《さけ》んで、ナースボタンを押して、『様子《ようす》が変なのですぐきてください』っていったら、看護《かんご》婦《ふ》さんがきて、当直《とうちょく》の先生がきて、『十時五十一分です』といわれて……。電話しなくちゃと思って電話して、みんながくるまでのあいだ、東さんの頭がずり下がってたから、そこの上にのぼって腋《わき》の下に手を入れてひっぱりあげて、髪をずっと撫《な》でてたの。ほんとうにあっという間だった……東さんはなにを見たんだろう……なにが入ってきたんだろう」北村さんの声が途切《とぎ》れた。

「どうしてこんなことになっちゃったんだろう」わたしの声だった。

ほんとうに聞こえていないのだろうか。こんなに近くで話しているのに。

北村さんが病室から出て行って、東とふたりきりになった。座ることも、泣くこともできない。目を逸《そ》らすことも、見つづけることもできない。

「柳さん、いらっしゃいますか? 佐藤先生から電話が入ったのでナースステーションにきてください」という看護婦の声がインターフォンから聞こえた。

「はい。いま行きます」

わたしはドアの前で振り返った。東はここにいる。眠ってはいない。起きているのでもない。永眠《えいみん》という言葉は目を瞑《つむ》って横たわっている死者にしか当てはまらない、東は上半身を起こしてもものあたりに手を揃《そろ》え、目を見ひらいているのだから、永遠に起きているのだ、と映画の一シーンでも観ているようにぼんやりと考えた。東は亡くなったのだ、といいきかせるように思ってみても、その思い自体がひどく場違《ばちが》いな気がする。でもいちばん場違いなのは、このわたしだ。場違いというか、この場にいない気がする。だれかにわたしの名を呼んでほしい。肩を揺さぶってほしい。このままでは堪《た》えられない。なにが? 生きることが。いや、もう生きていない気がする。この病室に足を踏み入れて、東と顔を合わせた瞬間《しゅんかん》に。からだを起こしているのに起きていない、目を見ひらいているのに見ていない、口をひらいているのに息をしていない。東もわたしも。わたしは生きている? 死んでいる?

病室を出た途端に、「喪主《もしゅ》はだれになるの？」という声が耳に飛び込んできた。東のひとり息子の裕宇記《ゆうき》を養育している久生実子《ひさおみつこ》さんの姿《すがた》が見えた。

「柳さんじゃないの」裕宇記が放るようにいったのが聞こえた。

わたしは久生さんに会釈《えしゃく》をし、所在なげに立っている裕宇記に声をかけた。

「なかに入ったら？」

「もう入りました」裕宇記の声は強張《こわば》ってもいなかったし細くもなかった。

ナースステーションの机《つくえ》には受話器が伏《ふ》せてあり、看護婦がその受話器を手渡してくれた。

「もしもし」

「柳さんですか？」

「はい」

「ホテルに戻ったらメッセージがあって……なんだか動転してなにを話したらいいかわからないんだけど……ぼくは東さんの病室に入るたびに、口には出さなかったけれど、『ぼくが看取《みと》ってあげるからね』っていってたんです。こんな、三日間出張なんてめったにないんだけど……たまたまぼくがいないときに……だからぼくとしては……」佐藤温《あつし》先生の声は泣いていた。

「でも、東は、佐藤先生がとても好きでした。一昨日《おととい》の夜中に、『おれたち、ずっとひとで選んできたじゃない。あの佐藤先生は、まぁひとがいいからね』っていってたんです。結果的にはこういうことになりましたけれど、佐藤先生とめぐり逢《あ》えてよかったと思います」

亡《な》き夫の話をする未亡人《みぼうじん》のような口調で話してしまった。

「ぼくも、短いあいだだったけれど、東さんと話ができて、楽しかった。もう逢えないけれど、東さんのことだからきっと出てきてくれるよね」

「そうですね。あらためて、ごあいさつにおうかがいいたしますが、ほんとうにありがとうございました」わたしは受話器を戻した。

「火葬《かそう》のときにこれがないと許可《きょか》が下りませんから、失《な》くさないようにしてください」と看護婦がわたしに手渡したのは死亡届《しぼうとどけ》だった。

「これは、わたしが記入して提出するんでしょうか」

「親族のかたがいらっしゃったら、親族のかたのほうがいいでしょうね」
わたしは右側の死亡診断書《しんだんしょ》の欄《らん》を見た。
〈氏名〉　東由多加　男
〈生年月日〉　昭和20年5月12日
〈死亡したとき〉　平成12年4月20日午後10時51分
〈死亡したところの種別〉　病院
〈施設の名称〉　昭和大学附属豊洲《とよす》病院
〈(ア)　直接死因〉　食道癌　約10ヵ月
〈(イ)　(ア)の原因〉　不明
〈直接には死因に関係しないが傷病経過《しょうびょうけいか》に影響《えいきょう》を及ぼした傷病名等〉　細菌性肺炎《さいきんせいはいえん》　約3週間
〈手術〉　無
〈解剖〉　無
〈死因の種類〉　病死及び自然死

わたしは階段をのぼりながら読み返し、廊下《ろうか》の壁《かべ》に寄りかかっている裕宇記にその紙を差し出した。

「これ、親族が記入したほうがいいみたいだから」

裕宇記は背中を壁から離し、うしろにまわしていた手を前に出した。

「本籍とかわからないんですけど」

「あとで北村さんに訊《き》こう。わたしが持ってると失《な》くしそうだから、持ってて」

当直医と看護婦が、「このたびはご愁傷《しゅうしょう》さまでございます」と一礼してから病室に入った。看護婦がベッドの頭を倒《たお》して水平にし、北村さんがパジャマのボタンをはずした。

「一、二針ですが、縫《ぬ》ってきれいにします」当直医が鎖骨《さこつ》下と背中のカテーテルを抜いて、縫った。

「痛いッ」声が出た。東の口ではなくわたしの口から。

東は痛みに弱い。歯の治療に行くたびにかならず削《けず》る前に麻酔《ますい》を打ってもらっていたし、内視鏡《ないしきょう》検査のときも麻酔を通常より多く打ってもらい、意識を失くした状態で内視鏡をのどに通してもらっていた。麻酔をしないで縫ったら、痛い。痛いはずだ。でも、東は瞼《まぶた》をぎゅっと閉じてもいないし、歯を食い縛《しば》ってもいない。痛みを感じていない？　もう痛くない？

去年の冬、リンパ節に転移した癌が増悪《ぞうあく》して、左肩と腋《わき》の下の痛みがひどくなった。ひと晩中座椅子《ざいす》の上で膝《ひざ》をかかえて堪《こら》えなければならないほど激しい痛みだった。痛み止めも睡眠薬《すいみんやく》も効《き》かなかった。二ヵ月前に声がかすれ、のどの痛みで咳《せき》止めシロップもモルヒネ水溶液も水も唾《つば》さえうまく飲み込めなくなった。呼吸が苦しくて、ベッドの上のどこにも身の置き場がないと訴えていた。東は堪え難い痛苦《つうく》のなかで死に抗《あらが》い、闘った。いま、ほんとうにすべての痛苦から解放されたのならば――、でも、苦しくても痛くても、生きたかったのだ。生きたいから抗って闘っていたのに、突然《とつぜん》命を奪われてしまった。もう抗うことも闘うこともできない。一度亡《な》くした命は、もう二度と還《かえ》ってこない。どうしたら――、もうどうにもできないのだ。

わたしは針で皮膚を縫われても痛みを表さない東の顔から目を落とした。

胸水《きょうすい》バッグの水はそんなに溜《た》まっていなかった。右肺の水はきっと抜ききれたのだろう。延命《えんめい》のために胸水を抜いたのに、抜いている最中に絶命《ぜつめい》してしまった。背中から管を通して胸水を抜くこと自体とても痛かった。わずか一日でこんなことになるんだったら、抜かなければよかった。こんなにでも、こんなことになるとは思わなかったのだ。こんなに突然、呆気《あっけ》なく――。

わたしと北村さんはなんの言葉も交わさずに、棄《す》てるものと、持ち帰るものに分けて紙袋《かみぶくろ》に入れていった。なにをしているのか実感が持てないまま手に勢いがついてくる。冷蔵庫《れいぞうこ》のなかのものを床《ゆか》に置いて、半分くらい残っている麦茶とアルカリイオン水を洗面台に流し、空《から》になったペットボトルを燃えないゴミ用のビニール袋に入れた。

「これは、どうする?」北村さんがポータブルトイレを指差した。

「持って帰っても……」

「じゃあ、病院に寄付《きふ》しよう。東さんが、『退院するときは寄付する。東由多加寄贈《きぞう》って書いて』って冗談《じょうだん》でいってたことがあるから」と北村さんはベッドの下に揃《そろ》えてある革靴《かわぐつ》をビニール袋に入れた。

わたしは配膳台《はいぜんだい》の上のバインダーを手に取った。

「これは?」

「夕がた書いたの」

「今日の夕がた、ですか……」

乱れた鉛筆の文字。

佐藤先生の診断の方向は偶然《ぐうぜん》にも、東家が内在《ないざい》し続けていたぜん息の遺伝《いでん》的な原因をともなっているのではないかという強い疑いと変わっていた。もちろんイリノテカンとシスプラチンの二剤による。

いま読んでいる時間はない。わたしは紙が折れ曲がらないようにバインダーごとノートにははさみ、鉛筆と万年筆と最相葉月《さいしょうはづき》さんからもらったスケッチブックと十二色のポスターカラーマーカーをバッグのなかにしまった。

「これは棄てるね」北村さんが薬類を手に取った。

「要《い》ります。いつも使ってたものだから」

メプチンエアー、ロキソニンの瓶《びん》、床擦《とこず》れした仙骨《せんこつ》部に塗《ぬ》っていた軟膏《なんこう》とガーゼとテープ、浣腸《かんちょう》のチューブに塗っていた白色ワセリン、養陰清肺《よういんせいはい》シロップ、プロポリスを入れるカプセル、ボルタレン座薬《ざやく》、国立がんセンター中央病院から持ってきた〈18F〉とマジックで書いてあるアイスノン、カテーテルの挿入《そうにゅう》口の鎖骨下に貼《は》っていたサージカルテープ、最後の一時帰宅《いちじきたく》の夜に北村さんと大塚晶子《おおつかあきこ》さんが渋谷で買ってきてくれたビサコジル座薬、携帯《けいたい》用ビデ、鼻毛用はさみ、わたしがプレゼントしたアニエスb《ベー》の腕時計、東が舐《な》めたくてひと粒《つぶ》も舐めることができなかったバタースカッチ味のチェルシー、卓上《たくじょう》カレンダー、目覚《めざま》し時計、息絶える瞬間に手を伸ばした丈陽の顔写真――。

ロッカーのなかには東のコートがぶら下がっている。入院したころはまだ肌寒《はだざむ》かったのだ。今日は四月二十日。東の五十五回目の誕生日は五月十二日。あと二十二日で五十五歳になるはずだった。東は五十四歳。出逢《であ》ったときは三十九歳で、わたしは十六歳だった。十六年間。わたしの人生の半分。作家柳美里としてのすべての時間。東由多加の死は柳美里の死だ。コートをハンガーからはずすと鈴の音がした。わたしはポケットに手を突っ込んで東の鍵《かぎ》を取り出した。昨日の朝、この鍵を借りようとしたら、「いやだ。帰るときに、困るから」と東は貸してくれなかった。たった一日しか経っていないのに、東は無断《むだん》で鍵を取り出してもなにもいわなくなってしまった。わたしはバッグの内ポケットに東の鍵をしまった。

東は当直医と看護婦の手によってストレッチャーに移され、頭の先から爪先《つまさき》までシーツで覆《おお》われた。息苦しい。だれが？　わたしが。真っ暗で広い部屋に閉じ込められているような感じがする。両手を伸ばして歩いているのに、歩いても歩いても壁に触れることができない。叫んでも叫んでも声が響《ひび》かない。

「霊柩車《れいきゅうしゃ》に乗れるのはおふたりです」葬儀《そうぎ》社との連絡を取ってくれていた飯田昌宏さんがいった。

「裕宇記は乗ったほうがいいよ」わたしがいった。

「わたしは先に荷物を持ってマンションのほうに行ってるから、柳さんと裕宇記が東さんといっしょに」と北村さんは両腕に紙袋をぶら下げて階段を降りていった。

霊安室《れいあんしつ》には小さな祭壇《さいだん》があり、線香の煙と蠟燭《ろうそく》の炎が揺《ゆ》れていた。

わたしと裕宇記は折《お》りたたみ椅子《いす》に並んで座った。

「喪主は裕宇記がやりなよ」

「え……」

「わたしの仕事先の編集者たちに協力してもらえるし、金銭的にはぜんぶわたしが持つから、だいじょうぶ。喪主は裕宇記がやったほうがいい」

「……うん」

ふいに言葉が抜け落ちた歌のようなものが頭のなかにたゆたって、ハミングしそうになった。東と暮らしていたころに毎日何回もうたっていたデタラメな歌。アンタノヤリカタ　アンタノヤリカタ。そういえばもうずっと眠っていない。眠っていないということを意識した途端に眠気《ねむけ》のようなものに襲《おそ》われる。右の奥歯と腰だけが痛みのために存在し、あとの肉体は煙のようにたちのぼって消えていっている。眠ってはいけない。膝の上のてのひらをおや指から順に握《にぎ》ってみる。ひらく。てのひらに爪《つめ》を食い込ませる。シーツが動いたように見える。目を凝《こ》らす。動いていない。

「遅いね」裕宇記が口をひらく。

「うん。遅い……」

わたしは十九歳の裕宇記と並んで座っている。裕宇記とはじめて出逢《あ》ったのは、彼が三歳のときだ。ユウミリと発音することができなかった裕宇記は、わたしのことをユーミンと呼んで、息子というよりは、歳《とし》が離れた弟のように慕《した》ってくれた。毎週日曜日に東のマンションで遊んだ。東は芝居《しばい》の稽古《けいこ》でいないことのほうが多かったので、たいていはふたりきりだった。夕がたになると原宿のキディランドに連れて行って玩具《おもちゃ》を買い与え、当時彼を育てていた母かたの祖母のマンションに送り届けた。眠ってしまった裕宇記を抱いて、タクシーのつかまらない夕暮れの道を歩いていたわたしは十六歳だった。五年前に東との同居を解消してからは、お年玉を東に預《あず》けて渡してもらうだけの関係になっていた。

「離れて暮らしても、父子《おやこ》だということには変わりないし、喪主をやることでお父さんと出逢えると思うんだよ」

「……うん」

「わたしの息子も、父親とは離れて暮らしてるから……」

「丈陽くんだっけ？　元気なの？」

「友だちんちに預けた。遅いね。ちょっと見てくる」

外に出ると、飯田さんがケイタイを手にして立っていた。

「近くまできてるんですけど、なんだか迷《まよ》ってるみたいで」

「大通りに面してるのに？」

「裏口がわからないようです。玄関のほうを見てきます」

わたしはふたたび裕宇記のとなりに座った。

「学校、休まないといけないのかな」

「どうだろう。やっぱり告別式《こくべつしき》が終わるまでは休んだほうがいいかもね。大学でなに勉強してるんだっけ？」

「このひとにはいわなかったんだけど、大学じゃなくて料理学校に行ってるんだ」

「料理学校？　料理人になるの？」

「うん。ほんとうのことというと、このひと、学費を出してくれなくなるかもしれないでしょう」


「そうかな？　わたしはちゃんと話せば、喜んだと思うよ」

「生きているうちに話したいとは思ってたんだけどね」

「本人には病状を隠《かく》していたから、めったに逢わない裕宇記が見舞《みま》いにきたら、死期を察してしまうでしょう。でも、土曜日に逢いにくるはずだったんだよね。明後日……」

「……間に合わなかったね」

三月末に、北村さんが「裕宇記の誕生日だから連絡したほうがいいですよ」といったのだが、東は「こっちから連絡する必要はない」といい張った。その会話を聞いているうちに、東と裕宇記の関係に丈陽と父親の関係が重なった。もし彼が癌《がん》に冒《おか》されて入院しても、丈陽には連絡をもらえないだろう。もし風の便《たよ》りで病状を知ることができたとしても、見舞いにも行けないし、死に目に立ち会うこともできない。死に顔を見ることも、遺骨《いこつ》を拾うことも、墓参《はかまい》りすることさえ許されない――。

「父親なんだから、自分から関係を修復《しゅうふく》したほうがいいよ」

わたしはふたりの話に割って入った。

「甥《おい》の雅《まさし》はおこづかいをためて長崎から見舞いにきて、『おいちゃんに逢いたかと』といったのに、裕宇記は見舞いにもこない。冷たい」

「冷たい関係にしたのはあんたでしょう。わたしもずっと母親と絶縁状態《ぜつえん》だったけど、丈陽を生んだことで、関係がある部分修復したじゃない。でも、十六歳で家を出て、いま三十二歳だよ。十六年かかったんだよ。十年延命できるんなら、裕宇記から連絡がくるのを待っててもいいけど……自分から逢いたいっていってあげなよ」

「子どもじゃない。もう十九歳だから」

「まだ十九歳だよ。もしこのままの関係で終わったら父親としてひどいよ」

東は思いを読み取るようにわたしの顔を眺《なが》めてから、カレンダーに目をあげた。

「……じゃあ土曜日……遺《のこ》せるものはなにもないから……言葉だな」

北村さんが裕宇記の伯母《おば》にあたる久生実子さんに連絡して、裕宇記が二十二日の土曜日に病室に見舞いにくることになっていたのだ。

霊柩車が到着して、ダークブルーの背広に喪章《もしょう》をつけた男《ひと》が霊安室《れいあんしつ》に入ってきた。

「東都典範《とうとてんぱん》の者でございます。このたびはご愁傷さまです」

と頭を下げられ、わたしと裕宇記は同時に会釈《えしゃく》を返した。

男は東を霊柩車用のストレッチャーに移して外に出た。くるときに降っていた雨はやんでいた。道路は黒く濡《ぬ》れている。いつやんだのだろうか？　飯田さんになにか言葉をかけたかったが、声を出すことができない。男は車のうしろのドアを開《あ》け、ストレッチャーを押した。ガチャンと音をたててストレッチャーの車輪が収納され、東はあおむけのまま車のなかに入れられた。男がストレッチャーを金具で固定して、「それでは、まいります」とわたしたちに一礼して運転席に座った。裕宇記は助手席に座り、わたしは東の頭の横に、飯田さんは東とドアのわずかな隙間《すきま》にからだを押し込んだ。

車が動き出すと、当直医と看護婦が頭を下げて見送ってくれた。どこに向かっているのだろう。車の振動《しんどう》が伝わってこない。水の上をすべっているようだ。東だけではなく、葬儀社の男も裕宇記も飯田さんも息をしていないのではないだろうか。右手で左手の甲をさする。冷たい。ズキズキという音が耳の奥から衝《つ》きあげてくる。からだのある部分は過敏《かびん》に、ある部分はまったく感じなくなっている。わたしの傍《かたわ》らのシーツはひとのかたちに盛りあがっている。遺体のように見える。遺体のように見えるものと東由多加が結びつかない。それにしてもこの車はどこに向かっているのだろう。うちに帰る？　東といっしょに？　うちに帰って、普通に暮らしながら抗癌剤《こうがんざい》治療《ちりょう》をするのだ。東とわたしで丈陽を育てて、生きる。助手席の頭が倒れた。裕宇記が眠ったのだ。息もしないで。飯田さんは？　起きている。息もしないで。苦しい。東の顔にかかっているシーツを払いのけたい。ジュッカ！　ジュッカ！

真っ暗になっちゃったね
これからどんどん山にのぼって行くのさね
公衆《こうしゅう》電話で旅館に電話したほうがいいんじゃない？
なんて？
ごはん要らないって
だって　あんた　おなかすいてるでしょうに
おかしがあるから
あんたはおかしだけで足りるタマじゃあない　お膳《ぜん》の上に並べといてくれてるよ
夜だし　雪だし　スピード出せないからね
露天風呂《ろてんぶろ》楽しみだね　三つもあるんでしょう？
うん　川のなかにあるんだってよ　宿に着いたらごはん食べて　すぐ露天に行こう　夜中に二回
好きじゃのう
アンタノヤリカタ　アンタノヤリカタ
やめろ　降りるよ
アンタノヤリカタ　アンタノヤリカタ

「もうすぐ到着します」

飯田さんの声。ケイタイを耳に当てている。東は眠っているわけではないのに、声を落として話している。

「溜池《ためいけ》を過ぎたあたりです。男手が何人か必要だから、下で待っててほしいんですけど」

助手席で眠っていた裕宇記が頭を起こした。わたしは白いシーツで覆《おお》われている東の顔のあたりに目を落とし、もうすぐ着くよ、といいかけて、やめた。東が奪われた声を取り戻すまで声を出したくないと思うが、その思いは頭の奥で閉じて鳩尾《みぞおち》のあたりでしこりになった。

スクエアビルの看板。六本木《ろっぽんぎ》だ。丈陽の父親の職場が近かったせいで、よく六本木で待ち合わせをした。はじめて抱《だ》き合ったときに待ち合わせしたのも、妊娠《にんしん》を打ち明けようとして打ち明けられなかったバーも六本木だった。

気になるから　いってよ

いいよ　いわない

いってよ

いうと困るだろうからいえない　いわないでひとりで考えて決めたほうがいいのかもしれない

なんでもいう美里がいえないってことは　きっとよっぽどのことなんだろうな

同じの　もういっぱい

飲み過ぎなんじゃない？

これ飲んだら帰る　忙しいんでしょ？

送ってくよ

こんなときに、彼のことなど思い出したくない。いまはだれとの思い出も、たとえそれが甘美《かんび》な記憶《きおく》だとしても、思い出したくない。どんな過去も、いま、この瞬間につながってしまう。東由多加はここにいる。そして、ここにいない。こんなことは堪えられない。もうなにも見たくないし聞きたくないし感じたくない。疲れた。いなくなりたい。

でも、丈陽、丈陽、丈陽、丈陽。わたしは高速を降りるまでその名を唱《とな》えていた。その名以外は終わってしまっていた。

マンションの前には、東京キッドブラザースの劇団員だった峯《みね》のぼるさんと三浦浩一さんと、わたしの担当編集者《たんとうへんしゅうしゃ》の矢野優《ゆたか》さんと森正明さんが待ってくれていた。

先に到着していた葬儀社の男《ひと》が後部座席に乗り込み、運転席から降りた男が霊柩車のバックドアを開《あ》けてストレッチャーを引き出した。

東がストレッチャーごと持ちあげられてエントランスの階段をあがっていく。十二日前に帰宅をしたときには車椅《い》子《す》で運ばれていたのに、いまはあおむけで頭から爪先《つまさき》までシーツで隠されている。

ストレッチャーはエレベーターホールで停止した。

「エレベーターには乗らないねぇ」峯さんがいった。

「非常階段は？」と三浦さん。

「外の狭《せま》い階段しかないから無理です。斜《なな》めにすればそのまま入りますよ」と葬儀社の男が慣《な》れた手つきでストレッチャーの脚をはずして担架《たんか》に換《か》えた。

「東さん、落ちないかな」と峯さん。

「胸と脚をベルトで固定してあるから､だいじょうぶです」

ゆっくりと頭のほうを持ちあげられて斜めに——、東は
ぶつけてはいけない高価な箪笥《たんす》のようにエレベーターに搬《はん》入《にゅう》されている。その光景にショックをおぼえて、わたしは立ち尽《つ》くしていた。

「柳さんはこっちのエレベーターで先にあがってください」

飯田さんの声がして、エレベーターに乗った。二階から四階までの住人がエレベーターのボタンを押してドアが開いたらどうしよう。シーツで覆われているからわからないか。いや、ひと目でわかるにちがいない。でも、もう一時半だ。深夜でよかった。十時くらいまでは帰宅したり外出したりする住人も多い。なにも知らないひとに悲鳴をあげられたり息を飲まれたりいやな顔をされたりしたらわたしは——､ドアがひらいた途端に､思考が行き止まりになった。

鍵のかかっていないドアを開けると、担当編集者の中瀬ゆかりさん、最相葉月さん、北村易子さん、久生実子さん、九條《くじょう》今日子さん、東の姉の冷子《れいこ》さんとその息子の花行《はなゆき》さん、劇団青い鳥の制作をしている長井八美《はつみ》さん。

「丈陽くんのものは隅《すみ》に寄せといたよ」と声をかけられ、中瀬さんの顔を見た。

「うん」病院を出てはじめての声だった。

わたしは、わたしの顔を心配そうに覗《のぞ》いている中瀬さんと目を合わせて時間の流れをさかのぼった。

訃報《ふほう》を聞いて、丈陽を抱いてタクシーに乗った。町田康《まちだこう》さんと敦子さんのマンションに到着したときには既《すで》に中瀬さんが待っていた。丈陽を町田夫妻に託《たく》して、中瀬さんとふたりで病室に向かったのだ。

「こんな時間まで、悪いね」なるべく声をなめらかにしていった。大きな石のようなもので感情が塞《せ》き止められている。つらい。哀《かな》しい。痛い。苦しい。どんな顔をしていいかわからない。顔を見られたくない。ほんとうに疲れた。

戸が取りはずされた和室には、わたしと丈陽が寝ていたマットレスが敷かれていた。不意に丈陽の父親とも抱き合って寝ていたことを思い出した。東はいやがるのではないか——、でも畳《たたみ》の上に直《じか》に寝かせるわけにはいかないし、この時間ではデパートも寝具店も開《あ》いていない。

東は葬儀社の男の手によってマットレスに寝かされた。

「……眠るときに手を組み合わせてましたよね……」と四日後には焼かれてしまう両手の指を見た。

「柳も気づいてた？　いつからだろう……」と北村さんが

いった。

「三日前からですよ。わたし、死んだひとみたいに手を組むからいやだなと思ったんです」

葬儀社の男たちは白いガーゼにくるんだドライアイスで顔の左右をはさみ、腋《わき》の下と下腹部と股間《こかん》に煉瓦《れんが》大のドライアイスを置いて布団《ふとん》をかけた。

「明日が先勝で、明後日が友引《ともびき》なので、お通夜《つや》は二十四日の月曜日、告別式は二十五日の火曜日になりますねえ、はい」

「四日間も……」

「ドライアイスは毎朝補充いたします」

「この部屋だけエアコンがついてないいんですけど、だいじょうぶでしょうか」

「だいじょうぶだと思います」

わたしは、なにかをいいかけているような東の口を見た。目は、見ることができない。

「目は……どうしたら閉じるんでしょうか……」

「テープを貼《は》る方法もございますが」

「テープはだめです」わたしは声を強くした。

「はぁ、そうでございますね、まぁ仏《ほとけ》さまが目をひらいていらっしゃることは、けっこうございますのであまりお気になさらなくてもよろしゅうございますよ。それに、仏像は半眼《はんがん》と申しまして、半分目をひらいていらっしゃるでしょう。あれは、亡くなってもすべてのひとを永遠に見ておられるという尊《とうと》いお顔とされておりますからねぇ、はい」

「……永遠に見る……」

四日後に目を開けたまま棺《ひつぎ》の蓋《ふた》を閉められて、目を開けたまま焼かれるのだ。

ベビーベッド　どこに置こうか
あんたの部屋に置くんじゃないの？
そしたら　あんたが眠れないよ　赤ん坊は三時間置きにミルク飲むんだってよ
いいよ
だめだよ　あんたの病気は体力勝負なんだから　寝不足で体力が落ちたらたいへんなことになる
ここは？
ここだと　テレビの音とか　わたしのワープロ打つ音とかうるさいよ
じゃあ和室しかないじゃない
こたつしまうことになるけど

いいよ

あんた　こたつ好きじゃん

押し入れを整理して　その子の着替えやおむつをしまってさ

でも　この部屋　エアコンついてないから寒いんだよね

ストーブ買おう

あぶないよ

電気ストーブだったらだいじょうぶなんじゃない？

はいはいするようになったら　さわって火傷《やけど》するよ

はいはいするのって何ヵ月？

個人差があるけど、平均七ヵ月って書いてあった

二月一日が予定日でしょう　はいはいは九月だよ　ストーブの季節じゃないでしょう

でも夏は暑いから　どっちみちエアコン買わなきゃ

扇風機《せんぷうき》は？

指を突っ込むよ

はいはいするようになったら　おれが和室で寝て　あんたは赤ちゃんと自分の部屋で寝ればいいんじゃない？　おれ　この部屋好きなんだよ　浴衣《ゆかた》着て座椅子《ざいす》に座ると旅館みたいでしょう？

葬儀社の男は手を合わせて一礼してから東の顔に白い布をかぶせ、わたしのほうに向き直った。

「宗派《しゅうは》は？」

「無宗教だと思いますけど……」わたしはとなりに正座している北村さんの顔を見た。

「宗派によってお坊さまもちがいますし」

「妹に電話して確認します。あッ、でもこんな時間だわ」

東の足もとに座っていた冷子さんが腰をあげた。

「起きてるんじゃないですか？」北村さんがいった。

「そうね。朝一番の飛行機でくることになってるんだけど、きっと眠れないわよね」

冷子さんは長崎の豊嶋志摩子《とよしましまこ》さんに電話をかけて、宗派を訊《き》いた。

「浄土真宗《じょうどしんしゅう》だそうです」

「浄土真宗には西と東がございます」

「西と東があるそうなんだけど、どっちだっけ？」冷子さんは電話の向こうにいる志摩子さんにふたたび訊いた。

「……わからないので、明日縫子姉さん、義理の母なんですけど、訊いて連絡をくれますって」

「西は本願寺派《ほんがんじ》、東は大谷派《おおたに》で、これは前机《まえづくえ》と申しまして、宗派によって並べるものがちがってくるんでございます、はい。どちらかわからなかったものですから、一応本願寺派のかたちに整えさせていただいております、はい」

　わたしは前机に目を向けた。木製の二段の台で、上段の中央にはなにも書かれていない白木の位牌《いはい》、位牌の前には水が入れてある湯飲《ゆの》み、右側奥には樒《しきみ》の葉、ごはんをてんこ盛りにしてある茶碗《ちゃわん》には箸《はし》が刺してある。湯飲みも茶碗も台所にあったものだ。白い六つの団子《だんご》が左側に並べられ、下段には香炉《こうろ》、蠟燭《ろうそく》立て、御鈴《おりん》が置いてある。

「本願寺派が多いんですか？」わたしは額を指で揉《も》みながら訊いた。

「ええ」

「じゃあ、きっとそうじゃないですか」

　わたしの声は投げやりに響いたが、実際そんなことはどうでもよかった。抗癌剤の種類や投与量は、そのちがいによって東の命を左右する。宗派のちがいでなにが左右されるというのだろう。東の命は無くなったのだ。そんなことより、障子《しょうじ》が破れているのが気になる。産後に家事を手伝ってもらっていた伯母《おば》の娘が破いたのだ。みっともないから早く業者を呼んで直してもらいなさいよ、と東にいわれたのだが、東の病状が急激に悪化して、障子どころではなくなってしまったのだ。直しておけばよかった。

「大谷派はごはんとお団子を載《の》せないんです、はい。それから、これは本願寺派も同じですが、お線香を寝かせます」

「立てないで、寝かせるんですか」北村さんが驚いた声を出した。

　東がこの様子《ようす》を見ていたら笑うだろう。東は阿弥陀経《あみだきょう》を唱えたこともなかったし、焼香《しょうこう》の仕方すら見よう見真似《まね》でやっていた。なにかに対して手を合わせることなどしないひとだった。丈陽の初宮参《はつみやまい》りのときも祝詞《のりと》の最中に噴《ふ》き出すのではないかと案じていたくらいだ。

「わたしどもはこれで失礼いたします。朝、ドライアイスの補充《ほじゅう》にまいります」

「東さん！　もう！　なんで死んじゃったの！」だれかが東の枕もとにひざまずき、顔を抱くようにしてキスをした。三浦浩一さんの妻で、東京キッドブラザースの主演女優だった純アリスさんだ。

　振り返ったアリスさんの目は明らかに酔《よ》いをふくんでいた。

「柳さんはもうキスしたの？」

「……」

「ごめんなさいね。かなり酔ってるから」三浦さんがアリスさんの肩を押さえたが、アリスさんは身をよじってその手から逃《のが》れた。

「酔ってるとかそんなんじゃなくって、柳さんは、東さんを愛してたんでしょう?」

返答に窮《きゅう》しているわたしに飯田さんが一枚の紙を差し出してくれた。

「文面はこれでいいですか?」

儀　東由多加(劇作家、東京キッドブラザース主宰)が、四月二十日午後十時五十一分、東京都江東区の昭和医大豊洲病院にて、食道がんのため死去いたしましたのでお知らせいたします。享年《きょうねん》は五十四歳。喪主、通夜・告別式の日取りは未定です。

わたしは歩きながら読んで、元劇団員たちが屯《たむろ》しているリビングを通り抜け、飯田さんと最相さんがわたしを部屋に入れてくれた。

「これでいいです」神棚《かみだな》の下に腰を降ろして壁に寄りかかった。

「朝刊には間に合わないけれど、いまから流します。お通夜と告別式の打合《うちあわ》せは、十時ということで各社担当編集者に伝えました」

「会場は?」

「会葬者《かいそうしゃ》が多いでしょうから、青山斎場《さいじょう》か千日谷會堂《せんにちだにかいどう》しかないんですけど、青山斎場は予定が入っていました。千日谷會堂を仮押《かりお》さえしてあります。くわしいことは明日の朝、あッもう今日か、千日谷の担当者に電話して決めることになっています。正式に日時が決まったら、あらためてマスコミ各社に告知します。死亡記事が掲載《けいさい》されるのは夕刊でしょうね」飯田さんは同情をにじませないで読みあげるようにいってくれた。

中瀬さんが部屋に入ってきた。

「わたしは帰るけど、柳さん、眠ったほうがいいよ」

「ほんとうに、横になるだけでも……」最相さんの声が、枕に片耳を押しつけているかのように遠く柔《やわ》らかく聞こえる。

「……ここにはもう棲《す》めない。広過ぎるし、東さんがいないから……」

「わかった。捜してみるけど、解約《かいやく》する場合は二ヵ月前に知らせなきゃいけないんじゃなかった？」

「でも、もう、ここでは眠れない」

「部屋の条件は？」

「空《あ》いている部屋があると怖いから、ひと部屋でいい……台所とトイレと風呂《ふろ》がついてて……オートロックでセキュリティーがしっかりしてて……」

「五十へーべーくらい？」

「もっと狭くていい」

「ここは広過ぎるもんね」

「東さんが、とにかく広い部屋っていうからここに決めたんだよ。八十へーべーくらいの間取り図を見せると、狭《せま》いっていうから、百へーべー以上の部屋を捜して……」

「東さん、自分が死んだときのことを想定してたのかな？これでも狭いくらいだもんね。さっき数えたら四十人以上いたよ。やっぱりさすがというか、カリスマなんだよ。一《いっ》世《せい》を風靡《ふうび》したひとはちがうね」

「キッドの関係者だけだって、千五百人もいるからね。今日から四日間ずっとこんな感じじゃないかな……」

「東さんの遺骨は姉さんのところに安置《あんち》するんでしょう？」

「うん」

「仏教的にはどうだかわからないけど、遺骨を引っ越しさせないほうがいいんじゃないかな。なんとか四十九日が過ぎて納骨するまで……」

「四十九日も……」

「わたしたちが交代で泊まりにきてもいいし」

「すぐ引っ越したい」

「いつ？」

「告別式が終わったらすぐ。焼き場からここに帰りたくない」

「それは無理だよ」

「……狭い部屋がいい……」わたしの声も中瀬さんの声も頭に入ってこない。耳がおかしいのだろうか。

「本もテーブルもベッドもテレビも要《い》らない。布団《ふとん》を敷いたら足の踏み場もないような狭い部屋じゃないと眠れない」

わたしはこんな声ではなかったはずだ。

「わかったよ。候補を五つくらいにしぼるから、いっしょに見に行こう」

「見なくていい」

「じゃあ、わたしが見て決める。四日後は無理だと思うけど、ここを解約して、十日以内には引っ越せるようにするよ」

「十日……どうしよう……」

「ここに帰るのがいやなら、しばらくホテルに泊まってもいいし」

「東さんをひとりにして？」

「そうだね、遺骨を持ってホテルに泊まるのもなんだしね。遺骨は柳さんのところじゃないといけないの？　裕宇記くんのうちじゃだめなの？」

「だめだよ。ここに棲んでたんだから……ここが東さんのうちなんだから……なんとか……四十九日は暮らすしかないか……」

「じゃあ、なにかあったら何時でもいいから電話してね」

「ぼくたちもそろそろ失礼します。朝、なるべく早くうかがいます」と飯田さんと最相さんが腰をあげた。

「ごめんなさい。遅くまで」わたしは三人を玄関まで見送った。

玄関のあたりまで酒と煙草《たばこ》のにおいが漂ってきている。弔問客《ちょうもんきゃく》は減ったのだろうか、増えたのだろうか。リビングから笑い声が響いてきている。キッドにいたころの思い出話をしているのだろう。わたしがキッドに在籍していたのは十六歳から十八歳までのわずか二年間で、それも劇団員としてではなくただの研究生だったので、先輩の役者たちとは「おはようございます」と「お疲れさまでした」以外の言葉は交わさなかった。役者としては研究生の卒業公演と若手公演の二作のミュージカルに出演しただけで、あとはチラシやパンフレットにも名前の載らない使い走りとして、東由多加作、演出の四作品に参加した。懐《なつ》かしんで語れるような思い出は持っていないし、思い出話をする気持ちにもなれない。でも、この部屋に棲んでいるのはわたしなのだから、わたしの客なのだろう。あいさつをしてもてなさなければ――、わたしは足音をたてないようにトイレに入り、便器の蓋《ふた》に座って両目を瞑《つむ》った。そこに両手をついてもらって浣腸をした。何度も。そのときの東の顔が思い出せない。死後の顔で生前のすべての顔が打ち消されてしまった。ノックの音。出なければ。わたしは水を流して便器から腰をあげる。

外で待っていたのは、石田明子さんだった。わたしの四期下の研究生で、わたしが主宰《しゅさい》していた青春五月党の『静物画』という芝居に客演してもらったこともある。

「元気？」

「……はい……柳さん、だいじょうぶですか？」

「だいじょうぶ」
　トイレの前で短い会話を交わしてリビングに向かった。北村さんはどこにいるのだろう。リビングの掛時計は四時をまわっていた。時計の針は動いているのに、東の心臓は停止したままだ。一秒、一秒、東が生きていた時間から離れている。いまも、これからも離れつづけるのだ。これ以上離れたくない。距離を縮めて生前の時間に戻ることは不可能だが、これ以上離れないことは、可能だ。
　北村さんは台所にもいない。東の部屋のドアを開けると、机に座って書きものをしていた。
「わたし、シャワーを浴びます。北村さんも入ったほうがいいですよ」
「わたしは朝いったん帰るからいい」
　着替えをかかえて脱衣所《だついじょ》に入ると、新聞紙の上に大勢のひとの靴《くつ》が並べられていた。わたしは靴を踏んで服を脱いだ。下着にまで線香のにおいが染《し》みついていた。
　洗い椅子に座って目を瞑り、シャワーの湯に顔を向けた。東の声が、わたしの肉と骨に直《じか》に囁《ささや》きかけてくる。
　あんた　髪切ってくれる？
　いいよ　でも普通のはさみしかないよ
　普通のはさみで十分　ふざけて変なふうに切らないでよ
　でもさぁ　内湯《うちゆ》で切ったら排水溝《はいすいこう》に詰まっちゃうんじゃない？　露天でやろうよ
　寒い
　だって　あんたはお湯に浸《つ》かってればいいんだよ　えーっと　必要なのは　はさみと
　いまから？　やめろやめろ　ひとがいるよ　夜中にしよう
　いまが狙《ねら》いどきなんだよ　みんな食堂にいるじゃん
　ごはんはどうするの？
　七時までに行けばだいじょうぶでしょう？　ほかのひとはお酒とか飲みながらゆっくり食べるけど　あんたとわたしは十五分で食べ終わっちゃうじゃん　それにどうせ食べられないよ　同じメニューだよ　目に浮かばない？
　ひと月もいるからねぇ　おれに台所貸してくれればちゃっちゃっとつくるのに
　あんた　代表でいってよ　旅館のひとと同じものでいいって　そしたら　ラーメンとかチャーハンとかカレーとか出るかもよ
　なんの代表で？

あんたとわたしはチームじゃん
チームねぇ　チームだっていうのは　おれとあんたにしか通用しないんだよ　あんたと温泉で暮らしてることは女の子にはないしょにしてるんだよ　ばれたら　もうつきあってもらえなくなる　二十四歳なんだよ　あんたより若い女の子とつきあうとは思わなかった
ふぅん　キッドシアターにお母さんといっしょに観《み》にきてた子でしょう？
けっこう美人でしょう？
うん　和風美人だね
彼女横浜に棲んでるんだけど　タクシーで送ってあげたときに黄金《こがね》町を通り過ぎて　あんたの親父《おやじ》さんが勤めてた三益球殿《みますきゅうでん》が目に飛び込んできたから　ぎょっとしたよ
なんで　ぎょっとするの
なんかね

五年前にわたしは東由多加と同居していたマンションを飛び出したが、東とのあいだで解消したのは性的な関係だけで、あとはすべてを継続していた。手をつないで歩くことも、風呂に入ることも、並んで眠ることもすべて――。生活も、住居をべつにしていただけで、一年の大半を山奥の温泉宿や孤島のリゾートホテルでいっしょに過ごしていた。

いま　何時？
三時
夕がたの？
そうだよ
なんでこんなに眠いんだろう？　寝たの何時だっけ？
九時
すごい　十八時間も眠ったんだ
夜中に起きて露天に行くって約束したのに　いくら起こしても起きないんだもん
なんか　からだが変なんだよ　眠れってからだに指令を出されてる感じで　さからえない
二食も抜いたね
ぜんぜん食べたくない
どっか具合が悪いんじゃないの？　人間ドックに入ったら？
三食昼寝散歩つき　健康過ぎる生活だからからだが拒否《きょひ》反応《はんのう》を起こしてるんじゃない？

煙草《たばこ》吸いながらのアルコールって最悪なんだよ　酒で粘《ねん》膜《まく》がただれたところにタールがべったり　食道癌《がん》になるよだいじょうぶ　おれは癌にはならないよ
なんでよ
自分のからだのことはわかるんだよ
昨日吐いてたでしょう　ビールいっぱいしか飲んでないのに
最近飲んでないから弱くなったんだよ
人間ドック行こうよ
あんたが『ゴールドラッシュ』を書きあげたらね

痛みが鳩尾《みぞおち》からのどもとに這《は》いのぼってきて鋭《するど》くなる。わたしは『ゴールドラッシュ』を書きあげても東を病院に連れて行かなかった。インタヴューや対談やラジオやテレビ出演、書店まわりやサイン会というスケジュールをこなしているうちに暦《こよみ》が変わり、年明けに丈陽の父親と出逢《あ》って恋をした。

十年間生活を共にして別れ、離れて暮らしていたために癌の進行に気づかなかったというのは、嘘《うそ》だ。互いの恋人には隠していたが、わたしたちは同棲《どうせい》していた。わたしは、東のからだの異変に気づいていながら、仕事と新しい恋にかまけていた。突然息が苦しくなり、湯の音が聴き取れなくなる。わたしは息をするために口を開け、吸う。吸う。顔をあげて何度も吸う。苦しい。だれかが遠くで泣き声をあげる。息を吐く。泣き声と共に吐く。吸う。吐く。肺に息が戻ってくる。泣いているのは、わたしだ。わたしはシャワーを出しっぱなしにしたまま空っぽの浴槽《よくそう》のなかで膝《ひざ》をかかえ、両膝に額を押しつけた。疲れた。このまま眠ってしまいたい、永遠に。


だれかが新聞紙の上に靴を置くのが磨《す》りガラス越しに見えた。弔問客《ちょうもんきゃく》にもはだかを見られたかもしれないが、そんなことはどうでもいい、浴室にいればだれとも対面しないで済む、でもずっとこうしているわけにはいかない、こんなときに長湯《ながゆ》をしていると思われるのもいやだ。わたしはせっけんもシャンプーもつけずにからだと髪を洗い流して立ちあがった。

バスタオルで髪を拭《ふ》きながら部屋に入ると、北村さんがマットレスの上に座って手帳をめくっていた。

「東さんのお父さん、久米佐《くめさ》さんのお葬式のときに、『キートン、おやじに恥《はじ》をかかせないで』って東さんにいわれて、あちちに電話して花を出してもらって、長崎でこんなに花が並んだのは見たことがないっていわれたの。花がすくなかったら、『おれに恥をかかせる気か』って叱《しか》られちゃう。それから、久生《ひさお》さんの知り合いも千日谷會堂でやったらしいんだけど、とにかく広いところみたいだから相当花がないとみっともないっていってたよ。弔問客、集まるかな……」

「徹底的に告知すれば集まると思います。花は、わたしも担当編集者にお願いしてみます」

わたしの部屋には闘病中に使っていたものを入れた紙袋もあれば、おむつやウエットティッシュなどの育児用品を入れた紙袋もあり、まるで時間の残骸《ざんがい》のなかで野営《やえい》しているようだった。

「三日あってよかった。今日お通夜、明日告別式だったらなにもかも厳《きび》しかったと思う」

「……大塚さんはまだ知らないんでしょうね」

大塚晶子さんと北村さんとわたしの三人で付き添いのローテーションを組んでいたのだが、国際線のスチュワーデスをしている大塚さんは三日前の朝に北村さんと交代して成田に向かった。

「今日はフライト……二十三日の午後四時五十五分に成田着だから電話する」

「エレンには？」

「こころの準備ができたら……」

「英語はだいじょうぶですか？」

「"Higashi die."で通じると思う。でもアッコは間に合うからよかった……病院で別れて、骨になって再会するなんて堪えられないもん」

わたしはバッグから東の最期のメモを取り出した。殴《なぐ》り書きで誤字《ごじ》が多いので声に出しながら読んだ。

佐藤先生の診断の方向は偶然にも、東家が内在し続けていたぜん息の遺伝的な遺因をともなっているのではないかという強い疑いと変わっていた。もちろんイリノテカンとシスプラチンの二済による治療は言わば最期の方法とも知っている。

佐藤先生も「もしあなたが望むならどんなことがあっても最後まで見捨てませんよ」という考えである。

ハリと灸という漢方治療も残っている。死ぬまでには〈死ぬまでには〉で途切れている。呼吸苦《こきゅうく》と痛みで鉛筆を持ちつづけることができなかったのだろう。東の無念と共に、〈死ぬまでには〉という絶筆がわたしの皮膚の下にもぐり込んできて、わたし自身が書いたもののように思えてならない。

「……こっちはいつ書いたんでしょうか?」わたしは病室の配膳《はいぜん》台の上にあったもう一枚の紙を北村さんに見せた。

「これはアッコのときだと思う。一昨日《おととい》かな……」

こちらのほうが文字も文章もしっかりしていて誤字もすくない。

●早稲田大学の演劇なかまという所属していた劇団のさんにんの女性に逢いたい
●沖縄《おきなわ》の村の庭で沖縄民謡《みんよう》を聞いてみたい
●長崎の城山《しろやま》小学校の記録を書いてみたい
●33年前に生き別れをしている実兄の裕希人《ゆきと》に会ってみたい

いちばん最初の希望はかなえられないことではないだろうが、相手が迷惑《めいわく》するという可能性を考慮すれば気がすすまない。

沖縄の場合、余りにも多くの人の手をわずらわせ、下手《へた》をすると、東京のひとたち30人+沖縄の人たち50人になりかねないのである。いやおそらく100人にはとどまらないだろう。

城山小学校のクラスの記録を残したいというのは、東は長崎の城山小学校の原爆クラスという特別なクラスにいて、彼自身は被爆《ひばく》体験はないのだが、二年生の時に編入してクラス替えはいちどもなく、同じクラスに六年四組で卒業したのである。原爆クラスそのものは爆心地から○キロ以内の生徒がGHQの司令下のもとに集められ、月に一度の集団検証を通して、いったい原爆がどれほどの影きょうを及ぼすか調査する目的のためだあった。

今から○年前、約○○年ぶりのクラス会が始めて行なわれ、○人中○人が出席、5名死亡だったのだそうだ。クラスのなかには1945年8月15日という終戦記念日に生まれたひともいれば、もはや長崎に5人しか残っていないといわれる芸者さん、苦労の末に友

は？」

「お骨をお納めする」

「骨壺《こつつぼ》ですね」

「はい。こちらになっております」

「この一番高いのは？」

「大理石の骨壺に金襴《きんらん》のカバーがつきます」

「大理石はいやだな。東さんに似合《にあ》わない。つぎのは？」

「青磁《せいじ》です」

「青磁がいいです」

「受付の区分はいかがいたしましょうか？」

「区分？」

「受付に表示するプラカードですよね？　劇団関係、親族、一般、マスコミ関係、四つは必要ですね」飯田さんが答えてくれた。

「お通夜のあとのご供養《くよう》の席と、お骨あげのあとの繰りあげ初七日法要《しょなのかほうよう》のお食事の内容と人数、それと、火葬場のお部屋です。通常は六窯《かま》並んだお部屋なんでございますが、特別賓館《とくべつひんかん》はひと部屋に二窯《かま》だけでございます。お値段のほうは、通常のお部屋が四万八千三百円、特別賓館は十七万七千円でして」

「すみません、混乱してるので、ひとつひとつ。あッ、やっぱり先に決めるものを教えてください、すみません」

「霊柩車も種類がございまして」

「霊柩車は目立つから一番いいもので」

「一番いいものは、赤茶色の銅の屋根に彫刻が施《ほどこ》された白木の車でございます」

「じゃあ、それにしてください」

「マイクロバスとハイヤーの台数も」

「ひとつ、ひとつ」と、内心どうでもいいやと思っている自分を諫《いさ》め、一番上か、二番目のランクで決めていった。

「これは、告別式が終了したあとでも間に合いますが、香典返《こうでんがえ》しもこちらでご用意できます、はい」

「いまは、テレフォンカードで済ませるケースも多いですよ」講談社の村松卓さんがいった。

「どうせやるんだったらきっちり……」

「きっちりやったらたいへんな額《がく》になるし、あれ、もらうほうもうれしくないよ。いま、決めなくてもいいじゃない」と北村さんが話を打ち切ってくれた。

わたしは飯田さんの顔を見た。

「通帳の残高が十万ちょっとしかないので、単行本の初版《しょはん》印税《いんぜい》の前借りをさせてください。お願いします」

「それは、だいじょうぶです」飯田さんがいってくれた。

一年間にわたる闘病《とうびょう》で各社に前借りをし尽くし、数年後に出版する文庫の初版印税まで借りてしまっていたので、本を出しても一円も入ってこないという状況だった。東も、

「あちこちに借金しまくって、おれが死んだら自殺しようと思ってるんじゃないの？」と案じていた。たとえわずかな可能性だとしても延命《えんめい》につながる治療法があり、東が治療の継続を希《のぞ》む限り、どんなことをしても治療費を捻出《ねんしゅつ》する覚悟をしていたが、もうどこからも借金できないという現実も目前に迫っていた。しかし、わたしは東の死後に自殺して清算することなど考えていなかった。東とわたしと丈陽の三人で生きる、それだけが目的で、夢で、すべてだった。

東は、死んだ。わたしはなんのために葬儀を取り仕切るのか、なんのために東を、柩《ひつぎ》に、骨壺に、墓に納めようとしているのか——。

「ご戒名《かいみょう》のほうも、明日までに決めていただきたいんですが、どちらのお寺で」

「戒名って、上は何百万もするらしいよ。三角鉱容《みすみこうよう》さんに相談してみる。あのぉ、東さんの高校時代の同級生が長崎の妙行寺《みょうこうじ》というお寺で住職をなさっているんですけど、あとで電話して相談してみます」北村さんがまた助けてくれた。

担当編集者たちと話し合って通夜と葬儀を手伝ってくれるメンバーと、それぞれの持ち場を決めてもらった。新潮社が受付で、横山正治さん、中瀬ゆかりさん、矢野優さん、古浦郁さん、講談社が会計で、村松卓さん、加藤孝広さん、蓬田《よもぎだ》勝さん、籠島《かごしま》雅雄さん、宮田昭宏さん、藤沢和裕さん、東賢次郎さん、角川書店が会場整理で、堀内大示《だいじ》さん、吉《き》良《ら》浩一さん、文藝春秋が受付で、細井秀雄さん、森正明さん、山口由紀子さん、メディアファクトリーが案内で、細井ミエさん、小学館が報道対応で、飯田昌宏さん、髙橋健司さん、星野博規《ひろのり》さん、総勢二十人が手伝ってくれることになった。

打合せのあと、朝日新聞社に電話をして扇田さんの取材に応じ、三社の記者にあがってもらって、わたしの部屋で取材を受けた。インタヴューでなにも考えずに答え、答えながらなにも考えられなかったのははじめての経験だった。東との最後の会話を訊《き》かれたとき、わたしの感情は冷静に

話したいというわたしの気持ちを裏切り、彼らの前で泣き崩《くず》れた。わたしは東が病室で使っていたものが入っている紙袋からバスタオルをつかみ出して顔を隠した。なにものにも介入できない、なにものにも共感できない、なにものにも揺るがすことができない、なにものとも比較することができない哀《かな》しみだった。哀しみは襲《おそ》いかかってもこなかったし、覆《おお》いかぶさってもこなかった。わたしと哀しみのあいだには隙間《すきま》がなかった。わたしは哀しみと一体化していた。

煙草《たばこ》を買いにマンションの外に出ると、風など吹いていないのに風のなかを歩いているようにからだが前屈《まえかが》みになった。時が流れた、とわたしは思う。しかし訃報《ふほう》から一日しか経っていなかった。一日しか、一日も——、どちらなのだろう。闘病《とうびょう》中は時間が縮んでいた。東が息をしなくなった瞬間《しゅんかん》、時間は伸び切ってしまった。わたしは自動販売機に千円札を二枚入れて何度かボタンを押し、左右のポケットに煙草の箱を詰め込んだ。途端《とたん》に、劇団関係者でひしめき合っている部屋に帰りたくないという思いが両脚のふくらはぎを硬くした。哀しみで集まってはいても、懐《なつ》かしい面々と数年ぶりに酒を酌《く》み交わして陽気になっているのだ。葬式とは、ひとりきりで旅立つ死者が淋《さび》しくないようににぎやかに見送る儀式なのだろう。でも、わたしは静かにしていたい。東と同じように静かに横たわっていたかった。

わたしの部屋のドアを開けると、四、五人の元劇団員たちが煙草を吸っていた。

「自分の部屋だけは確保しといたほうがいいよ。これからどんどん増えるから」と北村さんが声をかけてくれて、元劇団員たちは廊下《ろうか》に移動してくれた。

メディアファクトリーの細井ミエさんと小学館の飯田昌宏さんと文藝春秋の森正明さんと友人の向田幸代《むかいださちよ》さんが部屋に入ってきた。

「柳さん、喪服《もふく》は?」向田さんがいった。

「持ってない。黒っぽい服じゃだめかな」

「葬儀委員長なんだから、ちゃんとした喪服を着たほうがいいと思うよ」細井さんがいった。

「でも、買いに行く気力が……」

「買ってくるよ。どんなのがいい?」向田さんは妊娠八ヵ月の大きなおなかを両手でさすった。彼女も未婚で出産せざるを得ない事情をかかえていた。

「どんなのでもいい。でも、おなかだいじょうぶ？」

「数珠《じゅず》は？」

「ない」

「うちにいくつかあるから、持ってくる」

「手伝ってくれるひとはたくさんいるから、あんまり無理しないでよ」

「だいじょうぶ。柳さんこそあんまり無理しないでよ」

向田さんの臨月《りんげつ》に近いおなかと、東由多加の死亡記事だけが現実の輪郭《りんかく》を持っていた。

細井さんと向田さんがわたしの喪服を買いに出掛け、北村さんが部屋に入ってきた。

「三角さんと連絡が取れて、戒名《かいみょう》をつけてくれるって。それでね、好きな字を三文字まで入れられるんだって。すぐ考えて連絡しないといけないの」

「いまですか？」

「いま。名前を何文字か入れるひとも多いみたい」

「キッドのテーマは、愛、夢、連帯、そのなかでいちばん東さんらしいのは、愛でしょうね」

「じゃあ、愛が一文字、あとの二文字はどうする？」

「由、多、加。このなかから、三角さんに選んでいただいたらどうでしょうか」

「あッ、それから、久生さんのアイデアなんだけど、香典《こうでん》返《がえ》しは柳さんの本、『命』にしたらどうかって。袋か箱に入れて、あなたのあいさつ文を同封して。本は安く買えるんでしょう？」

「著者は七掛けで買えます。千三百円の単価だとしたら九百円。箱代はいくらかかるんだろう、仮に百円だとして、そうだ、郵送代もかかりますね。一冊あたり千二百円か。五百人に送るとしたら、六十万。けっこうかかりますね」

飯田さんがわたしの代わりに計算してくれた。

「香典返しって、香典の半額の品物を選んで、それぞれのひとに送るんだよね？　五百人分……無理だな、精神的に。『命』を香典返しにするとして、その作業を小学館でやってもらえないだろうか。もちろん費用はお支払いするけど」

「リストさえいただければ……下請《したう》けの会社に頼んで……だいじょうぶだと思います。ただ、『命』はまだ十四回だし、順調に書き進めていただいて、急いでつくったとしても、発売は六月になります。あいだが空いてしまいますよ」

「あいだが空くのは仕方がないよ。香典返しがこなくてお

いいよ　『タイル』が出たら印税が入るから
いつの間にかさ　このあいだクローゼットを見たら　ぜんぶあんたに買ってもらったものなんだよ　服だけじゃなくて靴《くつ》も靴下も下着も　なんかおかしかったよ
買おうよ
買うんだったらセーターよりズボンのほうが欲しいけど試着《しちゃく》したり　サイズ直してもらったりするのが面倒《めんどう》くさいなんで？　面倒じゃないよ
今日はやめよう　あんたが書き終わったらね
紳士《しんし》服店アイ・ディンプスのとなりはホヤのショーウインドーだった。
きれいだね
クリスタル？
どこ製だろう？
スイスとか？
わたしたちは立ち停《ど》まってショーウインドーに顔を近づけた。
あれどう？
置物？
きれいだね　魚と船と波が彫《ほ》ってある　文鎮《ぶんちん》にいいかも
あッ福袋《ふくぶくろ》だ
やめろやめろ
二万と　五万と　十万　高いね
わたしは店に入り、ショーウインドーの向こうにいる東に手招きした。
福袋　なにが入っているんですか？
店員に訊《たず》ねると、店員はすこし笑って答えた。
なかに入ってるものは教えられないけれど　だいたい店内にあるものです　総額で倍ですからお買い得ですよ
倍だってよ　十万だったら二十万
二万のをひとつ買って　部屋に帰ってなかを見て　よかったらもっと高いのを買うってことにしたら？
わたしたちは部屋に戻って二万円の福袋を開けて見た。クリスタルのワイングラスと、百合の模様《もよう》の切り込みが入った大皿と、花がひらいたかたちの小皿と、小さな置時計が入っていた。
いいね　これで二万なら安い
買いに行こう　十万のをひとつ買うのと五万のをふたつ買うのとどっちがいい？
十万の袋は小さかったから　きっとアクセサリーとか白

鳥や象の置物だよ　そういうのは要《い》らないでしょう
じゃあ五万のをふたつ買ってふたりで山分けしよう
わたしはセゾンカードで五万円の福袋をふたつ買い、東にひとつ持ってもらって部屋に戻った。
わたしたちはクリスタルの皿やアクセサリーや置物を取り出して絨毯《じゅうたん》の上に並べていった。
アクセサリーは彼女にプレゼントしたら？
でも好みがあるでしょう？
これは喜ぶと思うよ　この文鎮はもらっていい？
もちろん　でもさ　あんた　デパートとか店に入ると目が吊《つ》りあがって顔が上気するじゃない
うん　いろんな商品が目に飛び込んできて　なにが欲しいのかわからなくなって　手当たり次第に買っちゃうんだよね
あんたにつられちゃったけど　これぜんぶで十二万でしょう？　馬鹿《ばか》な買い物したよ　きれいはきれいだけど　使わないものばかりでしょう
そんなこといまさらいわれたって　開けちゃったんだからもう返品できないよ　店でいってくれればよかったのにあんたの勢いに飲まれちゃったんだよ　浪費《ろうひ》は慎《つつし》んだほうがいいよ
べつに子どもがいるわけじゃないし　長生きしたいとも思わないし　お金が無くなったら無くなったで　六畳一間の生活も苦じゃないし
そうはいわずにさ　おれのいうことをきいてさ
癌《がん》を告知された数ヵ月後にふたたび同居するようになって、東が外出をしているときに、机の上にその置物を置いておいたのだ。買ったときのことを憶《おぼ》えていたのかどうかはわからないが、東はなにもいわずに文鎮として使っていた。説明すべきなのだろうが、説明しはじめると長くなるし、もともとわたしに対して複雑な感情を抱《いだ》いている久生さんとのあいだがこじれてしまう可能性もあり、そうなったら久生さんのもとで暮らしている裕宇記が苦しい立場に追い込まれる。わたしは黙って爪のあたりに目を落としていた。
「裕宇記は万年筆なんかどう？」
東の机の上にあるモンブランの万年筆はわたしが泉鏡花賞を受賞したときに父から贈《おく》られたものだ。野間文芸新人賞のときにも一本、芥川賞のときにも一本、「よくがんばった。これはパパからの賞金だ。これからも負けないで書きつづけるように」と、祝儀袋《しゅうぎぶくろ》に入った五十万円と共に手渡されたのだ。どれもモンブランのマイスターシュテックだったので、東に一本プレゼントした。

東はその万年筆を愛用し、癌だということが発覚して国立がんセンターに検査に行く日もポケットに入れて持ってきていた。

わたしの部屋で医者に訊《たず》ねることを箇条書《かじょうが》きにしていたとき、万年筆のキャップが床に落ちた。東とわたしは四つん這《ば》いになって捜《さが》したが、見つからなかった。

ない　いま落としたのに　どこにもない

さっきまであったんだから　失《な》くなるはずないよ　今度掃除《そうじ》するとき出てくるよ　見つかるまでわたしのを使ってて

不思議だ　神隠しだな　なんか不吉だと思わない？　よくいうじゃない　靴ひもが切れると凶《わる》い知らせだとか

出てくるよ

掃除のたびに捜したが、キャップは見つからず、結局引っ越しのときにも出てこなかったので、東は病室でもわたしの万年筆を使いつづけていた。だから、その万年筆はわたしが使っていたもので、東が使っていたキャップのない万年筆はわたしの机のなかにしまってあるのだ。やはり説明したほうがいいのだろうが、いまは柔《やわ》らかい声でわかりやすく説明する自信がない。

「東さんの服は裕宇記の好みじゃないでしょう？　万年筆のほかにはなにがいい？」

「テレビとビデオと乾燥機《かんそう》」裕宇記は素っ気なくいった。

テレビとビデオは表参道から奥沢に引っ越したばかりのときに近所で買ったものだ。銀杏《いちょう》の樹が生《お》い茂《しげ》る神社の並びに電器店があった。割勘《わりかん》で買ったものなので、わたしが家を出るときに話し合い、東に残して行くことになった。東はそのときのことをもとに『Ｇｏｏｄ－ｂｙｅＴＶ』というミュージカルを書いた。たしか、別れを決めた恋人同士がふたりでテレビを棄《す》てに行くというシーンがあったはずだ。

古いものは奥沢のマンションに引っ越したときに買ったもので、新しいものはここで暮らしはじめたときに揃《そろ》えたものだ。所有権を主張したいわけではないし、ひとつの考え方として、東の持ち物はすべて裕宇記が相続するという理屈が成立するのもわかる。ただ、でも、いま、東は和室に横たわっている。まだいなくなってはいない。ここにいるのだ。東はどんなに具合が悪くなってもノックなしで部屋に入られることを嫌い、無断で机の上のものをかたづけられることを嫌った——。

北村さんが入ってきた。

「戒名《かいみょう》ね、愛と、由、多、加、のうちの二字を使ってくれるみたい」

「キートン、東さんの部屋をこのまま保存して、キッド記念館をつくったときに展示したらどう？　寺山修司記念館にも、寺山さんの書棚《しょだな》が展示してあるのよ。それからね、キッドのファンが集まるだろうから、お墓も立派なものにしたいわね。寺山さんのお墓は八王子《はちおうじ》の高尾《たかお》霊園にあって、墓石の上にひらいた本が載《の》ってて、いまでも命日にはファンがたくさん集まるそうよ。東さんはどういうデザインのお墓がいいかな？　寺山さんのお墓の向かいか横が空いてるかどうか調べてみようか」

久生実子さんの妹の梶容子さんは東の最初の妻だった。わたしがキッドに入団したころにはべつの女性と再婚していたので、梶さんと直接話したことはない。姉妹で東京キッドブラザースの制作を務め、東と梶さんに代わって裕宇記を育てあげた久生さんには特別な思い入れがあるのだろう。その思いと、わたしの思いの重さを比べることはできない。しかし——。

「でも、東さんは長崎にお墓を買ってあって、そこにお母さんとお父さんのお骨《こつ》が眠ってるから……」北村さんがいってくれた。

「長崎なんて、みんななかなか行けないでしょう。分骨《ぶんこつ》してこっちのほうにもお墓をつくったらどう？」

「分骨？」思わず声に出してしまった。非難めいて聞こえなければいいが——。

「東さんは寺山さんとはちがうと思う。それにお金がかかるでしょう。通夜と葬式で柳さんも相当借金をするみたいだし、飯山さんがお父さんのお墓を買ったとき、特別立派なお墓じゃなかったみたいだけど、墓石と墓地で一千万以上かかったって……」北村さんは久生さんの顔を見ないでいった。

「裕宇記は長崎と東京、どっちにお墓があるほうがいいの？」久生さんも目のやり場に困って裕宇記の顔を見た。

「どっちでもいいよ」

「東さんは亡くなる前に長崎ちゃんぽんと枇杷《びわ》ゼリーを食

べたがってたし、やっぱり長崎に帰りたかったんだと思う」

だれかに呼ばれて、北村さんは出て行った。久生さんとは今回はじめて話をするし、いまも直接会話をしているというよりは、北村さんを介して辛《かろ》うじて会話が成立しているという感じなので、北村さんがいないと顔を合わせていることと自体気まずい。わたしは避けていると思われないように五分だけ裕宇記と雑談し、部屋を出て、便器の蓋《ふた》に座って時間を潰《つぶ》した。

トイレから出て、台所にいる北村さんに、久生さんにいいたくていえないことを話した。

「正直いって、わたしは葬式や墓なんてどうでもいいんです。葬式や墓は生き残った者のためのものだけど、わたしにはなんの意味もないんです。わたしが死んだら、葬式はなし、散骨《さんこつ》でいいと思ってます。でも、それをわたしがいうわけにはいかない。東さんにはもうなにもしてあげられないから、東由多加という名前のために、葬式の費用も出すし、墓も建てたいんです。でも、ふたつも墓を建てることはできません。長崎の墓は、十年で雨で崩《くず》れちゃうような安い墓石をさらに値切ったものだと聞いてるから、わたしがちゃんとした石で建て直します」

「すぐに建てなくてもいいと思うよ。一周忌のときでも、三回忌のときでも、七回忌のときでも。柳が借金でやってけなくなって、丈陽とふたりで苦しむのは東さんがいちばん希《のぞ》まないことだと思うから。お墓の件ね、志摩子さんに話したら、志摩子さんが久生さんにいうって」

東の部屋に入ったとき、久生さんは東のベッドの端《はし》に座って、クローゼットのなかを眺《なが》めていた。

志摩子さんとわたしと北村さんは床《ゆか》に座った。

「お墓の件なんやけど、兄を長崎に埋めてやりたかとです。うちもそうなんやけど、兄は幼かころに母ば亡くして淋《さび》しかったと思うとですよ。母が恋しかったと思うとです。長崎の墓は小さいばってん、母と父が眠っとるとです。どうか、いっしょに……」

志摩子さんは泣き、久生さんも目頭《めがしら》を押さえた。

「それに分骨ちゅうのはかわいそかとです。兄のからだは一年間も放射線や抗癌剤《こうがんざい》で治療しとるけんぼろぼろです。きっと骨も痛んでいると思うとです。それをふたつに分けるというとは、どうしても……」

久生さんは納得《なっとく》してくれた。

北村さんのポケットから着メロが流れ出し、北村さんはケイタイを耳に押し当てて、ボールペンでメモをした。

多聞院釋由愛

東由多加の戒名《かいみょう》だった。わたしはその六文字を眺めた。

北村さんはケイタイを切って説明してくれた。

「たもんいんしゃくゆうあいって読むそうだよ。多聞院っていうのはお釈迦《しゃか》さまのいちばん弟子《でし》で、徳《とく》を積んだひとにしかつけられない戒名だって三角さんがいってた」

「……多と由の字が入っていますね」

多聞院釋由愛。わたしはこの名で呼びかけることはないだろう。東さん、と呼びかけたことさえなかった。ひと前では、東は「柳さん」か「あなた」、わたしは呼ぶのを避けて話し、ふたりきりのときには「あんた」と呼び合っていた。

なんかおなかすいた　ラーメン食べに行こ
いま何時？
十二時　あぁもう閉まっちゃった　自由が丘まで行けばどっか開いてるんじゃないかな

え？　せっかく風呂であったまって　パジャマに着替えたのに？　このまま寝ようよ
おなかすいて眠れない
外寒いよ
セーターかぶってオーバー着てけばだいじょうぶだよ
おれたち　いままでの人生は木枯《こが》らしが吹き荒《すさ》んでたけど　これからはふたりであたため合って生きていくんじゃない
舌まわってないよ　やめてよ！　くすぐったい！　おなかすいた！
じゃあコンビニに行こう　おれのラーメンのほうがおいしい　麺《めん》だけ買えば　具は冷蔵庫のなかのものでちゃちゃちゃっとつくるから
アンタノヤリカタ　アンタノヤリカタ　アンタノヤリカタ！
よしきたッ　早く着替えて
あんた　靴下穿《は》いたほうがいいよ
あんたっていうのやめてよ
なんで？　あんたはあんたじゃん
下町の夫婦みたいでいやだよ
じゃあ　なんて呼ぶのさ

あなたって　色っぽく上品にさ
早く行こう
パジャマの上にコートをはおり、互いの腰に手をまわして、わたしは東のコートの左ポケットに左手を突っ込み、東はわたしのコートの右ポケットに手を突っ込んで、二人三脚のように右脚と左脚を揃《そろ》えて走った。
ちゃっぷい　ちゃっぷい
ちゃっぷい　ちゃっぷい
あの歌うたって
ゴゴゴー　風が泣いている　ゴゴゴー　ゴゴゴー
いいよ　いい味出してるよ　じゃあ　あの歌は？
がんばろう　つきあげる空にくろがねの男のこぶしがある　燃えあがる女のこぶしがある
あれもうたって
ぼくの恋人遠くへイッチチ　ぼくは泣いちっち　横向いて泣いちっち　淋しい夜はいやだよ
ほんとにそんな振《ふ》りつけなの？
あんたもやってみな
やだよ　ほら足揃えて！　走んないと寒いッ
それ　いっち　にっ　さん　しっ　ちゃっぷい　ちゃっぷい
　ちゃっぷい　ちゃっぷい

北村易子さんは、四週間ものあいだ三日で五時間しか眠れないようなローテーションで東を看取り、あの瞬間から一睡もしないで葬儀の準備を進めている。

——ベッドに寄りかかっていた東が、突然ドアのほうを見て、くるなというように手と首を振りながらあとずさり、壁の隅《すみ》からもなにかが迫ってくるような身振りをし、写真のなかの丈陽に手を伸ばし——、あの瞬間、あの場所にいて、ほかのひとたちが駈《か》けつけるまでのあいだ、東の髪を撫《な》でつづけていた北村さんの精神はとうに切れてしまっていてもおかしくない。北村さんは闘病中に既《すで》に巻き切っていた精神の発条《ぜんまい》をさらに巻いているように見える。捻子《ねじ》から手を離して精神がゆるんでしまうのを怖《おそ》れるように。でも、そのうち切れてしまう、もう切れかかっているのかもしれない——。

　北村さんに言葉をかけたかったが、わたしはいま、わたしの頭で考え、わたしの声で話しているにもかかわらず、わたしの頭、わたしの声、わたしのからだから置き去りにされている。

「弔辞《ちょうじ》はだれにお願いする？　柳さんは読むとして」北村さんは咳《せ》き込みながら煙草《たばこ》を吸っている。

「わたしは……」

「あなたは弔辞を読んだほうがいいと思うよ」

「……わかりました。やっぱり、三浦浩一さん、柴田恭兵さん、北村さんでしょうね」

「わたしは、いいよ」

「でも最後までキッドに残ったのは北村さんだけだし、息を引き取る瞬間に立ち会ったのも北村さんだけですから」

「……柴田さんは映画の撮影《さつえい》があって告別式にはこれないみたい。お通夜にくるって連絡があった。東さんは去年の十二月にニューヨークに行ったとき、『おれの葬式はきっと柳が出してくれるだろう。出版社の編集者はむかしから作家の葬式を取り仕切っていて、ノウハウが蓄積《ちくせき》されているから、だいじょうぶ。それで、最相葉月さんが弔辞を読んでくれるんだろうな』って笑いながらいってたよ」

「じゃあ、最相さんにお願いしてみましょう。出逢《あ》ってから六ヵ月しか経《た》ってないし、実際に逢ったのは三回だけだったけど、東さんは最相さんが大好きでしたからね。『あのひとはおれと似てる』ってくりかえしていってたから」

「最相さん、三浦さん、柳さん、北村」と声に出しながら北村さんは手帳にメモをした。

「キッドの歌をうたったらどうでしょうか。弔辞が終わるごとに一曲」

「劇団員で？」

「一般のひとにもうたってもらえるように、歌詞カードを斎場《さいじょう》の入口で配りましょう。歌詞をいただければ、編集者にお願いして印刷してもらいます」

缶ジュースに口をつけた北村さんは、まるで東のように咳《せ》き込んで胸を押さえた。

「だいじょうぶですか？　風邪《かぜ》ぜんぜん治りませんね」

北村さんは東が昭和大学附属豊洲《とよす》病院に移ったころから咳き込んでいる。

「……どういう歌がいいんだろう。わたしは一曲選べっていわれたら『いつか青空の下で』だな。あと、やっぱり『この街のことを』かな」

「わたしは『哀しみのキッチン』と『約束の地』が好きですけど」

「じゃあ、三浦さんが『この街のことを』、最相さんが『哀しみのキッチン』、北村が『いつか青空の下で』、あなたが『約束の地』ということでいい？　ふたりにはわたしからお願いしてみる」

わたしは「約束の地」がうたわれた『冒険ブルックリンまで』というミュージカルを思い出そうとしたが、ストーリーはまったく浮かんでこなかった。主人公の名だけは決して忘れることができない。あずき。まさむね。

東と同棲して半年も経たないころ、父と弟と妹が棲《す》む横浜の家で子猫が二匹生まれた。妹から電話をもらって見に行くと、一匹は母猫と同じ真っ黒な牡《おす》猫で、もう一匹は茶と黒と白を掻《か》き混ぜたような色の雌《めす》猫だった。生後二週間で片手に載《の》る大きさだった。六畳二間の家では三匹も飼うことはできない、ある程度育てて公園に棄《す》てるしかない、と妹がいうので、紙袋に隠して東横線に乗り、表参道のマンションに連れ帰った。東は犬好きで、猫嫌いだった。棄てろといわれたらどうしようと考えながら、ミルクを舐《な》める子猫を眺《なが》めていると、エレベーターのあがる音がして五階で停まった。わたしは玄関のドアを開けた。

ネズミ！
東は叫んだ。
ネコだよ
東はコートを着たまま立ちすくんでいる。
ネコ？　なんでそんなに小さいの？
生まれて二週間なんだよ
拾ったの？
横浜のうちで生まれて　飼えないっていうから……
生まれて二週間で母親から離すなんて　まだ目が開いたばかりじゃない　死ぬよ
死なないよ
おれ　いやだよ　起きたら冷たくなってるなんて
東はコートを脱いで二匹を上から見降ろした。母猫と間違えたのか、二匹は東の足もとに這《は》っていって、黒い靴下を前脚で揉《も》みながら吸いはじめた。
やめろ　これ　三日も履《は》きっぱなしなんだよ
東はしゃがんで二匹の猫を抱きあげたが、小さ過ぎて腕があまってしまった。二匹は東の焦《こ》げ茶のセーターに吸いついた。
痛いッ　こんなに小さいのに細い爪《つめ》がある　名前は？

まだない
つけてやろう
名前をつけるということは、飼うのだ。眉《まゆ》と口に力を入れたが、笑いを隠すことができなかった。
斑《ぶち》は雌で　黒は牡だよ
雌はあんた　牡はおれがつける
じゃあね　小豆《あずき》みたいな色だから　小豆
ちゃんとファーストネームもつけてやろうよ　ミドルネームが純和風だから　リリアンなんてどう？　あんた　リリアン・ヘルマンが好きでしょう　リリアン・小豆
なんか女子プロみたい
この子はオスカー・正宗
オスカーってなんなのよ
オスカー・ワイルド
正宗は？
日本刀みたいでかっこいいでしょう
日本酒みたい
この子の毛の色　ほんとうに真っ黒でつやつやしてるきれいだね　チュパチュパ吸われるってはじめての経験だけど　こそばゆい

半年後に、まさむねがあずきの首を噛《か》んで背中を抑えつけた。あずきは最初は逃げていたが、そのうちに上半身を床《ゆか》につけて尻《しり》を突き出すようになった。東はあずきに避妊《ひにん》手術を施《ほどこ》すべきだといい、わたしはまさむねを去勢《きょせい》するほうがリスクがすくないといい張り、東が一歩も引かないので、なんでまさむねばっかりひいきするの、と叫《さけ》んで泣いた。わたしたちは三日ものあいだひと言も口をきかず、わたしはあずきに、東はまさむねにだけ語りかけて過ごした。わたしは十七歳で、東は三十九歳だったが、東はわたしより子どもっぽく振る舞うことが多く、そういうときは自分のなかの子どもを引き出して対するしかなかった。

それから一週間経《た》った深夜、ふたりで二匹の猫を抱いて眠っていると、玄関のブザーが鳴った。ほっとこう、と東がいうので、わたしは頭を枕に戻した。あずきとまさむねは耳を玄関のほうに向け尻尾《しっぽ》でシーツをたたいて警戒《けいかい》していた。ブザーの音がやんで五分も経たないうちに枕もとの電話が鳴った。切れる気配はない。東は舌打ちして目を閉じたまま受話器に手を伸ばした。声が聞こえた。わたしと同期の研究生だった。東は酔《よ》ったふりをして英語でまくしたてて受話器を置いたが、すぐにまた鳴った。わたしは呼出音を数えた。……四十、四十一、四十二、四十三で東が取った。出てこないんならまたそっち行ってブザー鳴らします！　柳といっしょにいるんでしょ！　朝までドアの前に立ってますから。あなたはそんなことをしないほうがいいですよ、十二時に駅前のユーハイムでどうですか？　電話は切れた。もう電話もブザーも鳴らなかった。東はわたしにはなんの説明もしなかった。わたしも説明を求めなかった。東とあずきとまさむねの寝息が聞こえても、わたしはなか指であずきの和毛《にこげ》を撫《な》でつづけていた。東はわたしと暮らした十年間、常に複数の女性とつきあっていた。いっしょに棲《す》んでほしい、棲んでくれるならほかの女とは別れる、ただしひと月だけ猶予《ゆうよ》がほしい、と頭を下げられ、ひと月後に、全員と別れた、もうほかの女とはつきあわない、と約束してくれたので、大船の母のマンションから荷物を運び出したのだ。

　翌朝、東が稽古《けいこ》に出たのを見計らって、東の上着のポケットに手を突っ込んで紙幣《しへい》と硬貨《こうか》を取り出した。十万以上入っていた。東は財布もカードも銀行も嫌いだった。いつも上着やズボンのポケットに大金を入れて歩き、路上やタクシーのなかに金を落としてばかりいた。金が必要なときは東の上着やズボンのポケットを捜せばいいことになっていた。

　タクシーのトランクに荷物を入れ、あずきとまさむねを入れたバスケットをかかえて大船の母のマンションに向かった。東とは別れるつもりだった。母に、マンションの規約で動物を飼うことは禁止されているし、猫は大嫌い、といわれた。わたしは猫を連れて電車に乗り、二匹の生家に行った。母猫は二匹を生んだことを忘れて、全身の毛を逆立てて威嚇《いかく》した。わたしは深夜、二匹を抱いて公園に行き、芝生《しばふ》の上に抱き降ろし、走って逃げた。どうせ二匹いっしょには飼えない、去勢手術は残酷《ざんこく》だ、もともとわたしが連れて帰らなければ妹がこの公園に棄てていたのだ、この辺は猫好きのひとばかりだし、車通りもすくない、ぜんぶ東が悪いのだ、走りながら必死にいいわけをしたが、二匹の甘えた鳴き声が耳から離れなかった。

　二週間後の正月に、妹に呼ばれて父の家に泊まった。コンビニで猫の缶詰《かんづめ》を買って公園に行ってみた。あずき。まさむね。あずき！　まさむね！　わたしは声を大きくしていった。遠くで猫の声がして、小さなふたつの塊《かたまり》がわたしめがけて跳《と》んできた。あずきはわたしのコートに爪を立てて這《は》いあがり肩に乗って頰《ほほ》に頰を擦《す》り寄せた。まさむねはわたしの靴に頭の天辺《てっぺん》を擦りつけ、あおむけになって自分の腹のあたりを前脚で揉《も》みながら吸いはじめた。

わたしはのどをゴロゴロ鳴らしながら缶詰をむさぼっている二匹を見降ろし、ツナが半分くらい減ったときに、走って逃げた。

結局、三ヵ月後に、東とよりを戻した。猫のことは、父の家で妹が飼っていると嘘《うそ》をつき、東はなにも訊《き》かなかった。

最初のうちはまた裏切られるかもしれないと疑っていたが、裏切られ裏切ったとしても、このひととはどちらかが死ぬまで別れられない、と確信して、わたしは横浜の公園に二匹を迎えに行くことに決めた。ないしょで連れ帰って東を驚かすつもりだった。

あずき！　まさむね！　あずき！　まさむね！　あずき！　まさむね！　いくら呼んでも二匹は現れなかった。二匹の名を交互に呼びながら公園を一周すると、公園の前の家で猫が鳴いた。まさむねの声だった。まさむねは春の陽《ひかり》であたたまった庭石の上で四肢《しし》を伸ばしていた。まさむね。小さな声で呼んだ。まさむねは目を細めて尻尾を左右に大きく振っただけで動こうとはしなかった。まさむね。魚屋で買ったあじのひらきをつつみから出そうとしていると、玄関のドアが開いて主婦らしきひとが出てきた。ロクベェ、ごはんよ、なかに入って。まさむねは前脚を伸ばしてあくびをしてから家のなかに入って行った。飼われている、もう連れて帰れない、待っていればそのうち出てくるだろうから抱いて逃げようか、でも毛並みもいいし太っていた、かわいがられているのだ、信頼を裏切って棄てたわたしに奪って帰る資格はない、あずきもこの家のなかにいるのだろうか、斑の雌猫がいっしょにいませんでしたかと訊《き》いてみようか、でも、知らないといわれたらどうしよう、餓死したり、保健所に連れて行かれたり、車に轢《ひ》かれたりしていたらどうしよう、それともこの近くのほかの家で飼われているのだろうか。わたしは公園沿いの道を歩いて一軒一軒覗《のぞ》いて歩き、まさむねが飼われている家に戻った。そして玄関の前に魚のつつみを置いて公園をあとにした。

わたしと東は散歩の最中に猫を見掛けるたびに目を逸《そ》らし、猫の缶詰やドライフードのCMが流れるたびに沈黙した。

酔って帰ってきた東に一度だけ訊かれたことがある。

あのさ　怖《こわ》くてずっと訊けなかったんだけど　あなたまさむねとあずきをどうしたの？
……
あなたはひどいひとですね
……

『冒険ブルックリンまで』の稽古初日《けいこしょにち》に、東は書いたばかりの台本を役者たちに渡した。主人公はあずきとまさむねという名前だった。

劇中歌をうたうと決めた時点で、東京キッドブラザースという劇団は消滅《しょうめつ》していたにもかかわらず、劇団葬《そう》というかたちを取ることになった。北村さんはいったん帰宅し四曲の歌詞が載っている戯曲集を持ってきて、わたしはそのページを角川書店の吉良浩一さんにファックスし印刷の手配をしてもらった。そして、アカペラでは大人数で合唱できないだろうということになり、北村さんが久生実子さんの実家の静岡に置いてあるテープを持ってきてくれるよう荒木良太さんに頼み、そうなるとテレコを動かすひとも必要なので、音響はワンダースリーの稲本小織さんが、進行は舞台監督の村松明彦さんが担当することになった。さらに、斎場《さいじょう》にキッドの全作品のポスターを飾ったらどうかという劇団員の提案を受け、千日谷會堂の担当者にその許可をもらって、レンタカーで静岡に向かっている本野春夫さんのケイタイに電話して、ポスターも積んできてほしいと頼んだ。

北村さんは三浦浩一さんと最相葉月さんに弔辞をお願いし、おふたりとも自分は相応《ふさわ》しくないと辞退《じたい》されたが、東さんが喜ぶと思うと再三再四お願いして、受けていただいた。

劇団葬というよりは、東由多加を主人公にした東京キッドブラザースの最終公演なのかもしれない、と思いながら、わたしは東都典範からつぎつぎとファックスされてくる供《く》花《げ》のリストの名前を見比べた。通夜当日は供花を並べ替える時間などないので、生前に親交が深かったひとから順に番号を振っておいてほしい、と東都典範の古橋さんに頼まれたのだ。わたしの担当編集者が手配してくれた出版社からの供花は隅《すみ》でいいとして、だれが東にとって重要な人物だったのかを選ぶのは難しい。東もわたしも思っていることを口に出さずにはいられない性分なので、つきあいを継続してくれているひとは片手で足りる数しかいない。だから供花のリストに載っているのは、ある時期つきあって別れたひとたちばかりなのだ。しかも、ほとんどがわたしと出逢う以前の友人と知人で、どのようなつきあいだったのか、わたしにわかるはずがない。

わたしは北村さんにリストを渡した。

「アッコから電話があった。不思議なんだけど、東さんの夢をみて、病室に電話したんだって、あれほど病室には電話しちゃいけないってことになってたのに。だれも出ないから、わたしの自宅とケイタイに電話して、さっきやっと通じたの」

「虫の知らせですね」

夢をみたことがない、といっていた大塚さんが東の夢をみてニューヨークから病室に電話をかけた――。い、い、い、あの瞬間、激しく泣いてわたしに知らせた丈陽も東の夢をみたのかもしれない。ふたりの夢は、どんな夢だったのだろう。

TBSニュース23の米田《よねだ》浩一郎さんが弔問《ちょうもん》に訪れた。

「……いつかはこの日がくると思っていたし、おそらく医学的には秒読みの段階に入っているとは思っていたんだけど、ショックで……自分がこんなにショックを受けるとは思っていなかった……仕事でいろいろなひとと逢《あ》ってきたけれど、東さんみたいに大きなひとと逢うことはめったにないし、だから、もっと話を聞きたかったし、話をしたかった……」

いつも斜《しゃ》にかまえて、真正面からものをいわない米田さんが、目をしばたたかせて煙草《たばこ》の灰を何度もたたき落としている。

「柳さん、なんにも食べてないんでしょう？　食べに出ようよ」細井ミエさんがわたしの顔を見た。

「葬儀の最中に倒れたらたいへんですよ。代官山のあたりでちょっと食べてすぐに戻ればだいじょうぶですよ」飯田昌宏さんがいった。

「行きましょう」と矢野優さんが立ちあがって、わたしは腰をあげた。

代官山は歩いて歩けない距離ではないのだが、疲労で靴さえ重く感じるので、二台に分かれてタクシーに乗った。

代官山のラ・ボエムに入った。クラムチャウダーとシーザーズサラダを注文した。まず、クラムチャウダーが運ばれてきた。スプーンですくった。唇《くちびる》をひらいた。自分の舌の厚さを感じながら口にふくんだ。のどの筋肉にすこし

を辿《たど》ってみる。わたしの手首をつかんだ東の指の力と、東の声の響きがあまりにもなまなましい。夢ではないのかもしれない。東はわたしが生きていることを責めているにちがいない。だから目を開けてわたしを見つづけているのだ。焼かれるよりは飛び降りたほうがましだ、あなた、おれといっしょに死ぬんでしょ。東は飛び降りてあとを追え、といっているのだ。わたしはからだを起こして枕の上に座った。ココハゴカイ　カーテンノムコウハベランダ　ベランダノシタハコンクリート

ベランダが広い
眺《なが》めいいよ
まぁまぁだな
でも夜になったら夜景が見えるよ
夜景っていっても駒場の住宅街でしょう
この部屋　気に入らないの?
広くていいよ　でも何年棲《す》めるかな?
五年生存率っていうから　とりあえず五年をクリアしようよ　五年をクリアできたら十年
いつまでもここに棲むつもりじゃないでしょう?　家賃高いしさ　渋谷なんて子育てには適さないよ
どこだったら適すの?
横浜とか鎌倉はどう?　あんたの仕事は東京じゃなきゃいけないってわけでもないでしょう　鎌倉だったらあんたのおっかさんだって　ときどき孫の面倒《めんどう》をみにきてくれるだろうし　今度はマンションじゃなくって一軒家にしようよ
でもがんセンターから遠くなっちゃう
そんなに遠くないよ　鎌倉だとしたら　品川から一時間弱でしょう?　グリーン車に乗れば楽だし　ここだってタクシーで築地まで行くと　混んでれば一時間はかかるよ
そうだけど　せっかくカーテンとかこの部屋に合わせてつくったんだし　一年は暮らそうよ
じゃあ　ベランダで緑でも楽しむとするか
第一園芸にプランターとか土とか買いに行かない?
……おれが死んだあとも生きてるんだって考えながら眺めるのもあれか……
そんなこというのやめなよ　あんたは死なないよ
でも　治療しても八ヵ月の命っていわれたじゃない
医者は弁護士といっしょで実際の見通しより悪くいうものなんだよ

うん　でも　おれもさ　そんなに簡単には死なない気がするんだよ　ただの勘《かん》に過ぎないんだけど　抗癌剤《こうがんざい》のどれかが癌に命中して　ぎゅっと縮小する気がする　なんとか数年間延命《えんめい》すれば遺伝子治療《いでんしちりょう》が劇的に進歩してるでしょう　最終的にはやられるんだろうけど　おれ　へたしたら五年は生きるかもよ　医者はおれの生命力を見くびってるんだよ

いっしょに子どもを育てようよ

五年生きると想定《そうてい》して　人生を設計しておいたほうがいいかもね

……わたしより先に死なないでよ

どんなことがあっても　あんたのおなかにいる子が二歳になるまでは死なないよ　だから安心しなさいよ　約束するから

癌を告知されたばかりのころ、わたしたちはなにも知らなかった。ふたりの力を合わせて立ち向かえば、完治は希《のぞ》めないにしろ数年単位の延命はできるはずだと信じていた。そして癌治療についてあらゆる情報を集め、すべての検査結果が死の方向を示しているということを理解したあとも、わたしと東の、生きるという意志は折れなかった。しかし結果は、国立がんセンター中央病院の室圭《むろけい》先生が宣告した余命より二ヵ月長いだけだった。

わたしはガラス戸を開け、東のために買ったサンダルを履《は》いた。住宅街の灯りは疎《まば》らだった。深夜なのかもしれない。手すりに指をかけて下を覗《のぞ》いた。疲れた。頭に重さが加わり、すこし身を乗り出せばこのまま落下できそうだった。なんにも怖《こわ》くない。サンダルを脱いだ瞬間、タケハルくん、と呼ぶ声が耳をよぎった。東の声だった。タケハルくん。手すりから指を離して振り向いた。東の部屋は真っ暗でカーテンが閉まっていた。永遠に声を失ってしまう気がして、唇を動かし、動いているのをただ感じていた。息子の名を自分の声で聴きたかったが、声は出せなかった。

部屋に戻って時計を見た。午前四時をまわっている。九時間も眠ったわけだ。ずっと夢をみていたのか、それとも夢をみていたのは眠りの終わりの数分だけで、あとは熟睡《じゅくすい》していたのだろうか、それともベランダに立っていた時間が長かったのか——。

リビングテーブルには、東京キッドブラザースの音楽を担当していた下田逸郎《いつろう》さんが座っていて、ほかにはだれもいなかった。

　ガラス戸の前には豊嶋志摩子さんのご主人の敦さんがあぐらの姿勢で眠っていて、そのとなりで次男の崇《たかし》さんと、東の異母弟の登志夫さんが黙って煙草《たばこ》を吸っていた。

　和室では冷子さんと志摩子さんの姉妹が肩を寄せ合って東を見護《まも》り、峯《みね》のぼるさんが東の足もとで眠っていた。

「ユッカのベッドで雅が眠っとるとです。わたしたちも交代で二、三時間ずつ眠らせてもらいます」志摩子さんがいった。

「どうぞ、シャワーやタオルも使ってください」

「ありがとう。シャワーも交代で使わせてもらいますけん」

　わたしは東の顔の前に座り、白布をめくった。やはり目はひらいたままだ。こころなしか膚《はだ》の青みと黄みが濃《こ》くなっている。わたしは動かなくなった東にはじめて触《ふ》れてみた。頬《ほほ》をてのひらでつつむ。冷たい。すこし湿っている。汗の湿り気とはちがってねばついているような——、腐《くさ》りはじめているのかもしれない。

　わたしは白布をかけて、リビングテーブルに座った。泣くのをやめようとすることをやめた途端《とたん》に、涙があふれて止まらなくなった。自分が液体のように洩《も》れ、こぼれ、あふれ、流れていく。

「東さんの癌が発覚したのは何月？」唐突に下田逸郎さんに訊《き》かれた。

「去年の六月末です」わたしはティッシュペーパーで洟《はな》をかんだ。

「ちょうど十ヵ月か。妊娠《にんしん》期間と同じだね」下田さんは間を置かずにいった。

「……そうですね」

「東由多加はあなたにとってどんな存在だったの？　父親みたいな？」

　わたしはもう一回強く洟をかんで、十数年ぶりに再会する東の友人に顔をあげた。

「いいえ、どの関係の要素もあったけれど、どの関係にも似ていなかったです。でも、いちばんわたしのなかで大きかったのは、師としての存在だったのかもしれません。東由多加は、作家柳美里の生みの親で、育ての親すから」

「じゃあ、東さんにとって、あなたの息子はどんな存在だったんだろう？　血のつながった息子とは疎遠《そえん》だったわけでしょう？　あなたの息子とは血のつながりはないのにね」

「いちばん執着《しゅうちゃく》していました。『生きることに未練《みれん》はないと思っていたけれど、あなたが大きな未練を連れてきてしまった。丈陽と会話をするまでは生きていたい、いろんなことを教えてやらないといけない』といっていました」

「結局、プロデューサーだったんだろうな。プロデューサーとしては天才的だったと思う。ぼくも若いころプロデュースされたし、永倉萬治《ながくらまんじ》なんかもやられたけど、雑《ざつ》だったからね、それが柴田恭兵で洗練《せんれん》されて、そしてあなたで結実したんだろうな。あなたの息子が生まれてからすぐに東さんにプロデュースされてたらどうなったんだろう。真っ白なわけだからね、東さんとしては最高の素材だよ。なんか怖《こわ》い気もするけど」

下田さんは笑い、わたしも涙を流しながら笑った。喜怒《きど》哀楽《あいらく》に関係なく涙が流れる。それともわたしは哀《かな》しいのだろうか。哀しい、と実感することはできないし、哀しんでいるとしても、それを表したくないのに——。

「そういえば、むかし、あなたと東さんのマンションでひと月くらい生活したことがあったよね」

「十五年前です。表参道だったから」

「あのときも、たしかこういう話をしたよね。東さんが眠っているあいだに、あなたが洗濯《せんたく》して、おれが料理をつくったりして、おもしろかったね」

「急にいなくなっちゃったんですよね」

「そうだね」

「一年くらいして、ばったり新宿の飲み屋で逢ったんです。そのとき、わたしも家出していて、『どうしてあのとき出て行っちゃったんですか』って訊いたら、『たぶん、あなたと同じ理由だよ』って」

「そうだったね」

あのときは、あずきとまさむねを飼っていたのだが、下田さんは猫のことには触《ふ》れなかった。

二匹を飼ったのは、棄《す》てられる子猫を哀《あわ》れんだからではなく、猫好きだったからでも、淋《さび》しさをまぎらわすためでもなかった。表参道のマンションは、東が前妻と新婚生活を営んだ場所だった。家具、カーテン、食器、部屋にあったすべてのものを買い替えたが、彼女の気配は部屋のそこかしこに留《とど》まりつづけた。

わたしは、テーブルの上に大きな水槽《すいそう》を置いてめだか、鰻《うなぎ》の稚魚《ちぎょ》、鮒《ふな》、たなご、ブルーギルを飼い、ベランダの四つの水槽のなかにはそれぞれ、守宮《やもり》、蛙《かえる》、亀《かめ》、ザリガニを飼った。壁にはベンジャミン、ユッカ、パキラ、ポトス、ヒメモンステラなどの観葉植物を並べ、天井にハンギングの鉢を取りつけ、ブライダルベール、アイビーの葉を垂れ下がらせ、折り紙の本を買ってアオスジアゲハ、ペンギン、シンデレラの靴などのめずらしいかたちを折っては糸を通して吊《つ》るしたり壁や襖《ふすま》に画鋲《がびょう》で留《と》めたりして、テディベアを蒐集《しゅうしゅう》していたというよりは、テディベアを目にするたびに買い漁《あさ》り、東とわたしが眠るマットレスを取り囲むようなかたちにディスプレイした。

問題はテレビだった。彼女は声優をしていた。彼女を起用したCMに不意を打たれると、東はリモコンをつかんでチャンネルを変えたり、わたしはなにかを語りかけたりしたが、いったん部屋のなかに流れてしまった声の響きを打ち消すことは難しかった。わたしはわたしと東以外の声を持つものに同居してほしかったのだ。

二匹の猫と暮らしはじめたころ、わたしはまだ書いていなかった。掃除《そうじ》や洗濯《せんたく》やアイロンかけに疲れると、猫をからだの上に載せてソファでまどろんだり、ベランダの亀や守宮《やもり》たちに餌《えさ》を与えたり、鏡の前に座って自画像を描いたり、渋谷の場外馬券場で馬券を買ったり、府中《ふちゅう》まで足を伸ばして朝から夕暮れまでサラブレッドを眺めたり、神宮《じんぐう》に行ってヤクルト戦を観たり、東と朝までポーカーをやったりして暮らしていた。

二匹の猫と暮らしていたころ、わたしは幸せだったのかもしれない。

窓から朝焼けの空が見えた。

「そろそろ帰ろうかな」下田さんがいった。

「お葬式は？」

「東さんの顔を見たからいいよ」

下田さんは立ちあがり、十五年前と同じように去っていった。

朝、九時に飯田昌宏さんが訪れ、新聞を見せてくれた。昨日取材に応じたスポーツ紙の扱いの大きさに驚いた。スポニチなどは文化社会面七段の大きさだった。このマンションの外観まで載っていて、〈東さんと柳さんが同居生活を送っていたマンション〉というキャプションがついていた。

わたしは見出しを目で拾った。〈「東京キッドブラザース」主宰《しゅさい》、柴田恭兵ら育てる〉〈東由多加さん死去〉〈54歳、食道がん〉〈同居・柳美里さんと闘病実らず〉〈故寺山修司氏門下・劇作家〉〈病室で突然「ありがとう」〉〈来月12日誕生日待たず…〉〈同居の最愛パートナー柳美里さん号泣〉囲みの追悼《ついとう》文を載せているところもあった。

東京キッドブラザースの主宰者、東由多加氏が20日亡くなったが、とんだ〝武勇伝〟のホロ苦い思い出がある。1969年結成の東京キッドブラザースは70年にニューヨーク公演が成功して若者の人気劇団に。80年5月13日から18日まで東京・新宿コマ劇場に進出、「冬のシンガポール」を公演したが、〝事件〟はその初日夜に起こった。

(中略)

東氏が舞台を批判した英字新聞の大ベテラン記者を殴《なぐ》りつけたので、腕力には全く自信がないものの、すぐキレる私は眼鏡を外して立ち上がり、「テメエ、いい加減にしろ」と一喝《いっかつ》した。東氏は「芝居が分からんインチキ記者がほざくな」とどなり合いとなり、柴田が柱にすがってオイオイと泣きだした。

私は「もうキッドの舞台は二度と見ねえぞ」と捨てぜりふを吐き、会費は多分1人2000円以下と計算して、5000円札をほうり出した。ところが、報知新聞の後輩記者が一緒にいて、私にならおうとしたが、手元に1万円札しかなく、それを出したら、あまりにももったいないと、私が投げた5000円札を拾って、2人で会場を出たのである。なんとも締まらないけんかになったが、「30歳過ぎは信じるな」と言い続けた東氏のその後の舞台は見ないまま、訃報《ふほう》を聞くことになった。ごめい福をお祈りする。

スポーツ報知評論家・安達英一

寺山修司の天井桟敷を脱退して東さんは東京・渋谷の「ヘアー」という小さな喫茶店で手作りのロックミュージカル「黄金バット」や「東京キッド」を上演していた。アングラ嫌いの演劇評論家からはまだ「あんなもの」という目で見られていた。

全共闘、ベ平連、ウッドストック…若者たちがまだ明日を信じて世の中への怒りを素直に爆発させた1970年代初頭。東京キッドブラザースはその若者たちの圧倒的な支持を受けた。ニューヨークのオフ・ブロードウェー「ラ・ママ」での「黄金バット」の長期公演が成功して絶頂に立った。作品のテーマは常に

「愛と連帯」。青りんごのような新鮮さと感傷がまぶしく、時にうとましかった。東さんはいつも純粋だった。

（中略）

東さんはオリジナル・ミュージカルを70～80年代に創造したリーダーとして名を残すだろう。

スポーツニッポン　木村隆編集委員

ドアが開いて北村さんが入ってきたので、新聞を手渡した。

「すごく大きいね。通夜と告別式の場所と時間をしっかり告知してくれてるから、弔問《ちょうもん》客集まるだろうね。それからね、通夜と葬儀の司会なんだけど、飯山弘章さんにお願いしたらどうだろうか。飯山さんは一年間、葬儀社に勤《つと》めたことがあるんだって。だから、ある意味プロだし、真面目《まじめ》なひとだからいいと思うんだ」

「飯山さんにやっていただけるなら、そのほうが」

飯山弘章さんは昭和五十二年に入団し、『黄金バット復活版』『哀しみのキッチン』『SHIRO』など三十四本のミュージカルに出演したキッドの主要メンバーで現在は劇団鳥獣戯画に所属して役者として活躍している。

「苦しいときに、葬儀社に勤めた経験がこんなかたちで役に立つとは思いませんでした。これも縁というか、東さんの采配《さいはい》というか……東さんへの恩返《おんがえ》しだと思って、務めさせていただきます」と飯山さんに快諾《かいだく》していただいた。

北村さんは弔辞《ちょうじ》のあとに斉唱《せいしょう》する四曲の歌詞を飯山さんに手渡した。

「四曲？」飯山さんは首を傾《かし》げた。

「曲目は柳と話し合って決めたんだけど」

「多いと思うな。ぼくは一曲だけにしたほうがいいと思う」

リビングから「哀しみのキッチン」が聞こえる。元劇団員たちが練習しているのだろう。キッドの歌がうたわれるのはこれで最後だと思うと、告別式で聴いてみたい気もする。

ただ共に暮らした年月の
長さならば
隣り合わせの星に比べて
勝る愛があるだろうか
ただ共にふれ合った夜の
多さならば
海辺の砂と波に比べて
勝る愛があるだろうか

あー愛に定めはない
あー愛に証しもない
ただ闇に光を結び合う
二人のように
断ち切れない絆に比べて
勝る愛があるだろうか

「一曲だと淋しい気が……」

「キートンの気持ちはわかるけど、火葬場の時間というのは決まっているから、遅れることはできないんですよ。それに、みんないろいろな思いをぶつけてうたうから、一曲で感極《きわ》まると思う。一曲にしぼるとしたら、どれだろう」

「……『この街のことを』かな」北村さんがいった。

「ほかの曲は、それにしてもあと一曲だと思うけど、出棺《しゅっかん》のときにインストルメンタルで流そうよ。それから、これは是非《ぜひ》実現させたいんだけど、通常男性が六人で柩《ひつぎ》を担いで出棺するじゃない？　今回は、斎場《さいじょう》のなかから霊柩車《れいきゅうしゃ》まで二列に並んで手送りしたいと思うんだけど、どうかな？」

「いいですね」北村さんがいった。

「焼香《しょうこう》台はいくつあるか訊《き》いてますか？」

わたしと北村さんは顔を見合わせた。

「たぶん数が足りない。それから、時間を短縮するために焼香は一回にしてもらったほうがいいな。手札《てふだ》は？」

「手札？」わたしは訊き返した。

「遺影《いえい》は祭壇《さいだん》の上にあるんですけれど、焼香台のところにも写真があったほうがいいと思う。小さなものですけどね。それから遺影まわりの花。遺影を花で囲んだだけだと淋しいから、額《がく》の裾《すそ》に東さんの洋服に合った色の花を飾るとぜんぜんちがいます」

「渡した写真って、どんな服着てましたっけ？」

わたしは東の写真を一枚も持っていないので、北村さんが公演パンフレット用に撮った写真を東都典範に渡したのだ。

十五年もつきあって、一年の大半を旅先で過ごしていたにもかかわらず、写真を撮ったことは一度もなかった。

「紫のセーター、シャツは何色だったかな……」

「細かいことは東都の古橋さんとぼくが打合せをします。あちらを立てながら進めないと気を悪くしますからね。いろいろ教えていただくという姿勢を崩《くず》さないように、ね」

飯山さんはさっきから小冊子のようなものをめくっている。青い表紙に葬儀要覧《ようらん》と書いてある。

「それはなんですか」

「葬儀屋のアンチョコというか、台本みたいなもので、これがないと進められないんです。あと、なにか不安なことはありますか？」

「あのですね、二十四日の通夜から二十五日の告別式にかけて、元劇団員たちが東さんとはいっしょに千日谷會堂に泊まりたいといってるんです。東さんをひとりにするわけにはいかないって。それで、北村が訊いてみたんです。寝具は故人のご家族の分の五セットしか用意していない、といわれました。べつに眠るわけではないし、だめだといっても彼らは占拠《せんきょ》するでしょう、と食い下がったら、三十人まででなら、といわれました。ただし、会場に鍵《かぎ》をかけるので、出入りはできないんですって。鍵といっても、鍵穴に鍵を入れてまわすんじゃなくって、オペレーター室で操作しているそうだから、ほんとうに夜は開け閉めできないみたい」

北村さんの声は疲れから浮きあがって昂揚《こうよう》しているように聞こえる。

「古橋さんは何時にお見えになるんですか？」

「そろそろです。ドライアイスを取り替えにくるといってましたから」

「じゃあ、古橋さんと打合せをして、ぼくはいったん失礼します」

「よろしくお願いいたします」わたしは頭を下げた。

東都典範の古橋良宣さんが現れ、保冷バッグに入れたドライアイスを和室に運んでいった。古橋さんは前机《まえづくえ》を動かし、手を合わせて一礼してから東の布団《ふとん》をめくった。東はえんじ色のパジャマを着ていたが、腋《わき》の下、股間《こかん》、腹部がドライアイスのせいで黒く濡《ぬ》れていた。古橋さんは手早く交換して、東に布団をかけてくれた。

東冷子さんがおずおずと身を乗り出して訊《たず》ねた。

「あのぉ、弟の口がひらいてきているんですけど」

古橋さんは東の顔の前に膝《ひざ》を進め「ちょっと失礼いたします」と白布をめくった。

「硬直《こうちょく》がだんだんに進むもんですから、みなさんひらいてしまうものなんでございますよ、はい。あと二日ございますから、もっとひらきます。縛《しば》っておいたほうがよろしいと思います。なにかひものようなものはございますか？」

「ひも、ひも、えーっとひも、布のひもですよねぇ」わたしは腰を浮かせた。

「ええ。包帯《ほうたい》かガーゼの長いものがあればよろしいんでございますが」

「わたしの浴衣《ゆかた》のひもじゃだめですよね、そうだ、丈陽の沐浴《もくよく》のときにからだを覆《おお》う大きいガーゼがあるんですけど、それじゃあだめですか？」

わたしは東の眠りを妨《さまた》げないようにそっと、胡蝶蘭《こちょうらん》の鉢や白い花のアレンジメントの籠《かご》を退《ど》かして、丈陽の衣類やおむつなどが入っている押し入れを開けた。

ガーゼを取り出しながら、丈陽の服に線香と煙草のにおいが染《し》みついたらどうしようと心配になった。

あなた　そのバスタオルやめてよ
え？
おれのからだやあんたのからだは汚いんだから　おんなじバスタオルで丈陽のからだを拭《ふ》かないでよ
でも　洗ったから
洗ってもだめだよ　そのために北村さんに丈陽用のバスタオルを買ってきてもらったんじゃない　洗うときも分けて洗わないとだめだし　皮膚《ひふ》が弱いんだから洗剤《せんざい》も赤ちゃん用のじゃないと　それから　丈陽のものは外に干さないで　排気ガスと花粉が付着する

東は癌《がん》の増悪《ぞうあく》による激痛で眠れなくなっても、丈陽の沐浴を手伝ってくれていた。何度もうがいをし、自分の髪が落ちないように帽子をかぶって一度だけかがみ込んだ拍子に丈陽の顔に前髪が落ちたことがある。東は「汚いッ」と眉《まゆ》をひそめて自分の髪をつまみ取り、「丈陽くんは色白だねぇ、きれいな唇だねぇ」と湯のなかで丈陽のからだを揺《ゆ》らした。東はわたし以上に育児書を熟読《じゅくどく》し、清潔と安全に異様なほど神経を使っていた。

わたしは東が買ってくれた大判のガーゼをはさみで二分し、結び合わせて長くしたが、北村さんが脱衣所から持ってきた白い手拭《てぬぐ》いのほうが適しているということだった。古橋さんは手拭いを東の顎《あご》に当てて、頭の天辺《てっぺん》で強く縛った。

これ　朝までに書き直して
え？　これが書き直した原稿なんだけど
改悪だよ　この前読んだのより拙《まず》い　文章が説明的でくだらない
三日もかけて直したんだけど
三日かけようが一週間かけようがくだらないものはくだ

らないんだよ
そういういいかたしないでよ　研究生じゃないんだから！　素面《しらふ》のときにもう一度読んで
おれが酔っぱらってるから読めないとでも？

わたしは一升瓶《いっしょうびん》をつかんで立ちあがり、洗面台に瓶の中身を棄《す》てた。

東は浴衣《ゆかた》を脱ぎ、クローゼットにかけてある服に着替えはじめた。

なに？

帰る
いい加減にしてよ！

わたしはこたつの天板をひっくり返した。湯飲みが割れ、モンブランのインクの瓶が畳《たたみ》に落ちて黒いインクが飛び散った。

なんてことするの？

あなたのせいなんだから　あなたが弁償《べんしょう》しなさいよ
おれは帰る
わたしは東のコートの襟《えり》をつかんで引き倒し、魔法瓶《まほうびん》を東の頭上に振りあげた。

やめろ！

東は怯《おび》えた目でわたしを見たが、次の瞬間、東の腕を魔法瓶で打っていた。

痛い……一生許さないからね……なんてことを……痛い……

わたしはうずくまる東の前に立ち尽くして肩で息をした。東はくの字にからだを折り曲げ、動かなくなった。わたしは膝《ひざ》をついて、てのひらを鼻と口にかざした。息はしている。気を失ってしまったのだ。魔法瓶を拾いあげると、真んなかが大きく凹《へこ》んでいた。なんてことをしてしまったんだろう、魔法瓶で腕を打ったときに鈍《にぶ》い音がした。骨が折れていたらどうしよう、救急車を呼んだほうがいいかもしれない。わたしは手拭いをしぼって東の腕を冷やした。

東は両目を開けて起きあがったが、十分も経たないうちにふたたび口論になり、同じ場所にいること自体堪え難くなった。

死んでやる
わたしは東をにらみつけた。

あなたは死ねないと思うけど　死にたかったら死ねばいいんじゃない？

死ぬ前に殺してやる

東はうすら笑いで唇《くちびる》を汚してから口をひらいた。
おれは確実にあなたより長く生きるよ　あなたは自殺はできないだろうけれど　からだが弱いから早死にするだろうね　おれとあなたの関係では　死んだほうが勝ちなのかね　それとも生き残ったほうが勝ちなのかね　まぁ　痛み分けだろうな
わたしはトランクに荷物を詰め込み、フロントに電話をした。
チェックアウトしてください　タクシーもお願いします
こんなふうに別れたら　ほんとうにおしまいだけど　いいの？　あなたはおれに頭を下げて　早く原稿を直したほうがいいんじゃないの？
わたしはワープロのプラグを引き抜いた。
おしまいだな
いいんじゃない　おしまいで
じゃあ　おしまいにしよう
東も革の旅行鞄《かばん》のなかに荷物を詰めはじめた。
タクシーのなかでは顔を背《そむ》けて口をきかなかった。
河津《かわづ》駅のプラットホームを歩いていると、東の声が背中越しに聞こえてきた。
……しまったな　あなたの性格はわかってたつもりなんだけど……
スニーカーを左右反対に履《は》いていることに気づいたが、東と話をしたくないので歩きつづけた。
運命という言葉は嫌いだけど　あなたとおれは運命的に出逢《あ》った　出逢ったことで　きっとおれもあなたも不幸になったんだと思う　あなたはおれと出逢ったときからずっとおれから離れたいと思いつづけていた　でも離れられない　だってあなたはおれなしでは書けないんだから　たしかに　あなたには才能がある　おれにはあなたのような文章は書けない　でもおれには読む力がある　あなたは自分が書いたものを読むことができない　あなたはもうひとり立ちできると思ってるようだけど　それはまだまだ先の話で　まだまだふたりで柳美里という作家を育てていかなければならない　あなたはひとり立ちできるようになったらかならずおれを棄てるでしょう　でもおれは柳美里をひとり立ちさせたいと思ってるんだよ　こころからね　嘘偽《うそいつわ》りなく
東は肩を押さえて咳《せ》き込み、ホームのベンチにうずくまった。

電車に乗ったらおしまいだから　ちょっとここで話をしない？　あと十分で電車がくる　十分だけ話をしよう　あなたは馬鹿《ばか》だな　おれも相当馬鹿だけど

東の声は醒《さ》めていて、いままで聞いたことがないくらい哀しそうだったが、わたしは立ち停まりも振り返りもしなかった。

あなたは　研究生みたいにあつかわないでっていったけど　おれの研究生はあなたひとりなんだよ　結局あなたしかいなかったんじゃない

東は話しつづけていた。でももう聞こえなかった。わたしはホームの端まで歩いてトランクの上に腰かけた。

九八年の九月——、あのときにはもう食道にできた癌《がん》が肺や肝臓やリンパ節に転移していたのだろう。わたしは癌に冒《おか》されていた東のからだに魔法瓶を打ち降ろしたのだ。

東はわたしが殺したように横たわっていた。

暑い。障子《しょうじ》の穴から西陽が差している。なんだかにおう気がする。リビングのクーラーをつければ和室にも冷気が流れ込むのだろうが、弔問《ちょうもん》客に寒い思いをさせるわけにはいかない。ここを発《た》つのは明日の十一時。あと一日、告別式を入れるとあと二日——、においは強くなるのだろうか。

元劇団員の霧生多歓子《きりゅうたかこ》さんの娘の彩楽《さら》ちゃんが大きなくまのぬいぐるみを抱きしめてドアの陰《かげ》に立っている。抱こうと思ったわけではないのに、わたしの両手は彩楽ちゃんを抱きあげていた。

「いくつ？」

彩楽ちゃんは指を二本立てると、わたしの腕のなかでもがき出した。

「赤ちゃんみたいな抱きかたしてるからだよ」北村さんが笑うようにいった。

わたしは右腕で頭を固定して、左手でからだを支えていた。

「この抱きかたしかできないんです」

わたしは彩楽ちゃんの腋《わき》の下に両手を差し込んで、「高い、高い、高い」と腕を伸ばした。

「やーだ！」彩楽ちゃんは足をばたつかせて、床《ゆか》に降ろした途端《とたん》に母親の脚にしがみついてしまった。

「柳さんが子どもをあやしてるのってなんか変」名和利志《なわとし》子《こ》さんがいった。

「子ども好きなんだよ。もともと動物好きでしょう。ほら、猫を何匹も飼ってたじゃない」と北村さんがいった。

「でも、似合《にあ》わないよ」

「そう？　わたしはけっこう似合うと思うな」北村さんがいった。

両手に子どもの重さが残っている。丈陽の重さはどれくらいだったろう。あの夜から丈陽を預《あず》かってくれている町田夫妻に一度も電話をかけていない。いまは電話できない。線香《せんこう》のにおいが流れるように、丈陽に死が伝わってしまう気がする。いまのわたしは安全な存在ではない。死の側《がわ》に立っている。でも、抱きたい、声を聴きたい。こんなにも思っているのに、自分の思いをつかむことができない。

霧生さんは彩楽ちゃんを抱いて和室に行った。

「さらぴょん、憶《おぼ》えてる？　アンパンマンのおじさん。あのね、おじさんは眠ってるの。もう起きることはできないの。バイバイなんだよ。さらぴょん、お母さんがお線香をあげるからいっしょにおじさんにごあいさつしようね」

霧生さんは線香に火をつけて香炉《こうろ》に寝かせ、彩楽ちゃんのてのひらを両手でつつんで一礼した。

東は癌が発覚する二ヵ月前、母親になった元劇団員とその子どもたちを集めて昼食会をひらき、玩具《おもちゃ》や洋服をプレゼントしたという。彩楽ちゃんにはアンパンマンの玩具を渡したのだろう。なぜ東はそんなことを思いついたのだろう。からだの具合は相当悪かったはずなのに――。

「柳さん、これで三回目なんですけど、うるさいって苦情が」元劇団員の上原千奈美さんが知らせてくれた。

わたしは玄関に行った。

中年の女性が立っていた。

「足音とドアの開け閉めの音がすごいんですけど」

「申しわけありません。この部屋の主人が亡くなったんです。明日が葬儀《そうぎ》なので、今日で最後です」

「受験生がいるんですよ」

「ほんとうに申しわけありません」わたしは頭を下げた。

東の恋人だったA子さんと彼女の母親のIさんが弔問に訪れた。

A子さんは黙ったまま東の顔にかかった白布をめくって、数秒置いて、もとに戻した。焼香《しょうこう》を終えて立ちあがったA子さんに会釈《えしゃく》をしたが、彼女はわずかに顎《あご》を引いただけだった。わたしのほうに顔を向けようとしないIさんは部屋のあちこちを鋭く見て片頬《かたほほ》を引き攣《つ》らせている。

　Iさんは東の古い友人で、父親がいないひとり娘の相談相手になってほしい、とA子さんを東に紹介した。そして、A子さんと東はふたりで逢うようになった。

　しかし東は、ふたたびわたしと暮らしはじめたころからA子さんを避けるようになった。

　なに逃げまわってるの？　ちゃんと逢って話しなよ　突然音信不通になるなんて卑怯《ひきょう》だよ
　癌だとわかる前まではいつもおれのほうから電話しててあっちからは一度も逢いたいなんていわなかったくせに癌だとわかった途端に追いかけまわしてさ　きっと　恋人は癌で余命《よめい》数ヵ月ってシチュエーションに陶酔《とうすい》してるんだよ　がんセンターの病室に母娘《おやこ》で現れて　この子を婚約者だと思ってなんでもいいいつけてくださいっていうんだから怖《こわ》いよ
　でも　北村さんを矢面《やおもて》に立たせたら　北村さんが悪者にされちゃうでしょう
　もし元気になったら逢ってもいいよ　よく小説や映画でさ　死が近くなると性に執着するって話があるじゃないあれインチキだよ　女や性なんてもうどうでもいい
……ニューヨークに連れて行ってあげればよかったのに
あんたがそういうから誘ってみたよ　でも予定が合わないって断ったのはあっちなんだからね
　百三十へーべーもある部屋を借りたのは　彼女がここに泊まりにきても気詰まりにならない広さが必要だと思ったからなんだけど……
　あんた気をつけたほうがいいよ
　なにを？
　身辺をさ　きっと母娘で　おなかの子の父親はおれじゃないかって疑ってるよ
　困るよ！　ちゃんと説明してよ　ここに連れてきてくれれば　わたしから説明してもいいよ　彼女と彼女の母親にしてみれば　あんたを悪者にしたら　そういう男を信じた自分たちも悪いってことになるでしょう　東さんは逢いたいはずなのに　柳と北村と大塚がグルになって妨害してるって物語を信じたほうが疵《きず》は浅いじゃない
　手紙を書くよ

東がどのような手紙を書いたのかは知らないが、ふたりにとっては納得《なっとく》できない内容だったのだろう。ふたりに東の言葉をそのまま伝えても、そんなのはぜんぶあなたのつくり話だと押し返されるにちがいない。

わたしのことを恨《うら》んでいるひとと同じ部屋にいるのは息苦しい。いまのわたしには他人の感情を受け止めることもはねのけることもできない。どこかべつの場所に行きたい。でもここはわたしの部屋なのだ。出て行くことはできない。

真夏だった。はだかでマットレスの上に横たわっていた。タオルケットは下着といっしょに足の下で丸くなっていた。東とわたしは階段をのぼってくる足音も耳に届かないほど深く眠っていた。

起きてください

東の妻の声。離婚が成立したというのは嘘《うそ》だったのか。わたしはうつぶせだった。からだを隠したかったが、動けばさらに見えてしまう。わたしは呼吸でからだが上下しないように息を止めた。

東さん　起きて！

あおむけに寝ていた東はうつぶせになっていった。

あんまりひどいことしないでよ

ひどいことしてるのはどっち？

着替えるから下で待ってて

階段を降りる音が聞こえて、東はため息を吐《は》いてわたしのからだにタオルケットをかぶせた。ふたりの罵声が駈《か》けあがってきて、わたしは顔と乳房をシーツに押しつけた。

何日か前、東が稽古《けいこ》に出掛けたあとに目醒《めざ》め、本でも読んで時間を潰《つぶ》そうと、本棚代わりに使っている押し入れを開けてみた。アーウィン・ショーの短編集をひらくと、なにかがすべり落ちた。五枚とも東の妻の裸体《らたい》だった。東の所有物なのだから棄てることはできないし、東に渡すこともできない。かといってこの本のなかに戻せば、東は手にとって見るかもしれない。わたしは写真を持って階段を降り、本棚の前に立ってタイトルを読んだ。憶《おぼ》えやすいタイトルがいい。わたしはロバート・フルガムの『気がついた時には、火のついたベッドに寝ていた』を抜き取って、写真をはさんで棚に戻した。

暑い。首と背中に髪が貼《は》りついている。東もわたしも冷房が嫌いだから窓を開けて眠ったのだ。レースのカーテンがレールの上をすべっている音がする。

妻がはだかで横たわり、研究生のYがはだかで横たわり、元研究生のNがはだかで横たわり、わたしもはだかで横たわっている。わたしが知らないだけで、もっとたくさんの女がはだかで横たわったのかもしれない。わたしはからだを起こして下着とワンピースを拾いあげた。

おれをひとりにしておいてよ

ひとりじゃないじゃない　離婚したら柳といっしょに棲《す》むの？

お願いだからもう放っておいてよ

わたしはふたりの横をすり抜けて靴を履《は》いた。

ちょっと　どこ行くの？

東は立ちあがったが、わたしは非常階段を駆け降りた。

わたしたちは一年以上そのマンションで暮らした。二匹の猫を飼い、二匹の猫を棄《す》てても、別れることはできなかった。もう一度やり直そう、と東にいわれ、やり直すんだったら新しい部屋に引っ越したい、とわたしはいった。

奥沢駅のそばの建築中のマンションに決めた。不動産屋に渡された書類の続柄《つづきがら》の欄《らん》には〈婚約者〉と記入した。

青山や新宿のインテリアショップを見てまわって家具やカーテンを買い揃《そろ》えた。

黒い木枠にブルーのマットレスのダブルベッド――、東とA子さんもあのベッドで抱き合ったのだろう。

前妻も、裕宇記の母親も、そのほかのたくさんの女たちも弔問に訪れるのだろうか。そしてA子さんやIさんのように部屋のあちこちを見るのだろうか。そして彼女たちは立ち去り、わたしは女たちの目のなかに取り残されるのだ。

視線を感じて顔をあげると、妹が台所の入口に座っていた。妹とは妊娠九ヵ月のときに絶交し、それから一度も連絡を取っていなかった。口での諍《いさか》いならば忘れることもできるが、ファックスでやりとりしたので何度も読み返し、筆蹟《ひっせき》も文面も頭のなかにこびりついている。

自分じゃ気がついていないのかもしれないけど、利己的すぎる。多分誰一人あなたのまわりから人はいなくなるでしょう。Iなんてくだらない男と接触したことなんて誰にも知られたくない。そんなこと一言もいわず、妹として当然のことのように姉の下《しも》の世話をやってあげたわけです。恩を仇《あだ》でかえすとはこのことですね。

　自分のまわりに人がいなくなることを、「私のことを嫉妬《しっと》しているから人はいなくなるんだ」と感ちがいしてうけとめるんだろうけれど……本当にかわいそうな人です。

　あなたのいうとおり、今後一切関わりたくありません。ＴＥＬ　ＦＡＸ　いっさいやめて下さい。お借りしている２００万円は以前おしえてもらった口座に来年から月々振込ます。借りている衣しょう等、今年中にお送りします。


　妹には丈陽の父親と認知をめぐる交渉をやってもらっていた。それを〈下の世話〉〈恩〉と書いてきたのだ。この言葉が立ちふさがっている限り、妹と和解することはできない。

　わたしは届いたファックスをすぐに東に見せた。

　彼女はずっとあなたの陰《かげ》になっているんだよ　父親と母親は長女のあなたに手をかけ　あなたと同じ劇団に入ったものの主宰者はあなたの愛人だし　あなたは作家として脚《きゃっ》光《こう》を浴《あ》びていくのに　自分は役者としてパッとしない

……一年前に彼女の映画の宣伝を手伝ったんだよ　『クロワッサン』で対談したときに　姉が死んだらたぶん喜ぶと思います　姉はわたしからすべてを取りあげました　父と母だけじゃなくて　経歴も　すべて奪われたんですって語ってたからね
　あなたは妊娠して男に棄《す》てられた　いままではあなたに助けてもらうばかりだったけれど　今度はあなたを助けることができる　生まれてはじめて姉の優位に立てたんだよ　かわいそうなのは自分じゃなくて姉のほうだと思えたんだよ　だから異常なほど熱心に丈陽の父親との交渉をやってたじゃない　ところが泣いて苦しんでいると思ったあなたが　そのことを書いて　また脚光《きゃっこう》を浴びた　おれには彼女の気持ちが手に取るようにわかるよ
……泣いて苦しんでいないわけじゃないんだけど……
　この文面変じゃない　唐突に〈嫉妬〉って言葉が出てくる　あなたのことを〈かわいそうな人〉と断じて必死に優位に立とうとしてるけど　かわいそうなのは彼女のほうだよ　これは根深いな　彼女が女優として売れれば変わるんだろうけどね
　親だろうがきょうだいだろうが　〈下の世話〉なんてい

われたらおしまいだよ　彼女にはいろんなことをしてあげたけど一度も〈恩〉を売ってるなんて思わなかったけどね　そのうち時期を見ておれから話すよ　病室に呼んで無理だと思うよ　あんたのことも悪くいってたから　おなかの子の叔母さんに当たるわけじゃない　その子は生まれながらにして父かたの親戚には絶縁されてるんだから　せめて母かたの親戚にかわいがられないと　かわいそうだよ　子どもっていうのは　自分は愛されて護《まも》られてるって実感を持たせてあげることがたいせつなんだよ　それは母親に愛されて護られていることは重要だけど　母ひとり子ひとりだと　どうしても不安定になる　いまのところおれのほかには　あんたのおっかさんしかいないじゃないあんたと彼女にとってはどうでもいいことでも　その子にとって大きな損失なんだよ　おれが話すよ　時間をかけて説明すればきっと理解してくれるよ　屈折《くっせつ》してるけど頭はいいからね

「だいじょうぶ?」妹はわたしと目を合わせないで訊《き》いた。

「うん」といって妹の前を通り過ぎ、テーブルに座っている日向勉《ひなたつとむ》くんに頼んだ。

「煙草《たばこ》くれる?」

「どうぞ」

日向くんはセブンスターを差し出した。

「五本もらっていい?」

「変わりませんね」日向くんがぼそっといって笑った。

日向勉くんにはわたしの三本目の戯曲「石に泳ぐ魚」に客演《きゃくえん》してもらった。稽古中に煙草が切れるたびに、同じメンソールを吸っている日向くんからもらっていた。頻繁《ひんぱん》にもらうのは面倒なので、一度に五本ずつもらうことが多かったのだ。

「大塚さんが見えました」元キッドの飯山範子さんが教えてくれた。

わたしと北村さんは大塚晶子さんを出迎えた。

大塚さんと北村さんは同じスカートを穿《は》いていた。東がニューヨークで買った裾《すそ》に龍《りゅう》をあしらった黒いデニム地のロングスカートだ。

「わたしたち、姉妹」と北村さんはふっと煙を吐《は》くようにつぶやいた。

大塚さんはいつも見る前に見る場所を定めているかのような眼差《まなざ》しをしているのだが、今日はいつもとちがって視線が揺《ゆ》らいでいた。

「アッコ、お帰り。東さんに逢《あ》ってあげて」北村さんがいった。

大塚さんは目を下に落としたまま靴を脱ぐと、真っすぐ和室に向かった。だれかが声をかけたが、大塚さんは黙って東の前に正座をした。

北村さんとわたしも大塚さんのうしろで膝《ひざ》を折った。

「アッコ、約束を護れなかった。東さん、あっという間に死んじゃって、『白い光のほうに行ってください』っていえなかったの」

獣のような声がして、北村さんがこぶしで膝をたたいた。

あの瞬間から一度も泣かなかった北村さんが泣いている。

北村さんは左右の手で大塚さんとわたしの手をつかんだ。

弔問客たちは話すのをやめた。

峯のぼるさんの声だけが聞こえた。

「キートンはずっとつらかったんだよ……何ヵ月も東さんの看病をして……目の前で死なれて……」

峯さんはあやすように何度も同じ言葉をくりかえし、北村さんは泣きやんで顔をあげた。

三人でわたしの部屋に入った。


「約束っていうのは？」わたしは訊《たず》ねた。

「わたしがキートンに、『東さんが亡くなるときは、光のほうに行くようにいってね』って頼んだの」

「光っていうのは死後の世界のことですか？」

「むかしなにかの本で読んだのかな？　光のほうに行かないと、ちゃんと成仏《じょうぶつ》できないというか、成仏というと仏教用語だけど、そうじゃなくて、魂が現世に彷徨《さまよ》ってあの世に行けないと思っていたんです」

「アッコとの約束は頭にあったんだけど、白い光のほうに行っちゃったら、死んで帰ってこれないわけだから……」

「東さんの夢ってどんな夢だったんですか？」

「ニューヨークのホテルで、二十一日の明けがた、夢の内容は憶《おぼ》えてないんだけど、東さんが出てきたんです。劇団にいた二十二年間を通してはじめてだったから、驚いて目を醒《さ》ましたんです。それで、あれほど『東さんが音に過敏《かびん》になってるから、電話をかけちゃいけない』っていわれてたのに、病室に電話してみたんです。だれも出ない。キートンのケイタイも自宅も留守番電話になってて つながらない。何度もかけてるうちにつながって……」

「ニューヨークでエレンとは話をしたんですか？」

「エレンはまだ知らないかもしれないと思って電話したんです。そしたらキートンの電話で知ってて、『アキコ、どうしてあなたはニューヨークにいるのにわたしのところにこないんだ。きていれば、もっと早く知ることができたのに』と叱《しか》られました」

「ぎりぎりで間に合ってよかった。明日がお通夜で、明後日が告別式だから」北村さんがいった。

「今日がうちで過ごす最後の夜ですね」大塚さんがいった。

わたしははさみを持って和室に行き、東の頭の上に正座して髪を切った。去年末にタキソールを投与《とうよ》したときは黒髪から抜けて白髪だけが残ったのに、転院した三月末から黒髪が生えはじめ、わたしのてのひらに落ちたのはほとんどが黒い髪だった。

わたしの部屋で半紙につつんで、北村さんと大塚さんに渡した。

「明後日になったら、ぜんぶなくなってしまいますから……」

裕宇記が現れて、わたしに一枚のルーズリーフを差し出した。

「喫茶店《きっさてん》で書いたんですけど」

わたしは読んでみた。

「これでいいと思うよ。当日、読みやすいようにワープロで清書してあげる」

わたしは敷きっぱなしのマットレスの上にワープロを置いた。〈親族代表挨拶《あいさつ》〉を打ち終わって裕宇記に渡したあとに、〈葬儀委員長〉のわたしが読まなければならない弔《ちょう》辞《じ》を書いた。書いているうちに書いていることが脱落して、なにを書いているかわからなくなる。わたしには言葉がない。言葉から見放されている。自分自身に伝達する言葉すら持っていない。わたしは東とわたしの関係のあらすじだけを書いて、ワープロの蓋《ふた》を閉じた。

北村さんと大塚さんとわたしは百三十一件も集まった供《く》花《げ》の順番を最終的に調整し、交代でシャワーを浴びて、明けがた近くにシングルのマットレスの上に横に並んだ。枕が三つある。どれかひとつが病院で使っていたものだ。どれだろう。カバーをはずしてあるのでわからない。もしかしたらこの枕かもしれない、と思ってしまった瞬間に、東のあえぎ声、苦しげな呼吸が聞こえる気がして、枕から頭をはずした。今日のような一日をあと何日過ごさなければならないのだろうか。ほんとうにあれから三度も朝が過ぎ昼が過ぎ夜が過ぎたのか。だれが訪ねてきて、なにを話したのか、もうなにも思い出せない。

ひとでぎゅうぎゅう詰め　こんなところにいたくない　寝慣《な》れたベッドがいいんだよ　おれは自分の部屋で眠るから　あなたは和室で赤ちゃんと眠ればいいじゃない
東の声だ。モルヒネで幻覚《げんかく》に陥《おち》っていたときの。わたしはもう東の声がわたしのなかにしか響かないことに順応しているのかもしれない。音がする。丈陽と東のために去年の末にレンタルした空気清浄器の音。ふわふわと綿毛のような思考の断片が浮きあがって、わたしは眠りのなかに漂《ひょう》着《ちゃく》していた。

東のいびきが聞こえる。踵《かかと》が肩に当たっている。もうッ頭は枕の上！　布団かけないと風邪《かぜ》ひくんだからさッ。東の頭を持ちあげて枕に載せ、布団をかぶせた。抱きついて横を見ると、北村さんの顔だった。

東由多加は死んだのだ。


四月二十四日午前七時、わたしは喪服《もふく》に袖《そで》を通した。古橋さんは十時半に東都典範の男性ふたりが到着した。古橋さんは千日谷會堂で祭壇の組み立てを仕切っているということだった。納棺《のうかん》するとエレベーターで降りることができなくなるので、東はストレッチャーで運び出されることになった。

東都典範の男性は合掌《がっしょう》をして布団をめくり、ドライアイスを取り除いた。

「浄土真宗《じょうどしんしゅう》はこのままのお姿でお棺に入れるんですが、一応お旅立ちのご装束《しょうぞく》のご用意はしております」

えんじ色のパジャマ――、東はこんなかっこうでひと前に出たくないだろう。一昨年のクリスマスにプレゼントしたダナ・キャランのシャツとスーツに着替えさせたいが、時間の余裕はあるのに急《せ》かされている気がしていい出せない。

「最後に着る服がパジャマというのは……せめてそれを着せて……」

「これは着せるのではなく、上からかけるだけなんです」

「守り刀と草履《ぞうり》は……」東冷子さんがいいにくそうにいった。

「守り刀と草履を身につけるのは浄土宗だけなんです。それでは女性のご家族、ご親族のかた、数がすくないのでみなさんでお手を添えて」

冷子さんと志摩子さんが手甲《てっこう》を、大塚さんと北村さんがもう片方の手甲を、わたしが脚絆《きゃはん》を手にした。

「真奈美さんと久美子さんは？」わたしは東の異母妹を捜した。

ふたりは劇団員の背中越しに義兄の姿を見ていた。

志摩子さんが黙って立ちあがり、ふたりの背中をかかえた。

「わたしたちは義兄《あに》に……こげんことをできる立場にありませんので」真奈美さんが泣きながら東の前に膝をついた。

「真奈美も久美子も妹なんやけん」と志摩子さんがふたりに脚絆を渡した。

わたしは、左足だった。不思議なことにむくみは取れていて、なんの脈絡もなくそのことを喜びながら踵《かかと》をすこし持ちあげた。膝が固まって曲がらない。硬さと冷たさが指先から伝わって、一瞬のうちにわたしの全身に流れ込んだ。東がストレッチャーに移されたのにからだが動かせない。東の頭が揺れた。揺れながら遠ざかっていく。わたしは和室に突っ立っていた。霊柩車《れいきゅうしゃ》に納められるまで見届けることも、玄関で見送ることもできなかった。

『月の斑点《しみ》』という戯曲で、〈女が砂を掘ると、砂のなかから黒猫が出てくる〉というト書きを書き、舞台監督《ぶたいかんとく》に黒猫を捜してくれるよう頼んだ。

数日後に、舞台監督は空気穴を開けた靴箱《くつばこ》をかかえて稽《けい》古《こ》場に現れた。動物愛護《あいご》センターに電話して、保健所で薬《やく》殺《さつ》寸前の子猫をもらってきたということだった。わたしは毛艶《けづや》が悪いせいで灰色に見える子猫をてのひらに載せた。ちょうどあずきとまさむねをもらったときと同じくらいの大きさだ、と思った。くしゃみをしているし、目《め》やにで片目がふさがっている。子猫はわたしのてのひらから跳び降りると、照明や音響機材のコードにじゃれつきはじめた。

結局、青山円形劇場の責任者から、猫を砂に埋めるのは残酷《ざんこく》だし、客席に逃げ込んだらどうするのかとクレームをつけられ、〈砂のなかから猫の声がする〉とト書きのほうを書き直し、子猫の出番はなくなった。

舞台監督は、保健所に戻しましょうかといったが、わたしは子猫をマンションに連れ帰った。

その夜、クロと命名した。

のみだらけだったのでシャンプーをして首まで湯に浸《つ》けると、のぼせてぐったりしてしまった。あわててバスタオルでくるみ、口に口をつけて人工呼吸をした。クロはニャアと鳴いてわたしの顔を見あげ、爪を立ててわたしの裸体によじのぼった。

深夜ベランダの手すりからすべり落ちたときには、小児科医をたたき起こして診察してもらった。

クロは枕に頭を載せてあおむけで眠っていた。大の字で口を半びらきにして熟睡《じゅくすい》していることが多かったので、猫のくせにこんなに警戒心がなくていいいんだろうか、と東とふたりで笑った。

クロがきてから、わたしたちはドアを開けて入浴するようになった。クロはひと足ひと足水をはらいながら浴槽《よくそう》の縁に跳び乗り、わたしたちが髪やからだを洗い終えるのを待っていた。

気分がふさいで電話線を引き抜いてソファに横になっていると、わたしのからだの上でのどを鳴らしながら毛づくろいをした。クロマティー、クローニン、クロレラ、クロッカス、クローバー、クロール、わたしはからかって呼んだ。クロはいちいちニャアと鳴いた。あきれたよ、あんたは自分の名前をなんと思ってんの？　わたしは国語辞典をひらいて読みあげた。くろてん、クロニクル、くろぬり、くろねずみ、クロノメーター、くろはえ。クロはすべてに返事をした。あぁ、もう話になんない、馬鹿《ばか》な子だ！　わたしはクロを抱きしめた。

クロと過ごして六年が過ぎたある日、引っ越しで飼えなくなった裕宇記の猫を引き取ることになった。東が白猫をゲージから出した途端《とたん》に、クロはベランダに走って逃げた。白猫はクロの食べかけの餌《えさ》を平らげ、うらめしそうに覗《のぞ》いているクロにフーッと毛を逆立てた。

クロは三日間ベランダで過ごし、餌も水も口にしなかった。東が裕宇記の祖母に事情を話して白猫には帰ってもらったのだが、クロは布団やソファに染み込んだ白猫のにおいを嗅《か》いで身ぶるいし、押し入れに引きこもってしまった。よだれと鼻水を垂《た》らしはじめたので、東の茶色い革の旅行鞄《かばん》にクロを入れて、近所の動物病院に連れて行った。

五キロの体重が四キロに落ちていた。待合室でクロを抱いて血液検査の結果を待った。

腎不全《じんふぜん》ですよ　アメリカなんかでは犬猫にも腎臓移植をしてるみたいだけど　日本ではまだね　市販されている缶《かん》詰《づめ》はやめて腎臓病用のペットフードに切り換えて　薬を朝晩欠かさずに飲ませてください　これが悪化したら定期的に透析《とうせき》を受けてもらわないと死にますよ
一週間分の薬とスポイトと流動食を受け取って、病院をあとにした。

そのころのわたしと東は、互いにべつの相手とつきあって朝帰りをくりかえしていた。一日ごとに裏切りは深くなり、一日ごとに溝が広がって、一日ごとに互いを失っていった。しがみついて眠る夜もあったが、背を向け合って眠る夜のほうが多かった。

いったん持ち直したクロの容体《ようだい》はふたたび悪化していった。

ある朝帰宅すると、前の晩に与えた食事がそっくり残っていた。好物のかにかま、味海苔《のり》、しらす、牛乳、またたびを並べても、申しわけ程度に舐《な》めるだけだった。

病院に連れて行くよ

わたしはこたつで新聞を広げている東に声をかけて、旅行鞄《かばん》のなかにクロを入れた。

採血の結果、腎炎《じんえん》が悪化して尿毒症《にょうどくしょう》になっているということだった。

治療するという段階を通り過ぎてます　入院して点滴を打っても　何週間もつとお約束できないほど末期なんです　治療する場合は昼連れてきてもらって点滴を打って　夜連れ帰ってもらうということになりますけど　それで延命《えんめい》できるかどうか　なんともいえませんね

診察台の上でふるえているクロは背骨が浮き出るほど痩《や》せていた。外泊をつづけていたので、容体の急変に気づかなかったのだ。

……もうだめってことですか……

五キロあった体重が二キロを切っていますからねぇ

診察台の横には檻《おり》が積み重ねられ、閉じ込められた犬や猫が吠《ほ》えたり唸《うな》ったりしていた。入院といっても病室などの設備が整っているわけではないのだ。前後左右に犬猫がいる狭《せま》い檻のなかで点滴を打たれるなんて、臆病《おくびょう》なクロには堪えられないだろう。

わたしが飼っていたチンチラも同じ症状だったんですが注射で安楽死させましたよ

これから一日ごとに弱って　糞尿《ふんにょう》は垂れ流すし　血は吐くし　うちのなかが汚れますよ　わたしは安楽死をおすすめします

家の者と相談して　入院するんだったら明日連れてきます

うちに着いて鞄を開けると、クロはふらふらとこたつにもぐり込んだ。

クロ　どうした?

東は布団をめくってクロに話しかけた。わたしは医者の診断をそのまま東に伝えた。東はなにもいわなかった。

二日間クロはこたつで過ごしたが、わたしたちのどちらかがこたつから出ると、つらそうにこたつから這《は》い出てあとを追った。

三日目の朝、わたしは産婦人科に診察に行った。妊娠四ヵ月だったが胎内《たいない》で死亡しているということだった。

稽留流産《けいりゅうりゅうざん》です　放っておくと　出血が止まらなかったり場合によっては子宮内《しきゅうない》に感染を起こして　最悪子宮を摘出《てきしゅつ》しなければならなくなります　すぐに手術をしたほうがいいですよ

悪阻《つわり》はあるんですけど

胎児《たいじ》が死んでも悪阻がつづく場合もあるんです

わたしは胎児の父親のマンションに行って話し合い、終電で帰宅した。

ドアを開けると、クロがわたしのスリッパの上で丸くなっていた。スリッパはあたたかかった。きっと何時間もスリッパの上で待っていたのだ。

わたしはクロを抱いてこたつに入った。

なんか飲む？　飲んだほうがいいよ

スポイトでミルクを吸い取って、クロを赤ん坊のように抱きあげると、クロは口をひらいた。口には味噌《みそ》のように固まった血が詰まっていて、ミルクを飲ませることはできなかった。

息を引き取るまで起きていようと思っていたのだが、朝八時過ぎにうつらうつらしてしまった。気配を感じて頭を起こすと、クロが一歩一歩踏んばりながらベランダを目指していた。クロ、無理しないで、こたつでしてもいいんだよ。クロは歩みを停めなかった。わたしはガラス戸を開けた。部屋とベランダの段差から転げ落ちたが、クロはトイレの砂の上に這《は》いあがった。そして倒れた。砂がわずかに濡《ぬ》れていた。すべての筋肉から力が抜け、目には白い膜《まく》が張っていた。

わたしはクロに腕枕をして顔を近づけた。クロ、わたしがついてるからね、どこにも行かないからね、苦しいね、もうすぐ楽になるからね、もうすぐだからね。突然前脚を突っ張らせて乳を揉《も》むような仕種《しぐさ》をし、ケッケッと二度息を吐いた。クロ？　わたしは心臓のあたりを指で押した。体温が感じられなくなってもあきらめることができなかった。どれくらい経《た》ったのだろう、クロのからだが硬くなってきた。白い大きなバスタオルでクロをくるんでから寝室のドアを開けた。

クロが死んじゃった。

東は黙って上半身を起こした。

でも見ないほうがいいよ　口は血だらけだし目はひらいてるし　すごい形相《ぎょうそう》だから

東は枕もとのハイライトに手を伸ばして火をつけた。

保健所に電話すると、清掃《せいそう》事務所の電話番号を教えてくれた。二千六百円で清掃事務所の職員が引き取りにきてくれるということだった。

どれくらいかかりますか？

一時間半くらいみていただければ

うちの猫はどうなるんでしょうか？

火葬して　骨は川崎にある共同墓地に埋葬《まいそう》します

墓地の場所は？

お参りに行かれるんですね　ちょっとお待ちください

わたしはホワイトボードに〈山王山延命地蔵尊《さんのうざんえんめいじぞうそん》。渋谷から新玉川線と田園都市線に乗って中央林間方面、たまプラーザで降りる。03番の柿生《かきお》行のバス、延命地蔵尊前で下車。寺で訊《き》けばわかる〉と書いた。

東とふたりで駅前の薬局で段ボールをもらい、花屋で白とピンクのスイートピーを買って、段ボールの柩《ひつぎ》に亡骸《なきがら》を納めた。

わたしが清掃局のひとに段ボールを手渡した。外に出て見送りたかったが、脚が動かなかった。寝室の窓を開けて、窓枠《まどわく》に並んで座った。清掃局のバンには幌《ほろ》がなかった。走り出すと、クロの段ボールが小刻みに揺れた。

バンが角を曲がって見えなくなった瞬間、わたしたちは同時に顔を伏せた。口から嗚咽《おえつ》が洩《も》れ、親に撲《ぶ》たれた幼児のように声をあげて泣いた。

泣きながらこたつの天板をふたりで持ちあげて、クロの血で汚れたこたつ布団と敷布のカバーを洗濯《せんたく》機に入れ、クロの餌《えさ》と水の器とトイレをゴミ袋に入れ、掃除《そうじ》機をかけ、雑巾《ぞうきん》をしぼって床《ゆか》を拭いた。ベッドの布団をめくると、シーツ、枕、毛布、布団カバーに血がついていた。

昨日の夜　布団に入ってきたんだよ　でもおれが眠ったら　布団から出て　玄関であなたの帰りを

東は両手で顔を覆《おお》って号泣《ごうきゅう》した。

一九九五年二月二十七日にクロは亡くなり、四日後のひな祭に堕胎《だたい》手術をした。そしてその年の六月にわたしは荷物をまとめて家を出た。

「布団とマット、どうする？」

向田幸代さんの声だ。東が横たわっていたマットレスと羽布団はドライアイスでびしょ濡《ぬ》れになっていた。

「クリーニング屋さんに取りにきてもらう？」

「でも、マットは取りあつかってないでしょう。幸代さんのお父さんが亡くなったときはどうしたの？」

「憶《おぼ》えてないけど、布団は母が使ったんだと思う」

「〈不用品安く片付け致します〉ってチラシがコルクボードに貼《は》ってあるから、電話してくれる？」

「わかった。数珠《じゅず》持ってきたんだけど、柳さんが好きなの選んで」

わたしはビニールの袋に入った数珠のなかから紫水晶の数珠を取り出して左手に通した。


千日谷會堂に着くと、一階入口に大きなテントがあり、二階のベランダの手すりに東京キッドブラザースのポスターを並べたパネルが取りつけられていた。

テントの前には黒と白のリボンをつけた喪服姿の担当編集者たちが集まっていたのであいさつをした。だれかに〈葬儀委員長〉の胸章《きょうしょう》を渡され胸につけた。

「東さんは？」

「二階です」

案内係の腕章《わんしょう》をはめた細井ミエさんに案内してもらった。

祭壇の中央に柩《ひつぎ》が安置され、供花《くげ》をいただいたかたがたの白木の札を籠花《かごばな》に立てている最中だった。わたしと北村さんと大塚さんが番号を振った名簿《めいぼ》に従って札を立てていたのだが、会場の真んなかに立っていた久生実子さんが順番の入れ替えの指示をはじめた。

その様子《ようす》を見ていると久生さんになにかいってしまいそうなので、わたしはふたたび外に出た。

テントの向かい側には白いロープが張ってあり、カメラがずらりと待機していた。

式がはじまる三十分前に稲光《いなびかり》が走り、土砂《どしゃ》降りになった。

東由多加は雨男だった。公演の初日は雨に降られることが多く、客足を心配する劇団員たちを、初日に雨が降ると成功すると励ましていたそうだ。国立がんセンター中央病院の室圭先生に一週間先は読めないと宣告されたときも雨だったし、息を引き取るときも雨が降っていた。

つきあいはじめたばかりのころ、カスケーズの「悲しき雨音」をよく聴いていた。

Listen to the rhythm of the falling rain
Telling me just what a fool I've been
I wish that it would go and let me cry in vain
And let me be alone again
The only girl I care about has gone away
Looking for a brand new start
But little does she know that when she left that day
Along with her she took my heart

おれ　この歌がいちばん好きだな　死ぬときに流してほしいくらい

どんな歌詞なの？

雨音の調べを聴いてると
なんて馬鹿《ばか》なやつなんだって
哀れまれてるみたいで
早くやんでくれればいいのに
ひとり　泣かせてほしいから

あの娘《こ》は行ってしまった
新しい人生を夢みて
だけど　彼女は知らないだろう
あの日
わたしのこころも連れ去ってしまったことを

雨が好きなの？

好きだね　『雨に唄えば』でジーン・ケリーが雨のなかでダンスするシーンも好きだし　黒澤映画もかならず雨が降るでしょう　それも土砂降《どしゃぶ》りの雨が　あぁ「アカシアの雨がやむとき」もいいね　おれが生まれ育った長崎は雨が多いんだよ　「長崎は今日も雨だった」って歌があるくらいだからね　死ぬときには雨が降ってるといいな

わたしは一階の喫煙所で煙草《たばこ》を吸いながら雨を見ていた。

講談社の村松卓さんがとなりに立って煙草に火をつけた。

「雨が降っちゃいましたね」

「雨が好きだったんですよ」

「……そうですか」

「劇団の事務所も、株式会社レインでしたから……」

「それにしても、すごい雨だ」

雨足《あまあし》が一段と強くなったときに、司会の飯山弘章さんのアナウンスが館内と受付に流れた。

「本日は雨のなかご会葬いただきましてありがとうございます。ご案内申しあげます。ほどなく開式でございます。ご遺族、ご親族並びにご参列のみなさまには式場内へお進みいただきまして、ご着席くださいますようお願い申しあげます」

降りしきる雨をくぐって弔問客《ちょうもん》たちが焼香《しょうこう》台の前に並んだ。

町田康さんと敦子《あつこ》さんが丈陽を連れて現れた。丈陽は真新しいセーラー服を着ていた。敦子さんが買ってくれたのだろう。敦子さんが丈陽を抱いて、康さんが焼香をしてくれた。

約四百人の弔問客が参列して通夜は終了した。

控室で煙草を吸っていると、飯田昌宏さんがやってきた。

「柳さん、すみません。ワイドショーとスポーツ紙が柳さんのお話を訊《き》きたいといっているんです。いま柴田恭兵さんが話しています」

「どこで？」

「斎場《さいじょう》の前です」

「立ち話で東由多加のことを話すなんて、わたしにはできません」

「わかりました。断ります」

飯田さんは外に出て行った。

七時から〈お清めの席〉がはじまり、一般参列者は一階広間で立食、親族は奥の座敷で食事をした。九時ごろには一般参列者は帰り、親族と劇団関係者だけが残った。

深夜三時、わたしと同じように斎場内をぶらぶらしていた裕宇記に声をかけた。

「朝までいるの？」

「だって外に出れないんでしょ？」

「出れるみたいだよ、裏口から。わたしはシャワー浴びて仮眠《かみん》して出直すけど、いっしょに行く？」

「いい？」

「いいよ」

わたしは裕宇記とタクシーに乗ってマンションに帰った。

順番にシャワーを浴びて、裕宇記に東のパジャマを渡した。

「だいじょうぶ?」

「なにが?」

「お父さんのベッドで眠るの」

「おれ、そういうのぜんぜん平気だから」

「部屋のなかがぐちゃぐちゃで、目覚《めざま》しがどっかいっちゃったんだよ」

「ケイタイの目覚し鳴らすからだいじょうぶ」

「喪主と葬儀委員長が遅刻したらたいへんだからね」

「八時?」

「顔洗ったりするから、七時半にしよう」

裕宇記は「ぜんぜん気にしない」といったが、部屋のドアを開けて眠っていた。


裕宇記のケイタイは鳴らなかった。八時に東の部屋の電話が鳴り、裕宇記が取った。

「高野美由紀っていうひと。ヤバイ、八時だよ。どうして鳴らなかったんだろう」裕宇記は目をこすりながら枕の横のケイタイを手に取った。


わたしは同期の研究生だった高野美由紀にシャワーを貸すと約束していたことを思い出した。

「ごめん、忘れちゃって……」

「いま、マンションの前にいるんだけど」

「悪いけど、もう出ないといけないんだ。タクシーでいっしょに斎場に行こう。下で待ってて」

わたしと裕宇記は急いで顔を洗って喪服に着替えた。

タクシーのなかで高野美由紀は、昨年末にニューヨークに行ったときにラ・ママで東を見かけたと話した。

「わたしも客席にいたんだけど、声をかけられない雰囲気《ふんいき》だったの。東さんも北村さんも大塚さんも、こう、なんていうか、憧《あこが》れに満ちたっていうか、きらきらした顔で舞台を観てたから……」


告別式がはじまる直前に、国立がんセンター中央病院の室圭先生がわたしを訪ねてきてくださった。

「このたびは残念な結果になってしまって……お悔《くや》み申しあげます」

「白衣姿しか見たことがないので……喪服だと違和感《いわかん》が……今日はお休みなんですか?」

「ええ」

「ああいうかたちで退院してしまったので、一度きちんとごあいさつにおうかがいしなければと思っていたんですが、状況が……」

「佐藤先生とは学会で何度かお逢《あ》いしていたので、状況はうかがっていました」

「……先生はどう思われますか？　最初に八ヵ月と宣告されて……十ヵ月……長くもったと考えるべきなんでしょうか」

「そう思います」

飯山弘章さんのアナウンスが流れた。

「ご案内申しあげます。ほどなく開式のお時間でございます。ご遺族、ご親族並びにご参列のみなさまには式場内へお進みいただきまして、お席にお着きくださいますようお願い申しあげます」

「……あの、手紙を書いてきたんですが、落ち着いたときに読んでください」室先生はポケットから白い封筒を取り出した。

「ありがとうございます。落ち着いたら、あらためてごあいさつにおうかがいいたします」

封筒を受け取ると、室先生は一礼をして式場のほうに去って行った。

わたしは立ったまま手紙を開封して読んだ。

柳美里様
このたびは東由多加さんの悲報に、柳さんのお嘆《なげ》きは筆舌《ひつぜつ》に尽くし難いものとお察しいたします。

このような形で手紙を書くことについては、かなり迷いもありました。柳さんの、東さんの烈《はげ》しいまでの思いとその言動を顧《かえり》みて、また突然の転院をされたときに頂いた柳さんの手紙を読み返してみて、書かずにはいられなくなりました。

今はまだ、こんな手紙をとても読む気にはなれないと思いますが、少し落ち着かれたときにでも読んで頂けたら幸いです。

転院となったときは、その気配《けはい》を感じてはいたものの、現実のものになると落胆《らくたん》ともショックとも違う、気の抜けたような複雑な気持ちになりました。

こんなに手を尽くしてきたのに、間違ったことをしているとは思っていないのに、何故《なぜ》……。

その思いを北村さんに対して感情的にぶつけてしま

ったことを今は大変申し訳なく思っています。

治療を通して、東さん柳さんの行動や考え方に納得できない面も多々ありました。しかし、どんな手を尽くしてでも癌《がん》と真向《まっこう》から闘おうとするその姿勢に自分自身が次第にひきこまれていったこともまた事実です。

転院に関しては、それが東さんの願いであったのだから、決して間違いではなかったと、今は思っています。

実は、先ほど私の患者が亡くなりました。こういう仕事をしていると、癌であること、そして死ぬことがあまりに日常的であり、正直慣れてしまっています。しかし、患者や患者の周囲の人たちにとっては、一人一人にとって、とんでもない非日常の一大事であることを、東さん、柳さんを通じて改めて痛感《つうかん》させられました。

色々と至らぬ点があったことをお許し下さい。

柳さんがお子さんのためにも早くお元気になられることを祈念《きねん》しております。

自分の気持ちを整理するために書かせて頂きました。

支離滅裂《しりめつれつ》な文章をお許し下さい。

国立がんセンター中央病院内科
飯山弘章

室圭

二度目のアナウンスが流れた。わたしは手紙を封にしまって雨に顔を向けた。

誰しもがゆく道とは聞きしかど　あなたが今日とは思わざりしを

平成十二年四月二十五日。

故東由多加さま、旅立ちの日。

導師《どうし》ご入場でございます。

ご一同さまには、ご起立の上、礼拝《れいはい》をもって、お迎えいただきますようお願い申しあげます。

お直《なお》りの上、ご着席ください。

ただいまより、真宗大谷派《しんしゅうおおたには》聖徳山諦聴寺ご住職の導師によりまして、故東由多加さまの葬儀並びに告別式を開式いたします。

諦聴寺住職の読経《どきょう》がはじまり、十五分間つづく。

飯山弘章　ここでお時間をいただきまして、ご参列のみなさまより、故人への送るお言葉をたまわります。三浦浩一さま。

三浦浩一　東さん、お疲れさまでした。昨日の夕がたは突然雲が出てきて、雨が降ってきて、雷まで鳴って……今日はこんなにすごい、いい天気になりました。

東さんの最後の演出ですか？

二十五歳でニューヨークに渡って、『黄金バット』というミュージカルをヒットさせた。そんな若さで、アメリカにまで行ってミュージカルをやろうというひとは、あなたが最初ですよね。シアター365で一年間毎日、ミュージカルをやったのはほかにだれもいません。武道館でミュージカルをやったのも東さんしかいません。三十年間で七十九作品。創作ミュージカルを七十九作品もやったひとはいないし、これからも出てこないと思います。すごいパワーですよね。すごいエネルギーですよね。

みんなの顔が見えますか？　東さんに逢いに大勢きてくれました。これから天国に旅立っていく……近いのか遠いのかわからないけど、気をつけて行ってらっしゃい。ほんとうにどうもありがとうございました。

飯山弘章　最相葉月《さいしょうはづき》さま。

最相葉月　昨年の十二月八日、場所はニューヨークのトライベッカグリルというレストランでのことです。翌日に病院での初診《しょしん》を控えた夜で、アメリカ行きのお手伝いをさせていただいたわたしを東さんが食事に招いてくださいました。

その二ヵ月前にはじめて出逢い、たった数ヵ月という短いおつきあいでしたが、わたしはこの日の東さんのお言葉を一生忘れません。

あのとき、なにがきっかけだったか、ある絵本の話になりました。シルヴァスタインというひとの『ぼくを探しに』という絵本です。東さんはご存じなかったので、わたしはそのストーリーを説明しました。主人公は口の部分が欠けた不完全な円のかたちをしています。その主人公は、自分の欠けた部分を探しながら、ただただ、道をゆっくり転《ころ》がっています。「ぼくはなにかが足りない」。そんな歌をいつも不満そうにうたっています。ところがある日、主人公は自分にちょうど合いそうなかけらに出逢うのです。そのかけらは主人公の口にぴったりで、完全な円のかたちになった主人公はうれしくて、くるくると道を勢いよく転がりはじめます。でも、転がるスピードが早過ぎて、以前のようにゆっくりと花のかおりは嗅《か》げないし、ちょうちょも頭に停まってくれません。第一、口がふさがっているから、歌がうたえなくなってしまったのです。

そこで、主人公は、なんだ、そうかと気がつきます。そして、拾ったかけらを降ろし、また前のように歌をうたいながら、ゆっくり転がることにしました。

——そんな話です。完全ではないいまの自分を愛すべきだという寓話《ぐうわ》でした。数年前にはじめて読んだとき、とても感動したのでした。でも話し終えると東さんはこういわれたのです。

「最相さん、ぼくはそうは思いません。主人公が最後にかけらを棄《す》ててしまうという終わりかたには疑問を持ちます。だって最後の最後くらいは、自分にぴったり合うかけらが見つかることを信じて生きていたいじゃないですか。いつの日か完全な自分になれる、どこかに絶対的な幸福が待っている。そう思うから、つらく苦しい毎日でも生きていこうと思えるのではないですか」

わたしは、はっとしました。あの言葉は、東さんが、たとえ余命数ヵ月と宣告されても、ただじっと終わりを待つだけではなく、最後まで病と闘うこと、そして最後には、自分は納得のいく人生が送れた、捜していたものが見つかったと思いたいという強い願いがこめられたものではなかったのでしょうか。東さんは、その言葉通り、決して病と闘うことをあきらめませんでした。ホスピスへの転院を拒《こば》み、ときにはご自分のからだを未来の医学のために役立ててほしいとまでおっしゃいました。わたしはその壮絶《そうぜつ》な闘病のお姿を間近に見て、命とは、最後まで希望の焔《ほのお》を絶やしてはならないこと、そして、その焔は遺《のこ》されたひとびとのこころのなかに生きつづけるものであることを教えていただきました。

飯山弘章

わたしはいま、ある音楽家の言葉を思い出しています。それはこんな言葉です。

北村易子

「音を紡《つむ》ぎ、自分を表現できる音楽家って幸せですねといわれますが、紡ぐ音なんて見えない。どこにもない。その音を捜すところからはじめるわけだから、途方に暮れるのです。すこしも幸せではないです。だけど、最終的にはなにかの幸せが祈られていて、そのために生きていくのでしょうね」
東さんが紡いだ言葉も、歌も、きっとだれかの、なにかの幸せのための魂の祈りだったのではないですか。
東さん、たった数ヵ月という短いあいだでしたが、東さんに逢えてほんとうによかった。一生分のたいせつな重いメッセージをいただきました。
どうか、安らかに眠ってください。
合掌《がっしょう》
平成十二年四月二十五日
最相葉月。

北村易子さま。
東さんとはほんとうによくけんかしましたね。殴《なぐ》られたり罵倒《ばとう》されたり、大嫌いだと稽古《けいこ》場をはだしで飛び出したこともありました。
でも、最後の最後まで東さんといっしょにいたのはだれでしょうか。なぜ、キッドをやめる機会は何度もあったのに、わたしは東さんにしがみついてきたのでしょうか。
東さんの病気がわかった七月、そのときは、いつにもましての大げんかの真最中《まっさいちゅう》でしたね。東さん、けんかはすこしお休みね。元気になったらまたはじめましょうといっていたのに、永久休戦になってしまいましたね。

東さんにはほんとうによく怒られましたね。あなたは嘘《うそ》つきだ。いい加減に生きてきたと何万回もいわれました。

そうです。東さんの最後の最後に、わたしも柳も大塚も大嘘をつきました。三月二十三日、三人で病院の先生に逢い、東さんの一週間後はわからないといわれ、東さんからは、うちに帰りたい、こんなところにいたくない、病院を変わりたいというSOSがきました。しまいには、あなたたちはなんにもしてくれないんだねとまでいわれました。

そして病院を変わり、東さんは主治医の先生をとても信頼し、すこしよくなったら通院生活をするんだと希望を語りはじめていましたね。

外泊許可《がいはくきょか》が出た四月八日。でも三人はこの日を逃したら来週は外泊できるかわからないと先生にいわれていたんです。合宿みたい、といって三人で大はしゃぎで演技をしました。とても危険な状態だって、東さんの耳に入れることはできないし、希望を持ちつづけている東さんに——。

だからはじめてしまったわたしたち三人の演技を最後までつづけるしかなかったんです。そして東さんの嫌いな嘘を三人はつき通しました。

東さんはいま、これを聞いて、おれを舐《な》めんなよ、おれをなんだと思ってるんだって怒ってると思います。

東さんはすごい演出家でわたしたちを演出しつづけてくれました。

でも東さん、今日この日、最後は生意気に、役者のわたしたちがこんなにへたな演出を東さんにしてしまってます。

東さん、ほんとはこんなのいやだよね？　だって東さんは根っからの演出家で、わたしたちに演出されるなんていやだよね？

でも、ね、東さん、ひどいのは東さんです。わたしに、いやわたしたちに、なんでこんなことをやらせるんですか？　東さん、わたしはこの数日、ものすごく怒ってます。東さんはわたしになにをやらせたいんですか？　わたしにはわかりません。わたしのうちの留守番電話は今日も「東京キッドブラザースの北村です」ってテープがまわっています。これは、ずっと、このままでいいんですか？　東さん、東さん、返事をしてください。

東さんはどっかもうめちゃくちゃなひとで、でもわたしをこんなに徹底的にきたえてくれて……東さんに出逢えたこと、東さんにしがみついていままできたことを、わたしは最高の誇《ほこ》りにしていくと思います。

東さんお先にいってらっしゃい。

東京キッドブラザース、北村易子。

飯山弘章

柳美里

柳美里さま。

あなたとわたしが出逢《あ》ったのは、十五年前――、あなたが三十九、わたしが十六のときでした。

演出家と役者という関係からはじまり、あるときは恋人、あるときは親子、あるときはきょうだい、あるときは師弟《してい》、あるときは友人――、あなたは「ひとは二役は演じられない」といっていましたが、わたしは東由多加というひととほとんどすべての関係を結びました。十年間生活を共にし、五年前に別れました。けれど別れても、また逢い、関係を絶《た》つことはできませんでした。

昨年六月にわたしはある男性の子どもを妊娠し、その翌月七月にあなたが末期《まっき》に近い癌にかかっていることが判明しました。

そして妊娠と癌《がん》をきっかけにして、ふたたびいっしょに暮らしはじめたのです。

わたしはそれまで刹那《せつな》的というか、未来のことを考えずに生きてきました。けれど闘病と出産、育児という時間の流れのなかで、はじめて未来を夢みました。あなたと、わたしと、生まれてくる子どもの三人で、ひとつの方舟《はこぶね》に乗り込み、洪水《こうずい》を乗り越えて新天地を目指《めざ》したいと願ったのです。

いちばん欲しいものはなにかと問われれば、「名声」「富」と答えるひとは多いと思います。あなたの命が失われるのではないかという不安と恐怖のなかで、わたしはほかのすべてを失っても、あなたの命がつづくことを願いました。

あなたは、わたしが「死なないでよ」と泣くたびに、「子どもがおれのことを、東さん、と呼ぶまではぜったいに死なない。どんなことがあっても二年間は延命《えんめい》する」と約束しました。

わたしの部屋には神棚《かみだな》があります。あなたは毎日神棚に手を合わせているわたしを見て、「あんたがそんなに信心深いひとだとは思わなかったよ」と笑いました。なにを祈っているかはいわなかったけれど、「わたしはあと二年で死んでもいいですから、東由多加を二年生かしてください。なんとか子どもと東由多加と三人で二年間生きたいです」と祈っていました。

祈りは叶《かな》いませんでした。

一月半ばに子どもは生まれ、わずか三ヵ月後にあなたは命を落としました。あなたを失ったわたしは不幸です。けれど、役者を目指していた十代のわたしに、不幸から逃げるな、不幸のなかに身を置いて、書くことによって、その不幸を直視しろ、といったのはあなたです。

もう現実のなかであなたと逢うことはできませんが、さよならはいいません。

書くことによって、あなたと再会できると、わたしは信じています。

柳美里。

飯山弘章

ここで本日集まりました劇団東京キッドブラザース、メンバー全員によりまして、東さんの前では最後となります、歌を、ご参列のみなさまに見守っていただき、献唱《けんしょう》させていただきます。

この曲をご存じのかたは、是非《ぜひ》ごいっしょにお願いできればと思い、お手もとの会葬礼状のなかに歌詞カードをご用意いたしました。よろしくお願いいたします。

では、東さんへの感謝をこめて、一九七七年、劇団東京キッドブラザース、オリジナルミュージカル、東由多加作、演出によります『黄金バット　復活版』より、メインテーマ曲「この街のことを」。

一言ただ一言だけ
別れの前にいわせて
あなたにただあなたにだけ
分る筈《はず》の言付《ことづ》け
忘れないで　忘れないで　この街のことを
いつの日またいつの日にか
見上げる心をふさいで
夜空にただ暗い雲が重くおおうそんな日
想い出して　想い出して　この街のことを
二度とはあなた愛した街へ
戻ることもないでしょう
けれどもあなたがこの街出る今
両手にかかえた明るいその夢
あふれそう
そうさ誰一人愛した街へ
戻らない方がいいな
この街出てゆく誰もがそれぞれ
その夢果たせば新しい街が生まれそう
一言だけ一言だけ
別れの前にいわせて
あなたにただあなたにだけ
分る筈の言付け
忘れないで　忘れないで　この街のことを
忘れないで　忘れないで　この街のことを
忘れないで　忘れないで　この街のことを

峯のぼる　東！　あばよ！

三浦浩一　東さん、ありがとうございました！

元劇団員　ありがとうございました！

飯山弘章　これより、ご遺族、ご親族のみなさまよりご焼《しょう》香《こう》をたまわります。
まずはじめに、葬儀委員長、柳美里さま。
喪主、山田裕宇記さま。

ご遺族、ご親族のみなさまには順次《じゅんじ》ご焼香をお願い申しあげます。

これよりご参列のみなさまからご焼香をたまわります。式場内最前列にお座りのみなさまより順次ご焼香をお願い申しあげます。

導師ご退席でございます。ご一同さまにはご起立くださいますようお願い申しあげます。

以上をもちまして、故東由多加さまの葬儀並びに告別式を閉式いたします。

ご一同さまには故人の永《とこしえ》の旅路の平安をお念じいただきまして、ご尊前《そんぜん》に向け合掌をお願い申しあげます。

ご尊前に向け、合掌。

これより、ご遺族、ご親戚のみなさまがたの手によりまして、ご出棺《しゅっかん》のお花をお供えいただきます。

飯山弘章

遺族、親族、元劇団員たちが白菊を柩《ひつぎ》に入れて一礼する。数百人が東由多加の柩を囲む。呆然《ぼうぜん》と立ち尽くす者、口に手を当てて嗚咽《おえつ》する者、泣き崩れる者――。

柳美里は柩のなかに『ゴールドラッシュ』と『仮面の国』と丈陽の写真を入れる。北村易子は東京キッドブラザースのネーム入り原稿用紙と鉛筆、寺山修司と東の母親の写真を入れる。

柳美里のとなりでは町田敦子が丈陽を抱いている。

東由多加の柩の扉《とびら》が閉められ、釘《くぎ》が打たれる。

これよりお柩を柩車《きゅうしゃ》にお納めいたしますが、誠《まこと》に恐れ入りますが、ご会葬のみなさまには式場内から柩車まで二列にお並びいただきまして、手送りでお柩を柩車にお納めしたいと思います。お力添《ぞ》えをよろしくお願い申しあげます。

劇団員八名が柩を担《かつ》ぎあげ、柩の手送りがはじまる。柩に先立って葬儀委員長の柳美里が位牌《いはい》を持ち、喪主の山田裕宇記が遺影をかかえて歩く。柩はなかなか進まず、ふたりは何度も立ち停まって柩を振り返る。

斎場の外は晴れ渡り、喪服を着たひとびとであふれている。

飯山弘章

ご出棺に先立ちまして、ご遺族、ご親族を代表されまして、故人のご長男でいらっしゃる、喪主、山田裕宇記さまよりみなさまにお礼のごあいさつがございます。

山田裕宇記

本日は父、故東由多加のためにお集まりいただき、誠にありがとうございました。

父は昨年より癌を患《わずら》っており、四月二十日深夜に息を引き取りました。

父は他人とコミュニケーションを取るのが、あまり上手《じょうず》なほうではなく、わたしとも普通の親子間で交わされるような会話はほとんどありませんでした。

そのためわたしは父がどのように考え、生きてきたのかを知る機会がなく、常に酒を飲んでおり、ときにだれよりも頭がまわり、ときにだれよりも理不尽《りふじん》な変わり者といったイメージしか持っていませんでした。

しかし、父の死後、父の友人のかたがたに、わたしの知らない父の話をたくさん聞かせていただき、わたしが知っていたのは一面に過ぎなかったのだと感じ、もっと父とコミュニケーションを取っておきたかったといまさら悔やむ思いです。

もう父と直接話すことはできませんが、父の作品、わたしたちの思い出のなかに東由多加という人間は存在しつづけ、それに触《ふ》れることにより、父とこころの会話ができると思っています。

父は淋《さび》しいのが苦手《にがて》なので、どうか忘れないでください。

最後に、父の面倒《めんどう》等をすべてにおいて手助けしてくださった劇団のかたがた、出版社のかたがた、柳美里さんに、そして本日葬儀、告別式に参加してくださったすべてのかたがたに、とても感謝しております。

ほんとうにどうもありがとうございました。

飯山弘章　これより、お棺は代々幡《よよはた》斎場へご出立《しゅったつ》でございます。野辺《のべ》の送り、ごいっしょされますみなさまはマイクロバスをご用意いたしましたので、お乗り合わせください。

柳美里と山田裕宇記はハイヤーの後部座席に乗り、遺族と親族はマイクロバスに乗り込む。カメラマンが先まわりしてカメラをかまえる。

飯山弘章　故東由多加さま、お旅立ちでございます。ご一同さまには合掌《がっしょう》をもってお見送りください。

東由多加を乗せた霊柩車《れいきゅうしゃ》のクラクションが鳴り響く。

赤茶色の銅の屋根に彫刻が施《ほどこ》された白木の霊柩車がゆっくりと動き出す。

飯山弘章　ご丁重《ていちょう》なるお見送りをいただきまして、誠にありがとうございました。どうぞお気をつけてお帰りくださいませ。本日は誠にありがとうございました。

霊柩車が動きはじめた。

裕宇記はふうっと大きな息を吐くと、かかえていた遺影と顔を合わせ、父親の顔に額を押しつけてしゃくりあげた。

東由多加を乗せた霊柩車は神宮外苑《じんぐうがいえん》を抜けて千駄ヶ谷《せんだがや》のなだらかなカーブを曲がり、屋形船のようなスピードでゆっくりゆっくり進んでいった。風もないのに八重桜《やえざくら》の花びらが散っていて、濃いピンク色の花道になっていた。すすり泣く裕宇記を慰《なぐさ》めるように霊柩車が花びらを舞いあがらせ、花びらはフロントガラスを撫《な》でて吹き飛んでいった。これが東と観る最後の風景だと思ったが、わたしの意識はふたたび哀しみから疲れのほうに流れ、目を開けているのもやっとだった。

代々幡斎場に到着したのは一時四十分だった。

行事家《ぎょうじか》が帽子をとって一礼し、「お別れです」といってボタンを押すと、柩がローラーの上をすべった。

鉄の扉が閉まる音がして、炎の音が聞こえた。

自分の声にからだを折られ、膝頭をつかんで上半身を支えた。

「柳さん」中瀬ゆかりさんがわたしの肩を抱いてくれた。

星の間で四十分ほど待機し、「ご拾骨《しゅうこつ》の準備が整いましたのでお窯《かま》のまわりにお集まりください」というアナウンスが流れたので、火葬炉《かそうろ》ホールに向かった。

炉の扉がひらいて遺骨《いこつ》を乗せた骨受皿《こつうけざら》が出てきた。行事家は灰掻《はいか》きで遺骨を集め、骨壺《こつつぼ》の置いてある台へ移した。

「ご遺族のみなさまにご遺骨を拾っていただきます。頭蓋《ずがい》骨《こつ》とのど仏以外を、下半身より頭へ向かって、おふたりではさみ合って、お骨壺にお納めください」

すべての骨が浜に打ちあげられた貝殻《かいがら》大に崩れていて、からだのどの部位のかたちも留《とど》めていなかった。

わたしは裕宇記と竹と木の渡《わた》し箸《ばし》で骨をはさんで青磁《せいじ》の骨壺に納めた。

全員が拾い終えると、行事家は合掌をして残った骨を壺に納め、首を傾《かし》げながら箸で骨を掻き混ぜた。

「……のど仏が見当たりませんね」

「一年間、抗癌剤と放射線治療をして、骨がぼろぼろに……」わたしはところどころピンクと黄緑に変色した骨を見た。

「癌《がん》のかたのお骨は、ね」行事家は納得したようにうなずいて、灰掻きと箕《み》で骨と灰を集めた。

こんなに脆《もろ》い骨で――、骨も内臓も崩れていたのに、生きる希《のぞ》みだけでからだを支えていたのだ。わたしに骨をひと欠片《かけら》ください、といい出し兼ねているうちに、骨壺の蓋《ふた》は閉められて桐《きり》の箱に入れられ、白布《しろぬの》と金襴《きんらん》の被《おお》いをかぶせられてしまった。

三時過ぎに千日谷會堂に戻ると、二階の祭壇は既《すで》にかたづけられていた。一階和室で「繰りあげ初七日法要」を終えたあと、裕宇記が遺骨を、わたしが位牌《いはい》を、北村さんが遺影《いえい》をかかえて渋谷のマンションに帰った。

エレベーター前に並んでいた劇団員たちに拍手で迎えられた。玄関、リビング、和室の壁に東京キッドブラザースのポスターが飾られていて、キッドの劇中歌が流されていた。

大塚さんが東都典範のひとが置いていった祭壇の飾りつけ例の図を見せてくれた。その図に従って、遺骨を上段中央に安置し、下段中央に遺影を、遺骨の左側に位牌を置いた。祭壇の左右には花台が十基も置かれていて、白菊と線香のにおいでむせそうだった。

「みんなそろそろ帰っちゃうから、形見分《かたみわ》けを」北村さんがいった。

「服ですね」

「あと、本とか?」

「東さんの部屋にあるのはほとんどわたしの本なんですよ。選びやすいように服を出しときましょう」

東の部屋には、久生実子さんの実家から運んできた東京キッドブラザースの舞台写真やポスターや効果音のオープンテープなどが入っている段ボールが積み重ねられていた。

クローゼットを開けると、東の体臭が漂《ただよ》い出てきた。からだから発したにおいなのに、からだがなくなっても残っている。服に、ベッドに、部屋中に——。

「柳さんの手もとに置いておきたいものはべつにしといたほうがいいよ」

「わたしはいいんです。闘病中の薬とメモを持ってますから」

北村さんと大塚さんと三人で、帽子、セーター、カーディガン、ワイシャツ、ズボンをベッドに並べ、スーツ、ジャンパー、コートのハンガーを壁にかけていった。

「靴下、下着、Tシャツはどうする?」北村さんが無印良品の収納ボックスの引き出しを開けて訊《き》いた。

「棄《す》てるしかありませんね。どっちみち、引っ越しのときには整理しないとだめですから。わたしの本なんかもぜんぶ売るつもりです。今度はうんと狭《せま》い部屋に引っ越すんですよ。赤ん坊とわたしだけで満員というか、ほかのひとが入ってきたら息苦しくなるような……」

「荷物の整理は手伝うよ」

「あと、初台《はつだい》のほうも整理しないとだめですね。わたしの本を置かせてもらってるし、東さんがわたしとやりとりしたファックスとかを久生さんに見られたくないから」

東は若いころにワンルームマンションを購入し賃貸《ちんたい》していたが、五年前から自分で棲《す》んでいた。シティーホテルのシングルくらいの広さに流しとユニットバスがついているだけの部屋だった。この部屋のいいところは、新宿に歩いて行けることと、窓の外が遊歩道で青桐《あおぎり》の樹が見えることくらいだな、と東はいっていた。

昨年七月、国立がんセンター中央病院に入院するときに、わたしは東を迎えに行った。

タクシーのなかで東はいった。

不思議なもんだね　エレベーターに乗るときに　このエレベーターに乗るのもこれで最後だなと思うんだよ　エレ

ベータ―だけじゃなくてぜんぶさ　こうやってタクシーで街を走るのも

……

おれ　仮《かり》に退院できたとしても　あの部屋には戻りたくない　昨日眠るときに思ったんだけど　細長くて棺桶《かんおけ》みたいでしょう　あの部屋では死にたくない

わたしがふたたびいっしょに暮らそうと思ったのは、そのときだった。

「東さんは、マンションを売って、そのお金を冷子さんと志摩子さんに分けたいっていってたの。とってもふたりの老後を心配してて、『あのマンションを売っても一千万くらいにしかならないだろうけど、長崎市内だったら一軒家を買えるから、キートン、長崎の不動産情報を集めて』っていわれてたんだけど……」

「……でも、遺言状《ゆいごんじょう》を残したわけじゃないんだから、法的にはひとり息子の裕宇記が相続することになるんでしょう。血縁関係にも婚姻《こんいん》関係にもないわたしたちが口出ししたらきっとごたごたしますよ。あとは裕宇記の後見《こうけん》人の久生さんと、冷子さんたちに話し合ってもらいましょう」

「そうだね。柳さんが必要なのは手紙類と本だけなのね。じゃあ、アッコとふたりでかたづけに行って、それをこっちに運んだら、久生さんに鍵《かぎ》を渡すね」

「お願いします」

「引っ越しはいつ？」大塚さんに訊《き》かれた。

「いま新潮社の中瀬さんに捜してもらってるんですけど、なるべく早く……」

「気持ちはわかるけど、四十九日まではがまんしてほしい。わたしたちも可能な限りここにいるから」北村さんが東のセーターをたたみながらいった。

「……パジャマは？」大塚さんがパジャマが入っている紙袋の前で手を止めた。

「A子さんの形見分けにどうでしょう」

「ちょっとなまなまし過ぎるかも」

「じゃあ、A子さんには写真と燭台《しょくだい》にしましょう。初台にあったものだから」

膝上の高さまであるガラスの筒型《つつがた》の燭台は、初台の部屋でひと目見たときから、A子さんが選んだものだと確信していた。引っ越しのときに、ほこりと蠟燭《ろうそく》で汚れていたガラスを磨《みが》いて東の部屋に置いておいたのだが、いつの間にかリビングのテレビのうしろに隠してあった。燭台だけではなく、初台の部屋に飾ってあったA子さんの写真も机の奥にしまってしまった。

北村易子さんには腕時計、東冷子さんにはセーター、冷子さんのひとり息子の花行《はなゆき》さんにはロングコート、豊嶋志《とよしまし》摩子《まこ》さんにはセーター、志摩子さんのご主人の敦さんにはコーデュロイのジャケットとベスト、長男の聡さんには黒のハーフコート、次男の崇さんにはニットの帽子、三男の雅《まさし》さんにはグレーの手袋、池田真奈美さんには鉛筆と茶のセーター、平井久美子さんには紺《こん》のシャツ、東登志夫《としお》さんには紺のジャケット、東縫子さんには肘《ひじ》パッチ付きの茶のセーターを選んでいただき、北村さんと大塚さんと相談してニューヨークのエレン・スチュワートには東の写真を形見とすることに決めた。

峯のぼるさんは背かっこうばかりか靴のサイズまで東と同じだったので、衣類のほかに病室のベッドの下に置いておいた黒の革靴、いつ帰ってきてもいいように靴墨《ずみ》で磨いて雨除《よ》けスプレーをかけてしまっておいた茶の革靴、飼っていた猫を運んだこともある革の旅行鞄《かばん》、誕生日にプレゼントしたサムソナイトのピギーバック、そして入院直前にキャップを紛失したモンブランの万年筆もキャップを取り寄せて使っていただくつもりだった。

どの品も話せば長くなる思い出と共に存在しているのだが、わたしはだれにもなにも話さなかった。そのひとと東との関係の形見なのだから、わたしと東との物語を付着させないほうがいいに決まっている。

日が暮れるころにはハンガーだけが目立つようになり、劇団員たちは帰っていった。

裕宇記が東のベッドに、峯さんがリビングに、わたしと大塚さんと北村さんはわたしの部屋で眠った。

朝起きると峯さんがビールをあおりながらコルトレーンのCDを聴いていた。

わたしは線香に火をつけて合掌《がっしょう》し、東が横たわっていた場所を見た。頭があったあたりに供花《くげ》が置かれていたので脇《わき》にずらした。祭壇に供えてある水と酒はひと口も減っていなかった。

冷たい水をごくごく飲みたいのに飲めないんだよ　のどが痛くて
耳の底で東の声が蘇《よみがえ》り、峯さんの笑い声を遠ざけた。

「サックスとクラリネットがけんかしてるみたいだ」峯さ

んの手はコップごとふるえていた。峯さんはあの夜から一週間休まず飲みつづけている。

わたしは目をこすりながら起きてきた裕宇記に頼んだ。

「料理人の卵なら、みんなに朝ごはんつくってよ」

「いいよ。和、洋、中、なにがいい？　白木屋で一年間バイトしてたから一応なんでもつくれるよ」

「トーストとサラダみたいな感じでいいよ。みんな食欲ないみたいだから」

裕宇記が買い物に出掛けたあと、北村さんに小学館から前借りした六十万円を預けた。

「明日は初七日だし、四十九日まで飲み物代とか食事代とかいろいろかかりますから、これを使ってください。この三日間ずいぶん立て替えていただいたんじゃないですか？」

「それがね、二十一日に、わたしと同期で、いまは音楽業界にいる元劇団員が弔問《ちょうもん》にきて、百万円を渡されたの。もちろん返そうとしたんだけど、『キートン、こういうときはなにが起きるかわからないから、持っておいたほうがいい。使わなかったらあとで返してくれればいいんだから』って」

「返したほうがいいですよ」

「返すつもりだよ」

「でも、そんなひともいるんですね。東さんが聞いたらきっと泣きますよ。妊娠中に中島みゆきさんに手紙を書いたんですよ。そしたら、〈あからさまで失礼ですが、費用はまにあいますか。うつの気持ちでいる人に、がんばれと言ってはいけないといいますが、がんばれ　手伝うぞ　なら言ってもいいと私は思います〉と返事がきて、東さんに見せたんです。そしたら、『このひとはやっぱりすごい。お金があってもなくても、なかなか費用のことなんて口に出せるもんじゃない。でも闘病と育児でいちばん困るのは費用なんだからね。泣けるね。あなたはどんなに困っても借りないだろうけど、このひとがこう書いてくれたことを一生忘れないほうがいいよ』といってました」

裕宇記は両手に東急の紙袋をぶら下げて帰宅し、料理をはじめる前に包丁《ほうちょう》を研《と》いでくれた。

「ふうん、皿のうしろで研ぐなんて知らなかった」

「これは応急処置。今度砥石《といし》を持ってきて研いであげる」

わたしたちは裕宇記が拵《こしら》えたスクランブルエッグ、サラダ、ジャーマンポテト、肉野菜炒《いた》めを食べながら話をした。

峯さん、北村さん、大塚さん、裕宇記、わたし――、東がいなければ成立しない奇妙な顔ぶれだった。

「ニューヨークで治療したときに裕宇記が付き添《そ》ってくればよかったのに。料理なんてつくったことがない北村の料理でがまんしてもらったんだから」北村さんがいった。

会葬礼状といっしょに配った東京キッドブラザースの上演作品リストを見ていた大塚さんがいった。

「キートン、ひとつ抜けてる。キッド二十五周年記念公演の『愛の磁力《じりょく》』」

「あッ、忘れてた。じゃあ、七十九作品じゃなくて、八十作品だ」

「すごいですね。ミュージカルの戯曲を八十本も書くなんて。劇団四季は上演回数は多いけど、オリジナルはすくないですからね。キッドのミュージカルにいちばん多く出演した役者はだれなんですか?」わたしは三人の顔を見た。

三人はリストを見て指を折っていった。

「三十三本」と峯さん。

「わたしは三十四本です」と大塚さん。

「わたしは三十一本。アッコよりすくないの。だって一時期役者をあきらめて制作に専念してたんだもん。東さんの命令で」

「じゃあ、大塚さんですね」わたしは大塚さんのティーカップに紅茶を注ぎ足した。

このひとたちのなかには、東由多加が創《つく》った三十数人の人物が息づいているのだ――、もしかしたらわたしが受けたよりも大きな影響を東から受けているかもしれない。

裕宇記は料理学校の授業に、北村さんは劇団ＩＯＨ《アイオー》の新作『虹《にじ》の降る場所』の稽古《けいこ》に出掛け、峯さんは東のベッドに横になり、大塚さんは『海の上のピアニスト』のビデオを観た。

トルナトーレ監督のファンだった東はこの作品を観たがっていた。公開していたとき、東はニューヨークでタキソールの投与を受けていて、わたしは臨月《りんげつ》だった。『週刊ポスト』の飯田昌宏さんに頼んで配給会社からビデオを借りたのだが、癌の悪化で観ることができないまま亡くなってしまった。

船上のピアニストの演奏にファックスの音がかぶった。共同通信文化部の金子直史さんからの東由多加の追悼《ついとう》文《ぶん》の依頼だった。締切《しめき》りは三日後だったが、わたしは〈書かせていただきます〉と返事を送った。

『海の上のピアニスト』を観ている大塚さんに、東由多加の戯曲集を捜しに行くと告げて外に出た。

横断歩道を渡って坂道を下ると、ふたりでよく食事をした洋食屋が目に入った。東はいつもオムライスかビーフシチューを注文し、アイスティーにガムシロを三つも入れていた。ニューヨークに行く前に東の髪をカットしてもらった美容院、東がハイライトと菊正宗を買いにきていたampm《エーエム・ピーエム》、食事の材料を買っていた東急本店、ふたりで本を捜しにきたブックファースト――、わたしはそれらの店を見ないようにして通り過ぎた。

駅前の大盛堂《たいせいどう》の演劇書コーナーで東由多加の戯曲集『ぼくたちが愛のために戦ったということを』全四巻を見つけた。

わたしは東の本を抱いて東とは歩いたことのない神泉《しんせん》の駅のほうからまわり道をして帰った。

外を歩いていても、部屋のなかにいても、波の上にいるようだった。現在から未来へと流されているはずなのに、波の上で静止しているようだった。海も空も船もわたしも疲れていた。ひとつだけはっきりしているのは、この死に至るかもしれない疲れから脱《ぬ》け出せない限り、丈陽《たけはる》と暮らすことはできないということだった。

夜が更《ふ》けて、線香と蠟燭《ろうそく》の火を消した。峯さんは東のベッドで、わたしと北村さんと大塚さんはひとつのマットレスに横になった。

「いま思い出したんだけど、何日か前に佐藤先生が病室にきたとき、東さんが突然、『死ぬのはいつごろわかるんですか?』って質問したの。『死ぬひと月前になったらうちに帰って、いろいろなことを整理して、自分のベッドで死にたいんです』って。先生は、『みんなが枕もとに集まるドラマみたいにはいかないんですよ。だれにもわからないことなんです』といってたけれど、東さんは『最悪、一週間前にはわかりますよね』って……」大塚さんが天井《てんじょう》を見ていった。

「……東さんはもう苦しくないんでしょうか?」わたしは目を閉じて、東のように胸の前で手を組み合わせてみた。

「光のほうに行って成仏《じょうぶつ》できれば苦しくないけど、もしまだこの世を彷徨《さまよ》ってるとしたら、生きているときの苦しみから逃れられないと思う」大塚さんがわたしにはいない姉のような口調でいった。

「……この部屋にいる気がする……」

「わたしの友だちで魂を見ることができる女性がいて、自分のからだから魂を脱け出させて、死者の魂をひっぱって光のほうへ連れて行けるらしいから、一度ここにきてもらう?」

「お願いします」

「でも、いま日本にいないの。何ヵ月か先になっちゃうかもしれないけど、連絡は取ってみる」

「わたしの担当編集者も霊能者《れいのうしゃ》を紹介してくれるっていってたから、近いうちに逢《あ》いに行きます」

しばらく黙っていると、大塚さんと北村さんの寝息が聞こえた。

部屋の外では春の風で新緑がざわめいている。ふいに、壁という壁が取り払われて宙に浮いているような錯覚に囚《とら》われ、おびただしい数の柔《やわ》らかな葉の一枚一枚が膚《はだ》に迫ってきた。

猫の鳴き声がする。

まさむね
あずき
クロ
東の声だ。

最後に一時帰宅をした夜、東は猫の声に怯《おび》えていた。
猫の声で眠れなかった　マンションの下に子猫が棄《す》てられたんだよ　鳴きやんだら死んだってことでしょう?　もう鳴いてない……
東と猫たちが闇のなかで呼び合っていると思った瞬間、背骨に沿って悪寒《おかん》が這《は》いあがってきた。
ノックの音がする。ゆっくりと三回。大塚さんと北村さんは眠っている。峯さんかもしれない。わたしはそうっと起きあがってドアを開けた。だれもいない。東の部屋からは峯さんのいびきが聞こえる。ノックの音は幻聴《げんちょう》だったのか?　わたしはドアを閉めて布団をかぶった。起きているのか眠っているのかわからなくなったとき、ぬる湯《ゆ》に浸《つ》かっているかのようにからだの力が抜け、東の声が過去から響いてきた。
あのさ　研究生のアクティングで二日間だけ東京に戻らないといけないんだよ
いつ
明日
急だね
だいじょうぶ?

ここに泊まってんのってうちらだけでしょう　廊下には明治天皇の御真影《ごしんえい》があるし　内湯《うちゆ》には天狗《てんぐ》のお面があるし　外は吹雪《ふぶき》だし　トイレは廊下《ろうか》の突き当たりだし　なんかあっても電話は帳場にしかないし

だいじょうぶじゃなさそうだね

二日だけならだいじょうぶだよ　明日行って二泊して帰ってくるんだよね

なんか買ってきてほしいものある？

ゼルー

何箱

店に出てるのぜんぶ

わたしたちは西村フルーツで売っているサンキストフルーツゼリーをゼルーと呼んでいた。グレープフルーツとオレンジとレモンの三種類が入っていて、レモンイエロー、山吹《やまぶき》、橙《だいだい》のグラデーションがきれいだった。東もわたしも歯が悪かったが、旅に出る前日にかならず好物のゼルーを買いに行き、新幹線のなかや宿のこたつの上で食べるのを楽しみにしていた。

翌朝、雪はやんでいた。滞在していた部屋はちょうど玄関の真上だったので、客の出入りを見ることができた。

わたしは障子《しょうじ》戸を開けて窓から顔を出した。

あんた！

びっくりしたッ！　なによ

革靴すべるから　そろそろ歩いたほうがいいよ　転んだら骨折《こっせつ》するからね

ここ　なに温泉っていうんだっけ

北温泉だよ　ちがう温泉に帰らないでよ　北温泉だからね　北温泉

東は両手をポケットに突っ込んで一歩一歩雪の坂をのぼりはじめた。

ポケットから手ぇ出して！　転んだら鼻の骨折る！

東は振り返らずに手だけ振って、バス停までの山道をのぼっていった。

その夜、いつもだったら五時に運ばれてくる夕食が六時を過ぎても運ばれてこなかった。

わたしはワープロの蓋《ふた》を閉めて、はだか電球がぶら下がっている廊下に出た。江戸時代に建てられたというだけあって、床板《ゆかいた》が抜けそうなほど軋《きし》むし、寒い。土間《どま》の火鉢《ひばち》のほかにはエアコンもストーブも備えられていなかった。

帳場《ちょうば》の電気は消えていた。この宿は七十過ぎの主《あるじ》ひとり

この部屋に――。

わたしは休日の朝のように目を醒《さ》ました。となりには東でも丈陽でもなく、北村さんと大塚さんが寝ていた。普通は縦《たて》に使うマットレスに横に並んで眠ったので、膝から下はフローリングの床《ゆか》にはみ出ていた。

あの夜から一週間が過ぎたにもかかわらず、わたしは丈陽を町田夫妻に預けたままで、北村さんと大塚さんと峯《みね》さんの三人はここに留《とど》まりつづけている。

休日は終わるものだ。休日が終われば、東由多加がいない生活がはじまる。その生活に堪《た》えられそうにないわたしは、丈陽との再会よりも休日がつづくことを願っていた。

枕から頭を起こした北村さんは寝癖《ねぐせ》を両手で押さえながらいった。

「……もう一週間……信じられない」

今日は東由多加の初七日で、長崎の妙行寺《みょうこうじ》の住職で、東の高校時代の同級生の三角鈜容《みすみこうよう》さんがお経をあげにきてくださることになっている。

「何人集まるんでしょうか」

「三十人くらいかな?」

「やっぱりお寿司《すし》でしょうね。何人前くらい頼めばいいんでしょうか」

「全員がおなかいっぱい食べるわけじゃないから……二十人前くらい?」

「でも、こういう席で食べ物が足りなくなるの、東さんはとってもいやがるから、二十五人前頼みましょう」

インターフォンが鳴って、「書留です」とモニターに郵便配達員の姿が映ったので解錠《かいじょう》した。

玄関ドアを開けて、手渡された簡易書留《かんいかきとめ》を見て息を止めた。丈陽の父親からだった。すこしずつ息を吐きながら開封すると、柳丈陽名義の預金通帳と〈柳〉の三文判が入っていた。

東さんが亡くなったことを新聞で知りました。
あまりにも早い死を悼《いた》みます
御冥福《ごめいふく》をお祈りします
遅くなりましたが、養育費を入れた通帳を送ります。カードは後に送ります。暗証《あんしょう》番号は××××です。

通帳をひらくと二十万記帳されていた。月々五万の計算で、丈陽が生まれた一月から四月までの四ヵ月分の養育費だ。

わたしはふたりに通帳と手紙を差し出した。

「丈陽の父親からです」

「読んでいいの?」

「はい」

読み終えた北村さんは大塚さんに手紙を渡し、大塚さんは数秒間顔を伏せて目をあげた。

「これだけ?」

「これだけです。なんなんでしょうか? 悔《く》やみの言葉と養育費を同封する神経がわからない。自分の息子の面倒をみてくれた東さんが亡くなって、香典《こうでん》のつもりでしょうか? こんな手紙一枚で済むと思ってるんでしょうか? だって、どんなことがあっても月に一度は子どもと面会する、成人する前にわたしが死んだ場合は妻と離婚して子どもを養育するって約束したから、養育費の額は妥協《だきょう》することにしたんです。この手紙には丈陽のことは一行も書かれていません。金だけで済ませようって話しなら、月々五万では納得《なっとく》できないですよ。学費も要求するし、出産費用だって負担してほしい。東さんは彼よりも収入がすくなかったけど、裕宇記に月々十万の養育費を支払いつづけたし、それとはべつに学費と小遣《づか》いを支払ってましたよね。五万なんて、彼が新しい女と一、二回デートすればなくなる額ですよ」とまくしたてたが、怒り、憎しみ——、その手応《てごた》えがまったく感じられない。疲労と哀しみが濃いせいだろうか、いや、疲労と哀しみさえも自分の内に在《あ》るのではなく、外側を漂《ただよ》っている感じなのだ。

「むかしはプレイボーイではなかったっていってましたよ」

大塚さんがいった。

「いや、むかしっから派手《はで》に遊んでたみたいですよ。結婚してからもてるようになったって自慢《じまん》してましたから」

彼と大塚さんの父親は彼が入社する以前からの知り合いで、大塚さんの父親が彼の結婚披露宴《ひろうえん》の乾杯《かんぱい》の音頭《おんど》を取ったそうだ。そして父親同士の関係を知る前に、その娘がその息子を抱いてあやし、その手でそのからだを洗った——、不思議なめぐり合わせだ。ひととひととの関係はそのときどきで垣間《かいま》見えるだけで、全体が見えるのはずっとあとになってからなのかもしれない。彼とわたしの関係も、彼と丈陽の関係も——。

いま、だれかに「子どもは何人ですか?」と訊《たず》ねられたら、彼は「いません」と答えるにちがいない。もし妻とのあいだに子どもが生まれたら、その数だけを答え、丈陽の存在は否定するだろう。彼にとって丈陽は見えない存在なのだ。いつか彼の目に丈陽の姿が映る日が訪れるのだろうか。父親である彼と対面することが、丈陽にどのような作用を及ぼすのだろうか。父親に見棄《す》てられている期間が長ければ長いほど、丈陽が受ける衝撃《しょうげき》は強くなる気がする。なんとか、ものごころつく前に面会を積み重ね、このひとが父親だと認識させて衝撃を柔《やわ》らげてやりたいが——、彼が目を背《そむ》けているうちは無理なのだろう。

着替えのためにウォークインクローゼットのなかに入ってボタンをはずしたとき、切迫流産《せっぱくりゅうざん》で入院したときに彼に買ってもらったパジャマだということに気づいた。

彼は「おれの子はその子だけだと思うから、元気ないい子を生んでくれ」と頭を下げ、何度も「離婚に向けて努力する」と約束し、入院したときには身のまわりの品を買い揃《そろ》え、悪阻《つわり》で食欲がないわたしに「お願いだから、食べて」と得意の料理を拵《こしら》えてくれたりした。

東には彼とは九月の頭に別れたということにしておいたが、実際は何度も電話していたし、妊娠八ヵ月のときには逢って話をした。

電話で胎児認知をめぐるやりとりをしたときに、彼が、申しわけない、すみません、ごめんなさい、許して、と連発しながら、どうしたらいいかわからないんだよ、と逃げるような言葉を吐《は》いたので、わたしは電話を切ったあとに手紙を書いた。

くりかえし謝れば、すべてを水に流してもらえるだろうと高《たか》をくくっているのですか？　いくら謝られても、わたしは済まさないし、免じないし、許さない。あなたは免じられ許されるべき些細《ささい》な過ちだと思っているかもしれませんが、これは親としての責任の問題なのです。

だいたい父親であるあなたが我が子の誕生を不祥事でもあるかのように謝るなんて、母親であるわたしに対する、そして生まれてくる子どもに対するこの上ない侮辱《ぶじょく》です。子どもの誕生は慶事《けいじ》です。どんな状況に生まれ落ちるのであれ、その親たるものは精一杯喜んでやらなければならないのではないでしょうか。

手紙をポストに投函《とうかん》して、子どものためになにか食べなければと冷蔵庫を開けると、卵が目に入った。妊娠中にフレンチトーストを拵えてもらったことを思い出した。

わたしは手紙に書いた内容と矛盾《むじゅん》するかもしれないことをした。彼のケイタに電話したのだ。そしていきなり訊《き》いた。

フレンチトーストってどうつくるんだっけ？

一枚？　二枚？

一枚
じゃあね　卵は一個でいいよ　牛乳はコップ一杯　それで卵と牛乳を掻《か》き混ぜて　パンを浸《ひた》す
フライパンは熱しておくんだよ　フライパンが熱くなったらバターを敷いて焼く　簡単で栄養があるからつくって食べなよ
彼はさっきとは打って変わって生き生きとした調子で話した。その声の落差がおかしくて思わず噴《ふ》き出しそうになったが、笑いを口にふくんだまま訊《たず》ねた。

砂糖は？

妊娠中毒症なんでしょう？　おなかの子のために砂糖とバターはあんまり使わないほうがいいよ　砂糖ぜんぜん入れなくてもおいしいから
じゃあね
……

彼はまだしゃべっていたそうだったが、わたしはもう一回、じゃあね、といって電話を切った。

フレンチトーストは、パンを牛乳と卵に浸す時間が長かったのか、砂糖を入れ過ぎたのか、表面に焦《こ》げた卵焼きが貼《は》りつき、なかのほうは牛乳と生卵でどろどろで、ひと口食べただけで流しの三角コーナーに棄《す》てた。彼にコツを教えてもらいたかったが、認知のことで揉《も》めている別れた恋人にフレンチトーストのつくりかたを何度も訊ねるのは変だと思い直し、食パンにバターといちごジャムを塗《ぬ》りたくって食べた。

その数日後の十一月十七日、中瀬ゆかりさんと町田敦子《あつこ》さんの三人で西麻布の鹿角《かづの》できりたんぽを食べた。

中瀬さんは編集者のHさんから聞いた話を教えてくれた。Hさんの妻と彼の妻は親友で、頻繁《ひんぱん》に長電話をしたり食事をしたりしているということだった。

彼の妻はHさんの妻に、夫が二十代の女性とつきあっているということを打ち明け、わたしが彼の子を妊娠していることはまったく知らない様子《ようす》だったそうだ。

わたしの妹は、妻にないしょにしているから認知することを渋《しぶ》っているのではないかと疑っていたが、わたしは半ば疑いながらも彼の言葉を信じ、自宅に電話することも手紙を送ることも控《ひか》えていた。
彼は妹に、「安月給のサラリーマンに妻にないしょで月五万の養育費を払えるはずがありません。どうしたら信じてくれるのかなぁ。妻はパニックになっていて、うちのなかはめちゃくちゃです」とまでいっていたのだ。
もうすぐ子どもが生まれるというのに、妻にもわたしにも嘘をついて新しい女と遊んでいるなんて——、わたしの脳裏《のうり》にクリスマスの街を若い女と腕を組んで歩く彼の姿が浮かんだ。店の時計は九時を指していた。わたしはぐつぐつ煮えている白ねぎ、白菜《はくさい》、椎茸《しいたけ》を凝視《ぎょうし》したまま壁に手をついて腰を浮かせた。
彼のうちに行く　高速で飛ばせば一時間かからないから
柳さん待ちなよ　気持ちはわかるけど
中瀬さんがわたしの腕を押さえた。
行って　ぜんぶ話す
妊娠八ヵ月の柳さんをひとりで行かせられるわけがありません　どうしても行かなければならないのならわたしも行きます
敦子さんは箸《はし》置きに箸を揃《そろ》えた。
そうだよ　妻に突き飛ばされて流産するってことも考えられるんだからね　ひとりで行っちゃだめだよ
立ちあがろうとした瞬間、胎児《たいじ》に腹を蹴《け》られた。怒りで脈拍《みゃくはく》が速くなり苦しくなったのだろう、わたしはおなかをさすりながら座布団に腰を降ろした。
食事を終えてふたりと別れ、マンションの前でタクシーを降りた。雨は本降りになっていたが、わたしは傘《かさ》の柄《え》を握りしめてマンションのまわりを歩いた。妻に事実を打ち明けても意味がない。彼を殺す。マンションの前で待ち伏せして刺してやる。十一月の雨の冷たさを感じられないほど、わたしの感情は高ぶっていた。包丁《ほうちょう》を取ってこなければ。わたしはエントランスのなかで雨と涙を拭《ふ》いて、エレベーターのボタンを押した。
東の部屋のドアから灯りは洩《も》れていなかった。わたしは足音をたてないように台所の出刃《でば》包丁をタオルでくるみ、自分の部屋に持ち込んだ。この時間に外出したら東はあちこちに電話してわたしの行方《ゆくえ》を捜すだろう、彼を殺して留《りゅう》置《ち》されたらどこで出産するのだろうか、早産する可能性もあるかもしれない、留置期間中に東の病状が急変したら—

—。不意に今日はまだ神棚と仏壇に手を合わせていないということに気づいた。東由多加の癌が完治《かんち》しますように。安産でありますように。生まれてくる子どもが健康でありますように。大きな事故や病気をしないで成人しますように。そして彼の死を祈願《きがん》しようとして、わたしは手を合わせたまま嗚咽《おえつ》した。
ドアがひらいた。
どうしたの？
なんでもない
なんでもないわけないでしょう
わたしはティッシュで洟《はな》をかんだ。
おなか痛いの？
……ちょっとね
病院行こうか？
だいじょうぶ
……横になったほうがいいよ
東はわたしが横になるのを見届けてドアを閉めた。壁一枚隔《へだ》てて東の体重でベッドが軋《きし》む音がした。東はなにも食べていないにちがいない、なにか拵《こしら》えなければと思ったが、立ちあがることさえできないほど自分の感情に打ちのめされていた。
その夜はクリネックスをひと箱使いきるほど泣き、一睡《いっすい》もできなかった。
正午《しょうご》過ぎに起きあがってリビングに行くと、彼とわたしの共通の知人である札幌《さっぽろ》のIさんから体調を気遣《きづか》うファックスが届いていたので、昨夜聞いたことを書いて返信した。
翌日の昼、彼からファックスが届いた。

今朝、Iから聞きました。この様な状況で（中略）女の子と付き合うほど私は色魔《しきま》、狂人ではありません。（中略）「私が好きな女」というのはあなたのことです。また、くりかえしになりますが、5年間付きあっていた女の人とあなたとは絶対に重なっていません（中略）できればＴｅｌ下さい。

五分置かずに、ふたたびファックスが届いた。

私は今本当にどうして生きていったらいいのか考えていません。精神的にしんどいので、考えがまとまることはありませんが、ほとんど眠れないのでほぼ20時間はうつらうつら考えています。20代の女、私がずっと考えているのは、あなたのことです。

ケイタイの電源を入れて、1417を押すと新しいメッセージが六件も届いていて、話したいことがあるので電話をください、という彼の声が再生された。

コンビニに行ってくる、と東に嘘《うそ》をついて外に出て、マンションの外でケイタイの電源を入れた。「別れの曲」の着メロが流れ、わたしは通話ボタンを押した。間もなく二番線に大宮行きがまいります、足もと黄色い線より下がってお待ちください、という駅の案内放送のあとにの彼の声が耳に入った。

もしもし？　二十代の女となんてつきあってないからねもしもし聞いてる？　二股《ふたまた》かけたこともないから　ほんとうにおれがそんな男だと思ってるの？　美里に疑われてるなんて堪えられない　信じて　お願い

嘘ばかりついてるひとのいうことなんて信じられません

嘘ってなに？

自分の胸に手を当ててみたらどうですか？

電車の音に遮《さえぎ》られて、彼の声が聞こえない。

こんなふうにかけてこられると精神的によくないし　わたしが精神のバランスを崩すと胎児も苦しむんです

どうしたら信じてくれる？　信じてもらうためだったらなんでもするよ　死ねば信じてくれるの？

死ぬとか軽々《かるがる》しく口にしないでよ！　もう電話しないでファックスも手紙もやめてください

わたしはケイタイの電源を切った。

その夜、Iさんからファックスが届き、彼からの伝言が書いてあった。

こんな（追い込まれた）状況で新しい女と寝られるほど神経は太くない。妻がなんらかの女性の存在に強く揺れているとすれば、それはあなたのことでしかない。私の態度からなにかを感じた妻がつくった像である。なぜなら、私はあなたの存在をまだ妻に話していない。あなたにうそをついている。

十二月で妊娠九ヵ月に入る。出産直前と直後は話し合いを持つことはできないだろうから、いまのうちに子どもの養育をめぐる問題を解決しておきたい。彼に電話して日時を決めて、缶詰《かんづめ》になるときに使っていたホテルニューオータニの部屋を予約した。

十一月二十七日、正午《しょうご》の約束だったので十一時にチェックインし、彼のケイタイの留守番電話サービスにルームナンバーを吹き込んだ。約束の時間が近づくにつれ腹部《ふくぶ》が緊張して呼吸をするのもつらくなり、廊下の絨毯《じゅうたん》を踏む足音が部屋の前で停まってチャイムが鳴ったときにはすっかり具合が悪くなっていた。

二ヵ月ぶりに顔を合わせた彼ははじめて逢ったときのように何度も目をしばたたかせていた。

彼が黙っているので、わたしが口をひらいた。

なにか頼んだら?

……

ビール?

おれはいいよ　なにか頼む?

食べていい?　今朝《けさ》からなんにも食べてないの　時間だいじょうぶ?

だいじょうぶだよ
じゃあ　カフェオレとパンケーキとカスタードプリン
彼はルームサービスに注文すると、ふたたび黙り込んだ。

彼の口もとを見て話し出すのを待ちかまえているうちに、下腹部《かふくぶ》の張りがひどくなり、額《ひたい》に脂汗《あぶらあせ》がにじんできた。

……ソファに寄りかかっていい?

痛いの?

……ちょっと……

彼はハンドタオルを濡《ぬ》らしてきて、突っ立ったままわたしの額に押し当ててくれた。

その服、おなかの大きさを強調してるみたいに見えるんだけど
え?

おなかの上のリボンほどいて
わたしは、こんなときにマタニティドレスのデザインを気にするなんてどうかしてる、と思いながらリボンをひっぱってほどいた。

チャイムが鳴ってルームサービスが運ばれてきた。

食べれば落ち着くと思う　食べないと具合が悪くなるの
わたしはパンケーキにバターを塗ってメイプルシロップをかけた。

そんなもんばっかり食べてるんでしょう　子どものために緑黄色野菜《りょくおうしょくやさい》とか食べないとだめだよ

時間ないんだから話そうよ
じゃあ話すよ『週刊ポスト』にどうしても書かないといけないの？
書きたくて書くわけじゃないの　動機はふたつあって　ひとつはスキャンダル誌に父親捜しの記事をおもしろおかしく書かれる前に　自分の手で書かなければならないの　もうひとつは書かなければこの状況を堪えることができないから　わたしを書くことに追い詰めたのは東さんの癌《がん》とあなたでしょう
わかってるよ　書くしかないってことは理解できる　いろいろ考えたけどあなたと子どもを護《まも》るためにはそうするしかないと思う
わたしはパンケーキをナイフとフォークで切って口に入れた。
実名で書くの？
ほかのひとは実名で登場するけど　あなたの名は伏せて〈彼〉にする　一般の読者にあなただと特定されるような属性《ぞくせい》はいっさい書かない
なんにも書かないと逆に想像されちゃうでしょう？　テレビ局報道部に籍《せき》を置く三十五歳の男っていうのはだめ？　これだったら仕事の内容はそんなに変わらないし、ほかのひとが実名で登場するわけだから　みんな事実だと思い込むんじゃないかな？
前にも話したと思うけど　父親がだれかということは子どもの出生《しゅっせい》にかかわることだから嘘はつきたくない　だれかに　子どもの父親はだれなんですかと訊《き》かれたら　わたしは答えない　でもあなたではない男性の名前を出されたら　子どもの名誉《めいよ》のためにははっきり否定する　もしあなたの名を出されたら否定はしない　黙《だま》るだけ　わたしは父親がだれだかわからない子どもを生むわけじゃないからね
唇を結んだ拍子《ひょうし》に涙がこぼれてしまった。生まれてくる子どものことを話し合おうと思っていたのに――。
結局自分のことしか考えてないわけね　わたしと子どもはどうなってもいいんだ
どうなってもいいなんて思ってないよ　認知したほうがいいと思うし　名前もつけてあげたい　あなたが許してくれるなら月に一度の面会だってしたい　不安なら紙に書いて署名《しょめい》したっていいよ
そんな当たり前のことを紙に書いて約束したなんて　あとで子どもが知ったらショックを受ける

作家の作品にあれこれ注文しようとは思わない　その上でなにがお願いできるだろうって自分なりに考えてお願いしてるんだよ

だから　あなたが口にしてるのは自己保身《ほしん》でしょう？　妻にばれないために

妻には話したよ　妻とはどうなるかわからないし　もう妻なんてどうでもいいんだよ　でも会社にばれるのは困るクビになったら養育費も払えないでしょう？

たったの五万だよ？　日雇《ひやと》いやったって払える額《がく》だよ

おれはいまの仕事をやるしかないんだよ

どうして自分の子どもが生まれることが　ばれたら困ることなの？　自分の子を自分の子じゃないと否定することのほうが　あなたがやってる報道という仕事では致命傷《ちめいしょう》になると思うけど

……組織に入ったことがないからわからないんだよ

大きなおなかを目にすれば、すこしはわたしが直面している現実を想像してもらえるかもしれないと思ったが、彼は自分のことで頭がいっぱいのようだった。

吐き気がこみあげて、立ちあがった拍子《ひょうし》によろめいた。彼が背中を抱いて支えてくれた。

わたしは彼の胸に顔を埋《うず》めた。

……好き

おれも好きだけど……

おなかが大きくて彼の背中に手をまわすことはできなかった。

そうじゃなくて　わたしはほんとうに好きなの

ほんとうに好きだよ　でも……

わたしも彼も両手を左右に垂《た》らしたままだった。

結局子どものことは話せなかった。彼は二十代の新しい恋人と五年間つきあっていた女性についての釈明《しゃくめい》と、妻との関係についても口にしなかった。

わたしたちは毎日のように逢っていた九月以前のように、いっしょにタクシーに乗り込んだ。

品川駅までお願いします

具合が悪いんでしょう？　おれが送って行くよ

送って行きたいから

彼はわたしの顎《あご》を持ってぐいっと自分の顔に向けた。

お願いだからいうこときいて　子どものためにもうあんまり無理しないでよ

彼の指の力がわたしのこころを波だたせ、その波だちがからだの隅々《すみずみ》に残っている指紋《しもん》のような感触《かんしょく》を浮きあがらせた。

品川駅までお願いします

わたしはフロントガラスに顔を向け、彼はわたしの顎から手を離した。

東さんとはべつべつの部屋なんでしょう？　だったら今度はおれが美里のマンションに行くよ　子どものことはふたりの問題なんだから　妹さんを介《かい》さないでふたりで直接話し合おう

タクシーは品川プリンスホテルの脇《わき》の坂を降りて、品川駅の前で停まった。

どうしてもおなかが痛かったら病院行ってね　それかおれに電話して

タクシーのドアは閉まったが、彼はその場から去らなかった。

家に着いてしばらくすると、彼からのファックスが送られてきた。

体調はどうでしょうか。心配です。悪ければ、早く病院へ行って下さい。よろしければ、連絡下さい。もう無理はしないで下さい。

ケイタイにも「だいじょうぶですか？　よかったら電話をください」というメッセージが吹き込まれていたが、わたしは電話をしなかった。

感情を抜いてひとつひとつの出来事を辿《たど》っていくと、彼がわたしを棄てたというのは誤《あやま》りで、わたしが彼との音信を絶《た》ったというほうが正しいのかもしれない。彼は妻や会社に隠れてわたしと生まれてくる子どもと関係することを強く希《のぞ》み、わたしは父親と密会しなければならないという状況を子どもに強《し》いたくなかったのだ。

あのときは怒り、憎《にく》しみ、恨《うら》み、哀《かな》しみ、どの感情もわたしのなかに留《とど》まり、内側からわたしを圧《あっ》していた。そしてどの感情よりも、彼を好きだという思いのほうが強かった。

東は無くなり、わたしは無くなってはいない。無くなってはいないが、感情を持つ主体である自分が破れ、ひらいてしまった。

彼を憎みたい。そしてわたしのなかに憎しみを閉じ込めて自分の輪郭《りんかく》を取り戻したい。わたしはクローゼットのなかで手紙を読み返した。

　東さんが亡くなったことを新聞で知りました。
　あまりにも早い死を悼みます
　御冥福をお祈りします
　遅くなりましたが、養育費を入れた通帳を送ります。
　カードは後に送ります。暗証番号は××××です。

　四月末の光はレースのカーテンによって弱められていた。淡《あわ》い陽光のなかを泳ぐほこりのようにわたしの感情は部屋中を漂《ただよ》っていた。その感情が怒りなのか憎しみなのか哀しみなのかわたしにはわからなかった。


　四月二十七日の初七日に集まったのは、わたしたちのほかには、林邦応《くにお》さん、名和利志子《なわとしこ》さん、小野剛民さん、安室《やすむろ》真樹子さん、日向勉《ひなたつとむ》さん、石田明子さん、上原千奈美さん、梁珠栄《りょうたまえ》さん、兼松《かねまつ》奈美さんだった。

　和室の祭壇には劇団員たちが持ち寄ってくれた菓子や果物、北村さんが東に観てほしかったという芝居『虹の降る場所』のチラシが並べられ、わたしは東がその瞬間に手を伸ばした丈陽の写真を遺影《いえい》のとなりに置いた。

　妙行寺《みょうこうじ》の三角鉱容《みすみこうよう》さんは読経《どきょう》を終えると、遺影と顔を合わせていった。

「こうやって、東の顔を見ると、胸に迫《せま》るものがあります。また、この笑顔が……これは何年前の写真ですか？」

　読経のあいだずっと泣いていた北村さんが答えた。

「十四年前です。『冒険ブルックリンまで』のときに撮った写真だから」

「多聞院釋由愛《たもんいんしゃくゆうあい》というのはどんな意味があるんでしょう」

わたしは白木《しらき》の位牌《いはい》に書かれた文字を読みながら訊《き》いた。

「お釈迦《しゃか》さまのお弟子《でし》さんに多聞天というかたがいて、このかたはお釈迦さまの教えをいちばんよく聞いたんですね。そのかたから多聞の二文字をいただいたわけなんです。浄《じょう》土真宗《どしんしゅう》では戒名《かいみょう》ではなく法名《ほうみょう》といいまして、俗世間《ぞくせけん》の名前である俗名《ぞくみょう》に対して、仏《ほとけ》さまになられてからの名前をいうわけなんですが、東がわれわれにいちばん希《のぞ》むのは、仏の言葉に耳を傾けてほしいということだろうと思うんです。若いころ、東と仏教についてよく論争したんですが、彼はことごとくわたしのいうことを論破《ろんぱ》しようとした。論破するために、実によく仏教のことをわたしに訊《き》いてきたんですよ。だから東は実は仏の教えをよく知っていたと思います。それともうひとつは、坊さんの世界ではむかしは結婚できなかったんですね。お釈迦さまの教えをいちばんよく聞いた多聞天でしたから、まさかこのかたが女性《にょしょう》を好きになることなどあるまいと思われていたんですが、その多聞天が恋焦《こ》がれた相手が吉祥天《きっしょうてん》だったというわけなんです。多聞天と吉祥天との関係に、東くんと柳さんの関係が重なったんです」

わたしは初対面の三角さんに東との関係について触《ふ》れられたことが恥《は》ずかしくて、てのひらでテーブルの表面を撫《な》でた。

「普通に生きていて仏教とめぐり逢うことを勝縁《しょうえん》といいます。それに対して、ひとの死が縁となって仏の教えに触れることを逆縁《ぎゃくえん》というのです。哀しみのどん底にあるからこそ、真にこころに響く言葉がある。だから、慰《なぐさ》めはしない。これをご縁に念仏に親しんでほしいということなんです」

椅子《いす》は十脚《きゃく》、座椅子が二脚しかないので、劇団員たちの何人かは床《ゆか》に座り、寿司桶《すしおけ》をふたつ床《ゆか》に降ろした。

三角さんはテーブルにつき、ボールペンを手にしたわたしと北村さんを見護《まも》るように大塚さんが席に着いた。

「なにからお訊《き》きするか整理していないんですけれど、まずですねぇ、四十九日《しじゅうくにち》、納骨《のうこつ》の日取りなんですが」北村さんが口をひらいた。

「厳密《げんみつ》に四十九日にしないといけないというわけではないんです」

「無知《むち》で恥ずかしいんですが、四十九日というのはどのように数えるんでしょうか?」

「亡くなった日を入れて一週間目を初七日《しょなのか》、あとは七日ごとに二七日《ふたなのか》、三七日《みなのか》、四七日《しなのか》、五七日《ごなのか》、六七日《むなのか》、四十九日です。お釈迦さまが王子としての立場を棄てて六年間山にこもり、それで解脱《げだつ》できずに山を降りて川で沐浴《もくよく》し、木の下に座って瞑想《めいそう》された。するとさまざまな幻覚《げんかく》が襲《おそ》ってきた果てに、四十九日目に悟《さと》りをひらくことができたということからそうなっているんです。六月七日が四十九日ですが、水曜日ですから、四日の日曜の十時半からということでいかがでしょうか」

「会社や学校を休むのは厳《きび》しいと思うので、日曜だったら問題ないと思います」北村さんが答えた。

わたしは初対面のひとと会話をすることが苦手《にがて》というか、

恐怖に近いものを感じてしまう。東にいつもいわれていた。

あなたはひととの関係を閉じている　電話はない　ケイタイは持っているけどいつも電源を切っている　知らないひとに道を訊《たず》ねることもできない　おれがいなくなったらどうするのよ　子どももとふたりで
「何人くらいになりますか？」

「向こうの親戚だけで十六人だから、五十人くらい？」と北村さんはわたしの顔を見たが、わたしは黙って首を傾《かし》げた。

「はっきりした人数が決まったら教えてください」

「持って行くものは？」

「地方自治体《じちたい》によって名称がまちまちなんですが、火葬《かそう》許可証あるいは埋葬《まいそう》許可証が必要です」

「あぁ、骨壺といっしょに入っている書類ですね」

「はい。それと、位牌《いはい》です。この位牌は仮《かり》のものなんです。正式なものには法名軸《ほうみょうじく》といって、京都から降りてきます。四十九日には間に合うようにお願いします」

「あと、ご相談なんですが、わたしは見たことはないんですが、東さんが買った墓所《ぼしょ》というのがとても狭くて墓石も粗末《そまつ》なものだと……」わたしは三角さんの前ではじめて声を出した。

「たしかに広くはないですが粗末というほどでは……背後に長崎港が見えて景色はいいですよ」

「これはわたしの希望というか、もうほかにはなにもできないので、東さんの墓を建てたいと思うんですが、いまよりよい場所はないでしょうか？」

「そうですか。実はひとつだけ空《あ》いてるんです、正確には空こうとしているというか、ご縁のあるかたがどなたもいなくなって、寺のほうでもご供養《くよう》する期限が間もなく切れるんです。境内《けいだい》のすぐ近くでとてもいい場所ですよ」

「是非、そこをお譲《ゆず》りいただけないでしょうか」

「あのぉ、いま訊《き》くべきではないのかもしれないですが、いくらくらい……」北村さんが手帳から顔をあげた。

「墓所は母が管理しているので、わたしはくわしいところはわからないんです。母か、女房《にょうぼう》にお訊きください」

「わかりました。じゃあのちほど電話させていただきます」

北村さんがメモした。

「そこをお譲りいただけたとして、墓石のほうはどちらにお願いすればよろしいでしょうか？」

「墓石は石塔屋《せきとう》に」

「長崎の石塔屋をご紹介いただけるでしょうか」

「では、四十九日のときに打合せをできるように連絡しておきます」

「お願いします」北村さんが頭を下げた。

「五月二十一日の日曜日に長崎交響楽団で指揮《しき》をする予定があるので、その前にこちらに寄らせていただきます。二十四日の五七日の繰りあげということで、四十九日に長崎に行けないひとたちを集めたらどうでしょうか」

「東さんと、最後ですからね」北村さんは祭壇《さいだん》の遺骨《いこつ》にそっと目をやった。

「あと、すべきことは……」わたしは口《くち》ごもりながら訊いた。

「来年の命日に一周忌、亡《き》くなった年を入れて数えるので再来年《さらいねん》の命日に三回忌、六年目に七回忌、十三回忌、十七回忌、三十三回忌、五十回忌とあります」

わたしと北村さんはボールペンを走らせた。

「あと、いろいろ食べ物が置いてあるようですが、もう仏になられたのだから、ごはんとお水だけでいいんです。生前に好きだった食べ物を供《そな》える必要はありません」

祭壇には、東の好物だった福砂屋《ふくさや》のカステラ、長崎ちゃんぽん、日本酒などが供えてあった。

「でも、なんとなく……」北村さんはボールペンの先を紙でまわしながらいった。

「ごはんは、神棚のと同じ、研《と》いだ米ですか？」わたしが訊いた。

「いえ、炊《た》いた米です。朝、いちばん最初によそって供えます。お仏供《ぶつぐ》といいます」

朝はコーンフレークかパンを食べることにしている。パンではいけませんか、それとも一膳《ぜん》分だけ炊いたほうがいいんですか、と訊きたかったが、三角さんも返答に窮《きゅう》するだろうと思って訊かないでおいた。

原稿の締切《しめき》りが迫っているということを、北村さんがあらかじめ伝えておいてくれたらしく、三角さんが帰ってしばらくすると、劇団員たちも去っていった。

半分近く残ってしまった寿司を見て北村さんがいった。

「繰りあげ五七日のときは、お寿司はやめようよ。みんなあんまり食べないよ。何人かで適当なものをつくって、あとは乾きものでいいよ」

「そうですね」

わたしは祭壇のカステラを見た。遺骨の前に供えておいても食べることはできないのだ、とわかっていてもかたづけることはできそうになかった。

北村さんは『虹の降る場所』の稽古《けいこ》に出掛け、大塚さんはわたしの部屋で本を読み、酒を飲み過ぎた峯《みね》さんは東のベッドに横たわった。
わたしは何種類もの煙草《たばこ》の煙がたちこめているリビングに残り、東がいつも座っていた場所にワープロを置いた。
キーボードに両手を置いて遺影を見た。あのVネックのセーターは東の誕生日に劇団員のだれか、おそらく北村さんと大塚さんがプレゼントしたものだ。東は紫と青の中間のような色が気に入って、食べこぼしをしないように大事に着ていた。しかし、いつだったか、わたしが逃げようとした東を追いかけて襟首《えりくび》をつかんで伸ばしてしまったのだ。東はわたしの暴力を非難するかのように襟が伸びたセーターを着つづけていたが、地方公演に出掛けているあいだに不燃《ふねん》ゴミとして棄《す》てた。あのときはなんでけんかしたのだろう――、思い出せない。
肩幅《かたはば》と比べて顔が大きい。遺影はトリミングするものだとだれかから聞いた憶《おぼ》えがある。前髪は横分けにしているから目立たないけれど、耳の上あたりの髪が不揃《ぞろ》いだ。東は床屋や美容院が嫌いなので、元美容師の劇団員にカットしてもらっていたが、何ヵ月も稽古が休みのときはわたしが揃えてあげていた。
床屋でちゃんと揃えてもらいなよ
大きな鏡の前でてるてる坊主《ぼうず》みたいなかっこうでじっとしてるのはいやだし　話しかけられるのもいやだし　黙ってるのも息苦しい
鏡がない床屋を見つけたら行く?
鏡の問題だけじゃないんだよ　赤の他人に髪をさわらせたくない
〈いま、わたしは東由多加《ひがしゆたか》の遺影と遺骨を前にしている〉と打った。頭のなかは空《あ》き家のようで、東の声だけがとめどなく反響していた。わたしの考え、わたしの言葉はわたしのなかにはない。ぜんぶ持ち去られたのだ、一瞬のうちに。東が戻ってこなければ、わたしはがらんどうの自分のなかに取り残されてしまう。そして出て行く手段はひとつしかない。
空は灰色。わたしは座ったばかりの椅子《いす》から立ちあがってベランダに出た。柵《さく》に両手を置いて下を覗《のぞ》くと、道は黒く濡《ぬ》れていた。雨?　てのひらを上に向けた。降っていない。いつ降ったのだろう。ぜんぜん気づかなかった。だれも傘《かさ》など持ってこなかったはずだ。考えられるとしたら、三角さんが読経《どきょう》をあげている最中に、だれの目にも触れないうちに、だれの耳にも届かないうちに降って、やんだのだ。東が降らせたのかもしれない。雨男だったから。雨が大好きだったから。雨に濡れた道を見ているうちに道がとても近く感じられ、ベランダに立っている自分のからだがひどく軽くなり、踵《かかと》がサンダルから持ちあがった。わたしはここに残っているべきではない。いっしょに持ち去られるべきだったのだ。わたしにはもうなんのまとまりもない。疲れた。ほんとうに疲れた。雨がひと粒でも降ってきたら、雨といっしょに道に落ちよう。わたしは雨を待ちながら、ぼんやりと東の墓のことを考えた。わたしがここから落下したら、東の骨は小さな墓に押し込まれるのだ。ほんとうは墓なんてどうでもいい。疲れた。もうおしまいにしたい。でも、丈陽。遺影のとなりに飾ってある丈陽の写真が頭の壁に映写された瞬間、まるで足首でもつかまれたかのように踵がサンダルに降りた。てのひらを柵から引きはがすのに思ったより強い力が必要だった。

　わたしは部屋に戻った。ふたつのてらひらはまったく濡れていなかった。雨も汗もわたしのてのひらを濡らさなかったわけだ。わたしはワープロには顔を向けずに、ファックスの前に立って177を押した。気象庁予報部発表の四月二十七日午後一時三十分現在の気象情報をお知らせします。現在東京地方に気象に関する警報、注意報は出ていません。午前十一時発表の予報です。東京地方の今日は、曇《くも》り一時雨でしょう。夕がたから曇りときどき雨、雷をともなうでしょう。沿岸《えんがん》の海域《かいいき》の波の高さは五十センチでしょう。東京地方の一ミリ以上の雨が降る確率は今日午後六時から午前零時《れいじ》までは七十パーセント、明日は――、わたしは女の声を切った。明日の天気など聞いても意味がない。明日はわからない。わたしが残っているのかどうかもわからない。

　わたしは遺書のつもりで東由多加の追悼《ついとう》文を書いた。陽が落ちたころに北村さんが帰ってきた。

　わたしはほぼ書きあげた原稿から手を離して、ウォークインクローゼットのなかに入った。ハンガーにかかっている服はどれも影のようにしか見えなかった。東の服とまったく同じだ。このなかから服を選んで着て歩く自分の姿を想像できない。いったいなんのために？　だれと逢うために？

北村易子さんの身長は百五十センチとちょっと、大塚晶子さんは百七十センチ近くある。わたしは百六十センチだから、ふたりに合う服を見つけるのは難しい。北村さんにはヨーガンレールのツーピースとコムデギャルソンのワンピース、大塚さんにはヨージヤマモトの青いスカーフがついている黒のドレスと、腰から下が深緑色のダナ・キャランの黒のワンピース——、それらの服に合わせて買った靴とコサージュと帽子《ぼうし》を捜し出し、両腕に服をかけてクローゼットから出た。

「これとこれは北村さん、こっちは大塚さんのです。着てみてください」

ふたりは顔を見合わせた。

「え？　なんか変」大塚さんが真っすぐにわたしを見た。

「形見分けのつもりじゃないでしょうね」北村さんが半分だけ笑って訊《き》いた。

「いえいえ。なんかもう黒い服を着たくなくなって。それとすごくお世話になってるし」わたしはゆっくりと嘘をついた。

「もらい上手の北村だから、喜んでもらっちゃうけど、こんなにたくさん、いいの？」

「いいんです。似合《にあ》いそうなのを選んだんです。着てみてください」

ふたりは順番に着替えてファッションショーのようにおどけてわたしに見せてくれた。

「どう？」

「北村さんが選んだみたいに、北村さんの雰囲気《ふんいき》に合ってます」

「いかが？」

「すごく似合います。それはちょっとしたパーティーにも着ていけますよ」

「パーティーの予定なんてないけど」

大塚さんはくるッとターンをして、スカートを脚に巻きつかせた。

町田敦子《あつこ》さんと中瀬ゆかりさんと細井ミエさんと最相葉月《さいしょうはづき》さんと向田幸代さんと渡辺真理にも、彼女たちに似合いそうな服も選ばないといけない。男性たちにはなにを遺《のこ》そうか、万年筆と眼鏡《めがね》と、あとはなにがいいだろう。町田康《こう》さん、矢野優《ゆたか》さん、石井昂《たかし》さん、飯田昌宏さん、森正明さん、堀内大示《だいじ》さん、吉良《きら》浩一さん、村松卓さん、米田浩一郎さん、札幌のIさんにもなにかを遺したい。遺書を書く気力は残っていない。紙袋に分けて、名前を書いた葉書を入れておけばわかるだろう。

ワープロの前に戻って、〈わたしは——、遺影と遺骨を前にして、生きること自体を迷っている〉と締めくくって、原稿をプリントアウトして読み直した。東由多加というひとを伝えていないし、わたしと東の関係も伝えていないと思ったが、これ以上の言葉はわたしの内《うち》にはない。わたしは共同通信文化部の金子直史さん宛ての送り状を書きながら、これが地方紙に配信されるころにはいないだろうな、とわたしの外側で浮遊《ふゆう》している意識で漠然《ばくぜん》と考えた。


四月二十八日金曜の夕がた、飯田昌宏さんから電話があって、飯田さんと中瀬さんの三人で飲むことになった。ふたりとも部屋から出ないわたしの精神を案じているのだろう。

大塚さんは自宅に帰り、北村さんは稽古《けいこ》に出掛け、峯さんは昼過ぎに茶色い胃液を吐いて東のベッドで眠っていた。

わたしは東の部屋にそっと入った。

遮光《しゃこう》カーテンで真っ暗だった。

ベッドの脇に立った瞬間、枕の上で目を閉じている峯さんの顔が東の顔に重なった。からだのなかにできた芯《しん》のような恐怖を柔《やわ》らかくするために、深く息を吸ってすこしずつ吐き出した。

「だいじょうぶですか？　わたしはもうすこししたら出ますけど」

峯さんは目を開けずにいった。

「あぁ、柳さん？　ずいぶん吐いちゃったよ」

「ひとりでだいじょうぶですか？」

「夜、キートンが帰ってくるからだいじょうぶ。もう飲まないよ。静かに眠ってる」

ふたりが迎えにきて、タクシーに乗った。どこがいい？　どこでもいいよ。ＳＯ　ＢＡＲは？　どこにあるんだっけ？　西麻布だよ。混んでるところはちょっとつらいな。店のひとに訊《き》いてみる。中瀬さんはケイタイでＳＯＢＡＲに電話したくれた。

メニューを見て鳥煎餅《せんべい》、冷しトマト、冷《ひ》や奴《やっこ》に決めて、中瀬さんは生ビール、飯田さんはスプモーニ、わたしはソルティドッグを注文した。そして飲んだ、咀嚼《そしゃく》した、しゃべった、中瀬さんの冗談《じょうだん》を聞いて笑った、しかしわたしの意識はこの現実とつながっていなかった。目に映るもの、耳に入るもの、のどを通るもののすべてが何年も前にみた夢のように重みと輪郭《りんかく》を失い、店から一歩出た途端《とたん》になにを飲み、咀嚼し、しゃべったのか思い出すことができなくなっていた。

雨。雨。雨。タクシーの窓にずきずき痛むこめかみを押しつけて、雨に溶かされていく夜を眺《なが》めた。ふと、ひと月ほど前に編集者に付き添ってもらって逢いに行ったモーリとしか名乗らなかった霊能者《れいのうしゃ》の言葉を思い出した。東さんが亡くなって二週間は危険です、抜《ぬ》け殻《がら》になります、かたときも離れずにだれかがついていなければ自殺する可能性が高い、でもその二週間を切り抜ければかならず再生します、死んで、生き返るんです。

エレベーターから降りた瞬間に、部屋のなかにはだれもいないということがわかった。急激に寒くなって鍵を鍵穴に差し込めないほど手がふるえた。

ドアを開けると、やはり靴は一足もなかった。峯さんと北村さんは帰ってしまったのだろうか？　わたしは劇団員たちの手によって壁という壁に飾られた東京キッドブラザースのミュージカルのポスターに監視《かんし》されるようにして部屋中の電気をつけて歩きながら、腐《くさ》りつつある菊と線香のにおいを嗅《か》いだ。墓地のにおいだ、と思うとさらにふるえは激しくなり、わたしはバッグから手帳を取り出してケイタイを握りしめた。深夜二時。さっき別れたばかりのふたりに、いますぐきてほしいとお願いすることはできない。だれか。この時間に起きていて、いますぐきてくれそうなだれか。米田浩一郎さんに電話をしたが、留守番電話サービスになっていた。自宅に電話したら、同居しているお母さんを起こしてしまう。

渡辺真理のケイタイにかけた。もしもし？　もしもし柳ですけど。あっ柳美里？　だいじょうぶ？　だいじょうぶじゃないかもしれない、なんか遺影があって遺骨があってだれもいなくて。もしもし？　明日オンエアの前に行くよ。うん……。電話は切れてしまった。いますぐきて、とは頼めなかった。

わたしはふるえを抑えるために膝をかかえて自分の脚にしがみつき、足の甲の上で手帳をめくった。いない。いない。だれもいない！　このままひとりでいたら自分をつづけることができなくなってしまう。間違いなく気が狂う。だれか！　だれかきて！

わたしは手帳に書いてある名前を呼んだ。声をあげて、点呼《てんこ》するように。涙がにじんできた。二十人もいないので何度もくりかえし呼んだ。誤《あやま》って住所録ではないページをめくったときに、スケジュールの余白《よはく》にある名前に目が止まった。佐藤恵美《えみ》。恵美ちゃん！　弔問《ちょうもん》に訪《おとず》れたときに連絡先を書いてもらったのだ。たしか、夜間のバイトをしている。わたしは番号を間違えないように数字を読みあげながらケイタイのボタンを押した。

もしもし、恵美ちゃん？　だれ？　柳ですけど。柳さん、どうしたの？　これからって忙しい？　あと三十分くらいいなくちゃいけないけど、だいじょうぶだよ。すごく悪いんだけどうちにきてくれない？　いまひとりで、東さんがいなくて……。わかった、行くから待ってて、待てる？　うん……。

恵美ちゃんの声は切れてしまった。ほんとうは三十分も堪《た》える自信はなかったが、仕事をやめていますぐきて、と泣きつくほど親しい間柄《あいだがら》ではない。

わたしは足を折られた犬のように座椅子の上にからだを横たえて、両目を見ひらき、両耳を立て、全身に力を入れて時間が過ぎるのを待った。

インターフォンが鳴り、モニターに恵美ちゃんの姿が映った。

「柳さん、だいじょうぶ？」

「ごめんね」

「柳さんが眠くなるまでいっしょにいるよ」

朝になるまでいっしょに眠って、とはっきりお願いすることはできなかった。

「眠くならないと思う」遠まわしにお願いしたつもりだが、遠まわし過ぎて伝わらないかもしれない。

「じゃあいっしょに横になる。柳さんが眠ったら帰るよ」

「シャワー浴《あ》びたら？」

「シャワーはうちで浴びるよ。メイク落とし貸して」

「ないんだけど」

「じゃあ、せっけんでいい」

恵美ちゃんは脱衣所《だついじょ》に行き、わたしは恵美ちゃんの背後《はいご》に立って顔を洗う様子《ようす》を眺《なが》めていた。数分間べつの部屋で待っていることさえできなかった。

「ぜんぜん落ちない」

わたしは顔と前髪を濡《ぬ》らした恵美ちゃんにタオルを手渡した。

なんとかパジャマに着替えてもらい、並んで布団のなかに入った。いまは、べつの布団でもだめなのだ。手の届く距離にあたたかくて柔《やわ》らかいひと膚《はだ》がないと、おかしくなってしまう。わたしは香水のにおいを嗅《か》ぎながら、肩が触《ふ》れるまで恵美ちゃんに近づいた。

「明日はなんか予定あるの？」

「夜はバイトだけど、昼はなんにもないよ」

「起きたときにひとりだと……」

「じゃあ柳さんが起きるまでいる」

「ありがとう」

「わかるよ。お父さんが亡くなったとき、お母さんがいまの柳さんみたいな状態《じょうたい》だったから」

「恵美ちゃんのお父さんも癌《がん》だったよね」

「うん、東さんとおんなじ食道癌」

「息を引き取るときに立ち会えたの？」

「ううん。お姉ちゃんと交代してそのまま……病室を出るときまではしゃべってたんだけど、なんかの点滴《てんてき》をしたら意識不明になって……でも苦しまなかったみたい。東さんは苦しんだの？」

「うん……もう二度と逢えないのかな……」

「あのね、お父さん、車の運転を教えてくれるって約束してくれてたの。それでね、亡くなってしばらく経《た》って教習所に通《かよ》ったの。夢をみてね……お父さんといっしょに車に乗ってて、運転を教えてもらうの。夢じゃないみたいに細かくていねいに。その夢の話をお母さんにしたら、ギアチェンジのときに、クラッチを踏んでからアクセルを軽くひとふかしするのはお父さんの癖《くせ》なのよって」

「その癖、知らなかったんだね」

「うん。ほんとうに知らなかった。だからわたしは、霊魂《れいこん》の存在を信じてる」

わたしと恵美ちゃんはうつらうつらしながら話をつづけた。お父さんは不二家《ふじや》のショートケーキが大好物《こうぶつ》だったの。最後のクリスマスに食べさせてあげればよかった。どうせ食べられないからって買わなかったの。食べられなくても見せてあげればよかった……。白い苺《いちご》のデコレーションケーキが煙のように流れて、横浜のホテルで行われたという丈陽の父親の結婚披露宴《ひろうえん》が浮かびあがり、ウエディングドレスとタキシードの白が縮んで菊の花に変わった。骨壺が倒れて東の骨が散らばり、真っ白なただ真っ白なだけの眠りに吸い込まれた。

意識の根の何本かが眠りから引き抜かれ、わたしは目を醒《さ》まそうとしていた。目など醒ましたくない、このまま眠っていたい、目を醒ましてもいいことなどひとつもない。わたしは同じ布団のなかにいるだれかのぬくもりと寝息にもぐり込んで、もう一度眠りに根を降ろそうとした。

――わたしは白いバスタブのなかで体温よりもぬるい湯に浸《つ》かり、臍《へそ》の上あたりからふくらんでいる腹をてのひらで撫《な》でている。

これは夢ではない、日付のある出来事だ。一九九九年九月四日。彼とふたりで沖縄を旅して東京に帰る朝――、一睡《いっすい》もできなかったわたしは彼のベッドの前を通り過ぎてバスルームに入った。そして日光浴《にっこうよく》をするあざらしのようなかっこうで湯に浸《つ》かり、胎児《たいじ》の指の一本一本や顔の造作《ぞうさく》を想像した。

おそらく一時間半くらいが過ぎたとき、バスルームの壁越しにテレビの音が聞こえた。

いきなりドアがひらいて、彼が叫んだ。

出て！

なに？

早く出て！

なにかとんでもないことが起きたにちがいない、いったいなんなんだろう、彼もわたしも沖縄にいることはだれにも知らせていないのに、きっと彼のケイタイにだれかからのメッセージが入っていたのだ、だとしたら悪い知らせだ、よい知らせだったら風呂から出ろなどといわないはずだ――、わたしはバスローブをはおって浴室《よくしつ》から出た。

どうしたの？

ああ　終わっちゃった　エイジ虫の映像が流れてたのに

エイジ虫？

ほら　こないだ話したじゃん　エイジ虫で着色してるんだって

わたしはCNNのニュースキャスターの顔を一瞥《いちべつ》して浴室に戻り、ローブのひもをほどいて湯に浸《つ》かった。彼はわたしがある清涼《せいりょう》飲料を飲むたびに、その色は葡萄《ぶどう》じゃないんだよ、エイジ虫をすり潰《つぶ》してるんだよ、おなかの子によくないから飲まないで、と口を酸《す》っぱくしていた。しかし妊娠六ヵ月の女を風呂から出させるほどのことではないし、わたしたちは互いの顔をひっぱたき、ひと言も口をきかないでべつべつのベッドで寝たのだ。そんなにいうんなら認知するし養育費も払うけど子どもには逢わない、と平《ひら》手《て》打ちした彼のてのひらの感触《かんしょく》がまだ頰《ほほ》に残っている。

東由多加は取材するように彼のことを訊《き》いた。

どうしてもわからないんだけど　その男のどこに魅《ひ》かれたの？　おれにいわせれば　その男はあなたがいうほど悪人じゃないよ　どこにでもいるありふれたひどい男だ　でもあなたにとっては特別なんだろうね　いままでの男とどこがちがうの？

どこだろう……

その男の子どもを生みたいと思っているわけだから　どこかしら魅力《みりょく》はあるんでしょう？　顔？

いいのかもしれないけど　わたしは顔のいい男は嫌《きら》いだから

背は高いの？

百八十以上ある

ははぁ

背の高さに魅かれたわけじゃないよ

だろうね

とっても間抜けっていうか　ピントがずれた言動をするの

でもそれって短所でしょう？

短所に魅かれることのほうが多いかもしれない

あなたの男の趣味は最低だからね

いままで逢ったなかでいちばん未熟《みじゅく》で能天気《のうてんき》だったの

どんなところが？

わたしは東に、切迫流産《せっぱくりゅうざん》で入院した病室でジャンケンをして負けたほうの顔にいたずら書きをして遊んだり、退院したばかりのわたしを誘って代々木《よよぎ》公園でトランクス一枚になってバドミントンをしたり、認知のことで大げんかをしたあとにカラオケボックスに行き、田原俊彦の「哀愁デート」を振りつきでうたったりしたことを話した。

そういうことは書いたりいったりしないほうがいいよ　あきれられるから　中高生のカップルじゃないんだからさ

東のいう通り、わたしたちは十代前半のカップルのようにつきあっていた。互いの仕事の話や難しい議論などはいっさいしないで、お兄ちゃん、美里、と呼んでふざけ合っていた。

沖縄に行く何日か前に、彼は三十八歳の誕生日を迎《むか》えた。その日は朝から取材に出掛けていた。七時を過ぎても連絡がないので、妻とふたりで誕生日を祝《いわ》うのだろうと大きなおなかを横にして眠っていた。

鍵穴《かぎあな》に鍵が差し込まれる音で目を醒《さ》ました。

ごめん遅くなって　寝てて　シャワー浴びるから

わたしは布団のなかでシャワーが跳《は》ね散る音を聴いていた。
彼はトランクス一枚でわたしのとなりであおむけになった。
お誕生日おめでとう
憶《おぼ》えててくれたの？
こないと思ったから　なんにも用意してない
柳美里大先生に誕生日を憶えてもらえるだけで光栄でしょう
彼は氾濫《はんらん》した川の様子《ようす》を話し、キャンプ地に取り残されたひとを救助したことを自慢《じまん》し、蛭《ひる》に吸われた肩や背中を見せてくれた。
蛭って皮膚《ひふ》にもぐるんでしょう？
運転手さんにライターで焼いてもらった
火傷《やけど》しなかった？
彼の背中に顔を近づけてみると、ところどころうっすらと赤くなっていた。
ねぇ　羊をA記者に変えて話して
わたしは彼の両肩をつかんで揺さぶった。
流産しかかって入院したときに、「眠れないから羊を数えて」とお願いすると、病室の折りたたみ椅子《いす》をつなげて横になっていた彼が、「一匹目の羊がダッダッダッダッダッと行って柵《さく》をぴょおんと越えました、二匹目の羊がダッダッダッダッダッと行って柵をぴょおんと越えました」と眠そうで笑い出しそうな声でいい、それ以来眠たくて眠れないときは、あるときは羊、あるときは象《ぞう》、あるときは麒麟《きりん》に何匹も柵を越えてもらい、わたしは彼の肩に頰《ほほ》を預《あず》けて眠りに就《つ》いた。
A記者の背中に蛭がピタッと貼りつきました　首にもピタッ
もっともっとからだじゅう　顔じゅうに蛭をくっつけてから走らないとだめだよ
A記者のほっぺにもピタッ　おでこにもピタッ　手にもピタッ　腕にもピタッ
気持ち悪いよ　もういいから早く走って！
A記者はダッダッダッダッと行って柵をぴょおんと越えました。
わたしは彼と過ごした一日一日を何百回も模写《もしゃ》し、彼のひと言ひと言を何百回も再生している。丈陽に「お父さんはどんなひとだったの？」と訊《き》かれたら、丈陽がその顔を、その仕種を、その声をありありと想像できるように物語ってやりたいからだ。あまりにもくりかえし思い返したために、わたしが書いた小説の登場人物のようにしか思えないときもある。現実には存在しない架空《かくう》の人物――。

　彼の背中のどのあたりが蛭に吸われたのかを思い出そうとしているうちに、一枚の紙が複写《ふくしゃ》された。

　東さんが亡くなったことを新聞で知りました。
　あまりにも早い死を悼みます
　御冥福をお祈りします
　遅くなりましたが、養育費を入れた通帳を送ります。
　カードは後に送ります。暗証番号は×××です。

　わたしは両目をひらいた。東由多加は死んだのだ。目尻《めじり》から涙がこぼれて耳のなかに流れた。わたしは今日も目を醒《さ》ました。そしておそらく今日も眠るのだろう。眠って、起きるたびに東由多加の死が新しくなる。もう目を醒ましたくない。もう眠りたくない。

　となりの枕の上には茶色い髪の毛がふわふわと広がっていた。顔は見えない。わたしは昨夜の記憶を辿《たど》ってみた。飯田昌宏さんと中瀬ゆかりさんとＳＯ　ＢＡＲで飲んで、午前二時に帰宅したら、だれもいなかった。何人かの友人と知人に電話して、佐藤恵美ちゃんがきてくれたのだ。

　恵美ちゃんは麻酔《ますい》を打たれた重症《じゅうしょう》患者のように横たわっている。起こしてはいけない、疲れているのだ。わたしは音をたてずにドアを開け、東の部屋に入った。

　枕カバーとシーツに血混じりの茶色い胃液が飛び散っていた。峯さんが吐いたのだ、芝居の稽古《けいこ》から帰ってきた北村さんが病院に連れて行ったにちがいない、書き置きがないということは、よほど差し迫った容体《ようだい》だったのだろう、もしかしたら救急車を呼んだのかもしれない。わたしは昨日出掛ける直前に見た峯さんの顔がぞっとするほど東に似ていたことを思い出した。峯さんは、十七歳のときに、校門で待ち伏せしていた東に誘われて役者になった。峯さんがあの瞬間から東のように酒を飲みつづけ、東のパジャマを着て、東のベッドに横になったとき、わけのわからない胸騒《むなさわ》ぎをおぼえたが、それを言葉にすることは憚《はばか》られた。

　東は峯さんを待ち伏せして誘っているのではないか――。

　洗面台で顔を洗っていると、恵美ちゃんの声が聞こえた。

「柳さん、だいじょうぶ？」

「うん」

わたしは線香に火をつけて合掌《がっしょう》してから、紅茶を淹《い》れた。

「……恵美ちゃんはひとり暮らし？」

「ひとりだよ」

恵美ちゃんは元東京キッドブラザースの男優と結婚して数年前に離婚していた。

「あのさ……いっしょに棲《す》んでくれないかな？」

「え？」

「家賃も生活費もわたしが持つ。恵美ちゃんは、ただいっしょに棲んでくれればいいだけ……東さんと丈陽とわたしの三人で暮らしていて、丈陽とわたしのふたりで暮らすことはできないの。ふたりきりだと東さんを待ちつづける気がする。恵美ちゃんがいっしょに棲んでくれれば、恵美ちゃんを待っていられるでしょう？　もう限界……今夜眠るのも……」

「棲んでもいいよ」と恵美ちゃんは紅茶を飲んであたたかい息を吐いた。

「ほんとに？」

「でも、家賃もすこしは出すよ。ぜんぶ柳さんに持ってもらったら居候《いそうろう》みたいで肩身《かたみ》が狭いもん」

「それはぜんぜん気にしないで。ときどき掃除《そうじ》してくれればいいから」

「掃除くらい頼まれなくてもするよ。わたし、汚れてるのいやだもん。ここで暮らすの？」

「ううん。ここは出る。いま、編集者に捜してもらってるんだけど、いいところがあったらいっしょに見に行こう」

「いつごろ引っ越す？」

「六月三日に長崎に納骨《のうこつ》に行くから、そのあとだね」

わたしたちは黙って紅茶を飲み、なにも映っていないテレビの画面を眺《なが》めた。

「……今日は？」

「うちに帰る。夕がたバイトの前に寄るから」

恵美ちゃんは立ちあがり、わたしは玄関まで見送った。

十七歳のとき、恵美ちゃんの横浜の実家によく泊まらせてもらった。

そのころは、一ヵ月のほとんどを東が前妻との新婚生活を営んでいた表参道《おもてさんどう》のマンションで過ごし、たまに北鎌倉の母の家に衣類などを取りに行くという生活をしていた。

東が書いたミュージカル『Ｂｉｌｌｙ・ビリィ・ＢＯＹ』の〈湖〉という役を与えられ、初日までの二週間、母の家から原宿の稽古場《けいこ》に通っていた。台詞《せりふ》を憶《おぼ》えることに集中したかったということもあったが、稽古場では演出家と役者として振る舞い、うちでは恋人として振る舞うことが難しかったのだ。

しばらく掃除をしていないので散らかっているのではないかと思い、一期下の恵美ちゃんを誘って、稽古の帰りにマンションに寄った。

合鍵《あいかぎ》を使ってなかに入ると、ダイニングの桟《さん》にオレンジ色の麻《あさ》のツーピースが吊《つ》ってあった。

「なにこれ?」

「……衣装じゃないでしょうか」恵美ちゃんの声は小さかった。

「どの芝居の?」

「……衣装じゃないですね……」

なんでこんなところに吊ってあるのだろう。わたしは服に近寄ってタグを調べた。イヴ・サンローラン。麝香《じゃこう》のにおいがする——、東の妻のTさんだ。だとしたら、離婚届を提出したというのは嘘《うそ》なのだろうか? それとも離婚しても関係をつづけているのか?

恵美ちゃんにも服の主《ぬし》がわかったのだろう、わたしたちはひと言も口をきかずに掃除をはじめた。メゾネットタイプだったので、恵美ちゃんが一階、わたしが二階の寝室——、寝室にも麝香のにおいが漂《ただよ》っていた。わたしはマットレスのまわりに散らかっている新聞紙やティッシュペーパーを籐《とう》のゴミ箱に入れて、タオルケットをめくった。マットレスと壁のあいだに白いパンツがはさまっていた。手に取りたくなかったので、シーツといっしょに丸めて一階の洗濯機《せんたく》のなかに突っ込み、洗剤を入れてまわした。わたしは押し入れにしまってある自分の下着と洋服をリュックに詰《つ》め込んだ。もう東とはおしまいだ、この芝居の幕が閉じたら退団しよう。

掃除《そうじ》を終えて、恵美ちゃんとふたりで靴を履《は》いているときに、玄関のドアが開いた。

Tさんだった。

「あッ!」恵美ちゃんは小さな叫び声をあげた。

わたしは黙って会釈《えしゃく》をした。

白いハイヒールを脱いで部屋を見まわしたTさんはわたしたちに向かっていった。

「お掃除してくれたのね。どうもありがとう」

わたしたちはエレベーターに乗った。

マンションの外に出ると、上のほうからＴさんの声がした。

「ちょっと！」

振り向くと、Ｔさんが五階の踊り場に立っていた。

「わたしのパンツ！　知らない！」

わたしたちは走って逃げた。表参道の地下鉄の入口を駆《か》け降り、切符《きっぷ》を改札《かいさつ》に通して銀座線に飛び乗るまで走るのをやめなかった。

その夜は恵美ちゃんの家に泊めてもらった。

翌日は『Ｂｉｌｌｙ・ビリィ・ＢＯＹ』の初日だった。朝から歌やダンスシーンの稽古《けいこ》をして、開場二時間前に東が劇場に現れた。

東は演出台に座り、演出助手の恵美ちゃんに日本酒を注がせると、ひと口飲んで〈湖〉のモノローグからはじめるとスタッフに指示を出した。

ピンクフロイドの「マザー・フォア」がフェイドインして、〈湖〉はゆっくりとサングラスをかけ、トップサスの光の輪のなかに入って台詞《せりふ》をしゃべりはじめる——、だが、わたしは声を出すことができなかった。

東が机をたたき、ＢＧＭが止まった。

わたしは何歩かあとずさって光の円からはずれた。

もう一度東が机をたたいた。

顎《あご》の先から涙が落ちて、リノリウムを濡《ぬ》らした。

「なにやってんだ！　お前、なにさまだ！」

わたしは舞台から降りて一段飛ばしで階段を駆けあがった。通路には開場を待つ観客が並んでいた。

外は土砂降《どしゃぶ》りの雨だった。わたしは明治神宮前の陸橋《りっきょう》を目指して走った。山手線に飛び込むつもりだった。

「柳さん！」恵美ちゃんの声が追いかけてきた。

「柳さんは悪くない！　なんにも悪くない！」恵美ちゃんはわたしの前に立ちはだかった。

「柳さんが死ぬんならわたしも死ぬ！　お願い！　戻って！　なにがあったってお客さんには関係ないでしょう。いま逃げたら、柳さんは一生逃げつづけることになる。なんにも悪くないんだから、逃げることなんかない！」恵美ちゃんはわたしの腕をつかんで坂を駆け降り、劇場の入口で気絶してしまった。

劇場の鉄の扉《とびら》を押すと、東が〈湖〉の衣装をつけて台詞を憶《おぼ》えている最中だった。びしょ濡れのわたしの姿を認めると、東は黙って衣装の上着を脱いで差し出した。

四十分遅れで開演し、わたしは髪から雨をしたたらせたまま〈湖〉を演じた。

だれもいなくなった客席で放心していると、舞台監督の村松明彦さんがわたしの前に立った。

「佐藤は四十度の熱を出して病院に運ばれた。佐藤にも謝《あやま》るべきだけど、ほかの役者にも迷惑《めいわく》かけたんだから謝ったほうがいいよ」

楽屋に行って謝ったが、共演者たちは口をきいてくれなかった。


恵美ちゃんがいっしょに棲《す》んでくれるならば、丈陽を引き取ることができる。わたしは丈陽を預かってくれている町田敦子《あつこ》さんに手紙を書いてファックスした。

数分後に返信が届いた。

（前略）私も丁度《ちょうど》、柳さんに相談がしたいと思っていたところです。
東さんの葬儀の際、丈陽くんに精神的な打撃《だげき》を与えてしまったようなのです。順を追って説明します。（中略）
告別式の当日はいつも丈陽くんが寝ている時間だったので、読経《どきょう》が始まっても彼はすやすやと眠っていました。
そして読経の終盤《しゅうばん》、突然りんが連打されたときにびっくりして泣き出したのですが、それはどう見ても「ちょっと、びっくりした。」という感じでした。
しかし、次に「黄金バット」の合唱が始まった際、丈陽くんは飛び上がってしまい、そのまま反《そ》り返って白目を剝《む》いてしまったのです。（中略）
帰途《きと》もすやすやと眠っていたのですが、帰宅後しばらくして、聞いたこともないような声を張り上げて泣き始めたので、びっくりして抱き上げました。（中略）丈陽くんは自分の手で自分の髪を摑《つか》んでいました。やめさせようとしても、大人《おとな》の力で苦労するほど、本人の握り拳《こぶし》が真っ白になるほど、力一杯《いっぱい》引っ張っていました。
その後も、ちょっと目を離すとまた自分の髪を引っ張り始め、なだめて少し落ち着いて眠りかかっても、些細《ささい》な音に（雑誌のページをめくる音、グラスをテーブルに置く音など）飛び上がって驚き、目を見開いて泣くのです。

翌日もそんな調子なので、今日私が10年近く通っている東洋医学系の医者（乳幼児も診《み》ている）に相談しました。

たぶん経験した恐怖の大きさに耐《た》えられず、ストレスになっているのだろうとのことでした。癒《いや》すには、少しでもぐずったり泣いたりしたら、すぐに抱き上げ、安心させるように優しく話しかけ続ける。部屋の中に楽しい雰囲気《ふんいき》を演出し続ける（童話《どうわ》のCD、幼児用ビデオを買いに行くつもりです）。風呂《ふろ》上がりに精神を落ち着かせる作用があるオイルなどを太陽叢《たいようそう》のあたり（右肋骨《ろっこつ》下あたりのお腹）に塗る。などのことを続け、彼が感じた恐怖にバランスの取れるだけの愉気を与えるしかないのだそうです。そして、少なくとも自傷《じしょう》行為（髪を力任せに引っ張るなど）が治まるまでは、環《かん》境《きょう》の変化はない方が良い、とのことでした。

どうしましょうか。5月3日以降は、どの様にしましょう。週半分ずつで慣《な》らしていきますか？　それとも様子を見ましょうか？

引っ越し等は考えていますか？

また、改めてご連絡しますが、取り急ぎ。


わたしは言葉を失って、テーブルに座った。〈自傷行為〉という言葉が重過ぎて、なにも考えることができない。視線を感じて顔をあげると、遺影の唇の右端がすこしあがったような気がした。唐突《とうとつ》に、眠るしかない、と思いついた。わたしは東の部屋に入って東のベッドに横たわり東の枕に頭を載せた。新たにはじめるより、先に進むより、このまま終わらせたほうがいい。わたしにはもうなんの力も残っていない。

目を開けると、ベランダから夕陽が差し込んでいた。起きあがってリビングに行くと、北村さんからファックスが届いていた。


峯さんは東京女子医大の消化器センターの４Ｆに入院しました。仮のＢｅｄです。鼻から胃までクダを通されて痛々しい姿です。考えられるのは胃かいようか肝臓か、食道から血が出たのかもしれないとも言っていますが、詳《くわ》しい事はわかりません。月曜か火曜にはわかるでしょうが、2週間位の入院にはなるでしょう。

あなたの事を心配しています。私も一人でいるのはいやだから、夜、稽古が終わってからそっちに帰ろうと思っていました（一人部屋には入院させられないので、病院のつきそいはできません）。5／10～15は旅公演ですが（5／10～15、アキコがフライトないならたのみましょう）、それ以外はそっちに行くつもりです（49日が済み、引っ越しするまでは）。

お互いに大変ですが、協力して、助け合って生きるしかありません。

P.S.もしもあれでしたら、まだ自宅にいます。TEL下さい。

わたしは電話をした。北村さんはすぐに出て、峯さんのくわしい容体《ようだい》を話してくれた。わたしは、昨夜恵美ちゃんに泊まってもらい、いっしょに暮らすことになったこと、今日もバイトの前に寄ってくれることなどを話し、敦子さんから届いたファックスの内容を説明し、とても話しきれないので電話を切った。

しばらくして、ふたたび北村さんからファックスが届いた。

とにかく今日も夜はそっちに行きます。もう少ししたら病院に着がえを届けに行ってきます。私も峯さんがこうなった事、色々考えたりしました。東さんが淋《さび》しくて、とか色々です。一瞬そう考えたりもしたんです。でも、私から峯さんをとったら、私も柳さんみたいになってしまう。そんなことを東さんがするとは思えません。東さんは峯さんに、ムチャをしないで自分を大切に、と言っているんだと思います。

東さんが、私、アキコ、柳さんの3人を近づけたのは、「自分がいなくなっても柳の事を」と言っていたのだと私は思っています。だから、ある意味で、東さんに全力をかけたように、柳さんにも全力をかけます。もちろん峯さんにもです。だからけっして独《ひと》りと思わないで。私もアキコもいます。もちろん東さんの代わりにはなれませんが。東さんはあなたを守りたかったんですよ。守れない時の為《ため》に、私とアキコを配していったのでしょう。だってそうじゃなければ、私とアキコはあなたに近づく事はなかったです。ほんの少し前までは、水と油のようにしていたのですから。

ファックスを読み終えて、部屋中の電気をつけてまわっているときにインターフォンが鳴った。部屋に入ってきた恵美ちゃんは、「あんまり時間がないの」と前置きして話し出した。

「柳さん、やっぱりいっしょに棲《す》まないほうがいいと思う。キッドにいたことはたいせつな思い出だし、東さんの存在は一生消えないと思うけど、柳さんと暮らしたら、過去のなかで生きてるような感じになると思うの」

「……そうだね」わたしは落胆《らくたん》がにじまないように声のトーンをすこしだけあげた。

「柳さんはまだまだこれから恋をすると思うよ」と恵美ちゃんは十五年前にわたしを励《はげ》ましてくれたときのように声を弾《はず》ませた。

静かな夕が去り、もっと静かな夜が訪れた。

わたしは敦子さんに手紙を書いた。六月三日に長崎の妙《みょう》行寺《こうじ》に納骨するので、東由多加が丈陽と過ごせる時間はわずかだということと、いまのわたしは丈陽がいなければ一日たりとも生きていけないということを書き、〈わたしの魂にとって、東の魂にとって、丈陽が必要なのです〉と書いてペンを置いた。


ファクシミリ拝受いたしました。

丈陽くんをつれて行く件、承知《しょうち》しました。ただ御願いがあります。

私は今、「赤ん坊は壊れ物」だと言うことを実感しています。助けが必要な存在です。「一瞬でも目を離したら死んでしまう」不完全な生き物です。

丈陽くんをみるのは東さんをみるのと同じくらい大変だと思って下さい。もしも体力、気力が足りないと思ったときは必ず声を掛けて下さい。

そして、前回のファクシミリの三点を必ず守って下さい。

柳さんの魂に癒《いや》しが必要なのと同じくらい、丈陽くんにも必要です。それができるのは柳さん自身、母親だけです。

丈陽くんは今、昼間一時間以上まとめて寝ません。ほとんど一日中だっこです。

出来るだけ頑張《がんば》って、食べて、眠って下さい。体力が必要です。

また連絡します。

丈陽が帰ってくる、丈陽とふたりで新しい生活をはじめなければならない、生きることを堪えなければならないのだ。

わたしの沈黙に拮抗《きっこう》するように東の声が聞こえた。

あなたはなんでも先走って　不安まで先取りしちゃってるけど　そのときになってみないとわからないもんだよ　おれがついてるじゃない　あなたはおれの言葉を疑ってるけど　おれは丈陽が二歳になるまではぜったいに死なないよ　あなたと丈陽を残して死ぬはずがないじゃない

目を醒《さ》ますと、となりに眠っていたはずの大塚さんの姿がなかった。

リビングテーブルの上に五センチ四方のメモ用紙が置いてあり、ワープロの半角《はんかく》よりも小さな文字が書いてあった。

ねむれましたか？

私、5月中旬まではヒマしていますので、またお泊まりにきます。気を使わないでだいじょうぶでーす。

昨日は、東さんが人参《にんじん》食べている夢をみました。なんで⁉

今日はいったい何日なのだろう。あの夜から何日経《た》ったのだろう。手帳をひらいてみると、五月一日月曜日だった。今日眠って、明日眠ったら、丈陽《たけはる》が帰ってくる。

わたしは煙草《たばこ》をくわえて部屋のなかを歩きまわり、キッドのポスターを東の部屋に運び、東都典範《とうとてんぱん》に電話して白菊の花籠《かご》をかたづけにきてくれるよう頼んだ。

そしてワンカートン買い置きしてあったバージニアスリムを台所に持って行き、十二箱すべての封を切って水を注ぎ入れた。丈陽のいる場所で煙草を吸うわけにはいかない。わたしは部屋中の窓を開けて掃除機《そうじき》をかけた。

祭壇の後ろの押し入れのなかから丈陽の衣類などが入っている無印良品の収納ボックスをひっぱり出し、わたしの部屋に運んだ。深夜ミルクを吐き戻したり排便《はいべん》したりしたときにすぐ対応できるように、収納ボックスをマットレスの脇《わき》に積み重ね、引き出しのなかの衣類をたたみ直し、ティッシュ、ウエットティッシュ、おむつを入れるビニール袋を枕もとにセットした。

夜は並んで眠るとして、昼間仕事をしているときにベビーベッドをどこに置こう。あまり近くに置くと、ワープロのキーをたたく音で目醒めてしまうだろうし、べつの部屋だと異変を察知《さっち》することができない。リビングと和室は一枚の引き戸で仕切られているだけなので、戸を開ければひとつの部屋になる。丈陽が起きているあいだは開けていればいいし、眠ったら戸を閉めて暗くしてやればいい。やはり和室が最適なのだが、祭壇《さいだん》とベビーベッドを並べるのは不吉《ふきつ》だし、線香の煙がからだにいいとは思えない。

わたしはベビーベッドのサークルを拭《ふ》きながら、ベッドの置き場所を考えた。本棚の前では地震のときに本が落ちるし、窓のそばはガラスが怖《こわ》い、クーラーの下だと風邪《かぜ》をひくし——、わたしはベビーベッドをリビングテーブルの横にくっつけた。見た目の安定感はないが、ここしか考えられない。丈陽の面倒をみながらテーブルの上で仕事をしたり食事をしたりするのだ。ワープロのキーは音が出ないようにたたく、というよりそっと押す努力をしよう。

干《ほ》しておいたマットレスと掛け布団を取り込んで、ベビーベッドのメイキングをする。まずマットレスの上にピカチュウのおねしょシートを敷き、その上にバスタオルをひろげ、タオルでくるんだドーナツ枕を置き、ディズニーのサークルメリーを取りつける。「It's A Small World」を聴きながら、ミッキーマウス、ミニーマウス、ドナルドダック、プルートーがくるくるまわるのを眺《なが》めているうちに煙草を吸いたくてたまらなくなったが、緑茶を淹《い》れて、本棚からベビーグッズの通販カタログを抜き取った。

このカタログは東が産科病棟《びょうとう》の待合室《まちあいしつ》から持ってきたものだ。昨年の十一月二十五日、睡眠薬を何錠飲んでも眠れないほど癌《がん》の増悪《ぞうあく》による痛みがひどかったにもかかわらず、東は沐浴指導《もくよくしどう》を受けるために病室に現れた。しかし、もうひと組の夫婦の夫が遅刻したせいで一時間半も待たされ、そのあいだに待合室に置いてあったカタログを見ていたのだ。

わたしは〈商品ご注文書〉の用紙をカタログから切り取って、商品名を記入していった。プラネットファンタジー、アンレーブCX洗い替えセット、ニンナナンナリュック、哺乳びん耐熱ガラス、シリコン乳首、マミーボックス、にぎる・かむトレーニング、ミルクッション、調理器セット、ベビー食器セット、リクライニングバスチェア、乳歯ブラシ3本セット、はな吸い器、スポイトくすりのみ、防水シーツ、セーフティガード、おすわりだいすき、調乳用純水、はじめての病気とケアBOOK、離乳食百科——、数ヵ月経《た》たなければ使わないものも多かったが、数ヵ月後も生きているのだということを自覚したかった。

五月三日で二週間になる。霊能者によると、あと数日で自殺の危機を脱《だっ》し再生するということだが、再生はできないと思う。わたしは生者として取り残された。東と共に生を閉じることは許されなかった。わたしは死に損なったのだ。やましくても、うしろめたくても、丈陽がひとりで生きられるようになるまでは、自らの生を担《にな》い、その重さを堪《た》えなければならない。

わたしは遺骨《いこつ》の前に正座し、線香に火を点《とも》した。てのひらを合わせることはできなかった。遺影《いえい》とただ顔を合わせていた。


五月三日、丈陽が帰宅した。

東の死よりも、生きて丈陽と再会したということの衝撃《しょうげき》が大きかった。

この日のことは記憶から消えている。町田康さんと敦子《あつこ》さんがどのように丈陽を連れてきてくれたのか、どんな顔をして丈陽を抱いたのか、そのときなにを思ったのか、朝だったのか昼だったのか夜だったのか、康さんと敦子さんはすぐに帰ったのか、それともしばらくいたのか――、なにも思い出せない。

ひとつのシーンだけがはがせなかったシールの一部のように残っている。

おそらく丈陽が帰宅するということを伝えてあったのだろう、母とハンメ（韓国語で祖母）がやってきた。

母は遺影のとなりに飾ってある丈陽の写真を取りあげていった。

「こんなところに置いちゃだめよ、縁起《えんぎ》でもないッ！」

「でも最期《さいご》に手を伸ばしたのが、この写真なんだよ。丈陽の顔を見て……」

「連れて行かれたらどうするの？」母は丈陽を抱いた腕に力をこめた。

母には丈陽の写真を柩《ひつぎ》のなかに入れたということは黙っていた。

母は夕食の支度をはじめたが、ハンメは本棚の前の座椅《い》子《す》に腰を降ろし、アイゴ、とため息を吐いた。

「どうしたの、具合悪いの？」と訊《き》いたが、ハンメは顔の前で手を振るだけだった。

母がテーブルの上に食事を並べても、ハンメは立ちあがろうとしなかった。

「お母さん、座って」母がいった。

「なに、わたしはここでいいよ」

「あのひとの遺影と遺骨が怖《こわ》いのよ。お母さんはお父さんのお墓まいりに行ったときも、墓はいやだって行かなかったくらいなんだから。八十過ぎて、死ぬのが怖いかね」


翌日の記憶も白く固く凍結している。

五月四日十八時九分に届いた町田敦子さんからのファックスだけが事実として残っている。


丈陽くんのいない生活、というのがまだ実感がわかず、今朝も7時頃、「あっ！　哺乳瓶《ほにゅうびん》洗ってない！」と飛び起きてしまい、「もういないんだった。」と我に返り、そのまま昼過ぎまで眠り続けてしまいました。

1ヵ月～3ヵ月というのは、泣く、眠るしかなく、これから笑ったり泣いたり怒ったりという感情をともなうようになるので、育てがいが出てくるのでしょうね。

「ケガのないように、病気をさせないように」だけしか考える余裕がなかったのが残念な気がします。本来はきっともっと楽しめるものだと思うので……。

そのうち（近々に）松濤《しょうとう》美術館の近くの公園にお弁当をもって、バギーを押して、行きましょうね。


夜十一時過ぎに大塚さんが泊まりにきてくれる。大塚さんはリビングにマットレスを敷《し》いて横になり、わたしは丈陽を抱いて自分の部屋に入った。

ここから記憶が戻ってくる。消しても消えない鉛筆の跡《あと》のようにうっすらと――。

丈陽は目を閉じて寝息をたてている。わたしは目尻《めじり》に唇を寄せて、長いまつ毛を唇の先で撫《な》でる。そして母猫が自分の子を確認するように髪と膚《はだ》のにおいを嗅《か》ぐ。ミルクと汗の甘酸《ず》っぱいにおい。マァマと丈陽、いっしょ、いっしょとつぶやいて、ひらいたてのひらのなかにひとさし指となか指を入れる。丈陽はそっとてのひらを閉じる。わたしたちは手をつないで眠りに沈む、ゆっくり、ゆっくりと。マァマと丈陽、いっしょ、いっしょ、マァマと丈陽、いっしょ、いっしょ……。


目を開けると、丈陽がわたしを見ていた。

「おはようございます」

わたしは朝のあいさつをした。そういえば、丈陽にあいさつをしたのははじめてのような気がする。おはようございます、こんにちは、こんばんは、はじめまして、さようなら、いってきます、いってらっしゃい、ただいま、おかえりなさい——、たぶんはじめてだ。

もう一度、ガイドブックを見ながら発音する外国人のように大きな声ではっきりとあいさつをした。

「おはようございます」

丈陽は水っぽい声で笑った。

「おはようございます!」わたしはくりかえした。

笑いながら宙《ちゅう》を蹴《け》る丈陽の足をつかんで、いっちにっいっちにと掛け声をかけながら膝《ひざ》を曲げて伸ばした。

「おやッ、おむつがパンパンでちゅよ。おむつを取り替えてぇ、マぁマと起っきしてぇ、ミルクを飲み飲みしてぇ、シッコしてぇ、ウンコしてぇ、マぁマと散歩に行くんでちゅよぉ」といいながらわたしは丈陽のおむつを替えて服を脱がせた。

丈陽ははだかになったのが気持ちいいらしく、からだを左右によじりながらキックしている。不意に、かぶれもあせもないはだかに、骨と皮だけになって左腕だけが倍の太さに腫《は》れているはだかが重なった。床《とこ》ずれができた尻《しり》、胸水《きょうすい》を抜くために管《くだ》を通した背中、垢《あか》で象の皮膚《ひふ》のようになった首のまわり、ただれてどこが穴なのかわからない肛《こう》門《もん》——、わたしは半ば無意識のうちに枕もとに置いておいたカメラを手に取ってシャッターを押していた。レンズに写っているのは丈陽の裸体《らたい》なのに、レンズの向こうにあるのは東の裸体のような気がする。

丈陽は右手をこぶしにして口に突っ込んだ。押し黙って写真を撮《と》っているわたしに異様なものを感じたのだろう。

「ごめん、寒かったでちゅね」わたしは丈陽のももを両手でさすってから新しい下着を着せてやった。

丈陽を抱いてリビングに行くと、テーブルの上に現像《げんぞう》したフィルムの袋が置いてあり、袋の右上に特徴《とくちょう》のある小さな字でメッセージが書いてあった。


昨日、東さんのフィルム現像してみました。

今日もお泊まりだいじょうぶなのできまーす。仕事がんばって。

わたしは丈陽をベビーベッドに寝かせて、袋から写真を取り出した。ぜんぶで六枚、どれも国立がんセンター中央病院の病室の窓からの風景だった。

あーッ、あーッと丈陽が声をあげる。

「ミルクだね、すぐつくるから待っててね」

台所に行って粉ミルクの缶《かん》の蓋《ふた》を開け、いち、に、さん、と数えながら計量スプーンでよそったミルクをすりきりで平《たい》らにした。

東はなぜあんな風景を撮ったのだろう。九條今日子《くじょう》さんにすすめられて、見舞客《みまいきゃく》の写真を撮っていたことは知っていたが――、なんの変哲《へんてつ》もない風景だ。

二枚には、レインボーブリッジが写っている。さらに遠くには、お台場のフジテレビの社屋《しゃおく》や観覧車《かんらんしゃ》が見える。橋の手前には、小さな船が航跡《こうせき》を長く引きながら去って行く、うら淋《さび》しい風景だ。残りの四枚には築地市場《つきぢしじょう》の場内が俯瞰《ふかん》されている。取り引きが終わった午後遅くなのだろうか、ひとはひとりもいない。静まり返っている。

乳首を吸いながら丈陽はわたしの顔を熱心に見あげていた。眠い、と思った瞬間に瞼《まぶた》を閉じていて、吸う音とミルクのなかにたちのぼる小さな泡《あわ》の音だけに耳を傾けた。眠

ってはいない。左腕で丈陽の頭を、右手で哺乳瓶《ほにゅうびん》を支えている。

なだらかな坂をあがっている。自由が丘から奥沢へ向かう坂道だ。わたしたちは東の茶色いコートのポケットのなかで手をつないでいる。わたしはポケットのなかに穴が開いていることに気づく。

穴だ　帰ったら縫《ぬ》うから忘れないでいってよ　お金が落ちちゃうよ

東は指を突っ込んで穴の大きさを確認した。

ひとさし指くらいだからだいじょうぶだよ

でも縫うよ　放っておいたら大きくなるんだから

ポケットの底を探《さぐ》ると、ハイライトが三本折れ曲がっていて、一本は紙が千切《ちぎ》れて葉がちらばっていた。

見て　すごい空

ほんとだ　すごい色だね

わたしはポケットの穴から煙草の葉を押し出しながらいった。

宇宙船が降りてくるみたいな感じじゃない？

真っ赤だね　つぶした苺《いちご》みたいな色

作家がそんなありふれた形容をしちゃだめだよ　だいた

い真っ赤じゃないじゃない　紫が混じってるでしょう
あんたがいってるのはあっちの空でしょう　わたしがいったのはこっちの空　ほら向こうのほうはもう夜だよ
夜空に白い雲っていうのも変だね
なんか急に陽が落ちちゃって空も雲も変化についていけてないみたい
凶《わる》いことが起きるよ
え？　なんでよ
なんかさ

そういえば、わたしが家を出る一年前くらいから、東はよく空のことを口にしていた。それまでは空など見向きもしなかったのに。

あれは河津のつりばし荘に滞在していたときのことだ。

わたしは布団《ふとん》のなかに入ってくる東を何度か突き飛ばし、なかなか自分の布団に戻らないので、腹を強く蹴《け》ってしまった。

同じ部屋にひと月も泊まって　おれの前で着替えて　いっしょに露天に入って　指一本さわらせないっていうのはおかしいんじゃないの？

だってそういう関係じゃないでしょう
じゃあ　おれは明日《あした》からべつの部屋を取るよ　風呂もべつべつに入ろう
つりばし荘は混浴《こんよく》ではなかったが、深夜から明けがたにかけて入浴する客はめったにいないので、東といっしょに男湯に入っていた。女湯に男が入っていたらフロントに通報されるけれど、男湯に女が入っていてもだれもなにもいわないよ、とわたしがいったからだ。わたしたちは湯のなかで読んだ本の感想や選挙の票読みやプロ野球のペナントレースの行方《ゆくえ》などを話し、話が途切《とぎ》れると文庫本をひらいて読んだり、髪やからだを洗ったりして、また湯に浸《つ》かって話した。

その夜はひと言も口をきかないで仕事をし、明けがたに屋上の露天風呂に行った。東は男湯に入り、わたしは女湯に入った。

一秒ごとに星の輝きが失せて山が黒く浮かびあがり、山と空の境《さかい》に白い線が入ったと思ったら、空の下の方から赤がにじんでいった。

ねえ　見てる？

東の声だった。

見てるよ
すごいね　おれ夜から朝になるのを見るのはじめてだよ
夕焼けみたいだね
うん　これからのぼるようには見えないね
太陽と月がふたつとも空にあるよ　カメラ持ってくればよかった
この微妙《びみょう》な色合いは写らないよ　これがすごいのは刻々と変化するからでしょう？　カメラは静止させるわけだからね
でも　きれい
きれいだね
わたしたちは太陽がのぼりきって月が沈むまで塀越《へい》しに話をした。そしてその日の午後からまたいっしょに入るようになった。というかわたしが東のあとについて男湯ののれんをくぐり、東はなにもいわなかったのだ。
夜明けの空を見たその日から、東はわたしに性を求めなくなった。
放射線と抗癌剤の治療をいったん終えて帰宅した日の夕がたも、東は空を見あげていた。
東はいつの間にかベランダに出ていて、わたしの部屋のガラスをノックした。
わたしは驚いてガラス戸を開けた。
見て
あぁ夕陽だね
ベランダに出て見てよ
わたしはサンダルを履《は》いて東のとなりに立った。
すごい夕陽だね
わたしたちは黙ってざわめきのような落日《らくじつ》を眺めていた。向かいのマンションのだれかが見たら、心中《しんじゅう》しようとしていると思ったにちがいない。でも、もしかしたら、あのとき、東はわたしを死に誘っていたのかもしれない。
目を開けると、丈陽は口から乳首を出してわたしの顔に手を伸ばしていた。壁掛け時計の針はちょうど鳥が飛びたとうとしている角度にひらいていた。丈陽を散歩に連れて行かないといけない。
わたしは丈陽を縦抱《たて》きにして背中をさすり、もう一度テーブルの上にひろげてある空の写真を眺めた。東は病室のベッドから空を見てこころを動かされたのだ。美しい？　淋しい？　不安？　不気味《ぶきみ》？　哀《かな》しい？　東がどんな目でこの空を見あげていたのかがわからない。この風景から東の思いを読み取ることができない。わたしは視力がゆっくりと奪《うば》い去られていくような哀しみに襲われる。

耳のすぐそばで丈陽がげっぷをした。

「いい子だね。げっぷをすればミルクを吐かないからねぇ、ママ眠くなっちゃった。もう一度眠ろうよ、眠って起きたら公園に行こう」

わたしは丈陽を抱いて寝室に入り、布団をかぶって窓の外の空を見た。空は灰色のテントのように垂《た》れ込めていて、いまにも雨が落ちてきそうだった。わたしと丈陽が眠って雨が降りはじめたら、東がベランダに立ってわたしたちを覗《のぞ》くような気がする。もしノックの音が聞こえたら――、わたしはどうすればいいのだろう。


五月五日、丈陽の初節句《はつぜっく》の朝、わたしはバギーを押して横断歩道を渡った。からだ全体が雨に濡れた洗濯物のように重く力が入らない。とにかくなにかにつかまっていなければ一歩も前に進めない気がする。わたしは汗ばんだてのひらでバギーのハンドルを握りしめて、法《ほう》の華三法行《はなさんぽうぎょう》の親子館の前を通り過ぎ、右脳《うのう》会館と天行力《てんぎょうりき》宇宙エネルギー館を通り過ぎて、鍋島松濤《なべしましょうとう》公園の門をくぐった。

アスレチックジム、すべり台、ブランコ、砂場、白人の子どもたちが英語で叫びながら跳《と》びまわり、フィリピン人のベビーシッターたちがベンチに座ってタガログ語でおしゃべりしている。どの言葉の意味もわからないということにすこしだけ救われて藤棚《ふじだな》の下を通り過ぎたとき、あぁ、とバギーのなかで声がした。

わたしは歩を停めて丈陽の顔を覗《のぞ》いた。

丈陽は上のほうを見あげている。

その視線の先を追った。

大きな銀杏《いちょう》の樹、芽吹《めぶ》いたばかりでまだ色が定まらない葉、葉、葉――。

どうしてこんなに美しいんだろう。

わたしは自分の問いに立ちすくんだ。その問いの意味を理解しようとしたが、問いなのかどうかすらわからなかった。杉、ポプラ、桜、名前の知らない樹木、紫陽花《あじさい》、躑躅《つつじ》、藤――、目に映るすべてが不条理《ふじょうり》としかいいようのない美しさを放っている。ふと、宇宙船に乗って地球を離れ、地球は青かった、といった飛行士の目にはこんな風に見えたのかもしれないと思った。なにもかもが遠く、美しい――。

わたしは地を這《は》う影のようにバギーを押して池のまわりの遊歩道を歩いた。

あぁ、丈陽が声を出した。

わたしは丈陽を抱きあげて池を見せた。

「ほら、あそこ、白いのがアヒル、ア、ヒ、ル。亀《かめ》もいるよ、あれ、あれが亀、か、め。鯉《こい》は水のなかにいるんだよ、ほら赤いのが見えた、こ、い、鯉だよ、赤、白、金色。今度、餌《えさ》持ってこようね」

丈陽が見ているのはアヒルでも亀でも鯉でもなく、水だった。水車が引きあげ跳《は》ね散らす水を見ているのだった。

どうしてこんなに美しいんだろう。

嘔吐《おうと》のように問いがこみあげてきた。

水の一滴一滴が恩寵《おんちょう》のような光を浴びて輝いている。そして腕のなかにいる丈陽の髪も膚《はだ》も光り輝いている。わたしは光そのものを抱いているような感覚に身ぶるいした。

わたしはこの光の輪に入ることはできない、この風景に参加することはできない、この美しさを謳《うた》うことはできない。わたしは東と共にこの風景の外側にいるからだ。

わたしは東の目で見ている。引き返すことのできない彼方《かなた》から、堪え難い美しさを告発するように見るしかないのだ。

――なんてことだろう。わたしは空を見あげた。雲ひとつない完璧《かんぺき》な青空だった。風が光を揺《ゆ》らした。いや、揺れているのは光ではなく影のほうだった。なまあたたかい五月の風がわたしの頰《ほほ》をさすり、髪を吹きあげてわたしの影をも揺らした。やりきれない美しさのなかに取り残されたわたしを慰撫《いぶ》するように、風は吹きやむことをしなかった。


あと20ccだというのに、丈陽は乳首をくわえたまま眠ってしまった。ベビーベッドに抱き降ろして、ワープロの前に座った。言葉を選ばなければならないので、手書きではなく、ワープロの画面で読み返しながら書いたほうがいいだろう。わたしは丈陽を起こさないようにそっとキーを押さえた。


どのように説明すればいいか迷いながら書いています。

北村さんと大塚さんに泊まっていただいて、救われています。もし葬儀の終了とともに皆《みんな》去ってしまったら、わたしの精神は壊《こわ》れていたかもしれません。

こころの底から感謝しております。

しかし、そろそろ〝日常生活〟と〝執筆〟をはじめなければなりません。

明日からわたしを独《ひと》りにしてみてください。

わたしは大多数のひとより臆病《おくびょう》だと思います。けれど、丈陽を育てるのはわたししかいないのです。ひとりで育て、育てながら書くことに慣《な》れなければなりません。

北村さんと大塚さんに極限状況で出逢《あ》えたことを、東さんに感謝しています。関係というのは長い時間のなかで築《きず》く場合が多いけれど、共有した時間の密度が濃《こ》ければ、長さはたいして重要ではないのだということがわかりました。

うまくまとまらないので、箇条書《かじょうが》きにします。
●向田幸代さん、五月いっぱいは（出産予定日は六月末なんです）火、木、金、土の週四日きてくれます。水曜は母がきてくれます。ですから、掃除《そうじ》、洗濯《せんたく》、食事の心配はしないでください。
●六月以降は、伯母《おば》のKさんに頭を下げて、ふたたび丈陽の面倒をみてもらおうかと思っています。
●『新潮45』の中瀬ゆかりさんに部屋を捜してもらっています。引っ越しはヤマト運輸のラクラクパックに頼むのでだいじょうぶです。
●墓地と墓石のおおよその値段は、四十九日に長崎に行ったときに三角《みすみ》さんが教えてくださるのですよね？　一周忌《いっしゅうき》までにはお墓をつくりたいと思っています。
●五七日の人数が決まったら教えてください。初七日のときは寿司が大量にあまってしまったので、ほかのオードブルを注文しましょうか？　人数が決まった時点で相談しましょう。
●四十九日を過ぎたら、三人で昭和大学附属豊洲病院の佐藤温《あつし》先生に逢いに行きましょう。佐藤先生の希望（日時、場所、料理の種類）を訊《き》いてください。
——夜は怖いし、だれかにかたときも離れないでそばにいてほしいという気持ちには変わりはないのだけれど、作家としてはこの状況に独りで対峙《たいじ》したいのです。わたしは作家として生きるしかないのです。生きて、書いて、丈陽を育てるしかありません。

だいじょうぶです。東さんが予言した通り、丈陽がわたしを支えてくれます。

なにかあったら、ＳＯＳを発します。

心配しないでください。


プリントアウトした手紙を読み返しているときにファックスが届いた。町田敦子さんがインターネットの掲示板「柳美里ファンＢＢＳ」のなかから、国立がんセンター中央病院の室圭先生の書き込みを見つけて送ってくれたのだ。

柳さんのこと　投稿者：ｋｅｉ　投稿日：０５月０５日（金）０１時１３分４６秒

東由多加さんの担当医をしていたものです。

柳さんとはこの数ヵ月の間、彼の病状や治療法について色々（時には熱く、時には冷静に）ｄｉｓｃｕｓｓｉｏｎしてきました。

東さんも柳さんも真《ま》っ向《こう》からがんと立ち向かおうとするあまり、かなり極端な事を云《い》われたり、考えられたりすることもあり、意見がぶつかることもしばしばありましたが、お二人の病気を何とかしたいという強固な意志の力は最後まで衰《おとろ》えることはありませんでした。

結局こういう形になってしまいましたが、お二人（東さんという人はカリスマ的存在で自分を犠牲《ぎせい》にしても彼を支えようとする人は柳さんだけではなく何人もおられました。）は十分闘ったし、私自身これを決して無駄《むだ》にしてはいけない、と強く心に念じております。

柳さんと初めてお合いしてから、彼女の著作をだいぶ読ませていただきました。

東さんを交えて病気について色々話したときのように、彼女の考えや言動にかなり反発を感じることもあるのに、何故《なぜ》か惹《ひ》かれるものも感じないではいられません。

いまの落胆や喪失《そうしつ》感から簡単には脱することはできないと思いますが、いずれ今後の著作に昇華《しょうか》させて欲しいと強く思います。


わたしは北村さんのファックス番号を調べるために手帳をめくった。四月八日にこの部屋に侵入した男にバッグを持ち去られ、そのなかに手帳も入っていたということを思い出した。これは飯田昌宏さんにもらった新しい手帳だ。

住所録にはなにも記入していない。いったい何日経《た》ったのだろう。暗算のできないわたしは〈五月五日金曜　子どもの日　立夏〉を「いち」と押さえ、「に、さん、し、ご、ろく」と暦《こよみ》をさかのぼっていった。時間は確実に過ぎているのに、どこまでが過去で、どこが現在で、どこからが未来なのかがわからなかった。なにひとつ過去になっていない気もするし、未来までもが過去に回収されてしまったようにも思える。「じゅうろく」わたしは親指を退《ど》けてその欄《らん》を見た。〈四月二十日木曜　穀雨《こくう》〉。穀雨ってなんだろう？わたしは広辞苑《こうじえん》をひらいてみた。〈（春雨《はるさめ》が降って百穀《ひゃっこく》を潤《うるお》す意）二十四節気《にじゅうしせっき》の一。太陽の黄経《こうけい》が三〇度の時。春の季節中の最後〉。東が息を引き取った直後に雨が降り、通夜の直前に土砂降《どしゃぶ》りの雨になった。あの夜も雨だった、陣痛《じんつう》がはじまったわたしのために東が傘《かさ》もささずにタクシーを捜して走りまわってくれたあの夜——。

　ベビーベッドを見降ろすと、丈陽が目を開けていた。おむつを取り替えながら、わたしはなにかを口ずさんでいた。東がときどきへたくそな口笛《くちぶえ》で吹いていた「悲しき雨音」だった。メロディーがのどから漂い去り、ひとつの傘をふたりで持って歩いたときの東の右手が浮かんだ。節《ふし》の大きな手、どの指にも第二関節の下に毛が五、六本生《は》えている——、わたしは無意識のうちに手を伸ばして丈陽の手を握っていた。

　この日を境《さかい》に時間は流れを速めた。一日一日、丈陽という伴侶《はんりょ》とのあいだにさまざまな出来事が起こったが、頭が枕に触《ふ》れた途端《とたん》にひとつひとつの出来事は眠りの波に持ち去られていった。わたしは彼に時間を与え、その引き替えに、彼はわたしに時間を忘れさせてくれたのだ。

　五月十日水曜。九時、大塚晶子さんに付き添ってもらって日本赤十字社医療センターにＢＣＧの予防接種を受けに行くが、聴診器《ちょうしんき》を丈陽の胸に当てた医者に、「喘鳴《ぜんめい》音が聞こえる。ちょっとのど見せてみて」とのどを調べられ、「真っ赤だ。お母さん風邪《かぜ》ひいてるよ。予防接種は無理ですね。風邪が治ったらまたきてください」といわれ、タクシーで帰宅した。体温を測《はか》ると、三十八度だった。

　昼過ぎに母がきて、丈陽の面倒をみてくれる。昨日徹夜で書いた『週刊ポスト』の原稿のゲラが届くが、腰が痛いので、クッションをかかえるようなかっこうで腹這《はらば》いになって手を入れていく。陣痛《じんつう》の最中も書いていたし、出産直後に東の病状が悪化したために、病院に泊まり込んでベッドから抱き起こしたり便器に抱き降ろしたりしていたので、からだが痛んでしまったのだろう。

肘《ひじ》でからだを支える姿勢に堪《た》えられず、顎《あご》をクッションに載《の》せてしまった。

「眠るんなら、畳の上に横になりなさい」母の声だ。

わたしは目を開けた。眠っていたのだ。

「畳《たたみ》の上になんか横になれないよ。三日間遺体が安置されてたんだし、いまも遺骨があるんだから」

「じゃあ、ベッドで眠りなさい」

「もうぎりぎりなんだよ」

「だってそんなに眠たいんじゃ頭がまわらないでしょうに」

「……うん」

「三十分眠りなさい」

「三十分で起こしてよ」

わたしは東の部屋のベッドに横になった。

「丈ちゃん、ミルク飲んだらばぁちゃんとお散歩行く？お熱測ってみようか」

わたしは驚いて目を開けた。聞こえる。大きな声ではないのに、ぜんぶ聞こえる。わたしたちは東がこの部屋で横になっているときに、東のほんとうの病状について話していた——。

「あんまり急いでごっつんこ、蟻《あり》さんと蟻さんとこっつんこ、あっち行ってちょんちょん、こっちきってちょん」

母が丈陽の頭に頭をぶつけているのだろう、丈陽の笑う声が聞こえる。

東は自分の病状を知っていて知らないふりをしていたのだろうか——。


五月十一日水曜。十二時二十八分、母からファックスが届く。

美里さん。丈陽、調子どうですか。熱下がらなかったらそろそろ病院につれていく方がいい。夜は雨が本格的にふるそうです。緊急の時は電話ください。

七時に雨の音が聞こえ、丈陽の熱を測ってみると三十六・六度まで下がっていた。

五月十二日金曜。東由多加の五十五歳の誕生日。通販で注文しておいたベビーグッズが届く。向田幸代さんとふたりで段ボールを開けて、いま必要なものとまだ必要ではないものに分けて整理する。

夜、雨が降りはじめる。わたしは部屋の電気を消して丈陽とふたりであおむけになり、今朝《けさ》届いたプラネットファンタジーの捻子《ねじ》を巻いてみる。半球形の内側に光が灯《とも》り、表面に描かれたディズニーのキャラクターが天井に映し出されているはずなのだが、淡い光と影が回転しているだけだった。オルゴールの音と光は同時にこと切れた。雨音が布団《ふとん》と寝巻きに染《し》み込んでびしょ濡《ぬ》れになっていくような感覚に囚《とら》われ、その感覚のなかで眠りに落ちた。

五月十四日日曜。今日も雨。夕がた稲光《いなびかり》が走り、ひとの声が聴きたくなってテレビをつけると、小渕恵三《おぶちけいぞう》前首相死去のニュースが流れていた。

「小渕恵三前首相が、本日午後四時七分、入院先の順天堂《じゅんてんどう》大学附属順天堂医院で死去しました。入院から四十三日目、六十二歳でした。小渕前首相は四月二日午前一時ごろ順天堂病院に緊急入院し、脳梗塞《のうこうそく》と診断され、四月末から昏睡《こんすい》状態で深刻な病状がつづいていました……」

五月十七日水曜。十二時半に母にきてもらって、向田幸代さんとふたりでタクシーに乗った。

わたしたちは恵比寿《えびす》の駅前にある細長いビルに入り、最上階の部屋のドアを開けた。

「お待ちしておりました」白い開襟《かいきん》シャツにスモークピンクのタイトスカートを穿《は》いた細身《ほそみ》の女性に出迎えられ、奥の部屋に案内された。

名刺には紫苑《しおん》とだけ書かれていた。幸代さんが半年前に相談にきた霊能者で、よく当たると聞いて予約してもらったのだ。

ガラスのローテーブルの上にはチューリップの花畑や砂浜や貝殻《かいがら》などの写真の絵葉書が並べられていた。

「そのなかからお好きな絵葉書を一枚とって、裏にお名前と生年月日を書いてください。気になるかたがいらっしゃったら、そのかたのお名前と生年月日もお願いします」

わたしは丈陽と東由多加と丈陽の父親の名前と生年月日を書き、幸代さんは娘と胎児《たいじ》の父親の名前を書いてテーブルの上に置いた。

紫苑さんは幸代さんの関係者の名の上にてのひらをかざし、顔をあげて話した。彼は生まれてくる子どもにはなんの関心もありません、自分のことにしか興味がないんです、そのお子さんと逢《あ》うことはないと思いますよ。

幸代さんは両手の指を膝の上で擦《こす》り合わせていたが、バッグからハンカチを取り出して目を押さえた。

「いま気づきました。わたしは彼を憎んでいます。こんなに憎んでいるとは自分でも思いませんでした」幸代さんは嗚咽《おえつ》した。肩がふるえ、臨月《りんげつ》のおなかが上下した。

わたしは彼女のためになにかしたかったが、彼女の希《のぞ》みを実現することは不可能だった。

「おなかの子の父親ですよ。いまのまま憎しみを孕《はら》んでいたら、憎しみを生むことになってしまいます。もう来月には生まれるんですから、憎しみを手放す努力をしたほうがいいですよ。あなたになら、できます」

というと、紫苑さんはわたしの顔を見た。見憶《おぼ》えのないひとに、おひさしぶりです、と声をかけられて、自分の記憶を探《さぐ》っているような顔つきだった。

見られることに堪《た》えかねて口をひらいた。

「わたしも同じ状況なんです」

わたしが事情を説明すると、彼女は葉書に書いた彼の名にてのひらを近づけた。

「もう二度と逢うことはないでしょうか？」

「それほどの男ですか？」

「……それほどというと？」

「凡庸《ぼんよう》ですよ。だれに対しても小さく優しく、小さく卑怯《ひきょう》です」

「……そうかもしれません」

「逢おうと思えば逢えますが、わたしはおすすめしません。あなたはこれからたくさんの男性と恋愛をします」

「そうは思えませんが……」

「もうひとり男の子を生みます。それから、あなたの息子さんは才能を持っています」

「才能？」

「俳優になります」

「いやですね、俳優なんて」

「とても売れるのに」紫苑さんはくすりと笑って、「息子さんとこのかたはとても親しくなります」とスカートと同色のマニキュアの爪《つめ》で彼の名を突《つ》いた。

「でも、逢いたくないといっているんです」

「当分は無理でしょう。五歳のときに一度逢います。それからは定期的に逢うようになるでしょう。あなたはいやでしょうけれど、息子さんは母親であるあなたとよりも、父親との結びつきが強いです」

「もうひとつおうかがいしたいことがあるんです。ひと月後に引っ越すんですが……」

紫苑さんはわたしの背後を見ながらいった。

「東さんはいまの部屋をとても気に入っています。もうすこしその部屋で暮らしたいといっています。いま引っ越したら、霊を祓《はら》うことになってしまいますよ。東さんの霊を祓って新しい人生を生きるのも悪くないですが、今年いっぱいそこに暮らせば、どこに引っ越してもあなたと息子さんについてくる。おふたりの守護霊になってくれますよ」

わたしは号泣《ごうきゅう》した。幸代さんに手渡されたハンカチで顔を拭《ふ》いたが、話をすることはできなかった。

「あたとふたりで書いていきたいといっています」

わたしはしゃくりあげながら訊《たず》ねた。

「もう、逢えない、逢えないんでしょうか？　もう一度だけ、話を、話をしたいんです」

「光のようなものを見ると思います」

「……部屋で？」

「ええ。いまは現れませんよ。東さんはあなたが怖《こわ》がっているということをよく知っています」

「来世《らいせ》で、また逢えますか？」

「あなたと東さんは前世《ぜんせ》ではずっと血縁《けつえん》関係だったんです。親子だったこともあるし、きょうだいだったこともある。現世《げんせい》だけですよ、血のつながりがないのは。来世ではあなたが姉、東さんは歳《とし》が離れた弟でしょう」

わたしは幸代さんからティッシュを受け取って洟《はな》をかんだ。

「最後にひとつだけ。どうしても和室が怖いんです。三日間遺体を安置して、いまは遺骨を置いてあるんです」

「頭があったあたりにあたたかい色の花を置いてください」

「赤とかオレンジとかピンクですか？」

「そうです。そうすれば、あなたの気持ちを鎮《しず》めてくれる部屋になります。その部屋で執筆《しっぴつ》されるととてもはかどりますよ」

そのビルの三軒となりは花屋だった。主人の顔を見て、三月に桜を買って帰ったことを思い出した。こんな時期に桜なんて咲いてるんですか？　これは彼岸《ひがん》桜といってほかの桜より早いんだよ。そしてわたしはタクシーのなかで彼岸桜という名の花を買ってしまったことを後悔《こうかい》したのだ。

幸代さんが明るい色の花を選んでくれた。

傘《かさ》を広げているひとがいるが、雨の筋《すじ》は見えなかった。

わたしはてのひらを上に向けてみた。細い細い雨だった。

五月二十一日日曜。午後二時に五七日《ごしちにち》のためにキッドの劇団員たちが集まることになっている。ヘビースモーカーが多いので、丈陽を幸代さんに預《あず》かってもらって、東急渋谷本店の食料品売場に仏前の供物《そなえもの》を買いに行った。

林フルーツで枇杷《びわ》を買うと、足がいつものコースを辿《たど》ってしまった。

「大福《だいふく》ください」わたしは和菓子屋の前で立ち停まった。

「つぶあんとこしあんがあるんですけど」と店員がいった。

つぶあんとこしあん一個ずつください

おれもつぶあん

え？　あんたつぶあん嫌いっていってたじゃん

気分さね

こしあんの気分？

あんたもたまにはつぶあんの気分になってみたら？

わたしはつぶあんが嫌いなの　こしあんふたつください

「こしあんひとつください」わたしは五百円玉を渡して、大福を受け取った。

ソフトクリーム食べようよ

え？　大福でいいじゃない

大福は夜食《やしょく》　ソフトクリームはおやつ

妊娠中毒症《にんしんちゅうどくしょう》なんでしょうが　おなかの子のことを考えてあげなさいよ　糖《とう》分と塩《えん》分を控《ひか》えないとたいへんなことになるよ　高血圧、蛋白尿《たんぱくにょう》、浮腫《ふしゅ》が原因で　最悪の場合は母体も胎児《たいじ》も死亡するって本に書いてあったよ

でも

でもじゃないよ

じゃあ　なまジュースでがまんする

おれは要《い》らないよ

飲みなよ！

ひとりじゃ飲めないわけね

いっしょに飲んだほうがおいしいじゃん
じゃあ　メロンだな

「メロンください」わたしは見憶《みおぼ》えのある女性店員から紙コップを受け取り、歩きながらストローでメロンジュースを吸いあげた。

夕飯のおかずなんにしようか
明日の分もまとめて買っちゃおうよ
なにが食べたい？
なんかイメージ湧《わ》かないな
シンプルに　うまい魚とみそ汁っていうのはどう？
いいねぇ

わたしはプールのなかを歩行《ほこう》するように魚屋の通路を通り抜けた。

どう？　あさりのみそ汁
あさりよりしじみのほうが栄養あると思うよ
今日の献立《こんだて》はしじみ汁とさんまで決まり　明日はしゃぶしゃぶでどう？
しゃぶしゃぶだったら　豚の生姜焼《しょうがやき》のほうがいい
しゃぶしゃぶのほうがローカロリーだって
じゃあいちばんいい肉にしようよ　ひとり三百グラムだから六百グラム
やめろやめろ　百五十グラムずつでいいよ
え？　すくないよ　二百グラムずつ
やめろ　おれが頼む　松阪牛しゃぶしゃぶ用の肉三百グラムください　あとはなに買う？
野菜　豆腐　牛乳　あッメモした紙忘れちゃった
醬油《しょうゆ》とマヨネーズ切らしてたでしょう
持つよ
いいよ
たいじょうぶだよ　もう安定期だし　あんた腕《うで》痛いでしょう
一日のうちでも波があるんだよ　昨日眠るときは痛くて堪《た》えられなかったけどいまはそんなにひどくない　あれうまそうだな
パン？
メロンパン

待ってて　買ってくるから
チョコパンはだめだよッ　走んないで！

こんなことにならなければ蘇《よみがえ》らなかっただろう些細《ささい》な会話だった。二度と聴くことのできない声があらゆる食べ物の隙間《すきま》から聞こえてきて、わたしはパン屋の前で顔を覆《おお》った。


FROM:YASUKO.KITAMURA 2000・5・289:49
おはよう！　丈陽の熱はどう？

峯さんはからだのあちこちが痛くてまだまだ病人みたいですが、６／２に長崎に行くのをとても楽しみにしています。

私の方はセキは相変わらず（運よく『虹《にじ》の降る場所』の本番中は出ませんでした）。病院でみてもらったところ、気管支《きかんし》の方に入っているという事で、薬をもらってのんでます。49日までは東さんがおいていったのかも知れないな、なんて思っています。

『虹の降る場所』は５／13と14でしたが、地元の人も「こんな天気はめずらしい」と言うほどの雨とカミナリで、東さんのお通夜の日みたいでした。「５／12は東さんの誕生日だし、東さんついてきてるネ」とみんなで言ってました。東さんは芝居の時に雨がふるとえんぎがいいなどと言ってましたが……。

ふとしたひょうしに心の中に、悲しみというか、言葉では表現できない気持ちがわいてきます。色々な事を教えてもらい、しごかれて、自分も何かできるかもしれないとおもわせてくれた人です。私にとっては親、いや親以上の人だった。そういう人にめぐりあえた事はよかったと思っています。

五七日の事を永倉萬治《ながくらまんじ》さんに連らくしたら、ＴＥＬでこう言われました。

「東さんは好きな事いっぱいして生きて、満足だと思うよ。これからはあなたたちをずっと守ってくれるよ。だからキタムラ、思いっきり好きな事、好きな風にしていけばいいじゃない」って。

それから今日、佐藤温先生からようやくメールが入りました。５／18〜５／24、ニューオリンズでの学会に出席していたようです。その後ヒューストンのＭＤアンダーソン癌センターを見学してきたんですって。

アメリカの癌医学の進み具合におどろいたり、しかしまた日本の医学のよさも書いてありました。6／1〜熊本で学会、6／15〜6／19はバルセロナで学会がありこんなに一年中がんの学会があるのはめずらしいそうです。6／19以降、ゆっくり会いたいと書いてました。あと、「峯さんはお酒をやめたほうがいい」とも書いてありました。

それから、この前FAXにあった霊がみえる人の話、引っ越し延期の話、気になる事が多々あります。

初七日がすみ、峯さんがたおれ、アキコはフライトで、あなたは〆切りにおわれ、私は芝居で旅、ゆっくり話をする時間なかったですネ。長崎に行ったらゆっくり話をしたいです。

5月31日（水）に行きます。丈陽によろしく！


五月三十一日は朝から雨が降っていた。昼過ぎに母がきて、わたしは『新潮45』誌上で林真理子さんと対談するために帝国ホテルに向かった。そのあいだに北村さんと大塚さんが東の初台《はつだい》のワンルームにあるわたしの本と私信《ししん》をここに運び、裕宇記が形見分けにほしいといっていたテレビとビデオと乾燥機をここから運び出してくれることになっていた。

帰宅すると、母と丈陽はわたしの部屋で眠っていた。足音をたてないようにスリッパを履《は》かずに東の部屋に入った。ベッドに横になると、テレビがあったところにほこりが四角く残っているのが見えた。机と椅子は北村さんにもらってもらうことになっているのでもうじきなくなる。机の引き出しに入っているのは筆記用具、鍵、電気かみそり、ゼムクリップ、ダブルクリップ、小銭《こぜに》、ドル紙幣《しへい》、いろいろなひとから送られてきたファックスと手紙——。

クローゼットには形見分《かたみわ》けになり損《そこ》ねた上着やズボンやシャツが不満げにぶら下がっているし、無印良品の収納ボックスのなかではパジャマや下着が息をひそめている。

このままにしておくのはよくない気がする。かといって不燃《ふねん》ゴミにすることはできそうにないし、段ボールに押し込むのも酷薄《こくはく》な気がする。

今年いっぱいそこに暮らせば　どこに引っ越してもあなたと息子さんについてくる　おふたりの守護霊《しゅごれい》になってくれますよ
霊能者の言葉を信じ切っているわけではないが、不動産屋に連絡して解約手つづきを取り消し、部屋を捜《さが》してくれている中瀬ゆかりさんにも事情を説明し、暦が変わるまではここに棲《す》むことを決めた。

対談の最中にソルティードッグを飲みつづけていたせいで、頭のなかで酔いが渦巻いてうまく眠りにもぐることができない。東の服の一枚一枚をひろげるように思い出して、峯さんがもらってくれないかな、と思ったときにドアがひらいた。

「お姉さん」母は息切れしたような声でいった。

「なに」枕から頭を起こした。

「さっき部屋に入った？」

「え？　入ってないよ。ずっとここで寝てたけど」

「クローゼットのドアを閉めて寝たのよ、たしかに。それがね、さっき目を醒《さ》ましたら開《あ》いてたのよ」

「閉め忘れたんでしょう」

「パジャマと下着を取りにきたでしょう？」

母は疑いで両目を三角にしている。

「物干《ものほ》しから取ったんだよ。丈陽は？」

「ぐっすり眠ってるわよ……丈ちゃんが開けるわけないからねぇ……玄関の鍵《かぎ》、ほんとうに新しくしてあるのよね？」

「したよ」わたしは語気《ごき》を強めた。

母は四月八日の明けがたに侵入した男のことを心配しているのだ。その男は眠っていたわたしに襲《おそ》いかかり、わたしのバッグを持って逃走したのだが、バッグには外人登録証明、パスポート、保険証、印鑑証明、通帳、手帳、鍵、キャッシュカード、わたしをわたしだと証明するすべてのものが入っていた。

警察は、同じところに侵入することは九十九パーセントないと断言したが、あの日からそれまでは一度もなかった〈非通知〉の電話が日に何度もかかってくるようになった。盗まれた手帳にはケイタイの番号も書いてあった。かけてきているのがあの男だとしたら、ふたたび侵入を試みる可能性は高いのではないだろうか、やはり引っ越したほうが安全だ、丈陽の身になにかあったら——、男にのしかかられたときの重さが全身に蘇《よみがえ》り、うなじや胸もとから男の唾液《だえき》のにおいがたちのぼってきた。そのにおいを払おうとして払いきれないうちに眠りに足をつかまれて意識の暗がりに引きずり込まれてしまった。

六月一日木曜。明日から三日間長崎に行かなければならないので、丈陽を母の家で預《あず》かってもらう。ミルクを飲ませて眠らせて、おくるみでくるんで母に渡した。ふたりが乗ったタクシーを見送ってから、東のベッドで『命』の単行本ゲラに手を入れていった。

　また、雨が降《ふ》ってきた。梅雨《つゆ》入りしたのだろうか、まさか。わたしは窓を開けて雨のにおいを嗅《か》いだ。雨のにおいを嗅いでいるうちに疲労感が強まり、意識だけがふらふらとわたしから離れて行きそうになった。

　わたしはゲラと万年筆を床《ゆか》に置いて、東のベッドにあおむけになった。東のために京都の俵屋《たわらや》に注文して拵《こしら》えてもらった羽毛《うもう》布団と毛布《もうふ》——。

どう　寝心地は？

いくらしたの？

……

あなたがそういう笑いかたをするときは危険なんだよ

いくら

布団が八万で　毛布が五万

また馬鹿《ばか》な買い物して

でも俵屋のは羽毛がちがうんだよ　毛布はカシミア八十パーセント　シルク二十パーセントだし

あなたはいい寝具《しんぐ》におれを寝かせれば痛みが緩和《かんわ》されて熟睡《じゅくすい》できると思っているんだろうけど　そんなことはないんだよ

でも一生ものだから

一生もの　ね

　東の声が弦楽器《げんがくき》のように響く部屋の真んなかで、わたしは丈陽を抱いて立っている。ガラスのない窓から木枯《こが》らしが吹き込み、乾いて丸まった木の葉が床《ゆか》を引っ掻《か》きながら転がっていく。突風が吹き、骨壺《こつつぼ》が倒れる。両手で丈陽を抱いているので骨を拾うことができない。だれか！　わたしの声はわたしの耳には届かない。風が部屋を吹き抜けて、木の葉が骨を隠してしまう。

「助けて！」

　叫ぶ声で目を醒《さ》ました。

　部屋は真っ暗で、わたしの息と雨の音しかしなかった。

　電気をつけてケイタイの１４１７を押した。お預かりしているメッセージは一件です。

　丈陽の泣き声が聞こえた。

「あんた、えらいことよ、ママ、ママって、ほら」母の声もべそをかいていた。

ママー、ママー、丈陽が泣いている。

「車のなかでずっと寝てて、うちに着いてから起きたんだけど、あんたがいないから、ママ、ママって。えらいことよ。あんた、早く帰ってきてちょうだいよ」

ママー、ママー、ママー。

丈陽がママといったのははじめてだった。喃語《なんご》ではない言葉を発したのもはじめてだ。ずっと町田康《こう》さんと敦子《あつこ》さんに預かってもらっていて、わたしと暮らしたのは二ヵ月に過ぎないのに、丈陽はわたしの不在を嘆《なげ》き、泣きながらわたしを呼んでいるのだ。わたしは何度も丈陽の声を再生した。あの子はママを呼んでいる、あの子にとってママというのはこの世にひとりだけ、わたししかいないのだ。

六月二日金曜。北村さんと大塚さんと峯さんに手伝ってもらって、遺骨《いこつ》と遺影《いえい》と位牌《いはい》を抱いて羽田に向かった。

その夜は東の妹の豊嶋志摩子《とよしましまこ》さんの家に泊まらせてもらった。

わたしたち四人は二階の十畳《じょう》に並んで横になった。

枕が馴染《なじ》まないせいでなかなか寝つけず、何度も寝返りを打ってようやく眠りにつながりそうなだるさが訪れたとき、てのひらの上でなにかが蠢《うごめ》くのを感じた。

目を開《あ》けると、大きな蜘蛛《くも》だった。わたしは蜘蛛をはらって瞼《まぶた》を閉じた。

東とふたりでつりばし荘に滞在しているときのことだった。屋上の露天風呂《ろてんぶろ》から部屋に戻ると、壁にてのひら大の黒い蜘蛛がとまっていた。

部屋を変えてもらおう

つかまえるよ

あんた平気なの？

ぜんぜん平気　小学生のときは虫博士《はかせ》って呼ばれてて

毛虫とか蜘蛛が大好きで　うちでたくさん飼ってたし　毛虫を腕に何匹も這《は》わせて　毛虫の毒で全身真っ赤に腫《は》れあがっちゃったこともあるんだから

早くつかまえてよ！

わたしは両手をお椀《わん》のようなかたちにして蜘蛛を追いかけまわし、つかまえたと思ったのだが、蜘蛛は脚を二本落として押し入れのなかに逃げ込んでしまった。

だめだ

わたしは脚をつまみとってゴミ箱に棄《す》てた。
どうするのよ
出てくるのを待つしかないでしょう
つかまえてくれなきゃ眠らないからね　眠ってるときにぽとっと顔に落ちてきたらどうするのよ
東は真顔《まがお》で子どものころ汲《く》み取り式便所の壁に大きな蜘蛛が張りついていたときの恐怖を説明した。
親父《おやじ》や兄貴《あにき》や妹の大便が溜《た》まりに溜まってて　もうちょっとであふれそうなんだよ　蜘蛛がおれのほうに動いてきたら　足をすべらせて大便のなかに落ちるんじゃないかってさ早く便所から出たいんだけど恐怖で出るものも出ないんだよ

わたしは押し入れから布団《ふとん》を出して、蜘蛛を外に追い出すことに成功した。
東はようやくこたつのなかに脚を突っ込んで、魔法瓶《まほうびん》の湯を急須《きゅうす》に注《そそ》ぎながらいった。
蜘蛛が平気だってことはよくわかったけど　あんた　蛾《が》を見ると悲鳴をあげるよね
蛾だけはだめなの
おれは蛾なんてなんともない
あの大きな目　葉っぱみたいな触角《しょっかく》　絨毯《じゅうたん》みたいな翰《はね》脚もお尻《しり》も太くて気持ち悪いし　蛾が百匹いる部屋に一日閉じ込められたらぜったいに発狂《はっきょう》するな
ふぅん　蜘蛛のほうがよっぽど気持ち悪いと思うけどね
手の甲《こう》に蜘蛛が戻ってきた。あのときと同じオオヒメグモだった。
「蜘蛛が、てのひらに、ほら」とまだ眠っていない北村さんと大塚さんに見せた。
蜘蛛は壁に跳ね飛んで天井《てんじょう》を伝って箪笥《たんす》の裏に隠れてしまった。
「東さんじゃない？」峯さんがつぶやいた。

六月三日土曜。雨のなか、タクシーに乗って東が通っていた城山《しろやま》小学校、淵中学校、西高校をめぐって、北村さんと大塚さんとTBSニュース23の米田浩一郎さんといっしょに銀嶺《ぎんれい》という喫茶店に入った。
「ここは古いお店なんですか？」米田さんが訊《き》いた。

「東さんが高校生のときに憧《あこが》れの喫茶店だったみたい。長崎公演のときにかならず連れてきてくれたんです」北村さんがいった。

「十年くらい前、ふたりで長崎にきて、たしか寝台車できたんだけど、電車のなかで、『長崎はいい喫茶店がたくさんある』っていい出して、『横浜にもあるよ』っていったら、『じゃあおれは長崎の雰囲気のいい喫茶店に案内するから、あんたは今度横浜の喫茶店に案内してよ』っていったんだけど、ここには連れてきてもらわなかったな」わたしがいった。

きれいな街でしょう

なんか感じが横浜に似てる　港街で　坂が多くて

横浜とは歴史がちがうんだよ

横浜はペリーが黒船でやってきて開港したんだよ

長崎は　鎖国してるときもオランダ人やポルトガル人がきて貿易してたんだから　何百年も古いよ

異国情緒が似てると思わない？　中華街とか外人墓地とか

中華街も外人墓地も　長崎のほうがずっと規模が大きいけんね　じゃあ訊《き》くばってん　横浜の食べ物でおいしかとは？

……なんだろう……

長崎には　ちゃんぽん　皿うどん　しっぽく料理　カステラ　ザボン漬《づ》け　トルコライス　枇《び》杷《わ》があるけんね　横浜に祭《まつ》ってあると？

うーん　港祭っていうのがあったけど　いまやってるのかなぁ

どんな祭ね？

チアリーダーとか鼓笛隊《こてきたい》が列をつくって……小さいときに一度見ただけだから思い出せない

つまらんめえ　長崎にはおくんちちゅうて毎年十月にゃお祭りがあるけんね　それはにぎやかよぉ　龍《りゅう》踊りやコッコデショちゅうて座布団《ざぶとん》みたよな飾りをつけた蓮台《れんだい》を男たちがかついで長崎の街なかを練り歩くとよ　それは見事なもんばい　あと一度あんたに見せたいとは精霊流《しょうろうながし》さ　毎年百隻《せき》くらいの大小の船が出るとよ　舳先《へさき》にその年に死んだひとの顔写真ばつけてくさ

海に流すの？

ちがうよ　車がついとって　故人《こじん》と親しかったひとが引いて走るとたい　チャコンチャコンドーイドイってかけ声

ばかけて　爆竹《ばくちく》や花火に火をつけながら　すごかよ　声が聞こえんくらいやかましかけんね
　見てみたいな
　今度見にくるばい　八月の十五日やけん

　六月四日日曜。朝九時に三角鉱容《みすみこうよう》さんに墓所を案内してもらい、本殿《ほんでん》のすぐ横にあるいい場所なので購入することに決めて、寺の座敷で三城石材の村上一巳さんと名刺の交換をして墓石の打合せをした。

　机の上にタイルくらいの大きさの石見本が並べられ、北村さんと大塚さんと話し合って、東由多加らしいいい石を捜した。

「これなんてどう？　東さんが好きそうな色じゃない？」と北村さんが赤茶色に灰色の斑点《はんてん》が混じっている石にひとさし指を近づけた。

「それはインドのニューインペリアルレッドという御影石《みかげいし》で、このなかでは一番高か石ですばい。インドは釈迦生誕《しゃかせいたん》の地ですけんね」

「墓石はそれでいいとして、床《ゆか》も塀《へい》も茶色だと変かもしれない。塀と床は黒にしたら、茶が目立つんじゃないでしょうか」わたしは表面が光っている黒い石を手にとった。

「お目が高か。黒御影です。それは二番目の高い石ですばい」

「でもつるつるしてすべるんじゃない？　床は安い石でもべつに、ねぇ。掃除《そうじ》をしてくれる志摩子さんたちが転んで怪我したらたいへんだし、長崎は雨が多いし……」北村さんは予算の心配をしてくれているのだ。

「同じ黒御影でも塀は磨《みが》きますし、床はつや消しにしてしまえばすべらんですよ」

「じゃあ、それでデザインしてください。あとはファックスのやりとりでお願いします」

　村上さんはその場で見積書《みつもりしょ》を作成してくださり、わたしはサインをした。東家の墓なので、わたしや丈陽が入ることはないが、これがわたしにできる最後のことなので、無理をしても立派な墓を贈りたかった。


　東家の墓は海沿いの道路から徒歩にして二十分急坂をあがったところにあった。墓石は目立って小さかったが、墓所自体は三畳《じょう》ほどで普通といってもおかしくない広さだった。同じ敷地に豊嶋家の墓を建てることを予定していたので、墓石を左端に寄せてあるのが奇妙といえば奇妙だった。

墓の背後は長崎港だった。ふと、東が病室の窓から撮った東京湾の写真を思い出した。東は生きながら死後の風景を見ていたのではないだろうか――。

空はどこまでも均等《きんとう》に灰色で、大気は湿り気を帯びて静まり返っていた。東の異母《いぼ》弟の登志夫《としお》さんが納骨室のなかに入って骨壺を納めた。

わたしは青磁《せいじ》の骨壺に書かれている文字を読んだ。

平成十二年四月二十日歿
故　東　由多加
享年五十四歳

となりには東の母の骨壺が入っている古びた木箱が、そのとなりには東の父の白地に薄紫の花が散っている骨壺が並んでいる。

登志夫さんの手によって納骨堂の石の扉が閉められた。読経《どきょう》がはじまると、「あッ雨」とだれかが空を見あげ、ぽつりぽつりと雨粒が落ちてきた。峯さんが線香の上に傘《かさ》をさしたが、雨足は墓石の上で跳ね返るほど強くなった。

東が入院した日にわたしは東との生活を失《な》くした。あの夜、東の命を失くし、いま、東のからだを失くした。いま、東の骨を失くそうとしている。

わたしは傘で顔を隠して階段をあがった。雨音と共に東の声が聞こえた。いたるところから、そっとうねりながら。

郵便ポストには香典《こうでん》返しと仏壇のカタログしか入っていなかった。新聞は病院に寝泊まりするようになった三月二十四日から止めているし、テレビを観る気分にもなれないので、手帳にスケジュールを記入するとき以外は今日の日付がわからない。そのあいだに十七歳の少年によるバス乗っ取り事件や森首相の「神の国」発言などがあったらしいが、すべては外側で起こっていることのようにしか思えなかった。あの夜、外側につながっていた道は切断され、円となって閉じてしまった。もはや外側でなにが起きてもつながることはできない。わたしは自分の内側に追放されたのだ。

集合ポストの隅《すみ》にあるゴミ箱にカタログを投げ棄《す》てて、エレベーターのボタンを押した。エレベーターに乗るたびに、あの夜ストレッチャーを縦《たて》にして亡骸《なきがら》を運び入れ、そして運び出したのだということを頭のなかで追認《ついにん》せざるを得なかった。

昨年九月に引っ越して以来、何度ふたりでのぼり降りしただろう。東はエレベーターのドアが閉じると同時にうずくまって右手で左肩を押さえることが多かった。

痛いの?
ちょっとね
ロキソニン飲んだの?
飲んだ
モヒ水は?
飲んだよ　ぜんぜんきかないんだよ
……どうしよう
生きているうちはずっと痛いんでしょうね
……なんとかしないと
……なんともできないよ

わたしは耳を澄ました。エレベーターの着階音《ちゃっかいおん》まで自分の内側から響《ひび》いてくる気がする。

わたしはバギーごとかかえあげて玄関のなかに入った。

明日から、午前中は母がたの伯母《おば》のKさんが、正午から八時まではプロのベビーシッターが通《かよ》ってくれることになっている。

明日からまた、自分のなかに網を投げ、網にかかった言葉を引きあげなければならない。あらかじめ伝達を意図した言葉ではなく、言葉が悲鳴のように発せられる場所に爪を突き立て、肉を抉《えぐ》らなければならない。そして言葉をもって沈黙するしかないのだ。

言葉から離れて漂《ただよ》っていられるのは今日でおしまいだ。

わたしは授乳《じゅにゅう》をしながら本棚の背文字を読んだ。『患者よ、がんと闘うな』『ガン遺伝子を追いつめる』『良い病院・悪い病院の正しい選択』『君、闘わずして死するなかれ』『がん患者学——長期生存をとげた患者に学ぶ』『ガンはここまで治せる』『がんに効く遠赤外線療法への確信』『浄血すればガンは治る!』『ガンに克つ「抗ガン漢方」のきょうい!!』『免疫力を高める自然の恵み』『がんの痛みからの解放』『なぜ、ぼくはがん治療医になったのか』『がんは切ればなおるのか』『夏虫冬草でガンも難病も怖くない』『ガンに克つ水』『告知』『ガン難病を撃退する「免疫食」』『余命6カ月から読む本』『ガン「消去法」』『アマゾン茶でがん・難病に克つ』『ガン治療「常識」のウソ』『おい癌め酌みかはさうぜ秋の酒』。
丈陽《たけはる》は１００ccしか飲まないで瞼《まぶた》を閉じてしまった。乳首を左右に動かして刺激してみたが、完全に眠ってしまったようだ。

丈陽をベビーベッドに寝かせて本棚の前に立った。癌《がん》に関する本を引き抜いて紙袋に入れ、紙袋を地下一階のゴミ置き場に持って行った。

部屋に戻ると、寝息と山手通りを走る車の音しかしなかった。丈陽がひと呼吸するごとに暗さが増している、というか丈陽の口が明るさを吸って暗さを吐いているように見える。東の癌が発覚する前までは、部屋の灯りをつけずに闇に溶け込むのが好きだったし、真っ暗にしなければ眠れなかったのだが――。

電気をつけると、丈陽は目を閉じたままぎゅっと瞼に力を入れて泣いた。

「ごめん、まぶしかったね、でも、ママ、暗いのが怖《こわ》い怖いなの、ごめんね」

わたしは丈陽を抱いて寝室に行き、マットレスの上に横たわった。子守歌をうたってやりたいが、子守歌を思い出すことができない。

ため息と共に歌が吐き出された。

夕焼け小焼けの赤トンボ　おわれてみたのはいつの日か

おわれてというのは、追われてなのだろうか、それとも負われてなのだろうか。追われてだとしたら赤トンボの視点だし、負われてだった赤ん坊の視点だ。わたしは丈陽と手をつないでこのフレーズだけをくりかえした。

夕焼け小焼けの赤トンボ　追われてみたのはいつの日か

考えてみれば、追われてばかりで、求められたことは一度もなかったような気がする。丈陽の父親にも、その前につきあった男たちにも、追われて逃げ、追いつかれてつかまって、逃げられて追っただけだった。

自分の子守歌が効《こう》を奏《そう》して眠くなってきた。東はわたしを追っていたのだろうか、それとも求めていたのだろうか、いまはきっと求めているにちがいない、両手を伸ばして――、でも、東の手を取ることはできない、わたしは丈陽に求められている、丈陽の手を離すことはできないし、選択する自由は既《すで》に奪《うば》われてしまっているのだ。

眠気《ねむけ》でびしょ濡《ぬ》れになった頭のなかから東の声が漂い出てきた。

なんだ坂　こんだ坂

こんだ坂じゃなくて　こんな坂だよ
あんた歩きながら食べるのやめたほうがいいよ　いい歳《とし》してみっともない
カステラの切《き》れ端《はし》っておいしいね
うん　おれも切れ端がいちばんうまいと思う　それも断然文明堂《ぶんめいどう》より福砂屋《ふくさや》だね
ほんと坂ばっかだね
長崎は坂の街だからね　学校で自転車通学が禁止だったくらいだから
あぶないから？
うん
あんた　なんだ坂　こんな坂っていってよ
なんだ坂　こんだ坂　なんだ坂　こんだ坂　なんだ坂
こんだ坂　なんだ坂　こんだ坂
背中押してよ
やだよ
つぎの坂はわたしがあんたの背中を押すからさ　こうしよう　背中を押すほうは黙ってて　押してもらうほうがなんだ坂　こんな坂っていうの
いいよ
なんだ坂　こんな坂　なんだ坂　こんな坂
東の手が背中を離れ、尻もちをつくと思った瞬間、マットの上でがくっと脚が突っ張った。フェリーから船着き場に降り立ったときのようにからだに揺れが残っている。揺れが収まるのを待ちながら、わたしは自分の内側に目を凝《こ》らし耳を澄ました。真っ白。雪。陽の光が雪を溶かしている。吐く息も白い。わたしと東は手をつないでいる。雪に足を飲まれ、速く歩くことができない。
ねぇ　ここ橋だよ
雪が積もって橋に見えないね
あんたの身長くらいは積もってるんじゃない？
川も雪に埋まっちゃってるね
あんた　飛び降りてみてよ
わたしは冗談をいったつもりだったが、東は手を振りほどいて雪のなかに飛び降りた。ずぼっと音がして東の首から下が雪に埋もれた。東はそのまま川のほうに突進し、雪のなかに切り通しをつくった。
ストップ！　あぶないッ！　川に落ちるッ！
あんたもおいでよ！
やだよ　こっちきてッ！

と、するとこれは長期にわたって、このような状態が続くということです。続かないとなると、ぼくはもっとひどいことになるということです。

ここで決着をつけたほうが、少なくともぼくにとっていい。

答えはもうすでにでているんでしょう。

でも結論は、それでもなをぼくにとってはありません。

当時、わたしは妻と離婚したばかりの五十歳の男性とつきあっていた。彼の家は下北沢にあった。わたしが彼の家に泊まった夜に、東は研究生十数人を引き連れて押し入り、彼の本に火をつけようとした。警察沙汰《ざた》になりそうだったので、わたしは東と帰ることにした。

タクシーを待っているときに東がかすれた声でささやいた。

いつかあんたより若い女とつきあって、棄《す》ててやるからな

東はタクシーの運転手に訊《たず》ねた。

このへんに高いビルありませんか?

え?

十五階あればだいじょうぶだと思います

このへんにはありませんよ

じゃあ　多摩《たま》川に行ってください

わたしは東の横顔を見た。

なんで多摩川なの?

なんでって決まってるじゃない

お客さん　変なこと考えるのやめてくださいよ

冗談《じょうだん》に決まってるでしょう　散歩するんですよ

だいじょうぶですか?

運転者はバックミラーでわたしの顔を覗《のぞ》いた。

だいじょうぶです

わたしは微笑んでうなずいた。川に飛び込んで死んでもいいような気がした。わたしたちは二子《ふたご》橋の袂《たもと》で降りた。東が見ている前で入水《にゅうすい》したが、胸のところまできたときにスカートがなにかにからまって動けなくなってしまった。

どうした!

スカートがからまっちゃったの!

わたしは東に助けてもらい、びしょ濡《ぬ》れのままタクシーに乗った。

帰宅して風呂に入ると、東は浴室のドアを開けて譫言《うわごと》のようにしゃべりつづけた。

だれの影響だか知らないけど　あなたザ・フォーク・ク

ルセダーズが好きじゃない　昨日ひとりで聞いてみたんだよ「悲しくてやりきれない」ってすごい歌だね
東はわたしの裸体を見ながらうたった。
深い森の　みどりにだかれ
今日も風の唄に　しみじみ嘆く
悲しくて　悲しくて
とてもやりきれない
このもえたぎる　苦しさは
あしたもつづくのか

そのつぎの手紙はグラフ用紙十枚に殴《なぐ》り書きされていた。東はわたしがつきあっていた男性の妻と連絡を取り合い、わたしと彼を別れさせる作戦を練《ね》ったらしい。どのように別れさせるかという計画がこと細かに示され、最後の一枚には脅《おど》しめいた言葉が書かれていた。

あなたはこの手紙を捨てて、読まない可能性だってあります。でも読んでください。何んの応答、連絡もなければ、内容証明付の手紙を送り、さらに何んらリアクションを起こさなければ、中に書いているような行動をとらせてもらうことになります。行動をとる期限は六月三十日までということになります。

今日は二十四日ですが、一日も早くぼくに連絡して、すべてのことがクリアになり、関係者全員が納得する解決がみつかり、明るく、元気になれることを、祈っています。

人生とはこんなもので、こんなものだから、小説があるのです。

一九九五年六月二十四日に東はこの手紙を書いた。この年の正月に東は食道に食べ物がひっかかることがあると訴《うった》え、二月半ばに国立がんセンター中央病院の消化器内科の診察を予約していながら、その前夜に外泊して東を病院に連れて行かず、二月二十七日に五年間共に暮らした猫と死別し、三月三日にべつの男の子どもを死産し、六月頭に奥沢のマンションを出た——、この年に起こったことは一本の線のように張り詰めている。なぜなら、この線には結び目があり、あの夜の出来事とつながっているからだ。

あの朝、がんセンターに連れて行っていれば、ステージⅠかⅡの段階で手術できていたはずだ。わたしはそのことを悔《く》やみつづけ、東は、悔やんでも意味がないよ、これからどうするかをふたりで考えようといってくれたが、わたしは生きている限り、あの朝とあの夜の結び目をほどかないだろう。そしてもっとも堪え難いことを、書く。それがわたしに課せられた刑罰《けいばつ》で、命を遂《と》げる意味のすべてだから――。

これでおしまいだね。

完全に。

未練《みれん》がないとは言わないけど、ぼくはドン・ホセでもなければ、なんだったっけ、タイトルを忘れたけど、トルストイの主人公でもない。

残念だけどあなたを殺せない。たぶんゆっくりと殺すことになるんでしょうね。少しずつ、ゆっくりと、あなたは何かを失っていくと思う。でも生きてればみんなゆっくりと死んでいってるわけだから、同じか――。悔しいから、あなたの芝居を殺すしかないか……。とにかく今年いっぱいに台本は書けないでしょうから。〝セックスと嘘《うそ》と台本〟……とてもうまくいくとは思えないから……。いずれにしろあなたは選んだわけだ。

言いたいことはいっぱいあるけど、何を言ってもムダだよね。確信犯《かくしんはん》なんだからね。ぼくはただみじめな男なわけで、ただそれだけです。

二度と電話しません。絶対に。あなたも少しはぼくに愛情があれば電話しないで下さい。

ここまで書いてもまだ、この手紙をあなたに渡そうかどうかためらっています。でも今のこの時、あなたはその人と抱き合っているわけです。

あなたは愛を得、ぼくは愛を失い、ぼくは今寂《さび》しいクリスマスと正月のことを考え、でもただひたすら芝居（仕事――のこと）を考えて、15歳の時からやりつづけてきた世界にいこうと思います。思っています。

今、少しだけ救いがみえました。あなたと知り合うまえも、ぼくは生きていたということです。

それでも、わたしたちは別れなかった。どちらが電話をかけたのかは憶《おぼ》えていないが、わたしたちはつきあっている相手に隠して、一年の大半を温泉宿やホテルで過ごすという共同生活をはじめ、それは一九九八年九月までつづいた。

二〇〇〇年四月二十日午後十時五十一分、東由多加は亡くなった。

今日は六月七日、四十九日だ。死者があの世に旅立つといわれている日だ。

東由多加のこの世の時間の流れは塞《せ》き止められた。だが、五十四年間も流れつづけていた水が、ある夜突然干《ひ》あがってしまうことなどあり得るはずがない。水は地下にもぐったのだ。東由多加とわたしの時間はわたしの奥底で地下水のように流れている。そしてわたしは、地上の水よりも、地下の水に流されている時間のほうが多いのだ。

今、少しだけ救いがみえました。あなたと知り合うまえも、ぼくは生きていたということです。

あんたと知り合う前も生きていたってことは　わたしにはぜんぜん救いにならない　知り合ったということは消せない　それがどんな結果をもたらしたとしても　知り合った者同士が知り合わなければよかったと後悔したとしてもふたり共この世から消え去ったとしても　知り合ったことは消せないと思う　でもわたしはあんたと知り合ったことを後悔したことは一度もないよ　声にして話そうとするとうまくいかないね　知り合ってよかったとはぜったいにいいたくないしね　だってそういうふうにいっちゃうと　なんだかもう終わっちゃったみたいでしょう？　それに　あんた　はじめてふたりで話したときになんていったか憶《おぼ》えてる？

あなたとははじめて逢《あ》ったって気がぜんぜんしない　こういっちゃうと月並みだけど　とっても懐かしくて哀しい気がする　変なたとえだけど　怒らないでくださいよ　ゲイバーに何度か行ったことがあって　そのたびに　あなた懐かしい感じがするわっていわれるんですよ　わかるかな？　失っているというか　欠けているっていうか　初対面の　しかも十六歳の女の子にそういう気持ちを持つなんて自分でも変だと思うんだけどね　きょうだいっていうか親子っていうか　おれとあなたはとってもよく似てる気がする

あんたにはいわなかったけど　わたしもそういうふうに思ってた　実の親やきょうだいよりも血がつながってる感じがするって　だから反抗するようにあんたを裏切って

家出するようにあんたから逃げたのかもしれない

　あんたは　ひと前であんたって呼び合うのはやめようよいなかの夫婦みたいじゃないっていってたけど　東さん柳さんっていうのも変だし　あなた　なんて他人行儀《ぎょうぎ》だしね　一時期　ミジュ　ジュッカってふたりだけのあだ名で呼び合ってたでしょう？　あれは割としっくりきてたような気がするけど　でもあのときはあんたは四十三歳で　わたしは二十歳だったからね

　話したいことはたくさんあるよ　なにをっていわれても困っちゃいくらいたくさん　丈陽のことも話したいし　新聞に載《の》ってた事件のことも話したいし　読んだ本のことどか　最近書いたものについても話したい　話したい話したいって思ってるせいで　あんたがよく夢に出てくるよ　夢の話は今度まとめてするね　いま話したいのは　夢じゃなくてあの夜のこと　思い出すっていうか　蘇《よみがえ》るっていったほうが近いかもしれない　だってスリッパで蛾《が》を踏みつけたときの音とか首にとまった蛾の翰《はね》の感触《かんしょく》とか　とってもなまなましいんだもん　奥鬼怒《おくきぬ》の加仁湯《かにゆ》に一週間くらい滞在したでしょう？　八月の半ばだったと思うけど　憶えてる？　部屋から露天に行くまでの渡り廊下が工事中で架設通路みたいなとこを通らないと露天に行けなかったでしょう　夜　見たこともないくらい大きな蛾が　いろんな種類の蛾が　通路の電気めがけて飛んでたじゃない　オーバーじゃなくって前が見えないほどたくさん　あぁやっぱり九月だったかも　通路に絨毯《じゅうたん》みたいに蛾の死骸《しがい》が折り重なってたから　気温が下がってばたばた死んだんだからね朝　宿のひとがほうきで掃《は》いてたけど　また夜になると光めがけて狂ったように　露天風呂の前の山　ライトアップしてたでしょう　すごかったじゃない　蛾が竜巻《たつまき》みたいに渦《うず》巻いてて　それでわたし蛾だけはだめだから夜は入らないことにしてたんだけど　あの夜はなんでだったんだろう露天に入りに行こうって話になって　わたしは手拭《てぬぐ》いで目隠ししてあんたが手をひっぱってくれて　蛾のなかを歩いてるって感じだったね　スリッパって踵《かかと》が浮きあがるでしょう　踵とスリッパのあいだに蛾が入り込んで　素足《すあし》で蛾を踏むたびにわたしが絶叫《ぜっきょう》して　あんたの手が汗ばんできて　途中で目隠しの手拭いが落ちちゃったんだよね　わたしは過呼吸《かこきゅう》になりそうになって　あんたが　目を開《あ》けないで　おれの手を離しちゃだめだよ　足を前に進めて右　左右　左　そう走らないで　転んだら　浴衣《ゆかた》のなかに蛾が入

るからね　叫ばないでよ　蛾が口に入ったらどうするの
おれは蛾よりあんたの悲鳴のほうが怖いよ　右　左　右左

　またおおげさなって笑うかもしれないけど　わたしはあのときオルフェウスのことを考えてたの　それで最近ギリシア神話を読み直してみたんだよ　オルフェウスは毒蛇《どくへび》に噛《か》まれて死んだ妻を取り戻すために冥界《めいかい》に降りていって冥界の王と王女の前でうたうんだよ　どうかエウリュディケの命の糸をもう一度結び合わせてください　もう一度妻をわたしに授《さず》けてください　もしそれが許されないならばわたしもひとりで地上に戻るわけにはいきませんって　その歌を聴いて亡霊たちや復讐《ふくしゅう》の女神《めがみ》たちも涙を流して　王と王女もこころを動かされてね　地上に出るまではぜったいに振り返ってはいけないっていう約束で妻を連れ帰ることを許してくれるんだよ　エウリュディケは夫の背中を見ながらびっこを引いて真っ暗で急な坂道をのぼっていく　でもあと一歩ってところでオルフェウスは振り返ってしまう　腕を伸ばして抱き合おうとしたんだけど　ふたりは引き離される　でもエウリュディケは夫を恨《うら》まなかったんだって　自分の姿をひと目見たくて振り返ったんだからね　さようなら　これでお別れですっていったんだけど　その声も届かなかった

　ここまではよく知られてる話だけど　そのあとね　オルフェウスは死ぬんだよ　でも死のなかにあってもエウリュディケをうたい求めることをやめなかった　亡霊になって妻を捜し出して　もう好きなだけ顔を眺めても　うっかり振り返っても　哀しい思いをしなくて済む幸福の野を歩いていったんだって

　わたしは東由多加の声だけを頼りに歩いてきました　オルフェウスのように命の糸をもう一度結び合わせてくださいとは祈りません　もう一度だけ　東由多加とゆっくり話をしたいです　ゆっくりが難しかったら　一時間でもいいです　東由多加と話をさせてください　声を聞きたいんです　お願いします　東由多加の声を聞かせてください

あとがき

本書は、『命』『魂』『生』とは大きく異なる。前三冊は記憶を拠《よ》り所《どころ》にして書くことができたのだが、四月二十日に東由多加の病室に足を踏み入れてから四十九日間、わたしの記憶は失われている。うっすらと残っている部分もわずかにあるものの、大半は真っ白で、出来事は足跡さえ残さずわたしの奥深くの暗がりに隠れてしまった。

わたしは書くことを仕事に選んだ十八歳のころから書くことを楽しんだことは一度もないのだが、これほど苦痛《くつう》を伴った作品はない。

あの夜のことには触《ふ》れられたくない、たとえそれが自分の手であってもだ。自分の手をはねのけながら書き、書きながら自問をつづけた。なぜ書くのか、ほんとうに書かなければならないのか、書くことによってなにが得られるというのか、得られるものよりも失うもののほうがはるかに多く大きいのではないのか、なぜ書いているのか、なぜ！

空白を、文字と〈物語〉で埋《う》め立てたのではない。空白は空白のままで、不在は不在のままだ。それでもわたしは書かずにはいられなかった。止血《しけつ》するためではなく血を流すために、解放されるためではなく囚《とら》われるために、語るためではなく沈黙するために。

いまわたしは、音という音が死に絶えてしまったような沈黙のなかで、発した瞬間に消えてしまう声の響きに耳を澄ましている。いまそばにいるひとの声と、いまは亡きひとの声と、その両者に語りかけるわたし自身の声に——。

二〇〇二年四月十日

柳　美里

解説にかえて

斉藤由貴〈女優〉

柳さんへの手紙

先週はメールをくれてありがとう。

私が思いがけず、是枝裕和監督の『三度目の殺人』という作品でブルーリボン賞助演女優賞をいただいて。

で、それが発表になったその日に、柳さんは、いつもの柳さんらしからぬ（笑）弾んだ文章でお祝いメールを送って下さって。

本当に、とってもストレートに喜んでくれてるのが伝わって、すっごく嬉しかった。

（……というかここまで書いて、なんて稚拙な文章（笑））

ついおとついまでぶっ続けで、『命』『魂』『生』『声』とのめり込んで読んでいて、その濃密な空気感、そして柳さんの文章の表現の凄みに完全にのみ込まれていて、今日、というか今これを書き始めるまで、解説っていっても一体何をどう書けばいいんだろう、何をどう書いたって絶対柳さんの文章には敵わない（いや、敵おうとは土台思ってないけれど）、言うなればそう、役者が思いがけず突然ハードルの高い役をもらってしまって、ぜんぜん上手に演じる自信なんかないのに時間だけがいたずらに過ぎて、とうとう初日が来てしまい、開場して、場内アナウンスが流れて、客席のざわめきが分厚い緞帳《どんちょう》の向こうから漏れ聞こえてきている感覚。

「満員御礼」とか「火の用心」とか古い字体ででっかく書かれている緞帳の裏で、最初のポーズを取って、ドキドキしながら開演のベル↓緞帳アップ、を待つ……そんな気分で今、この原稿用紙に向かっています（大ゲサ）。

まあ、ともかく、この解説のご依頼を頂いた時からどう書こうかずーっと考えていて。

柳さんに、今日はお手紙を書きます。

……とか言いつつ、ここ最近私は創造的な作業から遠ざかっている部分があるというか、特に「書く事」をしばらくしていなかったので、たとえ手紙でも上手に書ける自信はひとカケラもないけれど。

でも、恐ろしい程に正直な、見方によってはかなり綱渡りな私信、になるとは思います。これは、今の私にしか書けない、そして柳さん（宛）にしか書けない。

そんな手紙になると思います。


去年の秋、つまり２０１７年の10月……だか11月（この頃の日付的感覚が実はあんまりありません）共通の友人でフリーアナウンサーの渡辺真理ちゃんが例によって例の如くセッティングをしてくれて、横浜のニューグランドホテルで柳さん、真理ちゃん、私の三人で、本当に久しぶりの再会を果たした時、私は今迄の人生でもかつてないような惨い状況にいました。

それは自業自得の典型的な話で、なんの申し開きをするつもりもないし、ここでそんなことを書いても意味ない。けれど、私の人生に全く関係のない、会ったこともない人達にいろんなことをめちゃくちゃにされ、もちろん正義感などではなく、倫理と道徳という被り物を被った、なんていうか、「空っぽの悪意」みたいなモノの標的になって、ズタズタに裂けていました。

「大切な人」や「傷つけた人」から責められるならば、謝ったり、償ったり、何かしら受け止めることもできただろうし、しなければいけないのはわかっていたけれど、それは「受け止めることすらできない」言うなれば「虚無」みたいな相手でした。

そんな時に、渡辺真理ちゃんから「柳美里（彼女はなぜ柳さんのことはフルネームの呼び捨てなんでしょうね？フルネームってところがなんか面白い）が福島から仕事で横浜に来るらしいから三人で会おうよ」と誘われ、何も考えられないアタマで真理ちゃんの車に乗っけてもらい、ニューグランドの、柳さんの滞在する部屋に、ホテルの人に誘導されながら入って行きました。


それにしても、今、ふと思ったんだけど。

柳さんと、渡辺真理ちゃんと、私と。

なんでこんな友達になったんだろうね？　始まりは確か……文芸誌の鼎談《ていだん》で、横浜出身の年齢の近い、けれど畑違いの女子三人集めて……みたいな企画だったような覚えがあります。いや、柳さんの、文学賞受賞記念だったか。

当時まだＴＢＳ局のアナウンサーだった真理ちゃんは、礼儀正しくキチンと真面目で理路整然。

アイドル女優だった私は、キレ者の二人の会話についていくので精一杯。

そして、柳さんは。どこまでも激しく、正直さで身を切るような読む者の心を抉るような作品世界からは想像できないような、物静かで、穏やかな人でした。自分を大きく見せるとか、こんなイメージで見せたいとか、そんなつまらないセルフプロデュース的なものは一切なく、少しだけ怯えたような小動物のような瞳で遠慮がちに、ひとつひとつ、言葉を紡ぐヒト、だった。

楽しかった。

三人共持つ特質は全然違っていたけど、「横浜」が結びつけたのか、「それぞれの孤独性」が結びつけたのか、なんだかやけに会話が楽しくて。

で、確か、私の記憶が正しければ、私が言いだしっぺで、連絡先を交換した、ような気がします。いつもの私だったらそんなことしない。絶対。そんな勇気も度胸も、ない。でもその時は……そうしなければ、と思った。

ともかくそこから付き合いが始まり、三人でそれぞれおススメのレストランで順に食事したりして。

人生、仕事、恋バナ……。

お年頃の女子が、フツーにする話をフツーにして。そうこうするうちに、真理ちゃんは局アナからフリーに転向し、私は結婚し、その内に長女を妊娠し。そしてその丁度同じ頃、柳さんは『命』『魂』『生』『声』の四部作を産み出す、まさにその「物語」の真っ只中にいました。

でも正直に言っていい？

あの頃レストランで美味しい食事を頂きながら、今の自分や恋した人との、或いは東さんとの話をとつとつと語る柳さんからは、一昨日まで読んでいたあの四部作から立ち上る苛烈な激しさ――ゆらめく炎の上を裸足で歩くような。或いは湖の薄氷の上を裸足で歩くような。

そんな感じは全く受けなかった。

柳さんの語り口は初めて逢った時の、臆病な少女のそれで、それでいてどこか他人事のような……。柳さんが話す時、いつも少し口角が上がっているからなのか？　よくわからないけれど。まるで自分の境遇をほとんど面白がってさえいるような。そんな風に、私には感じられたのです。

そして、こないだニューグランドの部屋で会った柳さんは相変わらず飄々《ひょうひょう》と、どこか他人事のような平静さ（実際、今回の再会のメイントピックは私のことだったので他人事といえば他人事ですが。でも、他人事なのにいかにもな心配顔でいろいろ聞いてこられるよりずっといい）で、でもちょっと口角が上がっているのは同じで、

「大丈夫⁉」

と、淡々と接してくれました。

実際その時の私は全然大丈夫じゃなくて、一秒一秒、秒針を眺めながら自分の呼吸を確認しているような毎日でした。少しでも一人の時間がないように、毎日誰かと一緒にいないと自分がどうにかなってしまいそうだった。なのであの日も、「柳さんに久しぶりに会える」ことよりも、「これで今日の一人の時間が少し減らせる」という思いの方が正直強かった。でもそんな私を柳さんはお見通しで、口数少なく穏やかに、けれどどこまでも親身に包んでくれました。

そうして、会話の中でこの『命』からの四部作の頃の日々について至極飄々と話してくれたのです。

この『命』『魂』『生』『声』の四部作の主たる登場人物は、柳さん、丈陽くん、東さん、そして丈陽くんのお父さんです。実際にはこの四番目の登場人物は舞台上に登場することは殆どなく、暗い影のように不穏な風のように舞台上を覆ったり鼻先をかすめたりしますが、こと「物語」という視点から見ると、「実在感」はそこまで強くありません。

けれど私が感じたのは、この作品を「柳さん、丈陽くん、東さん」の、柳さんを中心とした生まれ出ずる者、そして天にゆく者のトライアングルの物語として捉えることもできるけれど、丈陽くんのお父さんも含めたスクエア（シェイクスピアの戯曲のような？）四角関係の物語としても「作品として美しい完成度を持っている」ということです。

想像を超える激烈な時間、心身を切り裂く現実の只中にあっても、自己憐憫《れんびん》の「醜悪な露呈の産物」にならず、節度と距離感を保った、「美しい作品」として成立している。

それは簡単なことじゃない。

主観と客観（或いは俯瞰）の間《はざま》で美しくバランスを取るのは、分銅を乗せた天秤を目隠しして操るようなものだから。

そして柳さんは、それをやってのけたのだ、というのがこの四部作読後の私の、偽らざる感想です。

そしてそれは、意図して、とか努力して、とかの領域を超えて、なんていうか……そこには、人智ではかれぬ天の采配のような力を感じずにはいられないのです。

いいえ、これ別に、宗教的な話ではなく。


私は女優という仕事を生業としています。気付けば、人生の半分を超えてもう、三十年以上になります。いつの間にか。

柳さんも、キッドで女優をやっていたからわかると思うけれど、女優も同じことが言えます。手前味噌的な自己陶酔は、最も唾棄《だき》すべき役者の悪癖。提示された「物語」の感情にどれほど埋没しても、自分の心の一番底の底にある泉の水は、そこだけは、たった一重の波紋すら立てることを許さない、そんな泉を持たなくてはならないように思うのです。


そして、そんなひんやりとした、〝創造者の目〟を自分自身ですら気付かぬ〝目〟を、私は柳さんに感じるのです。

柳さん。


『命』

『魂』

『生』

『声』。


書く事は、辛かったですか？

身を、削った？

絶対無理、と思った？

それとも……幸せだった？


「……なにものにも介入できない、なにものにも共感できない、なにものにも揺るがすことができない、なにものとも比較することができない哀《かな》しみだった。哀しみは襲《おそ》いかかってもこなかったし、覆《おお》いかぶさってもこなかった。わたしと哀しみのあいだには隙間《すきま》がなかった。わたしは哀しみと一体化していた」

こんなにまでなって、何故書けたの？

出版社からの前借りのため？（もちろんそれは絶対に大切な理由だよ）。

書き続けることで、ものごころついた頃から裏切られ続けてきた人生を「ばらばら」にできたから？

或いは……。

「柳さんを捨てた」丈陽くんのお父さんのことを、その恋や苦しみを記録しておきたかった？

或いは、東さんの生と死に同伴した者として、書くことで立っていられた？

或いは、これから人生に漕ぎ出す丈陽くんに、いつか読んでもらうため？

ううん、多分どれも違う気がする。


柳さん。

命には意味がある？

魂って、何？

生はどうやって紡いでいったらいい？

声は……聞こえた？

柳さん。

私には、わからない。

答えなんて、出ない。

柳さんは……何かを見つけた？

凡例

一、編集に際し、新聞、雑誌に発表後、単行本に収録されたものは、その単行本を底本とした。

二、校訂にあたっては、底本とした本文の明らかな誤記、誤植などを訂正した。表記については、可能な限り底本を尊重した。

三、本文中、不適切な表現、語句について、歴史性を重んじ、原則として原文のまま収録した。

四、あとがきについて、著者により一部削除した。

初収

命　2000年7月20日　小学館刊
魂　2001年2月10日　小学館刊
生　2001年9月20日　小学館刊
声　2002年5月20日　小学館刊

柳 美里（ゆうみり）

1968年、茨城県生まれ。高校中退後、劇団「東京キッドブラザース」を経て、1987年、演劇ユニット「青春五月党」を結成。1993年、「魚の祭」で第37回岸田國士戯曲賞を受賞。1996年、「フルハウス」で第18回野間文芸新人賞、第24回泉鏡花文学賞を受賞。1997年、「家族シネマ」で第116回芥川賞を受賞。1999年、「ゴールドラッシュ」で第3回木山捷平文学賞を受賞。2001年、「命」で第7回編集者が選ぶ雑誌ジャーナリズム賞作品賞を受賞。2015年4月に福島県南相馬市に移住。2018年4月には小高区でブックカフェ「フルハウス」をオープンさせる。

柳《ゆう》 美里《みり》 自選《じせん》作品集《さくひんしゅう》 第一巻
永在《えいざい》する死《し》と生《せい》

二〇一八年四月三十日 初版第一刷発行

著者 柳《ゆう》 美里《みり》

発行者 塚原浩和
発行所 KKベストセラーズ
〒一七〇-八四五七
東京都豊島区南大塚二丁目二十九番七号
電話 〇三-五九七六-九一二一
印刷所 近代美術株式会社
製本所 ナショナル製本協同組合
DTP 株式会社三協美術
校正 佐藤美奈子
協力 榎本正樹
VAN＋坂茂建築設計＋慶応義塾大学坂茂研究室
大野萌美（日本デザインセンター）

 ISBN978-4-584-13867-0 C0393